2012年

全国硕士研究生
入学统一考试
思想政治理论考试大纲
配套强化指导

- 全国硕士研究生入学统一考试辅导用书编委会
- 主　审　赵　宇　郭继承
- 参编人员　王瑞领　芦　欣　梁伟伟　张　雷
　　　　　　王　斌　杜秀玲　王海燕　喻秋香
　　　　　　马立书　褚培培

高等教育出版社·北京
HIGHER EDUCATION PRESS　BEIJING

图书在版编目（CIP）数据

2012 年全国硕士研究生入学统一考试思想政治理论考试大纲配套强化指导/全国硕士研究生入学统一考试辅导用书编委会编．一北京：高等教育出版社，2011.8

ISBN 978－7－04－033109－7

Ⅰ.①2… Ⅱ.①全… Ⅲ.①政治理论－硕士生－入学考试－自学参考资料 Ⅳ.①D0

中国版本图书馆 CIP 数据核字（2011）第 154772 号

策划编辑　刘　佳	责任编辑　朱丽娜　刘　佳	封面设计　王凌波	
责任校对　殷　然	责任印制　张福涛		

出版发行	高等教育出版社	咨询电话	400－810－0598
社　　址	北京市西城区德外大街 4 号	网　　址	http://www.hep.edu.cn
邮政编码	100120		http://www.hep.com.cn
印　　刷	北京市白帆印务有限公司	网上订购	http://www.landraco.com
开　　本	787×1092　1/16		http://www.landraco.com.cn
印　　张	22.25	版　　次	2011 年 8 月第 1 版
字　　数	630 000	印　　次	2011 年 8 月第 1 次印刷
购书热线	010－58581118	定　　价	46.00 元

本书如有缺页、倒页、脱页等质量问题，请到所购图书销售部门联系调换

版权所有　侵权必究

物 料 号　33109－00

前　言

　　全国硕士研究生入学统一考试《大纲》明确规定了硕士研究生入学考试各科目的考查目标、考试形式、考试内容和考试要求,是考试命题和考生备考的唯一依据。为了帮助考生准确理解、深度掌握《大纲》,更好地发挥《大纲》对考生备考的指导作用,我们特组织精干力量编写了"2012年全国硕士研究生入学统一考试大纲配套强化指导系列图书",包括英语、数学和思想政治理论三科。该系列图书是目前考研市场上高质量的考试大纲配套指导用书。

　　作为考试大纲的配套强化指导用书,该系列书的配套作用、强化作用、指导作用集中体现在以下三个方面:

一、编者团队的权威性和专业性

　　本书由曾任教育部考试中心研究生入学考试阅卷组组长、命题组组长的专家和研究生入学考试测试与辅导专家共同担任主审,知名高校专家学者和考研行业各学科辅导名师担任主编,其中部分成员曾经参与过大纲的修订与审核工作。编写组成员的权威性和专业性,确保了"2012年全国硕士研究生入学统一考试大纲配套强化指导系列图书"的权威性、专业性、指导性和高品质。

二、内容编排与大纲严密配套,并对大纲要求和考查内容进行强化指导

　　"2012年全国硕士研究生入学统一考试大纲配套强化指导系列图书"以《大纲》为纲,根据编写组成员多年的命题、阅卷和考研测试、辅导经验,结合历年考研英语、数学和思想政治理论试题的命题规律、命题趋势和内在逻辑悉心编撰而成。

　　针对《大纲》规定的考查目标与形式,本系列书对各项目标进行逐项分解、逐级细化和深度解读,使考生更加明确考查目标、考试形式等潜在、必需的能力要求。

　　针对《大纲》规定的各科考查内容,本系列书按章、节、知识点内在逻辑配以清晰的学科逻辑体系图,构建起完整、系统的知识体系,并对《大纲》考点、历年考查重点、难点和高频考点通过理论解析、例题实证、命题角度分析等多维度多形式进行深度分析,强化考生对大纲考查内容的理解和掌握。

三、适用对象极具针对性,实用价值突出

　　"2012年全国硕士研究生入学统一考试大纲配套强化指导系列图书"不仅能够指导考研学生更加有效的使用《大纲》,从而显著提高考生学习效率和应试能力,同时也对研究生入学考试各学科考研辅导教师以及相关学术研究人员和自学者等都具有极高的参考和使用价值。

本书编写组

2011 年 8 月

目　录

1　马克思主义基本原理概论 ················ 1

　1.1　马克思主义是关于无产阶级和人类
　　　　解放的科学 ···························· 2
　1.2　世界的物质性及其发展规律 ·········· 5
　1.3　认识世界和改造世界 ················ 36
　1.4　人类社会及其发展规律 ·············· 47
　1.5　资本主义的形成及其本质 ············ 60
　1.6　资本主义发展的历史进程 ············ 86

**2　毛泽东思想和中国特色社会主义理论
体系概论** ························· 91

　2.1　马克思主义中国化的历史进程和
　　　　理论成果 ·························· 92
　2.2　马克思主义中国化理论成果的精髓 ····· 104
　2.3　新民主主义革命理论 ··············· 111
　2.4　社会主义改造理论 ················· 137
　2.5　社会主义的本质和根本任务 ········· 149
　2.6　社会主义初级阶段理论 ············· 157
　2.7　社会主义改革和对外开放 ··········· 164
　2.8　建设中国特色社会主义经济 ········· 171
　2.9　建设中国特色社会主义政治 ········· 192
　2.10　建设中国特色社会主义文化 ········· 203
　2.11　构建社会主义和谐社会 ············· 208
　2.12　祖国完全统一的构想 ··············· 215
　2.13　国际战略和外交政策 ··············· 219

　2.14　中国特色社会主义事业的依靠力量 ··· 224
　2.15　中国特色社会主义事业的领导核心 ··· 232

3　中国近现代史纲要 ················ 238

　3.1　反对外国侵略的斗争 ··············· 239
　3.2　对国家出路的早期探索 ············· 243
　3.3　辛亥革命与君主专制制度的终结 ····· 248
　3.4　开天辟地的大事变 ················· 255
　3.5　中国革命的新道路 ················· 263
　3.6　中华民族的抗日战争 ··············· 268
　3.7　为新中国而奋斗 ··················· 273
　3.8　社会主义基本制度在中国的确立 ····· 277
　3.9　社会主义建设在探索中曲折发展 ····· 282
　3.10　改革开放与现代化建设新时期 ······· 286

4　思想道德修养与法律基础 ·········· 290

　4.1　追求远大理想　坚定崇高信念 ······· 290
　4.2　继承爱国传统　弘扬民族精神 ······· 295
　4.3　领悟人生真谛　创造人生价值 ······· 301
　4.4　加强道德修养　锤炼道德品质 ······· 307
　4.5　遵守社会公德　维护公共秩序 ······· 314
　4.6　培育职业精神　树立家庭美德 ······· 321
　4.7　增强法律意识　弘扬法治精神 ······· 327
　4.8　了解法律制度　自觉遵守法律 ······· 336

1 马克思主义基本原理概论

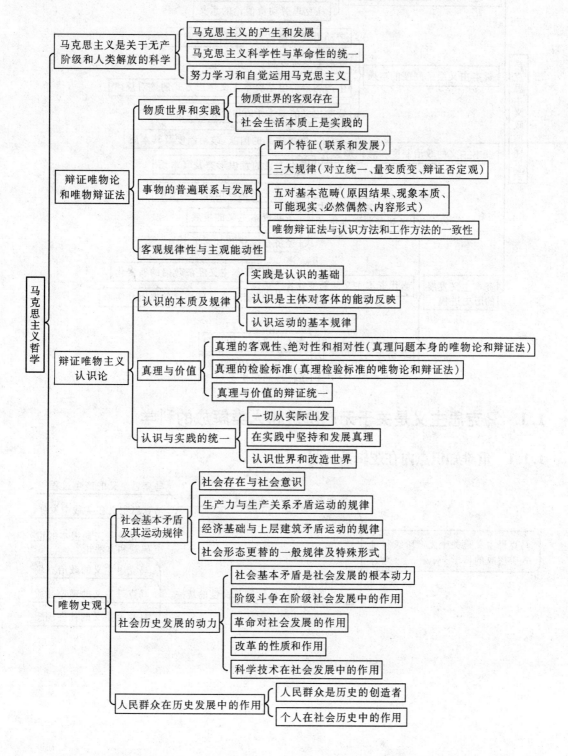

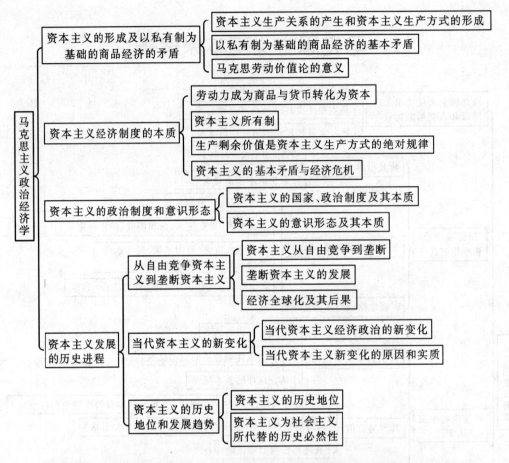

1.1 马克思主义是关于无产阶级和人类解放的科学

1.1.1 重难知识点内在逻辑系统图

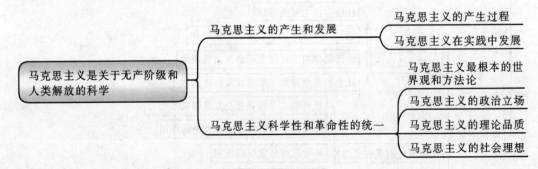

1.1.2 重难知识点详解

一、本章考点考查统计

学科	章节	考点	考查目标	已考查年度						
				2011	2010	2009	2008	2007	2006	2005
马克思主义基本原理概论	第一章 马克思主义是关于无产阶级和人类解放的科学	马克思主义的产生和发展	1、2	√	/	/	/	/	/	/
		马克思主义的理论来源	1、2	/	/	/	/	/	/	/
		马克思主义的政治立场	1、2	/	/	/	/	/	/	/
		马克思主义的理论品质	2、4	/	/	/	/	/	/	/
		马克思主义的社会理想	1、2	/	√	/	/	/	/	/

二、本章重难知识点点拨

（一）马克思主义的产生和发展

1. 什么是马克思主义

（1）创造者、继承者的认识成果：马克思恩格斯创立，其后各个时代、各个民族不断丰富和发展。

（2）阶级属性：无产阶级。

（3）研究对象和主要内容：自然、社会和思维发展规律，资本主义发展和转变为社会主义以及社会主义和共产主义发展的普遍规律，三个主要组成部分：马克思主义哲学、马克思主义政治经济学和科学社会主义。

（4）狭义：马克思恩格斯创立。

（5）广义：马克思恩格斯创立、继承者对它的发展。

2. 马克思主义的产生

（1）资本主义经济的发展为马克思主义的产生提供了经济、社会历史条件。

（2）无产阶级反对资产阶级的斗争日益激化，对科学理论的指导提出了强烈的需求。

（3）马克思恩格斯的革命实践和对人类文明成果的继承与创新。

3. 马克思主义在实践中不断发展

（1）列宁主义

（2）中国化的马克思主义

（二）马克思主义科学性与革命性的统一

1. 马克思主义的世界观和方法论

（1）辩证唯物主义与历史唯物主义是马克思主义最根本的世界观和方法论。

（2）辩证唯物主义与历史唯物主义是马克思主义科学理论体系的哲学基础。

2. 马克思主义最鲜明的政治立场

（1）马克思主义理论的本性决定了自身的政治立场。

（2）无产阶级的历史使命决定了自身的政治立场。

（3）是否始终站在最广大人民的立场上，是唯物史观和唯心史观的分水岭，也是判断马克思主义政党的试金石。

3. 马克思主义最重要的理论品质

坚持一切从实际出发，理论联系实际，实事求是，在实践中检验真理和发展真理，是马克思主义最重要的理论品质。

4. 马克思主义最崇高的社会理想

实现物质财富极大丰富、人民精神境界极大提高、每个人自由而全面发展的共产主义社会,是马克思主义最崇高的社会理想。

三、本章典型例题

1. 马克思主义哲学创立之后,开始出现了( )(单选)

A. 唯物论与唯心论的对立 　　　　B. 可知论与不可知论的对立

C. 辩证法与形而上学的对立 　　　　D. 唯物史观与唯心史观的对立

【考点分析】本题所考查知识点:马克思主义哲学的创立是哲学史上的伟大变革。

【解题分析】在马克思主义哲学创立之前,哲学史上就一直存在着唯物论与唯心论的对立、可知论与不可知论的对立、辩证法和形而上学的对立。唯物史观与唯心史观的对立是马克思主义哲学产生后才有的。因此,选项 A、B、C 是错误选项。在马克思主义哲学创立之前,在一切旧哲学那里,社会历史观上唯心主义一直占统治地位,虽然某些哲学家也试图或曾经用某种物质因素来解释社会历史现象,但由于社会历史条件的限制,剥削阶级的偏见,不可能提出系统科学的唯物主义社会历史观。

马克思、恩格斯创立马克思主义哲学,首先在于创立唯物主义历史观,即唯物史观。马克思主义哲学的创立,不仅在于实现了唯物论和辩证法的高度统一,更重要的在于把唯物主义贯彻到社会历史领域,从而揭示了人类社会的本质及其发展规律。唯物史观是马克思的两个"伟大发现"之一,因此,D 选项是唯一正确选项。

考生在做这类概念题的时候,一定要注意理清相似的概念。以此题为例,就需要理解唯物史观是马克思的独创,这样才不会造成概念混淆。

2. 马克思主义是关于无产阶级和人类解放的科学,其最重要的理论品质是( )(单选)

A. 代表先进生产力的发展方向 　　　　B. 始终站在最广大人民的立场上

C. 与时俱进 　　　　D. 鲜明的阶级性和实践性

【考点分析】本题所考查知识点:马克思主义最重要的理论品质。

【解题分析】马克思主义是关于无产阶级和人类解放的科学,是现代无产阶级思想的科学体系,其最重要的理论品质是与时俱进。选项 A 是中国共产党先进性的体现,选项 B 是唯物史观和唯心史观的分水岭,也是判断马克思主义政党的试金石,选项 D 鲜明的阶级性和实践性是马克思主义的根本特征。因此,正确答案是选项 C。

四、本章测试题及答案解析

(一)本章测试题

马克思主义的理论来源是( )(单选)

A. 法国唯物主义、英国经验主义、德国理性主义

B. 细胞学说、能量守恒定律、生物进化论

C. 德国古典哲学、英国古典政治经济学、英法空想社会主义

D. 法国历史哲学、英国科学主义、欧洲人文主义

(二)测试题答案及解析

【参考答案】C

【答案解析】本题所考查知识点:马克思主义理论体系的理论来源及其组成部分。

马克思主义的直接理论来源是德国古典哲学、英国古典政治经济学、英法空想社会主义。马克思主义哲学的理论来源是德国古典哲学,马克思主义政治经济学的理论来源是英国古典政治经济学,马克思主义科学社会主义的来源是英法空想社会主义理论。因此,本题正确答案是选项 C。

1.2 世界的物质性及其发展规律

1.2.1 重难知识点内在逻辑系统图

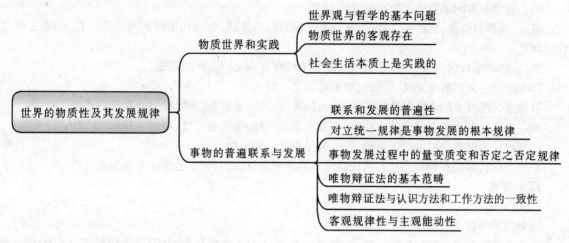

1.2.2 重难知识点详解

一、本章考点考查统计

学科	章节	考点	考查目标	已考查年度						
				2011	2010	2009	2008	2007	2006	2005
马克思主义基本原理概论	第二章 世界的物质性及其发展规律	世界观与哲学的基本问题	1、2	／	／	√	／	／	／	／
		物质的客观实在性	2、3	／	√	／	／	／	／	√
		意识的起源和本质	2、4	／	／	／	√	／	／	√
		物质和运动及其存在形式	3、5	／	／	／	／	√	√	／
		实践的含义、特征和形式	2、4	／	／	／	√	／	√	／
		联系和发展的普遍性	3、5	／	／	／	／	／	／	／
		对立统一规律	2、3	√	√	√	√	√	／	√
		量变质变规律	2、3	√	√	／	／	／	／	／
		否定之否定规律	2、4	／	／	／	／	／	／	／
		唯物辩证法的基本范畴	2、3	／	√	√	／	√	／	／
		客观规律性与主观能动性	2、4	／	／	／	／	／	／	√

二、本章重难知识点点拨

(一) 辩证唯物论部分：一个基本问题(哲学的基本问题)，两大观点(物质观、实践观)

一个基本问题

哲学的基本问题

(1) 哲学基本问题包括两个方面的内容

其一，意识和物质、精神和自然界，究竟谁是世界的本原，即物质和精神何者是第一性、何者是第二性的问题。

其二，思维能否认识或正确认识存在，即思维和存在有无同一性的问题。

(2) 唯物主义和唯心主义、可知论和不可知论

唯物主义把世界的本原归结为物质，主张物质第一性，意识第二性，意识是物质的产物。

唯心主义把世界的本原归结为精神，主张意识第一性，物质第二性，物质是意识的产物。

可知论认为世界是可以被认识的，思维和存在具有同一性。

不可知论认为世界是不能被人所认识或不能被完全认识的，否认思维和存在的同一性。

两大观点

1. 物质观

(1) 物质的含义

物质是标志客观实在的哲学范畴，这种客观实在是人通过感觉感知的，它不依赖于我们的感觉而存在，为我们的感觉所复写、摄影、反映。

(2) 意识的起源和本质

① 意识的起源：是自然界长期发展的产物，也是社会历史的产物。

② 意识的本质：物质世界的主观映象，是客观内容和主观形式的统一。

(3) 物质和运动及其存在形式

① 物质与运动

运动是物质的存在方式和根本属性，物质是一切运动变化和发展过程的实在基础和承担者。

② 运动与静止

物质世界的运动是绝对的，静止是相对的。静止包括空间位置和根本性质暂时未变这样两种运动的特殊状态。运动和静止相互依赖、相互渗透、相互包含，"动中有静、静中有动"。

③ 物质运动离不开时间和空间

没有离开物质运动的"纯粹"时间和空间，也没有离开时间和空间的物质运动。具体物质形态的时空是有限的，而整个物质世界的时空是无限的；物质运动时间和空间的客观实在性是绝对的，物质运动时间和空间的具体特性是相对的。

(4) 人类社会的物质性

① 人类社会依赖于自然界，是整个物质世界的组成部分。

② 人们谋取物质生活资料的实践活动是以物质力量改造物质力量的活动。

③ 物质资料的生产方式集中体现着人类社会的物质性。

(5) 世界的物质统一性原理

① 世界是统一的，即世界的本原是一个。

② 世界的统一性在于它的物质性。

③ 物质世界的统一性是多样性的统一。

2. 实践观

（1）实践的本质含义、基本特征和基本形式

实践是人类能动地改造世界的客观物质性活动。实践具有直接现实性、自觉能动性、社会历史性等基本特征。实践的基本形式有生产劳动实践、处理社会关系的实践、科学实验。

（2）实践是人的存在方式

① 实践是人所独有的活动。

② 实践集中表现了人的本质的社会性。

③ 实践对物质世界的改造是对象性的活动。

（3）自然界和人类社会的分化与统一

人在实践活动中创造了人类社会，人类社会的存在和发展又反过来影响和制约自然界，不断改变着自然界。

（4）人与自然的关系

通过劳动实践协调人与自然的关系，实现它们的和谐统一，是人类必须面对的永恒主题。正确的实践观点是理解人与自然关系、人与自然统一的关键。

（5）社会生活的实践本质

① 实践是社会关系形成的基础。

② 实践形成了社会生活的基本领域。

③ 实践构成了社会发展的动力。

（二）唯物辩证法部分：两大特征（联系、发展）、三大规律（对立统一规律、量变质变规律、否定之否定规律）、五对基本范畴（原因和结果、必然性和偶然性、可能性和现实性、现象和本质、内容和形式）

两大特征

1. 联系

（1）**联系的含义**：事物内部各要素之间和事物之间相互影响、相互制约和相互作用的关系。

（2）**联系的特点**：客观性、普遍性、多样性。

（3）**联系与系统**：联系的普遍性造成了事物普遍地以系统的形态存在着，系统具有整体性、结构性、层次性和开放性。

2. 发展

（1）**发展的含义和实质**

发展是前进的上升的运动，发展的实质是新事物的产生和旧事物的灭亡。新事物是指合乎历史前进方向、具有远大前途的东西；旧事物是指丧失历史必然性、日趋灭亡的东西。新生事物是不可战胜的。

（2）**事物的发展是一个过程**

所谓过程是指一切事物都有其产生、发展和转化为其他事物的历史，都有它的过去、现在和未来。恩格斯指出："世界不是既成事物的集合体，而是过程的集合体。"

三大规律

1. 对立统一规律

（1）对立统一规律是唯物辩证法的实质和核心

（2）矛盾的同一性和矛盾的斗争性及其相互关系

矛盾的同一性有两个方面的含义：一是矛盾着的对立面相互依存，互为存在的前提，并共处于一个统一体中；二是矛盾着的对立面之间相互贯通，在一定条件下相互转化。

矛盾的斗争性是矛盾着的对立面之间相互排斥、相互分离的性质和趋势。

（3）矛盾的同一性和矛盾的斗争性在事物发展中的作用

① 矛盾的同一性在事物发展中的作用

a. 由于矛盾双方相互依存，互为存在的条件，矛盾双方可以利用对方的发展使自己得到发展。

b. 由于矛盾双方相互包含，矛盾双方可以相互吸取有利于自身的因素而得到发展。

c. 由于矛盾双方彼此相通，矛盾双方可以向着自己的对立面转化而得到发展，并规定着事物发展的方向。

② 矛盾的斗争性在事物发展中的作用

a. 斗争推动矛盾双方力量对比发生变化，造成事物的量变。

b. 斗争促使矛盾双方的地位或性质转化，实现事物的质变。

（4）内因外因辩证关系原理

内因即内部矛盾，是事物存在的基础，是事物变化的根据，外因是事物变化的条件，它能够加速或延缓甚至暂时改变事物发展的进程，但它必须通过内因而起作用，它是事物发展的第二位的原因。

（5）矛盾的普遍性和特殊性及其相互关系

① 矛盾的普遍性和特殊性的含义

矛盾的普遍性是指矛盾存在于一切事物的发展过程中，每一事物的发展过程中都存在着自始至终的矛盾运动，即所谓矛盾无处不在，无时不有。

矛盾的特殊性是指具体事物在其运动中的矛盾及每一矛盾的各个方面都有其特点。矛盾的特殊性有三种情形：一是不同事物的矛盾各有其特点；二是同一事物的矛盾在不同发展过程和发展阶段各有不同特点；三是构成事物的诸多矛盾以及每一矛盾的不同方面各有不同的性质、地位和作用。

② 矛盾普遍性与矛盾特殊性是辩证统一的关系

矛盾的普遍性即矛盾的共性，矛盾的特殊性即矛盾的个性。矛盾的共性是无条件的、绝对的，矛盾的个性是有条件的、相对的。共性寓于个性之中，没有离开个性的共性，也没有离开共性的个性。矛盾的共性和个性、绝对和相对的道理，是关于事物矛盾问题的精髓。

（6）矛盾分析方法

矛盾分析方法包括分析矛盾特殊性的方法、"两点论"与"重点论"相结合的方法、抓关键、看主流的方法、在对立中把握同一与在同一中把握对立的方法、批判与继承相统一的方法等。

2. 量变质变规律

（1）量变质变的含义

量变是事物数量的增减和次序的变动，是保持事物的质的相对稳定性的不显著变化，体现了事物渐进过程的连续性。质变是事物性质的根本变化，是事物由一种质态向另一种质态的飞跃，体现了事物渐进过程和连续性的中断。区分量变和质变的根本标志是事物的变化是否超出度。

（2）量变质变的辩证关系

第一，量变是质变的必要准备。

第二，质变是量变的必然结果。

第三，量变和质变是相互渗透的。一方面，在总的量变过程中有阶段性和局部性的部分质变；另一方面，在质变过程中也有旧质在量上的收缩和新质在量上的扩张。

3. 否定之否定规律

（1）肯定因素和否定因素

肯定因素是维持现成事物存在的因素，否定因素是促使现成事物灭亡的因素。

（2）辩证否定观与形而上学否定观

辩证否定观的基本内容是：第一，否定是事物的自我否定，是事物内部矛盾运动的结果。第二，否定是事物发展的环节。第三,否定是新旧事物联系的环节。第四,辩证否定的实质是"扬弃"。

形而上学否定观则认为,否定是外在的否定,主观任意的否定;否定是绝对的否定,是不包含肯定的否定。

（3）否定之否定规律

事物的辩证发展就是经过两次否定、三个阶段,即"肯定—否定—否定之否定"形成一个周期。其中否定之否定阶段仿佛是向原来出发点的"回复",但这是在更高阶段的"回复",是"扬弃"的结果,事物的这种否定之否定过程,从内容上看,是自己发展自己、自己完善自己的过程;从形式上看,是螺旋式上升或波浪式前进,方向是前进上升的,道路是迂回曲折的,是前进性和曲折性的统一。

五对基本范畴

1. 原因和结果

引起某种现象的现象叫原因,而被某种现象所引起的现象叫结果。

原因和结果的关系是辩证的:

第一,原因和结果的区分既是确定的,又是不确定的。

第二,原因和结果相互作用,原因产生结果,结果反过来影响原因,互为因果。

第三,原因和结果互相渗透,结果存在于原因之中,原因表现在结果之中。

第四,原因和结果的关系是复杂多样的,有一因多果、同因异果、一果多因、异因同果、多因多果、复合因果。

2. 必然性和偶然性

必然性是指事物联系和发展过程中一定要发生、确定不移的趋势。偶然性是指事物联系和发展过程中并非确定发生的,可以出现,也可以不出现,可以这样出现,也可以那样出现的不确定的趋势。

必然性和偶然性是对立统一的关系。

一方面,二者是有区别的:它们产生和形成的原因不同,它们的表现形式不同,在事物发展中的地位和作用不同。另一方面,必然性和偶然性又是统一的:必然性存在于偶然性之中,通过大量的偶然性表现出来;偶然性背后隐藏着必然性,受必然性的支配,偶然性是必然性的表现形式和补充;必然性和偶然性在一定条件下可以互相转化。

3. 可能性和现实性

可能性是指事物发展过程中潜在的东西,是包含在事物中并预示事物发展前途的种种趋势。

现实性是指已经产生出来的有内在根据、合乎必然性的存在。

把握事物的可能性,要注意区分可能性和不可能性、现实的可能性和抽象（非现实）的可能性、好的可能性和坏的可能性。

4. 现象和本质

现象和本质既对立又统一。

一方面,现象和本质是有区别的。现象是事物的外部联系和表面特征,本质则是事物的内在联系和根本性质;现象是个别的、具体的,而本质是一般的、共同的,现象是多变的,本质则是相对稳定的;现象是生动、丰富的,本质是比较深刻、单纯的。现象有真象和假象之分,假象与错觉不是一回事。

另一方面,现象和本质又是统一的,它们相互联系、相互依存。任何本质都是通过现象表现出来,没有不表现为现象的本质;任何现象都从一定的方面表现着本质。

5. 内容和形式

内容是构成事物一切要素的总和,是事物存在的基础。形式是内容诸要素相互结合的结构和表现方式。内容和形式是相互依赖、不可分割的。任何事物的内容都有一定的形式,任何形式也都有一定的内容,内容和形式相互作用、相互影响。内容决定形式,形式反作用于内容。

三、本章典型例题

(一)辩证唯物论部分

1. 恩格斯在总结哲学发展历史的经典性著作《路德维希·费尔巴哈和德国古典哲学的终结》中指出:全部哲学,特别是近代哲学的重大的基本问题是(　　)(单选)

A. 主体和客体的关系问题　　　　　B. 唯物主义和唯心主义的关系问题

C. 思维和存在的关系问题　　　　　D. 辩证法与形而上学的关系问题

【考点分析】本题所考查知识点:哲学的基本问题。

【解题分析】分析知识点选择答案:恩格斯总结哲学发展的历史,明确提出思维和存在的关系问题是哲学的基本问题,指出哲学的基本问题包括两个方面的内容,即思维和存在何者为第一性与思维和存在有无同一性。因此,C选项正确。

(对不符合题意的选项分析:对选项的分析在这里主要是为了进行知识拓展和联想记忆。)

A选项中"主体和客体的关系"是从人的活动中去考察人与世界的关系而出现的两个范畴,主体指从事实践活动和认识活动的人,客体指实践活动和认识活动所指向的对象。主体和客体的相互作用深刻地表明了实践在人与世界相互关系中的基础地位和中介作用。而实践仅是哲学的一个方面,其中的"主客体关系"自然不能成为哲学的基本问题。

B选项,唯物主义和唯心主义是依赖于思维和存在这一基本问题的,即对思维和存在何者是第一性的不同回答是其划分的依据。不能把唯物主义和唯心主义的关系定位为哲学的基本问题,唯物主义和唯心主义仅是哲学的两种不同派别。

D选项也是哲学中的两种派别,在澄清了世界的本原是什么之后,还存在一个世界处于什么状态的问题,由此产生了哲学中辩证法和形而上学的对立。唯物辩证法认为,世界是相互联系、变化发展的,事物的内部矛盾是发展的根本动力。形而上学则把世界看做是彼此孤立、静止不变的,如拉美特利提出的"人是机器";头痛医头,脚痛医脚;只见树木,不见森林等;或者把变化看做是某种外力作用而产生的量变。

2. 下列关于唯物主义和唯心主义、可知论和不可知论、辩证法和形而上学的关系,表述正确的是(　　)(单选)

A. 不可知论都是唯心主义的　　　　B. 唯心主义都是不可知论的

C. 唯心主义都是形而上学的　　　　D. 辩证法都是唯物主义的

【考点分析】本题所考查知识点:唯物主义与唯心主义、可知论与不可知论、辩证法和形而上学的区分。

【解题分析】唯物主义主张物质是世界的本原,物质第一性、精神第二性;唯心主义认为精神是世界的本原,精神第一性、物质第二性。唯物主义和唯心主义这两个专门的哲学术语有着特定的含义和确定的标准,不能随意乱用,也不能另立标准,否则会造成混乱。一切哲学都不能超越或调和唯物主义和唯心主义的矛盾,这是哲学的党性或党派性。可知论和不可知论是对思维和存在有无同一性的不同回答。

可知论和不可知论是对思维和存在有无同一性的不同回答。可知论认为世界是可以被认识的,所有的唯物主义和彻底的唯心主义都承认思维与存在的同一性;不可知论认为世界不能认识或不能完全认识,对人的认识能力和认识成果持怀疑态度。其错误是在人的认识和客观世界之间划了一条不可逾越的鸿沟,贬损人的理性,为信仰主义保留和开辟地盘。

思维中的辩证法是客观规律在人的头脑中的反映,辩证法是关于普遍联系和永恒发展的学说。通俗地讲,形而上学是指用孤立、静止、片面的观点去看待事物(在马克思主义哲学中,这一含义的形而上学与辩证法相对立)。

不可知论认为,人所知道的只是自己的感觉,至于感觉之外是否还有客观事物存在,这是不可知的。其错误在于把感觉看成是隔绝人的主观意识与客观世界的屏障,必然滑向唯心主义。A选项正确,为本题答案。

B选项是错误的,所有的唯物主义和彻底的唯心主义都承认思维与存在的同一性,是可知论,如黑格尔就认为世界是可以被认识的。所以,不能说唯心主义就是不可知论。C选项是错误的,唯心主义有辩证法的(如黑格尔),也有形而上学的(如康德)。D选项也是错误的观点,辩证法也有唯心主义的(如黑格尔)。历史上的辩证法具有系统性的主要是黑格尔的唯心辩证法和马克思的唯物辩证法。

3. 马克思主义哲学与唯心主义哲学、旧唯物主义哲学的根本区别在于(　　)(单选)

A. 坚持人的主体地位

B. 坚持用辩证发展的观点去认识世界

C. 坚持物质第一性、意识第二性

D. 坚持从客观的物质实践活动去理解现实世界

【考点分析】本题所考查知识点:马克思主义哲学与旧哲学的根本区别。

【解题分析】运用排除法选择答案:本题可用排除法作答。实践的观点是马克思主义哲学首要的基本的观点。马克思主义哲学区别于其他一切哲学的根本之处,在于它解决哲学基本问题的独特方式,即以实践为基础去解决思维和存在的关系问题。由此可排除其他选项,直接做出选择。

选项分析及加深理解:A选项是许多哲学派别中的共性,尤其是近代以来的哲学都把“人的主体”地位摆在重要位置,如文艺复兴宣扬的就是“人的主体性”,唯心主义中如主观唯心主义更是典型。可以说,“人的主体性”是近代哲学的共性,实不足以体现马克思主义哲学和其他哲学间的本质区别。B选项是马克思主义哲学和旧唯物主义哲学的区别,不是与唯心主义哲学的区别。

C选项是马克思主义哲学和唯心主义的区别,不是马克思主义哲学和旧唯物主义哲学的区别,没有全面反映题意。D选项既反映了马克思主义哲学和唯心主义哲学的区别,又反映了马克思主义哲学和旧唯物主义哲学的区别。故D选项正确。

4. 马克思主义哲学的物质范畴是(　　)(多选)

A. 科学发展到一定程度所认识到的某一层次的物质形态

B. 从具有无限多样的结构、特性的具体物质形态的总和中抽象出来的

C. 从各种具体事物中抽象概括出来的普遍的哲学概念

D. 与实际存在的事物和现象无关的抽象概念

【考点分析】本题所考查知识点:马克思主义哲学的物质范畴。

【解题分析】分析题干:本题采用正选法,从题干可直接判断考点为马克思主义哲学的物质范畴。列宁关于物质的定义是:“物质是标志客观实在的哲学范畴,这种客观实在是人通过感觉感知的,它不依赖于我们的感觉而存在,为我们的感觉所复写、摄影、反映。”其基本思想包括:物质是标志客观实在的哲学范畴,物质的根本特性是客观实在性;物质是对一切可以从感觉上感知的事物的共同本质的抽象,它既包括一切可以从感觉上感知的自然事物,也包括可以从感觉上感知的人的感性活动即实践活动;这种客观实在独立于我们的意识而存在,为我们的意识所反映。

选项分析:通过分析选项,可知本题考查的角度是马克思主义哲学与具体科学对物质范畴的不同定义。从列宁对物质的定义中可知,哲学的物质范畴是对物质具体形态的抽象,是标志普遍、一般的概念。因此,本题BC选项是正确的。

　　A选项属于形而上学的认识论在物质观上的反映。D选项否认了物质范畴的内容和形式的辩证统一,仅承认物质范畴在形式上是主观的,是一种抽象的概念,否认了物质范畴的客观内容,即物质范畴是从各种具体事物中抽象出来的,是错误的观点。

　　5. 脱离物质的运动和脱离运动的物质都是不可想象的。因此,运动就是物质,物质就是运动。对这句话理解正确的是(　　)(多选)

　　A. 正确理解了物质和运动的关系

　　B. 是形而上学唯物主义的物质观

　　C. 混淆了物质的属性与物质本身

　　D. 是正确的命题,体现了运动是物质的根本属性

　　【考点分析】本题所考查知识点:物质和运动的辩证关系。

　　【解题分析】分析题干:通过对题干及选项的分析,可知本题关键词是"物质"、"运动",由此判断本题考点是物质与运动的关系。马克思主义哲学认为,作为哲学范畴的运动是指宇宙中发生的一切变化和过程,它是物质的根本属性和存在方式。物质和运动是不可分割的。一方面,物质是运动的物质,没有不运动的物质。运动是物质所固有的根本属性和一切物质形态的存在方式。设想有不运动的物质是形而上学唯物主义的特征。另一方面,运动是物质的运动,没有无物质的运动。物质是运动的承担者,是一切运动和发展的实在基础,运动的原因也在物质自身。设想有离开物质的运动是唯心主义的观点。

　　分析选项:题干充分反映了物质和运动不可分割的联系。但是因此而把物质和运动等同起来,认为物质就是运动,运动就是物质,则是不正确的。物质和运动不可分,但不是说两者没有区别,不能把物质的属性同物质本身等同起来。所以,符合题意要求的选项是BC。AD选项没有正确理解题意,故排除。

　　6. 德国哲学家杜林的"世界统一于存在"的观点是(　　)(单选)

　　A. 唯物主义的观点　　　　　　　　B. 唯心主义的观点

　　C. 形而上学的观点　　　　　　　　D. 掩盖唯物主义和唯心主义对立的观点

　　【考点分析】本题所考查知识点:世界的物质统一性。

　　【解题分析】判断考点:由题干可知本题考点是世界的物质统一性。世界物质统一性原理是马克思主义哲学关于世界本质问题的基本原理之一。这一原理的内容包括:(1)世界是统一的,即世界的本原只有一个;(2)世界的统一性在于它的物质性,即世界统一的基础是物质,而不是某种"始基"的物体;(3)物质世界的统一性是多样性的统一,而不是单一的无差别的统一,世界的物质统一性以具体物质形态的差异性、多样性为前提,而物质形态的差异性、多样性又以它们的客观实在性为基础。

　　分析选项:题干中杜林的观点承认世界是统一的,但认为世界的统一性在于它的存在。他把世界统一性的前提同世界统一性自身混为一谈了。"世界统一于存在"这一提法,含混不清,"存在"这个概念缺乏明确的规定性,既可赋予物质存在的含义,也可赋予精神或神的存在的含义,从而掩盖唯物主义和唯心主义的对立。恩格斯在《反杜林论》中针对杜林关于世界统一于存在的错误主张提出了世界真正的统一性在于其物质性。因此,D选项符合题意。

　　A选项唯物主义主张世界的本原是物质,物质决定意识,世界是统一于物质这个存在。与题意不符。B选项唯心主义主张世界统一于精神或神的存在,也不合题意。C选项形而上学是指孤立的、片面的、静止的考查事物的观点和方法,与题意没关系。

　　7. 狼孩没有意识,这一事实说明意识的产生(　　)(单选)

　　A. 不仅是自然界长期发展的产物,而且是社会的产物

B. 不仅是物质现象而且是社会现象

C. 是社会的产物,而不是自然界发展的产物

D. 不仅反映自然界而且反映社会

【考点分析】本题所考查知识点:意识的产生。

【解题分析】分析题干:题干中的狼孩之所以没有意识,是因为他长期脱离人类社会,即使客观存在作用于他的大脑,也不能形成人的意识。所以,如果脱离社会实践,不参加任何社会活动,就不会形成人的意识。

选项分析:从意识的起源来看,意识是物质世界高度发展的产物,它既是自然界长期发展的产物,又是社会的直接产物。A 选项正确反映了题干。B 选项把意识的产生看做是物质现象和社会现象,也就是把意识等同于物质,属于庸俗唯物主义的观点。C 选项片面,意识的产生不仅是自然界长期发展的产物,又是社会的直接产物。D 选项混淆了意识和意识的产生,意识不仅反映自然界也反映社会,这与意识的产生没有关系。

8. 意识和物质的对立只是在非常有限的范围内才有绝对的意义,超出这个范围,其对立便是相对的。这是因为(　　)(多选)

A. 意识根源于物质　　　　　　　B. 意识是物质的反映

C. 意识是物质的固有属性　　　　D. 意识是物质的存在形式

E. 意识可以转化为物质

【考点分析】本题所考查知识点:意识和物质的辩证关系。

【解题分析】结合选项分析题干:题干的意思是意识和物质的对立不总是绝对的,在一定条件下,二者的对立是相对的,再由选项可判断本题考点是意识和物质的辩证关系。

考点详解:题干的出处是列宁的《唯物主义和经验批判主义》一书,列宁认为,物质和意识是两个最为广泛的哲学范畴,给物质下定义,只能用与其对应的概念——意识的关系来下定义,因为物质第一性,意识第二性,在这个范围内,两者的对立是绝对的,即无条件的、不能改变和颠倒的,否则,就不能坚持唯物主义的基本立场。但是,一切对立都具有绝对性和相对性,物质和意识的对立也不例外。物质和意识的对立具有相对性,是因为意识根源于物质,是物质的产物;意识是物质的反映;意识具有能动作用。总之,物质和意识具有统一性。如果否认这一点,就会陷入二元论或不可知论、形而上学唯物论。因此,ABE 三个选项符合题意。

C 选项认为意识是物质的固有属性,包含有凡是物质都有意识的倾向,属于万物都有灵魂的"物活论"观点,否认了意识是人脑的机能,是人特有的精神活动。

D 选项认为意识是物质的存在形式,即意识与物质从来都是并存的,否认了意识是物质高度发展的产物,也不了解意识是对物质的主观反映,否认了意识同物质的原则区别,含有庸俗唯物主义思想。

9. 霍尔巴赫认为:"人是自然产物,存在于自然之中,服从自然的法则,不能超越自然。"这一观点(　　)(多选)

A. 否定了人具有主观能动性　　　B. 肯定了自然规律的客观实在性

C. 认为人们只能认识规律,不能利用规律　　D. 将机械决定论贯彻到人的活动领域

【考点分析】本题所考查知识点:意识的主观能动性。

【解题分析】提炼考点:题中强调了自然法则的不可改变,这也就承认了自然规律是具有客观实在性的。同时,由题干所说人不能超越自然,可知这种观点否认了人的主观能动性。结合选项分析,可知本题考点是意识的主观能动性。

分析题干选择答案:题干中霍尔巴赫只承认自然规律的客观实在,认为人只能服从自然,只能认识

规律,而不能利用规律,从而否认人的主观能动性,这是一种形而上学机械论的观点。所以,ABCD 四个选项都是对题干意思的正确说明。

(二)唯物辩证法部分

1. 普遍联系是唯物辩证法的第一个总特征,唯物辩证法所理解的联系是指以(   )(单选)

A. 事物的运动为前提的 B. 事物的共性为前提的

C. 事物的对立统一为前提的 D. 事物间的确定界限为前提的

【考点分析】本题所考查知识点:联系及其客观性。

【解题分析】提炼考点:结合题干和选项,推出本题考点为联系的前提。联系是指事物内部诸要素之间以及事物之间的相互影响、相互作用和相互制约。辩证的联系是以承认事物之间的区别为前提的,相互区别的事物又通过联系而相互转化。

选项分析:通过以上知识点分析可知,D 选项符合题意。

A 选项中,如果只以事物的运动为前提,而忽略了事物间的界限,就会把所谓普遍联系歪曲为"此亦彼也,彼亦此也",陷入相对主义。所以,此选项错误。B 选项,如果只以事物的共性为前提,而忽略个性,事物之间只能是混沌一团,就说不清是什么东西和什么东西相联系,也就无所谓联系。此选项也错误。C 选项不符合题意,对立统一是唯物辩证法的核心而不是联系的前提。

2. 据媒体报道,美国哥伦比亚大学的社会学家利用互联网技术做了一次实验,证明只要通过"电子邮件的 6 次信息接力",一个人就可以同世界上任何一个陌生人联系上。这表明(   )(多选)

A. 世界是相互联系的统一整体

B. 事物之间的联系都是人为的

C. 世界的普遍联系是通过"中介"实现的

D. 信息是世界普遍联系的基础

【考点分析】本题所考查知识点:联系的普遍性。

【解题分析】题干解析:从复杂的内容中提炼出核心考点,这是对于较长题干分析的首要任务。对于本题来说,其意思就是:一个人通过"电子邮件的 6 次信息接力"就可以同世界上任何一个陌生人联系上。这就说明世界是一个相互联系的整体,也表明了世界的普遍联系,而且这种普遍联系是通过"中介"(信息接力就是通过中介)而实现。由此可以推断出,本题实际考查的是普遍联系的观点。所以,AC 选项符合题意。

对错误选项的分析:电子邮件的信息固然是人发出的,但是信息的传输、接受却是一个客观的相互作用的过程,是物质的运动过程,信息的传输、接受都依赖于物质,物质是信息的载体。选项 B 把事物之间的联系都看成是"人为的",否认了联系的客观性,是错误的。

信息是他物的性质、结构、状态和历史在此物中以某种方式的再现,它通过事物间的相互作用和反映表现出来。信息不是具体的物质实体,而是物质的属性和功能的表现,信息的发出、传递和接受,都必须有一定的载体,它依赖于物质。因此,信息不是世界普遍联系的基础,世界普遍联系的基础是物质。选项 D 排除。

3. 在科学上,高能物理和天体物理的研究证明,地球上的核反应、元素蜕变现象与宇宙天体运动存在着共同规律,这说明这两种科学现象之间具有(   )(多选)

A. 间接的联系 B. 内在的联系

C. 偶然的联系 D. 本质的联系

【考点分析】本题所考查知识点:规律与联系。

【解题分析】巧解题干,选择答案:在解题过程中,可能会遇到一些材料所涉及的领域是我们不熟悉的,就会无从下手。但其实只要我们对题干仔细阅读,稍加注意就会发现,这种题根本不需要我们具备相关知识背景。就本题来说,我们只需注意其中的关键词"存在着共同规律",就会发现本题考查的是事物内部固有的、本质的、必然的联系。也就是说本题的隐性考点,即实质考点是规律。所以,正确答案为BD。

不符合题意的选项分析:A选项的间接联系是指事物和现象之间要通过较多的中间环节和中介而发生的相互依赖、相互影响、相互制约、相互作用的关系,并不是本质的固有的联系,因此不选。

C选项,偶然的联系指事物联系和发展过程中并非确定发生的,可以出现、也可以不出现,可以这样出现、也可以那样出现的不确定的联系。而题干中所体现的联系,是本质的、固有的,并不是可有可无,因此不选。

4."芳林新叶催陈叶,流水前波让后波",这一句诗体现的哲理是( )(单选)

A. 世界处于运动不居的状态　　　　B. 静止是运动的特殊状态

C. 新事物必然战胜旧事物　　　　　D. 量的积累达到一定程度必然引起质变

【考点分析】本题所考查知识点:发展的实质。

【解题分析】巧解题干,选择答案:以选取古诗句的形式来考查哲学原理的题近年来并不鲜见。对于这类题,考生可能会觉得只有完全理解了诗句意思,才能选出正确答案。其实,做这种题也是有技巧的,即找出其中对应的词。就本题来说,"新叶"与"陈叶"、"前波"与"后波"分别对应,其中"新叶"和"后波"代表新事物的发展趋势,"陈叶"和"前波"是旧事物的代表,所以,题中诗句所体现的哲学原理就是发展,即新事物必然战胜旧事物。正确答案为C选项。

对不符合题意的选项的分析:题干虽然体现了运动,但这种运动是前进和上升,不是简单的运动,A选项不符合题意。题干中并未涉及静止的观点,也未涉及质量互变规律的观点,因此B选项和D选项不选。

5. 西周末年思想家史伯说:"和实生物,同则不继。以它平它谓之和,故能丰长而物归之。"这里所包含的辩证法思想有( )(多选)

A. 矛盾的同一是包含差别的同一

B. 对立的统一是事物发展的动力

C. 不包含内部差别的事物就不能存在和发展

D. 矛盾的一方只有克服另一方才能达到统一

E. 事物是由不同方面、不同要素构成的统一体

【考点分析】本题所考查知识点:矛盾的同一性和斗争性。

【解题分析】题干解析:题干出自《国语·郑语》,记载的是中国西周末年思想家史伯与郑桓公的谈话。这里讲的"和",即"以它平它",指把不同的东西或要素相互结合,是包含差异性的和谐统一。"同",即"以同裨同",指完全等同或相同的东西或要素的重合,是没有差异性的同一。不同性质的东西、有差别的事物相结合才能生成和变化成丰富多彩的万事万物,这就是"和实生物"。相反,若"以同裨同",那就如同单一音调不好听、单一滋味不好吃、单一材料不成器,不能产生和形成丰富多彩的事物,这叫"同则不继"。

选项分析:唯物辩证法认为,任何事物都包含着内在的差别和矛盾,都是包含着差别和矛盾的统一,是由不同方面或要素构成的统一体,不包含内部差别和矛盾的事物是不存在的,正是由于事物的内在差别和矛盾,即对立的统一,才推动了事物的不断发展。史伯的谈话中朴素地体现了选项ABCE指出的思想,为正确答案。选项D指出的"矛盾一方只有克服另一方才能达到统一"在题干中没有体现,因此排除。

解题技巧:在解题过程中,往往会遇到一些题,我们并不能读懂题干中所引用材料的意思,这个时候考生不用担心,因为这并不妨碍我们做题。我们只要利用所掌握的知识判断各个选项的正误,然后选择正确的选项即可。

6. 下列做法符合矛盾普遍性和特殊性辩证关系原理的有(　　)(多选)

A. "解剖麻雀"、抓好典型

B. 一般号召和个别指导相结合

C. "集中优势兵力"反对"两个拳头打人"

D. 马克思主义与中国具体实际相结合

【考点分析】本题所考查知识点:矛盾普遍性和特殊性的辩证关系。

【解题分析】紧扣考点,分析选项:本题的题干中明确给出了考点,即矛盾的普遍性和特殊性的辩证关系。所以,此题要紧扣考点进行选项分析。A选项中的"解剖麻雀",毛泽东曾经说:"搞调查研究要像解剖麻雀一样。研究麻雀,只需解剖一两个麻雀,就可以知道所有麻雀的情况。搞调查研究,掌握了一两个地方的情况,也就对所有地方的情况做到心中有数。"这生动地揭示了个别反映一般、特殊体现普遍的哲理。抓好典型也是一个意思。选项BD都是矛盾普遍性和特殊性关系原理的体现。C选项体现的是矛盾不平衡性原理,即矛盾的主次方面原理。

推出结论:通过以上分析可知,选项ABD都体现了题干要求,为正确答案。C选项所反映的哲学原理不符合题意,排除。

7. 在工作中抓中心环节的理论依据是(　　)(单选)

A. 矛盾的普遍性原理　　　　　　B. 矛盾的客观性原理

C. 矛盾发展的不平衡性原理　　　D. 矛盾的同一性和斗争性辩证关系原理

【考点分析】本题所考查知识点:矛盾不平衡性原理。

【解题分析】分析题干,找出对应原理:对于比较简单的题干,只需稍加分析就能推出所考知识点。本题干考查的是"抓中心"的理论依据,很明显这是属于矛盾发展的不平衡性原理,即主要矛盾和次要矛盾、主要方面和次要方面的辩证关系。

对相关原理的详尽解析:矛盾的不平衡性原理

主要矛盾和次要矛盾、矛盾的主要方面和次要方面。主要矛盾是在一个矛盾体系中居于支配地位、对事物的发展过程起决定作用的矛盾;次要矛盾则是在一个矛盾体系中处于从属地位、对事物的发展过程不起决定性作用的矛盾。主要矛盾规定和影响次要矛盾,解决好主要矛盾,次要矛盾也就比较容易解决;次要矛盾对主要矛盾也有影响,次要矛盾处理得好,有利于主要矛盾的解决。

主要矛盾和次要矛盾在一定条件下,其地位可以相互转化。主要矛盾和次要矛盾辩证关系原理的意义是:它要求我们在一切实际工作中,必须首先抓住主要矛盾,也就是抓住重点、抓住中心;同时也要注意非主要矛盾,在抓重点时要照顾一般,学会"弹钢琴"的工作方法。矛盾力量的不平衡性,要求我们把唯物辩证法的两点论和重点论结合起来。

推出结论:通过以上分析,选项C矛盾的不平衡性原理是抓中心环节的哲学依据,为正确答案。ABD选项在题干中并未体现,因此不选。

8. "天下难事,必作于易;天下大事,必作于细。"老子的这句话中包含的哲学道理是(　　)(多选)

A. 现象是本质的外部表现　　　　B. 特殊性中包含着普遍性

C. 量变是质变的必要准备　　　　D. 质变是量变的必然结果

【考点分析】本题所考查知识点:量变质变规律。

【解题分析】题干分析:对于中国传统文化中的观点,要先理解其意思,再推敲其中包含的哲学原理。本题干引自《老子》,意思是说谋划难做的事,也得从最容易的事做起,规划宏伟的目标,还得从最不起眼的小事做起。

找出对应哲学原理:题干意思体现了质量互变规律。量变和质变是事物发展变化的两种基本形式或基本形态。量变和质变的关系之一就是相互转化:一方面,量变向质变转化,量变是质变的必要准备,质变是量变的必然结果。另一方面,质变向量变转化,质变不仅可以完成量变,体现和巩固量变的成果,而且可以为新的量变开辟道路。

选项分析:通过以上知识点分析可知,CD 选项符合题意。A 选项所说的现象和本质的关系与 B 选项所说矛盾的普遍性和特殊性原理,在题干中都没有涉及,与题目无关,因此不选。

9. 毛泽东同志在社会主义建设时期指出,对待本国传统文化和外国文化,要"古为今用、洋为中用",这句话包含的哲学道理是(   )(单选)

　　A. 辩证否定观　　　　　　　　　B. 矛盾的普遍性原理
　　C. 量变质变原理　　　　　　　　D. 事物发展是前进性与曲折性的统一

【考点分析】本题所考查知识点:否定之否定规律。

【解题分析】题干分析,找出对应哲学原理:对于题干只要分析"古为今用、洋为中用"的意思即可。在对待古代文化遗产时,要批判地继承,"古为今用","取其精华,弃其糟粕";对待外国的东西,要有选择地吸收,"洋为中用",既不能一概拒绝,也不能全盘照搬。总括起来,就是"扬弃",其对应的哲学原理是辩证的否定观。

相关知识点链接:辩证的否定观要求我们对一切事物采取科学的分析态度和方法。在考查事物时,必须同时看到它的肯定方面和否定方面。如果看不到肯定方面,就不能正确地把握事物当前的性质;如果看不到否定方面,就不能正确地展望事物发展的前途。在肯定中看到否定,在否定中看到肯定,不能肯定一切或否定一切。

选项分析:题干中毛泽东同志的这句话正是体现了这种科学的分析态度和方法,因此正确答案为 A 选项。其他选项在题目中都没体现,因此不选。

10. 辩证唯物主义认为事物发展的规律是(   )(单选)

　　A. 思维对事物本质的概括和反映　　B. 用来整理感性材料的思维形式
　　C. 事物内在的本质的稳定的联系　　D. 事物联系和发展的基本环节

【考点分析】本题所考查知识点:事物发展的规律。

【解题分析】选项分析:A 选项是指人们认识规律的途径和方法,是思维对规律的反映,而不是事物发展规律本身。事物发展的规律和思维对规律的反映之间是有区别的,因此,该选项不符合题意。B选项是唯心主义对规律的界定,因此不符合题意。D 选项中事物联系和发展的基本环节是辩证的否定,而不是规律。因此不选。

结合以上分析,进行推论:通过上面分析可知,辩证唯物主义认为事物发展的规律是指事物内在的、本质的、稳定的联系。因此,本题正确答案为 C 选项。

11. "如果事物的表现形式和事物的本质会直接合二为一,一切科学就都成为多余的了。"这个论断表明(   )(多选)

　　A. 现象和本质是有区别的　　　　　B. 现象是由本质决定的
　　C. 现象和本质是可以合二为一的　　D. 科学研究必须透过现象达到事物的本质

【考点分析】本题所考查知识点:现象和本质的辩证关系。

【解题分析】题干分析:题干的意思是如果现象和本质直接合二为一,就不需要科学了。也就是说现象和本质是不能合二为一的,二者是不同的,是有区别的。本题所考查知识点:现象和本质的关系。

对于本题,可以用排除法,即排除错误选项。C 选项表述明显有误,所以排除。

相关知识点链接:唯物辩证法认为,现象是事物的外部联系和表面特征,人们可通过感官感知,本质则是事物的内在联系,只有靠人的理性思维才能把握;现象是个别的、具体的,而本质是一般的、共同的;现象是多变的,本质则是相对稳定的;现象是丰富的,本质是比较深刻、单纯的。正是由于现象和本质是对立的,所以要求人们透过现象看本质。透过现象发现本质是科学研究的任务。

得出结论:由上述分析,不难看出,选项 ABD 都符合题意,为正确答案。

12. "凡事预则立,不预则废",这句话反映的是以下哪种关系( )(单选)

A. 可能和现实　　　　　　　　B. 原因和结果

C. 现象和本质　　　　　　　　D. 必然和偶然

【考点分析】本题所考查知识点:原因和结果的辩证关系。

【解题分析】题干分析,找出对应哲学原理:解此题的关键是理解题干的意思。"凡事预则立,不预则废"是《中庸》里的话,意思是说不论做什么事,事先有准备就能取得成功,没有准备就会失败。所以体现的是因果联系。

得出结论:通过以上分析可知,B 选项符合题意,为正确答案。ACD 选项在题干中都没有涉及,排除。

13. 大跃进时期的"浮夸风"中,某些生产队甚至汇报说水稻亩产达到十几万斤。改革开放后,水稻专家通过反复试验提出了我国水稻能够实现亩产过吨的目标。2003 年,我国栽培出了亩产 900 公斤的水稻,从而为进一步实现亩产吨级的目标奠定了基础。以上事实说明( )(单选)

A. 提出水稻亩产十几万斤的人混淆了现实的可能性和抽象的可能性之间的区别

B. 水稻专家提出的目标和实践成果体现了可能性总是向现实性转化的关系

C. "亩产过吨"目标与"水稻亩产十几万斤"的提法都具有抽象的可能性

D. "亩产 900 公斤"是朝着"亩产过吨"目标发展过程中有内在根据的、合乎必然性的存在

【考点分析】本题所考查知识点:可能性和现实性。

【解题分析】从选项中提炼考点:本题可以从选项中直接了解考点,即可能性和现实性。在题干内容较长,且看了题干也不能明确考点的情况下,可以从选项入手来分析。

明确几个概念:1. 不可能性:指在现实中没有任何实现根据和条件的,也就是永远不能实现的。2. 可能性:(1) 现实的可能性是在现实中有较为充分根据,在现阶段可以实现的可能性;(2) 抽象的可能性是在现实中缺乏充分根据和条件,因此只有在将来才可以实现的可能性。3. 现实性:指已经产生出来的有内在根据的、合乎必然性的存在。

选项分析:本题中水稻亩产十几万斤,就科技发展的趋势来看,在可预见的未来是不可能实现的,更不用说大跃进时期。所以,它不属于可能性,更不是现实的可能性或者抽象的可能性。选项 AC 错误。可能性也不一定总是向现实性转化,这种转化需要条件和实践,所以 B 选项表述不当,排除。D 选项是唯一符合"可能性与现实性"原理的选项,为正确答案。

14. 唯物辩证法和形而上学的对立表现在( )(多选)

A. 前者坚持用运动发展的观点看问题,后者则用静止的观点看问题

B. 前者坚持用联系的观点看问题,后者则用孤立的观点看问题

C. 前者认为事物内在矛盾性是事物运动发展的根本原因,后者否认事物的内在矛盾性

D. 前者主张规律是客观的,后者否认规律的客观性

【考点分析】本题所考查知识点:唯物辩证法和形而上学的区别。

【解题分析】根据考点,回顾相关知识点:本题考点直接明了,这就要求考生在平时的学习中掌握唯

物辩证法和形而上学的区别。

唯物辩证法和形而上学的主要分歧是:(1)唯物辩证法认为世界上一切事物都是相互联系、相互制约的;形而上学则认为世界上一切事物都是彼此孤立、互不联系的。(2)唯物辩证法认为事物是发展变化的,经历着由量变到质变、由低级到高级、由简单到复杂的曲折前进过程;形而上学则认为事物是静止不变的,如果说有变化,也只是数量上的增减或场所上的变更,没有质的飞跃。(3)唯物辩证法认为事物的内部矛盾是事物自己运动的源泉,是事物发展的根本原因;形而上学则否认事物的内部矛盾,把事物的变化看做是单纯外力推动的结果。是否承认事物的内部矛盾是事物发展的动力,这是唯物辩证法和形而上学对立的焦点和实质,也是其他方面分歧的根源。

选项分析:通过上述分析可以看出,ABC 选项符合题意,为正确答案。D 选项是唯物主义与唯心主义的对立,与辩证法和形而上学的对立不同。因此,本题正确答案为 ABC。

四、本章测试题及答案解析

(一)本章测试题

辩证唯物论部分

1. 列宁说:"当然,就是物质和意识的对立,也只有在非常有限的范围内才有绝对的意义,超出这个范围,物质和意识的对立无疑是相对的。"这里所讲的"非常有限的范围"是指( )(单选)

A. 物质和意识何者为第一性和第二性　　B. 物质和意识是相互作用、相互转化的

C. 物质是否能为意识所正确反映　　　　D. 意识能否反作用于物质

2. 哲学基本问题的第一方面即物质和精神何者为第一性的问题是( )(单选)

A. 区分唯物主义与唯心主义的标准　　　B. 区分唯物史观和唯心史观的标准

C. 区分辩证法与形而上学的标准　　　　D. 区分一元论与二元论的标准

3. 赫拉克利特指出,"这个万物自同的宇宙,既不是任何神,也不是任何人所创造的,它过去是、现在是、将来也是一团永恒的活生生的火,按照一定的分寸燃烧,按照一定的分寸熄灭。"这是一种( )(单选)

A. 庸俗唯物主义的观点　　　　　　　　B. 朴素唯物主义与辩证法相统一的观点

C. 形而上学唯物主义的观点　　　　　　D. 客观唯心主义与辩证法相统一的观点

4. 范缜指出:"神即形也,形即神也,是以形存则神存,形谢则神灭也。""形者神之质,神者形之用;是则形称其质,神言其用,形之与神,不得相异也。"范缜所表述的观点是( )(多选)

A. 精神和形体永存不灭的唯心主义思想

B. 形神不可分离的古代朴素唯物主义思想

C. 形体是产生精神的主体,精神是形体发挥的作用

D. 精神对物质具有依赖性,精神决不能脱离物质而存在

5. 恩格斯把费尔巴哈等旧唯物主义者称为半截子的唯物主义,并指出真正的唯物主义者在理解现实世界(自然界和历史)时是"按照它本身在每一个不以先入为主的唯心主义怪想来对待它的人面前所呈现的那样来理解……除此以外,唯物主义并没有别的意义。"这里的"半截子"主要指的是( )(单选)

A. 在坚持唯物论的同时,没有把唯物论和辩证法相结合

B. 在承认物质决定意识的同时,否认物质与意识的同一性

C. 在自然观上是唯物主义的,历史观上则陷入唯心主义

D. 把客观事物看做是既成的事实,但不承认事物的变化发展

6. 马克思主义哲学的产生是哲学发展史上的伟大变革,是因为( )(多选)

A. 在人类思想史上第一次有了绝对真理的理论体系

B. 使得无产阶级第一次有了自己的科学理论武器

C. 创立了唯物史观,使得社会科学第一次成为科学,使得社会主义由空想变成了科学

D. 在实践基础上实现了唯物主义自然观和历史观的统一

7. 列宁对辩证唯物主义物质范畴的定义是通过(　　　)(单选)

A. 物质和意识的关系界定的　　　　　B. 一般与个别的关系界定的

C. 哲学与具体科学的关系界定的　　　D. 认识与实践的关系界定的

8. 绝对运动和相对静止的关系表现在(　　　)(多选)

A. 没有绝对运动就无所谓相对静止

B. 没有相对静止也就无所谓绝对运动

C. 绝对运动包含着相对静止,相对静止包含着绝对运动

D. 绝对运动通过相对静止表现出来

9. 恩格斯指出,时间和空间离开了物质,当然都是无,都是只在我们头脑中存在的观念抽象。这说明(　　　)(多选)

A. 时间和空间都离不开物质

B. 时间和空间可以离开物质而存在

C. 时间和空间的存在既是绝对的又是相对的

D. 时间和空间都是客观的

10. 实践活动高于理论的品格,这是因为实践具有(　　　)(单选)

A. 客观实在性　　　　　　　　　　　B. 自觉能动性

C. 社会历史性　　　　　　　　　　　D. 直接现实性

11. 马克思指出:"意识在任何时候都只能是被意识到了的存在,而人们的存在就是他们的实际生活过程"。这句话的含义是(　　　)(多选)

A. 意识和存在具有同一性　　　　　　B. 把意识与存在等同起来

C. 意识体现了主观和客观的辩证统一　D. 意识是物质世界在人脑中的主观映象

12. 宋朝画家文与可住宅的周围有很多竹子。他一年四季注意观察竹子的变化,对竹子的形状、姿态有透彻的了解,因而画出的竹子生动逼真。有诗云:"与可画竹时,胸中有成竹。"这一事实体现的哲学道理是(　　　)(单选)

A. 意识是物质世界长期发展的产物　　B. 意识是人脑的机能

C. 意识是对客观世界的能动反映　　　D. 物质具有不依赖于意识的客观实在性

13. 根据意识对物质的依赖性和能动性,应承认(　　　)(多选)

A. 意识是人脑分泌的特殊物质

B. 错误的思想也是客观存在的反映

C. 一切物质都具有类似感觉的反映特性

D. 改造世界是意识能动性最突出的表现

14. 广大农民在致富奔小康的过程中深切体会到:"要富口袋,先富脑袋"。这一说法在哲学上的意义是(　　　)(单选)

A. 精神是第一性的,物质是第二性的　B. 精神的力量可以变成物质的力量

C. 精神的力量可以代替物质的力量　　D. 先有精神,后有物质

15. 现在建造大楼,第一步是搞设计,然后才有大楼的建成。设计就是求大楼之理,因此"理在事

先"。这种观点是（　　）（单选）

　　A. 客观唯心主义的表现　　　　　B. 主观唯心主义的表现

　　C. 形而上学唯物主义的表现　　　D. 辩证唯物主义的表现

16. 唯物主义和唯心主义的区别表现在是否承认（　　）（多选）

　　A. 物质第一性、意识第二性　　　B. 运动的客观性，时间、空间的客观性

　　C. 意识对物质的依赖性　　　　　D. 意识的能动性

17. 主张"世界上除了运动着的物质之外，什么也没有"的观点，属于（　　）（单选）

　　A. 否认人的意识存在的自然唯物主义

　　B. 主张世界统一于物质的辩证唯物主义

　　C. 否认时间与空间存在性的唯心主义

　　D. 把人的意识理解成某种特殊的"精细物质"的机械唯物主义

18. "心生则种种法生，心灭则种种法灭"的观点是（　　）（多选）

　　A. 主观唯心主义　　　　　　　　B. 客观唯心主义

　　C. 唯物主义一元论　　　　　　　D. 唯心主义一元论

唯物辩证法部分

1. 久旱缺雨时，下雨对庄稼生长有好处；雨涝成灾时，下雨对庄稼生长有害。这说明（　　）（单选）

　　A. 事物的联系是普遍的、无条件的　　B. 事物的联系是现实的、具体的

　　C. 事物的运动是客观的、绝对的　　　D. 事物的相互联系与相互作用引起事物的运动

2. 广州人在饮食上喜欢追求新异，对菜肴的名称更是讲究。前几年桌桌流行"发财"（发菜——一种黑绿色藻类植物，没有特殊的食用价值，但对环境保护影响巨大），现在则是逢酒席必上"生财"（生菜）。吃发菜以求"发财"，吃生菜以求"生财"，从哲学上看这种做法否定了（　　）（单选）

　　A. 事物的联系是普遍的　　　　　B. 事物的联系的客观性

　　C. 普遍联系是通过"中介"实现的　D. 事物的联系的多样性

3. 唯物辩证法认为联系的客观性是指（　　）（多选）

　　A. 事物本身所固有的　　　　　　B. 不以人们的意志为转移的

　　C. 联系概念是对事物联系的反映　D. 人们不能改变任何事物的联系

4. 客观世界是一个普遍联系的世界，联系的普遍性表现在（　　）（多选）

　　A. 每一事物内部的联系　　　　　B. 一事物与它事物的联系

　　C. 世界是相互联系的整体　　　　D. 世界的普遍联系是通过中介来实现

5. 每一复杂的生物个体都是由各种不同的细胞构成的系统，其中每个细胞中的 DNA 都包含了该生物个体所有性状的遗传信息。由此可见（　　）（多选）

　　A. 系统等于各要素的总和　　　　B. 系统具有要素所不具有的特性

　　C. 系统的所有属性存在于要素之中　D. 系统和要素是相互渗透的

　　E. 系统和要素在一定条件下相互生成和转化

6. 一些地方的人们掠夺性地滥挖草原上的甘草，虽获得一定的经济利益，却破坏了草原植被，造成土地荒漠化，一遇大风，沙尘暴铺天盖地，给人们带来巨大灾难。这些挖甘草的人们（　　）（单选）

　　A. 只看到事物的客观性，没有看到人们的主观能动性

　　B. 只看到事物的绝对运动，没有看到事物的相对静止

　　C. 只看到眼前的直接联系，没有看到长远的间接联系

D. 只看到物与物之间的联系,没有看到人与人之间的联系

7. 下列联系中属于直接联系的有(   )(多选)

A. 生产力与经济基础　　　　　　B. 生产力与哲学

C. 阶级斗争与国家　　　　　　　D. 国体与政体

8. 发展揭示了新陈代谢这一宇宙间普遍的、永远不可抗拒的客观规律,发展的本质是(   )(单选)

A. 变化　　　　　　　　　　　　B. 增加

C. 创新　　　　　　　　　　　　D. 运动

9. "沉舟侧畔千帆过,病树前头万木春"所蕴含的哲学原理是(   )(单选)

A. 矛盾是事物发展的动力

B. 事物是本质和现象的统一

C. 新事物代替旧事物是事物发展的总趋势

D. 事物的发展是量变和质变的统一

10. 划分新生事物的标志是(   )(多选)

A. 时间上后出现的事物

B. 形式上、现象上新奇的事物

C. 合乎历史前进方向,具有远大前途的事物

D. 同历史发展的必然趋势相符合的事物

11. 唯物辩证法的核心是(   )(单选)

A. 量变质变规律　　　　　　　　B. 否定之否定规律

C. 事物普遍联系和永恒发展的规律　　D. 对立统一规律

12. 构建和谐社会的直接的辩证法依据是(   )(单选)

A. 矛盾的普遍性原理　　　　　　B. 矛盾的斗争性原理

C. 矛盾的同一性原理　　　　　　D. 矛盾的特殊性原理

13. 在自然界,没有上,就无所谓下;在社会中,没有先进,就无所谓落后;在认识中,没有正确,就无所谓错误。这说明(   )(单选)

A. 矛盾双方是相互排斥的　　　　B. 矛盾双方是相互渗透的

C. 矛盾双方是相互依存的　　　　D. 矛盾双方是相互转化的

14. 从哲学史上我们可以看到,各种唯心主义派别之间的差异和矛盾,常常有利于唯物主义的发展,这一事实说明(   )(单选)

A. 矛盾一方克服另一方促使事物发展

B. 矛盾一方的发展可以为另一方的发展提供条件

C. 矛盾双方中每一方的自身矛盾,可以为另一方的发展所利用

D. 矛盾双方的融合促使事物发展

15. 对立统一规律是唯物辩证法的实质和核心,这是因为(   )(多选)

A. 对立统一规律揭示了普遍联系的本质内容和发展的内在动力

B. 它是贯穿于唯物辩证法各个规律和各个范畴的中心线索

C. 矛盾分析方法是最根本的认识方法,把握对立统一是辩证法的实质

D. 是否承认对立统一学说是唯物辩证法和形而上学对立的焦点

16. 1999 年,中美两国就中国加入 WTO 达成了"双赢"的协议,它将对两国经济产生深远影响。这

在辩证法上的启示是(　　)(多选)

A. 矛盾的双方在相互斗争中获得发展

B. 矛盾一方的发展以另一方的某种发展为条件

C. 矛盾的一方克服另一方使自己获得发展

D. 矛盾双方既对立又统一,由此推动事物发展

E. 矛盾双方可以相互吸取有利于自身的因素而得到发展

17. 互联网给我们带来了丰富多彩、快捷的全球信息,但互联网本身还不完善,网上充斥着大量的垃圾信息和一些病毒程序,给人们造成了极大的经济损失,甚至一些邪教组织、贩毒集团、黑社会势力也在利用这一新的传媒手段进行新的犯罪活动。这表明(　　)(单选)

A. 新事物的成长并不是一帆风顺的

B. 矛盾是普遍存在的,互联网也不例外

C. 矛盾双方的对立统一是消极和积极的对立统一

D. 矛盾双方的转化总是在无条件地进行着,否则就不会有物质运动的绝对性

18. 实际工作中"一刀切"的工作方法的错误在于忽视了(　　)(单选)

A. 矛盾的同一性　　　　　　　　B. 矛盾的斗争性

C. 矛盾的普遍性　　　　　　　　D. 矛盾的特殊性

19. 党的十六大指出,要不断深化对共产党执政规律、社会主义建设规律、人类社会发展规律的认识。这"三大规律"(　　)(多选)

A. 是有层次的

B. 都是人的活动的规律

C. 是人们在改造社会的实践活动中创造的规律

D. 存在着个别、特殊和一般的关系

20. 认识我国改革开放和社会主义现代化建设的实践,必须分清主流和支流,而且要看到取得的成就是主要的,只有这样才能不迷失方向,坚定前进的信心。这在哲学上是坚持了(　　)(单选)

A. 普遍联系的观点　　　　　　　B. 运动发展的观点

C. 肯定与否定的观点　　　　　　D. "两点论"与"重点论"结合的观点

21. 两点论和重点论的关系是(　　)(单选)

A. 重点论以两点论为前提,两点论内在地包含着重点论

B. 两点论以重点论为前提,重点论内在地包含着两点论

C. 重点论以两点论为内容,两点论以重点论为形式

D. 两点论以重点论为内容,重点论以两点论为形式

22. 鲁迅在评《三国演义》时说:"至于写人,亦颇有失,以致欲显刘备之长厚而似伪,状诸葛之多智而近妖。"这一评述所蕴含的哲理是(　　)(单选)

A. 要区分事物的两重性　　　　　B. 要把握事物的度

C. 对事物既要肯定,又要否定　　D. 要把事物看作一个整体

23. 下列格言或成语中,体现量变质变规律的有(　　)(多选)

A. 九层之台,起于垒土　　　　　B. 有无相生,前后相随

C. 月晕而风,础润而雨　　　　　D. 千里之堤,溃于蚁穴

24. 下列现象中属于量变引起质变的是(　　)(多选)

A. 物体由于量的不同而区分为不同的形态和体积

B. 生产力发展引起生产关系发生根本变化

C. 种子在适宜条件下,经一定时间后发芽,长成禾苗

D. 认识由感觉到知觉和表象

25. 在新事物取代旧事物过程中的决定性环节是( )(单选)

A. 世界的物质性   B. 事物发展的前进性

C. 事物发展的曲折性   D. 辩证的否定

26. 辩证的否定观认为( )(多选)

A. 否定是事物内在矛盾所引起的自我否定   B. 否定是发展的环节和联系的环节

C. 否定是包含肯定的否定   D. 否定就是扬弃即克服和保留的统一

27. 掌握辩证否定观的重要意义是( )(多选)

A. 坚信新事物必然战胜旧事物

B. 承认新事物中留有旧事物中的因素

C. 承认社会发展是在曲折中前进

D. 以继承、批判与创新的态度对待中外文化遗产

28. 形而上学否定观主张( )(多选)

A. 事物的自我否定   B. 外在力量对事物的消灭

C. 包含肯定的否定   D. 主观、任意的否定

29. 人的活动与规律的关系是( )(多选)

A. 人不能创造规律   B. 人不能消灭规律

C. 人可以利用规律   D. 人可以认识规律

30. "只要知道自然界一切组成部分的相对位置和全部作用,一亿年以前的情况和一亿年以后的状况,都可以精确无误地演算出来,因为未来的一切早就在宇宙诞生时便已完全被确定了。"这是( )(单选)

A. 唯心主义决定论的观点   B. 辩证唯物主义决定论的观点

C. 非决定论的观点   D. 机械决定论的观点

31. "守株待兔"的故事中,农夫的错误从哲学上讲是( )(单选)

A. 否认了规律的客观性   B. 片面夸大了人的主观能动性

C. 没有在事物运动变化中把握规律   D. 把事物运动中的偶然联系当作了必然联系

32. 科学是研究事物发展规律的,因此"偶然性是科学的敌人",这个论断( )(多选)

A. 正确地反映了必然性和偶然性在科学研究中的作用

B. 违背了科学的任务是通过偶然性去揭示必然性的事实

C. 正确揭示了科学的严谨求实的态度

D. 实质上是主张纯粹必然性的机械决定论

33. 原因和结果的区分既是确定的又是不确定的,是指( )(多选)

A. 在某一具体的、特定关系中原因和结果的区分是确定的

B. 原因和结果的区分是由主体差异而导致其既是确定又是不确定的

C. 原因和结果的区分在自然界中是确定的,在社会中则是不确定的

D. 在世界复杂联系中,同一现象在一种关系中是结果,在另一种关系中则可能是原因

34. 我国制定 2020 年远景规划的依据是( )(单选)

A. 现实的可能性   B. 好的可能性

C. 抽象的可能性　　　　　　　　D. 现实性

35.把握可能性这个范畴,要注意区分以下哪几种情况(　　)（多选）

A. 可能性和不可能性　　　　　　B. 简单的可能性和复杂的可能性

C. 好的可能性和坏的可能性　　　D. 现实的可能性和抽象的可能性

36."是就是,不是就不是,除此之外,都是鬼话。"这一观点(　　)（单选）

A. 是诡辩论的观点　　　　　　　B. 是形而上学的观点

C. 是相对主义的观点　　　　　　D. 是辩证法的观点

37.根据唯物辩证法的过程论(　　)（多选）

A. 事物的发展是新事物通过艰苦的斗争不断壮大并逐渐战胜旧事物的过程,但由于条件的复杂性,发展的具体道路又是曲折的,既有高潮也有低潮,既有前进也有倒退

B. 发展是一种直线式的过程

C. 发展仅仅是迂回、循环、曲折的过程

D. 我们既要对前途充满信心,又要对困难有足够的估计,准备走曲折的道路

（二）测试题答案及解析

辩证唯物论部分

1.【参考答案】A

【答案解析】本题所考查知识点:哲学基本问题。

马克思主义物质观从物质和意识的关系中规定物质,指出物质是不依赖于人的意识的客观实在,说明了物质相对于意识的独立性、根源性,意识对于物质的依赖性、派生性,体现出马克思主义哲学科学地解决哲学基本问题的彻底的唯物主义观点。这一定义还表明,物质和意识的对立,只有在关于世界的本原的理论范围内指出它们何者为第一性、何者为第二性才具有绝对的意义;超出这个范围,物质和意识的对立便是相对的。因此物质与意识对立的范围只有一个,那就是它们何者为第一性,何者为第二性。根据这一点,BCD选项很容易排除。

2.【参考答案】A

【答案解析】本题所考查知识点:哲学基本问题与哲学派别之间的关系。

对思维和存在何者是第一性的不同回答是划分唯物主义和唯心主义的标准;对思维和存在有无同一性的不同回答是区分可知论和不可知论的标准。如何认识社会存在和社会意识的关系是区分历史唯物主义和历史唯心主义的标准。是否以联系的、发展的、全面的、矛盾的观点来考查世界是区分辩证法和形而上学的标准。一元论和二元论的区分标准是是否认为世界本原只有一个。

3.【参考答案】B

【答案解析】本题所考查知识点:古代朴素唯物主义思想和辩证法思想。

题干引自古希腊自然哲学家赫拉克利特关于世界万物本原的观点。赫拉克利特从燃烧的火中观察到宇宙正像处在一种生生不息的永恒的活火中,赫拉克利特的火近似于一种抽象物,它是世界的本原。这种本原具有永恒性、普遍性、流动性和秩序性。火转化为万物,万物又复归于火,而且在其燃烧和熄灭的过程中,火自身也要受一定原则的限制或支配,因而其运动也不是随意的,它构成这个世界存在的永恒规律。这样,赫拉克利特就把古代朴素唯物主义与辩证法思想完美结合起来。B选项正确。

A选项"庸俗唯物主义的观点"是19世纪流行于德国的把唯物主义庸俗化的思想观点。庸俗唯物主义承认唯物主义的基本原理,尖锐地抨击唯心主义的思辨哲学和宗教,但它把意识直接归结为物质,或认为人的精神活动只不过是脑物质的分泌物,或认为思想就是脑髓质的位移。代表人物有福格特等。此项与题干不符。CD选项与题干所体现的唯物主义观点是背道而驰的,所以它们不符合题意。

4.【参考答案】BCD

【答案解析】本题所考查知识点:唯物主义和唯心主义。

范缜是中国古代南朝齐梁时杰出的唯物主义哲学家和无神论者。"形"是形体,"神"是精神,"即"则是不能分离的意思。"质"就是主体,"用"则是作用。把上述两句话联系起来解释,就是说,形体和精神不能分离,有形体存在才有精神存在,如果形体消失了,精神也就无法存在了。形体是产生精神的主体,精神是形体发挥的作用,作用决不能脱离主体而单独存在。

在范缜看来,形体和精神是既有区别、又有联系的不能分离的统一体,即形神"名殊而体一","形神不二",从而批判了佛教灵魂不灭、因果报应、贫富在天的宿命论观点。A选项"精神和形体永存不灭的唯心主义思想",显然不是范缜的主张。B选项正确地反映了范缜的思想。C选项是题干最直接的意思,因此也符合题意。D选项同B选项一样也是范缜的观点。

5.【参考答案】C

【答案解析】本题所考查知识点:马克思主义哲学及其与其他哲学的区别。

A选项,费尔巴哈虽然抛弃了黑格尔的唯心主义,但是也抛弃了辩证法,本项意思正确,但是题意说的是在理解现实世界(自然和历史)时的唯心主义,故本选项与题意不符。

B选项,费尔巴哈承认物质决定意识,坚持唯物论,也承认物质与意识的同一性,即坚持可知性。但马克思主义哲学强调辩证唯物主义和历史唯物主义的统一,而费尔巴哈等旧唯物主义者的错误就在于坚持唯物的自然观时忘记了结合"历史",所以是"半截子"的。

C选项,费尔巴哈没有把唯物主义贯彻到社会历史领域,即在自然观上是唯物主义的,在历史观上却陷入唯心主义。从这个意义上来说,费尔巴哈等旧唯物主义者是半截子的唯物主义,因此,C选项正确。而D选项表述正确,但不符合题意。

6.【参考答案】BCD

【答案解析】本题所考查知识点:马克思主义哲学是哲学发展史上的伟大变革。

A选项,马克思主义有"与时俱进"的理论品质,我们不能拘泥于马克思主义经典作家的个别论断而不顾历史条件和现实情况的变化,而应将马克思主义哲学运用于实践并在实践中不断发展使之具有强大的生命力。本项内容的"绝对真理"否定了这种真理自身的"发展"性,把马克思主义哲学僵化了。

B选项,以往的一切占统治地位的哲学都是剥削阶级的哲学,是为统治阶级服务的,只有马克思主义哲学以改造世界、解放全人类为目的,是无产阶级的思想武器,是一切被压迫者进行斗争和反抗的利器,马克思哲学为无产阶级的自由解放运动提供了强大的思想力量。

C选项,马克思主义哲学创立了唯物主义历史观,结束了社会历史领域中唯心史观的统治地位。唯物史观的创立,把唯心主义从其最后的避难所驱逐了出去,把唯物主义自然观和唯物主义历史观统一起来,使唯物主义成为完备的、彻底的科学体系。

D选项,马克思、恩格斯把唯物主义和辩证法结合起来,在实践的基础上去理解物质世界,实现了唯物主义自然观和历史观的统一,使唯物主义具有了能动性。

7.【参考答案】A

【答案解析】本题所考查知识点:物质范畴。

列宁物质定义从物质与意识的对立中揭示了物质是世界的本原,物质对于意识的独立性、根源性、客观实在性,意识对于物质的依赖性和派生性,将二者区别开来;又从二者的统一中界定物质,揭示物质是通过人的感觉感知的,具有可认知性,表明物质与意识是紧密联系的,是统一的。因此,列宁是从物质和意识的关系上给物质下定义的。A选项正确。

B选项,一般与个别的关系,也叫共性与个性,普遍与特殊的关系,比如哲学物质范畴与具体物质形态之间的关系。因此该选项不符合题意。哲学与具体科学的关系是:各门具体科学是哲学的认识基础,哲学是各门具体科学的理论指导。列宁的定义中并未提到,因此 C 选项不选。D 选项,列宁的定义中并未提到认识与实践的关系,因此不选。

8.【参考答案】ABCD

【答案解析】本题所考查知识点:绝对运动与相对静止的辩证关系。

绝对运动和相对静止是辩证统一的:相对静止中包含着绝对运动,静中有动,绝对运动通过相对静止表现出来;绝对运动中也包含着相对静止的状态,动中有静;没有绝对运动就无所谓相对静止,没有相对静止也无所谓绝对运动,物质的具体形态都是绝对运动和相对静止的统一。承认运动的绝对性,并不否认相对静止;承认相对静止,但不能把静止绝对化。

通过以上分析,ABCD 四个选项都正确地表达了题意。

9.【参考答案】AD

【答案解析】本题所考查知识点:物质与时间和空间的关系。

辩证唯物主义认为,物质运动同时间和空间存在着内在的联系。物质运动具有时空特征,并且只有在时间和空间中才能进行。时间和空间是运动着的物质的存在形式。时空和物质运动是不可分离的,离开时空的物质运动和离开物质运动的时空都是不存在的。时间和空间同物质运动的不可分离性,表明了时间和空间的客观性,它们作为物质运动的存在形式同物质运动一样是不依赖于人的意识的客观存在。时间和空间的这种客观性,要求一切依时间、地点、条件为转移。所以,AD 选项正确表达了题意。

B 选项割裂了物质和时空的联系,认为时空可以脱离物质而存在,是形而上学的时空观。C 选项的表述是正确的,时空既是绝对的,又是相对的,是绝对和相对的统一。但是,此选项与题意无关,故不选。

10.【参考答案】D

【答案解析】本题所考查知识点:实践的基本特征。

列宁明确指出,实践高于(理论的)认识,因为它不但具有普遍性的品格,而且还有直接现实性的品格。按照列宁的观点,实践的普遍性品格是指实践必须以规律性的认识为指导,必须符合客观规律;实践的直接现实性品格是指实践是一种能够使外部对象发生变化的现实活动。正是因为实践不但具有普遍性的品格,而且具有现实性的品格,所以,D 选项正确回答了题干。

A 选项是实践的基本特征之一,用来表明实践是客观的物质活动,实践的要素、过程和结果都是客观的。B 选项是指实践是人有意识、有目的的改造客观世界的活动,具有目的性、自主性和创造性。这种自觉能动性是人区别于动物的特点,也是实践发展水平的标志之一。C 选项是指实践不是孤立的个人的活动,而是社会活动,并受着一定历史条件的制约。ABC 三项都表明实践的特点,但不能反映题干对实践本质的要求,故排除。

11.【参考答案】ACD

【答案解析】本题所考查知识点:意识的本质。

从意识的本质来看,意识是物质在人脑中的主观映象。意识是物质的产物,但不是物质本身。意识是对客观实在的能动的反映,其形式是主观的,内容是客观的,体现了主观和客观(以客观为基础)的辩证统一。题意是马克思把思维(意识)与存在的抽象关系转换成为现实的具体的关系。他认为,抽象的思维和意识其实都是社会的、历史的思维和意识,它最终根源于人的现实生活,根源于人的社会历史的现实。马克思用现实的人的实际生活过程去解释意识,体现了物质第一性,意识第二性的原理。

A 选项是对哲学基本问题第二个方面的回答,是否承认意识和存在具有同一性,构成可知论和不可知论的对立。C 选项说明意识是物质在人脑中的主观映象,因此在方法论上要一切从实际出发,把尊重客观规律和发挥主观能动性相结合。D选项是对意识的正确认识。通过以上分析可知,ACD符合题意。B选项把意识等同于存在,错误地解释了题干。

12. 【参考答案】C

【答案解析】本题所考查知识点:意识的能动作用。

从材料中可以看出,文与可之所以能画出的竹子生动逼真,是他长期观察,对竹子有透彻了解的结果,这说明人脑不会自动产生意识,只有当客观事物作用于人的感觉器官,并反映到人脑之后才形成意识,也就是说,意识是对客观世界的能动反映。所以C选项符合题意。

A选项是说意识的起源,与题意无关。B选项是说意识的本质,表述正确,但不合题意。D选项是物质的特性,虽然表述正确,但不反映题意。

13. 【参考答案】BCD

【答案解析】本题所考查知识点:意识对物质的依赖性和能动性。

该题有一定的难度,它不仅要求考生掌握意识对物质的依赖性和能动性的原理,还要求通过这些原理去判断一些命题的正误。

A选项是庸俗唯物主义的观点,这一说法完全抹杀了意识形式的主观性,把意识对物质的依赖性原理简单化了,把意识看做物质的一部分,是错误的。所以应排除。

选项B表述正确,意识包括正确的意识或思想,也包括错误的意识或思想,它们都是对客观存在的反映,内容都来自客观世界,错误思想是客观存在的反映是指错误思想有其产生的客观"原型"。比如鬼神的思想或观念,只不过错误思想是对客观存在的歪曲、颠倒的反映罢了。选项BCD都是辩证唯物主义的观点,符合意识对物质的依赖性和能动性原理,为正确答案。

14. 【参考答案】B

【答案解析】本题所考查知识点:物质与精神的关系。

"富口袋"指创造物质财富;"富脑袋"指学习和掌握科学理论、知识、技术和党的方针政策等。"富脑袋"对创造物质财富具有重要的指导作用。因此"要富口袋,先富脑袋"体现了精神对物质能动的反作用,说明精神力量可以转化为物质力量。所以,B选项正确。

AD选项与物质第一性、意识第二性的唯物主义原理背道而驰,属于唯心主义观点。C选项混淆了物质和精神的本质区别,也夸大了精神的作用,因此排除。

15. 【参考答案】A

【答案解析】本题所考查知识点:意识与物质的关系。

题干中所说建造大楼,第一步是搞设计,然后才有大楼的建成,这只能说明意识可以转化为物质,并不能得出意识是第一性的。"理在事先"是宋代朱熹提出的观点,这一观点把世界的本原归结为某种脱离人而存在的精神实体"理",是客观唯心主义的观点。所以,A选项符合题意。

B选项主观唯心主义是指把主观精神(人的感觉、经验、观念、意志、心等)作为唯一真实的存在和世界的本原,与题干无关。C选项,形而上学唯物主义的典型代表是费尔巴哈,他把物质世界仅仅看成外在于人的观察对象,人至多只能外在地描述事物的现象,而无法从事物内部理解事物的本质,是错误的。D选项辩证唯物主义认为物质是第一性的,意识是派生的,是第二性的,物质决定意识,意识对物质具有依赖性,意识具有能动性。物质可以转化为精神,精神也可以转化为物质。此选项不符合题意。

16. 【参考答案】ABC

【答案解析】本题所考查知识点:唯物主义与唯心主义。

辩证唯物主义认为,物质是第一性的,意识是派生的,是第二性的,物质决定意识,意识对物质具有依赖性,意识具有能动性。而唯心主义则认为是:意识第一性、物质第二性,意识决定物质。所以,AC

两个选项都是唯物主义的观点,也是唯物主义和唯心主义的区别。

B选项也是唯物主义的观点,物质是运动的,物质是运动的承担者,运动是物质的根本属性和存在方式,物质和运动不可分。物质运动具有时空性,并且只有在时间和空间中才能进行,时间和空间具有客观性。唯心主义则认为,运动是人们精神的运动、时空是意识和观念的产物、意识决定物质。所以B选项也是唯物主义与唯心主义的区别。

D选项则是二者都承认的观点,唯物主义在承认物质决定意识的前提下,也承认意识对物质的反作用,而唯心主义则夸大了意识的能动性,把意识看做是世界的本原。因此D选项不符合题意。

17.【参考答案】B

【答案解析】本题所考查知识点:世界的物质统一性原理。

题干出自列宁的《唯物主义和经验批判主义》,原文无"之外"两字。列宁指出"世界上除了运动着的物质,什么也没有,而运动着的物质只能在空间和时间中运动。"马克思主义哲学认为,整个世界千差万别的事物和现象,都以物质为基础,归根到底是物质的种种表现形态、形式或机能、属性,世界是物质的世界,简言之,世界的统一性在于它的物质性。这就是马克思主义哲学在世界统一性问题上的根本观点,即世界的物质统一性原理。所以选项B正确。

A选项是错误的。列宁上述论断并没有否认人的意识的存在。在马克思主义哲学看来,意识是人脑这种高度复杂的物质形态的机能和属性,是人脑对物质的主观反映形式;人脑是意识运动的物质承担者,意识运动伴随着人脑内部的物质运动,因此,意识也是"物质运动形式之一"(恩格斯语)。C选项也是错误的。列宁的上述论断没有否认时间和空间的客观存在,因为运动是物质的根本属性,而时间和空间是物质运动的"基本形式"(恩格斯语)。D选项把意识理解为"特殊"物质,认为意识是物质的一部分,是庸俗唯物主义观点,它否认了意识的主观反映性特征。

18.【参考答案】AD

【答案解析】本题所考查知识点:主观唯心主义关于世界统一性的观点。

"心生则种种法生,心灭则种种法灭",这是佛教禅宗的观点,其含义是说一切事物和现象(法)不过是心所产生的幻象,"心生"则一切事物和现象就存在,"心灭"则一切事物和现象也就不存在了,主观的心决定着万物,该观点否定了一切事物的客观实在性,认为外界一切都是以心为转移。它清楚地体现出精神性的"心"是宇宙的本原和决定者的含义,是主观唯心主义一元论。因此,AD选项符合题意。

B选项客观唯心主义是把某种脱离任何个人的精神(理、理念、宇宙精神、绝对观念等)变为独立的存在,并把它作为世界的本原和万物的创造者。不符合题意。C选项唯物主义一元论认为物质是世界的本原,物质是第一性的,世界统一于物质。不符合题意。

唯物辩证法部分

1.【参考答案】B

【答案解析】本题所考查知识点:事物联系的条件性。

从题干可以看出,降雨量是庄稼生长的条件,而降雨量的有无多少对庄稼生长的作用是不同的,恰好体现了联系的条件性。B选项所说的事物的联系是现实的、具体的,讲的就是联系的客观性和有条件性,它不以人们的主观意志为转移。人主观上对于下雨的利弊的判断和变化是因为客观条件的变化导致的。因此,B选项为正确选项。

A选项讲的是普遍联系是无条件的。而题干侧重在讲条件不同,具体的联系也是不一样的,与题干不符。因此不选。C选项所说的运动的绝对性在题干中并未提到,因此不选。题干中并未提到事物的相互联系、相互作用与运动的关系,而且事物的运动与发展是由内部矛盾引起的,因此D选项不符合题意。

2.【参考答案】B

【答案解析】本题所考查知识点:联系的客观性。

题干中的联系不是对客观的反映,并不能转化为现实,只是人们依据主观愿望、主观臆想创造出的联系,并不具有真实性,是否定了联系的客观性。B 选项讲的就是联系的客观性和有条件性,说明联系不是人们主观臆想出来的。所以,此选项符合题意。

从题干中,我们可以看出该题并未否定联系的普遍性,而是在肯定这种普遍性的基础上,用主观臆想的联系代替客观事物本来的联系。因此 A 选项不符合题意。C 选项,普遍联系是通过"中介"实现的,这是联系的普遍性中的一个方面,题干并没有否定这一点,因此不选。D 选项是说联系的多样性。而题干中体现的主观臆想的联系,并未否定这种多样性。

3.【参考答案】ABC

【答案解析】本题所考查知识点:联系的客观性。

任何联系都是客观的,凡真实的联系都是事物本身所固有的,是不以人们的意志为转移的。联系的客观性要求人们从事物固有联系中去把握事物,反对诡辩论用臆想的联系代替事物的真实联系。坚持联系的客观性就要把普遍联系的原理建立在唯物主义基础之上。因此,正确答案是 ABC 选项。D 选项的说法错误,人们不能改变每个事物的联系,但是可以改变某一事物的具体联系。

4.【参考答案】ABCD

【答案解析】本题所考查知识点:联系的普遍性。

联系的普遍性主要表现在四个方面,即选项 ABCD。因此,四个选项都符合题意。

5.【参考答案】BDE

【答案解析】本题所考查知识点:普遍联系中的系统观点,整体和部分的关系。

系统和要素、整体和部分是唯物辩证法的重要范畴。(1)系统是由若干要素(部分)相互联结构成的统一整体。(2)整体和部分是相互渗透的:整体由部分构成,它必然包含着部分;部分是整体的部分,它包含整体的基本要素,它的性质渗透于整体之中。(3)整体和部分在一定条件下相互转化:整体对包含着它的更大整体来说就转化为部分,部分对它的构成部分来说就转化为整体;部分可以转化为与它的整体并列的另一整体(如分解、分化、分裂、解体等),整体可以转化为与它的部分并列的另一部分(如融合、兼并、整合等)。

作为系统整体存在的生物个体与其组成部分的细胞及 DNA 的关系也是系统和要素、整体和部分的关系。因此,选项 BDE 符合题意。选项 A 表述错误,整体不是各部分的简单相加;选项 C 与正确选项 B 相悖,都应排除。

6.【参考答案】C

【答案解析】本题所考查知识点:联系的多样性。

该题干中,只看到了甘草的经济利益对当地人们经济收入的提高,这是直接联系。但没有看到滥挖甘草对自然环境的破坏,这种破坏给当地的长远发展带来更大的损失,这是间接联系。因此,本题的正确答案是 C 选项。

A 选项,人们的上述活动其实正是夸大了人的主观能动性,而忽视了客观规律性。该选项与题意正好相反。B 选项,题干中并未涉及绝对运动与相对静止之间的关系问题,因此不选。D 选项,题干中所讨论的是人与自然、人与物之间的关系,并不是简单的人与人、物与物的关系。

7.【参考答案】ACD

【答案解析】本题所考查知识点:联系的多样性。

经济基础是指同生产力的一定发展阶段相适应的生产关系的总和;哲学是意识形态,属于思想上层建筑,生产力决定生产关系但不直接决定上层建筑,所以,A 选项正确 B 选项错误。国家是阶级斗争的产物、国体决定政体,都是直接联系。因此,该题选 ACD。

8.【参考答案】C

【答案解析】本题所考查知识点:发展的本质。

发展不同于增长,它不仅是指数量的增加,更是指结构的改变和优化、质量的完善和提高,只有发展才能产生新事物,发展的本质是创新。从前提上看,发展必须要以理论和思维的创新为先导;从内容上看,发展不是一种简单的量的扩展,更重要的是一种新质的生成;从方式上看,发展是一种新的重组,是运作方式的重组,发展规则的重组,是发展总体思路、总体内容、总体目标创新的结果,是新的关系体系对旧的关系体系的扬弃和创新。因此,发展的本质就是创新。本题的正确答案是 C 选项。

9.【参考答案】C

【答案解析】本题所考查知识点:发展的实质。

发展的实质就是新事物的产生和旧事物的灭亡。新事物必然战胜旧事物。就本题来说四个选项全部正确,但最能体现这首唐诗中所蕴含的哲学原理的选项是 C 选项,因为"沉舟"和"病树"都是旧事物的代表,而"千帆过"和"万木春"则代表新事物的发展趋势,所以应选 C。

10.【参考答案】CD

【答案解析】本题所考查知识点:新事物的含义。

新事物是指符合历史发展的必然趋势,代表社会历史的前进方向、具有强大生命力的事物。符合此定义的选项是 CD。

11.【参考答案】D

【答案解析】本题所考查知识点:唯物辩证法的核心。

对立统一规律是唯物辩证法的最基本的规律,在唯物辩证法中占有十分重要的地位,是唯物辩证法的核心。第一,对立统一规律揭示了事物普遍联系的根本内容和事物发展的根本动力。第二,对立统一规律是贯穿辩证法其他规律和范畴的中心线索,理解对立统一规律是理解辩证法其他规律和范畴的钥匙。量变和质变、必然性和偶然性等,都是对立统一的关系。第三,是否承认对立统一规律是辩证法和形而上学两种发展观根本对立的焦点,是它们的根本区别之所在。第四,对立统一的分析方法即矛盾分析方法是认识事物的根本方法。因此,本题正确答案为 D。

12.【参考答案】C

【答案解析】本题所考查知识点:和谐社会与矛盾同一性的原理。

构建和谐社会是中国特色社会主义的一项基本任务。它要求人与人、人与自然要和谐相处,也就是在人与人、人与自然的关系中,学会在矛盾同一中思维,而矛盾的同一性原理正揭示了和谐社会的本质。所以选项 C 符合题意。选项 ABD 虽然都在和谐社会中有所体现,但它们并不构成直接的辩证法基础,因此应排除。

13.【参考答案】C

【答案解析】本题所考查知识点:矛盾同一性的含义。

矛盾的同一性是指矛盾双方相互依存,二者共存于一个统一体中,矛盾双方在对立的前提下,互为存在和发展的条件,每一方都以对方为自己存在的前提,并从对方取得自己的规定性,如题目中的上和下、先进和落后、正确与错误,都是作为矛盾的统一体而相互依存,依此分析应选 C。题干只说矛盾的依存,而没有涉及矛盾双方相互渗透、相互转化,更没有相互排斥的意思,故 ABD 都不符合题意,应予排除。

14.【参考答案】C

【答案解析】本题所考查知识点:矛盾同一性在事物发展中的作用。

矛盾同一性在事物发展中的作用有三个主要表现:使对立面相互联结,保持事物相对稳定,提供矛盾存在和发展的条件;使对立面在相互吸取、相互利用、相互促进中各自得到发展;规定事物发展的基本趋势。"各种唯心主义派别之间的差异和矛盾,常常有利于唯物主义的发展",这一事实说明矛盾同一性的第二个方面的作用,即通过相互利用推动矛盾双方各自得到发展。因此,选项 C 符合题意。

选项 AD 讲的是矛盾解决的不同形式或结果,不是讲矛盾同一性的作用,因此,与题意不符。选项 B 指的是矛盾双方相互促进的作用,题干中并没有强调矛盾双方发展,只是矛盾一方发展。所以 B 选项也与题意不符。

15.【参考答案】ABCD

【答案解析】本题所考查知识点:对立统一规律是唯物辩证法的实质和核心的原因。

对立统一规律是唯物辩证法最根本的规律,在三大规律中处于核心地位,起实质作用,选项 ABCD 都正确说明了其原因,为正确答案。

16.【参考答案】ABDE

【答案解析】本题所考查知识点:矛盾同一性和斗争性在事物发展中的作用。

1999 年,中美两国经过长期谈判,终于就中国加入 WTO 达成了"双赢"协议,这是中美双方长期谈判相互斗争的结果,体现了矛盾斗争性的作用,因此 A 选项正确。长期的谈判使中美双方认识到,中美双方的发展是互为条件的,是相互促进的,这体现了矛盾同一性的作用,因此 B 选项正确。长期谈判还使双方认识到,双方可以相互吸取有利于自身的因素而得到发展,这又体现了矛盾同一性的作用,因此 E 选项也正确。总之,中美双方在谈判中体现了双方既对立又统一,由此达到"双赢"的结果,因此 D 选项正确。

因为是"双赢",而不是"单赢",所以并不体现矛盾一方"克服"另一方。所以选项 C 不符合题意。

17.【参考答案】B

【答案解析】本题所考查知识点:矛盾的普遍性。

题干不是谈互联网本身的成长问题,而是说互联网的使用给我们带来便捷的同时也带来了一些负面效应,即矛盾是普遍存在的,如同一切事物都存在着矛盾一样,互联网也不例外,选项 B 符合题意。选项 A 本身正确,但是题干更侧重于说明互联网的矛盾性,所以不符合题意。选项 C 中矛盾双方是消极和积极的对立统一是形而上学的说法,不是所有矛盾双方都是消极和积极的,选项 D 中矛盾双方的转化一定要在一定条件下,不是无条件的。所以正确答案是选项 B。

18.【参考答案】D

【答案解析】本题所考查知识点:矛盾的特殊性。

辩证唯物主义认为,具体事物所包含的矛盾及其每一个侧面各有其特点,这就是说,一事物所包含的矛盾不同于其他事物所包含的矛盾,而且每一个矛盾的双方也都有自身的特点,每一事物都有着特殊的矛盾,从而规定着这一事物的特殊的本质,是区别和认识事物的前提和基础。矛盾的特殊性原理要求我们,分析任何事物,既要分析矛盾的普遍性,又要分析矛盾的特殊性;要具体情况具体分析,具体矛盾具体解决。题干中的"一刀切"所犯的错误正是不懂得事物的矛盾的特殊性。所以正确答案为 D 选项。

19.【参考答案】ABD

【答案解析】本题所考查知识点:个别、特殊和一般的关系、规律的特点和社会规律的特点。

在题干表述的三大规律中,人类社会发展规律是最高层次,社会主义建设规律是次一级的层次,共产党执政规律是再次一级的层次。因此,选项 A 是正确答案。上述三大规律既存在着区别,又存在着共同点,即它们都属于社会规律。社会规律不同于自然规律,它必须通过人的实践活动才能存在和实现,因此,这三大规律"都是人的活动的规律"。所以,选项 B 也是正确选项。唯物辩证法认为,个别、特殊、一般的区分既有绝对性又有相对性。在一定范围内为个别或特殊,在另一范围内可转化为一般。在上述三大规律中,且在这一范围内,共产党执政规律和社会主义建设规律属于特殊和个别,人类社会发展规律则属于一般。因此选项 D 也是正确答案。

社会规律虽然是通过人的实践活动存在和实现的,但它和自然规律一样都具有客观性、必然性,都不以人的意志为转移,都不是人创造的,而是事物内部本质的必然的联系和趋势。因此,选项 C 错误。

20.【参考答案】D

【答案解析】本题所考查知识点:两点论和重点论。

两点论与重点论相结合的方法,是矛盾不平衡性原理的方法论原则。ABC 三项的观点虽然本身也正确,但是都不能很好地表达题意。只有 D 选项更符合题意。所以考生在答题时一定要注意审题,找出最符合题意的答案。

21.【参考答案】A

【答案解析】本题所考查知识点:两点论和重点论的关系。

矛盾不平衡性原理的方法论要求我们在认识和实践中必须坚持两点论和重点论的统一。唯物辩证法的两点论是有重点的两点论,两点论内在地包含着重点论;唯物辩证法的重点论则以同时承认非重点论为前提。所以本题应选 A 选项。两点论和重点论不是内容和形式的关系,选项 CD 是干扰项。

22.【参考答案】B

【答案解析】本题所考查知识点:唯物辩证法关于度的概念。

试题中引用鲁迅评论《三国演义》的一段话,说明它在描写人物方面的偏失。《三国演义》为了显示刘备的长厚风范因为过度"而似伪",描写诸葛亮的足智多谋也因为过度"而近妖",这都是因为没有把握好事物的度。因此,正确选项是 B。

选项 ACD 本身都是唯物辩证法的正确观点,但鲁迅的上述一段话中并未包含这些选项所指出的思想,不合题意,应排除。

23.【参考答案】AD

【答案解析】本题所考查知识点:质量互变规律。

辩证唯物主义认为量变和质变是相互联系、相互转化的。一方面,量变向质变转化,量变是质变的必要准备,质变是量变的必然结果。另一方面,质变向量变转化,质变不仅可以完成量变,体现和巩固量变的成果,而且可以为新的量变开辟道路。选项 AD 体现了质量互变规律,符合题意。

题中"有无相生,前后相随"出自《老子》一书,体现的是矛盾双方相互联系、相互依存,处于对立统一之中;而"月晕而风,础润而雨"是劳动人民从大量的观察中总结出来的经验,它说明的是事物发生前总有某些征兆,它蕴藏着事物的现象表现事物的本质的哲理。

24.【参考答案】BC

【答案解析】本题所考查知识点:质量互变规律。

该题虽然联系实际但并不复杂,难度也不大。题干要求选择的是由量变而引起的质变,即发生质变的现象,选项 AD 都未发生质变。事物因量的大小不同而形态、体积不同,这不是质变;感觉、知觉、表象,是感性认识的三种形式,并未上升到理性认识,不是质变。而 BC 选项不同,生产关系发生根本变化(即根本性质变了),种子由于内部矛盾运动和外部适宜条件长成禾苗是辩证的否定,当然都是质变。

25.【参考答案】D

【答案解析】本题所考查知识点:辩证的否定观。

事物的发展是通过辩证的否定来实现的,辩证的否定为新事物的发展开辟了道路,客观事物正是通过辩证的否定这一环节,实现由低级到高级的发展。辩证的否定是新旧事物联系的环节,它在否定旧事物时,保留了旧事物中积极的东西,是包含着肯定的否定,因此,否定把新事物和旧事物联系起来。本题正确答案为 D 选项。

26.【参考答案】ABCD

【答案解析】本题所考查知识点:辩证的否定观。

否定之否定规律揭示了一切事物都包含着维持自身存在的肯定因素和促使自身灭亡的否定因素,两种因素的斗争,此消彼长,使事物的发展道路呈现出前进性和曲折性相统一的特征。四个选项都正确地说明了辩证否定观的内容,都为正确答案。

27.【参考答案】ABCD

【答案解析】本题所考查知识点:辩证否定观的意义。

ABCD 四个选项都是辩证否定观对人们在认识世界和改造世界中的具体要求,我们也只有根据辩证否定观的要求去看待和处理中外文化遗产、新生事物及社会发展中的困难和挫折,才能给我们的实践以正确的指导。

28.【参考答案】BD

【答案解析】本题所考查知识点:唯物辩证的否定观和形而上学否定观的根本对立。

唯物辩证的否定观认为,任何事物内部都包含着肯定方面和否定方面,事物的否定是自我否定;否定是既克服又保留,是包含肯定的否定,不是否定一切。形而上学否定观则否认事物的内在矛盾,必然把否定看成是外力作用的结果;是主观任意的否定;它在绝对对立中思维,要么肯定一切,要么否定一切,把肯定和否定绝对对立起来。因此,选项 AC 属于辩证的否定观,选项 BD 是形而上学的否定观。

29.【参考答案】ABCD

【答案解析】本题所考查知识点:人的能动性与规律的客观性。

规律的客观性包含两层意思:一是指规律的存在不以人们的主观意志为转移。不管人们是否认识它、喜欢它,它都客观地存在着。二是指规律是否发生作用也不以人们的主观意志为转移。当规律发生作用的条件存在时,规律就必然起作用。当规律发生作用的条件不存在时,规律就不起作用。规律具有客观性,还指它既不能被创造,也不能被消灭。人们不能根据自己的意志创造一个客观上不存在的规律,也不能改造或消灭仍然在起作用的规律。虽然规律的存在和作用不依赖于人的意识,而且人的意识活动本身就受到规律的支配,但是,作为认识主体的人可以发挥自己的主观能动性去认识和利用规律,按照规律办事。因此本题正确答案为选项 ABCD。

30.【参考答案】D

【答案解析】本题所考查知识点:事物发展的规律性、必然性和偶然性的关系。

题干中引用的话是18 世纪法国数学家、天文学家拉普拉斯的一段话,他认为,根据太阳系的初始状态,可以推算出自然界从过去到未来的一切状况;未来是含在过去的条件之中,一切都是必然的、可以精确确定的。他虽然坚决反对唯心主义非决定论,但他否认了偶然性的作用,是机械决定论观点。因此,正确选项是 D。选项 ABC 显然都不符合题意。

31.【参考答案】D

【答案解析】本题所考查知识点:必然性和偶然性的辩证关系原理的应用。

唯物辩证法认为,必然性和偶然性是对立统一的关系。一方面,必然性和偶然性是相互区别的,不能把二者混同。另一方面,必然性和偶然性又是相互联系的,并在一定条件下相互转化。"守株待兔"的故事中农夫没有正确地掌握必然性,而把事物运动中的偶然性当作了必然联系,因此是错误的。本题的正确答案是 D 选项。

32.【参考答案】BD

【答案解析】本题所考查知识点:必然性和偶然性的关系。

必然性代表着事物发展的本质和总趋势,处于事物发展的主导地位,那么探求必然性,研究事物发展的内在规律,当然就成为科学研究的主要任务。但是,这决不意味着可以忽视偶然性。偶然性不是科学的敌人,在科学研究中要重视一切偶然性和"机遇"。必然性不是赤裸裸地存在的,必然性通过偶然性为自己开辟道路,所以科学必须抓住偶然性,并从偶然性深入到事物的必然性。否认偶然性是机械决定论的观点。本题的正确选项是 BD。

33.【参考答案】AD

【答案解析】本题所考查知识点:因果区分标准的确定性与不确定性。

原因和结果的区分既是确定的又是不确定的。当我们把特定事物的原因与结果从普遍联系中抽取出来,进行单独考查时,原因与结果的区别就显现出来。每一组具体的因果关系都有自己确定的内容,原因是原因而不是结果,结果是结果而不是原因,不能因果倒置,这是原因与结果区分的确定性。如果我们从世界的普遍联系来考查,一切现象都在相互联系的因果链条之中,原因和结果经常互换位置,同一现象在一种关系中是结果,在另一种关系中就转化为原因了。这就是原因与结果区分的不确定性。如地壳运动引起地震,地震导致大量房屋被毁,在前一关系中,地震是地壳运动引起的结果,而在后一关系中,地震又成了导致房屋被毁的原因。因此,本题正确答案选 AD。

34.【参考答案】D

【答案解析】本题所考查知识点:现实性。

现实性是指已经产生出来的有内在根据、合乎必然性的存在。2020 年远景规划的依据首先是目前的实际情况,是已经取得的建设成果,属于现实性范畴。所以 D 选项符合题意。

35.【参考答案】ACD

【答案解析】本题所考查知识点:几种可能性的区分。

把握可能性这个范畴,要注意区分几种不同的情况:要区分可能性和不可能性;要区分现实的可能性和抽象(非现实)的可能性;要区分两种(好或坏)可能性。因此,本题正确答案为选项 ACD。B 选项为干扰项。

36.【参考答案】B

【答案解析】本题所考查知识点:辩证法和形而上学对矛盾的不同观点。

按照形而上学的观点,事物的同一是不包含任何差异和变化的抽象的、绝对的同一,一个事物要么存在,要么就不存在;同样,一个事物不能同时是自身又是别的东西。同一事物只能永远是同一事物,不能变为其他别的事物。这种观点只看到事物的同一性,否认事物存在着差异和对立。它看问题的方式是:是就是,不是就不是,除此以外,都是鬼话。这是一种典型的形而上学的思维方式,它从根本上否定了对立面之间的联系和转化,是一种孤立的、静止的、片面的观点。因为它只看到一个一个的事物,忽略了它们之间的联系;看到它们的存在,忘记它们的生成和消逝;看到它们的静止,忘记它们的运动;因为它只见树木,不见森林。本题的正确答案是 B 选项。

37.【参考答案】AD

【答案解析】本题所考查知识点:唯物辩证法过程论的思想。

事物的发展是新事物通过艰苦的斗争不断壮大并逐渐战胜旧事物的过程,但由于条件的复杂性,发展的具体道路又是曲折的,这是从内容上看事物的发展的;事物的发展既有高潮也有低潮,既有前进也有倒退,这是从形式上看事物的发展的,A 选项是正确的,说明事物的发展是前进性与曲折性的统一。

B 选项是直线论的观点,C 选项是循环论的观点,直线论和循环论都是片面的、错误的。D 选项是这一原理的方法论意义。正确答案是 AD。

1.3 认识世界和改造世界

1.3.1 重难知识点内在逻辑系统图

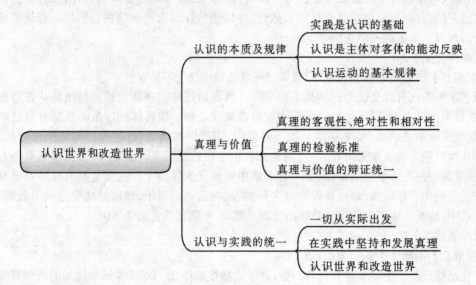

1.3.2 重难知识点详解

一、本章考点考查统计

学科	章节	考点	考查目标	已考查年度						
				2011	2010	2009	2008	2007	2006	2005
马克思主义基本原理概论	第三章 认识世界和改造世界	实践和认识的辩证关系	2、5	√	√	／	√	√	√	√
		认识的本质	2、3	／	／	／	／	／	／	／
		认识运动的基本规律	3、4	／	／	／	／	／	／	√
		真理与价值	3、5	／	／	√	√	／	√	√
		认识与实践的统一	2、4	／	√	／	／	√	／	√

二、本章重难知识点点拨

(一) 三个核心:实践、认识、真理

1. 实践(直接现实性、自觉能动性、社会历史性)

(1) 实践是人类特有的"主观见之于客观"的一切活动,特别是改造物质世界的对象性活动。

(2) 基本特征:

① (直接现实性)实践与认识的区别;

② (自觉能动性)人的实践活动与生物消极适应活动的区别;

③ (社会历史性)实践是人和社会的存在方式。

（3）基本形式：

物质生产；处理社会关系；科学实验。

2. 认识（反映论、能动性、创造性）

（1）（能动的反映论）认识是在实践基础上主体对客体的能动反映。

① 坚持了唯物主义反映论原则，认为认识是主体对客体的反映；

② 揭示出人的认识所具有的能动性和创造性的特征；

③ 强调能动性和反映性在实践基础上的统一，主体对客体的能动反映是以实践为中介而实现的。

（2）（能动性）主体反映客体的过程就是主体获取并加工、处理客体信息的过程，需要发挥人的信息选择机制和信息重构机制的作用。

（3）（创造性）人的认识不仅仅是客观事物的"摹本"，并且为改造客观事物提供"蓝图"。

3. 真理（客观性、绝对性、相对性）

（1）（真理和谬误相伴而生，既有原则区别，又相互包含和转化）真理是客观事物及其规律在人的意识中的正确反映。

（2）（客观性）真理中包含着不以人的意志为转移的客观内容；检验真理的标准是客观的社会实践。

（3）绝对真理与相对真理的辩证关系（相互区别、相互渗透、相互联结）

相互区别：

① 任何绝对真理都是对客观事物及其规律的正确反映，都具有不依赖于人的（客观）内容，这是无条件的、绝对的；人的认识按其（本性）能够正确认识无限发展的客观世界，也是无条件的、绝对的。

② 相对真理是指人们在一定条件下对客观事物及其规律的正确认识是（有限）的，即真理是有条件的。从认识的广度和深度来看任何真理都是一定范围一定程度上（近似）的反映。真理有待扩展和深化。

相互渗透：

任何相对真理中都包含着绝对真理的部分；无数相对真理的总和构成绝对真理。

相互联结：

真理是由相对走向绝对的永无止境的发展过程，任何真理认识都是由相对真理向绝对真理转化中的一个环节。

（二）两大规律：实践与认识的辩证关系规律、认识发展规律

1. 实践与认识的辩证关系（实践决定认识，认识指导实践）

（1）实践是认识的基础，它对认识具有决定作用，具体表现在：实践是认识的源泉，实践是认识发展的动力，实践是检验认识是否具有真理性的根本标准，实践是认识的最终目的。

（2）认识对于实践也有巨大的反作用：实践作为主观见之于客观的活动，本身就包含认识的因素，需要以正确的认识作先导；认识活动及其成果具有相对独立性，遵循其特有的逻辑；认识能够反过来指导实践。

（3）认识反作用于实践有两种情况：

① 正确的理论指导实践会促进实践；

② 错误的理论指导实践会阻碍或破坏实践。

2. 认识发展规律（认识发展是从感性到理性、反复与无限的过程）

感性认识和理性认识的辩证关系(相互区别、相互联系)

(1)相互区别:

① 感性认识是认识的低级阶段;理性认识是认识的高级阶段。

② 感性认识是客观事物直接作用于人的感官而产生的对事物表象的认识;理性认识是在感性材料的基础上通过抽象和概括对事物本身及规律的认识。

③ 感性认识通过感觉、知觉、表象三种形式反映;理性认识则通过概念、判断、推理三种形式来反映。

④ 感性认识反映事物的现象;理性认识反映事物的本质。

(2)相互联系:

① 理性认识依赖于感性认识。感性认识是认识活动的起点。

② 感性认识有待于发展到理性认识,这是认识的任务。

③ 感性认识和理性认识是相互包含、相互渗透的。

④ 感性认识和理性认识是辩证统一的。

(3)割裂感性认识和理性认识的辩证关系会导致唯理论或经验论的错误。

认识的反复性和无限性与认识和实践的具体的历史的统一

① 由于客观事物本身的复杂性及发展过程的无限性,人对事物的认识要受到主观和客观条件的限制,特别是受到具体的实践水平的限制,因此,认识的发展要经过"实践、认识、再实践、再认识"的循环往复以至无穷的过程。就某个具体事物而言,人们对它的正确认识,往往要经过由实践到认识、由认识到实践的多次反复才能完成。

② 就对于过程的推移而言,人们的认识又是一个无限发展的过程。

三、本章典型例题

1. 辩证唯物主义认为,认识的本质是(   )(单选)

A. 主体对各种认识要素的建构

B. 主体通过实践对客体的能动反映

C. 主体对客体本质的内省

D. 主体对客体信息的选择

【考点分析】本题所考查知识点:认识的本质。

【解题分析】在本题中,A 选项和 D 选项是指能动反映的必要途径和内在环节,而不是认识的本质,不符合题意。C 选项"主体对客体本质的内省",违背了以实践为基础的能动反映论原则,是错误的。B 选项"主体通过实践对客体的能动反映",揭示了认识的本质,为本题正确答案。

在认识的本质这个知识点中,需要注意区分认识的本质和实践的本质,认识的本质就是主体通过实践对客体的能动反映,实践的本质有一般本质和特殊本质之分。考生在复习过程中可以采用联想式复习方法,看到认识的本质迅速联想到实践的两个本质,还可以举一反三地回忆实践的特征、形式,这样才能达到对哲学原理的透彻理解和灵活运用,达到温故知新的效果。

2. 未来学家尼葛洛庞蒂说:"预测未来的最好办法就是把它创造出来。"从认识与实践的关系看,这句话对我们的启示是(   )(单选)

A. 认识总是滞后于实践   B. 实践是认识的来源

C. 实践高于认识   D. 实践与认识是合一的

【考点分析】本题所考查知识点:实践对认识的决定作用。

【解题分析】实践对认识的决定作用体现在以下四个方面:第一,实践是认识的来源;第二,实践是认识发展的动力;第三,实践是检验认识是否具有真理性的标准;第四,实践是认识的目的。

下面针对题干进行选项分析:

A选项是错误的。就一定实践过程的进行而言,人们总是先依据一定的认识和理论,制订实践决策,这是人类实践活动的特点;在社会发展的过程中,先进的阶级、阶层及其代表人物往往提出先进的、甚至超前的思想,指导实践的发展,这是认识相对独立性的突出表现。A选项的观点否认了科学预见、实践活动的自觉目的性和先进思想的存在及其作用。题干侧重于强调改造世界的实践活动,而不是讨论认识的来源问题,所以,B选项不符合题意。

C选项全面而本质地反映了题意。"预测未来的最好办法就是把它创造出来。"这里说的"创造",就是改造世界的实践活动,因为实践不仅是认识的来源、动力,还是检验认识真理性的标准和认识的目的。简言之,实践高于认识;只有通过实践,才能检验对未来预测的真理性,才能实现创造美好未来的目的。

实践是人类进行的"主观见之于客观"的一切活动,特别是改造世界的物质活动,认识则是人脑对客观事物的能动反映,两者有原则区别。D选项认为两者"合一",是错误的,应予排除。所以,本题的正确答案是C选项。

3. "实践、认识、再实践、再认识,这种形式,循环往复以至无穷,而实践和认识的每一循环的内容,都比较地进到高一级的程度,这就是辩证唯物论的全部认识论。"这个论断揭示了(　　)(多选)

A. 认识对实践的依赖关系

B. 认识过程的反复性和无限性

C. 主观和客观、理论和实践的具体的历史的统一

D. 认识过程的总规律

【考点分析】本题所考查知识点:认识发展过程相关的知识,包括认识过程中的总规律、认识过程的特性、认识过程中认识和实践的关系。

【解题分析】本题就认识和实践运动的循环往复提出问题,认识的运动发展过程具有反复性和无限性。

认识过程的反复性是指人们对于一个复杂事物的认识往往要经过由感性认识到理性认识、再由理性认识到实践的多次反复才能完成。认识发展的无限性是指对于事物发展过程的推移来说,人类的认识是永无止境、无限发展的,它表现为"实践、认识、再实践、再认识"的无限循环,由低级阶段向高级阶段不断推移的永无止境的前进运动。这种认识的无限发展过程,在形式上是循环往复,在实质上是前进上升的。本题的ABCD四个选项分别从认识和实践的辩证关系,认识过程的特性和认识过程的规律角度反映了题干中论断的含义,体现了主观和客观的统一,都为本题正确答案。

4. 毛泽东同志说:"感觉到了的东西,我们不能立刻理解它,只有理解了的东西才能深刻地感觉它。"这一论断揭示了(　　)(多选)

A. 感性认识和理性认识有质的不同

B. 感性认识需要上升到理性认识,理性认识能促进感性认识

C. 感性认识对人们认识事物本质没有实际意义

D. 感性认识是认识的初级阶段,理性认识是认识的高级阶段

【考点分析】本题所考查知识点:感性认识和理性认识的辩证关系。

【解题分析】题干引用了毛泽东同志的一段话,旨在考查关于感性认识和理性认识的相关知识。题干指出,感觉的东西,即感性认识,理解的东西,即理性认识。

A选项符合题意。感性认识和理性认识是统一的认识过程中的两个阶段,它们既有区别又有联系。

感性认识和理性认识在内容和形式上都有质的区别。所以,"感觉到了的东西,我们不能立刻理解它"。

B选项符合题意。感性中渗透着理性的因素。人们在获得感性认识时,总是以原有的知识为背景,使用已有的概念和逻辑框架,在理性认识参与和指导下进行。同样人们接触客观事物,由于知识结构不同,感受就可能大不一样,因此说"只有理解了的东西才能深刻地感觉它"。

C选项不符合题意。理性中渗透着感性的因素。理性认识不仅以感性认识为基础,而且要通过感性认识来说明。

D选项有些难度,题干中那句话的前半部分内容"感觉到了的东西,我们不能立刻理解它",指出了感性认识的局限性;但后半部分内容"只有理解了的东西才能更深刻地感觉它"则指出感性认识因为具有局限性,所以必须要上升到理性认识。综合起来看,D选项也是正确的。因此,该题正确答案为ABD选项。

5. 马克思主义认识论与唯心主义认识论的区别在于是否承认(　　)(多选)

A. 世界的可知性　　　　　　B. 客观事物是认识的对象

C. 认识起源于经验　　　　　D. 社会实践是认识的基础

E. 认识发展的辩证过程

【考点分析】本题所考查知识点:马克思主义认识论和唯心主义认识论的区别。

【解题分析】本题很具有代表性,马克思主义认识论和唯心主义认识论的区别是考研中常考知识点。马克思主义认识论和唯心主义认识论的区别在于是否承认客观事物是认识的对象,是否承认社会实践是认识的基础。

A选项把是否承认世界的可知性作为区分马克思主义认识论同唯心主义认识论的标志之一是不成立的。

BD选项符合题意。马克思主义认识论是以实践为基础的能动的反映论,首先它坚持唯物主义认识路线,承认物质第一性,意识第二性,客观事物是认识的对象,同时它坚持社会实践是认识的基础,认识是对客观事物的能动反映。唯心主义认识论则片面地抽象地夸大了主体能动性,坚持精神第一性,物质第二性,必然认为认识对象不是客观事物,而是主观感觉或者是客观精神;同时它否认社会实践是认识的基础。

C选项"认识起源于经验"不符合题意。认识起源于经验这一命题,唯物主义和唯心主义都可以接受,但什么是经验,经验来自何方,唯物主义同唯心主义存在着根本对立。马克思主义认识论认为,认识来源于实践,在实践中首先产生的是感性经验,在此意义上,也可以说认识起源于经验,经验同样是客观事物的反映。唯心主义则认为经验是主观自生的,是内心的经验和感受,或是上帝赋予的,否认经验的客观来源和实践基础。因此,C选项同样不能成立。

E选项不是马克思主义认识论与唯心主义认识论的区别,排除。

因此,该题正确答案为BD选项。

6. 辩证唯物主义从以下几个方面强调了真理的客观性(　　)(多选)

A. 物质第一性,意识第二性

B. 实践是检验主观反映客观正确性的唯一标准

C. 认为我们的感觉是客观世界的反映

D. 承认真理中包含着不以人和人的意志为转移的客观内容

【考点分析】本题所考查知识点:真理的客观性。

【解题分析】真理是客观事物及其规律在人的意识中的正确反映。凡是真理都具有客观性,客观性是真理的本质特征。

真理的客观性或客观真理有两层含义:一是指真理的内容是客观的,真理中包含着不以人的意志为转移的客观内容。真理的客观性或客观真理并不是说真理本身就是客观事物,也不是说它没有主观形式,而是说它所反映的内容是客观的。二是指真理的标准是客观的,客观的社会实践是检验真理的唯一标准。

在本题中,A 选项是唯物主义的根本观点,是辩证唯物主义承认客观真理的前提和基础,符合题意。

BCD 选项说明唯物主义认识论是建立在实践基础上的反映论,表明真理的内容是客观的,因而ABCD 都符合题意。

所以,本题的正确答案是 ABCD 选项。

7. 同党的群众路线"群众—领导—群众"相一致的哲学基础是(   )(多选)

A. 辩证法的"个别——一般—个别"

B. 认识论的"实践—认识—实践"

C. 辩证法的"肯定—否定—否定之否定"

D. 认识论的"认识—实践—认识"

【考点分析】本题所考查知识点:马克思主义认识论的实际应用。

【解题分析】这是一道理论和实际相结合的试题,命题点在于寻找和党的群众路线具有一致哲学基础的选项。

党的群众路线是一切为了群众,一切依靠群众,从群众中来,到群众中去。党的群众路线是马克思主义认识论在实际工作中的具体运用,它深刻地体现了马克思主义认识论的基本思想。

认识来源于实践,而实践的主体是人民群众。因此,认识主要来源于人民群众的实践。"从群众中来",就是我们党的领导干部应该把群众的经验和意见集中起来,形成理论、政策和办法。这大体上相当于从"个别"到"一般"的过程,从实践到认识的飞跃过程。"到群众中去"就是把已经形成的理论、政策和办法拿到群众中去宣传解释,化为群众的意见,使群众坚持下去,见之于行动,指导群众的实践。这大体相当于将"一般"转化为"个别",由认识到实践的飞跃过程。在这一过程中,理论、政策和办法等得到了检验、丰富和发展。

根据上述分析可知,AB 选项符合题意。C 选项辩证法的"肯定—否定—否定之否定"与题意无关,D 选项认识论的"认识—实践—认识"颠倒了实践与认识的关系,排除。因此,本题的正确答案是 AB 选项。

四、本章测试题及答案解析

(一) 本章测试题

1. 马克思主义之前的一切认识论都没有正确解释清楚认识的本质是"在实践基础上主体对于客体的能动的反映",其根本原因是(   )(单选)

A. 不懂得认识是一个不断发展的过程   B. 否认物质第一性,意识第二性

C. 不懂得实践是认识的基础   D. 否认思维与存在具有同一性

2. 下列判断体现辩证唯物主义认识论的实践第一的观点的是(   )(多选)

A. "不入虎穴,焉得虎子"

B. "秀才不出门,全知天下事"

C. "哲学家们只是用不同的方式解释世界,而问题在于改变世界"

D. "一步实际行动胜过十打纲领"

3. 列宁说,实践高于(理论的)认识,因为它不但有普遍性的品格,并且还有直接现实性的品格。这就是说实践之所以高于认识,是因为(   )(多选)

A. 实践决定认识,而认识不能决定实践

B. 实践是实现思想目的的物质活动

C. 实践是认识的根源,认识是实践的产物

D. 实践可以离开理论认识的指导

4. 恩格斯指出:社会一旦有技术上的需要,这种需要就会比十所大学更能把科学推向前进。整个流体静力学(托里拆利等)是由于16世纪和17世纪意大利治理山区河流的需要而产生的。这说明( )(单选)

A. 实践是认识的目的和归宿

B. 实践是检验认识的唯一标准

C. 所有科学的成果都直接来源于实践的需要

D. 实践是认识发展的动力

5. 生活中人们说"眼见为实",对"眼见为实"的哲学评价正确的是( )(单选)

A. 它肯定感性认识是正确认识

B. 它是人们长期积累的正确的间接经验

C. 它证明了凡是对客观事物的反映即是真理

D. 它否认了实践是检验真理的唯一标准

6. "追求真理比占有真理更宝贵。"德国诗人莱辛的这一著名诗句所包含的哲理是( )(单选)

A. 认识经历着从感性认识到理性认识的发展

B. 认识的根本任务是通过现象认识本质

C. 认识不能停滞,而应该不断扩展和深化

D. 改造世界比认识世界更重要

7. 判断对某一事物的认识是否完成的标志是( )(单选)

A. 占有的感性材料是否十分丰富而又真实

B. 感性认识是否已经上升到理性认识

C. 对该事物的理性认识是否运用于实践,取得预期效果

D. 对该事物的认识是否经过多次反复

8. 牛顿说:"假如我能比别人瞭望得略为远些,那是因为我站在巨人们的肩膀上。"这表明( )(多选)

A. 认识具有历史继承性

B. 实践不是认识的唯一来源

C. 间接经验是认识发展的重要条件

D. 直接经验对科学发展无任何作用

9. "物质的抽象,自然规律的抽象,价值的抽象及其他等等,一句话,一切科学的(正确的,郑重的,不是荒唐的)抽象,都更深刻、更正确、更完全地反映着自然。"这一论断说明( )(单选)

A. 感性认识和理性认识既有区别又有联系

B. 理性认识是对事物本质规律的认识

C. 抽象的东西是深刻的、正确的

D. 感性认识有待于上升到理性认识

10. 理性认识的主要形式包括(　　)(多选)

　　A. 概念　　　　　　　　B. 判断　　　　　　　　C. 推理　　　　　　　　D. 表象

11. 感觉是指人通过各种感觉器官收集和接受外界信息,在人脑中产生的对事物的个别属性和特性的反映。它在认识中的地位表现在(　　)(多选)

　　A. 它是认识的来源　　　　　　　　　　B. 它是感性认识的最初形式

　　C. 它是认识的深化　　　　　　　　　　D. 它是认识的起点

12. 唯物主义认识论与唯心主义认识论的根本分歧在于(　　)(单选)

　　A. 是否承认世界的本原是物质的

　　B. 是否承认矛盾是事物发展的动力

　　C. 是否承认认识是客体在人脑中的反映

　　D. 是否承认人有认识世界的能力

13. "人的感官是人认识外界事物的天然界限",这种观点是(　　)(单选)

　　A. 经验论　　　　　　B. 唯物论　　　　　　C. 不可知论　　　　　　D. 反映论

14. 古希腊著名哲学家、思想家柏拉图认为:"所有的研究,所有的学习不过是回忆而已。"对他的这一观点分析正确的是(　　)(多选)

　　A. 否认了认识是对客观对象的反映　　　B. 否认了认识的客观来源

　　C. 使认识神秘化从而歪曲了认识的本质　D. 是一种典型的唯心主义先验论

15. 一种认识是不是真理,要看它(　　)(单选)

　　A. 能否满足人们的需要　　　　　　　　B. 能否被多数人认可

　　C. 能否付诸实践　　　　　　　　　　　D. 能否在实践中最终取得预期的效果

16. 实践作为检验真理的标准,既是确定的又是不确定的,其不确定性是因为(　　)(单选)

　　A. 有些真理是根本无法通过实践来加以检验的

　　B. 任何实践检验都需要一定的逻辑证明作为其补充的手段

　　C. 作为检验真理标准的社会的实践总要受到历史条件的限制

　　D. 不同的人、不同的阶级各有其不同的实践标准

17. 真理和价值的对立统一的关系表现为(　　)(多选)

　　A. 追求真理和创造价值是人类的认识、实践活动的相互区别而又相互联系的基本内容

　　B. 真理原则侧重于客体性、条件性、统一性原则,价值原则侧重于主体性、目的性、多样化原则

　　C. 真理与价值相互贯通

　　D. 真理与价值在发展中相互引导,从价值走向真理,从真理走向价值

18. 在我国社会主义现代化建设中坚持解放思想、实事求是,就是要(　　)(多选)

　　A. 坚持马克思主义基本原理为指导,一切从国情出发,在实践中学习、探索、提高

　　B. 抛弃那些对马克思主义的教条式理解,对社会主义的不科学的甚至扭曲的认识

　　C. 抛弃那些超越社会主义初级阶段的不正确思想

　　D. 坚持反对那些根本否定马克思主义的错误观点

(二)测试题答案及解析

1.【参考答案】C

【答案解析】本题所考查知识:在马克思主义哲学产生之前,对认识本质的理解。

在马克思主义产生之前就有人承认认识是一个不断发展的过程,所以选项 A 错误。选项 B 的说法也是不正确的,因为旧唯物主义的直观反映论是承认物质第一性,意识第二性的。C 选项正确揭示了马

克思主义之前的一切认识论都没有正确解释清楚认识的本质的根本原因,符合题意。D选项不正确,因为部分唯心主义先验论和旧唯物主义的直观反映论都承认思维和存在的同一性。

2.【参考答案】ACD

【答案解析】本题所考查知识点:马克思主义哲学的实践观。

四个选项中的引言都体现了一定的哲学道理,但体现辩证唯物主义认识论的实践第一观点的是ACD三个选项,因为这三项的关键词"入虎穴"、"改变世界"和"实际行动"都是指实践,都体现了实践第一的观点。B选项"秀才不出门,全知天下事"体现的哲理是学习间接知识的重要性。

3.【参考答案】ABC

【答案解析】本题所考查知识点:马克思主义认识论关于实践第一的观点,实践对认识的决定作用。

A选项符合题意。B选项揭示了实践的客观物质性,符合题意。C选项揭示了实践是认识的来源,符合题意。ABC三项都正确地说明了实践高于认识的原因,为正确答案。D选项"实践可以离开理论认识的指导"的观点是错误的,不符合题意。

4.【参考答案】D

【答案解析】本题所考查知识点:实践是认识发展的动力。

题干强调的是认识之所以发展,是因为有实践的需要,D选项正确反映了题意。A选项和B选项内容都是正确的,但不符合题意。C选项的说法片面。

5.【参考答案】D

【答案解析】本题所考查知识点:实践是检验认识是否具有真理性的标准。

我们在实践中必须用实事求是的科学态度加以分析,必须经由感性认识上升为理性认识、理性认识到实践的多次反复,才能判断真假,得到对事物的正确认识。"眼见为实"显然夸大了感觉在认识中的作用,将感觉与事实相混淆,把亲眼所见等同于客观事实,取代实践作为检验真理的标准,在理论上容易导致主观唯心论,在实际生活中容易产生荒谬的判断。所以D选项符合题意。

A选项夸大了感性认识的作用,排除。B选项表述有很大的片面性。C选项的观点混淆了真理同人的一般认识的区别,是错误的。

6.【参考答案】C

【答案解析】本题所考查知识点:认识的不断深化。

题干讲真理性认识,没有涉及感性认识,A选项排除掉。B选项"通过现象看本质",这是认识的任务,其中不存在追求真理和占有真理的比较,不符题意。这句诗中的"追求真理",是指真理性认识的扩展和深化问题,是指发展真理,因此C选项符合题意。考生应明确莱辛的这句诗是讲认识世界的问题,不涉及改造世界,D选项排除。

7.【参考答案】C

【答案解析】本题所考查知识点:认识的完成。

A选项不代表认识是否完成,排除。B选项是认识过程的第一次飞跃,认识仅仅只完成了认识运动的一部分,排除。D选项不是判断认识是否完成的标志。C选项是认识过程中又一次能动的飞跃,经过这个飞跃,一个具体的认识过程才算告一段落,符合题意。

8.【参考答案】AC

【答案解析】本题所考查知识点:间接经验的重要性。

认识来源于实践,并不否认学习间接经验的必要性和重要性。由于具体的主体的生命和能力是有限的,不可能事事亲身实践,而且理论或认识本身也具有历史的继承性,所以主体也可以并应该通过读书或传授等方式来获得间接经验,这是发展人类认识的必要途径,但是间接经验归根到底也是来源于前人或他人的实践,而且人们接受间接经验也要或多或少地以某种直接经验为基础。只有把间接经验和直接经验结合起来,才能有比较完整的知识。所以 AC 选项符合题意。BD 选项的观点是错误的。

9.【参考答案】B

【答案解析】本题所考查知识点:理性认识是对事物本质的认识,是比感性认识更高级的认识。

题干是列宁的话,主要是强调理性认识能更深刻地反映事物的本质,即"一切科学的抽象都更深刻、更正确、更完全地反映着自然。"B 选项符合题意。

A 选项没有准确反映题意,排除。C 选项观点错误,排除。D 选项"感性认识有待于上升到理性认识",观点正确,但不符合题意。可见,在本题中,选项 AC 也是正确的,但与题意相比,选项 B 更确切。

10.【参考答案】ABC

【答案解析】本题所考查知识点:理性认识的三种形式。

理性认识是人通过思维对事物内部联系的间接的概括的反映。它是认识的高级阶段,主要包括概念、判断、推理三种形式。概念、判断、推理既相互区别又相互联系。本题的正确答案是 ABC 选项。

11.【参考答案】BD

【答案解析】本题所考查知识点:感觉在认识中的地位。

感觉是感性认识的最初形式,是意识和外部世界的直接联系,是物质的刺激向意识的最初转化。对形成人对外部世界的认识来说,感觉起着重要作用。由于人的各种感觉器官的结构和功能不同,接受的刺激不同,感觉可以分为许多类。由于有这些不同的感觉,人分别把握和体验着事物的各方面的特性。不通过感觉,人就不能知道任何事物的任何形式,也就谈不上认识。因此,感觉既是感性认识的起点,也是整个认识过程的起点。但不能说感觉是认识的来源,只有实践才是认识的来源。因此,本题的正确答案是 BD 选项。

12.【参考答案】C

【答案解析】本题所考查知识点:唯物主义认识论和唯心主义认识论的根本分歧。

"是否承认世界的本质是物质的",这是哲学上唯物主义和唯心主义的对立点。A 选项不属于认识论范畴,不符合题意;B 选项是辩证法和形而上学的不同,不符合题意;D 选项是可知论与不可知论的分歧,同样不符合题意;C 选项才是两种认识论对立的实质。

13.【参考答案】C

【答案解析】本题所考查知识点:对不可知论的理解。

人的感官是有一定局限的,比如人的眼睛看不到红外线,但我们并不能由此得出结论,说我们对红外线不可知,认为人的感官是认识外界事物的天然界限,实际上就是讲事物本质不可知,这是否认理性认识的不可知论。所以,应该选择 C。

14.【参考答案】ABCD

【答案解析】本题所考查知识点:唯心主义先验论对认识本质的看法。

唯心主义先验论从唯心主义世界观的基本立场出发,坚持从思想和感觉到物的认识路线,否认认识的对象是物质世界,认为认识是一种主观自生的、不受物质决定的东西。唯心主义先验论的根本错误,就在于把认识封闭在主观精神的圈子之内,否认认识的客观来源,实际上否认了认识是对客观对象的反映。所以 ABD 选项都符合题意。按照唯心主义先验论的观点来看,认识不过是对先天存在的东西的回忆,这样认识就成了无源之水、无本之木。它不但没有正确揭示认识的本质,反而使认识神秘化了。

所以 C 选项也符合题意。

15.【参考答案】D

【答案解析】本题所考查知识点：判断真理的标准。

选项 A 认为，一种认识是不是真理，要看它"能否满足人的需要"，这是一种实用主义真理观，否认了真理的客观性，否认了真理和错误的界限。B 选项认为，真理是"被多数人认可"，"认可"属于主观认识范畴，同样否认了真理包含的客观内容，多数人"认可"并非都是真理，相反，真理往往首先为少数人所认识和把握。"能付诸实践"的认识并非都是真理，把谬误"付诸实践"，导致实践的失败就是证明，这种观点同样否认了真理和错误的原则区别。因此，C 选项也是错误的。

一种认识、思想、学说是否正确，就要看它能否在实践中最终取得预期的效果，这是由真理的本性和实践的直接现实性特点决定的。因此，D 选项最符合题意。

16.【参考答案】C

【答案解析】本题所考查知识点：实践作为检验真理标准的确定性。

实践作为检验真理的标准是确定性和不确定性的统一。实践标准的确定性是指：实践标准是检验真理的唯一标准，此外没有别的标准；一切认识都必然接受实践检验，这是无条件的、绝对的。实践标准的不确定性是指：实践总是具体的、历史的，实践对真理的检验是个过程，有其历史局限性；每一特定历史阶段的实践往往不能充分证实或驳倒一切认识。在这一点上，它是有条件的、相对的。据此分析应选 C。而 ABD 的表达或片面或错误，故排除。

17.【参考答案】ABCD

【答案解析】本题所考查知识点：真理和价值的关系。

追求真理和创造价值是人类认识活动和实践活动的两大主题，二者既有区别又有联系。区别表现在：真理原则侧重于客体性，主要表明人的活动中的客观制约性，体现了社会活动中的统一性；价值原则侧重于主体性，主要表明人的活动中的目的性，体现了社会活动中的多样性。

真理和价值统一于人类的实践活动之中。人类在自己的实践活动中，要把真理原则和价值原则结合起来，通过一定的自我调节来解决真理和价值的冲突。一般来说，这种调节总要使价值服从真理，使需要服从可能，使暂时服从长远，使局部服从全局。人们在实践中通过真理与价值的相互引导、相互结合、相互过渡来实现真理和价值的具体的历史的统一。

真理和价值相互补充、相互渗透、相互引导而且是具体的历史的统一。ABCD 四个选项都是对二者辩证关系的具体解释，都符合题意。

18.【参考答案】ABCD

【答案解析】本题所考查知识点：解放思想、实事求是的方法论要求。

世界的物质统一性原理，要求我们坚持一切从实际出发，解放思想，实事求是。实事求是就是从客观存在的实际出发，从中找出其固有的规律，作为行动的向导，这是马克思主义哲学的核心；解放思想是在马克思主义指导下，打破不符合客观实际的旧的思想观念的束缚，研究新情况，解决新问题，这是马克思主义哲学的革命的批判的本质所在；不解放思想，不可能实事求是；离开实事求是，不是真正的解放思想。解放思想、实事求是是相互联系、相互渗透、相互促进的有机整体，是马克思主义世界观和方法论的集中体现和根本要求。解放思想、实事求是，是马克思主义的精髓，也是马克思主义哲学的精髓。因此，四个选项都是这一方法论的要求，均为正确答案。

1.4 人类社会及其发展规律

1.4.1 重难知识点内在逻辑系统图

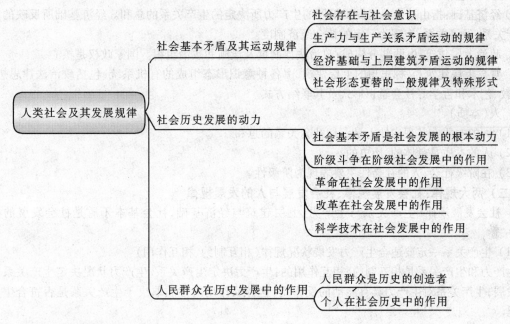

1.4.2 重难知识点详解

一、本章考点考查统计

学科	章节	考点	考查目标	已考查年度						
				2011	2010	2009	2008	2007	2006	2005
马克思主义基本原理概论	第四章 人类社会及其发展规律	社会存在与社会意识	2、3	√	/	/	/	√	√	/
		社会基本矛盾	3、4	/	/	/	/	/	/	/
		社会形态更替的一般规律及特殊形式	2、5	/	/	√	/	/	/	/
		社会历史发展的动力	2、4	/	/	/	/	/	/	/
		人的本质	3、5	/	/	√	√	/	/	/

二、本章重难知识点点拨

（一）两个核心：社会、人

1. 社会（社会存在与社会意识、社会形态）

（1）社会存在与社会意识

① 社会存在也称社会物质生活条件，是社会生活的物质方面，主要是指物质生活资料的生产及生产方式，也包括地理环境和人口因素。社会意识是社会生活的精神方面，是社会存在的反映，主要是对物质资料生产方式的反映。社会意识包括社会的人的一切意识要素和观念形态。

② 社会存在决定社会意识，决定其内容、形式和产生、发展。

③ 社会意识对社会存在有反作用。先进的社会意识对社会存在的发展起促进作用,反之则起阻碍作用。

(2)社会形态

社会形态包括经济基础、上层建筑。

① 经济基础:指由社会一定发展阶段的生产力所决定的生产关系的总和。经济基础所反映的内容是生产关系、经济关系,表现为一定的社会经济制度。

② 政治上层建筑:由两部分构成:政治法律制度及设施和政治组织。国家政权是核心。

③ 观念上层建筑:又称思想的上层建筑,由各种意识形态组成的有机系统,包括政治法律思想、道德、宗教、艺术和哲学等社会意识形式及其联结方式。

2. 人(本质)

(1)人的本质在其现实性上是一切社会关系的总和。

(2)人的本质是具体的、历史的。

(3)在阶级社会,人的社会性主要表现为阶级性。

(二)两大规律:社会发展规律、社会发展与人的发展规律

1. 社会发展规律(生产关系与生产力、上层建筑与经济基础,社会基本矛盾是社会发展的根本动力)

(1)生产关系一定要适合生产力发展状况规律(相互制约、相互作用)

生产力和生产关系是相互制约、相互作用的:生产力决定生产关系,生产力状况决定生产关系的性质和发展;生产关系对生产力具有能动的反作用,这种反作用的性质取决于生产关系是否符合生产力的状况。

(2)上层建筑一定要适合经济基础发展状况规律(重视上层建筑对经济基础的反作用)

① 经济基础决定上层建筑,决定它的产生、性质、变化和发展方向。

② 上层建筑对经济基础具有巨大的反作用:

第一,上层建筑必须为自己的经济基础服务;

第二,上层建筑利用政权力量和思想影响促进自己经济基础的形成、巩固和发展,同不利于自身经济基础的旧生产关系及上层建筑作斗争;

第三,上层建筑对自身经济基础是起促进作用,还是阻碍作用,主要看它是否适合自身经济基础的要求。

③ 上层建筑对生产力乃至整个社会发展作用的性质,取决于它所服务的经济基础的性质。服务于先进生产关系时促进生产力及社会发展,反之则起阻碍作用。

2. 社会发展与人的发展规律(人民群众是历史的主体和历史的创造者)

(1)生产方式是社会发展的决定力量,生产力是最终决定力量,而人民群众是生产力的体现者。

(2)人民群众是社会物质财富和精神财富的创造者。

(3)人民群众是社会变革的决定力量,是推动社会历史由低级向高级发展的决定力量。

(4)人民群众的历史创造作用受社会经济、政治、精神等条件的制约。

三、本章典型例题

1. 法国启蒙思想家孟德斯鸠指出:"不同气候的不同需要产生了不同的生活方式;不同的生活方式产生了不同种类的法律。"这一观点的积极意义在于说明(   )(单选)

A. 国家的社会法律制度、民族精神都根源于地理环境

B. 人所生存的自然环境因素决定着社会法律制度的形成

C. 地理环境影响并作用于人类社会,是人类社会不可缺少的物质条件

D. 地理环境既决定社会制度的性质,也决定社会发展的方向

【考点分析】本题所考查知识点:地理环境和人口因素在社会形成和发展中的作用。

【解题分析】题干是18世纪法国启蒙思想家孟德斯鸠关于地理因素对人类社会发展起决定作用的观点。孟德斯鸠认为,社会制度、国家法律、民族精神都是根源于气候的本性。人和动物一样,都是地理环境的产物,社会的发展都是由地理环境决定的。他在社会历史领域排除了神的意志的影响,将人的自然本性看做是社会的根本法则,这个观点在当时的确有积极的意义,但毕竟是错误的。

A选项中作为社会意识的国家法律制度、民族精神根源于社会存在,而非地理环境。故不符合题干要求。B选项也不符合题干要求,因为社会存在决定社会意识,经济基础决定上层建筑,地理环境不能决定社会制度。孟德斯鸠的观点虽然夸大了地理环境的作用,但从另一方面承认了地理环境对人类社会发展的作用,排除了神意的影响。因此C选项符合题意。地理环境虽然是人类社会不可缺少的物质条件之一,但是它既不能决定社会制度的性质,也不能决定社会发展的方向。故D选项本身错误。本题的正确答案为C选项。

2. 先进生产力的集中体现和主要标志是( )(单选)

A. 劳动者　　　　　　　　　　　　B. 劳动对象

C. 科学技术　　　　　　　　　　　D. 管理方式

【考点分析】本题所考查知识点:先进生产力的主要标志。

【解题分析】劳动者是生产力中起主导作用的能动要素,是生产过程的承担者,但劳动者的生产效率的高低在很大程度上取决于他掌握的科学技术的程度。所以劳动者不是先进生产力的主要标志。A选项不符合题意。劳动对象指生产过程中加工的对象,劳动对象的扩大和深化也取决于科学技术发展的状况。所以B选项不是正确答案。科技含量越高,生产力越先进,劳动生产率就越高。因此,科学技术成为"先进生产力的集中体现和主要标志",C选项符合题意,为正确答案。生产的管理方式是否先进,也依赖于科学技术发展的程度。所以D选项不是正确答案。

3. 意识形态与非意识形态的社会意识形式的本质区别在于( )(单选)

A. 意识形态具有阶级性　　　　　　B. 意识形态具有历史性

C. 意识形态具有能动性　　　　　　D. 意识形态具有逻辑性

【考点分析】本题所考查知识点:意识形态的阶级性。

【解题分析】意识形态属于社会意识范畴。社会意识是和社会存在相对应的哲学范畴。社会意识总括了人的一切意识要素和观念形态以及人类社会的全部精神现象及其过程。在社会意识诸形式中,那些反映经济基础并为经济基础服务的意识形式,称为意识形态。意识形态在阶级社会中具有强烈的阶级性。

非意识形态的社会意识是指不反映一定社会集团的利益和要求的意识形式,在阶级社会中不具有阶级性,如自然科学、语言学、形式逻辑等。

由于那些反映经济基础并为经济基础服务的意识形式,称为意识形态,在阶级社会里,意识形态具有阶级性,而非意识形态的社会意识形式不具有阶级性,这是二者的本质差别,故选项A符合题意。BCD选项是所有社会意识都具有的特征。所以本题的正确答案为A选项。

4. 恩格斯指出:"在历史上出现的一切社会关系和国家关系,一切宗教制度和法律制度,一切理论观念,只有理解了每一个与之相关的时代的物质生活条件,并从这些物质条件中被引申出来的时候,才能理解。"这句话的意思是( )(单选)

A. 社会意识及其载体都是社会存在　　B. 社会意识决定社会存在

C. 社会意识具有反作用　　　　　　　　D. 社会存在决定社会意识

【考点分析】本题所考查知识点:社会意识与社会存在的辩证关系。

【解题分析】题意是说社会、国家、制度等一切理论观念都是作为社会意识存在,都产生于当时的物质资料生产方式即社会存在中,所以只有在理解了产生这些观念的物质条件的前提下,这些观念才能被理解。因此,本题的正确答案是 D 选项。

A 选项观点错误,社会意识并不是社会存在,社会意识来源于社会存在,受社会存在决定,同时反作用于社会存在。B 选项颠倒了二者的关系,是错误的。C 选项观点正确,但是不符合题意。因此,本题正确答案为 D 选项。

对于名人名言式的选择题,一定要分析题干,分析名言所说的语境和语意,不要简单地凭借片面的看法选择,要全面细致地分析题干所隐含的哲学原理。每年考研哲学部分,都有这样类型的选择题出现,同学们应该在平时复习中多练习相关习题,才能做到胸有成竹。

5. 生产力和生产关系、经济基础和上层建筑之间的矛盾是人类社会的基本矛盾。这是因为这两对矛盾(　　　)(多选)

A. 制约和决定其他一切社会矛盾

B. 是推动社会发展的基本动力

C. 决定整个社会的面貌,决定社会发展的客观趋势

D. 囊括了人类社会一切矛盾

【考点分析】本题所考查知识点:社会基本矛盾。

【解题分析】下面我们进行选项分析:A 选项,生产力和生产关系、经济基础和上层建筑的矛盾是其他一切社会矛盾的根源,决定并制约着其他社会矛盾的存在和解决,也就是说其他社会矛盾的解决,有赖于生产力和生产关系、经济基础和上层建筑的矛盾的解决,所以此选项正确。

B 选项,生产力是最活跃最革命的因素,生产力发展到一定程度,便同相对稳定的生产关系发生冲突,要求变革生产关系;生产关系的变革又引起上层建筑的变革,从而推动了社会的发展。所以,基本矛盾是推动社会发展的基本动力,此选项也正确。

C 选项,生产力和生产关系、经济基础和上层建筑之间的矛盾决定社会制度的性质和基本面貌,决定整个社会的经济生活、政治生活和精神生活的过程,最终决定着社会形态的变化发展,决定着社会形态的更替,决定社会发展的客观趋势,所以 C 选项正确。

D 选项,生产力和生产关系的矛盾、经济基础和上层建筑的矛盾是人类社会的基本矛盾,但并非囊括了人类社会一切矛盾,人类社会是由许多矛盾构成的复杂体系,故此选项错误。因此,本题的正确答案是 ABC 选项。

要特别注意两对基本矛盾和其他矛盾的关系,基本矛盾制约和决定其他一切社会矛盾,但并非囊括了人类社会一切矛盾。

6. 社会革命最深刻的根源在于(　　　)(单选)

A. 生产力和生产关系之间的矛盾　　　　B. 剥削阶级和被剥削阶级之间的矛盾

C. 人民群众和各种敌对分子之间的矛盾　　D. 人口众多和资源贫乏之间的矛盾

【考点分析】本题所考查知识点:社会革命和改革的相关知识。

【解题分析】A 选项,社会革命并不是少数人的心血来潮,也不是人们的任意行动,社会革命的最深刻的根源在于新的生产力和腐朽的生产关系之间的矛盾冲突。马克思指出:"社会的物质生产力发展到一定阶段,便同它们一直在其中运动的现存生产关系或财产关系(这只是生产关系的法律用语)发生矛盾。于是这些关系便由生产力的发展形式变成生产力的桎梏。那时社会革命的时代就到来了。随着

经济基础的变更,全部庞大的上层建筑也或慢或快地发生变革。"所以,此选项正确。

B选项错误,在阶级社会,剥削阶级和被剥削阶级之间的矛盾是始终都存在的,只有双方矛盾激化到一定程度,才有可能爆发革命,但阶级矛盾只是直接原因,而不是根本原因。

CD选项虽然也可能成为社会革命发生的原因,但却不是最深刻的根源。社会革命是被统治阶级推翻统治阶级的斗争,而且,人民群众和各种敌对分子之间的矛盾以及人口众多和资源贫乏之间的矛盾,并不一定导致被统治阶级推翻统治阶级的革命斗争。因此,本题正确答案为A选项。

7. 中国人民在俄国十月革命的启示下,跨越典型的资本主义阶段经过新民主主义革命而直接走向社会主义,这一历史现象说明了(   )(多选)

A. 在特殊的历史条件下,社会形态的发展可以越过五种形态的某个阶段

B. 主体的历史选择可以改变人类历史的总体进程

C. 主体的选择性是对社会形态更替的决定性的排斥

D. 人类社会的发展是合目的性与合规律性的统一

【考点分析】本题所考查知识点:社会形态发展的统一性与多样性、社会发展过程中的决定性和主体选择性。

【解题分析】本题的A选项正确,符合社会形态发展的多样性的第三层涵义。B选项认为主体的历史选择可以改变人类历史的总体进程,是不正确的。主体的历史选择有既定前提并受社会规律的制约,它不能改变人类历史的总体进程。C选项说主体的选择性是对社会形态更替的决定性的排斥,这是不对的,因为主体选择的对象只能存在于可能性空间中,可能性空间是选择活动的前提,而这个可能性空间却是由人们不能自由选择的生产力和其他既定条件所决定的。

D选项正确,社会发展的决定因素是生产方式,生产方式是劳动的社会形式,而人的劳动实践又是建立在人的目的指向和现实需要基础上的。所以,人类社会的发展是合目的性与合规律性的统一。

因此,本题的正确答案是AD选项。

8. 人民群众是历史的创造者的观点(   )(单选)

A. 唯物主义者都承认   B. 只有马克思主义者承认

C. 无神论者都承认   D. 某些唯心主义者也承认

【考点分析】本题所考查知识点:历史的创造者问题。

【解题分析】马克思一生两个伟大发现之一便是创立了历史唯物主义,在此之前,一直是唯心史观长期占统治地位,历史唯心主义从社会意识决定社会存在的观点出发,把社会看做是由少数英雄人物主宰,否认人民群众创造历史的伟大作用。历史唯物主义按照社会存在决定社会意识的基本原理,认为物质资料的生产是社会存在和发展的基础,因而社会历史首先是生产发展的历史,是劳动者的历史,人民群众是历史的创造者。是否承认人民群众是历史的创造者,是历史唯物主义和历史唯心主义的根本分歧之一,本题的正确选项是B。

本题的A选项,并非所有的唯物主义者都承认人民群众是历史的创造者,旧唯物主义者,如费尔巴哈,把历史看做是由少数英雄人物创造的,看不到人民群众的伟大力量,否认人民群众创造历史的决定作用,在社会历史观上,滑向了历史唯心主义。所以,此选项错误。C选项中无神论者还包括旧唯物主义者和一部分唯心主义者,他们同样不承认人民群众是历史的创造者的观点。D选项中唯心主义者在历史观上,要么认为社会的变化发展是由人们的主观意志,特别是少数杰出人物、帝王将相的思想动机决定的,要么认为社会的变化发展是由"命"、"神"、"绝对精神"等决定的,总之,唯心主义者都认识不到人民群众的伟大作用。

9. 马克思说,人的本质"在其现实性上,它是一切社会关系的总和"。其内涵有(   )(多选)

A. 人的本质是单个人所固有的抽象物　　B. 人的本质在于人的社会性

C. 人的本质是自由　　　　　　　　　　D. 人的本质形成于人的各种社会关系中

E. 人的本质是具体的、历史的

【考点分析】本题所考查知识点：关于人的本质问题的阐述。

【解题分析】解此题关键在于正确理解"人的本质"这个概念。人的本质就要揭示人之所以为人而不是其他事物的根本性质，同时也要说明人与人之间区别的原因所在。

A选项是马克思所批判的费尔巴哈的观点，是错误的观点。费尔巴哈所理解的人是生物学意义上的人，只考查人的自然属性（生物的生理属性等），脱离人的社会关系、社会属性考查人的本质，他理解的人是抽象的人，不可能正确揭示人的本质。

B选项，人的本质包括两方面的问题：一是人与动物的区别，在这个层次上，人的本质在于社会劳动。二是人与人的区别，在这个层次上，人的本质在于社会关系。无论哪个层次，都说明人的本质在于人的社会性。所以，此选项正确。

C选项，"自由"最一般意义上指从自然力的奴役下、从社会关系的压迫下和从人自身的束缚中解放出来。自由只是标志人的活动状态，不能揭示人之所以为人的根本特征，不能把人与动物以及人与人区别开来，不能说明人的本质，此选项错误。

D选项，人的本质是社会关系的总和，人是社会关系形成发展的参与者、选择者、创造者，现实的人总是处在特定的社会关系和特定历史条件下的人，所以，人的本质形成于人的各种社会关系中，正确。

E选项，社会关系处于不断变化发展之中，作为社会关系总和的人的本质不是凝固不变的抽象物，在阶级社会中，阶级性是人的本质的重要表现，不存在永恒不变的人的本质。人的本质是具体的、历史的，因而E选项正确。本题的正确答案为BDE选项。

四、本章测试题及答案解析

（一）本章测试题

1. 20世纪50年代，北大荒人烟稀少、一片荒凉。由于人口剧增，生产力水平低下，吃饭问题成为中国面临的首要问题，于是人们不得不靠扩大耕地面积增加粮食产量，经过半个世纪的开垦，北大荒成了全国闻名的"北大仓"。然而由于过度开垦已经造成了许多生态问题。现在，黑龙江垦区全面停止开荒，退耕还"荒"。这说明（　　　）（单选）

A. 人与自然的和谐最终以恢复原始生态为归宿

B. 人们改造自然的行为都会遭到"自然界的报复"

C. 人在自然界面前总是处于被支配的地位

D. 人们应合理地调节人与自然之间的物质交换

2. 面临环境被污染，人类越来越重视环境问题，这是因为（　　　）（多选）

A. 地理环境是人类物质生活的必要条件

B. 地理环境直接决定社会的发展

C. 地理环境能决定社会的性质，社会发展的方向

D. 地理环境通过物质生产制约社会发展

3. 历史唯物主义的生产力范畴，是标志人类（　　　）（单选）

A. 认识和改造主观世界和客观世界的能力的范畴

B. 改造旧的社会制度，创立新的社会制度的能力的范畴

C. 利用、改造自然，从自然界获取物质资料能力的范畴

D. 进行政治斗争、生产斗争和科学实验能力的范畴

4. 生产关系是人们在生产过程中结成的(　　)(单选)

A. 人与自然的关系　　　　　　　　B. 人与人的物质利益关系

C. 管理与被管理的关系　　　　　　D. 分工协作关系

5. 马克思曾指出:"如果说,在中世纪的黑夜之后,科学以意想不到的力量一下子重新兴起,并以神奇的速度发展起来,那么,我们要再次把这个奇迹归功于生产。"同时也认为"生产力中也包括科学",这说明(　　)(多选)

A. 从一定意义上说,生产的需要决定了科学的产生和发展

B. 科学是生产力

C. 科学不是生产力的独立的、直接的要素

D. 科学越来越不具有独立性

6. 社会意识形态诸形式中起核心作用的是(　　)(单选)

A. 政治法律思想　　　　　　　　　B. 道德规范

C. 文学艺术　　　　　　　　　　　D. 哲学思想

7. 历史唯物主义的"社会存在"范畴包括(　　)(多选)

A. 人们的物质生产实践活动

B. 人们实践活动所利用的自然资源

C. 人们在实践活动中所形成的各种社会关系

D. 人们实践活动所创造的生产力

8. 社会意识是社会存在的反映,表现在(　　)(多选)

A. 社会存在决定社会意识的内容,社会意识来源于社会存在

B. 社会意识的发展归根到底由社会存在的发展所决定

C. 在阶级社会中,社会意识形态是阶级利益的反映,具有阶级性

D. 不同的意识形态反映着人们的社会地位

9. 18 世纪,经济上落后的法国在哲学和政治思想领域取得的成就,超过了当时经济上先进的英国。这表明(　　)(多选)

A. 社会意识的发展不依赖于社会经济

B. 社会意识具有相对独立性

C. 社会意识的发展同经济的发展并不是完全对应的

D. 社会意识并不决定于社会存在

10. 在社会生活中,上层建筑对于社会发展作用的性质取决于(　　)(单选)

A. 国家政权的阶级属性　　　　　　B. 它所服务的经济基础的性质

C. 社会意识形态的性质　　　　　　D. 社会生产力的性质

11. 判定某种上层建筑是先进的还是落后的,主要是看它(　　)(多选)

A. 是否与自己的经济基础相适应,是否能帮助自己的经济基础的形成和巩固

B. 是否能限制与自己不同性质的经济基础的发展

C. 是否能推动生产力的发展

D. 是否能帮助适合生产力状况的生产关系的发展和巩固

12. 在下列社会现象中,属于上层建筑的有(　　)(多选)

A. 生产资料所有制形式　　　　　　B. 政治法律制度

C. 国家政权　　　　　　　　　　　D. 社会意识形态

E. 社会风俗习惯

13. 马克思指出："各个人借以进行生产的社会关系,即社会生产关系,是随着物质生产资料、生产力的变化和发展而变化和改变的。"这句话反映了( )(多选)

A. 生产力的任何变化都会立即引起生产关系的变革

B. 生产关系的反作用是生产力内在要求的体现

C. 生产力的发展要求并决定生产关系的变革

D. 生产关系适合生产力状况的规律不以任何人、任何阶级以至于整个人类的意志为转移

14. 社会发展过程的决定性是指( )(单选)

A. 社会发展过程存在于人的实践活动之外

B. 人的实践活动对社会发展过程不起作用

C. 在社会发展过程中没有主体选择性

D. 社会发展过程具有其客观规律性

15. 从社会发展的主体选择的角度看,中国人民走上社会主义道路,其原因在于( )(多选)

A. 社会主义符合中国人民根本利益的要求

B. 在历史进程中没有多种道路可供人们选择

C. 中国人民在国际交往中受到俄国十月革命的历史启示

D. 中国共产党对历史必然性及本国国情的正确把握

E. 人们可以自由选择社会制度和决定社会发展的方向

16. 承认社会发展过程中的主体选择性说明( )(多选)

A. 社会发展过程没有决定性

B. 人们可以自由选择社会形态

C. 各个民族、国家和社会发展不是严格按照五种社会形态的序列演进的

D. 当一个民族或国家处于历史转折点时,社会发展往往显示多种可能的途径

17. 我国的改革也是一场深刻的革命,但不属于社会革命范畴,因为( )(多选)

A. 改革是自觉调节社会主义的基本矛盾　　B. 改革不触及生产关系

C. 改革只在上层建筑领域中进行　　　　　D. 改革不是变革现有的根本经济、政治制度

18. "历史活动中,英雄人物是剧作者,人民群众是剧中人",这是( )(单选)

A. 历史唯物主义观点　　　　　　　　　　B. 历史唯心主义观点

C. 历史机械论观点　　　　　　　　　　　D. 历史辩证法观点

19. 在历史转折时期,只有充分认识历史的必由之路和自己的历史责任,做出正确的选择,才能在历史进程中大有作为。这一观点( )(单选)

A. 简化了个人在历史中发挥作用的过程性

B. 否认了个人在历史中发挥作用的条件性

C. 承认社会历史发展过程是客观规律与人的自觉活动的统一

D. 是"英雄创造历史"的观点

20. 下述有关历史创造者的观点中,属于唯物史观的有( )(多选)

A. 人人创造历史　　　　　　　　　　　　B. 历史活动是群众的事业

C. 人们自己创造自己的历史　　　　　　　D. 人们总是在既定的条件下创造历史

E. 尊重社会发展规律与尊重人民历史主体地位是一致的

21. 马克思主义揭示人的本质的出发点是( )(单选)

A. 人的自身需要   B. 人类的共同利益

C. 人的社会关系   D. 人的自然属性

22. "人性自私"观点的错误在于(   )（单选）

A. 不符合"人之初,性本善"的看法

B. 违背人有追求自由、平等、幸福的天性

C. 把人的自然属性当做人的根本属性

D. 违背了"人的本质在其现实性上是一切社会关系的总和"的科学论断

（二）测试题答案及解析

1.【参考答案】D

【答案解析】此题所考查知识点:人类社会和自然界的协调发展,并涉及自在世界和人类世界的关系。

A选项否认了改造自然的必要性和重要作用,是错误的。人类在改造自然的同时,只要严格尊重自然规律,维护生态平衡,掌握科学方法,就可以减少或避免自然界的"报复",实现人类社会和自然界的协调发展。B选项的观点是片面的。C选项否认了人类改造自然界的主体地位和巨大能动作用,同样是错误的。

D选项看到了造成生态平衡破坏的根本原因在于人们改造自然的物质生产活动本身存在着不合理性,考题中提出的农业生产中的"过度开垦"就是这种不合理性的典型表现。物质生产活动是改造自然使其适合人类物质需要的实践活动,是实现人与自然之间的物质、能量交换的活动。人类在改造自然时也改变了自然规律起作用的范围和结果,改变了自然过程,特别是生物圈内物质、能量的流通与交换,这就有可能产生负面效应,出现生态失衡。生态失衡实际上是以"天灾"形式表现出来的"人祸"。因此,人类应当合理地调节人和自然之间的物质交换。此项符合题意。

2.【参考答案】AD

【答案解析】本题所考查知识点:地理环境在社会发展中的作用。

A选项符合题意,因为地理环境、人口和物质资料生产方式构成了人类社会的物质生活条件,即社会存在,是人类生存的前提。

历史唯物主义承认地理环境的好坏对社会发展起加速或延缓作用,但它不能决定社会的发展,因此B选项错误。C选项也是错误的,地理环境的好坏不能决定社会的性质,更不能决定社会发展的方向。生产方式才是人类社会存在和发展的决定力量。

地理环境是由各种自然条件所组成的有机整体,它们相互联系、相互作用,形成一个复杂的生态系统。当生态系统保持适当平衡时,才能有利于人类的生存和社会的发展;当生态环境受到破坏时,就会造成各种危害,人类就要受到自然界的惩罚。因此,地理环境在人的生产实践中制约人的发展,使人们必须遵守客观规律。所以D选项符合题意。

3.【参考答案】C

【答案解析】本题所考查知识点:考生对生产力科学含义的认识。

生产力是人们在生产实践过程中形成的解决社会与自然矛盾的实际能力,是人类改造自然使其满足社会需要并与之相协调发展的客观物质力量,它反映的是人与自然的关系。

A选项把生产力范畴扩大了,生产力的范畴不包括改造主观世界的能力,此选项错误。B选项中的社会制度属于上层建筑,不是人与自然的关系范畴,不属于生产力范畴,也是错误的。D选项中政治斗争是属于社会关系范畴,而不是生产力范畴。

C选项认为生产力是利用、改造自然,从自然界获取物质资料能力的范畴,这是属于解决人与自然

的关系,体现人改造客观世界的能力,是属于生产力范畴。所以,此项符合题意。

4.【参考答案】B

【答案解析】此题所考查知识点:唯物史观关于生产关系概念的科学含义。

生产关系是在生产过程中发生的人与人之间的社会关系,是生产力的社会形式。生产关系包括:生产资料所有制关系、生产中人与人的关系和产品分配关系,由于人们对生产资料的所有关系不同,在生产中的作用不同,因而参与分配的方式和多寡也不同,即获得的物质利益也不同,因此,生产关系体现了人与人的物质利益关系。因此 B 选项符合题意。

A 选项揭示的是生产力所反映的关系,生产力是人们解决社会和自然矛盾的实际能力,体现了人与自然的关系。CD 选项虽然也属于生产关系的内容,但没有体现生产关系的本质内容,因此应排除。

5.【参考答案】ABC

【答案解析】本题所考查知识点:科学与生产的关系。

从科学产生的角度看,实践是认识的来源,人类生产活动一开始就孕育着科学,生产越发展,就越需要科学,科学是由于生产的需要才有价值。所以从一定意义上说,生产的需要决定了科学的产生和发展。A 选项为正确答案。科学中的某些领域、某些科学的研究已大大超出了现实生产的范围,在一定程度上决定了生产的规模和方向,科学转化为生产力的过程日益加快,并成为“第一生产力”。从这一点上看,B 选项符合题意。C 选项认为科学不是生产力的独立的、直接的要素,这是正确的,因为科学本身是知识形态的、潜在的生产力,这种知识形态的生产力可以通过劳动者、劳动资料和劳动对象转化为直接的生产力;科学不是生产力的独立的、直接的要素。故 C 选项为正确答案。

在现代,科学和生产的关系出现了新的特点。科学研究已成为专门的社会活动和职业,许多科学成果不再像过去那样直接来源于生产,而是首先来自科学实验,然后再应用于生产,科学的相对独立性增强了。D 选项是错误的。

6.【参考答案】A

【答案解析】本题所考查知识点:社会意识形态诸形式中居于核心地位的形式。

意识形态包括政治思想、法律思想、道德、宗教、艺术、哲学以及部分社会科学在内,它是对社会经济基础和政治关系的反映,并为特定的经济基础和政治法律制度服务。其中政治思想和法律思想是经济基础最直接、最集中的反映,阶级性最强烈、最鲜明,对其他各种意识形态有重大影响,在社会意识形态诸形式中居于核心地位。因此本题正确答案是 A 选项。其他形式的社会意识形态,如 B 选项“道德规范”、C 选项“文学艺术”和 D 选项“哲学思想”都要通过它才能对经济基础发生作用。

7.【参考答案】ABD

【答案解析】本题所考查知识点:社会存在范畴的内容。

A 选项中人们的物质生产实践活动属于物质资料生产范畴,符合题意。B 选项中的自然资源属于地理因素,因为地理环境是提供社会所需要的物质资料的天然来源,故此项属于社会存在内容,为正确答案。D 选项中构成生产力基本要素的劳动对象、劳动资料和劳动者都是物质生产的条件,故生产力也是社会存在的内容,为正确答案。

C 选项范围太宽,社会关系既有物质方面的,也有精神方面的,所以此项不符合题意。

8.【参考答案】ABCD

【答案解析】本题所考查知识点:社会意识与社会存在的关系。

A 选项认为社会存在决定社会意识的内容、社会意识来源于社会存在,说明社会意识是社会存在的反映,故为正确答案。B 选项也是说明社会存在决定社会意识,也符合题意。C 选项中意识形态属于社会意识范畴,社会意识形态的阶级性必然反映经济基础的生产方式,所以此项符合题意。D 选项认为意识形态的阶级性反映了人的地位的不同,这也是正确的。人的不同地位是生产关系的表现,统一于生产方式中,这也是社会意识对社会存在的反映,此项符合题意。

9.【参考答案】BC

【答案解析】本题所考查知识点:社会存在和社会意识的关系。

由于社会意识与社会存在发展的不同步性,呈现出超前或滞后两种情况。因此经济上落后的法国在哲学和政治思想领域取得的成就,超过了当时经济上先进的英国,这表明了社会意识具有相对独立性。故 B 为正确答案。社会意识与社会存在发展的不同步性,必然表现为社会意识的发展同经济的发展并不是完全对应的。所以 C 选项符合题意。

A 选项认为社会意识不依赖于社会存在是错误的。历史唯物主义认为,社会存在决定社会意识,社会意识来源于社会存在并反作用于社会存在。题中社会意识与社会存在的不对应,是在承认社会存在决定社会意识的前提下,表现出的一种社会意识的相对独立性,是唯物史观的内容之一。D 选项由此否认社会意识决定于社会存在是错误的选项。

10.【参考答案】B

【答案解析】本题所考查知识点:上层建筑和经济基础的关系。

由于经济基础决定上层建筑的产生、性质、变化和发展,所以当上层建筑与有利于生产力发展的经济基础相适应时,它对社会的发展就是促进作用;相反,当上层建筑为阻碍生产力发展的经济基础服务时,它对社会的发展就起阻碍作用。也就是说,上层建筑对社会发挥作用的性质取决于 B 选项"它所服务的经济基础的性质"。而 ACD 都是干扰项,应排除。

11.【参考答案】CD

【答案解析】本题所考查知识点:上层建筑的反作用。

根据题意,AB 选项都是上层建筑为自己的经济基础服务的问题,不能以此判定某种上层建筑是先进的还是落后的。只有当这种上层建筑"能推动生产力的发展","能帮助适合生产力状况的生产关系的发展和巩固"的条件下,它才是先进的,否则就是落后的。

12.【参考答案】BCD

【答案解析】此题所考查知识点:上层建筑的概念。

上层建筑是建立在一定经济基础之上的社会意识形态以及相应的政治法律制度、组织和设施。其中,前者是思想上层建筑或称为观念上层建筑,包括社会的政治法律思想和道德、艺术、宗教、哲学等思想观点,后者是政治上层建筑,包括国家法律制度、军队、警察、法庭、监狱、政府部门等。经济基础决定上层建筑,上层建筑是经济基础的反映,并具有相对独立性和反作用。通过以上分析,选项 B 和 C 讲的政治法律制度、国家政权属于政治上层建筑,选项 D 讲的社会意识形态是思想上层建筑,都是正确选项。

A 选项生产资料所有制形式是生产关系的首要内容,属于经济基础的范围,不属于上层建筑。E 选项社会风俗习惯属于社会心理,是人们在日常生活和交往中自发形成的、没有经过系统加工的、不定型的低层次社会意识,并不是特定经济基础的反映,因此不属于上层建筑。所以,AE 选项应排除。

13.【参考答案】CD

【答案解析】本题所考查知识点:生产力与生产关系的关系。

随着生产力的变化发展,原来同它相适应的生产关系,变得越来越不能适应,以致不能继续保持其稳定不变的状态。在这种情况下,生产关系就不得不进行部分的变革以暂时维持它的存在;而当这种生产关系已经完全不能适应生产力继续发展的客观要求时,就必须进行全面的变革,以适应生产力发展要求的新的生产关系代替原来的生产关系。生产关系适合生产力状况的规律,是人类社会发展的根本规律,在历史发展的各个时期、各个阶段都毫无例外地起着作用,不以任何人、任何阶级以至整个人类的意志为转移。但是,在理解和把握生产关系适应生产力状况的规律时,应当注意,并不是生产力的任何变化都会立即引起生产关系的变革。在生产力和生产关系之间,一个是经常变动的,另一个则是相对稳定的。只有生产力的变化发展积累到一定程度,原有的生产关系已经基本不能适合它的发展时,才会出现生产关系变革的必要和可能。因此,AB 选项不符合题意。题干中马克思的话正是突出了生产力的发展要求决定生产关系的变革这一基本规律。因此,本题的正确答案是 CD 选项。

14.【参考答案】D

【答案解析】本题所考查知识点:社会发展过程的决定性。

就人类社会总体历史而言,五种社会形态的依次更替体现了社会发展的一般规律和客观必然性,这种一般规律和客观必然性就是社会发展过程的决定性,它表明人类社会发展的总趋势是前进的。但同时社会发展又是决定性与主体选择性的统一,是通过人的实践活动实现的。所以,D 选项符合题意。

AB 选项割裂了社会发展和人的实践之间的联系,否认了人的实践活动在社会发展过程中的重大作用,是错误的。C 选项则否定了社会发展中人的有意识、有目的地创造性活动,否认主体选择性,也是错误的。

15.【参考答案】ACD

【答案解析】本题所考查知识点:社会发展过程中的决定性与主体选择性的关系。

一个民族之所以做出这种或那种选择,一是取决于民族利益,民族利益是进行历史选择的直接动机。二是取决于对历史必然性及本国国情、民族特点的把握程度,这种把握程度制约着历史选择的内容、方向和结果。三是取决于对国际环境的认识,从中取得“历史的启示”。中国人民走上社会主义道路也是如此,是因为社会主义符合中国人民根本利益的要求,中国人民在国际交往中受到俄国十月革命的“历史启示”,中国共产党对历史必然性及本国国情的正确把握。因此正确选项是 ACD 选项。

选项 B 认为“在历史进程中没有多种道路可供人们选择”,这种观点根本否认了主体选择的客观可能性和必要性,属于机械决定论观点。选项 E 认为“人们可以自由选择社会制度和决定社会发展的方向”,则走上了另一种极端,片面夸大了主体的能动选择作用,否认了社会发展过程的决定性,属于唯心史观和唯心主义非决定论。

16.【参考答案】CD

【答案解析】本题所考查知识点:社会发展过程中的主体选择性及其与决定性的关系。

历史唯物主义认为社会发展的决定性与主体选择性是内在统一的。这一原理说明,承认社会发展过程中的主体选择性既不等于说社会发展过程中没有决定性,也不等于肯定人们可以自由选择社会形态。所以 AB 选项不正确。

社会发展过程既有统一性又有多样性。不同的民族可以超越一种或几种社会形态而跳跃式地向前发展。所以各个民族、国家和社会发展不是严格按照五种社会形态的序列演进的,而且处在转折点上的民族在国际交往中可以从处于先进社会形态的民族那里获得“历史启示”,从而做出这种或那种选择。所以,CD 选项是正确的。

17.【参考答案】AD

【答案解析】本题所考查知识点:社会改革和革命的区别。

就改革与社会革命的共性来说,它们都属于社会的质变范畴,二者的目的都是为了解放和发展生产力。但社会改革又不等于社会革命。社会革命是实现社会制度的根本变革,是社会的根本质变,而社会改革是社会的部分质变,是在保证现有的根本经济、政治制度的前提下,对经济、政治制度中不适合生产力发展要求部分的调整和变革。四个选项中,BC 选项本身是错误观点,故不选;AD 选项符合题意,是正确选项。

18.【参考答案】B

【答案解析】此题所考查知识点：人民群众是历史的主体和历史的创造者。

题干的这种说法把人民群众和英雄人物对立起来，违背了人民群众是历史的创造者这一历史唯物主义的基本原理。英雄人物和人民群众是对立统一的关系。人民群众作为历史的决定力量，应该说既是历史的"剧中人"，又是历史的"剧作者"。历史唯物主义不否认英雄人物在历史创造中的重要作用，但是，英雄人物都是在群众的实践中造就并涌现出来的，他们的历史作用必须和群众的实践紧密结合，和人民群众一起成为既是历史的"剧中人"，又是历史的"剧作者"。英雄人物如果脱离了群众，将一事无成。题干中的这一观点把两者割裂开来，夸大了英雄人物的作用，因此是历史观上的唯心主义观点。因此，本题的正确答案是 B 选项。

19.【参考答案】C

【答案解析】本题所考查知识点：社会历史发展过程是客观规律与人自觉活动的统一。

命题中"历史必由之路"是指社会发展的必然性即社会规律，"自己的历史责任"属于人的自觉活动范畴。这句话的意思是说，只有将社会规律和人的自觉活动统一起来才是正确的选择。当今时代正处于历史转折时期，社会主义是历史发展的大趋势。建设中国特色社会主义是历史发展规律的客观要求，是中国人民的根本利益所在，也是中国青年的历史责任。坚定社会主义信念、自觉投身于建设社会主义的伟大实践，就是走历史必由之路，这是当代中国青年的正确选择。

由此可以看出，题干中的观点承认了社会历史发展过程是客观规律与人的自觉活动的统一，因此 C 选项符合题意。

20.【参考答案】BCDE

【答案解析】本题所考查知识点：人民群众是历史的主体和历史的创造者。

唯物史观认为，人民群众创造历史受社会历史条件的制约。马克思说："人们自己创造自己的历史，但他们并不是随心所欲地创造，并不是在他们自己选定的条件下创造，而是在直接碰到的、既定的、从过去承继下来的条件下创造。"在不同的社会历史条件下，人民群众创造历史的作用有不同的特点。

由上分析可知，选项 BCDE 从不同方面阐明了唯物史观关于人民群众是历史的主体和历史的创造者的基本原理，因此都是正确选项。

要对历史的参与者与历史的创造者作出区分。凡是在社会中从事一定实践和认识活动的人，都是历史的参与者。而历史的创造者则是指社会发展的推动者，其活动符合社会发展的方向和总趋势。历史创造者固然是历史的参与者，历史参与者并非就是历史的创造者。就每一个人而言，他在一定意义上创造了"自己"的历史，但不等同于历史的创造者。A 选项认为"人人创造历史"不成立。

21.【参考答案】C

【答案解析】本题所考查知识点：对人的本质的理解。

马克思在《关于费尔巴哈的提纲》中指出："人的本质不是单个人所固有的抽象物，在其现实性上，它是一切社会关系的总和。"很显然，马克思是从"人的社会关系"，即社会属性而不是人的自然属性或其他特点给人的本质加以规定的。所以，C 选项符合题意。ABD 三项为干扰项，故不选。

22.【参考答案】D

【答案解析】本题所考查知识点：对"人性自私论"这一观点的批判能力。

在人的本质问题上马克思指出："人的本质不是单个人所固有的抽象物，在其现实性上，它是一切社会关系的总和。"而资产阶级人性论却制造了许多错误的理论，它从抽象的人出发，说人性自由、人性自私，这一观点恰与马克思的观点相违背，因而是错误的。所以，D 选项符合题意。ABC 选项是干扰项，是错误的。

1.5 资本主义的形成及其本质

1.5.1 重难知识点内在逻辑系统图

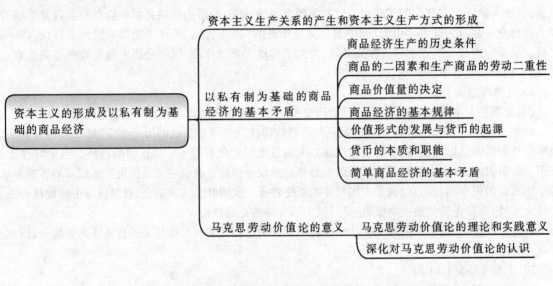

```
                                    ┌─ 产业资本循环
                                    ├─ 资本周转
                    资本的循环周转与再生产 ┼─ 资本循环与周转规律发挥作用的制约因素
                                    ├─ 社会再生产的核心问题
                                    └─ 分析社会总资本运行的两个基本理论前提
资本主义经济制度的本质 ┤
                                    ┌─ 资本主义工资的本质
                                    ├─ 剩余价值转化为利润
                    工资与剩余价值的分配 ┼─ 利润转化为平均利润
                                    └─ 剩余价值的分配

                    资本主义基本矛盾与经济危机 ┬─ 资本主义基本矛盾
                                        └─ 资本主义经济危机


                    资本主义的国家、    ┬─ 资本主义国家的职能和本质
                    政治制度及其本质    └─ 资本主义政治制度及其本质
资本主义的政治制度和意识形态 ┤
                                    ┌─ 资本主义意识形态的形成
                    资本主义的意识     ┼─ 资本主义意识形态的本质
                    形态及其本质      └─ 如何正确对待资本主义意识形态
```

1.5.2 重难知识点详解

一、本章考点考查统计

学科	章节	考点	考查目标	已考查年度						
				2011	2010	2009	2008	2007	2006	2005
马克思主义基本原理概论	第五章 资本主义的形成及其本质	商品经济产生的历史条件	1、2	/	/	/	/	/	/	√
		商品的二因素	2、3	√	/	/	/	/	/	/
		劳动的二重性	2、4	/	/	/	/	/	/	/
		劳动生产率与商品价值量	3、5	/	/	/	√	/	/	√
		价值规律	2、4	/	/	/	/	√	/	/
		价值形式的发展与货币的产生	1、5	/	/	/	/	/	/	/
		简单商品经济的基本矛盾	1、5	√	/	/	/	/	/	/

续表

学科	章节	考点	考查目标	已考查年度						
				2011	2010	2009	2008	2007	2006	2005
马克思主义基本原理概论	第五章 资本主义的形成及其本质	价值创造与价值分配的关系	2、4	/	/	/	/	/	/	/
		劳动力成为商品与货币转化为资本	3、5	/	√	√	/	/	/	/
		资本主义所有制的本质	1、4	/	/	/	√	/	/	/
		剩余价值的生产	2、3	/	/	/	/	/	/	/
		资本积累及相对过剩人口	2、5	/	/	/	/	/	/	/
		资本有机构成理论	2、4	/	/	√	/	/	/	/
		产业资本的循环	2、5	/	/	/	/	/	√	/
		资本周转速度以及对剩余价值生产的影响	1、5	/	/	/	/	/	√	/
		社会再生产	3、5	/	/	/	/	/	/	/
		资本主义工资的本质	3、5	/	/	/	/	/	/	/
		利润和平均利润及剩余价值的分配	3、4	/	/	/	/	/	√	/
		资本主义基本矛盾与经济危机	2、4	√	/	/	/	/	√	/
		资本主义政治制度及其本质	1、5	/	/	√	/	/	/	/

二、本章重难知识点点拨

(一) 资本主义的形成及以私有制为基础的商品经济的基本矛盾

1. 商品经济产生的历史条件

商品经济的产生和存在是以社会分工和生产资料与产品分属于不同的物质利益主体为条件的。

商品经济及其特点：商品经济是与自然经济相对应的经济形态,具有与自然经济不同的特征:第一,商品经济本质上是交换经济。第二,商品经济是开放型、开拓进取型经济。第三,商品经济以扩大再生产为特征,是与较发达的社会生产力相联系的经济形态。

2. 商品的二因素

(1) 商品的价值:价值是凝结在商品中无差别的一般人类劳动。

(2) 交换价值:一种使用价值同另一种使用价值相交换的量的关系或比例。

(3) 商品使用价值与价值的关系:商品的使用价值和价值是处在一种既相矛盾又相统一的关系中。

3. 劳动的二重性

(1) 具体劳动和抽象劳动是生产商品的同一劳动的两个方面或两重属性,而不是两次劳动,更不是两种劳动。

(2) 不同的具体劳动生产出不同的商品的使用价值,具体劳动同自然物质相结合成为使用价值的源泉;生产商品的劳动又是抽象的人类劳动,即撇开了劳动具体形式的无差别的一般人类劳动。抽象劳动形成商品的价值,是价值的唯一源泉。

4. 劳动生产率与商品价值量

(1) 商品的价值量由生产该商品的社会必要劳动时间决定。

(2) 社会必要劳动时间:是指在现有的社会正常的生产条件下,在社会平均的劳动熟练程度和劳动强度下制造某种使用价值所需要的劳动时间。

(3) 劳动生产率:是指生产某种使用价值的效率,通常以单位时间内生产产品的数量来表示,或者以生产单位产品所耗费的劳动时间来表示。社会必要劳动时间是随着劳动生产率的变化而变化的。

5. 价值规律

(1) 价值规律的基本内容和要求是:商品的价值量由生产商品的社会必要劳动时间决定,商品的交换要依据价值量实行等价交换。

(2) 价值规律的表现形式:价格以价值为基础,受供求关系、竞争关系的影响而围绕价值上下波动。

(3) 价值规律在商品经济中的积极作用:

第一,自发地调节生产资料和劳动力在社会各生产部门之间的分配比例。

第二,自发地刺激社会生产力的发展。

第三,自发地调节社会收入分配。

价值规律发挥作用所产生的消极后果:

第一,可能导致垄断的发生,阻碍技术进步。

第二,会引起和促进商品生产者的两极分化,造成优胜劣汰的结果。

第三,价值规律自发地调节社会资源在社会生产各个部门的配置,可能出现比例失调状况,造成社会资源浪费。

6. 价值形式的发展与货币的产生

(1) 商品价值形式的发展经历了四个阶段,即简单的或偶然的价值形式、总和的或扩大的价值形式、一般价值形式、货币形式。

(2) 货币具有价值尺度、流通手段、贮藏手段、支付手段、世界货币五种职能。

7. 简单商品经济的基本矛盾

简单商品经济的基本矛盾是私人劳动和社会劳动的矛盾。

8. 深化对马克思劳动价值论的认识

第一,深化对创造价值的劳动的认识,对生产性劳动作出新的界定。

第二,深化对科技人员、经营管理人员在社会生产和价值创造中所起作用的认识。

第三,深化对科技、知识、信息等新的生产要素在财富和价值创造中作用的认识。

第四,深化对价值创造与价值分配关系的认识。

(二) 资本主义经济制度的本质

1. 劳动力成为商品与货币转化为资本

(1) 劳动力成为商品要具备的条件:第一,劳动者是自由人,能够把自己的劳动力当做自己的商品来支配;第二,劳动者没有别的商品可以出卖,"自由"得一无所有,没有任何实现自己的劳动力价值所必需的物质条件。

(2) 劳动力商品的价值包括三个部分:①维持劳动者本人生存所必需的生活资料的价值;②维持劳动者家属的生存所必需的生活资料的价值;③劳动者接受教育和训练所支出的费用。

(3) 劳动力商品使用价值的特性在于它不仅能创造出自身的价值,即劳动力价值的源泉,而且它在消费过程中能够创造比劳动力本身的价值更大的新价值。

2．资本主义所有制及剩余价值

（1）所有权：所有权范畴即法律意义上的所有制，是由占有生产资料的法律原则决定的。

所有制：经济意义上的所有制是指事实上生产资料归谁所有、归谁支配，并凭借这种所有和支配实现生产和获得剩余产品（利润或超额利润）。

（2）资本主义所有制的本质是资本家凭借对生产资料的占有，在等价交换原则的掩盖下雇佣工人从事劳动，占有雇佣工人的剩余价值。

（3）资本主义劳动过程具有两个特点：第一，工人在资本家的监督下劳动，他们的劳动属于资本家。第二，劳动产品全部归资本家所有。

（4）资本主义生产过程是价值形成和价值增殖过程的统一。价值增殖过程是劳动力价值超过一定点而延长了的价值形成过程。

（5）不变资本，指用于购买生产资料的那部分资本；可变资本，指用于购买劳动力的那部分资本。

（6）剩余价值率：剩余价值和可变资本的比率就叫做剩余价值率（通常用 m' 表示）。即 $m' = m/v$，它反映出资本家对工人的剥削程度。

（7）必要劳动时间，指工人再生产出相当于自身价值的价值所需的时间为必要劳动时间，在这段时间耗费的劳动称为必要劳动。剩余劳动时间，指工人无偿地为资本家生产剩余价值的时间，在剩余劳动时间里进行的劳动叫做剩余劳动。

3．剩余价值的生产

（1）相对剩余价值是指在工作日长度不变的条件下，通过缩短必要劳动时间从而相对延长剩余劳动时间所生产的剩余价值。

（2）绝对剩余价值是指在雇佣工人的必要劳动时间不变的条件下，由于工作日的绝对延长从而绝对延长剩余劳动时间而生产的剩余价值。

（3）超额剩余价值，是指个别资本家的企业提高劳动生产率，使其产品的个别价值低于社会价值而得到的更多的剩余价值。

4．资本积累及相对过剩人口

（1）资本积累是剩余价值的资本化。剩余价值是资本积累的唯一源泉，

（2）资本积累的实质是资本家用无偿占有的剩余价值去扩大生产规模从而无偿占有更多的剩余价值。

（3）影响资本积累的因素：劳动力的剥削程度；预付资本的大小；所用资本和所费资本之间的差额；社会劳动生产率的水平。

（4）相对过剩人口就是劳动力供给超过了资本对它的需求形成的过剩人口。相对过剩人口有三种形式：流动的过剩人口、潜伏的过剩人口、停滞的过剩人口。

5．资本有机构成理论

（1）资本的技术构成：由生产的技术水平所决定的生产资料和劳动力之间的比例。

（2）资本的价值构成：从价值形式上看，资本由一定数量的不变资本和可变资本构成，不变资本和可变资本之间的比例，叫做资本的价值构成。

（3）资本的有机构成：马克思把这种由资本技术构成决定并且反映资本技术构成变化的资本的价值构成叫做资本的有机构成。

6．产业资本的循环

（1）产业资本的循环经过三个阶段：第一阶段是购买阶段，在这一阶段，资本采取货币资本的职能形式；第二阶段是生产阶段，在这一阶段，资本采取商品资本的职能形式；第三阶段是销售阶段，在这一

阶段,资本采取生产资本的职能形式。

(2)产业资本循环要保持连续性,必须具备两个条件:第一,资本的三种职能形式在空间上同时并存。第二,资本三种职能形式在时间上相互继起。

7.资本周转

(1)资本的周转是指周而复始、不断反复的资本循环过程。资本必须在运动中才能实现其价值增殖,这种运动必须持续不断地周期性地进行。

(2)资本周转速度的快慢受多种因素的影响,主要有两个:一是资本周转时间的长短,二是生产资本的构成,即固定资本和流动资本的比例。

8.社会再生产

(1)社会再生产的核心问题是社会总产品的实现问题,即社会总产品各个组成部分的价值补偿和实物补偿(替换)问题。

(2)整个社会生产也可分为两大部类:第一部类即生产生产资料的部类和第二部类即生产消费资料的部类。社会总产品的价值由三部分构成:不变资本的价值(c)、可变资本的价值(v)和剩余价值(m)。

9.资本主义工资的本质

资本主义工资的本质即工人工资是劳动力的价值或价格。工资表现为"劳动的价格"或工人全部劳动的报酬,这就模糊了工人必要劳动和剩余劳动的界限,掩盖了资本主义剥削关系。

10.利润和平均利润

(1)剩余价值是利润的本质,利润是剩余价值的转化形式。利润概念掩盖了剩余价值的来源和资本家对工人的剥削关系。

(2)在利润率平均化的过程中,产业资本家得到产业利润,商业资本家得到商业利润,银行资本家得到银行利润,土地所有者得到地租。

11.资本主义基本矛盾与经济危机

(1)资本主义经济危机的本质特征是生产相对过剩。相对过剩是指相对于劳动人民有支付能力的需求来说社会生产的商品显得过剩,而不是与劳动人民的实际需求相比的绝对过剩。

(2)经济危机的可能性是由货币作为支付手段和流通手段引起的。

(3)资本主义经济危机爆发的根本原因是资本主义的基本矛盾,这种基本矛盾具体表现为两个方面:

第一,表现为生产无限扩大的趋势与劳动人民有支付能力的需求相对缩小的矛盾。

第二,表现为个别企业内部生产的有组织性和整个社会生产的无政府状态之间的矛盾。

12.资本主义政治制度及其本质

(1)资本主义政治制度包括资本主义的民主与法制、政权组织形式、选举制度、政党制度等。

(2)资本主义政治制度的进步作用:

第一,资本主义的政治制度作为上层建筑,在战胜封建社会的小生产方式,保护、促进和完善资本主义生产方式方面起着重要作用,曾推动了社会生产力的大幅度发展,促进了社会进步。

第二,资本主义政治制度使人民群众享有了比在封建专制主义条件下更多的社会政治自由,因而历史性地促进了人的发展,促进了人类的进步。

第三,资本主义的政治制度在其历史发展进程中积累了相当丰富的政治统治和社会管理的经验,这对于社会进步同样有十分重要的积极意义。

资本主义政治制度的局限性:

第一,资本主义的民主是金钱操纵下的民主,实际是资产阶级精英统治下的民主。资本主义政治制度中的选举事实上是有钱人的游戏,是资本玩弄民意的过程。

第二,法律名义上的平等掩盖着事实上的不平等,由于资本主义社会是建立在私有制和资本特权的基础上的,资本家和劳动者之间、富人与穷人之间存在着事实上严重的不平等,资本主义法律的实质是将这种不平等合法化。

第三,资本主义国家的政党制是一种维护资产阶级统治的政治制度,其多党制则是资产阶级选择自己的国家管理者,实现其内部利益平衡的政治机制。

三、本章典型例题

1. 马克思指出:"只在独立的互不依赖的私人劳动的产品,才作为商品互相对立。"恩格斯也指出:产品之所以"成为商品,只是因为在这个物中,在这个产品中结合着两个人或两个公社之间的关系"。这段话表示商品经济存在和发展的条件是(　　)(单选)

A. 生产资料和产品分属于不同的所有者　　B. 市场机制在资源配置中起基础性作用
C. 以交换为目的的市场的出现　　　　　　D. 社会化大生产及资本主义私有制

【考点分析】本题所考查知识点:商品经济的产生和存在的条件。

【解题分析】商品经济是以交换为目的的经济形态,社会分工和生产资料与产品分属于不同的所有者是商品经济产生的两个基本条件。B 选项,有商品就有市场,有商品经济就有市场机制在资源配置中起作用,只有在市场经济中,市场机制才在资源配置中起基础性或主导性的作用,所以 B 不是正确选项。C 选项,市场是商品交换的场所,不能构成商品经济存在和发展的条件。D 选项,"社会化大生产"和"资本主义私有制"都是在商品经济发展到一定阶段的产物,因此,不可能构成商品存在和发展的条件。因此,本题的正确答案是 A 选项。

2. "我们从小麦的滋味中尝不出种植小麦的人是俄国的农奴,法国的小农,还是英国的资本家。使用价值虽然是社会需要的对象,因而处在社会联系之中,但是并不反映任何社会生产关系。"从马克思的这段话中,我们可以得出(　　)(单选)

A. 使用价值是社会财富的物质内容　　B. 使用价值是商品的自然属性
C. 使用价值是商品的社会属性　　　　D. 使用价值是价值的物质承担者

【考点分析】本题所考查知识点:商品的二因素。

【解题分析】分析题干中引用的马克思的话:小麦的滋味,就是指小麦的使用价值,俄国的农奴、法国的小农,还是英国的资本家体现的是一种社会关系。从后面一句:"使用价值虽然是社会需要的对象,因而处在社会联系之中,但是并不反映任何社会生产关系",可以得出,使用价值不是商品的社会属性,而是商品的自然属性。所以,正确答案是 B 选项。

选项 A,使用价值是社会物质财富的内容,选项本身是正确的,但是不符合题意。题干强调的是使用价值不反映社会关系,使用价值品尝起来的滋味完全由其自然属性所决定。

选项 C 本身错误。使用价值是商品的自然属性,价值才是商品的本质属性、社会属性。材料中"但是并不反映任何社会生产关系"也说明使用价值是商品的自然属性,而非社会属性。

选项 D,选项本身正确,但题干中没有涉及使用价值和价值的辩证关系,不符合题意。

3. 商品的二因素是由生产商品的劳动二重性决定的。生产商品的劳动二重性是指(　　)(单选)

A. 脑力劳动和体力劳动　　　　B. 简单劳动和复杂劳动
C. 抽象劳动和具体劳动　　　　D. 私人劳动和社会劳动

【考点分析】本题所考查知识点:生产商品的劳动二重性。

【解题分析】从前面的学习已经知道,商品的二因素是使用价值和价值。各种商品具有不同的使用价值,是由各种性质和形式不同的劳动生产出来的,如木工的劳动生产出木器,铁匠的劳动生产出铁器。这种生产不同使用价值的不同具体形式的劳动叫做具体劳动。

生产商品的劳动,在具体形式上各不相同,但都是人类劳动力的消耗,都是人的体力和脑力的支出。这种撇开劳动具体形式的无差别的一般人类劳动就是抽象劳动,抽象劳动形成商品的价值,是价值创造的唯一源泉。

通过上面的分析可知,生产商品的劳动二重性就是指具体劳动和抽象劳动。

A 选项,体力劳动和脑力劳动是劳动在二者中所占比重和工作方式有差别而区分的。在劳动过程中二者总是结合在一起。不能说生产使用价值或价值的劳动只是对其中一种的耗费。

B 选项,简单劳动是指在一定的社会条件下,不需要经过任何专门训练的、一般劳动者都可以胜任的劳动。复杂劳动是指需要经过专门训练的、具有一定技术专长的劳动者才可以胜任的劳动。简单劳动和复杂劳动的区分是由社会和科学技术的发展水平决定的,这两者无法决定商品的二因素。

D 选项,私人劳动和社会劳动的矛盾,是简单商品经济的基本矛盾。

因此,本题的正确答案是 C 选项。

4. 劳动生产率提高了,同一社会必要劳动时间里创造的商品的价值量( )(单选)

A. 增加　　　　B. 减少　　　　C. 不变　　　　D. 增减不定

【考点分析】本题所考查知识点:劳动生产率与商品价值量。

【解题分析】社会劳动生产率与商品价值量:

假定生产一个商品的社会必要劳动时间是 10 小时,商品的价值为 10 元,那么:

考察对象:整个社会	变化情况	例子
社会劳动生产率	提高一倍	生产一个商品需要 5 小时
社会必要劳动时间	减少一半	生产一个商品需要 5 小时
单位商品价值量	减少一半	5 元(社会必要劳动时间决定)
单位时间内价值总量	不变	10 小时生产 2 个商品,每个 5 元共 10 元
单位时间内使用价值总量	提高一倍	10 小时生产 2 个商品的使用价值

可见,提高社会劳动生产率,可以在单位时间内生产出更多的商品,并降低单位商品价值量。通过以上分析,可以得出本题的正确答案是 C 选项。

5. 商品经济是通过商品货币关系实行等价交换的经济形式,它的基本规律是( )(单选)

A. 价值规律　　　　B. 剩余价值规律　　　　C. 竞争规律　　　　D. 货币流通规律

【考点分析】本题所考查知识点:价值规律。

【解题分析】选项 A,价值规律的主要内容和要求是:商品的价值量取决于社会必要劳动时间,商品按照价值相等的原则互相交换。只要存在着商品生产和商品交换,价值规律就存在并发挥作用。价值规律通过市场机制自发地调节社会总劳动的分配,具有灵敏、有效的特点,在影响和制约商品经济的经济规律中,价值规律支配着商品生产和商品流通的全过程,在商品经济中始终处于基础性地位,是商品经济的基本经济规律。

选项 B,剩余价值规律是资本主义特有的基本经济规律。它表明资本主义生产的目的是为了生产和占有剩余价值。

选项 C,竞争规律是指商品经济中各个不同的利益主体,为了获得最佳的经济效益,互相争夺有利的投资场所和销售条件的客观必然性,它也是商品经济固有的规律。

选项 D,货币流通规律是指在一定时期内一个国家的商品流通中所需要货币量的规律。它是商品经济发展到以货币为媒介进行交换阶段的规律。因此,本题的正确答案是 A 选项。

6. 价值形式发展的完成形式是( )(单选)

A. 简单的或偶然的价值形式　　　　　　B. 扩大的或总和的价值形式

C. 一般的价值形式　　　　　　　　　　D. 货币形式

【考点分析】本题所考查知识点:价值形式及其发展。

【解题分析】商品具有使用价值和价值两个因素,因而也有两重表现形式:商品的使用价值形式,就是商品本身。商品的价值不能自我表现,要通过交换才得以体现,因此,交换价值是商品价值的表现形式。商品价值形式的发展经历了四个阶段,即简单的或偶然的价值形式、总和的或扩大的价值形式、一般价值形式、货币形式。一般价值形式与货币形式没有本质的区别,一般等价物成为一切商品价值的一般代表,可以和其他一切商品相交换。唯一的区别在于一般价值形式中的等价物还没有固定到某一种商品上,而货币形式中,金银固定地充当了一般等价物。因此,价值形式的完成形式就是货币形式。本题的正确答案是 D 选项。

7. 简单商品经济包含着一系列内在矛盾,其中最基本的矛盾是( )(单选)

A. 私人劳动和社会劳动的矛盾　　　　　B. 具体劳动和抽象劳动的矛盾

C. 生产社会化和生产资料私人占有的矛盾　D. 个别劳动时间和社会必要劳动时间的矛盾

【考点分析】本题所考查知识点:简单商品经济的基本矛盾。

【解题分析】简单商品经济以社会分工和私有制为条件,这两个条件决定了生产商品的劳动同时具有私人劳动和社会劳动的两重性质。由于私有制的存在,商品生产者的劳动具有私人劳动的性质,生产什么,生产多少都是由私人决定的。由于社会分工的存在,商品生产者的劳动又是相互联系的,是为满足社会需要而进行的生产劳动,因而又是社会总劳动的一部分,具有社会劳动的性质。这就产生了私人劳动和社会劳动的矛盾。

在商品生产过程中,存在着使用价值和价值的矛盾、具体劳动和抽象劳动的矛盾、个别劳动时间和社会必要劳动时间的矛盾,而这些矛盾都是根源于私人劳动和社会劳动的矛盾。这是因为:商品生产者的私人劳动能否得到社会承认,转化为社会劳动,即其商品能否符合市场的需求,能否在市场上卖出去,会导致一系列矛盾的发生,如果卖不出去,也就是私人劳动无法转化为社会劳动,具体劳动无法还原为抽象劳动,商品的使用价值让渡不出去,价值也就不能实现,个别劳动时间也不能转化为社会必要劳动时间。因此,私人劳动和社会劳动的矛盾是简单商品经济的基本矛盾。所以,正确答案是 A 选项。

8. 正确认识价值创造和价值分配的关系,关键是理解( )(多选)

A. 价值创造属于生产领域,而价值分配则属于流通领域

B. 价值创造是价值分配的前提和基础

C. 没有价值分配也就没有价值创造

D. 价值分配不仅仅取决于价值创造,在实际经济生活中,价值分配首先是由生产资料所有制关系决定的

【考点分析】本题所考查知识点:价值创造与价值分配。

【解题分析】价值创造与价值分配是既有联系又有区别的范畴。

第一,价值创造属于生产领域的问题,而价值分配则属于分配领域的问题。所以,选项 A 错误,价值分配不属于流通领域,而是属于分配领域。第二,价值创造是价值分配的前提和基础,没有价值创造也就没有价值分配,所以,选项 B 正确,而选项 C 错误。第三,但价值分配又不仅仅取决于价值创造,在

实际经济生活中,价值分配首先是由生产资料所有制关系决定的,有什么样的生产资料所有制,就有什么样的分配关系。所以选项 D 正确。所以,本题正确答案是选项 BD。

9. 资本主义生产的劳动过程对工人来说是一种经济强制性的劳动。同其他劳动的过程相比较,资本主义劳动具有一定的特点( )(多选)

A. 工人在资本家监督下劳动,他们的劳动属于资本家

B. 劳动产品或者劳动成果全部归资本家所有

C. 劳动者有人身自由,可以自由出卖自己的劳动力

D. 创造新的使用价值和价值

【考点分析】本题所考查知识点:资本主义生产的劳动过程。

【解题分析】资本主义劳动过程与其他社会的劳动过程具有一般的共同性,一是创造使用价值的具体劳动,二是形成商品价值的抽象劳动。

首先,"工人在资本家的监督下劳动,他的劳动属于资本家",这同佃农的"自由"劳动是不同的。其次,劳动产品或者劳动成果全部归资本家所有。劳动者有人身自由,但不拥有任何物质资料,除了出卖自己的劳动力商品之外,没有任何别的生存选择。由此,C 选项错误。D 选项创造新的使用价值和价值是一切劳动过程所包含的,而不是资本主义劳动过程所独有的。因此,本题的正确答案是 AB 选项。

10. 资本家之所以能够购买工人的劳动力,把工人变成雇佣工人,其根源在于资本主义的生产资料所有制。有关所有制与所有权,下列表述正确的是( )(多选)

A. 经济意义上的所有制以实际分配为基础,体现了现实生产过程中的经济关系,并表现了经济利益的实现形式

B. 所有制关系上升到法律关系的高度,所有制的现实经济形态就具有了法律形态,即所有权范畴

C. 所有制是所有权的基础,所有制决定所有权

D. 所有权是一种共享性的权利

【考点分析】本题所考查知识点:所有制与所有权。

【解题分析】所有制:经济意义上的所有制是指事实上生产资料归谁所有、归谁支配,并凭借这种所有和支配实现生产和获得剩余产品(利润或超额利润)。经济意义上的所有制以实际占有为基础,体现了现实生产过程中的经济关系,并表现了经济利益的实现形式。

所有权:所有权范畴即法律意义上的所有制,是由占有生产资料的法律原则决定的。所有制关系上升到法律关系的高度,所有制的现实经济形态就具有了法律形态,即所有权范畴。

所有权是一种排他性的权利,它强制地规定了人们在经济生活中对占有物行使权利的界限,直接影响到现实经济生活中生产资料的实际利用及其与劳动者的关系。

两者之间关系:

所有制与所有权既有区别也有联系。

第一,所有制是所有权的基础,所有制的性质和特点只能从现实的生产关系的实际运动中去把握和理解,而不能从所有权出发去认识。

第二,所有制决定所有权,所有权是所有制的法律形态,它反映着经济关系的意志关系,这种意志关系的性质在根本上是由经济关系本身决定的。

由此,本题正确答案为选项 BC。

11. 某资本家工厂共有资本 200 万元,其中一次生产耗费不变资本 100 万元,购买劳动力部分为 80 万元,生产出商品价值 300 万元。该资本的剩余价值率是( )(单选)

A. 300%   B. 200%   C. 150%   D. 100%

【考点分析】本题所考查知识点：剩余价值率。

【解题分析】资本主义生产过程中生产出来的商品的价值由不变资本(c)+可变资本(v)+剩余价值(m)三部分构成。题干中已知商品价值为300万元，其中，不变资本(c)价值为100万元，可变资本(v)价值为80万元，可以得出该商品价值中包含的剩余价值为 $300-(100+80)=120$。所以，$m'=m/v=120\div80=1.5=150\%$，因此，本题的正确答案是 C 选项。

12. 绝对剩余价值和相对剩余价值既有区别又有联系。两者的主要区别在于物质技术基础的不同，从而在资本主义发展的不同阶段所起的作用不同。但不论是绝对剩余价值还是相对剩余价值，都是依靠(   )(单选)

 A. 延长工人工作时间而获得的   B. 降低工人的工资而获得的

 C. 增加剩余劳动时间而获得的   D. 提高劳动生产率而获得的

【考点分析】本题所考查知识点：剩余价值的生产。

【解题分析】联系题干"不论是绝对剩余价值还是相对剩余价值，都是依靠"，"两者……都……"明显的是要找出绝对剩余价值生产和相对剩余价值生产的共同之处。

绝对剩余价值是指在雇佣工人的必要劳动时间不变的条件下，由于工作日的绝对延长从而绝对延长剩余劳动时间而生产的剩余价值。

绝对剩余价值生产主要依靠野蛮地延长工作时间而更多地榨取剩余价值，资本主义生产初期，生产技术水平低，主要是手工劳动和手工工具，绝对剩余价值生产是资本家加强剥削的主要方法。

相对剩余价值是指在工作日长度不变的条件下，通过缩短必要劳动时间从而相对延长剩余劳动时间所生产的剩余价值。

相对剩余价值生产是以整个社会劳动生产率的提高为条件的。它往往是技术进步，提高劳动生产率的结果。

随着资本主义的发展、科学技术的进步和劳动生产率的提高，工人为缩短工作日的斗争加强，相对剩余价值生产就逐渐成为主要的剥削方法。在资本主义的现实生活中，这两种方法常常是同时被用来榨取更多的剩余价值。

我们发现绝对剩余价值生产和相对剩余价值生产的共同点，不管是绝对地或是相对地延长劳动时间，都一定会延长剩余劳动时间，所以选项 C 正确。

13. 马克思指出，扩大再生产过程中的追加资本，"它一开始就没有一个价值原子不是由别人的无酬劳动产生的。合并追加劳动力的生产资料，以及维持这种劳动力的生活资料，都不外是剩余产品的不可缺少的组成部分。"这句话表明(   )(单选)

 A. 资本积累是资本主义扩大再生产的重要源泉 B. 剩余价值是资本积累的唯一源泉

 C. 追加资本来源于资本家自己的劳动积累 D. 资本积累是资本家节约的结果

【考点分析】本题所考查知识点：资本积累。

【解题分析】题干中"别人的无酬劳动"是指工人创造出的被资本家无偿占有的剩余价值，而用于扩大再生产的追加资本正是来源于剩余价值。

剩余价值的资本化，叫做资本积累。剩余价值是资本积累的唯一源泉，而资本积累则是扩大再生产的重要源泉。资本积累和扩大再生产是资本主义发展的客观的必然趋势。资本积累不仅是剥削工人的结果，而且又是扩大对工人剥削的手段。

资本积累的实质是资本家用无偿占有的剩余价值去扩大生产规模从而无偿占有更多的剩余价值。

由此，B 选项正确。A 选项本身表述正确，但不符合题干。CD 选项均表述错误。

14. 某棉纺厂因棉花价格上涨而增加了资本的垫支，它影响该厂的(   )(单选)

A. 资本技术构成　　　　B. 资本价值构成　　　　C. 资本物质构成　　　　D. 资本有机构成

【考点分析】本题所考查知识点：资本有机构成。

【解题分析】"棉纺厂"中"棉花"是原料，属于不变资本，其价格的变化不会影响到生产资料和劳动力搭配的比例关系，即资本的技术构成。选项 A 可以排除。棉花价格上涨，使得采购棉花需要垫支的不变资本增加，从而影响到从价值形态角度考察的资本的构成，选项 B 正确。

选项 C 为干扰项，可以排除。选项 D 中资本有机构成的变化必须是符合两个条件：第一，由资本技术构成决定的资本价值构成的变化。第二，如果是资本价值构成发生变化，必须是要反映资本技术构成变化的资本价值构成的变化。

本题中尽管资本价值构成发生变化，但这种变化既不是由技术构成变化导致的，也不能反映资本技术构成的变化，所以选项 D 也排除。这也进一步论证了 B 选项为正确选项。

15. 产业资本是在资本运动中不仅能占有剩余价值而且能够创造剩余价值的资本。在产业资本循环中最具有决定意义的阶段就是生产剩余价值的生产阶段，但剩余价值的实现是在产业资本循环的（　　）（单选）

A. 购买阶段　　　　B. 生产阶段　　　　C. 销售阶段　　　　D. 流通阶段

【考点分析】本题所考查知识点：产业资本循环的三个阶段。

【解题分析】本题题意明确，解题应当直接进入主题，题干旨在考查产业资本循环各阶段的作用：

第一阶段，购买阶段是为生产剩余价值作准备的阶段。

第二阶段，生产阶段是在生产剩余价值，这一阶段是剩余价值的生产、创造、产生的阶段。

第三阶段，售卖或销售阶段是把生产出来的包含价值和剩余价值的商品卖出去，实现剩余价值。

其中第一阶段与第三阶段都属于流通领域，只有生产阶段属于生产领域。

结论：通过商品的销售，伴随着商品价值的实现，从而剩余价值得以实现。故 C 选项符合题意。

16. 加快资本周转速度对商品生产和价值增殖的影响主要表现在（　　）（单选）

A. 加速资本周转能提高剩余价值率　　　　　　B. 加速资本周转能提高平均利润率

C. 加速资本周转能提高积累率　　　　　　　　D. 加速资本周转能提高年剩余价值率

【考点分析】本题所考查知识点：加快资本周转速度对剩余价值生产的影响。

【解题分析】资本周转的速度可以用资本周转时间的长短和资本周转次数的多少来表示。资本的周转次数是指一定时期内（通常为一年）资本所经历的周期循环的次数。资本周转速度（快慢）与资本周转时间（长短）成反比，与资本周转次数（多少）成正比，资本周转速度加快会产生以下影响：第一，加快资本周转可以增加年剩余价值量。第二，加快资本周转可以提高年剩余价值率。因此，本题的正确答案为 D 选项。

17. 马克思在研究社会总资本再生产和流通时，认为其核心问题是（　　）（单选）

A. 社会总产品各个组成部分的价值补偿问题　　　　B. 社会总产品的实现问题

C. 社会总产品各个组成部分的实物补偿问题　　　　D. 剩余价值的实现问题

【考点分析】本题所考查知识点：社会总资本再生产的核心问题。

【解题分析】社会总产品的价值补偿是指社会总产品各个组成部分的价值，如何通过商品的出售以货币形式收回，用以补偿生产过程中消耗的预付的不变资本和可变资本，并获得剩余价值，从而能继续预付资本进行再生产。

社会总产品的实物补偿或称实物替换，是指社会总产品价值实现为货币形式后，通过流通领域顺利买进再生产所必需的各种物质资料，包括资本家需要的生产资料以及资本家与工人都需要的消费资料。只有当社会总产品完成价值补偿和实物补偿，社会总资本再生产才能顺利进行。由此本题的正确答案为选项 B。

18. 资本主义工资的本质是劳动力的价值或价格的转化形式,在揭示资本主义工资的问题上,关键是要注意区分(　　)(单选)

A. 不变资本与可变资本　　　　　　B. 劳动和劳动力

C. 具体劳动和抽象劳动　　　　　　D. 私人劳动和社会劳动

【考点分析】本题所考查知识点:揭示资本主义工资本质的关键。

【解题分析】选项 A 中的一组概念"不变资本与可变资本"区分的依据是二者在剩余价值生产中所起的作用不同。通过这种区分,揭示了剩余价值的真正源泉是由可变资本带来的。

选项 C 中的一组概念"具体劳动和抽象劳动"是生产商品的劳动二重性,不同形式的具体劳动创造商品不同的使用价值,无差别的人类劳动即抽象劳动形成商品的价值。

选项 D 中的一组概念"私人劳动和社会劳动"之间的关系是简单商品经济的基本矛盾,决定了生产者在生产过程中的优胜劣汰,与题干无直接关系,可以排除,所以正确答案为 B。

19. 资本主义各生产部门资本有机构成的不同,决定了各生产部门具有不同的利润率。对于资本家来说,要求等量资本获得等量利润,这就要求利润率趋于平均化,形成平均利润。平均利润的形成(　　)(多选)

A. 是部门之间竞争的结果

B. 是通过资本的转移实现的

C. 是价值转化为生产价格和剩余价值在各部门分配的过程

D. 是不同生产部门利润率趋于平均化的过程

【考点分析】本题所考查知识点:平均利润的形成过程。

【解题分析】平均利润的形成是部门之间竞争的结果。部门之间的竞争是指不同生产部门的资本家为争夺有利的投资场所而展开的竞争。竞争的结果是使各个部门之间原本不一致的利润率趋于一致,从而形成平均利润率。因此,部门之间的竞争过程就是平均利润的形成过程。平均利润是通过资本在部门之间转移的方式形成的。

资本家为了获得更多的利润,就会把资本从利润率低的部门撤出,转移到利润率高的部门。通过资本的转移,那些利润率高的部门,资本数量增加,生产规模扩大;那些利润率低的部门,资本数量减少,生产规模缩小。平均利润率的形成过程,反映了各生产部门资本家重新瓜分剩余价值的过程。马克思的平均利润学说,说明平均利润仍是剩余价值的转化形式。平均利润只是各部门的资本家通过部门间的竞争,对雇佣工人创造的剩余价值重新分配的结果。从以上分析也可以得出平均利润的形成是不同生产部门利润率趋于平均化的过程。因此,本题的正确答案是 ABCD。

20. 美国经济学家萨缪尔森在《经济学》教科书中提到:"在我们国家的历史上,我们的经济制度都受到动荡的经济危机的周期的折磨","商业周期(或经济周期)是资本主义的固有特点"。与这种资本主义经济危机周期性有着紧密、直接联系的是(　　)(单选)

A. 资本主义社会过剩的生产力　　　B. 资本主义社会人们需求的不足

C. 资本有机构成的不断提高　　　　D. 资本主义再生产的周期性

【考点分析】本题所考查知识点:资本主义经济危机。

【解题分析】资本主义经济危机的根源在于资本主义基本矛盾,即生产社会化和生产资料资本主义私人占有之间的矛盾。

资本主义经济危机的周期性特点是指资本主义国家的经济危机每隔若干年就爆发一次,周期性地反复出现。从一次经济危机开始到另一次经济危机开始,构成资本主义再生产的一个周期。资本主义再生产一般说来,包括危机、萧条、复苏、高涨四个阶段。

通过分析,我们知道与资本主义经济危机的周期性紧密相连的是资本主义再生产的周期性。因此,本题的正确答案是 D 选项。

而选项 A,资本主义生产力过剩,这一命题片面,其生产力并不是真正意义上的过剩,而是相对广大人民消费能力的过剩,对贫困家庭来说,并非没有购买的需求,而是没有购买的能力,B 项同理也错误。选项 C 随着资本有机构成的提高,会出现相对过剩人口,会导致贫富分化,这对经济发展无疑是个痼疾。但其与经济危机没有直接的联系,所以不选。

21. 选举制度是资本主义政治制度的重要内容之一。关于选举制度,下列表述错误的是(　　)(多选)

A. 从形式上看,选举竞选制度是公民参与国家事务的重要形式

B. 选举制度是资本主义国家法律制度的核心

C. 从实际政治作用上看,选举制是协调统治阶级内部利益关系和矛盾的重要措施

D. 选举制度的核心是"主权在民","自由、平等"

【考点分析】本题所考查的知识点:资本主义政治制度及其本质。

【解题分析】资本主义政治制度包括资本主义的民主与法制、政权组织形式、选举制度、政党制度等。

选举制度:资本主义国家的选举是资产阶级制定某种原则和程序,通过竞选产生议会和国家元首的一种政治机制。从形式上看,竞选制度是公民参与国家事务的重要形式。从实际政治作用上看,选举制是协调统治阶级内部利益关系和矛盾的重要措施。所以,选项 AC 正确。

资本主义国家法律制度的核心:资本主义法制是与资本主义民主结合在一起的。宪法是资本主义国家法律制度的核心,它所依据的基本原则有:私有制原则、"主权在民"原则、分权与制衡原则和人权原则。所以,选项 B 错误。

"主权在民"、"自由、平等":资本主义民主制度是与资本主义生产方式相适应而发展起来的。资产阶级在反对封建专制主义的斗争中提出了符合自身利益和要求的"主权在民","天赋人权","分权制衡","社会契约","自由、平等、博爱"等政治思想。但资本主义政治制度的本质是为资产阶级服务的,是服从于资产阶级进行统治和压迫需要的政治工具,所以"主权在民","自由、平等"这些在战胜封建主义中起到重要作用的口号,并不是资本主义政治制度的核心。所以,选项 D 错误。

四、本章测试题及答案解析

(一) 本章测试题

1. 自然经济是与较低的生产力发展水平相适应的经济形态,其基本特征是(　　)(多选)

A. 自然经济是自给自足的经济　　　　B. 自然经济是封闭、保守型经济

C. 自然经济是以简单再生产为特征的经济　　D. 自然经济的劳动以自然分工为基础

2. 马克思在研究商品时,之所以考察商品的使用价值,是因为使用价值是(　　)(单选)

A. 构成财富的物质内容　　　　B. 人类生存、发展的物质条件

C. 满足人们需要的物质实体　　D. 商品价值和交换价值的物质承担者

3. 马克思指出:一切商品对它们的所有者是非使用价值,对它们的非所有者是使用价值。这句话的含义是(　　)(单选)

A. 商品生产者不能同时获得商品的使用价值和价值

B. 商品生产者能同时获得商品的使用价值和价值

C. 一切商品都有使用价值但不一定有价值

D. 一切商品不可能既有使用价值又有价值

4. 一切商品都包含使用价值和价值两个因素,商品使用价值和价值两者的关系是(　　)(多选)

A. 凡是没有使用价值的东西肯定没有价值　　　　B. 有使用价值的东西不一定形成价值

C. 凡是没有价值的东西肯定没有使用价值　　　　D. 凡是有价值的商品肯定具有使用价值

5. 使用价值、交换价值、价值关系的叙述正确的是(　　)(多选)

A. 使用价值是交换价值和价值的物质承担者　　　　B. 交换价值和价值寓于使用价值之中

C. 交换价值是价值的表现形式　　　　D. 使用价值和价值互为基础和前提

6. 商品的二因素是对立统一的,这对矛盾的解决有赖于(　　)(单选)

A. 劳动生产率的不断提高　　　　B. 货币的出现并充当交换媒介

C. 商品交换的实现　　　　D. 商品价值的转移

7. 生产商品中的具体劳动和抽象劳动是指(　　)(单选)

A. 生产商品的同一劳动过程的两个不同方面

B. 生产商品的两次不同的劳动

C. 生产商品的同一劳动过程中先后出现的两种不同形式

D. 生产商品中的两种独立存在的劳动

8. 具体劳动和抽象劳动是生产商品的同一劳动过程的两个方面,二者的区别在于(　　)(多选)

A. 具体劳动是劳动的具体形式,抽象劳动是一般的人类劳动

B. 不同的具体劳动的质不同,抽象劳动没有质的差别

C. 具体劳动反映人与自然的关系,抽象劳动体现商品生产者之间的关系

D. 具体劳动是使用价值的唯一源泉,抽象劳动是价值的唯一源泉

9. 劳动生产率是生产某种使用价值的效率,劳动生产率(　　)(单选)

A. 与单位时间内所生产的产品数量成正比,与单位产品所耗费的劳动时间成正比

B. 与单位时间内所生产的产品数量成反比,与单位产品所耗费的劳动时间成正比

C. 与单位时间内所生产的产品数量成正比,与单位产品所耗费的劳动时间成反比

D. 与单位时间内所生产的产品数量成反比,与单位产品所耗费的劳动时间成反比?

10. 商品价值量的大小是由(　　)(单选)

A. 使用价值决定的　　　　B. 生产商品的个别劳动生产率决定的

C. 商品生产者的个别劳动时间决定的　　　　D. 生产商品的社会必要劳动时间决定的

11. 在社会劳动生产率不变的前提下,个别企业劳动生产率提高到高于社会劳动生产率的水平,意味着(　　)(单选)

A. 单位时间内生产的价值总量增多　　　　B. 单位产品所包含的价值量下降

C. 单位时间内生产的价值总量下降　　　　D. 单位产品所包含的价值量增加?

12. 商品价值的大小是由生产商品的社会必要劳动时间来决定,商品生产者要获得更多的收益必须使生产商品的(　　)(单选)

A. 个别劳动时间等于社会必要劳动时间　　　　B. 个别劳动时间高于社会必要劳动时间

C. 个别劳动时间低于社会必要劳动时间　　　　D. 个别劳动时间高于或等于社会必要劳动时间

13. 商品的价值量由生产商品的社会必要劳动时间决定,它是在(　　)(单选)

A. 同类商品的生产者之间的竞争中实现的　　　　B. 不同商品的生产者之间的竞争中实现的

C. 商品的生产者和消费者之间的竞争中实现的　　　　D. 商品的生产者和销售者之间的竞争中实现的

14. 劳动生产率是生产某种具有使用价值的商品的效率,而劳动时间是衡量商品价值量的天然尺

度。下列关于商品的价值量、劳动生产率和社会必要劳动时间的关系中正确的是( )（多选）

A. 商品价值量由社会必要劳动时间决定,社会必要劳动时间取决于部门的平均劳动生产率

B. 同一社会必要劳动在同样时间内创造的价值与劳动生产率的变化无关

C. 单位商品的价值量与部门劳动生产率成反比,而与生产商品所耗费的社会必要劳动时间成正比

D. 如果部门劳动生产率不变,个别企业的劳动生产率的变化不会影响单位商品的价值量

15. 价值规律是商品经济的基本规律,价值规律的内容和要求是( )（多选）

A. 商品价值量由个别劳动时间决定　　　B. 商品的价值量由社会必要劳动时间决定

C. 商品交换以价值量为基础,实行等价交换　　D. 价格围绕价值随供求关系的影响上下波动

16. 马克思指出:在商品经济中,价值规律是"作为起调节作用的自然规律强制地为自己开辟道路,就像房屋倒在人的头上时重力定律强制为自己开辟道路一样。"这段话表明( )（多选）

A. 价值规律是商品经济的一般规律或基本规律　　B. 价值规律和自然规律一样具有强制性

C. 价值规律具有自发性　　　　　　　　　　　　D. 价值规律排斥人的主观能动性

17. 价格受供求的影响,围绕价值上下波动,不是对价值规律的否定,而是价值规律作用的表现形式,这是因为( )（多选）

A. 各种商品价格的变动,是以各自的价值为基础的

B. 从商品交换的总体看,价格总额与价值总额是相等的

C. 从商品交换的较长时间看,价格与价值是趋于一致的

D. 价格变化不会无限脱离价值,说明价格归根结底受价值制约

18. 社会主义市场经济条件下,价值规律作用有( )（多选）

A. 在全社会经济生活中起主导作用　　　　B. 促进社会资源的合理配置和有效使用

C. 促使企业关心技术进步,改善企业经营管理　　D. 调节生产、流通和消费

19. 对"商品是天生的平等派"这一说法,理解正确的有( )（多选）

A. 商品交换过程中,市场价格由价值决定

B. 商品的个别生产时间对商品的社会必要劳动时间没有影响

C. 通过商品和商品价格反映的总是商品生产者之间的平等关系

D. 商品的价值量由社会必要劳动时间决定

20. 货币之所以能执行价值尺度的职能,是因为( )（单选）

A. 它能衡量其他商品价值的大小　　　　B. 它是商品,本身具有价值

C. 它具有计量单位　　　　　　　　　　D. 它可以是观念上的货币

21. 对"劳动是财富之父,土地是财富之母"这句话的正确解释是( )（单选）

A. 劳动和土地都是价值的源泉

B. 劳动创造使用价值,土地形成价值

C. 劳动是创造价值的外部条件,土地是价值的真正源泉

D. 劳动必须和自然物相结合才能创造出物质财富

22. 使货币转化为资本的最根本的条件是( )（单选）

A. 货币作为流通手段的出现　　　　　　B. 货币作为支付手段的发展

C. 劳动力商品使用价值的特性　　　　　D. 劳动力商品价值的特性

23. 与其他商品相比,劳动力商品的使用价值所具有的特性是( )（多选）

A. 能够满足人们某种需要　　　　　　　B. 能够创造出大于自身价值的价值

C. 劳动力价值的源泉　　　　　　　　　D. 是一种自然属性

24. 资本主义生产过程是价值增殖过程,价值增殖过程就是超过一定点而延长的价值的形成过程,这里的"一定点"指的是在生产过程中(   )(单选)

A. 工人用于转移生产资料价值的时间
B. 工人用于创造新产品使用价值的时间
C. 工人用于补偿劳动力自身价值的时间
D. 工人用于创造新产品全部价值的时间

25. 在资本主义生产过程中,工人的劳动作为具体劳动的作用是(   )(多选)

A. 生产使用价值
B. 创造剩余价值
C. 转移生产资料的价值
D. 转移劳动力的价值

26. 资本区分为不变资本和可变资本的意义在于(   )(多选)

A. 揭示了货币转化为资本的关键
B. 揭示了剩余价值的真正来源
C. 揭示了资本主义剥削的秘密
D. 为揭示资本主义剥削程度提供了科学依据

27. 剩余价值率反映的是资本家对雇佣工人的剥削程度。剩余价值率是(   )(多选)

A. 剩余价值与预付资本的比率
B. 剩余价值与不变资本的比率
C. 剩余价值与可变资本的比率
D. 工人剩余劳动时间与必要劳动时间的比率

28. 在现实的资本主义经济运行中,资本家为了提高对雇佣工人的剥削程度,通常会采用的两种基本方法是(   )(单选)

A. 绝对剩余价值的生产与超额剩余价值的生产
B. 相对剩余价值的生产与超额剩余价值的生产
C. 绝对剩余价值的生产与相对剩余价值的生产
D. 超额剩余价值的生产与垄断市场和价格

29. 某资本家经营的企业通过改进技术、提高劳动生产率,使其生产商品花费的劳动时间比社会必要劳动时间少10%,由此形成商品个别价值低于社会价值的那部分是(   )(单选)

A. 超额剩余价值　　　B. 绝对剩余价值　　　C. 相对剩余价值　　　D. 剩余价值

30. 绝对剩余价值生产、相对剩余价值生产和超额剩余价值生产的关系(   )(多选)

A. 绝对剩余价值生产是相对剩余价值生产的出发点
B. 相对剩余价值生产是绝对剩余价值生产的出发点
C. 超额剩余价值生产是变相的相对剩余价值生产
D. 超额剩余价值生产是相对剩余价值生产的前提

31. 资本家把剩余价值转化为资本或剩余价值的资本化就是资本积累。资本积累是扩大再生产的源泉。下列各项属于资本积累的是(   )(单选)

A. 索尼公司用60亿美元收购美国哥伦比亚影片公司
B. 某钢铁公司发行股票筹资进行技术改造
C. 通用汽车公司将上半年的利润的60%用于通用汽车电子商务网的建设
D. 某制造企业更新陈旧设备

32. 资本家把剩余价值转化为资本或剩余价值的资本化就是资本积累。影响资本积累数量的因素有(   )(多选)

A. 对劳动力的剥削程度
B. 社会劳动生产率的水平
C. 预付资本量的大小
D. 所用资本和所耗资本之间的差额

33. 分析资本有机构成的理论前提是把生产资本划分为可变资本和不变资本。在资本积累过程中,随着资本有机构成的不断提高,这意味着在不变资本和可变资本的关系中(   )(单选)

A. 不变资本的比重不断增加
B. 可变资本的比重不断增加

C. 不变资本和可变资本的比重同步增加 D. 不变资本和可变资本的比重同步下降

34. 某企业投入的资本是 100 万元,其资本有机构成是 4/1,经过生产过程生产出的商品价值为 120 万元,其剩余价值率是( )(单选)

A. 20%   B. 80%   C. 100%   D. 120%

35. 相对过剩人口是资本主义制度造成的,是资本主义的必然产物,是资本主义所特有的人口规律,是资本主义存在和发展的必要条件。资本主义相对过剩人口是( )(多选)

A. 资本积累的必然产物   B. 资本有机构成提高的前提条件

C. 资本有机构成提高的直接结果 D. 相对于资本需求而过剩的人口

36. 产业资本划分为货币资本、生产资本、商品资本的依据是资本各部分( )(单选)

A. 在价值增殖过程中的作用不同 B. 价值周转方式不同

C. 存在的物质形态不同   D. 在循环中的职能不同

37. 下列实物形态的资本中,同时属于生产资本、不变资本和固定资本的是( )(单选)

A. 原料和燃料 B. 辅助材料 C. 机器设备 D. 商业设施

38. 资本周转速度与( )(单选)

A. 周转时间成正比,周转次数成反比 B. 周转时间成反比,周转次数成正比

C. 周转时间成正比,周转次数成正比 D. 周转时间成反比,周转次数成反比

39. 在资本主义生产过程中,加快资本周转速度,可以增加年剩余价值量和提高年剩余价值率,根本原因在于( )(单选)

A. 预付的资本总量增加了   B. 实际发挥作用的可变资本增加了

C. 流通对生产的反作用   D. 剩余价值率提高了

40. 社会总资本的运动,就是社会总资本的再生产和流通。研究社会总资本运行的基本理论前提是( )(多选)

A. 社会总产品的生产和实现   B. 社会生产分为第一、第二、第三产业

C. 社会生产分为第 I 部类和第 II 部类 D. 社会总产品的价值由 c、v、m 三部分构成

41. 为了保障社会再生产的顺利进行,必须( )(多选)

A. 要求生产中所耗费的资本在价值上得到补偿

B. 要求两大部类内部各个产业部门之间和两大部类之间保持一定的比例关系

C. 社会再生产不断循环运动

D. 资本家不断投入资本

42. 资本主义工资的本质是劳动力价值或价格的转化形式。关于资本主义工资的问题,下列说法正确的是( )(多选)

A. 科学地区分劳动和劳动力是揭示资本主义工资本质的关键

B. 资本主义工资的基本形式分为计时工资和计件工资两种

C. 资本主义工资小于工人在生产劳动中创造的新价值

D. 资本主义工资掩盖了雇佣工人的必要劳动和剩余劳动的区别

43. 剩余价值转化为利润,同时剩余价值率也就转化为利润率。资本主义利润率等于剩余价值与全部预付资本之比。它反映了( )(单选)

A. 生产资本的增殖程度   B. 预付不变资本的增殖程度

C. 预付可变资本的增殖程度   D. 全部预付资本的增殖程度

44. 资本主义经济危机的本质特征是( )(单选)

A. 生产过剩的危机　　　　　　　　　　B. 生产不足的危机

C. 生产相对过剩的危机　　　　　　　　D. 生产绝对过剩的危机

45. 资本主义经济危机爆发的根本原因是(　　　)(单选)

A. 生产的日益社会化

B. 大规模的固定资本更新

C. 生产资料私人占有制与生产社会化之间不可调和的矛盾

D. 生产集中程度的提高

(二)测试题答案及解析

1.【参考答案】ABCD

【答案解析】本题所考查知识点:自然经济。

自然经济指的是为了直接满足生产者自己或本经济单位的需要,不是为了交换而进行生产的经济形态,即自给自足的经济。自然经济还是封闭、保守型经济,以简单再生产为特征,以自然分工为基础。因此,本题的正确答案是 ABCD。

2.【参考答案】D

【答案解析】本题所考查知识点:使用价值。

政治经济学之所以要考察商品的使用价值,是因为没有使用价值就没有价值和交换价值,价值和交换价值的存在以使用价值的存在为前提。交换价值是价值的表现形式,价值是交换价值的基础和内容。

使用价值在一切社会都存在,是构成社会财富的物质内容,是人类生存、发展的物质条件,也是满足人们需要的物质实体,但马克思研究商品时关注使用价值,是为了要搞清楚为什么不同使用价值的东西可以交换。故排除 ABC 选项。因此,本题的正确答案是 D 选项。

3.【参考答案】A

【答案解析】本题所考查知识点:使用价值和价值。

就商品本身而言,商品既有使用价值又有价值,这是商品的二因素。两者既相矛盾又相统一。选项 B,本身是错误的。选项 C,使用价值是劳动产品成为商品的前提条件,价值是商品的本质属性。但是在特定的社会环境里,一些没有价值的东西也成为商品,如土地在资本主义市场经济条件下,成为商品进行买卖。选项 D 本身错误,使用价值和价值是商品的二因素,商品首先要有使用价值,否则不会有人要,不同的商品能够进行交换,就是因为它们都包含了无差别的人类劳动即价值。因此,本题的正确答案是 A 选项。

4.【参考答案】ABD

【答案解析】本题所考查知识点:使用价值和价值。

一切商品都包含使用价值和价值两个因素。使用价值和价值的统一表现在二者之间有着不可分割的联系,缺一不可。第一,商品必须具有使用价值,凡是没有使用价值的东西肯定没有价值。一个物品,如果没有使用价值,就没有人需要,就不能成为商品,即使在它身上耗费再多的劳动,这些劳动也不能形成价值。第二,商品必须是劳动产品。一个物品有使用价值,但不是劳动产品,如阳光、空气等,就不具有价值,也不能成为商品。第三,商品必须是用来交换的。商品作为劳动产品,生产出来以后,其使用价值是为了满足别人的需要,而不是为了满足自己的需要。不进行交换,使用价值就不能满足别人的需要,生产时耗费的劳动也不能形成价值。因此,即使有使用价值的东西如果不是为了交换的目的而生产也不能形成价值。而凡是有价值的商品则肯定具有使用价值。C 选项,使用价值是价值的前提,但反过来就不对了,比如空气、阳光对我们有使用价值,但不是劳动产品,不用于交换,不是商品,所以没有价值。因此,本题的正确答案是 ABD。

5.【参考答案】ABC

【答案解析】本题所考查知识点:商品二因素。

价值的存在要以使用价值的存在为前提和基础,没有使用价值的东西是不可能有价值的,但没有价值的东西可以有使用价值,所以使用价值不必以价值为前提和基础,D 项不正确。因此,本题的正确答案是 ABC。

6.【参考答案】C

【答案解析】本题所考查知识点:商品二因素。

商品的价值和使用价值是对立统一的。使用价值和价值的矛盾是商品的内在矛盾,它只能通过交换来解决。因此,本题的正确答案是 C 选项。

7.【参考答案】A

【答案解析】本题所考查知识点:劳动二重性原理。

具体劳动和抽象劳动既不是两种独立存在的劳动,也不是两次不同的劳动,而是生产商品的同一劳动过程的两个不同的方面。因此,本题的正确答案是 A 选项。

8.【参考答案】ABC

【答案解析】本题所考查知识点:劳动二重性原理。

D 选项,通过对劳动二重性原理的分析,可以知道抽象劳动是创造价值的唯一源泉,人类的具体劳动必须与具体的实物如原材料相结合才能形成使用价值,而只有原材料没有人类劳动即便有使用价值也不会形成价值。所以,具体劳动并不是使用价值的唯一源泉。因此,本题的正确答案是 ABC。

9.【参考答案】C

【答案解析】本题所考查知识点:商品价值量与劳动生产率的关系。

商品价值量与劳动生产率的关系:劳动生产率是生产某种使用价值的效率。用公式表示:劳动生产率=产品数量/劳动时间。所以,单位时间内所生产的产品数量越多(分子越大),劳动生产率就越高;也就是说,劳动生产率与单位时间内所生产的产品数量,是正向关系。相反,单位产品所耗费的劳动时间越多(分母越大),劳动生产率就越低。因此,劳动生产率与单位产品所耗费的劳动时间是反向的关系。因此,本题的正确答案是 C 选项。

10.【参考答案】D

【答案解析】本题所考查知识点:商品的价值量。

商品的价值量不能由个别生产者生产商品所耗费的劳动时间即个别劳动时间来决定,而是由生产该商品所必需的平均必要劳动时间,即社会必要劳动时间来决定。因此,本题的正确答案是 D 选项。

11.【参考答案】A

【答案解析】本题所考查知识点:商品的价值量。

商品的价值量是由社会必要劳动时间决定的,而不是由个别劳动时间决定。因此,提高个别劳动生产率也不会改变单位商品所包含的价值量。个别企业的劳动生产率提高,意味着该企业的个别劳动时间可以换算为倍数的社会必要劳动时间,即意味着单位时间里生产的产品数量也增加了,因而其单位时间里创造的价值总量增加了。因此,本题的正确答案是 A 选项。

12.【参考答案】C

【答案解析】本题所考查知识点:商品的价值量的决定。

商品的价值量不是由个别企业生产商品所耗费的劳动时间决定的,而是由凝结在商品中的社会必要劳动时间决定的。由于生产者的个别劳动时间都要折算为社会必要劳动时间,因而商品生产者要获得更多的收益必须使生产商品的个别劳动时间低于社会必要劳动时间。只有这样,他们才能在竞争中取得有利的地位。否则,他们将会被市场所淘汰。因此,本题的正确答案是 C 选项。

13.【参考答案】A

【答案解析】本题所考查知识点:社会必要劳动时间。

社会必要劳动时间反映了同一生产部门内部不同生产者之间的关系。同一生产部门生产同类商品的生产者之间竞争的结果,使各个生产者的个别劳动时间均衡为社会必要劳动时间,从而形成商品的价值量。因此,社会必要劳动时间决定价值量是在同类商品生产者之间的竞争中实现的。

不同生产部门,由于生产的使用价值不同,各自生产单位产品的社会必要劳动时间也不同。要在它们之间均衡出社会必要劳动时间是不可能的,也是没有意义的。因为如果以全社会所有商品生产者的劳动时间来衡量商品的价值量,就会造成所有的商品具有同样的价格的局面,这是有悖于常理的。不同生产部门生产不同商品的生产者之间的竞争实现的是平均利润。因此,本题的正确答案是 A 选项。

14.【参考答案】ABCD

【答案解析】本题所考查知识点:商品的价值量

商品的价值量是由生产商品的社会必要劳动时间来决定的。社会必要劳动时间以及商品的价值量是随着劳动生产率的变化而变化的。因为,劳动生产率总是具体劳动的生产率,劳动生产率越高,单位时间内生产的商品数量越多;而作为抽象劳动在单位时间内所创造的价值量是不变的,如 8 小时所创造的价值量不因劳动数量变化而改变;因而生产单位商品所需要的社会必要劳动时间就越小,单位商品的价值量也越小。反之,劳动生产率越低,单位时间内生产的商品越少,则生产单位商品所需要的社会必要劳动时间就越多,单位商品的价值量也越大。所以,劳动生产率和商品的使用价值成正比关系,而和商品的价值成反比关系。

但是,如果部门平均劳动生产率不变,只是个别企业的劳动生产率提高,则单位商品的个别价值降低,而该商品的社会必要劳动时间即社会价值不变。因而,该生产者在单位劳动时间内,不仅生产的商品数量增加,而且所创造的价值总量也会增加。因此,本题的正确答案是 ABCD。

15.【参考答案】BC

【答案解析】本题所考查知识点:价值规律的内容

马克思主义关于价值规律的内容的经典阐述是:商品的价值量由生产商品的社会必要劳动时间决定;商品交换以价值量为基础,遵循等量社会必要劳动相交换的原则。选项 A 本身错误,商品的价值量是由生产商品的社会必要劳动时间决定的。选项 D 是价值规律的表现形式。因此,本题的正确答案是 BC。

16.【参考答案】ABC

【答案解析】本题所考查知识点:价值规律的客观性

价值规律既是调节商品生产的规律,又是调节商品交换的规律。这个规律是商品经济中客观存在的必然趋势,是商品经济的基本规律。只要存在商品经济,价值规律就会发生作用,而且和其他规律一样具有客观性,但价值规律并不排斥人的主观能动性,人在价值规律面前有着一定的主观能动性,所以 D 选项错误。因此,正确答案是 ABC。

17.【参考答案】ABCD

【答案解析】本题所考查知识点:价值规律的表现形式

价格并非始终与价值相等。因为价格是以价值为基础,决定价格的除了价值这一因素以外,市场上的供求关系也会直接影响价格。但这并不是否定价值规律和等价交换的原则,从长期来看,商品的市场价格上涨下落可以相互抵消,因而长期的平均价格和其价值是一致的。因此,本题的正确答案是 ABCD。

18.【参考答案】BCD

【答案解析】本题所考查知识点:价值规律的作用

价值规律在商品经济中的作用,主要有三个方面:第一,自发调节资源配置和经济活动;第二,刺激商品生产者改进技术、提高劳动生产率;第三,在经济活动中形成优胜劣汰的机制。选项 A,在全社会经济生活中起主导作用的经济规律应该是生产力与生产关系的矛盾运动规律。因此,本题的正确答案是 BCD。

19.【参考答案】AD

【答案解析】本题所考查知识点:价值规律

"商品是天生的平等派"这一说法是对价值规律的生动表述。价值规律主要体现在商品价值决定和价值交换两个方面,即 AD。但是这种平等并不表明相同商品只能卖同样的价钱,各种差价普遍存在;社会必要劳动时间是在个别劳动时间的竞争中决定的,不能说个别生产时间对社会必要劳动时间没有影响;同样的,在一定条件下,不平等交换也大量存在,如发达国家与发展中国家之间的交换很大程度上就是不平等的。因此,选项 BC 都是错误的。正确答案是 AD 选项。

20.【参考答案】B

【答案解析】本题所考查知识点:货币的职能

货币之所以能执行价值尺度职能,是因为货币自身也具有价值,因而能以自身价值作为尺度来衡量其他商品所包含的价值量。货币充当商品的价值尺度只是外在的,商品内在的价值尺度是社会必要劳动时间。因此,本题的正确答案是 B 选项。

21.【参考答案】D

【答案解析】本题所考查知识点:劳动两重性与商品二因素

在本题中,根据马克思的劳动价值论,抽象劳动是创造价值的唯一源泉,商品的使用价值即社会财富是由具体劳动创造的,但具体劳动并不是社会财富的唯一源泉。实际上,具体劳动必须与物质资料结合起来,才能创造出使用价值即社会财富。在这里,"土地"泛指物质资料。选项 A,劳动是价值的唯一源泉,土地是不需要经过人类劳动就存在的物质资料。选项 B,劳动中的具体劳动和各种物质资料相结合创造出使用价值,而抽象劳动是形成价值的唯一源泉,而土地不会形成价值。选项 C,劳动是创造价值的唯一源泉,而不是土地。因此,本题的正确答案是 D 选项。

22.【参考答案】C

【答案解析】本题所考查知识点:劳动力商品使用价值的特性。

劳动力商品的最主要特点,表现在它的使用价值上。对资本家来说,劳动力商品的使用价值不是由它提供的劳动的某种有用性质即具体劳动来决定的,也不是由具体劳动所创造的某种产品的特殊有用性质决定的,而是由它提供的劳动的抽象性质即抽象劳动决定的,这个抽象劳动所创造的价值量比劳动力的价值量更大。与一般商品不同的是,劳动力商品的消费过程也就是劳动过程。在劳动过程中,能创造出新价值,而且这个新的价值比劳动力自身的价值更大。这里劳动力的买卖并不同价值规律相矛盾,一切都按商品交换的原则办事。在工人将剩余价值生产出来的同时,货币也随之转化为资本了。因此,本题的正确答案是 C 选项。

23.【参考答案】BC

【答案解析】本题所考查知识点:劳动力商品的使用价值。

任何商品的使用价值都是能够满足人们某种需要的属性,是商品的一种自然属性。但是劳动力商品使用价值的特性在于它不仅能创造出自身的价值,即劳动力价值的源泉。而且还能创造出比自身价值更大的价值,即剩余价值。所以选项 AD 是所有商品的共性,而选项 BC 是劳动力商品的特性,是正确答案。

24.【参考答案】C

【答案解析】本题所考查知识点:资本主义生产的价值形成过程是价值增殖过程的基础。

资本主义价值形成过程既是物化劳动即生产资料的旧价值转移的过程,同时又是雇佣工人的活劳动创造新价值的过程,即价值增殖过程。价值增殖过程是劳动力价值超过一定点而延长了的价值形成过程。这个"一定点",就是雇佣工人用于再生产自己劳动力价值的时间,即必要劳动时间。工人劳动超过这"一定点"的时间就是剩余劳动时间。资本主义生产过程的特征就是使工人的整个劳动时间超过这个"一定点",这样,价值形成过程就转化为价值增殖过程,成为剩余价值的生产过程。因此,本题的正确答案是 C 选项。

25. 【参考答案】AC

【答案解析】本题所考查知识点:资本主义生产过程的两重性。

资本主义生产过程具有两重性:一方面通过工人的具体劳动,生产出新的使用价值,并把生产中消耗掉的生产资料的价值转移到新产品中去;另一方面,通过工人的抽象劳动创造出新的价值。抽象劳动创造的新价值除去补偿劳动力价值以外还有剩余,这个剩余部分的价值就是剩余价值。抽象劳动创造的新价值包括劳动力价值,而不是转移劳动力的价值。因而,本题的正确答案是 AC。

26. 【参考答案】BCD

【答案解析】本题所考查知识点:资本区分为不变资本和可变资本的理论意义。

劳动二重性学说揭示了什么劳动创造价值的问题,劳动力商品学说揭示了货币转化为资本的关键。不变资本和可变资本的区分说明了剩余价值是由可变资本带来的,从而揭示了剩余价值的真正来源和资本主义剥削的秘密;剩余价值率表示资本主义的剥削程度,因此不变资本和可变资本的区分也为揭示资本主义剥削程度提供了科学依据。而 A 选项,货币转化为资本的关键在于是否能购买到劳动力商品。因此,本题的正确答案是 BCD。

27. 【参考答案】CD

【答案解析】本题所考查知识点:剩余价值率公式。

剩余价值率反映的是资本家对雇佣工人的剥削程度。它通常用两种方法来表示:一是物化劳动表示法:$m' = $ 剩余价值/可变资本 $= m/v$;二是活劳动表示法:$m' = $ 剩余劳动时间/必要劳动时间。以活劳动的形式表示资本对雇佣工人的剥削程度是为了说明:在一个工作日中,有多少时间是用来补偿劳动力价值的,有多少时间是用来替资本家生产剩余价值的。随着资本主义的发展,剩余价值率有提高的趋势,它表明资本家对工人剥削程度的加深。A 选项是利润率公式,反映预付资本的增殖情况,B 选项是明显的干扰项。因此,本题的正确答案是 CD 选项。

28. 【参考答案】C

【答案解析】本题所考查知识点:剩余价值的两种生产方法。

资本家通常会采用的是绝对剩余价值生产和相对剩余价值生产两种基本方法,而超额剩余价值生产是个别资本家采用的提高个别劳动生产率从而榨取更多的剩余价值的生产方法。在个别资本家竞相提高个别劳动生产率的过程中,最终促使社会劳动生产率的提高,从而超额剩余价值生产转化为相对剩余价值生产。因此,本题的正确的答案是 C 选项。

29. 【参考答案】A

【答案解析】本题所考查知识点:超额剩余价值的形成。

超额剩余价值是商品个别价值同社会价值之间的差额。超额剩余价值生产的条件是个别企业首先改进技术,提高劳动生产率,使之高于部门平均劳动生产率。这样,生产它的商品的个别劳动时间低于社会必要劳动时间,个别价值低于社会价值,按社会价值出售商品,就能够比其他企业获得更多的剩余价值,即超额剩余价值。因此,本题的正确答案是 A 选项。

30. 【参考答案】ACD

【答案解析】本题所考查知识点:绝对剩余价值、相对剩余价值和超额剩余价值之间的关系。

绝对剩余价值生产构成资本主义体系的一般基础,并且是相对剩余价值生产的起点。

超额剩余价值是指个别劳动生产率高于社会劳动生产率而形成的个别价值低于社会价值的差额。因此,超额剩余价值的生产是相对剩余价值生产的前提条件。个别企业追求超额剩余价值的动机和实践是不会停止的,从而个别企业获得超额剩余价值的现象始终是存在的。各个资本家竞相追求超额剩余价值的结果是使资本家普遍地获得相对剩余价值。因此,本题的正确答案是 ACD。

31.【参考答案】C

【答案解析】本题所考查知识点:资本积累的概念。

资本主义扩大再生产是资本家把工人创造的剩余价值的一部分转化为追加资本,从而使生产规模得以扩大的再生产。马克思说:"把剩余价值当作资本使用,或者说,把剩余价值再转化为资本,叫做资本积累。""积累就是资本的规模不断扩大的再生产。"剩余价值是资本积累的唯一源泉。资本集中是指把原来分散的、众多的中小资本合并成为少数大资本。它既可以采取大资本兼并小资本的形式,也可以采取组织股份公司的形式。因此,试题中的 AB 选项属于资本集中的范畴。而 D 选项为资本主义简单再生产,不符合题意。

资本主义企业利润的实质是雇佣工人创造的剩余价值的转化,将利润用于电子商务网的建设,实现了剩余价值资本化,因此,本题的正确答案是 C 选项。

32.【参考答案】ABCD

【答案解析】本题所考查知识点:影响资本积累数量的因素。

影响资本积累的因素主要有:第一,对劳动力的剥削程度,即剩余价值率的高低,二者同方向变化。第二,社会劳动生产率的水平,二者同方向变化。第三,所用资本和所费资本之间的差额。两者差额越大,就越有利于积累。第四,预付资本量的大小。在其他条件不变的情况下,预付资本量越多,雇佣工人人数增加,生产的剩余价值量也就越多,因而越能增加积累。因此,本题的正确答案是 ABCD。

33.【参考答案】A

【答案解析】本题所考查知识点:资本有机构成提高过程中不变资本和可变资本的变化趋势。

随着资本主义经济的发展,机器大工业的出现,科学技术的进步,资本积累的增长,资本有机构成有不断提高的趋势。马克思把资本积累进程中资本有机构成的提高,叫做资本构成质的变化。其原因是,资本追求剩余价值的内在冲动和资本相互竞争的外在压力,迫使资本家努力提高劳动生产率,减少单位产品的劳动耗费。因此,资本家就要采用先进的技术装备,提高劳动效率,促进资本技术构成提高。而资本技术构成提高的结果是:总资本中的不变资本的增长速度相对加快,使资本价值构成提高并导致资本有机构成的提高。个别企业资本有机构成的提高会引起部门及整个社会资本有机构成的提高。因此,本题的正确答案是 A 选项。

34.【参考答案】C

【答案解析】本题所考查知识点:通过资本有机构成考察剩余价值。

资本有机构成可用 $c:v$ 表示。投入到企业的资本是 100 万元,其资本有机构成是 4/1。因此,资本的有机构成中的不变资本和可变资本的关系可以表示为:$c:v=4:1$,即 $c=4v$。又由 $c+v=100$(万元),可以计算出:$c=80$(万元),$v=20$(万元)。

由试题得知经过生产过程生产出的商品价值为 120 万元,因此可以得出不变资本创造的剩余价值为 $120-100=20$(万元)。再根据剩余价值率 $m'=m/v=20/20=100\%$,

因此,本题的正确答案是 C 选项。

35.【参考答案】ACD

【答案解析】本题所考查知识点:资本主义相对过剩人口的形成。

相对过剩人口是指超过资本增殖平均需要而形成的相对多余的劳动力。通常指资本主义社会中的失业和半失业的劳动力。过剩人口只是一种社会现象,是由特定的经济条件即一定的社会生产方式决定的。

相对过剩人口是资本积累发展的必然产物,同时又是资本主义积累的杠杆。在资本主义社会,随着资本积累的增长和资本有机构成的提高,使资本总额中可变资本所占的比重相对地减少,从而对劳动力的需求相对地减少,并且随着资本总额的增长以递增的速度减少。虽然随着资本总额的增长,可变资本部分即并入总资本中的劳动力也会增加,但增加的比例越来越小。可是,由于种种原因劳动力的供给却在日益增加。其结果是,劳动力供过于求,使一部分工人相对于资本增殖的平均需要来说成为"过剩人口",即相对过剩人口。因此,资本主义相对过剩人口是资本积累的必然产物和资本有机构成提高的直接结果。因此,本题的正确答案是 ACD。而选项 B 颠倒了前提与结果的关系,故不选。

36.【参考答案】D

【答案解析】本题所考查知识点:资本的三种职能形式划分依据。

A 选项资本在价值增殖过程中的作用不同,是区分不变资本和可变资本的依据;B 选项价值周转方式不同,是划分固定资本和流动资本的依据;C 选项也不符合题意。所以,三者的划分是以产业资本运动在三个不同阶段的不同职能为标准的。因此,正确答案是 D 选项。

37.【参考答案】C

【答案解析】本题所考查知识点:不同资本形态及其相关属性。

ABC 选项都属于生产资本。商业设施则是投入到商业部门的,属于商业资本,不属于生产资本。所以,首先可以把 D 选项排除掉。ABC 三项都属于不变资本。固定资本是以厂房、机器设备等劳动资料形式存在的资本。A、B 两项属于流动资本而非固定资本。应以排除。因此,选项中只有 C 选项同时属于生产资本、不变资本和固定资本,本题的正确答案是 C 选项。

38.【参考答案】B

【答案解析】本题所考查知识点:资本周转速度与资本周转时间、周转次数关系。

衡量资本周转速度的指标是资本周转时间和资本周转的次数。资本周转速度与资本周转时间成反比,即资本周转一次所用的时间越长,意味着资本周转速度越慢。而资本周转速度与资本周转次数成正比,即在一定时间内,资本周转的次数越多,意味着资本周转速度越快。因此,本题的正确答案是 B 选项。

39.【参考答案】B

【答案解析】本题所考查知识点:资本周转速度快慢对于剩余价值生产的影响。

资本周转速度对剩余价值生产的影响主要有三个方面:节省预付资本,增加年剩余价值量,提高年剩余价值率。一方面,加快资本周转可以增加年剩余价值量,一般来说,资本周转速度的加快,也意味着预付资本中的可变资本周转速度加快。从而一年内同量的预付可变资本就可以雇佣更多的工人,即实际发挥作用的可变资本增加了,生产出更多的剩余价值,增加年剩余价值量。另一方面,加快资本周转可以提高年剩余价值率。年剩余价值率是指一年内生产的剩余价值总量同一年内预付的可变资本的比率。可变资本的周转速度既同年剩余价值量成正比关系,也同年剩余价值率成正比关系。因此,本题的正确答案是 B 选项。

40.【参考答案】CD

【答案解析】本题所考查知识点:资本再生产的基本理论前提。

为了考查社会总产品的实现及其各个组成部分的补偿问题,必须分析社会总产品的构成以及与此相适应的社会生产的分类问题。社会总产品在实物形式上,按其最终用途可分为生产资料和消费资料。与此相适应,整个社会生产也可分为两大部类:第一部类即生产生产资料的部类和第二部类即生产消费资料的部类。社会总产品的价值由三部分构成:不变资本的价值(c)、可变资本的价值(v)和剩余价值(m)。社会生产分为两大部类和社会总产品在价值上由 $c+v+m$ 三部分构成,是研究社会总资本运行的两个基本理论前提。因此,本题的正确答案为 CD。

41.【参考答案】AB

【答案解析】本题所考查知识点:社会再生产顺利进行的物质条件。

社会再生产顺利进行,要求生产中所耗费的资本在价值上得到补偿,同时要求两大部类内部各个产业部门之间和两大部类之间保持一定的比例关系。生产资料的生产,既要满足本部类对消耗掉的生产资料的补偿,也要保证两大部类扩大生产规模后对追加生产资料的需求。消费资料的生产则既要满足两大部类劳动者的个人消费和社会消费,也要满足扩大生产规模后对追加消费资料的需求。只有两大部类的生产不仅在规模上,而且在结构上保持一定比例,社会总产品的价值补偿和实物替换才能正常实现,社会再生产才能顺利进行。所以,选项 AB 正确。而选项 C,只有社会再生产顺利进行,再生产才能不断循环运动,而资本家不断投入资本并非是为了保障社会再生产顺利进行,而是为了榨取剩余价值,而且此范围缩小了再生产的社会范畴,社会再生产并非单指资本主义社会。由此,本题正确答案为选项 AB。

42.【参考答案】ABCD

【答案解析】本题所考查知识点:资本主义工资的实质。

马克思研究了资本主义工资理论,揭示了资本主义工资的本质,阐述了资本主义工资的基本形式。在资产阶级社会的表面,工人的工资表现为劳动的价格,表现为对一定量劳动支付的一定量货币,表现为对一定量劳动的报酬。这好像工人出卖的是劳动。工人的劳动是有价值和价格的商品。这种看法是完全错误的。如果说同资本相交换的劳动是商品,如果承认少量资本价值换得了工人创造的多量价值的事实,那就违背了价值规律。如果要遵守价值规律,则剩余价值无从产生,那就违背了资本主义剩余价值规律。因此,说工资是劳动的价值或价格,完全是一个"虚幻的用语"。因此,科学地区分劳动和劳动力是揭示资本主义工资本质的关键。所以,选项 A 正确。

工资的本质是劳动力的价值或价格,而在现象上却表现为劳动的价值或价格,就"消灭了工作日分为必要劳动和剩余劳动、分为有酬劳动和无酬劳动的一切痕迹。全部劳动都表现为有酬劳动",从而掩盖了资本主义剥削关系。所以,选项 D 正确。工人在生产中创造的新价值为 $v+m$,而资本家预付给工人的工资为 v,所以,选项 C 正确。因此,本题的正确答案是 ABCD。

43.【参考答案】D

【答案解析】本题所考查知识点:资本主义利润率的本质。

剩余价值转化为利润,剩余价值率就转化为利润率。利润率是剩余价值与全部预付资本的比率,反映的是全部预付资本的增殖程度。利润率和剩余价值率是同一个剩余价值量与不同资本数量的对比得出的不同比率。剩余价值率揭示资本家对工人的剥削程度,利润率表示全部预付资本的增殖程度,而且在量上总是小于剩余价值率,从而掩盖了资本主义的剥削程度,而不是揭示了资本家对工人的剥削程度,所以 A 选项是错误的。资本家的全部资本按能否增殖可以分为可变资本和不变资本,其中不变资本是不能增殖的,所以 B 选项的说法错误。而 C 项所说反映了预付可变资本的增殖程度的正是剩余价值率,也不正确。因此,本题的正确答案是 D 选项。

44.【参考答案】C

【答案解析】本题所考查知识点:资本主义经济危机的本质特征。

在资本主义条件下,生产相对过剩,是资本主义经济危机的本质特征。资本主义经济危机就是生产相对过剩的危机。因此,本题正确答案是 C 选项。

45.【参考答案】C

【答案解析】本题所考查知识点：资本主义经济危机爆发的根本原因。

资本主义经济危机爆发的根本原因是资本主义的基本矛盾，即生产资料资本主义私人占有和生产社会化之间的矛盾。因此，本题正确答案是 C 选项。

1.6 资本主义发展的历史进程

1.6.1 重难知识点内在逻辑系统图

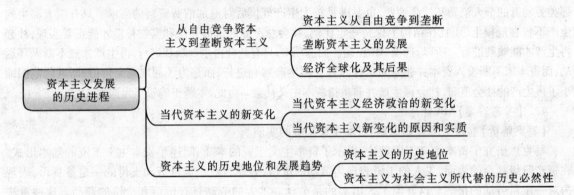

1.6.2 重难知识点详解

一、本章考点考查统计

学科	章节	考点	考查目标	已考查年度						
				2011	2010	2009	2008	2007	2006	2005
马克思主义基本原理概论	第六章 资本主义发展的历史进程	从自由竞争资本主义到垄断资本主义	1、3	√	/	/	√	/	√	/
		当代资本主义的新变化	2、5	/	/	/	/	/	/	/
		资本主义的历史地位和发展趋势	3、5	/	/	/	/	/	/	/

二、本章重难知识点点拨

（一）从自由竞争资本主义到垄断资本主义

1. 垄断产生和发展的原因

第一，当生产集中发展到相当高的程度，极少数企业就会联合起来，操纵和控制本部门的生产和销售实行垄断，以获得高额利润。

第二，激烈的竞争给竞争各方带来的损失越来越严重，为了避免两败俱伤，企业之间会达成妥协，联合起来实行垄断。

第三，生产高度集中，不但使原有中小企业无力与大企业竞争，而且在很大程度上限制新企业的进入，这也使少数大企业自然占据垄断地位。

2. 垄断没有消灭竞争的原因

一是垄断没有消除以资本主义私有制为基础的商品经济。二是垄断必须通过竞争来维持。三是不存在由一个垄断组织囊括一切部门、一切社会生产的绝对垄断。

3. 生产集中与资本集中

生产集中是指生产资料、劳动力和商品的生产日益集中于少数大企业的过程。其结果是大企业在社会生产中所占的比重不断增加。资本集中是指大资本吞并小资本,或由许多小资本合并而成大资本的过程,其结果是越来越多的资本为少数大资本所支配。

4. 垄断资本主义的基本经济特征

第一,垄断组织在经济生活中起决定作用。

第二,在金融资本的基础上形成金融寡头的统治。

第三,资本输出有了特别重要的意义。

第四,从经济上瓜分世界的国际垄断同盟已经形成。

第五,最大的资本主义列强已把世界上的领土分割完毕。

5. 垄断的本质

通过联合来操纵并控制商品生产和销售市场,操纵垄断价格,以攫取高额垄断利润。

6. 垄断条件下竞争的特点

垄断条件下的竞争同自由竞争相比,具有一些新特点。

第一,在竞争的目的上,自由竞争主要是获得更多的利润或超额利润,不断扩大资本的积累。垄断条件下的竞争的主要目的是要获得高额垄断利润,巩固、扩大已有的垄断地位。第二,在竞争手段上,自由竞争主要运用经济手段,而垄断条件下竞争的手段更加多样,不仅采取经济手段还采取非经济手段,使竞争更加复杂、激烈。第三,在竞争范围上,自由竞争时期,竞争主要是在经济领域,而且主要在国内市场上进行,而在垄断时期,竞争的规模扩大,范围遍及各个领域和部门,并由国内扩展到国外。

7. 金融资本

金融资本是由工业垄断资本和银行垄断资本融合在一起而形成的一种垄断资本。金融资本形成的主要途径包括金融联系、资本参与和人事参与。

8. 垄断价格

垄断价格是垄断组织在销售或购买商品时,凭借其垄断地位规定的、旨在保证获取最大限度利润的市场价格。垄断价格长期偏离生产价格和价值,但这并不否定价值规律。

9. 经济全球化及其后果

(1)经济全球化的含义

经济全球化是指在生产不断发展、科技加速进步、社会分工和国际分工不断深化、生产的社会化和国际化程度不断提高的情况下,世界各国、各地区的经济活动越来越超出一国和地区的范围而相互联系、相互依赖的一体化过程。

(2)经济全球化的动因

首先,科学技术的进步和生产力的发展。其次,跨国公司的发展。最后,各国经济体制的变革。

(3)经济全球化

包括:一是生产的全球化;二是贸易的全球化;三是金融的全球化;四是企业经营的全球化。

(4)经济全球化的积极后果

由于发达资本主义国家在经济全球化进程中占据优势地位,在制定贸易和竞争规则方面具有更大的发言权,控制一些国际组织,所以发达资本主义国家是经济全球化的主要受益者。经济全球化对发展中国家也具有积极的影响:经济全球化使资源在全球范围加速流动,发展中国家可以利用这一机会引进先进技术和管理经验,以实现产业结构的高级化,增强经济的竞争力,缩短与发达国家的差距;发展中国家可以通过吸引外资,扩大就业,使劳动力资源的优势得以充分发挥;发展中国家也可以利用不断扩大的国际市场解决产品销售问题,以对外贸易带动本国经济的发展;发展中国家还可以借助投资自由化和比较优势组建大型跨国公司,积极参与经济全球化进程,以便从经济全球化中获取更大的利益。

经济全球化的消极后果:发达国家与发展中国家之间的差距扩大;发展中国家在经济全球化进程中获益很少,有的甚至有被边缘化的危险,发展资金匮乏、债务负担沉重、贸易条件恶化、金融风险增加以及技术水平的落后,使发展中国家总体上处于更为不利的地位;在经济增长中忽视生态保护,环境恶化与经济全球化有可能同时发生;各国特别是相对落后国家原有的体制、政府领导能力、社会设施、政策体系、价值观念和文化都面临着全球化的冲击,国家内部和国际社会都出现不同程度的治理危机;经济全球化使各国的产业结构调整变成一种全球行为,它既为一国经济竞争力的提高提供了条件,同时也存在着对别国形成依赖的危险。

(二)当代资本主义的新变化及资本主义的历史地位与发展趋势

1. 当代资本主义经济政治的新变化

生产资料所有制的变化;劳资关系和分配关系的变化;社会阶层、阶级结构的变化;经济调节机制和经济危机形态的变化;政治制度的变化。

2. 当代资本主义经济政治新变化的原因

首先,科学技术革命和生产力的发展,是资本主义变化的根本推动力量。其次,社会主义制度初步显示的优越性对资本主义产生了一定影响。最后,主张改良主义的政党对资本主义制度的改革,也对资本主义的变化发挥了重要作用。

3. 当代资本主义经济政治新变化的实质

首先,当代资本主义发生的变化从根本上说是人类社会发展一般规律和资本主义经济规律作用的结果。其次,当代资本主义发生的变化是在资本主义制度基本框架内的变化,并没有触动资本主义统治的根基,并没有改变资本主义制度的性质,也没有改变马克思主义关于资本主义的基本原理的科学性。

三、本章典型例题

1. 列宁说:"从自由竞争中生长起来的垄断并不消除竞争,而是凌驾于这种竞争之上,与之并存,因而产生许多特别尖锐特别剧烈的矛盾、摩擦和冲突。"垄断并不能消灭竞争,其原因在于(   )(多选)

A. 垄断资本主义的基础仍然是生产社会化　　　B. 垄断资本主义经济仍然是商品经济

C. 垄断资本主义仍然是私有制经济　　　　　　D. 不存在"绝对的集中"和"纯粹的垄断"

【考点分析】本题所考查知识点:垄断不能消灭竞争的原因。

【解题分析】　从题干中可以知道,垄断是在自由竞争的基础上作为竞争的对立物而产生的,但垄断并没有也不可能消除竞争,而是凌驾于竞争之上,与之并存。

垄断没有消灭竞争的原因:

一是垄断没有消除以资本主义私有制为基础的商品经济。所以,选项BC正确。

二是垄断必须通过竞争来维持。

三是不存在由一个垄断组织囊括一切部门、一切社会生产的绝对垄断。故选项D正确。

由以上分析可知,正确答案是选项BCD。选项A,垄断资本主义仍然是以资本主义私有制为基础,维护资产阶级利益和资本主义制度,而并非是因为社会化大生产中导致垄断资本主义的产生。

2. 经济全球化的内容主要包括(　　)（多选）

A. 科技全球化　　　　B. 金融全球化　　　　C. 生产全球化　　　　D. 贸易全球化

【考点分析】本题所考查知识点：经济全球化的内容。

【解题分析】　经济全球化包括：一是生产的全球化。在国际分工和跨国公司的基础上，世界各国的生产活动日益联系在一起。二是贸易的全球化。国际贸易迅速扩大，服务贸易发展迅速，参与贸易的国家急剧增加。三是金融的全球化。国际债券市场、基金市场迅速扩大，金融市场高度一体化。四是企业经营的全球化。跨国公司成为世界经济的主体。因此，本题正确答案为选项 BCD，而选项 A 不是经济全球化的内容，也不一定在经济全球化中实现，因为发达国家对技术的输出是为了本国经济利益，不会大公无私地将先进技术在全球推广，有时为了垄断利润，还对科技进行垄断。

3. 当代资本主义国家在经济关系方面的一系列新变化表明(　　)（单选）

A. 其生产关系的性质已经根本改变　　　　B. 资本家追逐剩余价值的本性得以收敛

C. 触动了资本主义统治的根基　　　　D. 导致财富占有两极分化的制度基础没有改变

【考点分析】本题所考查知识点：当代资本主义经济政治的新变化。

【解题分析】　当代资本主义发生的变化是在资本主义制度基本框架内的变化，并不意味着资本主义生产关系的根本性质发生了变化。从当代资本主义发展的实际情况来看，生产资料私有制仍然是资本主义的基本经济制度，资本追逐剩余价值的本性并没有改变，改变的只是获取剩余价值的方式和方法。社会福利制度缓和了资本主义分配关系的矛盾，但并没有改变导致财富占有两极分化的制度基础。周期性经济危机仍然是当代资本主义发展的基本经济特征。当代资本主义的新变化是深刻的，其意义也是深远的，但是，这些变化并没有触动资本主义统治的根基，并没有改变资本主义制度的性质。所以，本题正确答案为选项 D。

四、本章测试题及答案解析

（一）本章测试题

1. 垄断统治是垄断资本主义的经济实质和根本经济特征，获取垄断利润是垄断统治在经济上的实现形式。垄断资本主义最基本的经济特征是(　　)（单选）

A. 通过垄断组织实现的垄断资本统治在经济生活中起决定性作用

B. 在金融资本的基础上形成金融寡头的统治

C. 资本输出有了特别重要的意义

D. 瓜分世界的资本家国际垄断同盟已经形成

2. 私人垄断资本同国家政权相结合，形成了国家垄断资本主义。国家垄断资本主义的产生和发展，从根本上说是(　　)（单选）

A. 国内、国际市场竞争激化的结果

B. 垄断组织在经济生活中起决定作用的结果

C. 金融寡头在经济上加强垄断统治的结果

D. 资本主义基本矛盾的不断发展和变化的结果

3. 垄断高价和垄断低价并不否定价值规律，垄断价格的形成只是使价值规律改变了表现形式。因为(　　)（多选）

A. 垄断价格不能完全脱离商品的价值

B. 按垄断低价的买卖行为，仍然是等价交换

C. 从整个社会看，商品价格总额和商品价值总额是一致的

D. 垄断高价是把其他商品生产者的一部分利润转移到垄断高价的商品上

4. 经济全球化迅猛发展的因素是(　　　)（多选）

A. 信息技术革命 　　　　　　　　　　　　B. 跨国公司的发展

C. 各国经济体制的变革 　　　　　　　　　D. 生产力的发展

5. 资本主义制度的历史进步性主要表现在(　　　)（多选）

A. 促使科学技术转变为生产力

B. 追求剩余价值的动力和竞争的压力推动了生产力发展

C. 资本主义政治制度促进和完善了资本主义生产方式

D. 资本主义意识形态促进和完善了资本主义生产方式

（二）测试题答案及解析

1. 【参考答案】A

【答案解析】本题所考查知识点：垄断资本主义最基本的经济特征。

列宁概括了垄断资本主义的经济特征主要有：第一，垄断组织在经济生活中起决定性作用。第二，在金融资本的基础上形成金融寡头的统治。第三，资本输出有了特别重要的意义。第四，瓜分世界的资本家国际垄断同盟已经形成。第五，最大资本主义列强已把世界上的领土分割完毕。同时列宁也揭示了垄断是垄断资本主义经济的实质，是垄断资本主义国家经济生活和社会生活最深厚的基础，垄断统治使资本主义基本矛盾激化和其他固有矛盾进一步发展，因此，本题的正确答案是 A 选项。

2. 【参考答案】D

【答案解析】本题所考查知识点：国家垄断资本主义产生和发展的原因。

国家垄断资本主义的产生和发展的原因从根本上说是资本主义基本矛盾的发展。因此，本题的正确答案是 D 选项。

3. 【参考答案】ACD

【答案解析】本题所考查知识点：资本主义垄断阶段价值规律的表现形式。

垄断价格的形成，并没有否定价值规律，只是使价值规律改变了表现形式，即通过垄断价格发挥作用。因此，本题的正确答案是 ACD。

4. 【参考答案】ABCD

【答案解析】本题所考查知识点：导致经济全球化迅猛发展的因素。

导致经济全球化迅猛发展的因素主要有：科学技术的进步和生产力的发展，为经济全球化提供了坚实的基础，特别是信息技术革命，加快信息传递的速度，推动了经济全球化的迅速发展；跨国公司的发展为经济全球化提供了适宜的企业组织形式，促进了国际分工，推动了经济全球化的进程；各国经济体制的变革，为国际资本的流动、国际贸易的扩大、国际生产的大规模进行提供适宜的体制环境和政策条件，促进了经济全球化的发展。因此，本题正确答案为选项 ABCD。

5. 【参考答案】ABCD

【答案解析】本题所考查知识点：资本主义制度的历史进步性。

与封建社会相比，资本主义显示了巨大的历史进步性：首先，资本主义将科学技术转变为强大的生产力。其次，资本追求剩余价值的内在动力和竞争的外在压力推动了社会生产力的迅速发展。最后，资本主义的意识形态和政治制度作为上层建筑在战胜封建社会自给自足的小生产的生产方式，保护、促进和完善资本主义生产方式方面起着重要作用，从而推动了社会生产力的迅速发展，促进了社会进步。所以，本题正确答案为选项 ABCD。

2　毛泽东思想和中国特色社会主义理论体系概论

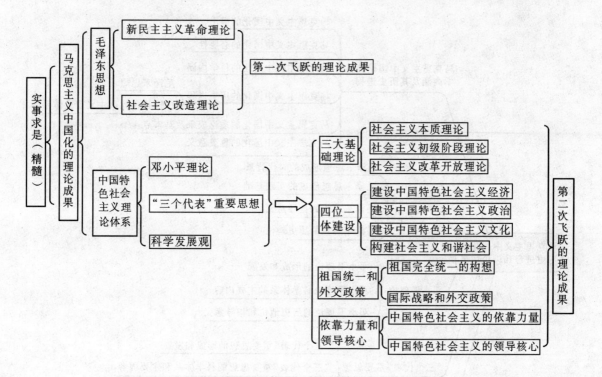

2.1 马克思主义中国化的历史进程和理论成果

2.1.1 重难知识点内在逻辑系统图

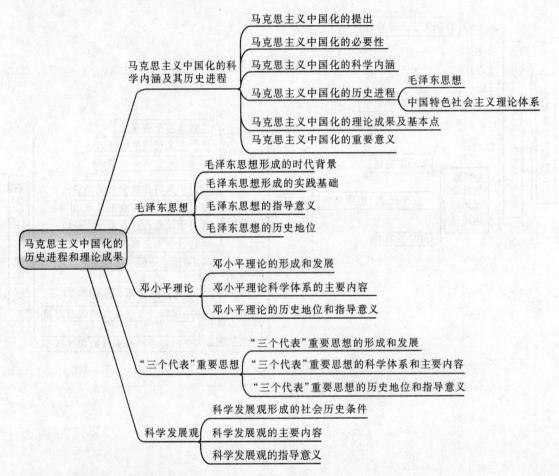

2.1.2 重难知识点详解

一、本章考点考查统计

学科	章节	考点	考查目标	已考查年度						
				2011	2010	2009	2008	2007	2006	2005
毛泽东思想和中国特色社会主义理论体系概论	第一章 马克思主义中国化的历史进程和理论成果	马克思主义中国化	1、3	√	√	/	/	√	/	/
		中国特色社会主义道路	1、2	/	/	/	√	/	/	/
		中国特色社会主义理论体系	1、2	/	/	/	√	/	/	√
		毛泽东思想	1、2	/	/	/	/	/	/	/
		邓小平理论	1、2	/	/	/	/	/	/	/
		"三个代表"重要思想	1、2	/	/	/	/	√	/	/
		科学发展观	1、2	/	/	√	√	/	/	/

二、本章重难知识点点拨

1. 马克思主义中国化

（1）马克思主义中国化的提出

1938 年，毛泽东在党的六届六中全会上作的题为《论新阶段》的政治报告中最先提出了"马克思主义中国化"这个命题。

经过延安整风，马克思主义中国化的思想成为全党的共识。

党的七大党章指出，毛泽东思想是马克思主义中国化的第一个重大理论成果，是"中国化的马克思主义"。

（2）马克思主义中国化的必要性

实现马克思主义中国化，是解决中国问题的需要。

实现马克思主义中国化，也是马克思主义理论的内在要求。

（3）马克思主义中国化的科学内涵

马克思主义中国化，就是将马克思主义基本原理同中国具体实际相结合。

第一，马克思主义中国化就是运用马克思主义解决中国革命、建设和改革的实际问题。

第二，马克思主义中国化就是把中国革命、建设和改革的实践经验和历史经验提升为理论。

第三，马克思主义中国化就是把马克思主义植根于中国的优秀文化之中。

（4）马克思主义中国化的历史进程

毛泽东为主要代表的中国共产党人，创立了毛泽东思想，第一次实现了马克思主义的中国化。

邓小平为主要代表的中国共产党人，创立了邓小平理论。

江泽民为主要代表的中国共产党人，形成了"三个代表"重要思想。

胡锦涛为总书记的党中央，提出了科学发展观等重大战略思想。

（5）马克思主义中国化的理论成果及基本点

中国共产党在领导中国革命、建设和改革的长期实践中，实现了马克思主义同中国实际相结合的两次历史性飞跃，产生了两大理论成果。第一次飞跃的理论成果是毛泽东思想，是被实践证明了的关于中国革命和建设的正确的理论原则和经验总结。第二次飞跃的理论成果是中国特色社会主义理论体系，包括邓小平理论、"三个代表"重要思想以及科学发展观等战略思想，是马克思主义中国化的最新成果。

中国特色社会主义理论体系的各个理论成果，在基本精神上都是一致的，都坚持实事求是、群众路线和独立自主。这是毛泽东思想和中国特色社会主义理论体系的基本点。中国特色社会主义理论体系同毛泽东思想是一脉相承又与时俱进的。

2. 中国特色社会主义理论体系

（1）中国特色社会主义道路的科学内涵

中国特色社会主义道路，就是在中国共产党领导下，立足基本国情，以经济建设为中心，坚持四项基本原则，坚持改革开放，解放和发展社会生产力，巩固和完善社会主义制度，建设社会主义市场经济、社会主义民主政治、社会主义先进文化、社会主义和谐社会，建设富强民主文明和谐的社会主义现代化国家。

（2）中国特色社会主义理论体系的科学内涵

中国特色社会主义理论体系，就是包括邓小平理论、"三个代表"重要思想以及科学发展观等重大战略思想在内的科学理论体系。

3. 毛泽东思想

（1）毛泽东思想的形成和发展

第一，20世纪上半叶，帝国主义战争与无产阶级革命的时代主题，是毛泽东思想形成的时代背景。

第二，中国共产党领导的革命和建设的实践，是毛泽东思想形成的实践基础。

（2）毛泽东思想的发展历程

① 第一次国内革命战争时期，毛泽东深刻论证了中国社会各阶级在革命中的地位和作用。土地革命战争时期，以毛泽东为代表的中国共产党人成功地开辟了以井冈山为根据地的农村包围城市、武装夺取政权的道路，标志着毛泽东思想开始形成。

② 遵义会议以后，直至抗日战争时期，毛泽东系统地阐述了中国新民主主义革命的基本理论、基本路线和基本纲领，标志着毛泽东思想走向成熟。1945年党的七大，把毛泽东思想确立为党的指导思想。

③ 解放战争时期和新中国成立以后，毛泽东进一步提出了人民民主专政理论、社会主义改造和建立社会主义制度的基本方略，这是毛泽东思想的继续发展。

（3）毛泽东思想的活的灵魂和精髓

毛泽东思想的活的灵魂是实事求是，群众路线，独立自主。精髓是实事求是。

（4）毛泽东思想的历史地位

在对毛泽东和毛泽东思想的认识问题上，存在过两种错误倾向：一种是认为凡是毛泽东作出的一切决策、指示，都必须坚决维护、始终遵循；另一种是借口毛泽东晚年犯了严重错误，全面否定毛泽东的历史地位与毛泽东思想的科学价值和指导作用。

1981年党的十一届六中全会作出的《关于建国以来党的若干历史问题的决议》，对毛泽东和毛泽东思想的历史地位作出了科学的、实事求是的评价。这个评价对于统一全党的认识起到了重要作用，得到了全党的拥护。

4. 邓小平理论

（1）邓小平理论的形成和发展

第一，时代主题的转换是邓小平理论形成的时代背景。和平与发展逐渐成为时代主题。

第二，社会主义建设正反两方面的历史经验，我国改革开放以来社会主义现代化建设新的实践，是邓小平理论形成和发展的历史和现实依据。

第三，邓小平理论是在我国改革开放和社会主义现代化建设的进程中逐步形成和发展起来的。

（2）邓小平理论科学体系的主要内容

邓小平理论科学体系的主要内容包括社会主义本质理论，社会主义初级阶段理论，社会主义改革开放理论，社会主义市场经济理论等。

（3）邓小平理论的历史地位和指导意义

第一，邓小平理论是对中国社会主义建设规律的科学认识。

邓小平理论坚持解放思想、实事求是，在新的实践基础上继承前人又突破陈规，开拓了马克思主义的新境界。

邓小平理论坚持科学社会主义理论和实践的基本成果，抓住"什么是社会主义、怎样建设社会主义"这个根本问题，深刻地揭示了社会主义的本质，把对社会主义的认识提高到了新的科学水平。

邓小平理论坚持用马克思主义的宽广眼界观察世界，对当今时代特征和总体国际形势，对世界上其他社会主义国家的成败，发展中国家谋求发展的得失，发达国家发展的经验教训，进行正确分析，作出了新的科学判断。

第二，邓小平理论是改革开放和社会主义现代化建设的科学指南。

第三,邓小平理论是我们党必须长期坚持的指导思想。

5. "三个代表"重要思想

(1)"三个代表"重要思想的形成和发展

第一,"三个代表"重要思想就是在科学判断党的历史方位的基础上提出来的。

第二,国际局势和世界格局的深刻变化,是"三个代表"重要思想形成的时代背景。

第三,改革开放以来特别是十三届四中全会以来党和人民建设中国特色社会主义的伟大探索,是"三个代表"重要思想形成的实践基础。

第四,党的建设面临的新形势新任务,是"三个代表"重要思想形成的现实依据。

(2)"三个代表"重要思想的科学体系和主要内容

① "三个代表"重要思想回答的问题

"三个代表"重要思想,在邓小平理论的基础上,进一步回答了什么是社会主义、怎样建设社会主义的问题,创造性地回答了建设什么样的党、怎样建设党的问题,深化了对中国特色社会主义的认识。

② "三个代表"的科学内涵

中国共产党必须始终代表中国先进生产力的发展要求,始终代表中国先进文化的前进方向,始终代表中国最广大人民的根本利益。这是对"三个代表"重要思想的集中概括。

③ 贯彻"三个代表"重要思想的根本要求

江泽民在党的十六大报告中强调指出:贯彻"三个代表"重要思想,关键在坚持与时俱进,核心在坚持党的先进性,本质在坚持执政为民。

(3)"三个代表"重要思想的历史地位和指导意义

第一,"三个代表"重要思想体现了党的指导思想的又一次与时俱进。

"三个代表"重要思想的形成,表明党对共产党的执政规律、社会主义建设规律和人类社会发展规律的认识,达到了新的理论高度。

第二,"三个代表"重要思想是全面建设小康社会的根本指针。

第三,"三个代表"重要思想是加强和改进党的建设、推进我国社会主义自我完善和发展的强大理论武器。

6. 科学发展观

(1)科学发展观形成的社会历史条件

第一,我国社会主义初级阶段的基本国情是提出科学发展观的根本依据。

第二,我国在新世纪新阶段的阶段性特征是提出科学发展观的现实基础。

第三,当代世界的发展实践和发展理念是科学发展观的重要借鉴。

(2)科学发展观的主要内容

科学发展观,第一要义是发展,核心是以人为本,基本要求是全面协调可持续,根本方法是统筹兼顾。

(3)科学发展观的指导意义

第一,科学发展观是同马克思列宁主义、毛泽东思想、邓小平理论和"三个代表"重要思想既一脉相承又与时俱进的科学理论。

科学发展观继续回答了"什么是社会主义、怎样建设社会主义","建设什么样的党、怎样建设党"的问题,创造性地回答了"实现什么样的发展、怎样发展"的问题,使我们党对中国特色社会主义的认识达到了新高度。

第二,科学发展观是马克思主义关于发展的世界观和方法论的集中体现。

第三,科学发展观是我国经济社会发展的重要指导方针和发展中国特色社会主义必须坚持和贯彻的重大战略思想。

科学发展观站在历史和时代的高度,围绕中国特色社会主义这一主题,是中国特色社会主义理论体系的重要创新成果,体现了我们党对共产党执政规律、社会主义建设规律、人类社会发展规律认识的进一步深化。

三、本章典型例题

马克思主义同中国实际相结合的两次历史性飞跃,产生的两大理论成果是(　　)(多选)

A. 实事求是的思想路线　　　　　　　　B. 毛泽东思想

C. 邓小平理论　　　　　　　　　　　　D. 中国特色社会主义理论体系

【考点分析】本题所考查知识点:马克思主义同中国实际相结合的两次历史性飞跃。

【解题分析】从题干信息入手:题目明确了考点是马克思主义同中国实际相结合产生的两大理论成果。马克思主义同中国实际相结合的两次历史性飞跃,产生的两大理论成果是毛泽东思想和中国特色社会主义理论体系。其中,中国特色社会主义理论体系包括邓小平理论、"三个代表"重要思想以及科学发展观等重大战略思想,是马克思主义中国化最新成果。这就需要熟练掌握该知识点,避免将AC两项与BD同列,正确答案是选项BD。

逐项分析选项:A选项是党的思想路线,是属于两大理论成果中的低一级的具体内容,当然不符合题意。B选项毛泽东思想是马克思主义中国化的第一个重大理论成果,符合题意。C选项邓小平理论是属于中国特色社会主义理论体系中的组成部分,虽然也是理论成果,但不是题中特指的两大理论成果之一,而是第二次历史性飞跃三个组成部分之一,不符合题意。D选项中国特色社会主义理论体系是马克思主义同中国实际相结合产生的两大理论成果之一,符合题意。

四、本章测试题及答案解析

(一) 本章测试题

1. 江泽民在党的十五大报告中指出:马克思列宁主义同中国实际相结合有两次历史性飞跃,产生了两大理论成果,第一次历史性飞跃的理论成果是(　　)(单选)

A. 新三民主义　　　B. 邓小平理论　　　C. 三民主义　　　D. 毛泽东思想

2. 改革开放以来我们总结的历史经验归结到一点,就是把(　　)(单选)

A. 改革开放作为党的基本国策

B. 马列主义、毛泽东思想、邓小平理论与"三个代表"重要思想作为党的指导思想

C. 人民民主专政与党的领导结合起来

D. 马克思主义基本原理同中国实际相结合,走自己的路,建设中国特色社会主义

3.《共产党宣言》发表以来160多年的实践证明,马克思主义只有与本国国情相结合、与时代发展同进步、与人民群众共命运,才能焕发出强大的生命力、创造力、感召力。在当代中国,坚持(　　)就是真正坚持马克思主义。(单选)

A. 毛泽东思想　　　　　　　　　　　　B. 邓小平理论

C. "三个代表"重要思想　　　　　　　　D. 中国特色社会主义理论体系

4. 在当代中国,坚持中国特色社会主义道路就是真正坚持社会主义,中国特色社会主义道路(　　)(多选)

A. 就是在党的领导下,立足中国国情,以经济建设为中心,坚持四项基本原则,坚持改革开放,解放和发展生产力

B. 巩固和完善社会主义制度

C. 建设社会主义市场经济、社会主义民主政治、社会主义先进文化、社会主义和谐社会

D. 建设富强民主文明和谐的社会主义现代化国家

5. 中国特色社会主义理论体系包括(　　)（多选）

A. 毛泽东思想　　　　　　　　　　　　　B. 邓小平理论

C. "三个代表"重要思想　　　　　　　　　D. 科学发展观

6. 毛泽东思想的精髓是(　　)（单选）

A. 解放思想　　　　　B. 实事求是　　　　　C. 独立自主　　　　　D. 自力更生

7. 在中国共产党的历史上,第一次鲜明地提出"马克思主义中国化"的命题和任务的会议是(　　)（单选）

A. 党的二大　　　　　B. 遵义会议　　　　　C. 党的六届六中全会　　D. 党的七大

8. 马克思列宁主义同中国实际相结合的第二次历史性飞跃的理论成果是(　　)（单选）

A. 中国特色社会主义理论体系　　　　　　B. 邓小平理论

C. "三个代表"重要思想　　　　　　　　　D. 科学发展观

9. 中共中央《关于建国以来党的若干历史问题的决议》概括的毛泽东思想的活的灵魂有(　　)（多选）

A. 实事求是　　　　B. 群众路线　　　　C. 调查研究　　　　D. 独立自主

10. 关于毛泽东思想,下列说法中正确的有(　　)（多选）

A. 中国化的马克思主义　　　　　　　　　B. 完全是马克思主义的,又完全是中国的

C. 中国革命和建设的科学指南　　　　　　D. 马克思主义民族化的优秀典型

11. 毛泽东思想、邓小平理论是中国化了的马克思主义,它们都(　　)（多选）

A. 体现了马克思列宁主义的基本原理　　　B. 反映了近代中国的时代要求

C. 包含了中华民族的优秀思想　　　　　　D. 包含了中国共产党人的实践经验

12. 邓小平指出:"我们现在所干的事业是一项新事业,马克思没有讲过,我们的前人没有做过,其他社会主义国家也没有干过,……我们只能在干中学,在实践中摸索。"这段话表明邓小平理论产生的(　　)（单选）

A. 理论依据是马列主义、毛泽东思想

B. 时代背景是当今世界的时代特征和国际形势

C. 历史依据是中国和其他国家社会主义建设正反两方面的历史经验

D. 现实依据是我国改革开放和现代化建设的崭新实践

13. 邓小平理论是对马列主义、毛泽东思想的继承、坚持和发展、创新,之所以说是发展和创新是因为(　　)（多选）

A. 它坚持了解放思想、实事求是的精髓

B. 对社会主义的认识提高到了新的科学水平

C. 提出了新的建设中国特色社会主义理论的世界观和方法论

D. 对当今时代特征和总体国际形势作出了新的科学判断

14. 毛泽东思想、邓小平理论这两大理论成果是中国化了的马克思主义。其中"中国化"的内涵是(　　)（多选）

A. 包含了中华民族的优秀思想　　　　　　B. 包含了中国共产党人的实践经验

C. 遵循了马克思主义的基本理论　　　　　D. 揭示了社会主义的本质

15. 毛泽东说:"中国一切政党的政策及其实践在中国人民中所表现的作用的好坏、大小,归根到

底,看它对中国人民的生产力的发展是否有帮助及其帮助之大小,看它是束缚生产力的,还是解放生产力的。"这句话的实质是,指出中国共产党必须(　　)(单选)

A. 始终代表中国最广大人民的根本利益 　　 B. 始终代表中国先进文化的前进方向

C. 始终代表中国先进生产力的发展要求 　　 D. 坚决落实"三个代表"重要思想

16. 十一届四中全会以来,以江泽民同志为主要代表的当代中国共产党人,高举邓小平理论伟大旗帜,准确把握时代特征,科学判断我们党所处的历史方位,围绕着建设中国特色社会主义这个主题,集中全党智慧,以马克思主义的巨大理论勇气进行理论创新,逐步形成了"三个代表"重要思想这一系统的科学理论。"三个代表"重要思想在邓小平理论的基础上,创造性地回答了(　　)(单选)

A. 什么是社会主义,怎样建设社会主义

B. 什么是初级阶段的社会主义,怎样建设初级阶段的社会主义

C. 建设一个什么样的党,怎样建设党

D. 什么是共产主义,怎样建设共产主义

17. "三个代表"重要思想围绕着"建设什么样的党、怎样建设党"的基本问题,对一系列规律的认识达到了新高度,其中"一系列规律"是指(　　)(多选)

A. 对共产党执政规律的认识 　　 B. 对改革开放规律的认识

C. 对人类社会发展规律的认识 　　 D. 对社会主义建设规律的认识

18. "三个代表"重要思想是坚持马克思主义的典范,其中蕴涵着丰富的马克思主义哲学原理,表现在坚持了(　　)(多选)

A. 生产力和生产关系、经济基础和上层建筑的辩证关系

B. 人民群众是推动历史前进的动力

C. 物质生活和精神生活、社会存在和社会意识的辩证关系

D. 辩证唯物主义和历史唯物主义

19. 马列主义、毛泽东思想、邓小平理论和"三个代表"重要思想,虽然形成于不同的历史时期,面对不同的时代课题,但却是一脉相承的科学思想体系。"一脉相承"表现在(　　)(多选)

A. 都视人民利益高于一切,都是为全人类的利益服务的

B. 都具有与时俱进的理论品质

C. 都具有相同的社会理想

D. 都以辩证唯物主义和历史唯物主义作为哲学基础

20. 把人民的利益作为一切工作的出发点和落脚点,不断满足人们的多方面需求和促进人的全面发展。以上这段表述揭示了科学发展观的(　　)(单选)

A. 核心和本质 　　 B. 实质 　　 C. 基本要求 　　 D. 内涵

21. 在我国的经济社会发展中我们历来是主张两条腿走路,现在是一条腿长,一条腿短,这是走不快的。"长腿"指"经济","短腿"指"社会"。结合材料,下面分析正确的是(　　)(多选)

A. 经济社会发展不协调,已经直接影响到我国经济的健康、稳定、快速发展

B. 必须实现经济和社会协调发展,"两腿"都要长

C. 在社会主义现代化建设中必须落实科学发展观

D. 从根本上讲,解决"长短腿"问题必须充分依靠市场机制的作用

22. 在探索协调发展之路时,政府提出了"既要金山银山,更要绿水青山"的口号与"三个不准"原则:即严重污染环境的项目坚决不准搞;严重危害人民生命健康和职工安全的项目坚决不准搞;黄、赌、毒的项目坚决不准搞。该口号和"三个不准"原则(　　)(多选)

A. 坚持发展经济既要遵循经济规律,也要遵循自然规律

B. 虽然保护了环境,但不可避免地会对经济提速产生不良影响

C. 开始逐步摆脱传统发展模式,坚持科学发展观

D. 重视生态环境与经济协调发展,注重生态文明建设

23. 科学发展观是马克思主义关于发展的世界观和方法论的集中体现,主要表现为(　　)(多选)

A. 坚持以经济建设为中心,体现了把发展生产力作为首要任务,把经济发展作为一切发展的前提

B. 坚持以人为本,体现了历史唯物主义的观点和共产党人全心全意为人民服务的宗旨

C. 坚持全面发展和协调发展,强调全面推进经济建设、政治建设、文化建设和社会建设

D. 强调可持续发展,体现了辩证唯物主义思想和社会主义在消除资本主义弊端方面的优越性

24. 科学发展观是我国经济社会发展的重要指导方针和发展中国特色社会主义必须坚持和贯彻的重大战略思想,其依据是科学发展观(　　)(多选)

A. 创造性地回答了实现什么样的发展和怎样发展的重大问题

B. 体现了党对共产党执政规律、社会主义建设规律、人类社会发展规律的认识与深化

C. 为我国经济社会的发展指明了正确的发展方向

D. 从中国特色社会主义事业总体布局出发,要求全面推进经济建设、政治建设、文化建设和社会建设,对发展中国特色社会主义具有长远的指导意义

(二)测试题答案及解析

1.【参考答案】D

【答案解析】本题所考查知识点:第一次飞跃的理论成果。

江泽民在党的十五大报告中指出:"中国共产党是非常重视理论指导的党。马克思列宁主义同中国实际相结合有两次历史性飞跃,产生了两大理论成果,第一次飞跃的理论成果是被实践证明了的关于中国革命和建设的正确的理论原则和经验总结。它的主要创立者是毛泽东,我们党把它称为毛泽东思想。"因此,本题的正确答案是 D 选项。

2.【参考答案】D

【答案解析】本题所考查知识点:改革开放以来我们总结的历史经验。

胡锦涛在纪念党的十一届三中全会召开 30 周年大会上的讲话中提到:30 年的历史经验归结到一点,就是把马克思主义基本原理同中国具体实际相结合,走自己的路,建设中国特色社会主义。因此,本题正确答案是 D 选项。

3.【参考答案】D

【答案解析】本题所考查知识点:中国特色社会主义理论体系。

十七大报告指出,中国特色社会主义理论体系就是包括邓小平理论、"三个代表"重要思想以及科学发展观等重大战略思想在内的科学理论体系。这个理论体系是马克思主义中国化的最新成果,是党最可宝贵的政治和精神财富,是全国各族人民团结奋斗的共同思想基础。在当代中国,坚持中国特色社会主义道路,就是真正坚持社会主义。坚持中国特色社会主义理论体系,就是真正坚持马克思主义。因此,本题正确答案是 D 选项。

4.【参考答案】ABCD

【答案解析】本题所考查知识点:中国特色社会主义道路的内涵。

十七大报告指出,中国特色社会主义道路,就是在中国共产党领导下,立足基本国情,以经济建设为中心,坚持四项基本原则,坚持改革开放,解放和发展社会生产力,巩固和完善社会主义制度,建设社会主义市场经济、社会主义民主政治、社会主义先进文化、社会主义和谐社会,建设富强民主文明和谐

的社会主义现代化国家。中国特色社会主义道路之所以完全正确、之所以能够引领中国发展进步,关键在于我们既坚持了科学社会主义的基本原则,又根据我国实际和时代特征赋予其鲜明的中国特色。在当代中国,坚持中国特色社会主义道路,就是真正坚持社会主义。因此,本题正确答案是 ABCD 选项。

5.【参考答案】BCD

【答案解析】本题所考查知识点:中国特色社会主义理论体系的内涵。

毛泽东思想是马克思主义与中国革命实践相结合的第一次历史性飞跃的理论成果,是关于中国革命和建设的正确的理论原则和经验总结;中国特色社会主义理论体系是马克思主义与中国建设实践相结合第二次历史性飞跃的理论成果,是关于建设中国特色社会主义的理论。十七大报告指出,中国特色社会主义理论体系就是包括邓小平理论、“三个代表”重要思想以及科学发展观等重大战略思想在内的科学理论体系。中国特色社会主义理论体系不包括毛泽东思想。因此,本题正确答案是 BCD 选项。

6.【参考答案】B

【答案解析】本题所考查知识点:毛泽东思想的精髓。

1981 年 6 月,十一届六中全会通过的《关于建国以来党的若干历史问题的决议》指出:“毛泽东思想的活的灵魂,是贯串于上述各个组成部分的立场、观点和方法,它们有三个基本方面,即实事求是,群众路线,独立自主。”实事求是是毛泽东思想的观点和方法论,因此,它在毛泽东思想活的灵魂的三个基本内容中占据着核心地位,是毛泽东思想的精髓。因此,本题正确答案是 B 选项。

7.【参考答案】C

【答案解析】本题所考查知识点:第一次鲜明地提出“马克思主义中国化”的命题和任务的会议。

1922 年党的二大主要是制定了党的最高纲领和最低纲领。1935 年的遵义会议主要是纠正了王明的“左”倾错误在中央的领导地位。1945 年党的七大主要是制定了彻底打败日本侵略者的政治路线,确立了毛泽东思想作为党的主要指导思想并写入党章。1938 年,毛泽东在六届六中全会上提出了“使马克思主义中国化”的命题和任务。因此,本题正确答案是 C 选项。

8.【参考答案】A

【答案解析】本题所考查知识点:马克思主义中国化的最新成果。

参见典型例题解析,选项 A 正确。选项 BCD 是第二次飞跃的理论成果之一,但概括都不全面。

9.【参考答案】ABD

【答案解析】本题所考查知识点:毛泽东思想的活的灵魂。

1981 年党的十一届六中全会通过的《关于建国以来党的若干历史问题的决议》,科学评价了毛泽东同志的历史地位和毛泽东思想,具体阐述了毛泽东思想对马克思主义的多方面发展,并深刻地论述了毛泽东思想的活的灵魂。在毛泽东思想中,实事求是的思想路线、从群众中来到群众中去的政治路线、坚持独立自主、自力更生的奋斗精神,都是毛泽东思想的基本内核,也是毛泽东思想的活的灵魂的基本方面,集中体现了中国共产党人的特殊品质,是贯穿于毛泽东思想各个组成部分的立场、观点、方法。因此,本题正确答案是 ABD 选项。

10.【参考答案】ABCD

【答案解析】本题所考查知识点:对毛泽东思想的正确认识。

刘少奇在《关于修改党章的报告》中指出:“毛泽东思想,就是马克思列宁主义的理论与中国革命的实践之统一的思想,就是中国的共产主义,中国的马克思主义”;“毛泽东思想,就是马克思主义在目前时代的殖民地、半殖民地、半封建国家民族民主革命中之继续发展,就是马克思主义民族化的优秀典型”;“毛泽东思想,从他的宇宙观以至他的工作作风,乃是发展着与完善着的中国化的马克思主义,乃是中国人民完整的革命建国理论”;“这些理论与政策,是完全马克思主义的,又完全是中国的。这是中国民族智慧的最高表现和理论上的最高标准"。毛泽东思想是中国革命和建设的科学指南。因此,选项 ABCD 都正确。

11.【参考答案】ACD

【答案解析】本题所考查知识点:毛泽东思想、邓小平理论的共同点。

江泽民在"七一"讲话中对"什么是中国化了的马克思主义"的基本内涵作了科学阐述,他说:"我们党坚持把马克思列宁主义基本原理同中国具体实际紧密结合,形成了毛泽东思想、邓小平理论。这两大理论成果,是中国化了的马克思主义,既体现了马克思列宁主义的基本原理,又包含了中华民族的优秀思想和中国共产党人的实践经验。"因此,选项 ACD 是毛泽东思想和邓小平理论的共性,故正确。选项 B"反映了近代中国的时代要求"显然不符合,因为毛泽东思想反映的是近代中国的时代要求,而邓小平理论反映的是现代中国的时代要求。

12.【参考答案】D

【答案解析】本题所考查知识点:邓小平理论产生的现实依据。

本题带有辨析性质,首先要准确判断题干考查的知识点是什么。从"我们只能在干中学,在实践中摸索。"可以看出题干考查的知识点是邓小平理论产生的现实依据。选项 A 是邓小平理论形成的"理论基础",选项 B 是"时代背景",选项 C 是"历史依据",选项 D 才是题意所要求的"现实依据"。除了本题相关内容外,考生应对"时代背景"、"历史依据"、"现实依据"、"理论基础"之类考试命题中的常用术语有一个清晰的概念,考题中经常涉及这类概念。

13.【参考答案】BD

【答案解析】本题所考查知识点:邓小平理论对马列主义、毛泽东思想的发展和创新。

邓小平理论对马克思主义不仅是继承和坚持,更重要的是发展和创新。邓小平理论不仅继承和坚持了马克思主义,更重要的是结合时代特征和中国国情,用一系列新思想、新观点,发展和创新了马列主义,是对中国社会主义建设规律的科学认识,主要表现在新境界、新的科学水平和新的科学判断三个"新"上。邓小平理论不仅对社会主义的认识提高到了新的科学水平而且对当今时代特征和总体国际形势作出了新的科学判断。选项 A 本身是正确的说法,但是它是对马列主义、毛泽东思想的继承和坚持,而不是发展和创新,故不符合题意。选项 C 忽视了邓小平理论是马克思主义,它所坚持的基本原则、强调的基本理论,以及这一理论所依据和坚持的世界观和方法论都是马克思主义的。因此,本题正确答案是 BD 选项。

14.【参考答案】AB

【答案解析】本题所考查知识点:马克思主义中国化的内涵。

毛泽东思想、邓小平理论是中国化了的马克思主义,它们既遵循了马克思主义的基本理论,又包含了中华民族的优秀思想和中国共产党人的实践经验,从而进一步发展了马克思主义。正因为有了马克思列宁主义、毛泽东思想、邓小平理论的指导,我们党才能带领人民战胜一切艰难险阻,取得了一个又一个的胜利。选项 C 强调的是毛泽东思想和邓小平理论是马克思主义,选项 A、B 强调的是毛泽东思想和邓小平理论是中国化了的马克思主义。选项 D 是邓小平理论的具体内容,不是马克思主义中国化所包含的内容。因此,本题正确答案是 AB 选项。

15.【参考答案】C

【答案解析】本题所考查知识点:"三个代表"重要思想。

生产力是社会发展的决定性力量,生产力的发展是"社会进步的最高标准"。无产阶级代表着社会化大生产发展的要求,共产党作为无产阶级的先锋队和领导力量,把无产阶级和广大人民群众的利益要求和政治愿望体现和反映出来,并形成社会革命和社会变革的实践力量,进而推动社会前进,因此,中国共产党必须首先代表先进生产力的发展要求。中国共产党只有始终代表先进生产力的发展要求，不断推进生产力的发展，不断增强国家的经济实力，我们建设中国特色社会主义的文化和实现全国人民的根本利益的目标才具有强大的物质基础，我们党作为先进生产力发展要求的代表的性质也才能从根本上得到保证。因此，本题正确答案是 C 选项。

16.【参考答案】C

【答案解析】本题所考查知识点："三个代表"重要思想对邓小平理论的继承和发展。

"三个代表"重要思想同马列主义、毛泽东思想和邓小平理论是一脉相承而又与时俱进的科学体系，是马克思主义在中国发展的最新成果。这一科学理论在建设中国特色社会主义的思想路线、发展道路、发展阶段和发展战略、根本任务、发展动力、依靠力量、国际战略、领导力量和根本目的等重大问题上取得了丰硕成果，用一系列紧密联系、相互贯通的新思想、新观点、新论断，进一步回答了什么是社会主义、怎样建设社会主义的问题，创造性地回答了建设什么样的党、怎样建设党的问题。考生要注意"进一步回答了"和"创造性地回答了"这两种提法的区别。因此，本题正确答案是 C 选项。

17.【参考答案】ACD

【答案解析】本题所考查知识点："三个代表"重要思想形成的意义。

"三个代表"重要思想标志着党对"三大规律"的认识达到了新高度。"三大规律"指共产党执政的规律、社会主义建设的规律、人类社会发展的规律。因此，本题正确答案是 ACD 选项。

18.【参考答案】ABCD

【答案解析】本题所考查知识点："三个代表"重要思想对马克思主义的继承。

辩证唯物主义和历史唯物主义的世界观和方法论，是马克思主义最根本的理论特征。始终代表中国先进生产力的发展要求，是对马克思主义关于生产力和生产关系、经济基础和上层建筑的辩证关系这一基本原理的运用和阐发；始终代表中国先进文化的前进方向，是对马克思主义关于物质生活和精神生活、社会存在和社会意识的辩证关系这一基本原理的运用和阐发；始终代表中国最广大人民的根本利益，是对马克思主义关于人民群众是推动历史前进的动力这一基本原理的运用和阐发。因此，本题正确答案是 ABCD 选项。

19.【参考答案】BCD

【答案解析】本题所考查知识点："三个代表"重要思想对马列主义、毛泽东思想、邓小平理论的继承。

"三个代表"重要思想作为马克思主义中国化的理论成果，同马列宁主义、毛泽东思想和邓小平理论是一脉相承的，同时也凸显了马克思主义与时俱进的理论品质，实现了马克思主义理论在当代的新发展。"三个代表"重要思想同马列主义、毛泽东思想和邓小平理论都以辩证唯物主义和历史唯物主义作为哲学基础，都具有与时俱进的理论品质，都具有相同的社会理想，都视人民利益高于一切。但是选项 A 认为"三个代表"重要思想是"为全人类的利益服务的"，抹杀了理论的阶级性。因此，本题正确答案是 BCD 选项。

20.【参考答案】A

【答案解析】本题所考查知识点：科学发展观的本质和核心。

坚持以人为本，这是科学发展观的本质和核心。以人为本，就是要把人民的利益作为一切工作的出发点和落脚点，不断满足人民的多方面需求和促进人的全面发展。具体地说，就是要在经济发展的基础上，不断提高人民群众物质文化生活水平和健康水平；就是要尊重和保障人权，包括公民的政治、经济、文化权利；就是要不断提高人们的思想道德素质、科学文化素质和健康素质；就是要创造人们平等发展、充分发挥聪明才智的社会环境。B 选项科学发展观的实质是实现经济社会又好又快的发展。

C 选项科学发展观的基本要求是全面协调可持续发展。D 选项涵盖了 ABC 三项内容,本题正确答案是 A 选项。

21.【参考答案】ABC

【答案解析】本题所考查知识点:科学发展观的必要性。

经济社会发展不协调,已经直接影响到我国经济的健康、稳定、快速发展。科学发展观的基本要求是全面协调可持续发展,协调发展包括经济和社会协调发展。因此,在社会主义现代化建设中必须落实科学发展观。实现经济和社会协调发展时必须做到:从根本上讲,要靠国家宏观调控,扩大对社会发展方面的投入,通过"二次调节"解决收入差距拉大问题,建立合理配置公共资源的制度,提高社会管理水平。由此可见,解决"长短腿"的问题要靠国家宏观调控而不是市场机制的作用。故 D 选项不符题意。因此,本题正确答案是 ABC 选项。

22.【参考答案】ACD

【答案解析】本题所考查知识点:科学发展观的含义。

科学发展观是一种全面协调可持续发展,口号和"三个不准"原则表明我国开始逐步摆脱传统发展模式,坚持发展经济既要遵循经济规律,也要遵循自然规律,重视生态环境与经济协调发展,注重生态文明建设,必将为我国经济健康、快速和可持续发展作出贡献。B 选项本身错误。因此,本题正确答案是 ACD 选项。

23.【参考答案】ABCD

【答案解析】本题所考查知识点:科学发展观是马克思主义关于发展的世界观和方法论的集中体现。

科学发展观强调坚持以经济建设为中心,体现了把发展生产力作为首要任务,把经济发展作为一切发展的前提。科学发展观坚持以人为本,体现了历史唯物主义的观点和共产党人全心全意为人民服务的宗旨。科学发展观坚持全面发展和协调发展,强调全面推进经济建设、政治建设、文化建设、社会建设。科学发展观坚持可持续发展,强调要实现经济发展与人口、资源、环境相协调,保证一代接一代地永续发展,体现了马克思主义哲学辩证唯物主义的思想和社会主义在消除资本主义弊端方面的优越性。科学发展观坚持把社会主义物质文明、政治文明、精神文明、和谐社会建设和人的全面发展看成联系的整体,全面体现并进一步丰富和深化了马克思主义对发展问题的认识。因此,本题正确答案是 ABCD 选项。

24.【参考答案】ABCD

【答案解析】本题所考查知识点:科学发展观是我国经济社会发展的重要指导方针和发展中国特色社会主义必须坚持和贯彻的重大战略思想。

科学发展观创造性地回答了实现什么样的发展和怎样发展等重大问题,体现了党对共产党执政规律、社会主义建设规律、人类社会发展规律认识的进一步深化。科学发展观着眼于实现经济社会又好又快的发展,进一步指明了我国经济社会发展的正确方向,是我国经济社会发展的重要指导方针。科学发展观从中国特色社会主义事业总体布局出发,着眼于建设富强民主文明和谐的社会主义现代化国家,对于发展中国特色社会主义具有长远的指导意义,是发展中国特色社会主义必须坚持和贯彻的重大战略思想。树立和落实科学发展观,关系党和国家工作的大局,关系中国特色社会主义事业的长远发展,对于全面建设小康社会具有十分重要的指导意义。因此,本题正确答案是 ABCD 选项。

2.2　马克思主义中国化理论成果的精髓

2.2.1　重难知识点内在逻辑系统图

马克思主义中国化理论成果的精髓
- 思想路线的形成、确立、发展
- 思想路线的基本内容
  - 一切从实际出发
  - 理论联系实际
  - 实事求是
  - 在实践中检验真理和发展真理
- 实事求是思想路线的重要意义
  - 它是马克思主义认识论在马克思主义中国化实践过程中的运用、丰富和发展
  - 它是制定并贯彻执行正确的政治路线的思想基础
  - 它是加强党的思想作风建设和提高领导能力的重要内容
- 实事求是是马克思主义中国化理论成果的精髓
- 解放思想是发展中国特色社会主义的一大法宝
  - 是党的思想路线的本质要求,是实现实事求是的前提条件
  - 是常提常新的事情
  - 是建设和发展中国特色社会主义的思想保证
- 建设马克思主义学习型政党,不断推进理论创新
  - 实践基础上的理论创新是社会发展和变革的先导
  - 在理论创新问题上要坚持正确的方向和思想方法
  - 理论创新必须服务于、落脚于实践创新

2.2.2　重难知识点详解

一、本章考点考查统计

学科	章节	考点	考查目标	已考查年度						
				2011	2010	2009	2008	2007	2006	2005
毛泽东思想和中国特色社会主义理论体系概论	第二章　马克思主义中国化理论成果的精髓	思想路线的确立、基本内容、重要意义	3、5	/	/	√	/	/	/	/
		实事求是是马克思主义中国化理论成果的精髓	1、2、3	/	/	√	/	/	/	/
		解放思想是发展中国特色社会主义的一大法宝	1、2、3	/	/	/	/	/	/	/
		建设学习型政党,不断推进理论创新	3、5	/	/	/	/	/	√	√

二、本章重难知识点点拨

1. 实事求是思想路线的形成、确立、发展

（1）经过延安整风和党的七大，实事求是的思想路线在全党得到了确立。

（2）1978 年 12 月，邓小平在为十一届三中全会作准备的中央工作会议上的讲话中，特别强调解放思想、实事求是的重要意义。以这一讲话精神为指导的十一届三中全会，重新确立了实事求是的思想路线。

（3）实事求是思想路线的发展：邓小平强调解放思想，江泽民强调与时俱进，胡锦涛强调求真务实。

2. 实事求是思想路线的内容和意义

（1）实事求是思想路线的内容

《中国共产党章程》明确指出："党的思想路线是一切从实际出发，理论联系实际，实事求是，在实践中检验真理和发展真理。"

（2）实事求是思想路线的重要意义

实事求是思想路线具有重要的理论意义和实践意义。

第一，它是马克思主义认识论在马克思主义中国化实践过程中的运用、丰富和发展。

第二，它是制定并贯彻执行正确的政治路线的思想基础。

第三，它是加强党的思想作风建设和提高领导能力的重要内容。毛泽东把理论和实践相结合的作风、和人民群众紧密联系在一起的作风，以及自我批评的作风，概括为中国共产党新的工作作风。在这三大作风中，理论和实践相结合是最根本的，强调的就是实事求是的思想路线。

3. 解放思想，实事求是，与时俱进

（1）实事求是是马克思主义中国化理论成果的精髓

马克思主义中国化的各个理论成果，其精髓都是实事求是。

第一，以毛泽东为主要代表的中国共产党人在领导中国革命和建设的过程中创立的毛泽东思想，贯穿着实事求是的思想。

第二，改革开放以来，党坚持解放思想和实事求是的统一，形成了中国特色社会主义理论体系这一马克思主义中国化的最新成果。

第三，贯穿于马克思主义中国化理论成果始终的是实事求是。

（2）解放思想是发展中国特色社会主义的一大法宝

解放思想是党的思想路线的本质要求，是实现实事求是的前提条件。邓小平指出："我们讲解放思想，是指在马克思主义指导下打破习惯势力和主观偏见的束缚，研究新情况，解决新问题。"

第一，解放思想是党的思想路线的本质要求，是实现实事求是的前提条件。

第二，解放思想是常提常新的事情。

第三，解放思想是建设和发展中国特色社会主义的思想保证。

（3）建设马克思主义学习型政党，不断推进理论创新

党的十七届四中全会指出"世界在变化，形势在发展，中国特色社会主义实践在深入，不断学习、善于学习，努力掌握和运用一切科学的新思想、新知识、新经验，是党始终走在时代前列引领中国发展进步的决定性因素。建设马克思主义学习型政党的首要任务，则是"紧密结合我国国情和时代特征大力推进理论创新，在实践中检验真理、发展真理，用发展着的马克思主义指导新的实践。"

第一，实践基础上的理论创新是社会发展和变革的先导。

第二，在理论创新问题上要坚持正确的方向和思想方法。

否定马克思主义的科学性，丢掉老祖宗，是错误的、有害的；教条式地对待马克思主义，也是错误的、有害的。离开本国实际和时代发展来谈马克思主义，没有意义；孤立地静止地研究马克思主义，把

马克思主义同它在现实生活中的生动发展割裂开来、对立起来,没有出路。

第三,理论创新必须服务于、落脚于实践创新。

三、本章典型例题

实事求是思想路线所作的完整表述是( )(多选)

A. 实事求是 B. 一切从实际出发

C. 理论联系实际 D. 在实践中检验和发展真理

【考点分析】本题所考查知识点:党的思想路线的表述。

【解题分析】单刀直入法:题目问的是实事求是思想路线的完整表述。实事求是思想路线是马克思主义中国化理论成果的精髓,贯彻于毛泽东思想、邓小平理论、"三个代表"重要思想、科学发展观等理论成果中。属于考研范围内的基本内容。

《中国共产党章程》把党的思想路线表述为:"一切从实际出发、理论联系实际、实事求是、在实践中检验真理和发展真理。"这一完整、科学的表述揭示出党的"实事求是的思想路线"是由四个基本方面构成的有机统一整体。因此,本题正确答案是 ABCD 选项。

四、本章测试题及答案解析

(一)本章测试题

1. 我们党的思想路线的核心和实质是( )(单选)

A. 解放思想 B. 实事求是 C. 与时俱进 D. 求真务实

2. 解放思想的目的和归宿是( )(单选)

A. 实事求是 B. 与时俱进

C. 破除教条主义、主观主义偏见的束缚 D. 理论创新

3. 只有解放思想,才能面向世界,顺应时代和历史潮流,不断前进;只有解放思想,才能面向实际,坚持以人为本,科学发展;只有解放思想,才能面向未来,紧紧抓住战略机遇期,实现全面建设小康社会的宏伟目标。这段话表明( )(单选)

A. 解放思想是社会主义现代化建设的核心

B. 解放思想决定着中国的前途与命运

C. 解放思想是发展中国特色社会主义的一大法宝,是发展中国特色社会主义的思想保证

D. 解放思想是全面建设小康社会的前提与决定因素

4. 邓小平对"解放思想"的阐释是( )(单选)

A. 在马克思主义指导下打破习惯势力和主观偏见的束缚,研究新情况,解决新问题

B. "大胆地试"、"大胆地闯"

C. 排除姓"资"姓"社"抽象争论的干扰

D. 一切从实际出发,走自己的路

5. 解放思想是实事求是的前提和内在要求,实事求是是解放思想的目的和归宿,两者统一于( )(单选)

A. 改革开放和现代化建设的实践 B. 党的实事求是的思想路线

C. "三个有利于"的标准 D. "三个代表"的重要思想

6. 社会发展和变革的先导是在实践基础上的( )(单选)

A. 制度创新 B. 理论创新 C. 科技创新 D. 文化创新

7. 邓小平强调,尊重实践、尊重群众,是实事求是思想路线的根本体现。尊重群众就是( )(多选)

A. 尊重人民群众的利益 B. 尊重人民群众的愿望

C. 尊重人民群众在实践中的创造　　　　　D. 尊重人民群众的一切

8. 解放思想和实事求是是统一思想过程的两个方面,二者关系表现为(　　)(多选)

A. 解放思想是实事求是的内在要求和前提　　B. 解放思想是实事求是的目的和归宿

C. 实事求是是解放思想的目的和归宿　　　　D. 二者统一于中国特色的社会主义实践

9. 十七大报告提出了"解放思想是发展中国特色社会主义的一大法宝"的科学论断。下面对这一科学判断理解正确的是(　　)(多选)

A. 解放思想是推动社会进步和事业发展的动力源泉,是党思想理论建设的内在需要,是我国改革开放以来形成的一条基本经验

B. 社会主义事业每前进一步都伴随着新的思想解放,改革开放 30 年就是解放思想的 30 年

C. 中国特色社会主义理论体系、"三步走"战略步骤等一系列新理论本身就是解放思想的新成就

D. 解放思想是发展中国特色社会主义的思想保证

10. 坚持解放思想、实事求是的思想路线,弘扬与时俱进的精神,是党保持先进性和创造力的决定性因素。我们能否始终做到这一点,决定着中国的发展前途和命运。这表明弘扬与时俱进(　　)(多选)

A. 要求中国共产党人始终站在时代的前列,不断推进理论创新

B. 党领导的国家事业要紧跟时代发展的步伐

C. 既坚持马克思主义的立场、观点和方法,又要在实践发展中不断检验和发展

D. 要反对教条主义地生搬硬套

11. 马克思主义是我们认识和改造世界的强大思想武器与行动指南,时代在变化,社会在发展,马克思主义也必然在丰富和发展,马克思主义具有与时俱进的理论品质。因为(　　)(多选)

A. 它是一个开放的体系

B. 它的内容不断地丰富和发展

C. 它是跟随着时代和实践不断发展的理论

D. 它彻底批判了各种唯心主义,形而上学的思想,是一个最终完成的真理体系

12. 创新是一个民族进步的灵魂,是一个国家兴旺发达的不竭动力。下列对中国特色社会主义的各种创新论述正确的是(　　)(多选)

A. 创新主要包括理论创新、制度创新、科技创新和文化创新

B. 理论创新是前提,是关键,要使党和国家的事业不停顿,首先理论上不能停顿

C. 实践基础上的理论创新是社会发展和变革的先导

D. 通过理论创新推动其他创新,不断在实践中探索前进是我们长期坚持的治国之道

13. 百家争鸣对于春秋战国时期的中国社会发展;文艺复兴和启蒙运动对于资本主义生产方式的确立和发展;马克思主义对于社会主义的革命和建设;真理标准讨论对于我国的改革开放,都具有重大的意义。这表明(　　)(多选)

A. 理论对实践具有巨大的反作用　　　　　B. 理论创新是社会发展和变革的先导

C. 没有革命的理论就没有革命的行动　　　D. 理论创新是其他创新的前提和关键

14. 改革开放 30 多年来,我们在实践中的许多成功做法就是由农民群众创造出来的。正是依靠农民群众的首创精神,我国打开了农村经济社会发展的新局面。在发展现代农业的过程中发挥农民群众的主体作用,必须充分尊重农民群众的首创精神。材料表明(　　)(多选)

A. 农民群众是创新的重要主体

B. 创新是时代变化和我国现代化建设实践的迫切要求

C. 实践是认识发展的动力

D. 农民已成为我国的领导阶级

15. 在新的历史条件下做到与时俱进,要做到"三个解放出来",即自觉地把人们的思想认识( )(多选)

A. 从那些不合时宜的观念、做法和体制的束缚中解放出来

B. 从对马克思主义的错误的教条式理解中解放出来

C. 从主观主义和形而上学的桎梏中解放出来

D. 从脱离群众的官僚主义中解放出来

16. 实事求是思想路线的根本体现是( )(多选)

A. 尊重政策　　　　B. 尊重群众　　　　C. 尊重实践　　　　D. 尊重人才

(二)测试题答案及解析

1.【参考答案】B

【答案解析】本题所考查知识点:实事求是是党的思想路线的实质和核心。

实事求是在党的思想路线中的地位与其他三个方面并不是等同的、并列的,它是党的思想路线的核心和实质。实事求是内在地包含了一切从实际出发、理论联系实际和在实践中检验真理和发展真理的内容。"一切从实际出发"、"理论联系实际"、"在实践中检验真理和发展真理"这三个方面都可以用实事求是加以解释和说明。一切从实际出发,是实事求是思想路线的前提和基础;理论联系实际是实事求是思想路线的根本途径和方法;在实践中检验真理和发展真理是实事求是思想路线的验证条件和目的。

由于实事求是是党的思想路线的实质和核心,故我们通常把党的思想路线概括为"实事求是",把党的思想路线称作是"实事求是的思想路线"。因此,本题正确答案是 B 选项。

2.【参考答案】A

【答案解析】本题所考查知识点:解放思想。

解放思想的功能和作用是破除形而上学、教条主义和主观偏见的束缚,从而为与时俱进的理论创新开辟道路。但是,不论解放思想还是与时俱进,最终都要服从实事求是的要求:就是要达到主观与客观相符合、思想与实际相符合,即实事求是。因此,本题正确答案是 A 选项。

3.【参考答案】C

【答案解析】本题所考查知识点:解放思想是发展中国特色社会主义的一大法宝。

十七大报告指出:解放思想是发展中国特色社会主义的一大法宝,在新的发展阶段必须继续解放思想。解放思想是发展中国特色社会主义的思想保证。本题正确答案是 C 选项。

4.【参考答案】A

【答案解析】本题所考查知识点:解放思想。

邓小平指出:"我们讲解放思想,是指在马克思主义指导下打破习惯势力和主观偏见的束缚,研究新情况,解决新问题。"解放思想必须坚持以马克思主义为指导,而不是背离马克思主义的胡思乱想;同时必须敢于面对新情况新问题,把实践当做最高权威,不做习惯势力和主观偏见的奴隶。解放思想通常包括两种情况:一是对原先的认识进行再认识,这其中既有对原先认识中那些正确部分的坚持,也有对原先认识中那些错误部分的纠正;二是在研究新情况、解决新问题、总结新经验的基础上,形成新的正确认识。所以选项 A 正确。选项 BC 是解放思想在某些领域的具体表现,没有全面诠释解放思想的内涵,不能选,选项 D 则是解放思想的基础和前提。

5.【参考答案】A

【答案解析】本题所考查知识点:解放思想的重要性。

解放思想是党的思想路线的本质要求,是实现实事求是的前提条件。改革开放 30 多年来,我们之

所以能取得今天这样的成绩,恢复和重新确立党的实事求是的思想路线是重要的思想基础。实事求是是党的思想路线的核心,也是马克思主义中国化的精髓。然而,如果不解放思想,就不可能做到实事求是。只有解放思想,坚持实事求是,一切从实际出发,理论联系实际,我们的社会主义现代化建设才能顺利进行,我们党的马克思列宁主义、毛泽东思想的理论也才能顺利发展。

解放思想是实事求是的内在要求和前提。实事求是是解放思想的目的和归宿。实现解放思想与实事求是辩证统一的基础是社会实践。所以选项 A 正确。选项 BCD 不符题意。

6.【参考答案】B

【答案解析】本题所考查知识点:理论创新。

富于创造性就是党的全部理论和工作要更加开拓创新。实践基础上的理论创新是社会发展和变革的先导。要通过理论创新来推动制度创新、科技创新、文化创新以及其他各方面的创新。所以选项 B 为正确答案。

7.【参考答案】ABC

【答案解析】本题所考查知识点:尊重实践和尊重人民群众的一致性。

由于人民群众是实践的主体,因此,邓小平又强调尊重实践就必须尊重人民群众。

尊重群众首先要尊重群众的利益和愿望。在和平与发展的时代条件下,邓小平把生产力标准落实到群众利益标准上,以人民拥护不拥护、赞成不赞成、高兴不高兴、满意不满意、答应不答应,作为党的全部工作的出发点和归宿。于是,实事求是中的实践标准,就具体体现为生产力标准和群众利益标准的统一。

尊重群众还要尊重群众在实践中的创造。社会实践是千百万人民群众的事业,在改革开放和现代化建设的实践中,人民群众的积极性、主动性和创造性被极大地调动起来了,他们在实践中创造了各种新鲜经验,为新的理论的形成提供了深厚的实践基础。因此,本题正确答案是 ABC 选项。

8.【参考答案】ACD

【答案解析】本题所考查知识点:解放思想与实事求是的关系。

解放思想与实事求是是辩证统一的,解放思想是实事求是的内在要求和前提,实事求是是解放思想的目的和归宿,二者统一的基础是社会实践。社会实践是达到实事求是的桥梁和基本途径,解放思想是社会实践的根本要求。做到解放思想和实事求是的统一,在实践中必须确立科学的创新精神和求实精神。因此,本题正确答案是 ACD 选项。

9.【参考答案】ABCD

【答案解析】本题所考查知识点:解放思想是发展中国特色社会主义的一大法宝。

十七大报告指出:解放思想是发展中国特色社会主义的一大法宝,在新的发展阶段必须继续解放思想。解放思想是发展中国特色社会主义的思想保证,是推动社会进步和事业发展的动力源泉,是党的思想理论建设的内在需要,是我国改革开放以来形成的一条基本经验。社会主义事业每前进一步都伴随着新的思想解放,改革开放 30 年就是解放思想的 30 年。中国特色社会主义理论体系、人均翻两番等一系列新理论本身就是解放思想的新成就,解放思想是发展中国特色社会主义的思想保证。因此,本题正确答案是 ABCD 选项。

10.【参考答案】ABCD

【答案解析】本题所考查知识点:与时俱进。

江泽民在"七一讲话"中提出"马克思主义具有与时俱进的理论品质",在"5.31"讲话中进一步指出:"坚持解放思想、实事求是的思想路线,弘扬与时俱进的精神,是党在长期执政条件下保持先进性和创造力的决定性因素。我们能否始终做到这一点,决定着中国的发展前途和命运。"与时俱进,就是要求中国共产党人在思想上、理论上与时代同进步,站在时代的前列,不断推进理论创新;要求他所领导的国家事业也要紧跟时代发展的步伐;要求他既坚持马克思主义的立场、观点和方法,又要在实践发展中不断检验和丰富这一伟大学说,不断推向新的发展境界,而不是因循某些原理、结论、章句,教条主义地生搬硬套,削足适履。因此,本题正确答案是 ABCD 选项。

11.【参考答案】ABC

【答案解析】本题所考查知识点:与时俱进。

马克思主义是一个开放的体系,时代在变化,马克思主义也在不断随着实践的变化丰富发展。马克思主义在其诞生的 100 多年里,尽管其基本立场、观点和方法没有改变,但内容不断丰富,跟随着时代和实践不断发展,马克思主义本身就具有与时俱进的品质。因此,本题正确答案是 ABC 选项。

12.【参考答案】ABCD

【答案解析】本题所考查知识点:创新。

创新包括理论创新、制度创新、科技创新、文化创新和其他创新。在这些创新中,理论创新是党和国家事业发展的前提、关键,制度创新是党和国家事业发展的保证,科技创新和文化创新是党和国家事业发展的精神动力和智力支持。

马克思主义经典作家曾经明确说过,理论是行动的先导,没有正确的革命理论,就没有名副其实的革命运动;正确的理论一旦为群众所掌握,就会化为改造世界的巨大的物质力量。实践基础上的理论创新是社会发展和变革的先导。所以,要使党和国家的事业不停顿,首先理论上不停顿,必须进行理论的创新。因此,本题正确答案是 ABCD 选项。

13.【参考答案】ABCD

【答案解析】本题所考查知识点:创新。

创新包括理论创新、制度创新、科技创新、文化创新和其他创新。在这些创新中理论创新是党和国家事业发展的前提、关键。正因为理论对实践具有巨大的反作用,因此,实践基础上的理论创新是社会发展和变革的先导。百家争鸣对于春秋战国时期的中国社会发展;文艺复兴和启蒙运动对于资本主义生产方式的确立和发展;马克思主义对于社会主义的革命和建设;真理标准讨论对于我国的改革开放,都具有这样的重大意义。理论对实践具有巨大的反作用。尤其是没有革命的理论,就没有革命的行动;没有无产阶级政党的理论创新,就不可能有代表人民群众根本利益进行改造世界的伟大创新实践。因此,本题正确答案是 ABCD 选项。

14.【参考答案】ABC

【答案解析】本题所考查知识点:创新是一个民族进步的灵魂。

创新是一个民族进步的灵魂,是一个国家兴旺发达的不竭动力,也是一个政党永葆生机的法宝。进行创新就要坚持辩证唯物主义的科学实践观,以实践来检验一切。根据材料可知,农民群众是创新主体,要充分尊重农民群众的首创精神,尊重农民群众的主体地位。因此,本题正确答案是 ABC 选项。

15.【参考答案】ABC

【答案解析】本题所考查知识点:与时俱进。

江泽民指出在新的历史条件下要做到与时俱进,就要做到“三个解放出来”,即自觉地把人们的思想认识从那些不合时宜的观念、做法和体制中解放出来;从对马克思主义的错误的和教条式的理解中解放出来;从主观主义和形而上学的束缚中解放出来。官僚主义是一种脱离实际,脱离群众的当官做老爷的作风。从脱离群众的官僚主义中解放出来是继承和发扬党的群众路线的要求,而不是党的思想路线和人们的思想认识的要求。因此,本题正确答案是 ABC 选项。

16.【参考答案】BC

【答案解析】本题所考查知识点:尊重实践与尊重群众的统一性。

实事求是强调的是尊重实践,尊重实际,人民群众是实践的主体,尊重实践与尊重群众具有内在的统一性。选项 BC 正确。而尊重政策和尊重人才其侧重点不在此,故选项 AD 不选。

2.3 新民主主义革命理论

2.3.1 重难知识点内在逻辑系统图

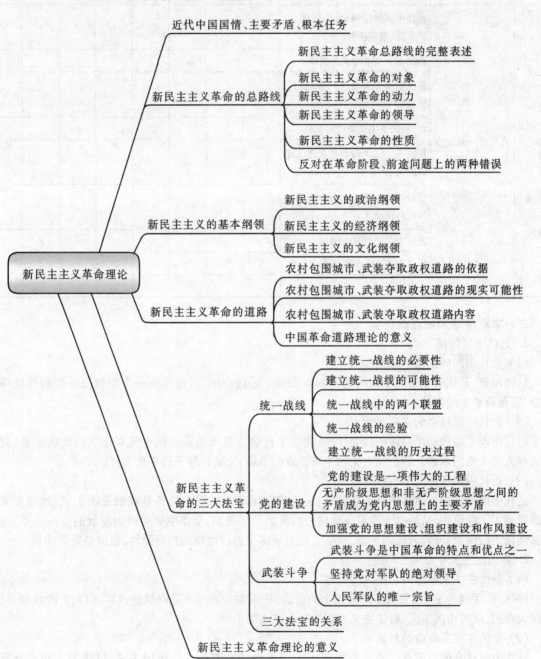

2.3.2 重难知识点详解

一、本章考点考查统计

学科	章节	考点	考查目标	已考查年度						
				2011	2010	2009	2008	2007	2006	2005
毛泽东思想和中国特色社会主义理论体系概论	第三章 新民主主义革命理论	近代中国的国情、社会性质、主要矛盾、根本任务	1、2	/	/	/	/	/	/	√
		新民主主义革命的总路线	5	/	/	/	/	/	/	/
		新民主主义革命的对象、动力、领导	5	/	/	√	/	/	/	√
		新、旧民主主义革命的比较	4、5	/	/	/	/	/	/	/
		新民主主义革命和社会主义革命的关系	4、5	/	/	/	/	/	/	/
		反对在革命阶段、前途问题上的两种错误	5	/	/	√	/	/	/	/
		新民主主义的基本纲领	4、5	/	/	/	/	/	/	/
		新民主主义革命的道路	5	√	√	/	/	/	/	/
		三大法宝	5	/	√	/	√	√	√	√

二、本章重难知识点点拨

1．近代中国国情

（1）近代中国的国情和社会性质

认清国情，是认清和解决革命问题的基本依据。近代中国，已经沦为一个半殖民地半封建性质的社会，这是最基本的国情。

（2）近代中国社会的主要矛盾

近代中国半殖民地半封建的社会性质，决定了社会主要矛盾是帝国主义和中华民族的矛盾、封建主义和人民大众的矛盾。而帝国主义和中华民族的矛盾，又是各种矛盾中最主要的矛盾。

（3）近代中国革命的根本任务

近代中国社会的性质和主要矛盾，决定了近代中国革命的根本任务是推翻帝国主义、封建主义和官僚资本主义的统治，从根本上推翻反动腐朽的政治上层建筑；变革阻碍生产力发展的生产关系；为建设富强民主的国家、改善人民的生活、确立人民当家作主的政治地位扫清障碍，创造必要的前提。

2．新民主主义革命的总路线

（1）新民主主义革命的总路线的表述

1948年，毛泽东在《在晋绥干部会议上的讲话》中完整地表述了总路线的内容，即无产阶级领导的，人民大众的，反对帝国主义、封建主义和官僚资本主义的革命。

（2）新民主主义革命的对象

近代中国社会的性质和主要矛盾决定了中国革命的主要敌人是帝国主义、封建主义和官僚资本主义。

在不同历史阶段,随着社会主要矛盾的变化,集中反对的主要敌人有所不同。在国共合作的大革命时期,革命的主要对象是帝国主义支持下的北洋军阀;在土地革命战争时期,革命的主要对象是国民党新军阀;在抗日战争时期,革命的主要对象是日本帝国主义;在解放战争时期,革命的主要对象是美帝国主义支持下的国民党反动派。

(3) 新民主主义革命的动力

第一,中国无产阶级是中国革命最基本的动力。

中国无产阶级是新的社会生产力的代表,是近代中国最进步的阶级,是中国革命的领导阶级。

第二,农民是中国革命的主力军,其中的贫农是无产阶级最可靠的同盟军。

在半殖民地半封建的中国社会里,农民占全国人口的80%以上,他们深受帝国主义、封建主义和官僚资本主义的压迫和剥削,具有强烈的反帝反封建的革命要求。农民问题是中国革命的基本问题,新民主主义革命实质上就是中国共产党领导下的农民革命,中国革命战争实质上就是党领导下的农民战争。工人阶级对于农民的领导,是实现革命领导权的基础。

第三,城市小资产阶级同样是中国革命的动力之一。

城市小资产阶级,包括广大的知识分子、小商人、手工业者和自由职业者,同样受帝国主义、封建主义和官僚资本主义的压迫。因此,城市小资产阶级同样是中国革命的动力之一。

第四,民族资产阶级是革命的力量之一。

民族资产阶级是一个带有两面性的阶级。一方面,民族资产阶级既受帝国主义的压迫,又受封建主义的束缚,他们同帝国主义和封建主义有矛盾,是革命的力量之一。但是,另一方面,由于他们在经济上和政治上的软弱性,他们又没有彻底的反帝反封建的勇气。民族资产阶级的这种两重性,决定了他们在一定时期中和一定程度上能够参加反帝反封建的革命,他们可以成为革命的一种力量。而在另一时期,又有跟在大资产阶级后面反对革命的危险。因此,对于民族资产阶级要采取又联合又斗争的政策。对其革命性的一面,应该给予肯定,并适当地实行团结的政策;而对其妥协性的一面,则要实行斗争的政策,以便尽可能地坚定其革命性,克服其动摇性,以共同对付强大的敌人。

(4) 新民主主义革命的领导

第一,无产阶级的领导权是中国革命的中心问题,也是新民主主义革命理论的核心问题。

区别新旧两种不同范畴的民主主义革命,根本的标志是革命的领导权掌握在无产阶级手中还是掌握在资产阶级手中。

第二,新民主主义革命要由中国无产阶来领导的原因。

① 由于中国民族资产阶级的软弱性和妥协性,它们不愿意也不能够彻底推翻帝国主义和封建势力。

② 由于中国无产阶级的强大和革命的彻底性,领导中国革命取得成功的重任,历史地落到了中国无产阶级及其政党的肩上。

第三,中国无产阶级的特点和优点。

中国无产阶级除了具有与先进的生产方式相联系、没有私人占有的生产资料、富于组织纪律性等一般无产阶级的共同特点外,还具有自身的特点和优点。一是从诞生之日起就身受外国资本主义、本国封建势力和资产阶级的三重压迫,这些压迫的严重性和残酷性,是世界各民族中少见的,这就形成了中国无产阶级坚强的斗争性和彻底的革命性。二是它分布集中,有利于无产阶级队伍的组织和团结,有利于革命思想的传播和形成强大的革命力量。三是它大部分出身于破产的农民,和农民有着天然的联系,使无产阶级便于和农民结成亲密的联盟,共同团结战斗。

第四,无产阶级及其政党实现对各革命阶级的领导的条件。

毛泽东指出:"领导的阶级和政党,要实现自己对于被领导的阶级、阶层、政党和人民团体的领导,必须具备两个条件:(甲)率领被领导者(同盟者)向着共同敌人作坚决的斗争,并取得胜利;(乙)对被领导者给以物质福利,至少不损害其利益,同时对被领导者给以政治教育。

（5）新民主主义革命的性质

近代中国半殖民地半封建社会的性质和中国革命的历史任务,决定了中国革命的性质不是无产阶级的社会主义革命,而是资产阶级民主主义革命。

（6）新民主主义革命与旧民主主义革命的比较

新民主主义革命与旧民主主义革命相比有其新的内容和特点,集中表现在(1)中国革命处于世界无产阶级社会主义革命的时代,是世界无产阶级社会主义革命的一部分;(2)革命的领导力量是中国无产阶级及其先锋队——中国共产党;(3)革命的指导思想是马克思列宁主义;(4)革命的前途是社会主义而不是资本主义。

（7）新民主主义革命社会主义革命的关系

第一,新民主主义革命与社会主义革命性质不同。新民主主义革命仍然属于资产阶级民主主义的革命范畴;社会主义革命是无产阶级性质的革命,它所要实现的目标是消灭资本主义剥削制度和改造小生产的私有制。

第二,新民主主义革命与社会主义革命又是互相联系、紧密衔接的,中间不容横插一个资产阶级专政。"民主主义革命是社会主义革命的必要准备,社会主义革命是民主主义革命的必然趋势。"

（8）反对在革命阶段、前途问题上的两种错误

① "左"倾教条主义的"一次革命论"的错误在于,只看到了民主革命与社会主义革命的联系,而混淆了民主革命和社会主义革命的区别,主张把社会主义革命阶段的任务放在民主革命阶段来完成,在反帝反封建的同时,也反对民族资产阶级,在政治上和经济上实行"左"的政策,使中国革命蒙受了重大损失。

② 右的"二次革命论"的错误在于,只看到了民主革命和社会主义革命的区别,而没有看到两个革命阶段的联系,主张在民主革命胜利后,建立一个资产阶级专政的资本主义国家,将来再去进行社会主义革命,放弃党对民主革命的领导权,同样使中国革命遭受了严重损失。

3. 新民主主义的基本纲领

（1）新民主主义的政治纲领

新民主主义政治纲领的基本内容是:推翻帝国主义和封建主义的统治,建立一个无产阶级领导的、以工农联盟为基础的、各革命阶级联合专政的新民主主义的共和国。

第一,新民主主义国家的国体是无产阶级领导的以工农联盟为基础,包括小资产阶级、民族资产阶级和其他反帝反封建的人们在内的各革命阶级的联合专政。

第二,与新民主主义国体相适应的政体是实行民主集中制的人民代表大会制度。新民主主义国家的国体决定了人民当家作主,由人民行使管理国家的一切权力,这是新民主主义国家制度的核心内容和基本准则。

（2）新民主主义的经济纲领

新民主主义经济纲领的主要内容是:没收封建地主阶级的土地归农民所有,没收官僚资产阶级的垄断资本归新民主主义的国家所有,保护民族工商业。

第一,没收封建地主阶级的土地归农民所有。

"没收封建地主阶级的土地归农民所有",是新民主主义革命的主要内容。党在民主革命时期,逐步认识到土地革命的极端重要性,形成了土地革命路线,这就是依靠贫雇农,团结中农,有步骤、有分别

地消灭封建剥削制度,发展农业生产。

第二,没收官僚资产阶级的垄断资本归新民主主义的国家所有。

官僚资本主义是依靠帝国主义、勾结封建势力、利用国家政权力量而发展起来的买办的封建的国家垄断资本主义。反对官僚资本主义并非因为它是资本主义,而是因为这种资本主义同外国帝国主义、本国地主阶级和旧式富农密切结合着,是一种买办的封建的国家垄断资本主义。没收官僚资本,包含着新民主主义革命和社会主义革命的双重性质。

第三,保护民族工商业。

"保护民族工商业",是新民主主义经济纲领中极具特色的一项内容。在新民主主义条件下保护民族工商业,发展资本主义,是由中国落后的生产力和新民主主义革命的性质所决定的。民族资本主义经济,是一种与新生产力相联系的先进的生产方式和经济成分,它对发展现代技术、发展社会生产力具有积极作用。因此,对民族资本主义工商业必须采取保护的政策。这种保护不是无条件的。需要保护和发展的资本主义,是有利于而不是有害于国计民生的私人资本主义经济,是不能操纵国计民生的资本主义。

(3)新民主主义的文化纲领

新民主主义文化就是无产阶级领导的人民大众的反帝反封建的文化,即民族的、科学的、大众的文化。在新民主主义文化中居于指导地位的是共产主义思想。

4. 新民主主义革命的道路

(1)农村包围城市、武装夺取政权道路的依据

① 中国革命必须走农村包围城市、武装夺取政权的道路,是由中国的具体国情决定的。在近代中国这个半殖民地半封建社会里,内无民主制度而受封建主义的压迫;外无民族独立而受帝国主义的压迫。中国革命的主要斗争形式只能是武装斗争,以革命的武装消灭反革命的武装,相应的主要组织形式必然是军队。

② 近代中国农民占全国人口的绝大多数,是无产阶级可靠的同盟军和革命的主力军。只有实行土地革命,解决农民的土地问题,才有可能把农民充分发动起来,摧毁帝国主义和封建地主阶级反动统治的基础。

③ 中国革命的敌人建立了庞大的反革命军队,并长期占据着中心城市,而农村则是其统治的薄弱环节。无产阶级及其政党必须将工作重心放在农村,在农村长期积蓄和锻炼自己的力量。

(2)中国走农村包围城市、武装夺取政权的道路具有现实的可能性

① 近代中国是一个政治、经济、文化发展极不平衡的半殖民地半封建的大国。这是农村革命根据地能够在中国存在和发展的根本原因。

② 红色政权首先发生和能够长期存在的地方,往往是在那些受过大革命影响、曾经有过高涨的革命群众运动的地方,为农村革命根据地的建立奠定了较好的群众基础。

③ 全国革命形势的继续向前发展,是中国红色政权能够存在和发展的又一重要客观条件。

④ 相当力量正式红军的存在,是红色政权能够存在和发展的必要主观条件。

⑤ 党的领导及其正确的政策,是红色政权能够存在和发展的关键性的主观条件。

(3)农村包围城市、武装夺取政权道路的内容

中国革命走农村包围城市、武装夺取政权的道路,必须处理好土地革命、武装斗争、根据地建设三者之间的关系。土地革命是民主革命的中心内容;武装斗争是中国革命的主要形式,是农村根据地建设和土地革命的强有力保证;农村革命根据地是中国革命的战略阵地,是进行武装斗争和开展土地革命的依托。要在中国共产党的领导下,实现土地革命、武装斗争、根据地建设三者的密切结合和有机

统一。

（4）中国革命道路理论的意义

中国革命道路的理论，反映了中国革命发展的客观规律，是指导革命取得胜利的唯一正确的理论。它是从中国的实际出发，独创性地发展了马克思列宁主义关于革命的理论。它对于推进马克思主义中国化具有重要的方法论意义。

5. 三大法宝

毛泽东在《〈共产党人〉发刊词》一文中，总结了中国革命两次胜利和两次失败的经验教训，揭示了中国革命发展的客观规律，指出"统一战线，武装斗争，党的建设，是中国共产党在中国革命中战胜敌人的三个法宝，三个主要的法宝。"

（1）统一战线

① 建立统一战线的必要性

首先，中国革命面对的敌人异常强大（三座大山）。

其次，是由中国半殖民地半封建社会的阶级状况所决定的。

最后，是由中国革命的长期性、残酷性及其发展的不平衡性所决定的。

② 建立统一战线的可能性

首先，近代中国社会最大的压迫是民族压迫，这一特点决定了无产阶级及其政党可以把一切爱国的、不愿受帝国主义奴役的人们团结在自己的周围。

其次，民族资产阶级深受帝国主义和封建主义的压迫，因而能够在一定时期中和一定程度上参加反帝反封建的革命斗争。在革命的锋芒主要是反对某一个帝国主义的时候，属于别的帝国主义系统的官僚资产阶级集团也可能在一定程度上和一定时期内参加统一战线。

③ 统一战线中的两个联盟

一是工人阶级同农民阶级、广大知识分子及其他劳动者的联盟，主要是工农联盟。另一个是工人阶级和非劳动人民的联盟，主要与民族资产阶级的联盟。

④ 党领导和建立统一战线的经验

第一，党在领导建立和巩固抗日民族统一战线的实践中，强调必须坚持独立自主的原则，保持党在思想上、政治上和组织上的独立性。

第二，在革命进程中，必须坚持发展进步势力、争取中间势力、孤立顽固势力的策略方针。

第三，对反共顽固派采取又团结又斗争、以斗争求团结的政策，利用矛盾，争取多数，反对少数，各个击破。

第四，在同顽固派进行斗争时，坚持有理、有利、有节的原则。

第五，最根本的经验就是正确处理好与资产阶级的关系。当党能够正确处理与资产阶级建立统一战线或被迫分裂统一战线问题时，党的发展和巩固就会前进；反之，党的发展和巩固就会后退。

⑤ 建立统一战线的历史过程

新民主主义革命时期，党领导的统一战线，先后经过了第一次国共合作的统一战线、工农民主统一战线、抗日民族统一战线、人民民主统一战线等几个时期。

（2）武装斗争

① 武装斗争是中国革命的特点和优点之一。与资本主义国家不同，在半殖民地半封建的旧中国，帝国主义和封建主义总是凭借着反革命暴力对革命人民实行残暴的镇压。无产阶级和广大人民群众无议会可以利用，无组织工人举行罢工的合法权利。革命人民只有武装起来，以武装的革命反对武装的反革命。

② 坚持党对军队的绝对领导,是建设新型人民军队的根本原则。这是保持人民军队无产阶级性质和建军宗旨的根本前提,也是毛泽东建军思想的核心。

③ 军队以全心全意为人民服务为唯一宗旨。坚持全心全意为人民服务的宗旨,是建设新型人民军队的唯一宗旨,是无产阶级军队区别于旧军队的根本标志。

（3）党的建设

① 中国共产党的性质

中国共产党是中国工人阶级的先锋队,同时是中国人民和中华民族的先锋队。

② 无产阶级思想和非无产阶级思想之间的矛盾成为党内思想上的主要矛盾

半殖民地半封建的中国社会是一个农民为主体的国度,无产阶级人数很少,农民和其他小资产阶级占人口的大多数,农民和小资产阶级出身的党员占多数。加之长期处于农村游击战争的环境,各种非无产阶级思想,特别是小资产阶级思想必然反映到党内来,党内无产阶级思想和非无产阶级思想之间的矛盾成为党内思想上的主要矛盾。

③ 党的建设是一项伟大的工程

1939 年 10 月,毛泽东在《〈共产党人〉发刊词》中把建设一个广大群众性的、马克思主义的无产阶级政党称之为"伟大的工程"。

④ 加强党的思想建设、组织建设和作风建设

加强党的建设,必须把思想建设始终放在首位,克服党内的非无产阶级思想。在加强党的思想建设的同时,必须加强党的组织建设和作风建设。理论和实践相结合的作风,和人民群众紧密相连在一起的作风和自我批评的作风。这三大优良作风,是中国共产党人区别于其他任何政党的显著标志。

（4）统一战线、武装斗争和党的建设三者之间的关系

毛泽东指出,统一战线和武装斗争是中国革命的两个基本特点,是战胜敌人的两个基本武器。统一战线是实行武装斗争的统一战线;武装斗争是统一战线的中心支柱;党的组织则是掌握统一战线和武装斗争这两个武器以实行对敌冲锋陷阵的英勇战士。

6. 新民主主义革命理论的意义

（1）新民主主义革命理论,揭示了近代中国革命的发展规律,极大地丰富了马克思主义的理论宝库。

（2）在新民主主义革命理论的指导下,中国共产党领导中国人民取得了新民主主义革命的伟大胜利,结束了中国几千年来封建地主阶级剥削统治广大劳动人民的历史,结束了帝国主义、殖民主义奴役中国各族人民的历史,建立了中华人民共和国。为当代中国一切发展进步奠定了根本政治前提。

（3）中国新民主主义革命的伟大胜利,有力地支持了世界人民反对帝国主义的斗争,增强了世界人民争取世界和平的力量。

三、本章典型例题

1. 中国的新民主主义革命是"新式的特殊的资产阶级民主主义革命",它的基本特点是（　　　）（多选）

A. 它有新的革命性质即社会主义的性质

B. 它有了新的领导阶级即无产阶级

C. 它有新的指导思想即马克思主义

D. 它有新的前途,经过新民主主义革命进而达到社会主义的目标

【考点分析】本题所考查知识点:新民主主义革命的特点。

【解题分析】直透主旨:题目问的是新民主主义革命的基本特点,中国的民主主义革命正是因为有

了新的领导阶级即无产阶级,才叫新民主主义革命,因此 B 选项正确。

综合考量:新民主主义革命的基本特点,是一个内涵丰富且有特指的提法,需要准确记忆该部分基本知识才能正确选择。选项 BCD 正确。

纵向比较:本课程中,有一项重要内容就是新民主主义革命与旧民主主义革命的比较,大纲解析中将其列为四点,除题肢中的 BCD 项,还有时代背景不同,这些内容属于要求在理解的基础上记忆的内容。

新民主主义革命的特点是:一是它有了新的领导阶级,由无产阶级掌握领导权,领导权的不同是区分新旧民主主义革命的根本标志;二是从革命阵线上看,它发生在十月革命之后,不属于旧的世界资产阶级革命的范畴,而是属于世界无产阶级革命的一部分;三是有了新的指导思想即马克思主义,而不再是以西方资产阶级民主主义思想作为指导思想;四是有了新的前途,它不是以建立资本主义社会和资产阶级专政的国家为目的的革命,而是以建立无产阶级领导的各个革命阶级联合专政的新民主主义国家为目的的革命,由于有无产阶级的正确领导,才使新民主主义的前途是社会主义。因此,BCD 选项符合题目要求,为正确答案。而 A 选项不应选,因为新民主主义革命不是一般的旧的资产阶级民主革命,也不是无产阶级的社会主义革命,而是新式的、特殊的资产阶级革命。

2. 毛泽东在 1947 年十二月会议上提出的新民主主义革命的三大经济纲领是(　　)(单选)

A. 建立国营经济;发展合作经济;允许富农经济的存在

B. 没收封建地主阶级的土地归还农民所有;没收官僚垄断资本归新民主主义国家所有;保护民族工商业

C. 节制资本;平均地权;消灭资产阶级

D. 建设有中国特色社会主义的经济;坚持和完善社会主义市场经济体制;不断解放和发展生产力

【考点分析】本题所考查知识点:新民主主义革命的经济纲领。

【解题分析】审查题干:首先要确定题干的规定性,明确题干对题肢的要求是什么,一定要注意理解题干的意思。本题的考点是新民主主义革命的经济纲领,要紧抓住这一点,才能对排除或选择哪些题肢有准确选择。B 选项符合题意。

审查题肢:弄清题肢的说法是全对的还是全错的,或者是正误混杂的,以及题肢选择项对题干的要求是相关的还是无关的。据此判断,ACD 选项是不符合题意的。

逐个排查:本题是多项组合型。在做题过程中要进行题肢分解、采取逐个排查法,简单地说就是排除错误项。第一步是读懂题,审好题,准确把握题干的规定性,即题干所要求回答的是什么问题。第二步是鉴别和判断选择题肢项,不符合题意的首先排除掉,分三种情况,第一种是题肢选项本身观点错误和含有错误成分,与题干正确观点背离;第二种是题肢选项本身观点虽然正确,但与题干要求无关的;第三种是题肢选项中概念和判断的外延大于或小于题干规定的外延要求。把所有与题干要求不相符的统统排除后,再比较余下的题肢,用所学的概念、观点、原理判断其是否正确,并确定哪个选项最符合题意。

A 选项是毛泽东在 1940 年 1 月《新民主主义论》中提出的新民主主义革命的经济纲领;C 选项是孙中山三民主义的经济政策;D 选项则是现阶段社会主义经济纲领的基本政策。B 选项是新民主主义革命的经济纲领。所以 B 选项为正确答案。

3. 毛泽东在《中国革命和中国共产党》中指出:"中国无产阶级应该懂得:他们自己虽然是一个最有觉悟性和最有组织性的阶级,但是如果凭自己一个阶级的力量,是不能胜利的。而要胜利,他们就必须在不同情形下团结一切可能的革命的阶级和阶层,组织革命的统一战线。"对毛泽东的这段话理解正确的是(　　)(多选)

A. 建立广泛的革命统一战线,在中国革命中具有特别重要的地位和作用

B. 无产阶级应该联合一切阶级

C. 建立革命统一战线是中国共产党的基本策略

D. 无产阶级应该联合农民、小资产阶级和其他中间阶级

【考点分析】本题所考查知识点:统一战线在中国革命中具有特别重要的地位和作用。

【解题分析】顺选法:该题考查的是新民主主义革命的统一战线理论,是一道能力发散题,适宜使用顺选法。顺选法就是联系相关考点,直接选出明显符合题意的正确答案。对于该题来说,就是必须吃透原理,准确理解与掌握基本概念、原理、范畴,力争把零散的知识点在相应系统中串联起来,明确知识点之间的内在关联。

建立广泛的统一战线,在中国革命中具有特别重要的地位和作用。

(1)团结一切可以团结的力量,利用一切机会来获得大量的同盟军,以便集中力量反对最主要的敌人,这是马克思主义的基本策略思想。无产阶级及其政党在革命斗争中必须领导和组织统一战线,这是关系到革命成败的关键问题。

(2)中国社会的阶级结构的特征说明中国共产党必须建立革命的统一战线。中国社会阶级结构的特征是两头小、中间大。作为革命领导力量的无产阶级虽然革命性最强,但人数较少,作为革命对象的大地主大资产阶级虽然只占少数,但掌握着中国的政治、经济力量和强大的反革命武装;而最广大的人民群众是农民、城市小资产阶级和其他的中间阶级。中国无产阶级要取得中国革命的胜利,就必须依靠这些阶级并同它们结成广泛的革命统一战线。

(3)中国革命的长期性、残酷性从一个侧面决定了建立广泛的统一战线的必要性。中国半殖民地半封建社会决定了中国经济政治发展的极不平衡,中国革命将是一个异常艰难曲折的长期过程。同时,中国反革命的力量仍然大于革命的力量,无产阶级及其政党必须运用革命统一战线的策略,团结一切可以团结的力量,组织民众,促使敌我力量对比朝着有利于革命的方向转化。因此,本题的正确答案是 A、C、D 选项。

4. 毛泽东在《〈共产党人〉发刊词》中所说的"伟大的工程"是指(　　　　)(单选)

A. 走农村包围城市的道路,夺取全国胜利

B. 建立并巩固抗日民族统一战线

C. 建设广大群众性的马克思主义政党

D. 建立新民主主义的新国家、新社会

【考点分析】本题所考查知识点:新民主主义革命时期党的建设。

【解题分析】强记法:这道题可以说没有什么方法,有的话,就是强记法。

记忆的方法是共性的,最好的办法是常见常用。那么政治而言,这些对我们的记忆缺乏强烈刺激的知识点,要想记得住,记得牢,较好的办法是看知识点的时候,找出问题,进行自我设问,此处出题者能以什么方式进行考查? 能与什么材料相结合? 会是单选还是多选? 在这种设问暗示下,知识掌握就会达到一个较好的效果。

毛泽东在 1939 年 10 月的《〈共产党人〉发刊词》中,第一次明确提出了把党建设成为全国范围的、广大群众性的、思想上政治上组织上完全巩固的马克思主义政党。毛泽东把建设这样的党称之为"伟大的工程"。江泽民在多次讲话中也提出了要建设"新的伟大工程",都是要建设马克思主义的政党。因此选项 C 正确。

选项 A 指的是中国革命道路,B 项是关于统一战线,D 项是 1949—1956 年社会主义改造完成前中国社会、国家的基本性质,均不符合题意。

四、本章测试题及答案解析

（一）本章测试题

1. 新民主主义革命最广大的动力是(　　)(单选)
A. 民族资产阶级　　　　B. 城市小资产阶级　　　　C. 农民　　　　　D. 工人阶级

2. "中国资产阶级民主革命,只有在坚决反对资产阶级的斗争中,才能得到彻底的胜利。"这一观点的错误实质在于(　　)(单选)
A. 混淆了民主革命和社会主义革命的性质　　　B. 忽视资产阶级在革命中的积极作用
C. 忽视反对帝国主义和封建主义　　　　　　　D. 将资产阶级作为斗争对象

3. 在中国共产党早期历史上曾经出现过这种观点,即"每个阶级的革命,都要建立在每个阶级的力量上面;资产阶级的民主革命如果没有资产阶级的有力参加,便会失去革命的阶级意义和社会基础。"关于这种观点说法正确的是(　　)(单选)
A. 这种观点正确,资产阶级是中国民主革命的主体
B. 这种观点错误,忽视了无产阶级,特别是农民阶级的革命主力军地位
C. 这种观点错误,中国革命不是资产阶级的民主革命,不需要资产阶级的有力参加
D. 这种观点正确,资产阶级是中国民主革命的阶级基础

4. 中国新民主主义革命的性质之所以是资产阶级民主革命,根本原因在于(　　)(单选)
A. 是无产阶级领导的人民大众的革命
B. 革命的领导权仍然掌握在资产阶级手里
C. 革命的任务是反对帝国主义、封建主义,而不是一般地反对资本主义
D. 革命的指导思想是资产阶级民主主义而不是马克思主义

5. 试图将民主革命和社会主义革命"毕其功于一役"的观点,其错误实质在于(　　)(单选)
A. 混淆了民主革命和社会主义革命的性质
B. 没有认识到民族资产阶级是中国革命的动力之一
C. 没有认清中国革命的敌人
D. 认为中国革命始终处于高潮

6. 中国革命由旧民主主义革命到新民主主义革命的转变,主要反映了(　　)(单选)
A. 中国革命对象的变化　　　　　　　B. 中国革命领导阶级的变化
C. 中国社会性质的变化　　　　　　　D. 中国社会主要矛盾的变化

7. 区别新民主主义革命与旧民主主义革命的根本标志是(　　)(单选)
A. 革命指导思想不同　　　　　　　　B. 革命前途不同
C. 革命领导阶级不同　　　　　　　　D. 革命对象不同

8. 毛泽东指出,认清和解决革命问题的基本根据是(　　)(单选)
A. 正确分析中国社会的阶级状况　　　B. 正确分析中国社会的经济结构
C. 认清中国革命的对象和领导者　　　D. 认清中国社会的特殊国情

9. 1939年毛泽东在《中国革命和中国共产党》中指出:中国是在许多帝国主义国家统治或半统治下,实际上处于长期的不统一状态,再加上土地扩大,其结果是(　　)(单选)
A. 帝国主义侵略势力日益成为统治中国的决定性力量
B. 封建经济在社会经济生活中占着显然的优势
C. 经济、政治和文化的发展表现出极端的不平衡
D. 人民的贫困和不自由的程度是世界所少见的

10. 在近代中国社会的诸矛盾中,最主要的是(　　)(单选)

A. 帝国主义和中华民族的矛盾　　　　　B. 封建主义和人民大众的矛盾

C. 资本主义和无产阶级的矛盾　　　　　D. 反动统治阶级内部的矛盾

11. 中国工人阶级具有承担新民主主义革命领导权的自身的特点和优点是(　　)(多选)

A. 富于组织性和纪律性

B. 深受帝国主义、封建主义、资产阶级的三重压迫

C. 与农民有天然的联系,易于形成工农联盟

D. 分布集中,易于显示强大的力量

12. 农民问题是中国革命的基本问题,这是因为(　　)(多选)

A. 在半殖民地半封建的中国,农民占人口的绝大多数,具有很强的革命性,是革命的主力军

B. 农民的觉悟最高

C. 农民是无产阶级最可靠的同盟军,无产阶级与农民有着天然的联系

D. 农民是中国革命最广大的动力

13. 中国新民主主义革命和社会主义革命的关系是(　　)(多选)

A. 既互相区别,又相互联系

B. 这两个革命性质完全不同

C. 民主主义革命是社会主义革命的必要准备,社会主义革命是民主主义革命的必然趋势

D. 只有完成了前一个革命过程才能完成后一个革命过程

14. 官僚资本主义之所以被列为新民主主义革命的又一对象,是因为(　　)(多选)

A. 它是资本主义

B. 它严重阻碍着中国社会经济的发展

C. 构成国民党反动统治的经济基础

D. 它具有买办性、封建性,与外国帝国主义、本国地主和旧式富农密切结合着

15. 半殖民地半封建中国的资产阶级分为大资产阶级和小资产阶级两部分。对这种说法理解正确的是(　　)(多选)

A. 这种说法是正确的,中国的资产阶级是分为大资产阶级和小资产阶级两部分

B. 这种说法是正确的,大资产阶级依附于帝国主义并为帝国主义所豢养,是革命的对象

C. 这种说法是错误的,中国的资产阶级分为官僚资产阶级和民族资产阶级两部分

D. 这种说法是错误的,小资产阶级基本上是劳动者,不是资产阶级的组成部分

16. 中国新、旧民主主义革命的不同点是(　　)(多选)

A. 革命对象不同　　　　　　　　　　　B. 革命前途不同

C. 革命领导阶级不同　　　　　　　　　D. 革命指导思想不同

17. 新民主主义的政治纲领就是要建立(　　)(单选)

A. 无产阶级专政的共和国

B. 无产阶级领导的工农民主专政的苏维埃共和国

C. 资产阶级专政的共和国

D. 无产阶级领导的各个革命阶级联合专政的民主共和国

18. 我国的人民民主专政同其他国家的无产阶级专政相比,最大的不同点是包括了(　　)(单选)

A. 小资产阶级　　　B. 工人阶级　　　　C. 民族资产阶级　　　D. 农民阶级

19. 新民主主义经济的性质是(　　)(单选)

A. 社会主义经济　　　　B. 过渡性质的经济　　　　C. 资本主义经济　　　　D. 半社会主义经济

20. 新民主主义经济纲领中极具中国特色的一项内容就是(　　)(单选)

A. 没收封建地主阶级的土地归农民所有　　　　B. 没收官僚资本归国家所有

C. 消灭资本主义　　　　D. 保护民族工商业的发展

21. 作为新民主主义革命的三大经济纲领之一,没收官僚资本具有(　　)(单选)

A. 社会主义革命性质　　　　B. 民主革命性质

C. 新民主主义革命和社会主义革命的双重性质　　　D. 新民主主义革命性质

22. 1948 年毛泽东在晋绥干部会议上的讲话中明确指出了土地改革的总路线,这条总路线的内容包含了(　　)(多选)

A. 依靠贫农　　　　B. 团结中农

C. 有步骤有分别地消灭封建剥削制度　　　　D. 发展农业生产

23. 中国官僚资本主义具有(　　)(多选)

A. 买办性　　　　B. 软弱性　　　　C. 妥协性　　　　D. 垄断性

24. 共产党逐步确立的人民军队建设的最根本原则是(　　)(单选)

A. 坚持全心全意为人民服务　　　　B. 党指挥枪

C. 坚持马克思主义的政治方向　　　　D. 发挥思想政治工作的作用

25. 中国革命斗争主要的、长期的形式是(　　)(单选)

A. 罢工斗争　　　　B. 议会斗争　　　　C. 地下斗争　　　　D. 武装斗争

26. "不要城市就是否认共产党是无产阶级政党,就是否认无产阶级对农民的领导,结果共产党只有变成小资产阶级农民党,(你们)在斗争的布置上有用乡村包围城市的企图,这种倾向是极危险的。"这段话错误的实质在于(　　)(单选)

A. 共产党不夺取城市就不是无产阶级政党

B. 共产党不坚持对农民的领导就不是无产阶级政党

C. 共产党不夺取城市就容易变成小资产阶级农民党

D. 坚持城市中心论,反对农村包围城市

27. "一国之内,在四周白色政权的包围中,有一小块或若干小块红色政权的区域长期地存在,这是世界各国从来没有的事。这种奇事的发生,有其独特的原因。"这种独特的原因指的是(　　)(单选)

A. 近代中国社会矛盾错综复杂　　　　B. 近代中国社会矛盾极其尖锐

C. 近代中国政治经济发展不平衡　　　　D. 统治阶级内部不团结

28. 在创建农村革命根据地时期,毛泽东总结井冈山革命斗争的经验,提出的"中国革命道路"的基本思想包括(　　)(单选)

A. 武装斗争、土地革命、根据地建设　　　　B. 武装斗争、统一战线、党的建设

C. 实事求是、群众路线、独立自主　　　　D. 政治工作是一切工作的生命线

29. 土地革命战争时期,中国的红色政权能够存在和发展的原因和条件有(　　)(多选)

A. 中国是个半殖民地半封建的大国,其政治经济发展极不平衡

B. 第一次国内革命战争的影响,有良好的群众基础

C. 全国革命形势的继续发展

D. 共产党组织的有力量和正确的政策

30. 毛泽东指出,中国革命的特点是:"基本地不是经过长期合法斗争以进入起义和战争,也不是先占城市后取农村,而是走相反的道路。"毛泽东提出这一思想的基本依据是(　　)(多选)

A. 近代中国内部没有民主制度,外部没有民族独立

B. 中国的民主革命实质上是农民革命

C. 中国革命的敌人强大,主要占据中心城市

D. 农村可以脱离城市而相对独立的存在

31. 毛泽东指出,中国的武装斗争,实质上是无产阶级领导的农民革命战争,其原因在于(   )（多选）

A. 传统的农民革命无法起到推进社会变革的作用,必须要由无产阶级来领导

B. 农民是反帝反封建的主力军

C. 中国革命的基本问题是农民问题

D. 农民是中国社会的主要群众,中国军队的主要来源

32. 毛泽东指出,中国革命道路"是半殖民地中国在无产阶级领导之下的农民斗争的最高形式和半殖民地农民斗争发展的必然结果;并且无疑义的是促进全国革命高潮的最重要因素。"对这句话理解正确的是(   )（多选）

A. 中国革命道路理论在中国革命中具有重要的地位

B. 中国革命道路理论符合中国国情

C. 中国近代革命战争是中国共产党领导下的农民战争

D. 中国革命道路是近代农民斗争的最高形式

33. 解放战争时期的革命统一战线是(   )（单选）

A. 国民革命联合战线　　　　　　　　B. 工农民主统一战线

C. 抗日民族统一战线　　　　　　　　D. 人民民主统一战线

34. "本党承认苏维埃管理制度,把工人、农民和士兵组织起来,并承认党的根本政治目的是实行社会革命;中国共产党彻底断绝与黄色的知识分子阶层以及其他类似党派的一切联系。"这一表述的错误实质在于(   )（单选）

A. 只组织工人、农民和士兵进行革命

B. 未区分民主革命和社会主义革命

C. 忽视无产阶级的领导权

D. 未联合其他阶级和政党,采取了"关门主义"的立场

35. 解放战争时期人民民主统一战线的主要敌人是(   )（单选）

A. 发展人民民主运动　　　　　　　　B. 消灭日本帝国主义残余力量

C. 消灭封建剥削制度　　　　　　　　D. 推翻美国支持的蒋介石反动政权

36. 抗日民族统一战线中同顽固派作斗争的原则是(   )（单选）

A. "有理、有利、有节"　　　　　　　B. 发展进步势力

C. 争取中间势力　　　　　　　　　　D. 孤立顽固势力

37. 统一战线在中国革命中有着特殊的重要性,主要是由以下因素决定的(   )（多选）

A. 统一战线是无产阶级政党的基本策略路线

B. 统一战线是中国革命进程中又一个基本特点,是中国革命的又一个法宝

C. 半殖民地半封建的中国在阶级构成上是一个"两头小、中间大"的社会

D. 近代中国经济政治发展和敌我力量对比的不平衡性

38. 在抗日民族统一战线的策略总方针中,"发展进步势力"就是发展(   )（多选）

A. 小资产阶级　　　B. 民族资产阶级　　　C. 农民阶级　　　D. 无产阶级

39. 毛泽东指出,无产阶级要实现对同盟者的领导必须具备的条件有(　　)(多选)

　　A. 率领同盟者向着共同的敌人做坚决的斗争,并取得胜利

　　B. 坚持独立自主的原则,对同盟者实行又联合又斗争的政策

　　C. 对同盟者给以物质福利,至少不损害其利益,同时给予政治教育

　　D. 对同盟者采取"有理、有利、有节"的策略原则

40. 针对民族资产阶级和大资产阶级这两个不同的统战对象,无产阶级及其政党对他们(　　)(多选)

　　A. 采取又联合又斗争的政策

　　B. 在联合和斗争的性质和方式上有重大的差别

　　C. 都是既有武装力量上的联合与斗争,又有政治上的联合与斗争

　　D. 以联合政策对待民族资产阶级,以斗争政策对待大资产阶级

41. 中国共产党在抗日民族统一战线中对顽固派作斗争时采取"有理、有利、有节"的原则,这一原则的依据是(　　)(多选)

　　A. 中共整个统一战线的政策是综合联合和斗争的两方面的政策

　　B. 大地主大资产阶级的亲英美派和汉奸亲日派是有区别的

　　C. 顽固派在抗日方面有抗日动摇但又不愿投降的两面性

　　D. 顽固派在联共方面有既联共又反共但不愿决裂的两面性

42. 毛泽东在瓦窑堡会议上提出建立广泛的抗日民族统一战线的依据是(　　)(多选)

　　A. 近代中国社会矛盾的复杂性

　　B. 日本帝国主义加紧侵略要变中国为它的殖民地,中日民族矛盾上升为主要矛盾

　　C. 民族资产阶级的一部分可能参加抗日,另一部分可能采取中立态度

　　D. 日本的侵略必然同英美在华利益相冲突,英美派大地主大资产阶级的态度可能有变化,国民党营垒将发生破裂

43. 新民主主义革命时期的统一战线包括两个联盟,它们是(　　)(多选)

　　A. 工农联盟

　　B. 以工农联盟为主体的工人阶级同其他劳动人民的联盟

　　C. 工人阶级同可以合作的非劳动人民的联盟

　　D. 无产阶级同资产阶级的联盟

44. 解放战争时期的加入人民民主统一战线的阶级有(　　)(多选)

　　A. 无产阶级、农民阶级、城市小资产阶级　　　　B. 部分地主和大资产阶级

　　C. 官僚资产阶级　　　　　　　　　　　　　　D. 民族资产阶级

45. 建立革命统一战线是中国共产党的政策和策略,下列说法中属于在革命统一战线问题上我党取得的基本经验的有(　　)(多选)

　　A. 无产阶级及其政党必须保持在思想上,政治上和组织上的独立性,坚持独立自主原则

　　B. 对资产阶级采取又联合又斗争的策略

　　C. 原则性与灵活性相结合

　　D. 在被迫同资产阶级分裂时,要敢于并善于同大资产阶级进行坚决的武装斗争,同时要继续争取民族资产阶级的同情和中立

46. 中国共产党领导的革命统一战线中两个联盟的关系表现在(　　)(多选)

　　A. 两个联盟是既对立又统一的关系

B. 工人阶级同其他劳动人民的联盟是基本的、主要的联盟,是统一战线的基础

C. 只有首先巩固和发展工人阶级同其他劳动人民的联盟,才能建立、巩固第二个联盟

D. 只有正确地发挥两个联盟之间的相互作用,才能使它们互相促进

47. 在新民主主义革命中,无产阶级政党孤立和瓦解敌人,团结和壮大自己的基本策略路线是( )(单选)

A. 统一战线   B. 分清敌友   C. 革命军队的创建   D. 党的建设

48. 毛泽东关于党的建设理论特别强调的是( )(单选)

A. 发扬优良传统和作风   B. 整风

C. 着重于从思想上建党   D. 加强党员的党性修养

49. 民主革命时期,刘少奇曾经指出,中国共产党内普遍、大量存在的矛盾是( )(单选)

A. 无产阶级思想同资产阶级思想的矛盾   B. 无产阶级思想同农民阶级思想的矛盾

C. 无产阶级思想同非无产阶级思想的矛盾   D. 无产阶级思想同封建主义思想的矛盾

50. 1945 年 4 月,毛泽东在《论联合政府》中提出的党的优良作风有( )(多选)

A. 理论和实践相结合   B. 和人民群众紧密地联系在一起

C. 谦虚、谨慎、戒骄、戒躁   D. 自我批评

(二)测试题答案及解析

1.【参考答案】C

【答案解析】本题所考查知识点:农民是新民主主义革命最广大的动力。

在半殖民地半封建的中国,农民占人口的绝大多数,是中国民主革命的主力军。他们处在社会的底层,生活极为悲惨。他们不但要承受来自本国封建主义、资本主义的剥削压迫,还要承受外国资本主义、帝国主义的剥削压迫,因而具有强烈的反帝反封建的革命性。农民是中国革命的最广大的动力,是工人阶级天然的和最可靠的同盟者。C 选项容易和 D 选项混淆,工人阶级是领导阶级,但人数很少。

因此,本题的正确答案是 C 选项。

2.【参考答案】A

【答案解析】本题所考查知识点:近代中国的革命性质。

近代中国半殖民地半封建的社会性质决定了近代中国的革命性质。在中国的新民主主义革命的阶段,革命的性质是中国资产阶级民主革命。中国革命必须分两步走:第一步是反帝反封建的资产阶级民主革命;第二步是社会主义革命。民主革命是社会主义革命的必要准备,社会主义革命是民主革命的必然趋势。资产阶级民主革命不是推翻资产阶级的革命,即使是中国的新民主主义革命,也不是一般地反对资产阶级。推翻资产阶级的任务只能到社会主义革命阶段才能进行。

题中观点的错误在于未能将中国的大资产阶级和民族资产阶级予以区别,而一概加以反对。反对官僚资产阶级并非整个地反对资产阶级,民族资产阶级是革命争取的对象,是革命的动力之一。反对资产阶级的斗争只有在新民主主义革命取得胜利后,在由新民主主义向社会主义转变的阶段,进行社会主义革命时才能成为革命的主要任务。因此,命题混淆了民主革命和社会主义革命的界限,混淆了两个不同革命阶段的任务与对象。同时,由于混淆了民主革命和社会主义革命的性质,无视民族资产阶级有参加革命的可能性,因此,在指导革命实践的过程中容易排斥和打击民族资产阶级,犯"左"倾教条主义和关门主义的错误。本题的正确答案是 A 选项。

3.【参考答案】B

【答案解析】本题所考查知识点:无产阶级对革命的领导权。

　　题干中的观点视资产阶级为中国民主革命的主体和阶级基础,夸大了资产阶级的力量和作用,忽视了无产阶级,特别是农民阶级的革命主力军地位,在指导革命实践过程中容易放弃无产阶级对革命的领导权,犯了右倾机会主义的错误。本题的正确答案是 B 选项。

　　4.【参考答案】C

　　【答案解析】本题所考查知识点:中国新民主主义革命是资产阶级民主革命的根本原因。

　　毛泽东在《关于民族资产阶级和开明绅士问题》中指出:"决定革命性质的力量,是主要的敌人和主要的革命者两方面。"新民主主义革命的主要敌人是帝国主义和封建主义。因此,它是资产阶级的民主主义革命。同时新民主主义革命不是一般地反对资本主义,而是反对官僚资本。民族资产阶级是革命的动力之一,不是革命的敌人。从主要的革命者来看,新民主主义革命的领导者是无产阶级,所以不同于一般的资产阶级民主革命,而是由无产阶级领导的新式的资产阶级民主革命。因此,本题的正确答案是 C 选项。

　　5.【参考答案】A

　　【答案解析】本题所考查知识点:民主革命和社会主义革命的区别。

　　毛泽东在 1948 年 3 月的《关于民族资产阶级和开明绅士问题》中明确指出:"决定革命性质的力量是主要的敌人和主要的革命者。"中国新民主主义革命的主要敌人是帝国主义、封建主义和官僚资本主义,所以中国革命的性质不会是无产阶级的社会主义革命,只能是资产阶级性质的民主革命。同时,由于主要的革命者是以工农联盟为主体的工人阶级同农民阶级、城市小资产阶级等其他劳动人民的联盟,革命的领导权不再属于资产阶级,而是属于无产阶级及其政党。因此这个革命又不是一般的、旧式的资产阶级民主革命,而是新式的、特殊的资产阶级民主革命,即新民主主义革命。中国革命的历史进程,必须分两步,第一步是民主主义革命,第二步是社会主义革命,这是性质不同的两个革命过程。第一步革命既为将来的社会主义革命做准备,又严格地区别于无产阶级的社会主义革命。

　　题干中的观点混淆了民主革命和社会主义革命的界限和性质,将两种不同的革命并做一步来完成,犯了"左"倾机会主义的错误。本题的正确答案是 A 选项。

　　6.【参考答案】B

　　【答案解析】本题所考查知识点:中国革命由旧民主主义革命到新民主主义革命的转变。

　　中国革命由旧民主主义革命到新民主主义革命的转变时,革命对象、社会性质、社会主要矛盾都没有发生改变,只有革命的领导阶级发生了变化。无产阶级掌握革命的领导权,这是区分新、旧民主主义革命的主要标志。1919 年五四运动之前,中国资产阶级民主革命的政治指导者是中国的资产阶级、小资产阶级及其知识分子。五四运动以后,中国民族资产阶级虽然继续参加了革命,但已经不是中国资产阶级民主革命的政治指导者。中国无产阶级在五四运动后登上历史舞台,组建了共产党,提出了彻底的反帝反封建的革命纲领,成为中国民主革命的领导者。因此,本题的正确答案是 B 选项。

　　7.【参考答案】C

　　【答案解析】本题所考查知识点:新民主主义革命与旧民主主义革命相区别的根本标志。

　　新旧民主革命在指导思想、革命前途、领导阶级、革命对象上都存在着区别,所以 ABCD 选项都是区别,但题目问的是新民主主义革命与旧民主主义革命相区别的根本标志,旧民主主义革命的领导阶级是资产阶级;而新民主主义革命是由无产阶级领导的。故正确答案为 C 选项。

　　8.【参考答案】D

　　【答案解析】本题所考查知识点:认清中国国情的重要性。

要改造中国社会,必须首先认识中国社会。正确认识近代中国社会的性质和特点,是正确认识近代中国革命性质和任务,正确制定革命路线和方针政策的基础。

1939年12月,毛泽东在《中国革命和中国共产党》中强调了认清中国国情的重要性。毛泽东指出:只有认清中国的社会性质,才能认清中国革命的对象、中国革命的任务、中国革命的动力、中国革命的性质、中国革命的前途和转变。所以,"认清中国社会的性质,就是说,认清中国的国情,乃是认清一切革命问题的基本的依据。""我们已经明白了中国的社会性质,亦即中国的特殊的国情,这是解决中国一切革命问题的最基本的根据。""中国的特殊国情",即"中国的社会性质",是一个总的概念,它涵盖了中国社会的经济结构、阶级状况、主要矛盾等方面。因此,本题的正确答案是D选项。

9.【参考答案】C

【答案解析】本题所考查知识点:近代中国社会的国情。

本题考查的是近代中国社会的国情。由于帝国主义列强在中国划分势力范围,实行分裂剥削政策,又由于地方性农业经济的广泛存在,造成中国实际上处于长期的不统一状态,加上中国地域广大,中国的经济、政治和文化的发展,表现出极端的不平衡。

毛泽东在《中国革命和中国共产党》一文中指出:由于中国是在许多帝国主义国家的统治或半统治之下,由于中国实际上处于长期的不统一状态,又由于中国的土地广大,中国的经济、政治和文化的发展,表现出极端的不平衡。试题中ABCD均为近代中国社会的特点,其中C项为半殖民地半封建社会的最基本国情与特点。

10.【参考答案】A

【答案解析】本题所考查知识点:近代中国社会的最主要矛盾。

毛泽东在《中国革命和中国共产党》中,在分析了近代中国社会存在的众多矛盾的基础上,科学地指出了帝国主义和中华民族的矛盾、封建主义和人民大众的矛盾是近代中国社会的两个主要矛盾。在这两个主要矛盾中,还有一个最主要的矛盾,这就是帝国主义和中华民族的矛盾。因此选项A正确。

选项B是近代中国社会的主要矛盾之一,C项是土地革命完成后,社会主义改造时期的主要矛盾,D项是近代中国社会的矛盾,但不是主要矛盾。

11.【参考答案】BCD

【答案解析】本题所考查知识点:中国无产阶级的特殊优点。

中国无产阶级除了具有一般无产阶级的基本优点外,还有三个特殊优点:第一,深受帝国主义、封建主义和资产阶级三重压迫,具有彻底的革命性;第二,大多分布在沿海城市和少数工矿企业,便于集中;第三,与农民有着天然联系,便于结成联盟。因此,BCD选项符合题干,为正确答案。A选项不是中国无产阶级的特殊优点,故应排除。

12.【参考答案】ACD

【答案解析】本题所考查知识点:农民问题是中国革命的基本问题。

在半封建半殖民地的中国,农民占人口大多数,具有很强的革命性,是革命的主力军;无产阶级对农民的领导,是中国革命中无产阶级领导的中心问题;农民是无产阶级的最可靠的同盟军,与无产阶级有天然的联系;中国民主革命实质就是农民革命。所以ACD选项为正确答案。

13.【参考答案】ABCD

【答案解析】本题所考查知识点:新民主主义革命是社会主义革命的关系。

新民主主义革命既不是一般的旧式的资产阶级民主革命,也不是无产阶级的社会主义革命,而是新式的、特殊的资产阶级民主革命。中国国情的特殊性决定了中国共产党领导的革命必须分两步走:

第一步是改变半殖民地半封建的社会形态,使中国成为一个独立的新民主主义国家;第二步是使革命向前发展,建立一个社会主义社会;新民主主义革命是社会主义革命的必要准备,社会主义革命是新民主主义革命的必然趋势。因此 ABCD 选项为正确答案。

14.【参考答案】BCD

【答案解析】本题所考查知识点:反对官僚资本主义的原因。

反对官僚资本主义,并非因为它是资本主义,而是因为官僚资本主义是垄断资本和反动国家政权结合在一起的国家垄断资本主义。这个国家垄断资本主义,同外国帝国主义、本国地主阶级和旧式富农密切地结合着,成为蒋介石反动政权的经济基础。这个国家垄断资本主义,不但压迫工人、农民,而且压迫城市小资产阶级,损害民族资产阶级。它依靠帝国主义,勾结封建势力,它的存在和发展不但不会带来社会生产力的进步,相反,却严重地阻碍着社会生产力的发展。所以,没收官僚资本,消灭官僚资产阶级,便成为新民主主义革命的基本内容之一。因此,本题的正确答案是 BCD 选项。

15.【参考答案】CD

【答案解析】本题所考查知识点:中国资产阶级的划分。

中国资产阶级分为官僚资产阶级和民族资产阶级两部分。官僚资产阶级依附于帝国主义并为帝国主义所豢养,是革命的对象。另一部分是既有革命要求又有动摇性的民族资产阶级。民族资产阶级是新民主主义革命的动力之一,但另一方面,民族资产阶级由于在经济政治上的软弱性,同帝国主义和封建主义并没有完全断绝经济上的联系,所以,缺乏彻底的反帝反封建的勇气。这种经济地位决定了他们在政治上表现为进步、革命与妥协、软弱的两重性。小资产阶级基本上是劳动者,不是资产阶级的组成部分。小资产阶级,包括广大的知识分子、小商人、手工业者和自由职业者,他们都受帝国主义、封建主义和大资产阶级的压迫,而他们本身都是劳动者,是革命的动力之一,是无产阶级可靠的同盟者。因此,本题的正确答案是 CD 选项。

16.【参考答案】BCD

【答案解析】本题所考查知识点:新民主主义和旧民主主义革命区别。

新民主主义和旧民主主义革命区别在于:新民主主义革命有了新的领导阶级,由无产阶级掌握领导权,而不再是由资产阶级来领导。从革命阵线看,新民主主义革命发生在十月革命之后,不再属于旧的世界资产阶级革命的范畴,而是属于世界无产阶级革命一部分。新民主主义革命有了新的指导思想——马克思主义,而不再以西方资产阶级民主主义思想作为指导思想。新民主主义革命有了新的前途,它不是以建立资本主义社会和资产阶级专政的国家为目的的革命,而是以建立无产阶级领导的各个革命阶级联合专政的新民主主义国家为目的的革命。由于有无产阶级的正确领导,才使新民主主义革命的前途是社会主义。因此,选项 BCD 符合题干要求,为本题正确答案。新民主主义和旧民主主义革命对象是相同的,都是帝国主义、封建主义和官僚资本主义。新民主主义和旧民主主义革命的动力是相同的,都包括工人、农民、小资产阶级和民族资产阶级。因此,选项 A 不符合题干要求。

17.【参考答案】D

【答案解析】本题所考查知识点:新民主主义的政治纲领。

1940 年,毛泽东在《新民主主义论》中指出,新民主主义革命的政治目标是:推翻帝国主义和封建主义的压迫,建立无产阶级领导的各革命阶级联合专政的民主共和国。1948 年,毛泽东明确提出了要推翻帝国主义、封建主义和官僚资本主义的统治,建立新民主主义的国家。这种民主共和国既不同于旧式的、欧美式的、资产阶级专政的资本主义共和国,也不同于无产阶级专政的社会主义的共和国,它是一个以全国绝大多数人民为基础的、在工人阶级领导之下的、统一战线的民主联盟的国家制度。新民主主义国家的政治纲领包括新民主主义国家制度和政权组织形式两个方面。国体是指社会各阶级在国家中的地位,政体是指政权的构成形式,就是指占统治地位的阶级采取什么形式来组织政权机关。因此,正确答案是 D 选项。

18.【参考答案】C

【答案解析】本题所考查知识点:我国的人民民主专政同其他国家的无产阶级专政相比的最大不同点。

我国的人民民主专政扩大了人民民主的范围。民族资产阶级则作为一个带有两面性的阶级,参加了无产阶级领导的新民主主义革命,并作出过若干历史贡献。新中国建立前夕,民族资产阶级及其政治代表拥护新民主主义的政治主张,与中国共产党一起筹建了新中国,成为人民民主专政的主体之一,而不是被当做专政的对象。当人民民主专政全面担负起社会主义改造的历史任务,民族资产阶级一方面作为剥削阶级,理所当然地成为改造对象,另一方面,由于它又有拥护宪法、愿意接受改造的一面,再加上考虑到其在革命历史上的贡献,所以中国共产党把工人阶级与民族资产阶级的矛盾作为人民内部矛盾,用和平赎买这个特殊的阶级斗争形式加以解决。这就使得在我国人民民主专政的主体结构中,不仅包含工农联盟,而且还包含劳动人民和民族资产阶级的联盟。因此,本题的正确答案是 C 选项。

19.【参考答案】B

【答案解析】本题所考查知识点:新民主主义经济的性质。

新民主主义经济包括五种经济成分:国营经济、合作社经济、私人资本主义经济、个体经济、国家资本主义经济。由于社会主义性质的国营经济居于领导地位,使它不同于资本主义经济,但新民主主义经济也不是完全的社会主义经济。新民主主义经济是一种过渡性质的经济,它的前途必然是社会主义性质的经济。因此,本题的正确答案是 B 选项。

20.【参考答案】D

【答案解析】本题所考查知识点:保护民族工商业的发展。

中国共产党将中国资本主义分为官僚资本主义和民族资本主义两部分,并采取截然不同的政策,对民族资本主义采取保护的政策。在新民主主义条件下,保护民族工商业,允许资本主义在不操纵国计民生的前提下发展。

将保护民族工商业作为新民主主义三大经济纲领之一,其政治原因是:第一,新民主主义革命的性质是资产阶级的民主革命,民族资产阶级是革命的动力之一,而不是革命的对象,因而我们对民族资产阶级的经济基础——资本主义工商业不应该采取消灭的政策。第二,民族资产阶级是中国共产党领导的革命统一战线的重要组成部分。第三,从民族资产阶级在革命中的表现来看,民族资产阶级具有两面性,在新民主主义革命的大部分时间内,在一定程度上参加了民主革命,是革命团结和争取的对象。

经济原因:第一,中国的国情和中国经济的落后性决定了对民族工商业实行保护政策。第二,从民族资本主义经济发展的性质来看,民族资本主义经济是一种比较进步的生产关系,民族工商业代表了中华民族的资本主义经济,同官僚资本有着本质上的不同,是帮助社会主义经济的,新民主主义革命实际上是为中国的民族资本主义的发展创造了条件。第三,从民族资本主义经济在近代中国社会经济中的地位来看,在整个国民经济体系中,民族工商业大多是与人民群众生活密切相关的轻工业,保护和发展民族工商业对解放区的建设、人民生活的改善都发挥着积极的作用。

因此,本题的正确答案是 D 选项。

21.【参考答案】C

【答案解析】本题所考查知识点:没收官僚资本的双重革命性质。

毛泽东把1940年1月提出的"大银行、大工业、大商业,归新民主主义共和国所有"的提法,改为"没收蒋介石、宋子文、孔祥熙、陈立夫为首的垄断资本为新民主主义的国家所有"。这是因为:随着解放战争时期形势的发展使我们党不仅有可能,而且有必要明确提出没收官僚资本的问题。没收官僚垄断资本归新民主主义国家所有,这是新民主主义经济纲领中的又一项重要内容。

没收官僚垄断资本归新民主主义国家所有具有的两重性质:一方面,反官僚资本就是反买办资本,是民主革命的性质。另一方面,反官僚资本就是反对大资产阶级,又带有社会主义革命的性质。完成没收官僚资本的革命任务,使新民主主义国家掌握了国家的经济命脉,使国营经济在整个国民经济中占据领导地位。无产阶级可以利用由官僚资本转化而来的经济力量,巩固新生的人民共和国,最终为确立新民主主义社会及相应的经济体制,向社会主义过渡奠定了基础。因此,本题的正确答案是C选项。

22.【参考答案】ABCD

【答案解析】本题所考查知识点:新民主主义土地改革的总路线。

毛泽东的《在晋绥干部会议上的讲话》一文,主要是讲新民主主义革命的总路线和土地改革的总路线,土地改革的总路线的内容包括"依靠贫农,团结中农,有步骤有分别地消灭封建剥削制度,发展农业生产",因此,ABCD选项都为正确答案。

23.【参考答案】AD

【答案解析】本题所考查知识点:官僚资本主义的特点。

官僚资本主义同外国帝国主义、本国地主阶级和旧式富农密切联系,具有买办性、封建性、垄断性,严重阻碍中国社会与经济的发展。以蒋、宋、孔、陈四大家族为代表的官僚资本,垄断了全国的经济命脉,这个垄断资本和国家政权结合在一起,成为国家垄断资本主义,并同外国帝国主义、本国地主阶级结合在一起,成为买办的封建的国家垄断资本主义,成为蒋介石国民党反动政权的经济基础。官僚垄断资本主义不但压迫工人农民,而且压迫城市小资产阶级,损害中等资产阶级,严重阻碍中国社会生产力的发展。新民主主义革命的任务,除了取消帝国主义在中国的特权以外,在国内,还要消灭地主阶级和官僚资产阶级(大资产阶级)的剥削和压迫,改变买办的封建的生产关系,解放被束缚的生产力。因此,本题的正确答案是AD选项。

24.【参考答案】B

【答案解析】本题所考查知识点:人民军队建设的根本原则。

党指挥枪,即坚持中国共产党对军队的绝对领导,是人民军队建设的根本原则,这是因为:第一,无产阶级的军队,必须服从无产阶级的意志,忠实地为无产阶级政党的纲领路线服务。第二,坚持党对军队的绝对领导是我军取得胜利的根本保证。第三,只有坚持党对军队的绝对领导,才能使军队在长期的农村环境中,不断克服各种非无产阶级思想,保持无产阶级的革命性。第四,只有坚持党对军队的绝对领导,才能使军队充分发挥爱国主义和革命英雄主义精神,忠实贯彻党的路线方针政策,执行革命的政治任务。党对军队的绝对领导是保持人民军队的无产阶级性质和建军宗旨的根本前提。党对军队的绝对领导是通过思想上、政治上、组织上的领导来实现的。全心全意为人民服务是人民军队的宗旨,马克思主义是人民军队的指导思想,思想政治工作是人民军队治军的原则。所以,正确答案为B选项。

25.【参考答案】D

【答案解析】本题所考查知识点:武装斗争。

中国革命必须以长期的武装斗争为主要形式。

第一,中国半殖民地半封建的特殊国情决定了中国革命只能以长期的武装斗争为主要形式。近代中国是一个半殖民地半封建的国家,在内部没有民主制度而受封建制度的压迫,在外部没有民族独立而受帝国主义压迫;因此,中国无议会可以利用,无组织工人举行罢工的合法权利。这种特殊的国情决定了中国共产党应当一开始就掌握革命武装,进行长期的武装斗争。

第二,中国革命的敌人是异常强大的,也是异常凶狠的,这就决定了中国革命必须以长期的武装斗争为主要形式。

第三,中国革命武装斗争的长期性。敌人的强大和人民军队的相对弱小,以及中国政治经济发展的不平衡状态,决定了中国革命的武装斗争必须经历一个长期而曲折的过程。

第四,中国革命以长期的武装斗争为主要形式,但同时需要其他的斗争形式作为补充。其他各种非武装的斗争形式(诸如工人运动、农民运动、青年运动、学生运动、妇女运动以及思想政治战线的各种斗争,等等),有力地支援了人民战争,成为中国革命的第二条战线。

因此,正确答案是 D 选项。

26.【参考答案】D

【答案解析】本题所考查知识点:农村包围城市的革命道路。

题干中的引文出自 1929 年 2 月中共中央致湖北省委的信。在 20 世纪二、三十年代,中国共产党内关于革命道路存在两种主要观点:以毛泽东为代表的,从中国国情出发,坚持农村包围城市革命道路的观点和以李立三为代表的左倾教条主义者盲目照搬苏联经验,坚持"城市中心论"的观点。题干中的引文就体现了城市中心论的观点,认为不要城市,共产党就不是无产阶级政党,就会变成小资产阶级农民党,反对乡村包围城市。中国革命历史实践证明,毛泽东关于中国革命走农村包围城市,最后夺取政权的道路是正确的。因此,本题的正确答案是 D 选项。

27.【参考答案】C

【答案解析】本题所考查知识点:中国革命道路理论。

引文出自《中国的红色政权为什么能够存在?》。毛泽东在这篇文章中分析了中国的红色政权能够存在和发展的原因:第一,半殖民地半封建中国的经济发展的极端不平衡,造成微弱的资本主义经济和严重的半封建经济同时存在,近代的若干工商业城市和自给自足的自然经济为主体的广大农村同时存在的状况,形成了近代中国的特殊的城市与乡村的关系,农村对城市的依赖很小,可以脱离城市而相对独立的存在;第二,中国的政治发展不平衡。地方性的农业经济占着主导地位,中国没有形成统一的资本主义经济。这种经济基础造成了政治上的大小封建军阀割据的局面。同时,中国不是某个帝国主义国家直接统治的殖民地,而是许多个帝国主义国家间接统治的半殖民地。不同帝国主义国家支持的各派军阀相互间进行着持续不断的纷争。中国统治集团内部不统一,存在矛盾和冲突。由于近代中国政治经济发展不平衡,使一小块或若干小块的共产党领导的红色区域,能够在四周白色政权的包围中发生和坚持下来。因此,正确答案是 C 选项。

28.【参考答案】A

【答案解析】本题所考查知识点:中国革命道路理论。

第一,土地革命是中国革命道路的基本内容。只有进行土地革命,消灭封建土地所有制,才能使农民得到看得见的物质利益,才能广泛动员和组织占人口绝大多数的农民群众参加武装斗争,巩固和扩大农村革命根据地。

第二,武装斗争是中国革命的主要斗争形式。武装斗争是中国革命的主要形式。只有建立一支强大的革命武装,才能有效地开展土地革命,保卫和巩固农村的革命根据地。

第三,农村根据地是中国革命的战略阵地。只有建设巩固的农村革命根据地,才能使土地革命有坚实的基础,武装斗争才有可靠的依托。没有根据地,武装斗争就成为流寇式的武装,是不能持久的;没有根据地,土地革命也无法进行。因此,正确答案是 A 选项。

29.【参考答案】ABCD

【答案解析】本题所考查知识点:红色政权能够存在和发展的条件。

① 中国是一个政治经济发展极不平衡的半殖民地半封建大国,这是红色政权能够存在和发展的最根本原因,同时也是中国的基本国情。② 国民革命的政治影响是红色政权存在和发展的客观条件之一,这是一个历史性的因素。③ 全国革命形势的继续发展,是红色政权能够存在和发展的又一个客观条件,也是中国革命继续向前发展的现实条件。随着社会矛盾的激化,中国革命的形势必然继续向前发展,这是中国社会矛盾的客观性所决定的。④ 相当力量的正式红军存在,是红色政权存在和发展的必要条件,这一必要条件可以通过共产党自身的主观努力而实现。⑤ 共产党组织的有力量和它的政策的不错误,是保证红色政权能够长期存在和发展最重要的主观条件。因此,正确答案是 ABCD 选项。

30.【参考答案】ABCD

【答案解析】本题所考查知识点:中国革命道路理论。

毛泽东认为,近代中国的特殊国情决定了中国革命必须走农村包围城市、武装夺取政权的道路。

第一,近代中国是一个半殖民地半封建社会,内部没有民主制度,外部没有民族独立。在严酷的反动统治之下,要进行革命,就必须拿起武器,开展武装斗争。

第二,中国共产党领导的武装战争,实质上就是无产阶级领导的农民战争。中国共产党要积蓄和锻炼革命力量,就必须派遣自己的先锋队深入农村,把农民发动起来、组织起来、武装起来,开展土地革命,把落后的农村建成先进的根据地,借此促进革命高潮的到来,在长期的斗争中取得中国革命的胜利。

第三,中国革命的敌人异常强大,主要分布在城市,城市中革命力量的生存和发展面临很多困难,在城市搞武装起义然后夺取政权的难度很大。

第四,农村是敌人统治力量薄弱的环节。近代中国没有形成统一的资本主义经济。这种经济基础造成了政治上的大小封建军阀割据的局面。同时,中国不是某个帝国主义国家直接统治的殖民地,而是许多个帝国主义国家间接统治的半殖民地。不同帝国主义国家支持的各派军阀相互间进行着持续不断的纷争。因此,中国统治集团的不统一和矛盾冲突,为中国革命首先在农村发展并取得胜利提供了可以利用的巨大缝隙和机遇。因此,本题的正确答案是 ABCD 选项。

31.【参考答案】ABCD

【答案解析】本题所考查知识点:中国革命实质上是无产阶级领导的农民革命战争。

中国革命的主要形式是武装斗争,而中国的武装斗争实质是无产阶级领导的以农民为主体的革命战争。

第一,中国革命实质上是农民革命,农民问题是中国革命的基本问题。中国是一个农业大国,这就决定了农民是中国革命的主要力量,是反帝反封建的主力军。农民是封建势力的主要压榨对象和帝国主义的主要掠夺对象,因而他们是中国革命最强大的动力。

第二,中国共产党领导的武装斗争,基本上是农民为主体的革命战争。农民是中国军队的主要来源,不同时期的人民武装力量——红军、八路军和新四军、中国人民解放军,绝大部分是穿着军装的农民。人民军队的产生和发展是依靠农村,依靠农民,依靠根据地的建设。中国的武装斗争正是同无产阶级领导下的土地革命或减租减息相结合,发动农民支持和参加革命战争,才形成人民战争取之不竭的力量源泉。

第三,中国革命进行长期的武装斗争,主要的是中国共产党领导下的农民游击战争。传统的农民战争不能推动近代社会的根本进步和变革,必须有一支新的阶级力量来完成历史赋予的重任。无产阶级及其政党适应了历史的发展要求,并深刻意识到农民在中国革命中的重要性。把农村建成军事上、政治上、经济上、文化上的伟大的革命阵地,借以反对利用城市进攻农村区域的凶恶敌人,借以在长期的战斗中逐步地夺取革命的全部胜利。因此,本题的正确答案是 ABCD 选项。

32. 【参考答案】ABCD

【答案解析】本题所考查知识点:中国革命道路理论。

题干中引用的毛泽东的论述主要说明了中国革命道路理论在中国革命中具有重要的地位。毛泽东明确指出:那种全国范围的、包括一切地方的、先争取群众后建立政权的理论,是与中国革命的实情不适合的,而有根据地的,有计划地建设政权的,深入土地革命的,扩大人民武装的路线,无疑义的是正确的。这些论述有力地反驳了坚持城市中心论的教条主义的错误思想。因此,本题的正确答案是ABCD选项。

33. 【参考答案】D

【答案解析】本题所考查知识点:新民主主义革命的统一战线的发展。

中国的统一战线是在中国革命过程中形成发展和壮大起来的,在不同的历史时期和不同的革命阶段里,统一战线有着不同的任务、内容和特点。北伐战争的胜利标志着国共两党第一次合作的革命统一战线取得伟大成功,土地革命战争时期的统一战线是工农民主统一战线,抗日战争时期是以国共合作为基础的抗日民族统一战线,解放战争时期的统一战线,是以推翻美帝国主义支持下的蒋介石国民党反动派为重要目标的人民民主统一战线。由此可知,本题正确答案是 D 选项。

34. 【参考答案】D

【答案解析】本题所考查知识点:统一战线。

题干中的引文出自《中国共产党第一个纲领》,当时中国共产党刚刚诞生,还缺乏革命斗争的实践经验,对中国社会状况和革命性质还需要一个认识过程。党的一大通过的决议规定,中国共产党不同其他党派建立任何关系,这说明这时党对统一战线策略还缺乏认识,不懂得和民族资产阶级以及其他政党联合,采取了"关门主义"的立场。因此,本题的正确答案是 D 选项。

35. 【参考答案】D

【答案解析】本题所考查知识点:解放战争时期人民民主统一战线的主要目标。

统一战线在不同的时期有不同的任务。抗日战争胜利后,为了打败蒋介石,建立新中国,中国共产党领导建立了包括工人、农民、城市小资产阶级、民族资产阶级、开明绅士、其他爱国人士、少数民族和海外侨胞在内的广泛的人民民主统一战线。人民民主统一战线,以多党派合作为主要内容,以反对美帝国主义和蒋介石为主要任务。因此,本题的正确答案是 D 选项。

36. 【参考答案】A

【答案解析】本题所考查知识点:抗日民族统一战线中同顽固派作斗争的原则。

毛泽东在 1940 年先后发表《目前抗日统一战线中的策略问题》和《论政策》等重要文件,阐明了中国共产党在抗日民族统一战线中发展进步势力,争取中间势力,孤立顽固势力的策略总方针及同顽固派作斗争要采取"有理、有利、有节"的原则。因此,本题的正确答案是 A 选项。BCD 选项属于抗日民族统一战线策略总方针,不选。

37. 【参考答案】CD

【答案解析】本题所考查知识点:抗日民族统一战线中同顽固派作斗争的原则。

统一战线在中国革命中有着特殊的重要性,这主要由以下因素决定的:一是半殖民地半封建的中国在阶级构成上是一个"两头小、中间大"的社会;二是近代中国政治经济发展对比的不平衡性,因此,CD 选项为正确答案,AB 选项不符合题干要求。

38.【参考答案】ACD

【答案解析】本题所考查知识点:抗日民族统一战线的策略总方针。

发展进步势力,争取中间势力,孤立顽固势力是抗日民族统一战线的策略总方针。其中"发展进步势力"是指发展无产阶级、农民阶级和城市小资产阶级的力量,扩大八路军,新四军和抗日民主根据地发展共产党的组织,以及其领导下的各个革命组织的力量。这是巩固和发展统一战线的中心环节,只有发展进步势力才能更好地争取中间势力和孤立顽固势力。因此,ACD 选项符合题干要求;B 选项"民族资产阶级"是应该争取的中间势力,不符合题意。

39.【参考答案】AC

【答案解析】本题所考查知识点:无产阶级要实现对同盟者的领导必须具备的条件。

毛泽东在 1948 年 1 月 18 日《关于党的政策中的几个重要问题》中指出:领导的阶级和政党,要实现自己对于被领导的阶级、阶层、政党和人民团体的领导,必须具备两个条件:一是率领被领导者向着共同敌人做斗争,并取得胜利;二是被领导者给予物质福利,至少不损害其利益,同时对被领导者给予政治教育。没有这两个条件或两个条件缺一,就不能实现领导。因此,AC 选项为正确答案,其他选项应排除。

40.【参考答案】AB

【答案解析】本题所考查知识点:针对无产阶级及其政党对民族资产阶级和大资产阶级这两个不同的统战对象的政策。

在中国共产党的统一战线政策中民族资产阶级属于中间势力,是应该争取和团结的一方,但有时争取要经过斗争才能获得。大资产阶级在争取之下应尽量孤立,联合和斗争的性质和方式相对民族资产阶级有很大差别。C 选项"既有武装力量上的联合与斗争又有政治上的联合与斗争"是不正确的,D 选项说以斗争政策对待大资产阶级不准确,如在抗日战争时期,对大资产阶级也有联合。因此正确答案为 AB 选项。

41.【参考答案】ABCD

【答案解析】本题所考查知识点:"有理、有利、有节"的原则。

抗日民族统一战线中的顽固势力主要是指英美派大地主大资产阶级,其代表就是国民党蒋介石集团。他们与以汪精卫为代表的亲日派不同。蒋介石集团在政治上是当权派,他们实行表面上合作抗日和实际上摧残进步势力的两面政策。因此,共产党必须以革命的两手对付他们,既要坚持团结抗日,争取他们留在统一战线中,又要同他们在政治上、思想上、军事上进行坚决的斗争。坚持"有理、有利、有节"的斗争原则,以求最大限度地孤立和打击最主要的敌人。因此,本题的正确答案是 ABCD 选项。

42.【参考答案】ABCD

【答案解析】本题所考查知识点:建立广泛的抗日民族统一战线的依据。

1935 年 12 月的中共中央瓦窑堡政治局扩大会议及会后毛泽东《论反对日本帝国主义的策略》的报告,正确地分析了中国社会主要矛盾的变化,论述了建立抗日民族统一战线的必要性和可能性。

第一,近代中国社会矛盾的复杂性是建立抗日民族统一战线的现实基础。

第二,中日民族矛盾的尖锐性是建立抗日民族统一战线的现实条件。

第三,中国买办性的大资产阶级,历来是革命的对象,但是由于他们的各个集团是以不同的帝国主义为背景的,在各个帝国主义之间矛盾尖锐化的时候,属于别的帝国主义系统的大资产阶级集团也有可能在一定时期内和一定程度上参加反对某一个帝国主义的斗争。在这种情形下,中国共产党为了削弱敌人和加强自己的后备力量,可以同这一派大地主大资产阶级建立暂时的统一战线,并在有利于革命的一定条件下尽可能地保持之。在抗日战争时期,以蒋介石为首的一部分买办的大资产阶级由于矛盾的冲突和自身的利益,也表现出一定的抗日要求,无产阶级及其政党完全可以利用这种统治阶级内部的矛盾,同这部分大资产阶级建立抗日民族统一战线。因此,本题的正确答案是 ABCD 选项。

43.【参考答案】BC

【答案解析】本题所考查知识点:新民主主义革命时期的统一战线包括两个联盟。

我国新民主主义革命时期的统一战线,包含着两个联盟。一是无产阶级和农民、城市小资产阶级的联盟,而主要是工农联盟;二是工人阶级同可以合作的非劳动人民的联盟,主要是无产阶级和民族资产阶级的联盟,也包含特定历史条件下,无产阶级和一部分地主阶级、带买办性的大资产阶级的联盟。因此,本题的正确答案是 BC 选项。

44.【参考答案】ABD

【答案解析】本题所考查知识点:解放战争时期的加入人民民主统一战线的阶级。

人民民主统一战线,以多党派合作为主要内容,以反对美帝国主义和蒋介石为主要任务。抗日战争胜利后,为了打败蒋介石,建立新中国,中国共产党领导建立了包括工人、农民、城市小资产阶级、民族资产阶级、开明绅士、其他爱国人士、少数民族和海外侨胞在内的广泛的人民民主统一战线。因此,本题的正确答案是 ABD 选项。

45.【参考答案】ABCD

【答案解析】本题所考查知识点:在革命统一战线问题上我党取得的基本经验。

建立和发展统一战线的基本经验有很多,如:无产阶级(通过共产党)必须力争并牢牢掌握统一战线的领导权。领导权问题是统一战线的最根本的问题,也是中国共产党在统一战线工作中的主要经验。中国革命领导责任的问题,乃是革命成败的关键;必须分清统一战线中的左、中、右三种势力,并根据统一战线中各种政治力量的不同特性及其在革命发展某一阶段的不同状况,规定和实行发展进步势力,争取中间势力,孤立顽固势力的不同政策,最广泛地团结一切可能团结的同盟者,最大限度地孤立和打击最主要的敌人,以利于中国革命的最后胜利;针对中国资产阶级的两面性,实行又联合又斗争的政策;原则性与灵活性的结合。等等。

因此,本题的正确答案是 ABCD 选项。

46.【参考答案】ABCD

【答案解析】本题所考查知识点:革命统一战线中两个联盟的关系。

中国共产党要能够正确地领导统一战线,就必须正确地处理这两个联盟。第一,放手发展和加强工农联盟,使它真正成为统一战线的基础和依靠;第二,尽可能扩大第二个联盟,团结一切可以团结的力量;第三,正确发挥两个联盟之间的相互作用,使它们互相促进。整个说来,统一战线本身是这两个联盟的对立和统一。所以说,ABCD 选项都是正确的。

47.【参考答案】A

【答案解析】本题所考查知识点:统一战线是无产阶级政党的基本策略路线。

统一战线是无产阶级政党的基本策略路线,无论是资本主义国家的无产阶级革命,还是殖民地国家无产阶级领导的人民民主革命,无一例外地都需要正确解决这一关系革命成败的关键问题。只有对社会各阶级、各阶层和各种政治派别进行科学的分析,团结一切可以团结的力量,才能建立广泛的统一战线。

统一战线是中国革命进程中的一个基本特点,是中国革命的又一个主要的法宝。毛泽东指出:如果中国共产党没有正确的统一战线政策,不能正确地处理各个阶级的关系,以达到团结和壮大自己和瓦解敌人的目的,那么革命就不可能胜利,甚至可能遭到失败。毛泽东把建立革命统一战线看做是"革命的根本政策"、党的"最基本的政治纲领"。在国内,在工人阶级的领导下,结成国内统一战线,并由此发展到建立工人阶级领导的以工农联盟为基础的人民民主专政的国家;在国外,联合世界上以平等待我的民族和各国人民,结成国际统一战线,这就是中国人民已经取得的主要的和基本的纲领。

分清敌友是中国革命的首要问题,只有分清敌友,才能团结真正的朋友以攻击真正的敌人。革命军队的创建是无产阶级政党进行革命的重要保障,党的建设是革命取胜的组织保障。因此,本题的正确答案是 A 选项。

48.【参考答案】C

【答案解析】本题所考查知识点:着重于从思想上建党。

在中国共产党自身建设的诸多难题中,最大的困难是如何在工人阶级人数很少而战斗力很强,农民和其他小资产阶级占人口大多数的国家,建设一个具有广大群众性的、马克思主义的工人阶级政党。毛泽东建党学说中最具特色的是解决了这个难题,着重从思想上建设党,提出党员不但要在组织上入党,而且要在思想上入党,经常注意以无产阶级思想改造和克服各种非无产阶级思想。毛泽东指出:"掌握思想教育,是团结全党进行伟大政治斗争中的中心环节。如果这个任务不解决,党的一切政治任务是不能完成的。"党的建设中最主要的问题,就是思想建设问题,就是以马克思列宁主义这一无产阶级的科学思想去教育与改造全体党员,用无产阶级思想克服各种非无产阶级思想,从根本上保证中国共产党的工人阶级先锋队性质。因此,本题的正确答案是 C 选项。

49.【参考答案】C

【答案解析】本题所考查知识点:民主革命时期党内普遍、大量存在的矛盾。

民主革命时期,由于当时中国社会的特点,我们党的绝大多数党员来自农民和其他劳动者,也有不少来自知识分子,还有来自非劳动者阶层的革命分子。在党内存在大量的小生产者的思想意识和其他非无产阶级思想意识。同时,由于中国无产阶级诞生较晚,大多来自破产的农民,与农民有着天然的联系,即使是工人阶级出身的党员,也会受到非无产阶级思想的影响,并将这种意识带入到党内。因此,无产阶级与非无产阶级思想的矛盾是普遍存在的。为了解决这种矛盾,必须着重从思想上建设党,用无产阶级思想来克服各种非无产阶级思想,保持无产阶级政党的性质。因此,本题的正确答案是 C 选项。

50.【参考答案】ABD

【答案解析】本题所考查知识点:党的优良作风。

毛泽东在 1945 年 4 月《论联合政府》中指出:理论联系实际、密切联系群众、批评和自我批评的作风,这是中国共产党区别于其他政党的显著标志,也反映了中国共产党人对待马克思列宁主义的理论、对待人民群众和对待自己及周围同志的正确态度。因此选项 ABD 正确。

选项 C 是毛泽东在建国前夕的七届二中全会上提出的关于执政党建设的"两个务必"思想的内容之一,不符合题意。

2.4 社会主义改造理论

2.4.1 重难知识点内在逻辑系统图

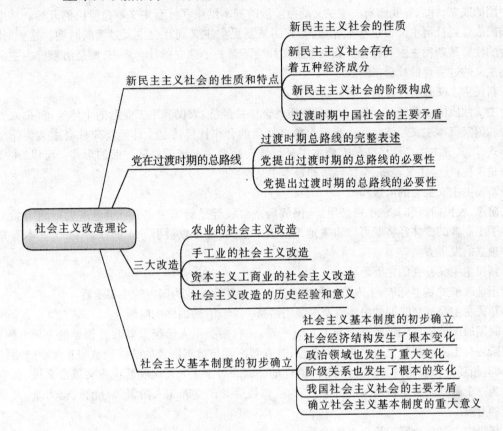

2.4.2 重难知识点详解

一、本章考点考查统计

学科	章节	考点	考查目标	已考查年度						
				2011	2010	2009	2008	2007	2006	2005
毛泽东思想和中国特色社会主义理论体系概论	第四章 社会主义改造理论	过渡时期我国社会的性质	1、2	／	／	／	／	／	／	／
		过渡时期的经济成分	1、2	／	／	／	／	／	／	／
		过渡时期中国社会的主要矛盾	2、5	／	／	／	／	／	／	／
		党在过渡时期的总路线	5	／	√	／	／	／	／	／
		三大改造	5	／	√	√	√	／	√	／
		社会主义基本制度初步确立及重大意义	1、2	／	／	√	／	／	√	／

二、本章重难知识点点拨

1. 新民主主义社会的性质和特点

（1）新民主主义社会的性质

新中国的成立，标志着我国新民主主义革命阶段的基本结束和社会主义革命阶段的开始。从中华人民共和国成立到社会主义改造基本完成，是我国从新民主主义到社会主义过渡的时期。这一时期，我国社会的性质是新民主主义社会。新民主主义社会不是一个独立的社会形态，而是由新民主主义转变到社会主义的过渡性的社会形态。

（2）新民主主义社会存在着五种经济成分

社会主义性质的国营经济、半社会主义性质的合作社经济、农民和手工业者的个体经济、私人资本主义经济和国家资本主义经济。其中半社会主义性质的合作社经济是个体经济向社会主义集体经济过渡的形式，国家资本主义经济是私人资本主义经济向社会主义国营经济过渡的形式。所以，主要的经济成分是三种：社会主义经济、个体经济和资本主义经济。

（3）新民主主义社会的阶级构成

工人阶级、农民阶级和其他小资产阶级、民族资产阶级等是新民主主义社会基本的阶级力量。由于农民和手工业者的个体经济既可以自发地走向资本主义，也可以被引导走向社会主义，其本身并不代表一种独立的发展方向。

（4）新民主主义社会的主要矛盾

随着土地改革的基本完成，工人阶级和资产阶级的矛盾逐步成为国内的主要矛盾。

（5）新民主主义社会时期的民族资产阶级仍然是一个具有两面性的阶级

这一时期的民族资产阶级既有剥削工人的一面，又有接受工人阶级及其政党领导的一面。因此，民族资产阶级与工人阶级的矛盾也具有两重性，既有剥削者与被剥削者的阶级利益相互对立的对抗性的一面，又有相互合作、具有相同利益的非对抗性的一面。对于工人阶级和社会主义革命来说，民族资产阶级作为一个剥削阶级是被消灭的对象，作为可以接受共产党和工人阶级领导的社会力量，又是团结和改造的对象。

（6）新民主主义社会属于社会主义体系

在我国新民主主义社会中，虽然非社会主义因素仍有很大的比重，但社会主义的因素不论在经济上还是在政治上都已经居于领导地位。

2. 党在过渡时期的总路线

（1）党在过渡时期总路线的完整表述

党在过渡时期总路线的主要内容被概括为"一化三改"。过渡时期总路线和总任务的完整表述："从中华人民共和国成立，到社会主义改造基本完成，这是一个过渡时期。党在这个过渡时期的总路线和总任务，是要在一个相当长的时期内，逐步实现国家的社会主义工业化，并逐步实现国家对农业、对手工业和对资本主义工商业的社会主义改造。"

党在过渡时期的总路线的主要内容被概括为"一化三改"。"一化"即社会主义工业化，"三改"即对个体农业、手工业和对资本主义工商业的社会主义改造。它们之间相互联系，不可分离，可以比喻为鸟的"主体"和"两翼"。"一化"是"主体"，"三改"是"两翼"，两者相互促进，相辅相成。这是一条社会主义建设和社会主义改造同时并举的路线，体现了社会主义工业化和社会主义改造的紧密结合，体现了解放生产力与发展生产力、变革生产关系与发展生产力的有机统一。

（2）党提出过渡时期的总路线的必要性

第一,实现国家的工业化,这是国家独立和富强的物质基础和必要条件。

第二,对个体经济和私营资本主义工商业进行社会主义改造,是实现社会主义工业化的客观需要。

(3) 党提出过渡时期的总路线,充分考虑了具有实现的可能性

第一,我国已经有了相对强大和迅速发展的社会主义国营经济。这为党提出向社会主义过渡的总路线提供了重要依靠力量。

第二,国家在利用和限制资本主义工商业方面的经验,成为对资本主义经济进行社会主义改造的最初步骤。

第三,土地改革完成以后,为发展生产、抵御自然灾害,广大农民具有走互助合作道路的要求。

第四,当时的国际形势也有利于中国向社会主义过渡。苏联社会主义的发展已经显示出对资本主义的优越性,对我国有重要的借鉴作用。当时的国际环境和抗美援朝的胜利也为实行过渡提供了有利的国际环境。

3. 三大改造

(1) 农业的社会主义改造

① 农业社会主义改造的概述

第一,积极引导农民组织起来,走互助合作道路。

第二,农业合作化遵循自愿互利、典型示范和国家帮助的原则,以互助合作的优越性吸引农民走互助合作道路。

第三,正确分析农村的阶级和阶层状况,制定正确的阶级政策。党制定并贯彻执行了依靠贫农下中农,巩固地团结其他中农,发展互助合作,由逐步限制到最后消灭富农剥削的农村阶级政策。这使农业合作化进程有了坚实的阶级基础和群众基础。

第四,坚持积极领导、稳步前进的方针,采取循序渐进的步骤。

② 农业社会主义改造的三个发展阶段

农业社会主义改造大体上经历了互助组、初级社和高级社三个发展阶段:第一阶段主要是发展互助组,是农业合作化的最初过渡形式,具有社会主义萌芽性质。第二阶段主要是建立初级农业生产合作社。具有半社会主义性质。第三阶段是发展高级社。高级社实行生产资料农民集体所有,具有完全的社会主义性质。到 1956 年年底,农业社会主义改造基本完成。

(2) 手工业的社会主义改造

手工业的社会主义改造经历了由小到大、由低级到高级的三个步骤。第一步是办手工业供销小组。具有社会主义萌芽性质。第二步是办手工业供销合作社。具有半社会主义性质。第三步是建立手工业生产合作社。它是社会主义性质的集体经济组织。

(3) 资本主义工商业的社会主义改造

① 和平赎买的含义

所谓赎买,就是国家有偿地将私营企业改变为国营企业,将资本主义私有制改变为社会主义公有制。赎买的具体方式不是由国家支付一笔巨额补偿资金,而是让资本家在一定年限内从企业经营所得中获取一部分利润。

② 和平赎买的必要性

第一,对资本主义工商业实行和平赎买,有利于发挥私营工商业在国计民生方面的积极作用,促进国民经济的发展;第二,有利于争取和团结民族资产阶级,有利于团结各民主党派和各界爱国民主人士,巩固和发展统一战线;第三,有利于发挥民族资产阶级中大多数人的知识、才能、技术专长和管理经验,也有利于争取和团结那些原来同资产阶级相联系的知识分子为社会主义建设服务。

③ 和平赎买的可能性

首先,民族资产阶级具有两面性。

其次,中国共产党与民族资产阶级长期保持着统一战线的关系,这就将工人阶级和民族资产阶级之间的对抗性矛盾转化为非对抗性的矛盾并按照人民内部矛盾来处理提供了前提。

最后,我国已经有了以工人阶级为领导、工农联盟为基础的人民民主专政的国家政权,建立了强大的社会主义国营经济并掌握了国家的经济命脉,这就造成了私人资本主义在政治上、经济上对社会主义的依赖。

再加上当时国家对粮食和工业原料的统购统销,以及资本主义企业中工人群众对资本家的监督等因素,这样,就使私人资本主义企业只能接受社会主义改造。

④ 和平赎买采取从低级到高级的国家资本主义的过渡形式

所谓国家资本主义,就是在国家直接控制和支配下的资本主义经济。这种新式国家资本主义经济是带着很大的社会主义性质的。国家资本主义有初级形式和高级形式之分。初级形式的国家资本主义是国家对私营工商业实行委托加工、计划订货、统购包销、经销代销等,高级形式的国家资本主义是个别企业的公私合营和全行业公私合营。

⑤ 和平赎买经历了三个步骤

第一步主要实行初级形式的国家资本主义。国家在私营工业中实行委托加工、计划订货、统购包销,在私营商业中采取委托经销、代销等形式;企业的利润,按国家所得税、企业公积金、工人福利费、资方红利四个方面进行分配,即"四马分肥"。资方红利大体占1/4,资本主义的剥削受到限制,工人在企业中的地位也发生了变化。这就使企业具有了社会主义因素。

第二步主要实行个别企业的公私合营。国家向私营企业投资入股,企业的生产资料由国家和资本家共同所有;企业利润的分配仍为"四马分肥",已经属于半社会主义性质的企业。

第三步是实行全行业的公私合营。国家对合营企业进行清产核资,定股定息,国家委派人员负责企业的生产经营管理。统一调配企业的人、财、物,生产资料归国家所有。国家按企业资本的股份额,每年拨付给原工商业者5%的定息。全行业公私合营后,企业的生产关系发生了根本的变化,基本上成为社会主义国营性质的企业。

⑥和平赎买的基本经验

第一,用和平赎买的方法改造资本主义工商业。

第二,采取从低级到高级的国家资本主义的过渡形式。

第三,把资本主义工商业者改造成为自食其力的社会主义劳动者。

(4) 社会主义改造的历史经验

第一,坚持社会主义工业化建设与社会主义改造同时并举。

第二,采取积极引导、逐步过渡的方式。

第三,用和平方法进行改造。

(5) 社会主义改造的伟大意义

一是在一个几亿人口的大国中比较顺利地实现了如此复杂、困难和深刻的社会变革,不仅没有造成生产力的破坏,反而促进了工农业和整个国民经济的发展;

二是这样的革命没有引起巨大的社会动荡,反而极大地加强了人民的团结,并且是在人民普遍拥护的情况下完成的。这些情况说明,我国社会主义改造的基本完成的确是一个伟大的历史性的胜利。

4. 社会主义基本制度的初步确立

(1) 社会主义基本制度初步确立

1956年年底我国对农业、手工业和资本主义工商业的社会主义改造的基本完成,标志着中国历史上长达数千年的阶级剥削制度的结束,实现了由新民主主义向社会主义的转变,社会主义基本制度在我国初步确立。我国的社会主义初级阶段,就是从这时开始的。

(2)我国社会经济结构发生了根本变化

社会主义改造的基本完成,使我国社会经济结构发生了根本变化,社会主义经济成分已占绝对优势,社会主义公有制已成为我国社会的经济基础。中国几千年来以生产资料私有制为基础的阶级剥削制度已基本上被消灭,以生产资料公有制为基础的社会主义经济制度已基本建立。

(3)我国的政治领域也发生了重大变化

确立了中国共产党领导的人民民主专政的社会主义政治制度。人民民主专政实质上已成为无产阶级专政;人民代表大会制度、中国共产党领导的多党合作和政治协商制度、民族区域自治制度已经确立。

(4)我国的阶级关系也发生了根本的变化

帝国主义侵略势力已经被清除出中国大陆;官僚资产阶级已经在中国内地被消灭;原来的地主和富农正在被改造成为自食其力的新人;民族资产阶级分子被改造成自食其力的社会主义劳动者;工人阶级已经成为国家的领导阶级,工人阶级队伍进一步壮大;亿万农民和其他个体劳动者已经变成社会主义的集体劳动者;知识界已经组成一支为社会主义服务的队伍。广大劳动人民从此摆脱了被剥削被奴役的地位,成为掌握生产资料的国家和社会的主人以及掌握自己命运的主人。

(5)我国社会的主要矛盾也发生了变化

过渡时期存在的无产阶级同资产阶级之间的矛盾已经基本上解决,人民对于经济文化迅速发展的需要同当前经济文化不能满足人民需要的状况之间的矛盾,成为我国社会的主要矛盾。党和全国人民面临的主要任务,就是集中精力来解决这个矛盾,集中力量发展社会生产力,把我国尽快地从落后的农业国变成先进的工业国。

(6)确立社会主义基本制度的重大意义

第一,社会主义基本制度的确立是中国历史上最深刻最伟大的社会变革,也是20世纪中国又一次划时代的历史巨变。

第二,社会主义制度在中国的确立,证明了列宁的远见卓识。"在一个很不发达的中国能搞社会主义。这和列宁讲的反对庸俗的生产力论一样"。

第三,社会主义基本制度的确立,为当代中国一切发展进步奠定了制度基础。

第四,社会主义基本制度的确立,使广大劳动人民真正成为国家的主人。这是中国几千年来阶级关系的最根本变革。

第五,中国社会主义基本制度的确立,使占世界人口1/4的东方大国进入了社会主义社会,这是世界社会主义运动历史上又一个历史性的伟大胜利。

第六,社会主义基本制度在中国的确立,不仅再次证明了马克思主义的真理性,而且以其独创性的理论原则和实践经验,丰富和发展了马克思主义的科学社会主义理论。

三、本章典型例题

1. 党在过渡时期的总路线和总任务是(　　　)(单选)

A. 以经济建设为中心,发展生产力

B. 无产阶级领导的,人民大众的,反对帝国主义、封建主义、官僚资本主义的革命

C. 在一个相当长的时期内,逐步实现国家的社会主义工业化,并逐步实现国家对农业、对手工业和资本主义工商业的社会主义改造

D. 鼓足干劲,力争上游,多快好省地建设社会主义

【考点分析】本题所考查知识点:党在过渡时期的总路线。

【解题分析】答案唯一型:按题干要求的规定性,排除错误选项,所剩一项就为正确项,或直接将题干与选项挂钩找出符合题意的选项即可。该题考查的是党在过渡时期的总路线和总任务,答案是唯一的,属于知识的识记,答案是 C 选项。

1953 年 12 月,毛泽东亲自修改审定的中宣部关于过渡时期总路线的学习和宣传提纲中,对过渡时期总路线作了完整的表述:从中华人民共和国成立,到社会主义改造基本完成,这是一个过渡时期。党在这个过渡时期的总路线和总任务,是要在一个相当长的时期内,逐步实现国家的社会主义工业化,并逐步实现国家对农业,对手工业和对资本主义工商业的社会主义改造。1954 年 9 月,全国一届人大一次会议将这条总路线写入《中华人民共和国宪法》,用法律的形式正式确定下来。因此,本题的正确答案是 C 选项。A 选项是党的基本路线的内容,B 选项是新民主主义革命总路线,D 选项是社会主义建设总路线,均不符合题意。

2. 具有中国特点的社会主义改造道路的内容是(　　　)(多选)

A. 社会主义工业化和社会主义改造同时并举

B. 通过一系列逐步过渡的由低级到高级的社会主义改造形式

C. 和平改造特别是对资产阶级实现了和平赎买

D. 对经济制度的改造与对人的改造相结合

【考点分析】本题所考查知识点:社会主义改造。

【解题分析】题干题肢关联型:做多项选择题要求必须吃透原理及相互之间的关系。它重在理解、吃透,是体现能力的一种好题型。解题的方法也很多,但总的来讲是两个字:"相关"。所谓"相关",就是题肢的论点与题干的要求有直接或本质关联。题肢直接或从本质上反映了题干要求,才是要选的选项。

过渡时期总路线规定,在进行国家工业化建设的同时,进行社会主义三大改造,即建设和改造同时并举。对资本主义工商业改造的顺利实现,是中国共产党创造性地运用马克思主义的基本原理,探索中国特色社会主义改造道路的伟大实践,在改造时,严格区别官僚资本与民族资本界限。中国的资本主义分为官僚资本和民族资本两种。对官僚资本采取剥夺、没收的政策。对民族资本则是采取利用、限制和改造的政策,通过国家资本主义的形式,最终实现对资本主义工商业的和平赎买。因此,本题的正确答案是 ABCD 选项。

四、本章测试题及答案解析

(一) 本章测试题

1. 过渡时期总路线的主体是(　　　)(单选)

A. 对资本主义工商业的社会主义改造　　　B. 对农业的社会主义改造

C. 对手工业的社会主义改造　　　D. 实现国家的社会主义工业化

2. 党的过渡时期总路线的两翼是(　　　)(单选)

A. 三大改造　　　B. 实现工业化

C. 对农业的社会主义改造　　　D. 社会主义建设

3. 中国从新民主主义向社会主义过渡的条件主要是(　　　)(多选)

A. 近代中国资本主义经济及现代工业初步发展

B. 社会主义国营经济的壮大和无产阶级政党的领导

C. 有利的国际因素

D. 人民民主专政的国家政权

4. 新民主主义社会的主要特征有( )（多选）

A. 经济上是实行在国营经济领导下五种经济成分并存的制度

B. 新民主主义社会是社会主义社会的初级阶段

C. 政治上是实行工人阶级领导的各个革命阶级联合专政的人民民主专政

D. 新民主主义社会实行马克思主义指导下的新民主主义文化

5. 我国过渡时期总路线的特点是( )（多选）

A. 社会主义建设和社会主义改造同时并举

B. 社会主义工业化为社会主义改造提供物质和技术基础

C. 完成社会主义改造后,再进行社会主义建设

D. 社会主义改造与社会主义工业化同时并举

6. 下面关于社会主义改造正确的论述有( )（多选）

A. 社会主义改造的基本完成标志着社会主义制度在中国的基本确立

B. 社会主义改造的基本完成使我国的阶级关系发生了重要变化

C. 社会主义改造的基本完成为中国的社会主义现代化建设奠定了基础

D. 社会主义改造的基本完成实现了中国历史上最广泛最深刻的社会变革

7. 我国实现从新民主主义向社会主义过渡的经济条件有( )（多选）

A. 近代民族资本主义工商业的发展

B. 私营经济已完全消灭

C. 国家财政经济状况的好转和国家财政的统一

D. 有处于领导地位的具有社会主义性质的国营经济

8. 过渡时期总路线反映了中国社会由新民主主义走向社会主义的历史必然,这是因为( )（多选）

A. 国家工业化是国家独立和富强的物质基础和必要条件

B. 对非社会主义经济成分进行改造是建立社会主义和实现工业化的迫切需要

C. 确立社会主义生产关系是解放和发展生产力的客观需要

D. 国际社会主义运动的蓬勃发展及苏联对中国社会主义建设的援助

9. 我国农业社会主义改造过程中带有半社会主义性质的经济组织是( )（单选）

A. 互助组   B. 供销合作社

C. 初级农业生产合作社   D. 高级农业生产合作社

10. 资本主义工商业全行业公私合营后资本家领取的是( )（单选）

A. 企业利润的二分之一   B. 定息

C. 全部企业利润   D. 和工人一样的工资

11. 我国对个体农业实行社会主义改造必须遵循的原则有( )（多选）

A. 自愿互利   B. 典型示范

C. 国家帮助   D. 公私兼顾

12. 对个体农业进行社会主义改造时,中国共产党采取循序渐进的步骤,采用的形式依次为( )（多选）

A. 农业生产互助组   B. 初级农业生产合作社

C. 中级农业合作社   D. 高级农业生产合作社

13. 对个体农业社会主义改造的阶级路线是(　　)(多选)

A. 依靠贫下中农
B. 团结中农
C. 对富农限制到逐步消灭
D. 对中农限制到逐步消灭

14. 新中国成立后,国家对私人资本主义采取的利润分配方式有(　　)(多选)

A. "四马分肥"
B. 定息
C. 公私合营
D. 全行业公私合营

15. 全行业公私合营前,国家对资本主义工商业采取的赎买政策是"四马分肥",其中"四马"是指
(　　)(多选)

A. 向国家缴纳的所得税
B. 企业公积金
C. 工人福利费
D. 股东股息红利

16. 我国对资本主义工商业的社会主义改造采取的从低级到高级的国家资本主义的形式有(　　)
(多选)

A. 委托加工、计划定货
B. 委托经销代销
C. 统购包销
D. 公私合营和全行业公私合营

17. 关于我国资本主义工商业改造,说法正确的有(　　)(多选)

A. 采取和平赎买政策
B. 走国家资本主义道路
C. 先集体化后机械化
D. 把对企业的改造和对人的改造结合起来

18. 新中国对民族资产阶级实行和平赎买的必要性在于(　　)(多选)

A. 民族资产阶级经济实力雄厚,掌握国家经济命脉
B. 民族资产阶级有一定的技术专长和管理经验
C. 民族资本主义经济构成整个国民经济基础的一部分
D. 中国经济落后,需要利用民族资本主义经济有利于国计民生的一面

19. 马克思列宁设想的对资产阶级和平赎买在中国之所以能够实现,是因为(　　)(多选)

A. 民族资产阶级拥护共产党的领导
B. 民族资产阶级在新中国建立后依然有两面性
C. 民族资本主义经济无足轻重
D. 中国共产党制定并实行对民族资本主义经济的"利用、限制、改造"政策

20. 中国建立社会主义公有制经济制度的途径有(　　)(多选)

A. 没收官僚资本
B. 对个体农业和手工业进行社会主义改造
C. 对私人资本主义工商业进行社会主义改造
D. 没收民族资本

(二)测试题答案及解析

1.【参考答案】D

【答案解析】本题所考查知识点:过渡时期总路线的主体。

过渡时期总路线是在一个相当长时期内,逐步实现社会的工业化,并逐步完成对农业、手工业和资本主义工商业的社会主义改造,即"一化三改"、"一体两翼";"一化"是当时中国先进生产力的要求,是全党工作的中心,这是主体。因此 D 选项符合题目要求,为本题正确答案。ABC 选项是"三改"内容,是"两翼",因此应排除。

　　2.【参考答案】A

【答案解析】本题所考查知识点:党的过渡时期总路线的两翼。

过渡时期的总路线是"一化三改"、"一体两翼"的辩证统一的总路线。"一化"即逐步实现社会主义的工业化,这是"主体",是要大力发展社会主义的生产力;"三改"即逐步实现对农业、手工业和资本主义工商业的社会主义改造,这是"两翼",是要解决生产关系的问题,解决所有制的问题,以解放被束缚的生产力,促进社会主义生产力的快速发展,实现国家的社会主义工业化。工业化是社会主义改造的基础和目的;社会主义改造是工业化不可缺少的条件和手段。"一化"和"三改"互相促进,互相联系,互相制约,体现了发展生产力与变革生产关系的有机统一,推动我国社会迅速地向社会主义飞跃。因此,正确答案是 A 选项。B 选项表述错误,不选。

3. 【参考答案】ABCD

【答案解析】本题所考查知识点:中国从新民主主义向社会主义过渡的条件。

近代中国资本主义经济及现代工业的初步发展,是中国向社会主义过渡的物质基础。随着现代资本主义经济及现代工业的发展,我国已有相当规模的社会化生产力,已具备向社会主义转变的最起码的物质条件。社会主义国营经济的壮大是向社会主义过渡的经济条件,它掌握国家经济命脉,为人民民主专政国家政权奠定基础,决定我国经济发展的社会主义方向。党的正确领导是实现向社会主义过渡的根本政治条件。巩固人民民主专政是向社会主义转变的根本政治保证。战后世界社会主义运动的蓬勃兴起,苏联社会主义建设成就及其对中国建设的支援,是中国向社会主义过渡的有利的国际因素。因此,ABCD 选项都是正确答案。

4. 【参考答案】ACD

【答案解析】本题所考查知识点:新民主主义社会的主要特征。

新民主主义社会不是一个独立的社会形态,而是属于社会主义体系,并要逐步过渡到社会主义社会的,具有过渡性质的社会。它是近代中国由半殖民地半封建社会走向社会主义社会历史进程中不可或缺的中介和桥梁。这种具有过渡性质的新民主主义社会有其经济、政治、文化各方面的特征。

第一,经济方面,新民主主义社会的经济结构,是国营经济及其领导下的合作社经济、个体经济、私人资本主义经济和国家资本主义经济五种经济成分并存的新民主主义经济制度。

第二,政治方面,新民主主义国家实行的是工人阶级领导的,以工农联盟为基础的,各革命阶级联合专政的人民民主专政。

第三,文化方面,新民主主义国家实行马克思主义指导下的新民主主义文化,即民族的、科学的、大众的文化。

总之,新民主主义社会既然是具有过渡性质的社会,它在经济、政治、文化等各个方面自然既有社会主义因素,又有资本主义因素,这两种因素不断地碰撞、冲突和较量,其发展的总趋势是,社会主义因素日益发展壮大,资本主义因素不断被削弱、被限制。最终在条件具备后,新民主主义社会就过渡到了社会主义社会。因此,本题的正确答案是 ACD 选项。

5. 【参考答案】AD

【答案解析】本题所考查知识点:我国过渡时期总路线的特点。

过渡时期总路线一方面把实现社会主义工业化,使中国从落后的农业国变为富强的社会主义工业国,作为"革命胜利后,我们党和全国人民的基本任务";另一方面又要求把生产资料私有制改造为社会主义所有制,以利于生产力的发展,利于促进社会主义工业化的实现。总路线体现了社会主义建设和社会主义改造各个方面的联系和发展,体现了社会主义建设与改造同时并举的精神,以发展生产力、实现国家工业化为"主体",以解放生产力、实现三大改造为"两翼",形成一个辩证的统一关系,反映了过渡时期社会经济发展的客观规律。这是过渡时期总路线最显著的特点。因此,答案是 AD 选项。

6.【参考答案】ABCD

【答案解析】本题所考查知识点：社会主义改造理论。

社会主义改造的基本完成,标志着社会主义制度在中国的确立。1956年,我国生产资料私有制的社会主义改造取得了决定性胜利,使我国社会的经济结构发生了根本变化,社会主义全民所有制和集体所有制经济在国民经济中占了绝对的优势,成为我国的经济基础。中国已经从新民主主义社会进入社会主义初级阶段。

伴随社会经济结构的变化和生产力的发展,我国的阶级关系也发生了根本的变化。第一,帝国主义势力已被赶出大陆;官僚资产阶级已经被消灭;原来的地主和富农,正在被改造成为自食其力的新人。第二,民族资产阶级分子正处在由剥削者变为劳动者的转变过程中;广大农民和其他个体劳动者已经变为社会主义的集体劳动者。第三,工人阶级已成为国家的领导阶级,它的队伍扩大了,它的觉悟程度和文化技术水平大大提高了;知识界也已经组成了一支为社会主义服务的队伍。第四,广大劳动人民从此摆脱了被剥削被奴役的地位,成了掌握生产资料的主人,掌握自己命运的主人。第五,国内各民族已经组成为一个团结友好的民族大家庭,以共产党为领导的统一战线,更加扩大和巩固了。

本题的正确答案是 ABCD 选项。

7.【参考答案】ACD

【答案解析】本题所考查知识点：我国实现从新民主主义向社会主义过渡的经济条件。

新民主主义向社会主义过渡的经济条件：近代中国资本主义经济及现代工业的初步发展,是中国向社会主义过渡的物质基础。特别是在新民主主义条件下,国家还允许私人资本主义经济存在,并对有利于国计民生的私营工商业大力扶持,使濒临危机的民族资本主义经济获得了新的发展,从而为我国向社会主义的过渡奠定了坚实的物质基础即生产力基础。

社会主义国营经济的发展和壮大是实现向社会主义过渡的经济条件。社会主义国营经济建立的主要途径是没收官僚资本企业。首先,接管以四大家族为代表的官僚资本工矿企业和金融企业,这些企业构成建国初期国营经济的主要部分。其次,收回帝国主义在中国的经济特权,对美、英在大陆留下的企业并没有采取没收政策,而是分别采取管制、征购、征用、代管等政策。社会主义国营经济的建立,使国家掌握了经济命脉,为人民民主专政的国家政权奠定了经济基础。

本题的正确答案是 ACD 选项。

8.【参考答案】ABCD

【答案解析】本题所考查知识点：过渡时期总路线反映了中国社会由新民主主义走向社会主义的历史必然。

过渡时期总路线的提出反映了中国由新民主主义向社会主义转变的历史必然性。第一,实现国家工业化,是国家独立和富强的物质基础和必要条件。第二,对资本主义工商业进行全面的社会主义改造,是迅速实现国家工业化和建立社会主义制度的迫切需要。第三,对个体农业和手工业进行社会主义改造,是发展农业和提高整个社会生产力的客观需要。第四,从国际环境看,帝国主义对中国采取军事上威胁、经济上严密封锁的政策,资本主义世界本身又很不景气,而社会主义国家正充满活力,并给予中国建设事业以援助,促使中国迅速走上社会主义的发展道路。因此,本题的正确答案是 ABCD 选项。

9.【参考答案】C

【答案解析】本题所考查知识点：我国农业社会主义改造过程中经济组织的性质。

农业合作化的步骤,采取从低级到高级逐步过渡的办法,即由建立具有社会主义萌芽性质的临时互助组和常年互助组,发展到组织以土地入股和统一经营为特点的具有半社会主义性质的初级农业合作社,再发展到成立土地、牲畜、大型农具等生产资料全部归集体所有的具有完全社会主义性质的高级农业合作社。本题的正确答案是 C 选项。

10.【参考答案】B

【答案解析】本题所考查知识点:资本主义工商业改造中的定息政策。

对资本主义工商业进行社会主义改造的第三阶段,从 1955 年秋到 1956 年,是实行全行业公私合营阶段。全行业公私合营成为对资本主义工商业实行社会主义改造,使资本主义所有制过渡到完全的社会主义公有制的具有决定意义的重大步骤。全行业公私合营后的赎买政策是:对私股实行定息的办法,即把资本家的利润限制在一定的息率上,统一规定年息为 5%,当时国家决定付息 7 年,后又延长 3 年,共计 10 年。因此,本题的正确答案是 B 选项。

11.【参考答案】ABC

【答案解析】本题所考查知识点:我国对个体农业实行社会主义改造必须遵循的原则。

在合作化的工作中,必须坚持积极领导、稳步前进的方针,遵循自愿互利、典型示范、国家帮助的原则。对小农经济进行社会主义改造时,不能用简单号召的办法,更不能用强迫命令的手段,必须采用说服、示范和国家帮助的办法使农民自愿联合起来,走上合作化道路。因此 ABC 选项是正确答案,其他选项不正确。

12.【参考答案】ABD

【答案解析】本题所考查知识点:对个体农业进行社会主义改造时采取采用的形式。

农业社会主义改造大体上经历了互助组、初级社和高级社三个发展阶段:第一阶段主要是发展互助组,是农业合作化的最初过渡形式,具有社会主义萌芽性质。第二阶段主要是建立初级农业生产合作社。具有半社会主义性质。第三阶段是发展高级社。高级社实行生产资料农民集体所有,具有完全的社会主义性质。到 1956 年年底,农业社会主义改造基本完成。正确答案是 ABD 选项。

13.【参考答案】ABC

【答案解析】本题所考查知识点:对个体农业社会主义改造的阶级路线。

对个体农业的社会主义改造,坚持党的积极领导、稳步前进的方针,发挥思想政治工作优势,正确地执行党在农村的阶级政策,充分调动广大农民群众走社会主义道路的积极性。毛泽东和中共中央始终认为,党的领导是搞好农村合作化的关键,而正确执行党的阶级路线和方针政策是搞好合作化的重要保证。1954 年,中共中央提出的"依靠贫农,巩固地团结中农,限制并逐步改造富农",为贯彻执行党在农业合作化运动中的阶级政策指明了方向。在农业社会主义改造阶段,国家对富农采取由限制富农剥削到消灭富农经济的政策。对富农经济没有采取强制剥夺富农财产的做法,而是接受富农加入农业生产合作社,在劳动中改造他们。因此,本题的正确答案是 ABC 选项。

14.【参考答案】AB

【答案解析】本题所考查知识点:国家对私人资本主义采取的赎买政策。

在资本主义工商业的社会主义改造的过程中,在利润分配方面采取赎买的办法为全行业公私合营前实行"四马分肥",即把企业的利润分为国家所得税、企业公积金、工人福利费、资方红利四份。全行业公私合营后,对私股实行"定息"的办法:即把资本家的利润限制在一定的利息上,统一规定年息为 5%,当时国家决定付息 7 年,后又延长了 3 年,共计 10 年,因此 AB 选项符合题干要求,为正确答案;而 CD 选项是改造过程中创造的高级形式的国家资本主义。因此,CD 选项应排除。

15.【参考答案】ABCD

【答案解析】本题所考查知识点:"四马分肥"政策。

在资本主义工商业的社会主义改造过程中,在利润分配方面采取赎买的办法,全行业公私合营前实行"四马分肥",即把企业的利润分为国家所得税、企业公积金、工人福利费、资方红利四份。因此ABCD选项为正确答案。

16.【参考答案】ABCD

【答案解析】本题所考查知识点:我国对资本主义工商业进行改造的主要经验。

在对资本主义工商业社会主义改造的过程中,从中国的具体国情出发,创造了在工业中实行委托加工、计划订货、统购包销。在商业中实行经销、代销等低级形式的国家资本主义,再逐步发展到公私合营、全行业公私合营等高级形式的国家资本主义。因此,ABCD选项均为正确答案。

17.【参考答案】ABD

【答案解析】本题所考查知识点:新中国对民族资产阶级实行和平赎买的必要性。

对资本主义工商业进行社会主义改造的基本理论和经验有:

对资本主义工商业进行社会主义改造的经验。首先,严格区分官僚资本和民族资本,对民族资本采取利用、限制、改造的政策,实行和平赎买。通过各种形式的国家资本主义,有代价地把资本家的生产资料逐步收归国有,最终和平地实现了生产关系的深刻变革。其次,创造在工业中实行加工订货、统购包销;在商业中实行经销代销等一系列从低级到高级的国家资本主义的过渡形式,使资本家对改变所有制不感到突然,减少了社会震荡,保证了改造的进行,促进了生产力的发展。最后,注意把对企业的改造同对资产阶级分子的改造结合起来,把对经济制度的改造和对人的改造结合起来,使这两种改造同时进行,互相促进,逐步把资本家中的绝大多数人由剥削者改造为自食其力的劳动者。因此,正确答案是ABD选项。

18.【参考答案】BCD

【答案解析】本题所考查知识点:我国对资本主义工商业改造的形式。

对资产阶级进行和平赎买政策的必要性主要是由民族资产阶级的两面性决定的。首先,中国的民族资产阶级不但在新民主主义革命时期,而且在社会主义革命时期,都具有两面性。在新民主主义革命时期,民族资产阶级的两面性表现为既有革命性的一面,又有妥协动摇的一面。在中国共产党正确的路线、方针和政策的感召下,民族资产阶级走上了新民主主义革命的道路,成为人民民主专政的国家政权的四个民主阶级之一。在中国由新民主主义向社会主义转变的时期,民族资产阶级既有承认《共同纲领》,拥护共产党的领导,愿意为新中国服务,接受社会主义改造的一面;又有剥削工人,取得利润,甚至违法乱纪、不利于国计民生的一面。其次,中国的经济落后,工商业不发达,需要尽可能地利用民族资本主义经济有利于国计民生的一面,这对国民经济的恢复和发展,是极为有利的。同时中国的民族资产阶级是一个掌握了一定的科学文化知识,有一定技术专长和企业管理经验的阶级。因此中国共产党对资产阶级采取的政策是,充分利用民族资产阶级积极的一面,尽可能地克服其消极的一面,引导他们走上社会主义改造的道路,利用其成员的技术专长为社会主义服务。因此,正确答案是BCD选项。

19.【参考答案】ABD

【答案解析】本题所考查知识点:对资产阶级和平赎买在中国之所以能够实现的原因。

对民族资产阶级进行和平赎买的可能性主要是由中国共产党的执政地位和它对民族资产阶级采取的正确政策所决定的。首先,新中国成立后,工人阶级掌握了国家的政权,建立了巩固的工农联盟。中国共产党可以充分利用其执政的优势集中力量对工商业进行合理调整,通过开展"五反"运动的方式,打击不法资本家,对民族资本主义经济不利于国计民生的消极的一面进行限制。其次,新中国通过对官僚资本的没收,建立起了社会主义性质的国营经济,控制了国家的经济命脉,在整个国民经济中发挥着领导作用,从而能够运用它的影响带领其他非社会主义性质的经济向社会主义方向发展。最后,国家对主要的农产品实行统购统销的政策,割断了资本主义经济与农民个体经济的联系,迫使资产阶级接受共产党提出的和平赎买的政策,从而逐步把资本主义工商业纳入到社会主义的经济轨道,最终实现对生产资料私有制的社会主义改造。因此,正确答案是 ABD 选项。

20.【参考答案】ABC

【答案解析】本题所考查知识点:中国建立社会主义公有制经济制度的途径。

新中国成立后,为建立公有制经济制度,主要采取了以下措施:一是通过没收官僚资本企业建立国营经济;二是进行个体农业和手工业进行社会主义改造来建立集体所有制经济;三是对私人资本主义工商业进行社会主义改造来消灭资本主义经济,建立了全民所有制经济。因此,本题的正确答案是 ABC 选项。

2.5 社会主义的本质和根本任务

2.5.1 重难知识点内在逻辑系统图

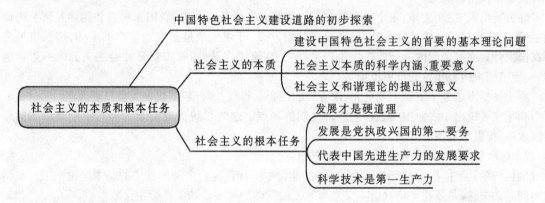

2.5.2 重难知识点详解

一、本章考点考查统计

学科	章节	考点	考查目标	已考查年度						
				2011	2010	2009	2008	2007	2006	2005
毛泽东思想和中国特色社会主义理论体系概论	第五章 社会主义的本质和根本任务	社会主义的本质	1、2	√	/	/	/	/	/	/
		社会主义的根本任务	2、3、5	/	/	/	/	/	/	/
		发展才是硬道理	2、5	/	√	/	/	/	/	/
		发展是党执政兴国的第一要务	2、5	/	/	/	/	/	/	/
		代表中国先进生产力的发展要求	2、5	/	/	/	/	/	/	/
		科学技术是第一生产力	2、5	/	/	/	/	/	/	/

二、本章重难知识点点拨

1. 中国特色社会主义建设道路的初步探索

1956年苏共二十大以后,毛泽东提出要"以苏为鉴",探索自己的建设道路,进行马克思主义与中国实际的"第二次结合",找到在中国进行社会主义建设的正确道路。

20世纪50年代末60年代初,毛泽东在总结"大跃进"以来我国社会主义建设经验教训的基础上继续进行探索,提出了一系列重要观点。主要包括:在领导纠正"大跃进"和人民公社化运动中的错误时提出了不能剥夺农民,不能超越阶段;社会主义可以区分为"不发达的社会主义"和"比较发达的社会主义"两个阶段;社会主义条件下要反对平均主义,重视商品生产、商品交换和价值规律的作用;在社会主义经济占优势的条件下"可以消灭了资本主义,又搞资本主义"。建设社会主义必须不断在实践中积累经验,逐步克服盲目性,认识客观规律,才能实现认识上的飞跃;提出要大兴调查研究之风;社会主义建设具有艰难性、复杂性和长期性;不搞科学技术,生产力就无法提高;以农轻重为序安排国民经济计划;防止和反对帝国主义的"和平演变",保证马克思主义执政党的先进性和永不变质的思想;等等。

刘少奇提出,应该根据中国的特点,采取适合中国情况的方法来进行建设,要按经济办法管理经济。

周恩来提出了我国知识分子绝大多数已经是劳动人民的知识分子,科学技术在我国现代化建设中具有关键性作用等观点。

陈云提出了"三个主体,三个补充"的思想,主张在工商业经营方面,国家经营和集体经营是工商业的主体,一定数量的个体经营是补充;在生产计划方面,计划生产是工农业生产的主体,按照市场变化而在国家计划许可范围内进行的自由生产是补充;在流通领域,国家市场是社会主义的统一市场的主体,一定范围内国家领导的自由市场是补充。

邓小平提出了关于整顿工业企业,改善和加强企业管理,实行职工代表大会制等观点。

邓子恢等提出了农业中要实行生产责任制的观点。这些思想为党的十一届三中全会以后的经济体制改革,提供了有益的启示。

2. 对社会主义本质的新认识

"什么是社会主义、怎样建设社会主义"是建设中国特色社会主义的首要的基本理论问题。搞清楚这一问题的关键,是要在坚持社会主义基本制度的基础上进一步认清社会主义的本质。

(1)社会主义本质理论的提出

1980年邓小平提出"社会主义本质"的概念,1992年南方谈话对社会主义的本质作出明确概括,认为社会主义的本质是解放生产力,发展生产力,消灭剥削,消除两极分化,最终达到共同富裕。

(2)社会主义本质的科学内涵

邓小平对社会主义本质所作的概括,一方面强调必须集中力量解放和发展生产力,另一方面指出了解放和发展生产力的手段和目的。它的基本内涵包括以下几个方面:

第一,把解放和发展生产力纳入社会主义的本质。强调解放和发展生产力在社会主义本质中的地位,是邓小平在科学社会主义理论与社会主义建设实践内在统一的基础上认识社会主义的一个创造,是社会主义本质理论的一个突出特点。

第二,突出强调消灭剥削,消除两极分化,最终达到共同富裕。指出了社会主义社会的发展目标,并从生产力和生产关系两个方面阐明了实现这个目标的途径。共同富裕是社会主义最终要达到的目标,也是社会主义的一个根本原则。邓小平一再强调,一个公有制占主体,一个共同富裕,这是我们必须坚持的社会主义的根本原则。

党的十六大以来,以胡锦涛为总书记的党中央作出"社会和谐是中国特色社会主义的本质属性"的重大判断,深化了对社会主义本质的认识。

(3)社会主义本质理论的重要意义

第一,社会主义本质理论把我们对社会主义的认识提高到了一个新的科学水平(理论意义)。

第二,社会主义本质理论对探索怎样建设社会主义具有重要的实践意义(实践意义)。

3. 社会主义的根本任务

(1) 发展才是硬道理

1992 年邓小平提出了"发展才是硬道理"的著名论断,从社会主义本质要求的高度强调发展生产力的重要性。

第一,发展才是硬道理,把发展生产力作为社会主义的根本任务,符合马克思主义基本原理,是巩固和发展社会主义制度的必然要求。

第二,发展才是硬道理,是对社会主义实践经验教训的深刻总结。

第三,发展才是硬道理,是适应时代主题变化的需要。

(2) 发展是党执政兴国的第一要务

江泽民提出发展是党执政兴国的第一要务,这是因为:

第一,把发展作为执政兴国的第一要务是由中国共产党的执政地位所决定的,也是党实现其所承担的历史责任的需要。

第二,把发展作为执政兴国的第一要务是发挥社会主义制度的优越性的需要。

第三,坚持以发展的办法解决前进中的问题,是实行改革开放以来我们党的一条主要经验。

(3) 代表中国先进生产力的发展要求

第一,中国共产党是以中国先进生产力的代表走上历史舞台的。

第二,社会主义现代化必须建立在发达生产力的基础之上。

始终代表先进生产力的发展要求,总的目标是改造落后生产力,提升传统生产力,发展先进生产力,最终整体达到发达生产力的水平。

(4) 科学技术是第一生产力

十一届三中全会以后,邓小平根据世界科学技术飞速发展对生产力的巨大推动作用,明确提出了"科学技术是第一生产力"。科学技术是第一生产力这一思想,包含以下内容:

一是科学技术对经济发展起着第一位的变革作用。

二是科学技术在生产力诸要素中成为主要的推动力量。

三是科学技术使管理日益现代化。

三、本章典型例题

1. 邓小平关于社会主义本质的论断体现了(　　　　)(多选)

A. 解放生产力与发展生产力的统一　　　　B. 生产力与生产关系的统一

C. 发展生产力与实现共同富裕的统一　　　　D. 目的与手段的统一

E. 社会主义发展过程与最终目标的统一

【考点分析】本题所考查知识点:社会主义本质的特点。

【解题分析】邓小平 1992 年在南方谈话中对社会主义本质作了新概括:"社会主义的本质,是解放生产力,发展生产力,消灭剥削,消除两极分化,最终达到共同富裕。"这一新概括前两条讲生产力,中间两条谈的是人与人在经济活动中的关系即生产关系,最后一条谈的是社会主义的最终目的。邓小平关于社会主义本质的论断,从生产力、生产关系和社会主义最终要实现的目标三个方面对社会主义作出定义,是对马列主义、毛泽东思想的进一步发展,体现了五个"统一":解放生产力和发展生产力的统一,社会主义生产力和生产关系的统一,发展生产力与实现共同富裕的统一,社会主义目的和手段的统一,社会主义发展过程和最终目标的统一。因此,本题正确答案是 ABCDE 选项。

2. 邓小平指出:"我们的生产力发展水平很低,远远不能满足人民和国家的需要,这就是我们目前

时期的主要矛盾,解决这个主要矛盾就是我们的中心任务。"这段话强调的是( )(单选)

A. 社会主义的根本任务是解放、发展生产力

B. 社会主义的根本目的是共同富裕

C. 社会主义的首要的基本理论问题是"什么是社会主义,怎样建设社会主义"

D. 社会主义的主要矛盾是经济发展水平不均衡

【考点分析】本题所考查知识点:社会主义的根本任务。

【解题分析】答案最佳型:即题中的选项有多个与题意相关,但其中只有一个是最佳答案即最符合题干规定性、指向性要求的,它或者是回答了题干所反映的客观现象中的最主要或最根本问题,或是回答了题干所反映的客观现象中的最直接或最本质的联系或问题。

邓小平这句话的核心意思是社会主义初级阶段社会主要矛盾客观要求必须解放和发展生产力。生产力水平落后是我国社会主义初级阶段主要矛盾的主要方面。因此,只有将解放和发展生产力作为根本任务,才能有效地满足人民日益增长的物质文化需要和精神需要。故本题强调的是社会主义的根本任务。因此,本题正确答案是 A 选项。

四、本章测试题及答案解析

(一) 本章测试题

1. "什么是社会主义,怎样建设社会主义"是邓小平在领导改革开放和现代化建设中不断提出和反复思考的基本理论问题,认清这一问题的关键是( )(单选)

A. 进一步认清社会主义的发展道路　　　B. 进一步认清社会主义的本质

C. 进一步认清社会主义的发展阶段　　　D. 进一步认清社会主义的根本任务

2. 社会主义的本质是( )(单选)

A. 社会主义公有制和按劳分配

B. 人民当家作主,成为社会的主人

C. 高度的社会主义精神文明和全面开放

D. 解放和发展生产力,消灭剥削,消除两极分化,最终达到共同富裕

3. 十七大报告中指出,要深化收入分配制度改革,增加城乡居民收入,初次分配和再分配都要处理好效率和公平的关系,再分配更加注重公平。强调注重公平的原因由( )(单选)

A. 社会主义的优越性决定的　　　　　　B. 社会主义的根本任务决定的

C. 社会主义的共同富裕的目标决定的　　D. 按劳分配为主体决定的

4. 社会主义的根本原则是( )(单选)

A. 不断发展生产,增加社会财富　　　　B. 扩大改革开放,增强综合国力

C. 实行按劳分配,改善人民生活　　　　D. 坚持以公有制为主体,实现共同富裕

5. 科学回答"什么是社会主义、怎样建设社会主义"这一理论问题的意义在于它( )(多选)

A. 有利于在新的历史条件下继续坚持和发展马克思主义,推进我国的社会主义事业

B. 有利于解决我们在改革开放过程中所遇到的疑问和困惑

C. 进一步深化了对社会主义的认识,丰富和发展了马列主义和毛泽东思想

D. 标志着我们已经完成了对社会主义的彻底的认识

6. 20 世纪 90 年代以来,通过各方面的改革,我国经济持续快速健康发展,国内生产总值跃居世界前列;但是,国企改革时有 2600 万职工下岗,党中央实行一系列社会保障制度,确保了下岗职工的最低生活保障和再就业。这段资料表明( )(多选)

A. 解放、发展生产力是社会主义本质的重要内容

B. 解放生产力只是社会形态变革的任务,我国社会主义社会的根本任务是发展生产力

C. 消灭剥削、消除两极分化是社会主义发展的根本方向和要求

D. 革命是解放生产力,改革也是解放生产力

7. 实现共同富裕是(　　)(2000年文科第22题)(多选)

A. 社会主义的基本目标　　　　　　　B. 社会主义的根本原则

C. 市场经济的客观要求　　　　　　　D. 社会主义优越性的体现

E. 社会主义的本质内容

8. 历史唯物主义告诉我们,生产力是人类社会发展的最终决定力量,无论是奴隶社会、封建社会还是资本主义社会的产生都是以生产力的发展为前提的,但这些社会的生产关系最终又成为生产力发展的桎梏而被淘汰。而社会主义比其他社会形态优越的地方,就在于(　　)(单选)

A. 它的综合国力日益增强

B. 它体现了生产力与生产关系的统一

C. 它创造了比任何制度都灿烂的物质文明和精神文明

D. 它能打破阻碍生产力发展的桎梏,解放生产力和发展生产力

9. 邓小平提出"发展才是硬道理",这是(　　)(多选)

A. 巩固和发展社会主义制度的必然要求　　B. 对社会主义实践经验教训的深刻总结

C. 适应时代主题变化的需要　　　　　　　D. 建立社会主义市场经济体制的要求

10. 马克思主义执政党高度重视解放和发展生产力,邓小平提出"发展才是硬道理",江泽民提出"发展是党执政兴国的第一要务",党的十七大将科学发展观写入党章,这些观点与举措(　　)(多选)

A. 看到了发展在我国社会主义现代化建设中的重要作用

B. 认识到发展是社会主义本质的要求

C. 认为发展决定着中国的前途与命运

D. 片面夸大了发展的地位与作用

11. 十七大以来,实现科学发展在认识上已经深入人心,但如何实现科学发展,真正把发展落实到实处,进一步解放和发展生产力是摆在地区和企业面前的课题,围绕这一观点某社区人员展开了讨论。下列观点正确的是:甲甲认为现在许多地方都在大量建设高楼大厦,建楼就是发展生产力了;乙认为发展生产力就是发展经济,经济发展了生产力自然就发展了。(　　)(多选)

A. 甲正确,看到了第二产业在生产力中的作用

B. 甲错误,将发展生产力简单等同于建设高楼大厦

C. 乙正确,看到了经济发展在生产力中地位和作用

D. 乙错误,将发展生产力简单等同于发展经济

12. 任何一种社会制度存在下去都需要发展生产力,但在不同的社会制度下,发展生产力的方式和目的却不同,社会主义社会发展生产力具有的特点有(　　)(多选)

A. 在公有制为主体的基础上发展生产力

B. 在市场经济条件下发展生产力

C. 为了满足人民日益增长的物质文化需要

D. 为了最终达到共同富裕

13. 发展之所以成为中国共产党执政兴国的第一要务,是因为(　　)(多选)

A. 是由中国共产党的执政地位所决定的

B. 是发挥社会主义制度优越性的要求

C. 是党实现其所承担的历史责任的需要

D. 是实行改革开放以来我们党的一条主要经验

14. 始终代表先进生产力的发展要求的总目标是(　　　　)(多选)

A. 改造落后生产力　　　　　　　　　B. 推进科学技术进步和创新

C. 提升传统生产力　　　　　　　　　D. 发展先进生产力

(二)测试题答案及解析

1.【参考答案】B

【答案解析】本题所考查知识点:弄清建设中国特色社会主义的首要的基本理论问题的关键。

邓小平同志把"什么是社会主义、怎样建设社会主义"作为建设中国特色社会主义的首要的基本理论问题。他认为搞清楚这一问题的关键,是要在坚持社会主义基本制度的基础上进一步认清社会主义的本质。只有搞清社会主义的本质,才能从理论上理清构建社会主义的过程和目标。因此,本题正确答案是 B 选项。

2.【参考答案】D

【答案解析】本题所考查知识点:社会主义的本质。

1992 年初邓小平在南方谈话中,针对长期以来把计划经济等同于社会主义、市场经济等同于资本主义的传统观念,明确提出了社会主义本质的著名论断:"社会主义的本质是解放生产力,发展生产力,消灭剥削,消除两极分化,最终达到共同富裕。"这一科学的论断是对马克思主义关于社会主义理论的重大发展,把对社会主义的认识提高到了一个新的科学水平。选项 A 是我国经济制度和分配制度的主体;选项 B 是社会主义民主政治的本质;选项 C 是我国文化方面的内容,均不符合题意。因此,本题正确答案是 D 选项。

3.【参考答案】C

【答案解析】本题所考查知识点:共同富裕是社会主义的目标。

实现共同富裕是社会主义的目标和社会主义本质的最重要表现。共同富裕的目标要求在鼓励一部分地区、一部分人先富起来的同时,使绝大多数人的利益能够得到兼顾,社会公平得到注重。因为只有少数人的富裕就不是社会主义,只有全体人民共同富裕才是社会主义。因此,十七大报告指出,深化收入分配制度改革,初次分配和再分配都要处理好效率和公平的关系,再分配更加注重公平,这正是坚持共同富裕的目标的体现。这说明社会主义的共同富裕的目标决定了要注重社会公平。

A 选项社会主义的优越性不仅表现在共同富裕上,而且还体现在社会主义经济适应了先进生产力的发展要求;社会主义政治制度代表了劳动者的根本利益;社会主义文化代表了社会主义先进文化的前进方向。因此,社会主义的优越性不是决定强调社会公平的直接原因。B 选项社会主义的根本任务是发展生产力和解放生产力,强调的是效益而不是社会公平。关于 D 选项,按劳分配原则本身是公平的,但是会产生一个不公平的结果即出现富裕程度的差别。因而按劳分配原则是在一定时期内允许富裕程度差别的扩大的一个依据,不能体现社会公平。因此,本题正确答案是 C 选项。

4.【参考答案】D

【答案解析】本题所考查知识点:社会主义的根本原则。

关于社会主义的根本原则,邓小平在改革开放初期便作了明确的概括并多次强调说:"一个公有制占主体,一个共同富裕,这是我们所必须坚持的社会主义的根本原则。"毫不动摇地坚持公有制,维护公有制的主体地位,是体现社会主义本质的前提。公有制的实现形式和以公有制为主体的所有制结构,归根到底只能是根据生产力解放和发展的实际要求,根据逐步实现共同富裕的实际进程来确定。因此,本题正确答案是 D 选项。考生要注意社会主义的根本原则和社会主义本质的关系。

5.【参考答案】ABC

【答案解析】本题所考查知识点:邓小平理论的首要的基本理论问题的意义。

搞清楚什么是社会主义和怎样建设社会主义的问题,生动体现了马列主义、毛泽东思想的继承、坚持同发展、创新的关系,在继承和坚持的同时,必须适应历史的发展,把马克思主义推向前进,使之能成为解决新情况下出现的新问题的科学指南,体现了对马克思主义的发展和创新。对首要的基本理论问题的科学回答,进一步深化了对社会主义的认识,丰富和发展了马列主义和毛泽东思想,有利于在新的历史条件下继续坚持和发展马克思主义,推进我国的社会主义事业,有利于解决我们在改革开放过程中所遇到的疑问和困惑。但是,对社会主义的认识是一个不断深化的过程,并不能说我们已经完成了对社会主义的彻底的认识。因此,本题正确答案是 ABC 选项。

6.【参考答案】ACD

【答案解析】本题所考查知识点:解放生产力和发展生产力。

生产力是一切社会存在和发展的基础,是推动人类社会历史发展的决定性力量。过去,进行社会主义革命,建立社会主义制度,根本目的是为了解放和发展生产力。在社会主义条件下,进行社会主义改革和建设,同样也是为了解放和发展生产力。

以往认为革命是解放生产力,社会主义制度建立以后的任务是在新的生产关系下发展生产力。事实上,社会主义制度建立以后,具体体制方面的弊端也会束缚生产力的发展,这就需要改革。改革也是解放生产力。邓小平说:"过去,只讲在社会主义条件下发展生产力,没有讲还要通过改革解放生产力,不完全。应该把解放生产力和发展生产力两个讲全了。"提出"改革也是解放生产力",这是在社会主义发展动力观上的一个十分重要的思想。

题干的材料表明了在社会主义条件下进行改革和建设的各项举措都是解放和发展生产力的表现,因此,解放生产力不只是社会形态变革的任务,也是社会主义社会改革的任务,故选项 B 是错误的。同时材料中的"确保了下岗职工的最低生活保障和再就业"则反映了消灭剥削、消除两极分化是社会主义发展的根本方向和要求。因此,本题正确答案是 ACD 选项。

7.【参考答案】ABDE

【答案解析】本题所考查知识点:共同富裕的必要性。

实现共同富裕是社会主义本质的内容,是社会主义发展的根本目标。邓小平还指出,社会主义最大的优越性,就是共同富裕,这是体现社会主义本质的一个东西。他又说,在改革中,我们始终坚持两个根本原则,一是社会主义公有制经济为主体,一是共同富裕。市场机制的作用,会拉开收入分配的差距。市场经济的自我发展,会形成人们贫富两极分化。可见选项 C 错误。因此,本题正确答案是 ABDE 选项。

8.【参考答案】D

【答案解析】本题所考查知识点:发展生产力是社会主义制度优越性的体现。

社会主义本质是社会主义根本任务和社会主义根本目标的统一,解放生产力,发展生产力是社会主义的根本任务,生产力是社会发展的最终决定力量,封建社会与资本主义社会的产生都是以生产力的发展为前提的,但这些社会的生产关系最终又成为生产力发展的桎梏而被淘汰,社会主义制度使生产关系适应了生产力的发展,具有比其他社会形态优越的地方。因此,本题正确答案是 D 选项。

9. 【参考答案】ABC

【答案解析】本题所考查知识点:邓小平提出"发展才是硬道理"的依据。

邓小平提出"发展才是硬道理"的依据是:第一,发展才是硬道理,把发展生产力作为社会主义的根本任务,符合马克思主义基本原理,是巩固和发展社会主义制度的必然要求。第二,发展才是硬道理,是对社会主义实践经验教训的深刻总结。第三,发展才是硬道理,是适应时代主题变化的需要。建立社会主义市场经济体制是资源配置方式的转变,适应了发展的要求,而不是决定发展才是硬道理的依据。故选项 D 不对。因此,本题正确答案是 ABC 选项。

10. 【参考答案】ABC

【答案解析】本题所考查知识点:发展是硬道理,是党执政兴国的第一要务。

马克思主义执政党高度重视解放和发展生产力,发展是坚持党的先进性的要求,是发挥社会主义制度优越性的要求,是社会主义本质的要求,发展决定着中国的命运和前途,发展是实现国富民强的要求。无论从国内还是国际来看,解决各种社会问题,实现社会的全面进步,实现祖国的统一,反对霸权主义与强权政治都离不开生产力的发展。因此,本题正确答案是 ABC 选项。

11. 【参考答案】BD

【答案解析】本题所考查知识点:发展生产力与科学发展。

十七大把科学发展观写入党章,科学发展观认识上已经深入人心,但一些简单地把发展生产力理解为盖几栋大楼,或者认为只要经济发展上去就实现了生产力的发展的观点是错误的。社会主义根本任务是解放生产力、发展生产力。发展生产力的结果之一是经济发展,还包括人民生活水平、物质资料与精神文明的发展。因此,本题正确答案是 BD 选项。

12. 【参考答案】ACD

【答案解析】本题所考查知识点:社会主义社会发展生产力具有的特点。

解放和发展生产力作为社会主义的本质范畴,其实现方式、目的、程度都不同于资本主义制度。(1) 社会主义解放和发展生产力的目的,是为了满足人民群众日益增长的物质文化生活的需要,消灭剥削、消除两极分化,最终达到共同富裕。而资本主义发展生产力的目的是为了资本家生产更多的剩余价值,为了少数人富裕起来,只能导致两极分化。(2) 社会主义以生产资料公有制代替生产资料私有制,并建立了与社会化大生产相适应的社会制度,这就从根本上排除了阻碍生产力发展的制度性因素。因此,比资本主义制度更能够解放和发展生产力。计划和市场只是资源配置的手段,在市场经济条件下发展生产力并不是社会主义社会发展生产力的特点,资本主义社会同样具有。因此,本题正确答案是 ACD 选项。

13. 【参考答案】ABCD

【答案解析】本题所考查知识点:中国共产党执政兴国的第一要务。

江泽民指出,党要承担起推动中国社会进步的历史责任,必须始终紧紧抓住发展这个执政兴国的第一要务。第一,把发展作为执政兴国的第一要务是由中国共产党的执政地位所决定的,是对执政规律认识的深化,也是党实现其所承担的历史责任的需要。第二,只有把发展作为主题,才能符合人民群众的愿望,不断巩固和发展党执政的群众基础,把中国特色社会主义建设事业不断推向前进,并通过几代人、十几代人甚至几十代人的努力,创造出比资本主义更发达的生产力,使人民群众享受更多的实际利益,使社会主义更好地显示出自己的优越性。第三,坚持以发展的办法解决前进中的问题,是实行改革开放以来我们党的一条主要经验。因此,本题正确答案是 ABCD 选项。

14. 【参考答案】ACD

【答案解析】本题所考查知识点:始终代表先进生产力的发展要求的总目标。

始终代表先进生产力的发展要求,总的目标是改造落后生产力,提升传统生产力,发展先进生产力,最终整体达到发达生产力的水平。选项 B 是党要始终代表中国先进生产力的发展要求的途径。因此,本题正确答案是 ACD 选项。

2.6 社会主义初级阶段理论

2.6.1 重难知识点内在逻辑系统图

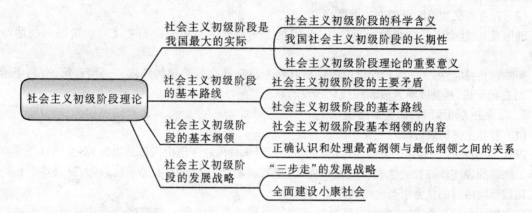

2.6.2 重难知识点详解

一、本章考点考查统计

学科	章节	考点	考查目标	已考查年度						
				2011	2010	2009	2008	2007	2006	2005
毛泽东思想和中国特色社会主义理论体系概论	第六章　社会主义初级阶段理论	社会主义初级阶段是我国最大的实际	1、2	/	/	/	/	/	/	/
		社会主义初级阶段的主要矛盾	2、3	/	√	/	/	/	/	√
		社会主义初级阶段的基本路线	2、4、5	/	/	/	/	/	/	/
		社会主义初级阶段基本纲领的内容	2、5	/	/	/	/	/	/	/
		正确认识和处理最高纲领与最低纲领之间的关系	2、5	/	/	/	/	/	/	/
		"三步走"的发展战略	1、2	/	√	/	/	/	/	/
		全面建设小康社会	5	/	/	/	/	/	/	/

二、本章重难知识点点拨

1. 社会主义初级阶段是我国最大的实际

我国处在社会主义初级阶段,是中国共产党和邓小平对当代中国基本国情的科学判断。我们讲从实际出发建设社会主义,最大的"实际"就是这一基本国情。

(1) 社会主义初级阶段的科学含义

党的十三大明确指出社会主义初级阶段包括两层含义:第一,我国社会已经是社会主义社会。我们必须坚持而不能离开社会主义。第二,我国的社会主义社会还处在初级阶段。我们必须从这个实际出发,而不能超越这个阶段。前一层含义阐明的是初级阶段的社会性质,后一层含义则阐明了我国现实中社会主义社会的发展程度。

(2)我国社会主义初级阶段的长期性

初级阶段的长期性,从根本上说是由中国进入社会主义的历史条件和建成社会主义所需要的物质基础所决定的。

(3)社会主义初级阶段理论的重要意义

理论意义:社会主义初级阶段理论丰富、发展了马克思主义关于社会主义发展阶段问题的科学构想。

实践意义:社会主义初级阶段理论的提出有利于制定和执行正确的路线、方针、政策,有利于排除"左"与右的干扰,推动改革开放和现代化建设的顺利实施。

2. 社会主义初级阶段的基本路线

(1)社会主义初级阶段的主要矛盾

1981年,党的十一届六中全会通过的《关于建国以来党的若干历史问题的决议》对我国社会主要矛盾作了规范的表述:"在社会主义改造基本完成以后,我国所要解决的主要矛盾,是人民日益增长的物质文化需要同落后的社会生产之间的矛盾。"

在我国社会主要矛盾中,生产力落后将长期是矛盾的主要方面。要彻底改变这种情况,就必须始终坚持以经济建设为中心,集中力量不断解放和发展生产力。

(2)社会主义初级阶段的基本路线

党在社会主义初级阶段的基本路线是:领导和团结全国各族人民,以经济建设为中心,坚持四项基本原则,坚持改革开放,自力更生,艰苦创业,为把我国建设成为富强民主文明和谐的社会主义现代化国家而奋斗。这一基本路线简明概括为"一个中心,两个基本点"。

党的基本路线有四个方面的内容:

第一,建设"富强民主文明和谐的社会主义现代化国家"。这是基本路线规定的党在社会主义初级阶段的奋斗目标,体现了社会主义社会的经济、政治、文化和社会全面发展的要求。

第二,"一个中心、两个基本点"。这是基本路线最主要的内容,是实现社会主义现代化奋斗目标的基本途径。

第三,"领导和团结全国各族人民"。这是实现社会主义现代化奋斗目标的领导力量和依靠力量。

第四,"自力更生,艰苦创业"。这是我们党的优良传统,也是实现社会主义初级阶段奋斗目标的根本立足点和基本方针。

3. 社会主义初级阶段的基本纲领

(1)社会主义初级阶段基本纲领的内容

社会主义初级阶段的基本纲领是建设中国特色社会主义的经济、政治、文化、社会的基本目标和基本政策的有机统一。

(2)正确认识和处理最高纲领与最低纲领之间的关系

共产主义是共产党人的理想信念和精神支柱,实现共产主义是无产阶级政党的最高纲领。在每个不同的发展阶段,都需要提出符合实际的理论、路线、方针、政策和策略,形成阶段性的行动纲领。

最高纲领与最低纲领辩证统一于为实现共产主义奋斗的全部历史过程中。最高纲领为最低纲领的制定指明前进方向;最低纲领为最高纲领的实现准备必要的条件。

4. 社会主义初级阶段的发展战略

（1）"三步走"的发展战略

邓小平根据我国国情不但确定了实现现代化的战略目标,而且设计了实现这一目标的战略步骤,这就是著名的"三步走"发展战略。具体地说:第一步,从1981年到1990年,实现国民生产总值比1980年翻一番,解决人民的温饱问题;第二步,从1991年到20世纪末,使国民生产总值再增长一倍,人民生活达到小康水平;第三步,到21世纪中叶,人均国民生产总值达到中等发达国家水平,人民生活比较富裕,基本实现现代化。然后,在这个基础上继续前进。

江泽民总书记在中国共产党十五大报告中,根据邓小平关于分阶段、有步骤实现我国现代化的战略思想,把"三步走"战略的第三步进一步具体化,提出了三个阶段性目标,即"小三步":21世纪第一个十年实现国民生产总值比2000年翻一番,使人民的小康生活更加宽裕,形成比较完善的社会主义市场经济体制;再经过十年的努力,到建党100周年时,使国民经济更加发展,各项制度更加完善;到21世纪中叶建国100周年时,基本实现现代化,建成富强民主文明的社会主义国家,从而使"三步走"的战略和步骤更加具体明确。

（2）全面建设小康社会

党的十六大深刻分析了党和国家面临的新形势和新任务,从我国总体上实现的小康还是低水平、不全面、发展很不平衡的小康社会。党的十七大在十六大确立的全面建设小康社会目标的基础上,对我国的发展提出了五个方面新的更高要求。一是增强发展协调性,努力实现经济又好又快发展。二是扩大社会主义民主,更好保障人民权益和社会公平正义。三是加强文化建设,明显提高全民族文明素质。四是加快发展社会事业,全面改善人民生活。五是建设生态文明,基本形成节约能源资源和保护生态环境的产业结构、增长方式、消费模式。

三、本章典型例题

党在社会主义初级阶段的基本纲领是党在这一历史时期所明确展示的基本政治主张,是党的基本路线的展开。下面关于党在社会主义初级阶段的基本纲领表述正确的是（　　）（多选）

A. 包括建设有中国特色社会主义经济、政治与文化三者有机统一

B. 包括建设有中国特色社会主义经济、政治、文化、构建社会主义和谐社会有机统一

C. 构建社会主义和谐社会的提出为党在社会主义初级阶段的基本纲领增添了新的内容

D. 党在社会主义初级阶段的基本纲领是随着时代的发展而发展的

【考点分析】本题所考查知识点:党在社会主义初级阶段的基本纲领。

【解题分析】比较法:运用比较分析,排除明显不符合题意的错误答案。如题中将AB比较,因为A选项不够全面而排除,B全面反映了题意而选择。

演绎法:从党在社会主义初级阶段的基本纲领这一基本概念出发,推演出CD是正确的符合题意的说法。

党的十五大根据社会主义初级阶段基本路线的要求,围绕社会主义现代化建设的总课题,制定了党在社会主义初级阶段的基本纲领,内容包括经济纲领、政治纲领、文化纲领。党的十七大进一步丰富了基本纲领的内容,认为党在社会主义初级阶段的基本纲领是建设中国特色社会主义的经济、政治、文化、社会的基本目标和基本政策的四者的有机统一。与十五大制定的基本纲领相比,当前的基本纲领增加了社会纲领即构建社会主义和谐社会,说明党在社会主义初级阶段的基本纲领是随着时代的发展而发展的。因此,本题正确答案是BCD选项。

四、本章测试题及答案解析

(一) 本章测试题

1. 1958年,在"大跃进"和"人民公社化"运动中,产生了"共产主义在我国的实现已经不是什么遥远将来的事情了"和"跑步进入共产主义"的盲目乐观情绪。产生这种错误的根本原因是(　　) (单选)

A. 没有搞清楚社会主义的主要矛盾　　　B. 没有搞清楚社会主义的根本任务

C. 没有搞清楚社会主义所处的历史阶段　D. 没有搞清楚社会主义的根本目的

2. 一切从实际出发,是我们制定路线、方针的基本原则,现阶段中国最大的实际是(　　)(单选)

A. 生产力水平低,经济发展落后　　　　B. 人口数量多,素质不高

C. 社会主义市场经济体制还不完善　　　D. 正处于并将长期处于社会主义初级阶段

3. 社会主义初级阶段是指(　　)(单选)

A. 任何国家进入社会主义都会经历的起始阶段

B. 资本主义向社会主义的过渡阶段

C. 我国生产力落后,商品经济不发达条件下建设社会主义必然要经历的阶段

D. 新民主主义向社会主义过渡的阶段

4. 党的十一届三中全会后,我们党在科学把握国情的基础上,及时作出我国处于并将长期处于社会主义初级阶段的科学论断。我国社会主义初级阶段的起点是在(　　)(单选)

A. 中华人民共和国成立以后　　　　　　B. 对生产资料的社会主义改造完成以后

C. 党的十一届三中全会以后　　　　　　D. 提出社会主义初级阶段理论以后

5. 十七大提出的"两个没有变"是对我国现状的历史性定位,这个定位是我们观察问题、作出决策的出发点,更是做好一切工作的落脚点。"两个没有变"指(　　)(多选)

A. 社会主义初级阶段党的基本路线没有变

B. 社会主义初级阶段党的基本纲领没有变

C. 人民日益增长的物质文化需要同落后的社会生产之间的矛盾这一社会主要矛盾没有变

D. 我国仍处于并将长期处于社会主义初级阶段的基本国情没有变

6. 坚持党的基本路线一百年不动摇的关键是(　　)(单选)

A. 坚持以经济建设为中心不动摇　　　　B. 坚持两手抓、两手都要硬的方针不动摇

C. 坚持四项基本原则不动摇　　　　　　D. 坚持改革开放不动摇

7. 忘记远大理想而只顾眼前就会失去前进方向,离开现实工作而空谈远大理想就会脱离实际。因此(　　)(单选)

A. 要坚持党在社会主义初级阶段的基本纲领　B. 要树立共产主义远大理想

C. 要坚持最低纲领与最高纲领的统一　　　　D. 要制定和实施正确的纲领

8. 党在社会主义初级阶段的基本路线阐明了(　　)(多选)

A. 中国共产党是领导和团结全国各族人民的核心力量

B. 全国各族人民是贯彻党的基本路线的主体

C. 我们的社会主义现代化建设必须坚持"一个中心,两个基本点"

D. 社会主义现代化建设必须贯彻自力更生、艰苦创业的方针

9. 实践证明,离开四项基本原则谈改革开放必然会失去正确的方向,资产阶级自由化思潮就会泛滥,造成社会的动荡;离开改革开放谈四项基本原则必然会坚持僵化的旧体制和观念,无法充分发挥社会主义优越性。上述材料表明(　　)(多选)

A. 坚持四项基本原则是改革开放的根本保证

B. 改革开放为坚持四项基本原则提供了新鲜的时代内容

C. 四项基本原则等同于改革开放

D. 四项基本原则与改革开放相辅相成

10. 中国改革完全不同于苏联,是在四项基本原则基础上进行的真正的改革。这表明( )(多选)

A. 改革同革命一样,都是特定历史阶段社会发展的直接动力

B. 坚持共产党的领导,是有序推进改革的组织保障

C. 马列主义、毛泽东思想是为改革排除混乱因素的思想保障

D. 四项基本原则是改革开放坚持正确的政治方向的保证

11. 2000 年国内生产总值是 1980 年的 6 倍以上,超过原定 20 年翻两番的目标;商品供应普遍短缺的状况根本改观;经济结构实现重大调整;基础设施薄弱的状况得到明显改善,人民生活实现了历史性跨越。这段材料表明( )(单选)

A. 我国经济社会发展的战略目标已经基本实现

B. "三步走"战略的第一步已基本实现

C. "三步走"战略的第二步已基本实现

D. "三步走"战略已基本实现

12. 将目前低水平的、不全面的、发展很不平衡的小康社会,发展成为更高水平、内容比较全面丰富、发展较为均衡的小康社会,它包括经济、政治、文化和生态等多方面的内容。这是我国( )(单选)

A. 社会主义初级阶段社会经济发展的战略目标

B. 全面建设小康社会的目标

C. 21 世纪头 10 年的战略目标

D. 21 世纪中叶的战略目标

13. 我国社会主义建设发展战略的出发点和归宿是( )(单选)

A. 社会主义现代化　　　　　　　　　B. 缩小和发达国家的差距

C. 提高人民的生活水平　　　　　　　D. 提高我国的国际地位

14. 在全国 31 个省市自治区中,15 个小康实现程度达 90% 以上,9 个达 80% ~90% ,7 个在 80% 以下;目前农村还有 3000 万人的温饱还没有完全解决,相当数量的人口虽然已经解决了温饱,但还未达到小康。这段材料表明( )(多选)

A. 我国目前的小康是低水平的、不全面的、发展很不平衡的

B. 巩固和提高目前达到的小康水平,还需要长时期的奋斗

C. 人民生活总体上还没有达到小康水平

D. 全面建设小康社会目标提出的必要性和紧迫性

15. 中国共产党的十七大报告提出的全面建设小康社会奋斗目标的新要求有( )(多选)

A. 增强发展协调性,努力实现经济又好又快发展

B. 扩大社会主义民主,更好保障人民权益和社会公平正义

C. 加强文化建设,明显提高全民族文明素质

D. 加快发展社会事业,全面改善人民生活

（二）测试题答案及解析

1.【参考答案】C

【答案解析】本题所考查知识点：认清社会主义所处历史阶段的重要性。

1956年中国宣布社会主义改造基本完成，进入社会主义社会，但是并不清楚所进入的是什么阶段的社会主义，由此导致实践上的严重偏差。一是在政治上以阶级斗争为纲，二是在经济上的左倾冒进，在社会发展上急于求成。这些错误的出现，有其具体的原因，但最根本的是对社会主义所处的历史阶段认识不清。因此，准确地认识中国社会主义所处的历史阶段是一个非常根本的问题。本题的正确答案是C选项。

2.【参考答案】D

【答案解析】本题所考查知识点：社会主义初级阶段。

社会主义初级阶段是特指我国在生产力落后、商品经济不发达条件下建设社会主义必然要经历的特定阶段。正确认识这一问题对于我们立足本国国情、坚持从实际出发建设社会主义有着重要的意义。据此分析，D项正确。A、B、C三项所述，只是对我国现阶段国情某一方面的描述。

3.【参考答案】C

【答案解析】本题所考查知识点：社会主义初级阶段的含义。

党的十三大明确指出社会主义初级阶段包括两层含义：第一，我国社会已经是社会主义社会。我们必须坚持而不能离开社会主义。第二，我国的社会主义社会还处在初级阶段。我们必须从这个实际出发，而不能超越这个阶段。社会主义初级阶段的两层基本含义既相互区别，又紧密联系，构成了一个具有特定内涵的新概念。这里所说的初级阶段，不是泛指任何国家进入社会主义都会经历的起始阶段，而是特指我国在生产力发展水平不高、商品经济不发达条件下建设社会主义必然要经历的特定历史阶段。因此，选项A错误，选项C正确。社会主义初级阶段的第一层含义说明我国已经进入了社会主义社会，因此，选项B、D错误。

4.【参考答案】B

【答案解析】本题所考查知识点：社会主义初级阶段的起点。

社会主义初级阶段的社会性质是社会主义的，这不同于过渡时期，因而初级阶段的起点是在对生产资料的社会主义改造基本完成以后。因此，本题正确答案是B选项。

5.【参考答案】CD

【答案解析】本题所考查知识点：我国现状的"两个没有变"。

经过新中国成立以来特别是改革开放以来的不懈努力，我国取得了举世瞩目的发展成就，但我国仍处于并将长期处于社会主义初级阶段的基本国情没有变，人民日益增长的物质文化需要同落后的社会生产之间的矛盾这一社会主要矛盾没有变。"两个没有变"是对社会主义初级阶段的基本国情与对我国现状的历史性定位。党的十七大通过的党章又把"和谐"写入了基本路线。故选项A是错误的。社会主义初级阶段党的基本纲领由原来的经济、政治、文化三个基本目标和基本政策改变为经济、政治、文化、社会四个基本目标和基本政策。故选项B也是错误的。因此，本题正确答案是CD选项。

6.【参考答案】A

【答案解析】本题所考查知识点：坚持党的基本路线不动摇。

坚持党的基本路线，必须紧紧围绕经济建设这一中心。以经济建设为中心是兴国之要，是我们党和国家兴旺发达、长治久安的根本要求。能否坚持以经济建设为中心，是关系到我国社会主义现代化的成败、关系到社会主义的前途和命运的大问题。如果经济建设这个中心发生动摇，整个基本路线就会被动摇。所以,坚持党的基本路线不动摇,就是坚持以经济建设为中心不动摇。因此,本题正确答案是 A 选项。

7.【参考答案】C

【答案解析】本题所考查知识点:坚持最低纲领与最高纲领的统一。

党的纲领,既包括确定每个阶段中心任务和奋斗目标的基本纲领即最低纲领,也包括确定长远目标的最高纲领,两者相互联系,辩证统一。因此,本题正确答案是 C 选项。

8.【参考答案】ABCD

【答案解析】本题所考查知识点:社会主义初级阶段的基本路线。

党的基本路线有四个方面的完整内容:第一,建设"富强民主文明和谐的社会主义现代化国家"。这是基本路线规定的党在社会主义初级阶段的奋斗目标,体现了社会主义社会的经济、政治、文化和社会全面发展的要求。第二,"一个中心、两个基本点"。这是基本路线最主要的内容,是实现社会主义现代化奋斗目标的基本途径。第三,"领导和团结全国各族人民"。这是实现社会主义现代化奋斗目标的领导力量和依靠力量。第四,"自力更生,艰苦创业"。这是我们党的优良传统,也是实现社会主义初级阶段奋斗目标的根本立足点和基本方针。因此,本题正确答案是 ABCD 选项。

9.【参考答案】ABD

【答案解析】本题所考查知识点:四项基本原则与改革开放相辅相成。

坚持四项基本原则与坚持改革开放是基本路线的两个基本点,二者在本质上是统一的,坚持四项基本原则是改革开放的根本保证,改革开放为坚持四项基本原则提供了新鲜的时代内容。二者相互贯通、相互依存、不可分割,统一于建设中国特色社会主义伟大实践。要注意克服离开改革开放谈论四项基本原则的僵化倾向,也坚决反对背离四项基本原则的资产阶级自由化倾向。因此,本题正确答案是 ABD 选项。

10.【参考答案】BCD

【答案解析】本题所考查知识点:四项基本原则是改革开放和现代化建设的政治保证。

四项基本原则的政治保证主要表现在:(1)四项基本原则是改革开放和现代化建设所需要的社会环境的保证。首先,坚持走社会主义道路是安定团结政治局面的根本保障。其次,坚持人民民主专政是国家安全和人民安居的有效保障。再次,坚持共产党的领导是有序地推进改革开放和现代化建设的组织保障。最后,坚持马列主义、毛泽东思想是为改革开放和现代化建设排除一切混乱因素的思想保障。(2)四项基本原则是改革开放和现代化建设坚持正确的政治方向的保证。只有坚持四项基本原则,才能真正实现全体人民共同富裕的目标,才能使我国人民形成共同的社会理想和道德标准,从而保证物质文明和精神文明的共同发展。选项 A 讲的是改革的作用并非是四项基本原则和改革开放之间的关系。因此,本题正确答案是 BCD 选项。

11.【参考答案】C

【答案解析】本题所考查知识点:"三步走"的发展战略。

这段材料说明,经过全党和全国各族人民的共同努力,我们胜利实现了现代化建设"三步走"战略的第二步目标,我国进入了全面建设小康社会、加快推进社会主义现代化新的发展阶段。因此,本题正确答案是 C 选项。

12.【参考答案】B

【答案解析】本题所考查知识点:全面建设小康社会的目标。

十六大提出,我们要在 21 世纪头 20 年,集中力量,全面建设惠及十几亿人口的更高水平的小康社会,全面建设小康社会的目标是将目前低水平的、不全面的、发展很不平衡的小康社会,发展成为更高水平的、内容比较全面丰富、发展较为均衡的小康社会,它包括经济、政治、文化和生态等多方面的内容。因此,本题正确答案是 B 选项。

13.【参考答案】C

【答案解析】本题所考查知识点:我国社会主义建设发展战略的出发点和归宿。

"三步走"的战略,始终把提高人民生活水平作为目的和归宿,每一步都有相应的人民生活水平的标准,即"温饱型"、"小康型"和"比较富裕型",更好地体现了社会主义的生产目的。所以我国社会主义建设发展战略的出发点和归宿是提高人民的生活水平。因此,本题正确答案是 C 选项。

14.【参考答案】ABD

【答案解析】本题所考查知识点:全面建设小康社会。

经过全党和全国各族人民的共同努力,我国已经实现了现代化建设"三步走"战略的前两步目标,人民生活水平总体上达到小康水平,因此,C 选项是错误的。江泽民在十六大上提出全面建设小康社会是新世纪头二十年的奋斗目标,主要原因是我国现在达到的小康还是低水平的、不全面地、发展很不平衡的小康,巩固和提高目前达到的小康水平,还需要进行长时期的艰苦奋斗。题目中的材料正是揭示了我国小康社会的现状,说明了全面建设小康社会目标提出的必要性和紧迫性。因此,本题正确答案是 ABD 选项。

15.【参考答案】ABCD

【答案解析】本题所考查知识点:全面建设小康社会目标的新要求。

选项 ABCD 都是党在十七大报告中提出的实现全面建设小康社会目标的新的更高要求。因此,本题正确答案是 ABCD 选项。

2.7 社会主义改革和对外开放

2.7.1 重难知识点内在逻辑系统图

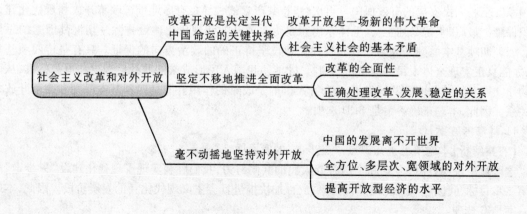

2.7.2 重难知识点详解

一、本章考点考查统计

学科	章节	考点	考查目标	已考查年度						
				2011	2010	2009	2008	2007	2006	2005
毛泽东思想和中国特色社会主义理论体系概论	第七章 社会主义改革和对外开放	改革开放是一场新的伟大革命	2、3	/	/	/	√	/	/	/
		社会主义社会的基本矛盾	2、5	/	/	√	/	√	/	/
		判断改革和一切工作是非得失的标准	2、3							
		正确处理改革、发展、稳定的关系	2、5	√						
		中国的发展离不开世界	1、2							
		全方位、多层次、宽领域的对外开放	1、2	/	/	/	/	/	/	/
		提高开放型经济的水平	4、5	/	/	/	/	/	/	/

二、本章重难知识点点拨

1. 改革开放

(1) 改革开放是一场新的伟大革命

改革开放是党在新的时代条件下带领人民进行的新的伟大革命,它不是对原有经济体制的细枝末节的修补,而是对原有经济体制的根本性变革。它要从根本上改变束缚我国生产力发展的经济体制,建立充满生机和活力的社会主义新经济体制,同时相应地改革政治体制和其他方面的体制。

(2) 改革开放的目的

改革开放的目的,就是要解放和发展社会生产力,实现国家现代化,让中国人民富裕起来,振兴伟大的中华民族;就是要推动我国社会主义制度自我完善和发展,赋予社会主义新的生机活力,建设和发展中国特色社会主义;就是要在引领当代中国发展进步中加强和改进党的建设,保持和发展党的先进性,确保党始终走在时代前列。

(3) 改革开放的性质

改革开放是一场革命,但它不是一个阶级推翻另一个阶级意义上的革命,不是也不允许否定和抛弃我们已经建立起来的社会主义基本制度。因此,改革开放既是我们党领导的一场新的伟大革命,又是社会主义制度的自我完善和发展。

(4) 社会主义社会的基本矛盾

① 毛泽东关于社会主义社会基本矛盾的理论

第一,指出社会主义社会仍然存在着矛盾,正是这些矛盾推动着社会主义社会向前发展。

第二,阐明了社会主义社会基本矛盾的性质和特点。

第三,提出了通过社会主义制度本身解决社会基本矛盾的思想。

第四,在阐明中国社会主义社会基本矛盾状况和性质的基础上,进一步分析了中国的社会矛盾。

② 邓小平对社会主义社会基本矛盾理论的丰富和发展

第一,判断一种生产关系和生产力是否相适应,要从实际出发,具体问题具体分析,主要看它是否适应当时当地生产力的要求，能否推动生产力发展。

第二，提出在社会主义社会依然有解放生产力的问题。

第三，把社会主义社会基本矛盾、主要矛盾和根本任务统一起来。

第四，指出了解决社会主义初级阶段主要矛盾的途径是改革。

2. 对内改革

（1）改革的全面性

中国的改革是全面的改革，这是由改革的任务决定的。20世纪70年代末，中国开启了改革的历史进程。

① 农村改革

改革在农村拉开序幕。农村改革的第一步是废除人民公社制度，建立以家庭联产承包为主，统分结合、双层经营的新型集体所有制。

② 城市改革

在农村改革取得成效的基础上，开始了以城市为重点的整个经济体制的改革。在全面改革中，经济体制改革是重点。

（2）判断改革和一切工作是非得失的标准

邓小平在1992年的南方谈话中，明确提出了"三个有利于"的标准，即要以是否有利于发展社会主义社会的生产力、是否有利于增强社会主义国家的综合国力、是否有利于提高人民生活水平作为判断改革得失成败的标准。

"三个有利于"标准，强调的是对于改革开放的一些具体政策措施，必须从抽象的姓"社"姓"资"的争论中摆脱出来。在改革开放的政策措施上之所以不能陷入姓"社"还是姓"资"的抽象争论，一方面是因为，不能把一切产生于资本主义并在资本主义社会得到广泛应用但本身不具有社会制度属性的经济现象，都认为具有资本主义的性质而加以否定；另一方面，在社会主义初级阶段也不能无条件地拒绝和否定一切资本主义的经济成分和因素。

在改革开放的性质问题上，则不能不问姓"社"还是姓"资"，而是必须理直气壮地坚持社会主义方向。

（3）正确处理改革、发展、稳定的关系

① 坚持改革、发展、稳定的统一

改革是动力，发展是目的，稳定是前提。

② 正确处理改革、发展、稳定关系的经验和主要原则

改革开放以来党在处理改革、发展、稳定关系方面积累起来的经验和主要原则包括：

第一，保持改革、发展、稳定在动态中的相互协调和相互促进。

第二，把改革的力度、发展的速度和社会可以承受的程度统一起来。

第三，把不断改善人民生活作为处理改革、发展、稳定关系的重要结合点。

3. 对外开放

（1）坚持对外开放的依据

① 当今的世界是开放的世界，这是对世界经济发展历史的深刻总结，是生产社会化和商品经济、市场经济发展的必然结果。

② 中国的发展离不开世界。这是对中国发展历史的深刻总结。

③ 实行对外开放也是充分发挥社会主义制度优越性，吸取人类文明成果，建设优于资本主义的社会主义的需要。

（2）坚持对外开放和独立自主的关系

邓小平在作出对外开放的决策时，十分明确地提出要处理好对外开放和独立自主、自力更生的关系。

对外开放同独立自主、自力更生是相辅相成的。独立自主、自力更生,是对外开放的基础;对外开放是为了增强独立自主、自力更生的能力。坚持独立自主、自力更生,积极实行对外开放,都是为了更好更快地进行社会主义现代化建设。

(3) 对外开放的格局

在正确的对外开放战略思想的指导下,我国逐步形成了具有中国特色的全方位、多层次、宽领域的对外开放格局。

(4) 提高开放型经济的水平

① 对外开放面临的新问题和挑战

随着我国参与经济全球化程度的加深,对外开放面临着一系列新的问题和挑战,主要表现在:世界经济形势复杂多变,不稳定不确定因素增加,经济风险加大;国际市场竞争日趋激烈,贸易摩擦增多;政府的宏观调控难度增大。

② 不断提高开放型经济水平的措施

第一,转变对外贸易增长方式,提高对外贸易效益。

第二,坚持"引进来"和"走出去"相结合的战略。

第三,切实维护国家安全。

三、本章典型例题

1. 改革开放作为一场新的伟大革命,不可能一帆风顺,也不可能一蹴而就。这"一场新的伟大革命"(   )(多选)

A. 是对原有经济体制的根本性变革

B. 要实现的是从计划经济向社会主义市场经济体制的根本转变

C. 涉及经济基础和上层建筑的各个方面内容的全面变革

D. 对社会发展起决定性作用,引起了人们社会生活、利益格局和思想观念的变化

【考点分析】本题所考查知识点:改革开放是一场新的伟大革命。

【解题分析】

改革开放是党在新的时代条件下带领人民进行的新的伟大革命,它不是对原有经济体制的细枝末节的修补,而是对原有经济体制的根本性变革。它要从根本上改变束缚我国生产力发展的计划经济体制,建立充满生机和活力的社会主义市场经济体制,同时相应地改革政治体制和其他方面的体制。改革开放是涉及经济基础和上层建筑的各个方面内容的全面变革,引起了人们社会生活、利益格局和思想观念的变化。D 项表述不正确,改革并不对社会发展起决定性作用,而对社会发展起决定性作用的是生产力。因此,本题正确答案是 ABC 选项。

2. 邓小平指出,一个国家"要摆脱贫困,在经济政策和对外政策上都要立足于自己的实际,不要给自己设置障碍,不要孤立于世界之外。根据中国的经验,把自己孤立于世界之外是不利的。"这句话强调的是(   )(单选)

A. 改革是社会主义中国的强国之路

B. 对外开放是我国必须长期坚持的基本国策

C. 四项基本原则是立国之本

D. 社会主义建设必须以经济建设为中心

【考点分析】本题所考查知识点:对外开放是我国必须长期坚持的基本国策。

【解题分析】

邓小平这句话实质上指出坚持对外开放是深刻总结中国长期停滞落后的历史教训的结果,这是坚

持对外开放的客观依据。正因为中国历史的深刻教训,邓小平把对外开放确立为我国必须长期坚持的基本国策。因此,本题正确答案是 B 选项。

四、本章测试题及答案解析

(一)本章测试题

1. 改革开放是党在新的时代条件下带领人民进行的新的伟大革命,其性质是( )(单选)

A. 解放生产力,发展生产力

B. 社会主义基本制度的根本变革

C. 社会主义制度的自我完善和发展

D. 建立和完善社会主义市场经济体制

2. 毛泽东认为社会主义社会的基本矛盾是( )(单选)

A. 帝国主义和中华民族的矛盾、封建主义和人民大众的矛盾

B. 无产阶级与资产阶级之间的矛盾

C. 生产力与生产关系、经济基础与上层建筑之间的矛盾

D. 人民日益增长的物质文化需要同落后的社会生产之间的矛盾

3. 邓小平指出解决社会主义初级阶段主要矛盾的途径是( )(单选)

A. 创新   B. 改革   C. 发展   D. 科技

4. 改革开放是党在新的时代条件下带领人民进行的新的伟大革命,目的就是要( )(多选)

A. 解放和发展社会生产力

B. 推动我国社会主义制度自我完善和发展

C. 在引领当代中国发展进步中加强和改进党的建设

D. 保持和发展党的先进性,确保党始终走在时代前列

5. 毛泽东关于社会主义社会基本矛盾的理论主要包括下列内容( )(多选)

A. 社会主义社会的基本矛盾是对抗性的矛盾

B. 社会主义社会的基本矛盾呈现出既相适应又相矛盾的特点

C. 社会主义社会的基本矛盾依然是生产关系和生产力之间、上层建筑和经济基础之间的矛盾

D. 社会主义社会的基本矛盾不具有对抗性,可以通过社会主义自身的调整和完善不断得到解决

6. 邓小平在新的实践中丰富和发展了毛泽东关于社会主义社会基本矛盾的理论,其主要内容有( )(多选)

A. 判断一种生产关系和生产力是否相适应,主要看它是否适应当时当地生产力的要求,能否推动生产力发展

B. 提出在社会主义社会依然有解放生产力的问题

C. 把社会主义社会基本矛盾、主要矛盾和根本任务统一起来

D. 指出了解决社会主义初级阶段主要矛盾的途径是改革

7. 2008 年中国迎来了改革开放 30 周年,30 年改革开放成功与否的判断标准为( )(单选)

A. 是否取得经济的发展   B. 是否走向了共同富裕

C. 是否加快了社会主义现代化建设进程   D. 是否符合"三个有利于"标准

8. 判断改革开放各方面工作是非得失的标准,归根到底看其是否有利于( )(多选)

A. 提高全民族的科学文化素质   B. 发展社会主义社会的生产力

C. 增强社会主义国家的综合国力   D. 提高人民的生活水平

9. 邓小平指出:"改革、发展、稳定,好比是我国现代化建设棋盘上的紧密关联的战略性棋子,每一

着棋都下好了,相互促进,就会全局皆活;如果有一着棋下不好,其他两者也会陷入困境,就可能全局受挫。"这段话是说( )(多选)

A. 改革是推动经济发展的动力,是解放和发展生产力的必由之路

B. 稳定是改革和发展的前提,是保证

C. 发展是硬道理,是实行改革和稳定的目的

D. 在稳定中推进改革、发展,在改革发展中实现稳定

10. 我国经济能够实现持续高速增长与发展,对外开放战略发挥了重大的作用。但是随着我国参与经济全球化程度的加深,对外开放面临着一系列新的问题和挑战。我们应不断提高对外开放的水平和质量,必须( )(多选)

A. 转变对外贸易增长方式,提高对外贸易效益

B. 提高利用外资水平,加强对外资的产业和区域投向引导

C. 切实维护国家安全

D. 坚持"引进来"和"走出去"相结合的战略

(二)测试题答案及解析

1.【参考答案】C

【答案解析】本题所考查知识点:改革开放的性质。

改革开放是在中国共产党的领导下进行的,是对原有经济体制的根本性变革,它丝毫没有改变社会主义的基本制度。所以,选项 B 错误。邓小平指出,在改革中我们必须始终坚持的根本原则是坚持公有制经济的主体地位,坚持共同富裕。这就确保了改革的性质不会改变。通过这种改革,社会主义制度会得到进一步巩固和完善。选项 A 是社会主义的根本任务。选项 D 是我国经济体制改革的目标。因此,本题正确答案是选项 C。

2.【参考答案】C

【答案解析】本题所考查知识点:社会主义社会的基本矛盾学说。

毛泽东在《关于正确处理人民内部矛盾的问题》的讲话中对社会主义社会的基本矛盾做了详细的论述。认为矛盾是普遍存在的,社会主义社会的基本矛盾是生产力和生产关系、经济基础和上层建筑之间的矛盾。选项 A 是近代中国社会的主要矛盾;选项 B 是社会主义三大改造时期的主要矛盾;选项 D 是社会主义初级阶段的主要矛盾;因此,本题正确答案是 C 选项。

3.【参考答案】B

【答案解析】本题所考查知识点:邓小平对社会主义社会基本矛盾理论的丰富和发展。

社会主义初级阶段的主要矛盾是人民日益增长的物质文化需要同落后的社会生产之间的矛盾,邓小平指出解决这个主要矛盾的途径是改革,故选项 B 是正确答案。选项 C 是改革的目的,不符题意。选项 AD 是干扰项。

4.【参考答案】ABCD

【答案解析】本题所考查知识点:改革开放的目的。

党的十七大报告指出:改革开放的目的,就是要解放和发展社会生产力,实现国家现代化,让中国人民富裕起来,振兴伟大的中华民族;就是要推动我国社会主义制度自我完善和发展,赋予社会主义新的生机活力,建设和发展中国特色社会主义;就是要在引领当代中国发展进步中加强和改进党的建设,保持和发展党的先进性,确保党始终走在时代前列。因此,本题正确答案是 ABCD 选项。

5.【参考答案】BCD

【答案解析】本题所考查知识点:社会主义社会的基本矛盾学说。

毛泽东指出社会主义社会仍然存在着矛盾，正是这些矛盾推动着社会主义社会向前发展。社会主义社会的基本矛盾仍然是生产关系和生产力之间的矛盾、上层建筑和经济基础之间的矛盾。社会主义社会的基本矛盾，同旧社会的基本矛盾具有根本不同的性质和情况，它们具有"又相适应又相矛盾"的特点，是在基本适应条件下的矛盾，是在人民根本利益一致基础上的矛盾，因而不是对抗性而是非对抗性的矛盾。故选项 A 错误。毛泽东还指出，社会主义社会的矛盾不是对抗性的，它的解决不需要像资本主义社会那样采取剧烈的阶级斗争的方式，它可以依靠社会主义自身的力量，通过对生产关系和生产力、上层建筑和经济基础不相适应的方面进行调整得到解决。因此，本题正确答案是 BCD 选项。

6.【参考答案】ABCD

【答案解析】本题所考查知识点：邓小平对社会主义基本矛盾理论的丰富和发展。

党的十一届三中全会以后，邓小平充分肯定了毛泽东关于社会主义社会基本矛盾的理论，在总结历史经验教训的基础上，对社会主义社会的基本矛盾，特别是社会主义初级阶段的主要矛盾状况进行了深入思考，在新的实践中丰富和发展了这一理论，为社会主义改革提供了理论基础。其主要内容有：第一，判断一种生产关系和生产力是否相适应，要从实际出发，具体问题具体分析，主要看它是否适应当时当地生产力的要求，能否推动生产力发展。第二，提出在社会主义社会依然有解放生产力的问题。第三，把社会主义社会基本矛盾、主要矛盾和根本任务统一起来。第四，指出了解决社会主义初级阶段主要矛盾的途径是改革。因此，选项 ABCD 都是正确答案。

7.【参考答案】D

【答案解析】本题所考查知识点："三个有利于"标准。

邓小平在南方谈话中提出了"三个有利于"标准：是否有利于发展社会主义社会的生产力，是否有利于增强社会主义国家的综合国力，是否有利于提高人民的生活水平，这是判断一切工作是非得失的根本标准，衡量改革开放中的是非得失也应该运用这三条标准全面衡量，而不能片面强调其中一个方面。因此，本题正确答案是 D 选项。

8.【参考答案】BCD

【答案解析】本题所考查知识点：判断各方面工作是非得失的标准。

选项 A 是中国特色社会主义文化建设的根本任务的内容，不符题意。选项 BCD 是邓小平在南方谈话中提出的"三个有利于"标准。因此，本题正确答案是 BCD 选项。

9.【参考答案】ABCD

【答案解析】本题所考查知识点：改革、发展、稳定之间的关系。

邓小平的这句话指明了改革、发展和稳定三者相互促进、相互统一，它们之间存在不可分割的联系。首先，发展是实行改革和稳定的目的。其次，改革是推动经济发展的动力，是我们走向现代化的必由之路。最后，稳定是改革和发展的前提。保证社会稳定是发展经济和改革的基本保障。我们必须正确处理好改革、发展、稳定三者之间的关系，把改革的力度、发展的速度和社会可承受的程度协调统一起来，在社会政治稳定中推进改革、发展，在改革、发展中保持社会的稳定和国家的长治久安。因此，本题正确答案是 ABCD 选项。

10.【参考答案】ABCD

【答案解析】本题所考查知识点：提高开放型经济的水平。

对外开放在实现我国经济和社会发展中发挥了重大作用，但是随着我国参与经济全球化程度的加深，对外开放面临着一系列新的问题和挑战，因此，应不断提高对外开放的水平：第一，转变对外贸易增长方式，提高对外贸易效益。第二，坚持"引进来"和"走出去"相结合的战略。第三，切实维护国家安全。选项 B 属于转变对外贸易增长方式，提高对外贸易效益中的其中一个具体措施。因此，本题正确答案是 ABCD 选项。

2.8 建设中国特色社会主义经济

2.8.1 重难知识点内在逻辑系统图

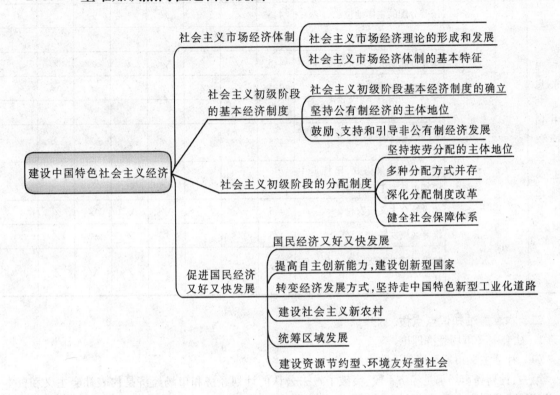

2.8.2 重难知识点详解

一、本章考点考查统计

学科	章节	考点	考查目标	已考查年度						
				2011	2010	2009	2008	2007	2006	2005
毛泽东思想和中国特色社会主义理论体系概论	第八章 建设中国特色社会主义经济	社会主义市场经济理论的内涵	4、5	/	/	/	/	/	√	/
		社会主义市场经济体制的基本框架	2、3	/	/	/	/	/	/	/
		社会主义市场经济体制的基本特征	4、5	√	/	/	/	/	/	/
		社会主义初级阶段基本经济制度的确立	4、5	√	/	/	/	/	/	/
		坚持公有制经济的主体地位	4、5	/	/	/	/	/	/	/
		鼓励、支持和引导非公有制经济发展	4、5	/	/	/	/	/	/	/

学科	章节	考点	考查目标	已考查年度						
				2011	2010	2009	2008	2007	2006	2005
毛泽东思想和中国特色社会主义理论体系概论	第八章 建设中国特色社会主义经济	按劳分配的主体地位	4、5	/	/	/	/	/	/	/
		多种分配方式并存	4、5	/	/	/	/	/	/	/
		深化分配制度改革	4、5	√	/	√	/	/	/	/
		健全社会保障体系	4、5	/	/	/	/	/	√	/
		国民经济又好又快发展	2、3							
		提高自主创新能力，建设创新型国家	4、5							
		转变经济发展方式，坚持走中国特色新型工业化道路	4、5					√		
		建设社会主义新农村	4、5				√	√	√	
		统筹区域发展	4、5							
		建设资源节约型、环境友好型社会	4、5	/	√	/	/	√	/	/

二、本章重难知识点点拨

1. 社会主义市场经济理论

（1）社会主义市场经济理论的内涵

第一，计划和市场都是经济手段，突破了过去公认的计划经济和市场经济是代表社会主义和资本主义两种经济制度本质属性的观念。第二，作为调节经济的两种手段，计划和市场对经济活动的调节各有自己的优势和长处，在社会化大生产和存在着复杂经济关系的条件下，市场经济对促进经济发展具有更强的适应性、更显著的优势和较高的效率。第三，市场经济作为资源配置的一种方式本身不具有制度属性，但是，它与社会主义相结合而形成的经济体制则必须体现社会主义基本制度的特征。

（2）社会主义市场经济体制的基本框架

社会主义市场经济体制的基本框架包括五个部分：建立现代企业制度、培育和发展市场体系、建立健全宏观经济调控体系、建立合理的个人收入分配和社会保障制度。

2007 年，党的十七大根据在新的历史时期要实现的经济发展目标，提出了在完善社会主义市场经济体制方面要取得重大进展的要求。从制度上更好发挥市场在资源配置中的基础性作用，形成有利于科学发展的宏观调控体系。加快形成统一开放竞争有序的现代市场体系，发展各类生产要素市场，完善反映市场供求关系、资源稀缺程度、环境损害成本的生产要素和资源价格形成机制。完善国家规划体系，发挥国家发展规划、计划、产业政策在宏观调控中的导向作用，综合运用财政、货币政策，提高宏观调控水平，等等。

（3）社会主义市场经济体制的基本特征

市场经济与社会主义相结合而形成的经济体制必须体现社会主义基本制度的特征。主要表现在以下几个方面：一是在所有制结构上，以公有制为主体、多种所有制经济共同发展，一切符合"三个有利于"标准的所有制形式都可以而且应该用来为社会主义服务。二是在分配制度上，以按劳分配为主体、多种分配方式并存。三是在宏观调控上,以实现最广大劳动人民利益为出发点和归宿,把人民的当前利益与长远利益、局部利益与整体利益结合起来,使市场在社会主义国家宏观调控下对资源配置起基础性作用,更好地发挥计划和市场两种手段的长处。

2. 社会主义初级阶段的基本经济制度

(1) 社会主义初级阶段基本经济制度的确立

党的十五大在深刻总结改革开放以来所有制结构改革经验的基础上,第一次明确提出,公有制为主体、多种所有制经济共同发展,是我国社会主义初级阶段的基本经济制度,非公有制经济是我国社会主义市场经济的重要组成部分。

确立公有制为主体、多种所有制经济共同发展的基本经济制度,其基本根据是:

第一,公有制是社会主义经济制度的基础,是社会主义生产关系区别于资本主义生产关系的本质特征,是劳动人民当家作主的经济基础,也是社会化大生产的客观要求。第二,我国还处在社会主义初级阶段,生产力还不发达,生产社会化的程度还不高,发展还很不平衡,需要在公有制为主体的条件下发展多种所有制经济,以适应生产力发展的要求。第三,一切符合"三个有利于"标准的所有制形式,都可以而且应该用来为社会主义服务。

社会主义初级阶段基本经济制度,既包括作为社会主义经济基础的公有制经济,也包括不是社会主义经济基础的非公有制经济。把非公有制经济纳入到基本经济制度之中,是因为它们同作为主体的公有制经济一样,也是为社会主义服务的,因此也是社会主义初级阶段中国特色社会主义经济的内容,而不是因为它们也是社会主义性质的经济。中国特色社会主义经济的特色,就在于社会主义初级阶段的经济兼有社会主义和非社会主义两种不同的经济。

(2) 坚持公有制经济的主体地位

① 坚持和完善社会主义初级阶段基本经济制度的原则

党的十六大进一步提出坚持和完善基本经济制度的原则,是要做到两个"毫不动摇"和一个"统一",即必须毫不动摇地巩固和发展公有制经济;必须毫不动摇地鼓励、支持和引导非公有制经济发展;坚持公有制为主体,促进非公有制经济发展,统一于社会主义现代化建设的进程中,不能把这两者对立起来。

② 坚持公有制经济的主体地位

公有制的主体地位主要体现在两个方面:一是公有资产在社会总资产中占优势。二是国有经济控制国民经济命脉,对经济发展起主导作用。这是就全国而言的,有的地方、有些产业可以有所差别。国有经济起主导作用,主要体现在控制力上。国有经济需要控制的行业和领域主要包括:涉及国家安全的行业;自然垄断的行业;提供重要公共产品和服务的行业;支柱产业和高新技术产业中的重要骨干企业。

③ 公有制经济的实现形式

公有制经济的性质和实现形式是两个不同层次的问题。公有制经济的性质体现在所有权的归属上,坚持公有制的性质,根本的是坚持国家和集体对生产资料的所有权。所有制作为生产关系的基础,有公有制与私有制、社会主义与资本主义的区别。而所有制的实现形式是采取怎样的经营方式和组织形式问题,它不具有"公"与"私"、"社"与"资"的区分。同样的所有制可以采取不同的实现形式,而不同的所有制可以采取相同的实现形式。因为实现形式要解决的是发展生产力的组织形式和经营方式问题,只要能够有利于生产力的发展,公有制的实现形式可以而且应当多样化,一切反映社会化生产规律的经营方式和组织形式都可以大胆利用。

股份制是公有制的主要实现形式。股份制本身不具有制度属性,它不等于公有制,也不等于私有制,关键看控股权掌握在谁手里。在社会主义条件下,国家和集体控股,具有明显的公有性。实行股份制有利于扩大公有资本的支配范围,有利于推进政企分开,实现所有权和经营权的两权分离,有利于实现转换机制和科学管理,提高企业和资本的运作效率,增强公有制的主体地位。

(3)鼓励、支持和引导非公有制经济发展

非公有制经济包括个体经济、私营经济、混合所有制经济中的非公有制成分等。

一方面,毫不动摇地鼓励、支持和引导非公有制经济发展,根本上说是由它们在发展社会生产力中不可替代的地位和作用决定的。鼓励、支持和引导非公有制经济发展,对于充分调动社会各方面的积极性,促进经济增长、扩大就业、活跃市场和满足人们多样化的需要等方面具有重要作用。

另一方面,毫不动摇地鼓励、支持和引导非公有制经济发展,还因为它是我国社会主义市场经济的重要组成部分,在加强社会主义市场经济体制建设方面有不可替代的作用。主要表现在:非公有制经济的存在和发展,提供了多种市场经济主体,是建立社会主义市场经济体制不可缺少的条件;能够更好地促进竞争,提高经营管理水平,增强市场竞争力;能够更好地利用外资、先进的技术和管理经验,为我国公有制经济特别是国有经济的体制创新提供借鉴。

3. 社会主义初级阶段的分配制度

(1)按劳分配的主体地位

① 按劳分配是社会主义的分配原则的原因。这是由社会主义公有制和社会生产力的发展水平决定的。首先,公有制是实行按劳分配的所有制基础。其次,社会主义初级阶段的生产力发展水平是实行按劳分配的物质基础。

② 坚持按劳分配主体地位的意义。按劳分配是社会主义公有制在分配方面的体现,只有坚持按劳分配的主体地位,才能体现公有制的主体地位的最终实现和社会主义初级阶段基本经济制度的社会主义性质;才能保证人们相互之间在平等的经济关系基础上建立和谐的经济利益关系;才能保证向共同富裕这一目标前进。

(2)多种分配方式并存

按劳分配以外的多种分配方式,其实质就是按对生产要素的占有状况进行分配。社会主义初级阶段实行按生产要素分配的必要性和根据,是存在着生产要素的多种所有制。

按生产要素分配有多种不同的分配形式,就其内容可以分为三种类型。

第一,以劳动作为生产要素参与分配。个体劳动者的收入是凭借自己的劳动和占有的生产资料从事个体劳动和经营所取得的收入;被雇于非公有制经济的雇佣劳动者取得的劳动收入,实质上是劳动者出卖劳动力商品,按劳动力价值得到的收入。

第二,劳动以外的生产要素所有者参与分配。主要包括资本所有者在生产经营活动中凭借资本所取得的利润;生产要素的所有者将自有的货币或资本借给他人经营或存入金融机构所取得的利息;以实物形态资本租借给他人经营或使用而取得的租金等。

第三,管理和知识产权类的生产要素,如科技发明、创造、信息、专利等参与分配。

(3)深化分配制度改革

第一,正确认识"先富"与"共富"的关系。

① 改革开放初期,邓小平提出的一个大政策

改革开放初期,邓小平在总结历史经验的基础上提出了一个大政策,就是允许和鼓励一部分地区、一部分人先富起来,先富的带动后富的,逐步实现共同富裕。邓小平提出的这一大政策的出发点和落脚点是实现共同富裕。他在提出这个大政策时强调先富起来的条件必须和只能是依靠诚实劳动和合法经营。

② 在社会主义初级阶段,承认和允许人们在一定时期内收入差距的扩大的客观必然性

在社会主义初级阶段,承认和允许人们在收入方面存在差别,并且在一定时期内收入差距的扩大,有其客观必然性。主要是:其一,因为劳动者的个人禀赋和家庭负担的不同,实行按劳分配原则必然产生收入和富裕程度的不同。其二,实行多种所有制经济和多种分配方式,拥有不同生产要素的不同社会成员也必然会产生收入的差距和富裕程度的不同。其三,发展社会主义市场经济,在价值规律和竞争的作用下优胜劣汰,使具有不同竞争能力的人在富裕程度上必然出现差距。其四,城乡之间、地区之间、脑力劳动与体力劳动之间,以及不同经济领域和部门之间客观上存在的差别,也必然引起收入的差别和富裕程度的不同。后三个方面不仅是产生收入差距的经济条件,而且必然在一定时期内导致收入差距的扩大。

③ "先富"与"共富"的关系

从我国生产力发展的实际出发,如果不谈"先富"、只谈"共富",不仅不可能为实现"共富"逐步创造物质基础,相反地,只能回到平均主义的老路上去,导致共同的贫穷。当然,如果不谈"共富"、只谈"先富",就可能导致两极分化,偏离社会主义的目标。只有实行邓小平提出的这个大政策,才能逐步创造条件,最终达到共同富裕。

从逐步实现共同富裕的目标出发,在处理"先富"与"共富"关系上,在不同的时期也应该有不同的重点。邓小平提出的"两个大局"的思想,就是处理"先富"与"共富"关系的基本指导原则。在一定时期内需要着重强调让一部分地区、一部分人先富起来,而发展到一定的时候,就应该逐步把"共富"作为重点。这既符合事物发展的客观规律,同时也保证了我们的发展结果始终不偏离社会主义的原则。

第二,注重社会公平,防止两极分化。

党的十七大进一步指出,初次分配和再分配都要处理好效率和公平的关系,再分配更加注重公平。这就把公平问题提到了更加突出的位置,公平问题不只是再分配要解决的问题,在初次分配中同样有一个要解决好效率和公平的问题。只有在初次分配中使效率和公平问题得到较好的解决,再分配才能更有效地发挥更加注重公平的功能。

4. 健全社会保障体系

(1) 健全社会保障体系的功能

建立与经济发展水平相适应的社会保障体系,是社会稳定和国家长治久安的重要保证。建立多层次的社会保障体系,对于深化企业和事业单位改革,保持社会稳定,顺利建立和完善社会主义市场经济体制具有重大意义。动员国家、集体和个人的力量建立覆盖城乡居民的社会保障体系,对于缓解社会矛盾,保证社会稳定,促进经济发展,具有极为重要的作用。

(2) 社会保障体系的内容

社会保障体系包括社会保险、社会救助、社会福利、优抚安置和社会互助、商业保险与慈善事业等制度。

我国在现阶段,建立新的社会保障体系,应遵循建立和健全社会保障体系要以经济的发展为基础,要根据经济发展水平合理地确定保障方式和标准,量力而行,循序渐进的原则。

经过多年努力,我国已初步形成了社会保障体系的总体框架即现有社会保障制度的主要内容有:职工的基本养老保险制度、基本医疗保险制度、失业保险制度和城市居民最低生活保障制度。

5. 国民经济又好又快发展

第一,提出国民经济又好又快发展,是以改革开放以来我国经济发展取得的重大成就为前提的。第二,提出国民经济又好又快发展,也是进一步发展的迫切要求。第三,提出国民经济又好又快发展,

并不意味着发展速度问题无足轻重。

6. 提高自主创新能力,建设创新型国家

党的十七大进一步指出,提高自主创新能力,建设创新型国家,是国家发展战略的核心,是提高综合国力的关键。

提高自主创新能力,建设创新型国家有其必要性和紧迫性:

第一,科学技术特别是战略高技术正日益成为经济社会发展的决定性力量,成为综合国力竞争的焦点,科技作为第一生产力的地位和作用越来越突出。

第二,提高自主创新能力,建设创新型国家,不仅是提高我国国际竞争力的客观需要。而且也是贯彻落实科学发展观、全面建设小康社会的重大举措,是解决我国当前发展面临的突出矛盾和问题的紧迫要求。

建设创新型国家,核心就要把增强自主创新能力作为发展科学技术的战略基点,走出中国特色自主创新道路,推动科学技术的跨越式发展;就要把增强自主创新能力作为调整经济结构、转变经济发展方式的中心环节,建设资源节约型、环境友好型社会,推动国民经济又好又快发展;就要把增强自主创新能力作为国家战略,贯穿到现代化建设各个方面,激发全民族创新精神,培养高水平创新人才,形成有利于自主创新的体制机制,大力推进理论创新、制度创新、科技创新,不断巩固和发展中国特色社会主义伟大事业。

党的十七大报告强调,要坚持走中国特色自主创新道路,把增强自主创新能力贯彻到现代化建设各个方面。必须坚持"自主创新、重点跨越、支撑发展、引领未来"的指导方针。

我国建设创新型国家的总体目标是:到 2020 年,使我国的自主创新能力显著增强,科技促进经济社会发展和保障国家安全的能力显著增强,为全面建设小康社会提供强有力的支撑。基础科学和前沿技术研究综合实力显著增强,取得一批在世界上具有重大影响的科学技术成果,进入创新型国家行列,为在本世纪中叶成为世界科技强国奠定基础。

建设创新型国家,科技是关键,人才是核心,教育是基础。

7. 转变经济发展方式,坚持走中国特色新型工业化道路

党的十七大从我国经济发展的实际出发,将"转变经济增长方式"改为"转变经济发展方式"。提出转变经济发展方式,实质就是要求我们采取综合措施,加快形成与贯彻落实科学发展观、实现经济社会全面协调可持续发展相一致的发展方式。

当前和今后一个时期,要按照"两个坚持"和"三个转变"的要求转变经济发展方式。

"两个坚持"就是要坚持走中国特色新型工业化道路,坚持扩大国内需求特别是消费需求的方针。

"三个转变"就是要促进经济增长由主要依靠投资、出口拉动向依靠消费、投资、出口协调拉动转变,由主要依靠第二产业带动向依靠第一、第二、第三产业协同带动转变,由主要依靠增加物质资源消耗向主要依靠科技进步、劳动者素质提高、管理创新转变。

坚持走中国特色新型工业化道路,就是要坚持以信息化带动工业化,以工业化促进信息化,走出一条科技含量高、经济效益好、资源消耗低、环境污染少、人力资源优势得到充分发挥的新型工业化路子。

新型工业化道路是相对于传统工业化道路而言的。新型工业化道路的"新",就在于它同信息化等现代高科技发展紧密结合;注重经济发展同资源环境相协调;坚持城乡协调发展;实现资金技术密集型产业同劳动密集型产业相结合。

走中国特色新型工业化道路,要紧紧抓住加快经济结构战略性调整这条主线,着力推进产业结构优化升级。党中央针对我国经济结构中存在的突出问题,做出了加快产业结构调整,发展现代产业体

系的战略部署,为我们推进产业结构优化升级指明了方向。完善现代产业体系,要大力培育能源资源消耗低、辐射带动力强、发展前景广阔的战略性新兴产业,使之尽早成为国民经济的先导产业和支柱产业;大力推进信息化与工业化融合,促进工业由大变强,振兴装备制造业,淘汰落后生产能力;提升高新技术产业,发展信息、生物、新材料、航空航天、海洋等产业;发展现代服务业,提高服务业比重和水平;加强基础产业基础设施建设,加快发展现代能源产业和综合运输体系,逐步形成全面发展的产业格局。

8. 建设社会主义新农村

建设社会主义新农村,是我们党从全面建设小康社会全局出发作出的重大决策,是新世纪新阶段解决"三农"问题的重大战略部署和新的基本途径。

目前我国农业基础仍然薄弱,最需要加强;农村发展仍然滞后,最需要扶持;农民增收仍然困难,最需要加快。而我国目前扩大国内需求,最大潜力在农村;实现经济平稳较快发展,基础支撑在农业;保障和改善民生,重点难点在农民。所以,解决好"三农"问题依然是一项长期和艰巨的任务。

建设社会主义新农村的总要求是,生产发展、生活宽裕、乡风文明、村容整洁、管理民主。生产发展,是新农村建设的中心环节,是实现其他目标的物质基础。生活宽裕,是新农村建设的目的,也是衡量我们工作的基本尺度。乡风文明,是农民素质的反映,体现农村精神文明建设的要求。村容整洁,是展现农村新貌的窗口,是实现人与环境和谐发展的必然要求。管理民主,是新农村建设的政治保证,显示了对农民群众政治权利的尊重和维护。

为统筹城乡发展,推进社会主义新农村建设。党的十七届三中全会准确判断了我国农村改革发展的历史方位,指出"我国总体上已进入以工促农、以城带乡的发展阶段,进入加快改造传统农业、走中国特色农业现代化道路的关键时刻,进入着力破除城乡二元结构、形成城乡经济社会发展一体化新格局的重要时期";提出了"把建设社会主义新农村作为战略任务,把走中国特色农业现代化道路作为基本方向,把加快形成城乡经济社会发展一体化新格局作为根本要求"的总体思路;做出了"加快农村制度建设、积极发展现代农业、加快发展农村公共事业"的工作布局,为社会主义新农村建设进一步指明了方向。

9. 统筹区域发展

我国区域经济的协调发展,主要是处理好东部和中西部的关系、沿海和内地的关系。进入新世纪,以胡锦涛为总书记的党中央根据我国当前区域发展的实际情况和全面推进现代化建设的要求,进一步提出了促进区域协调发展的战略布局:继续推进西部大开发,振兴东北地区等老工业基地,促进中部地区崛起,鼓励东部地区率先发展,形成分工合理、特色明显、优势互补的区域产业结构,推动各地区共同发展。

为推动区域协调发展,逐步缩小区域发展差距,我们确定了我国未来相当长的时期内缩小区域发展差距的基本目标和促进区域协调发展的基本途径。

基本目标是必须注重实现基本公共服务均等化。

基本途径是引导生产要素跨区域合理流动。具体表现在:要创造条件引导中西部劳动力向经济相对集中的地区转移,充分发挥这些地区的人口承载力;引导资金、技术等生产要素向中西部地区流动,增强中西部地区的经济实力。通过人口和生产要素的合理流动,促进区域协调发展,逐步缩小发展差距。

10. 建设资源节约型、环境友好型社会

资源节约型社会,是指以能源资源高效率利用的方式进行生产、以节约的方式进行消费为根本特征的社会。它不仅体现了经济增长方式的转变,更是一种全新的社会发展模式,它要求在生产、流通、消费的各个领域,在经济社会发展的各个方面,以节约使用能源资源和提高能源资源利用效率为核心,

以节能、节水、节材、节地、资源综合利用为重点,以尽可能小的资源消耗,获得尽可能大的经济和社会效益,从而保障经济社会的可持续发展。

环境友好型社会,是人与自然和谐发展的社会,通过人与自然的和谐来促进人与人、人与社会的和谐。具体说来,它是一种以人与自然和谐相处为目标,以环境承载能力为基础,以遵循自然规律为核心,以绿色科技为动力,坚持保护优先、开发有序,合理进行功能区划分,倡导环境文化和生态文明,追求经济、社会、环境协调发展的社会体系。

建设资源节约型、环境友好型社会,必须正确处理经济发展与人口、资源、环境的关系,统筹考虑当前发展和长远发展的需要,不断提高发展的质量和效益,走生产发展、生活富裕、生态良好的文明发展道路。还必须转变发展的三种传统观念:从重经济增长轻环境保护转变为保护环境与经济增长并重,在保护环境中求发展。从环境保护滞后于经济发展转变为环境保护和经济发展同步,改变先污染后治理、边治理边破坏的状况。从主要用行政办法保护环境转变为综合运用法律、经济、技术和必要的行政办法解决环境问题,自觉遵循经济规律和自然规律,提高环境保护工作水平。

建设生态文明是建设资源节约型、环境友好型社会的内在要求。发展循环经济和低碳经济,是建设资源节约型、环境友好型社会和实现可持续发展的重要途径,是一种新的经济增长方式。

三、本章典型例题

1. "计划经济不等于社会主义,资本主义也有计划;市场经济不等于资本主义,社会主义也有市场"。以下关于社会主义市场经济理解正确的是( )(多选)

A. 市场经济是经济手段,不具有社会制度的属性

B. 市场经济可以与公有制相结合

C. 市场经济更有利于促进生产力的发展

D. 社会主义市场经济与资本主义市场经济没有区别

【考点分析】本题所考查知识点:社会主义市场经济理论。

【答案解析】本题考查的是考生对于社会主义市场经济理论的认识和理解。首先分析下题干,这一题干引用的是1992年邓小平南方谈话中的一句著名论断。邓小平这一论断包含了丰富的内涵,说明市场和计划都是经济手段,都是资源配置的方式,不具有社会制度的属性,因此,市场和计划不是社会主义与资本主义的本质区别,社会主义既可以有计划也可以有市场,市场和计划是可以兼容的,说明市场经济可以与公有制相结合。所以说这一论断从理论上破除了计划经济和市场经济是制度属性的陈旧观念,从根本上解除了把计划经济和市场经济看做属于社会基本制度范畴的思想束缚,为形成社会主义市场经济理论奠定了坚实的基础。可见选项AB是正确选项。

作为调节经济的两种手段,计划和市场对经济活动的调节各有自己的优势和长处,在社会化大生产和存在着复杂经济关系的条件下,市场经济对促进经济发展具有更强的适应性、更显著的优势和较高的效率。可见选项C市场经济更有利于促进生产力的发展是正确的。

那种认为市场经济就是市场经济,没有什么社会主义市场经济与资本主义市场经济之分的观点是错误的。原因在于这样的观点只看到市场经济具有的共性,没有看到与市场经济相结合的社会制度的不同个性特征。所以选项D是错误的,应排除。

因此,本题正确答案是选项ABC。

2. 30多年来,我国约有70%的技术创新、65%的国内发明专利和80%以上的新产品来自中小企业,其中95%以上是非公有制企业。这表明:非公有制经济( )(多选)

A. 在所有制结构中占主体地位　　　　B. 在国民经济中起主导作用

C. 与公有制经济可以共存　　　　D. 与公有制经济共同推动生产力发展

【考点分析】本题所考查知识点:非公有制经济的地位和作用。

【答案解析】非公有制经济包括个体经济、私营经济、混合所有制经济中的非公有制成分等。非公有制经济是我国社会主义市场经济的重要组成部分。这是非公有制经济的地位。公有制为主体,多种所有制经济共同发展构成了我国社会主义初级阶段的基本经济制度。因此,非公有制经济可以与公有制经济并存,与公有制经济共同推动生产力发展。选项 A 指的是公有制经济的地位;选项 B 指的是国有经济的作用。可见选项 CD 符合题意。

3. 我国现阶段个人收入分配制度的一大特点就是把按劳分配与生产要素按贡献参与分配结合起来。按生产要素分配方式主要包括( )(多选)

　A. 国有企业的职工获得的工资收入　　　　B. 转让技术获得的收入

　C. 按劳动力价值得到的收入　　　　　　　D. 购买股票获得收入

【考点分析】本题所考查知识点:按生产要素分配方式。

【答案解析】选项 A 国有企业的职工获得的工资收入属于按劳分配,应排除。选项 B 转让技术获得的收入属于管理和知识产权类的生产要素参与分配;选项 C 按劳动力价值得到的收入属于以劳动作为生产要素参与分配;选项 D 购买股票获得收入属于以资本作为生产要素参与分配。这三种都属于按生产要素分配的方式。因此,本题的正确答案是选项 BCD。

4. 2007 年党的十七大明确提出要促进国民经济又好又快发展。为促进国民经济又好又快发展,我们应( )(多选)

　A. 提高自主创新能力,建设创新型国家

　B. 转变经济发展方式,坚持走中国特色新型工业化道路

　C. 建设社会主义新农村和资源节约型、环境友好型社会

　D. 统筹区域发展

【考点分析】本题所考查知识点:促进国民经济又好又快发展的要求。

【答案解析】本题考查的是我们促进国民经济又好又快发展应采取哪些战略。为促进国民经济又好又快发展,解决发展问题,我国提出了提高自主创新能力,建设创新型国家;转变经济发展方式,坚持走中国特色新型工业化道路;建设社会主义新农村;统筹区域发展;建设资源节约型、环境友好型社会五大发展战略。可见选项 ABCD 都是正确答案。

四、本章测试题及答案解析

(一)本章测试题

1. 在我国经济运行中,对资源配置起基础性作用的应该是( )(单选)

　A. 计划　　　　　B. 金融　　　　　C. 市场　　　　　D. 财政

2. 社会主义市场经济理论认为,计划经济与市场经济属于( )(单选)

　A. 不同的资源配置方式　　　　　　　B. 不同的经济增长方式

　C. 不同的经济制度的范畴　　　　　　D. 不同的生产关系的范畴

3. 2005 年,发生在美国的"卡特里娜"飓风对美国各方面造成了巨大的损失:密西西比 90% 的建筑物消失,估计路易斯安那州死亡人数上千,新奥尔良市暴力打劫强奸等事件层出不穷,灾区一度陷入无政府状态。2008 年在中国大地上经历冰雪、地震等自然灾害,中国遇到了前所未有的严峻挑战,但是党带领全国人民克服了重重困难,实现了经济稳步提高,GDP 总值上升势头良好。这说明( )(单选)

　A. 我国能够做到全国一盘棋,集中力量办大事,能够更好地处理中央与地方、全局与局部的关系

　B. 社会主义国家的宏观调控能优化资源配置

C. 社会主义国家可以不用市场手段来解决问题

D. 美国的宏观调控体系失调

4. 社会主义市场经济体制同资本主义市场经济体制的根本区别在于(　　)(单选)

A. 我国既坚持公有制的主体地位,又允许和鼓励多种所有制经济共同发展

B. 我国既坚持按劳分配为主体,又允许和鼓励多种分配方式并存

C. 我国的市场经济体制是同社会主义基本制度结合在一起的

D. 我国的改革开放是同四项基本原则结合在一起的

5. 邓小平关于社会主义市场经济理论的内涵包括(　　)(多选)

A. 市场经济是资源配置的一种方式　　　B. 市场经济不具有社会制度的属性

C. 市场调节可以与计划调节相结合　　　D. 市场经济更有利于促进生产力的发展

6. 为了推进经济体制的整体改革,必须构建我国社会主义市场经济体制的基本框架,这一基本框架的内容是(　　)(多选)

A. 现代企业制度

B. 宏观调控体系和多层次的社会保障制度

C. 统一、开放、竞争、有序的市场体系

D. 按劳分配为主体,多种分配方式并存的分配制度

7. 社会主义市场经济体制与资本主义市场经济体制相比有着根本上的区别,是从哪几个方面来说的(　　)(多选)

A. 在所有制结构上,以公有制为主体,多种所有制经济成分共同发展

B. 在分配制度上,以按劳分配为主体,多种分配方式并存

C. 在宏观调控上,社会主义国家能够把人民的当前利益、局部利益与整体利益结合起来,更好地发挥计划和市场两种手段的长处

D. 在资源配置上,社会主义国家能优化配置方式和提高配置效率

8. 我国社会主义初级阶段的基本经济制度是(　　)(单选)

A. 公有制为主体,多种所有制经济共同发展

B. 中国特色的社会主义经济、政治和文化

C. 公有制和按劳分配

D. 人民民主专政

9. 公有制实现形式是指公有资产的组织形式和经营方式。在社会主义市场经济条件下,它可以而且应当多样化,其主要的实现形式是(　　)(单选)

A. 公有独资企业　　　B. 合作制企业　　　C. 股份合作制　　　D. 股份制

10. 在社会主义初级阶段,非公有制经济是(　　)(单选)

A. 社会主义公有制经济的补充　　　　　　B. 社会主义市场经济的重要组成部分

C. 具有公有性质的经济　　　　　　　　　D. 逐步向公有制过渡的经济

11. 随着经济体制改革的不断深化和理论的发展,党的十五大明确将非公有制经济看做是社会主义初级阶段基本经济制度的构成内容。原因是(　　)(多选)

A. 我国的生产力发展水平是多层次、不平衡的

B. 所有制结构和分配结构

C. 公有制是社会主义经济制度的基础,也是社会主义生产关系的基本特征

D. 一切符合"三个有利于"的所有制形式,都可以且应该为社会主义经济发展服务

12. 在社会主义初级阶段的所有制结构中,公有制占主体地位。公有制经济的范围包括(　　)
(多选)

    A. 国有经济   B. 集体所有制经济

    C. 混合所有制经济   D. 混合所有制经济中的国有成分和集体成分

13. 公有制的主体地位主要体现在(　　)(多选)

    A. 公有资产在社会总资产中占优势

    B. 国有经济控制国民经济命脉,对经济发展起主导作用

    C. 公有资产在各个地方和产业中都占优势

    D. 国有经济在国民经济中的比重不断提高

14. 国有经济的主导作用主要体现在控制力上,要根据"有进有退、有所为有所不为"的原则从战略上调整国有经济的布局,对关系国民经济命脉的行业和关键领域国有经济必须占支配地位。关系国民经济命脉的行业和关键领域主要包括(　　)(多选)

    A. 涉及国家安全的行业   B. 自然垄断的行业

    C. 提供重要公共产品和服务的行业   D. 支柱产业和高新技术产业中的重要骨干企业

15. "股份制是现代企业的一种资本组织形式,不能笼统地说股份制是公有还是私有",这一观点表明(　　)(多选)

    A. 由法人股东而不是个人股东构成的股份制是公有制

    B. 公有制与私有制都可以通过股份制这一形式来实现

    C. 公有制经济占控股地位就具有明显的公有性质

    D. 股份制本身不具有公有还是私有的性质

16. 非公有制经济在加强社会主义市场经济体制建设方面有着不可替代的作用,具体体现是(　　)(多选)

    A. 为市场经济提供了多种市场经济主体

    B. 促进国有经济加速市场化改革,提高经营管理水平,增强市场竞争力

    C. 为国有经济的体制创新提供借鉴

    D. 促进经济增长、扩大就业、活跃市场

17. 在社会主义社会,个人收入实行按劳分配的原则,其所有制基础是(　　)(单选)

    A. 社会主义社会的生产力发展水平

    B. 社会主义生产资料公有制

    C. 社会主义经济仍然是商品经济

    D. 存在旧的社会分工,劳动存在重大差别,还是谋生的手段

18. 我国现阶段实行按劳分配为主体、多种分配方式并存的分配制度,从根本上是由(　　)(单选)

    A. 我国现阶段的所有制结构决定的   B. 我国现阶段所有制的实现形式决定的

    C. 我国的基本国情决定的   D. 我国国有经济的主体地位决定的

19. 下列收入属于按劳分配收入的是(　　)(单选)

    A. 国有企业职工的工资收入   B. 私营企业主的劳动收入

    C. 存入银行的利息收入   D. 个体劳动者的主要收入

20. 某员工在外资企业工作,年薪10万元;利用业余时间在民营企业兼职,年薪2万元;购买基金分得的红利2万元;出租住房收入2万元;转让一项技术收入1万元。该员工一年的劳动收入为(　　)

（单选）

    A. 17 万元   B. 10 万元   C. 13 万元   D. 15 万元

21. 我国现阶段存在按劳动力价值分配的方式,其重要原因之一是存在着（　　）（单选）

    A. 私营经济   B. 个体经济   C. 集体经济   D. 股份合作制经济

22. 我国现阶段,国家企事业单位职工利用业余时间从事劳动而获得的收入是（　　）（单选）

    A. 按劳分配收入   B. 技术收入   C. 劳动力价值收入   D. 劳动收入

23. 对效率与公平的关系问题,我们党的认识经历了一个逐步发展的过程。在新的历史条件下,十七大报告提出（　　）（单选）

    A. 初次分配和再分配同时注重公平与效率

    B. 初次分配注重公平,再分配注重效率

    C. 初次分配注重效率,再分配注重公平

    D. 初次分配和再分配都要处理好效率和公平的关系,再分配更加注重公平

24. 社会主义初级阶段实行按劳分配原则有其客观必然性,这种客观必然性表现在（　　）（多选）

    A. 社会主义生产资料公有制是实行按劳分配的所有制基础

    B. 社会主义生产力水平是实行按劳分配的物质基础

    C. 劳动存在重大差别,同时劳动还是人们谋生的手段

    D. 共同富裕的目标是实行按劳分配的直接原因

25. 在社会主义初级阶段,在一定时期内存在着收入差距扩大的现象,其经济原因是（　　）（多选）

    A. 劳动者的个人禀赋和家庭负担的不同

    B. 社会成员拥有生产要素的不同

    C. 发展社会主义市场经济中价值规律的作用

    D. 城乡之间、地区之间、脑体之间以及不同的经济领域和部门间的差别

26. 合理的收入分配制度是社会公平的重要体现。在构建社会主义和谐社会过程中初次分配和再分配都要处理好效率和公平的关系,再分配更加注重公平,逐步提高居民收入在国民收入分配中的比重,提高劳动报酬在初次分配中的比重。这表明处理效率与公平的关系,就要（　　）（多选）

    A. 把效率和公平相互之间的矛盾协调统一起来

    B. 充分发挥市场机制对收入分配的调节作用

    C. 改革现有的收入分配制度,规范收入分配秩序

    D. 合理调节国民收入分配格局,加大收入分配调节力度

27. 建设社会主义新农村的总要求,全面体现了新形势下农村经济、政治、文化和社会发展的要求。这一总要求是（　　）（单选）

    A. 生产发展、生活宽裕、乡风文明、村容整洁、管理民主

    B. 生产发展、生活富足、乡风淳朴、村容整洁、管理科学

    C. 生产发展、生活富足、乡风文明、村容整洁、管理科学

    D. 生产发展、生活宽裕、乡风淳朴、村容整洁、管理民主

28. 社会主义新农村建设的目的是（　　）（单选）

    A. 生产发展   B. 生活宽裕   C. 乡风文明   D. 管理民主

29. 社会主义新农村建设的政治保证是（　　）（单选）

    A. 生产发展   B. 生活宽裕   C. 乡风文明   D. 管理民主

30. 资源节约型社会的重点是(　　)(单选)

A. 节约使用能源资源和提高能源资源利用效率

B. 节能、节水、节材、节地、资源综合利用

C. 人与自然和谐相处

D. 遵循自然规律

31. 环境友好型社会的目标是(　　)(单选)

A. 人与自然和谐相处　　　　　　　　　B. 环境承载能力

C. 遵循自然规律　　　　　　　　　　　D. 绿色科技

32. 环境友好型社会的基础是(　　)(单选)

A. 人与自然和谐相处　　　　　　　　　B. 环境承载能力

C. 遵循自然规律　　　　　　　　　　　D. 绿色科技

33. 建设资源节约型、环境友好型社会的内在要求是(　　)(单选)

A. 建设生态文明　　　　　　　　　　　B. 发展清洁能源和可再生能源

C. 加大节能环保投入　　　　　　　　　D. 加强水利、林业、草原建设

34. 建设资源节约型、环境友好型社会和实现可持续发展的重要途径是(　　)(单选)

A. 科教兴国　　　　　　　　　　　　　B. 提高人的素质

C. 发展循环经济和低碳经济　　　　　　D. 依法治国

35. 我国未来相当长的时期内缩小区域发展差距的基本目标是(　　)(单选)

A. 促进中部地区崛起　　　　　　　　　B. 鼓励东部地区率先发展

C. 注重实现基本公共服务均等化　　　　D. 引导生产要素跨区域合理流动

36. 我国未来相当长的时期内缩小区域发展差距的基本途径是(　　)(单选)

A. 加强国土规划　　　　　　　　　　　B. 完善区域政策

C. 调整经济布局　　　　　　　　　　　D. 引导生产要素跨区域合理流动

37. 提高自主创新能力,建设创新型国家的核心是(　　)(多选)

A. 就要把增强自主创新能力作为发展科学技术的战略基点

B. 就要把增强自主创新能力作为调整经济结构、转变经济发展方式的中心环节

C. 就要把增强自主创新能力作为国家战略

D. 加快建设国家创新体系,促进科技成果向现实生产力转化

38. 党的十七大报告强调,建设创新型国家,要坚持走中国特色自主创新道路,把增强自主创新能力贯彻到现代化建设各个方面。其指导方针是(　　)(多选)

A. 自主创新　　　　B. 重点跨越　　　　C. 支撑发展　　　　D. 引领未来

39. 我国建设创新型国家的总体目标是(　　)(多选)

A. 到 2020 年,使我国的自主创新能力显著增强

B. 科技促进经济社会发展和保障国家安全的能力显著增强

C. 基础科学和前沿技术研究综合实力显著增强

D. 取得一批在世界具有重大影响的科学技术成果,进入创新型国家行列

40. 当前和今后一个时期,转变经济发展方式要做到的"两个坚持"是指(　　)(多选)

A. 坚持走中国特色新型工业化道路

B. 坚持扩大国内需求特别是消费需求的方针

C. 坚持依靠第一、第二、第三产业协同带动

D. 坚持依靠科技进步、劳动者素质提高、管理创新

41. 加快转变经济发展方式的基本思路是实现"三个转变"。这"三个转变"包括(　　)(多选)

A. 促进经济增长由主要依靠投资、出口拉动向依靠消费、投资、出口协调拉动转变

B. 促进经济增长由主要依靠第二产业带动向依靠第一、第二、第三产业协同带动转变

C. 促进经济增长由主要依靠增加物质资源消耗向主要依靠科技进步、劳动者素质提高、管理创新转变

D. 促进经济增长由主要依靠粗放型增长方式向集约型增长方式转变

42. 新型工业化道路的"新",就在于(　　)(多选)

A. 它同信息化等现代高科技发展紧密结合

B. 注重经济发展同资源环境相协调

C. 坚持城乡协调发展

D. 实现资金技术密集型产业同劳动密集型产业相结合

43. 党的十七届三中全会准确判断了我国农村改革发展的历史方位,是指我国总体上已进入(　　)(多选)

A. 以工促农、以城带乡的发展阶段

B. 加快改造传统农业、走中国特色农业现代化道路的关键时刻

C. 着力破除城乡二元结构、形成城乡经济社会发展一体化新格局的重要时期

D. 以农促工、以乡带城的发展阶段

44. 建设资源节约型、环境友好型社会,必须转变关于发展的传统观念(　　)(多选)

A. 从重经济增长轻环境保护转变为保护环境与经济增长并重,在保护环境中求发展

B. 从环境保护滞后于经济发展转变为环境保护和经济发展同步,改变先污染后治理、边治理边破坏的状况

C. 从主要用行政办法保护环境转变为综合运用法律、经济、技术和必要的行政办法解决环境问题

D. 从主要用法律办法保护环境转变为综合运用法律、经济、技术和必要的行政办法解决环境问题

45. 统筹区域发展,缩小区域间的发展差距,不但是经济问题也是政治问题,不仅关系现代化建设的全局也关系社会稳定和国家的长治久安。实现区域经济协调发展必须(　　)(多选)

A. 继续推进西部大开发战略　　　　　B. 振兴东北地区等老工业基地

C. 促进中部地区的崛起　　　　　　　D. 鼓励东部地区率先发展

(二)测试题答案及解析

1.【参考答案】C

【答案解析】本题所考查知识点:市场对资源配置起基础性作用。

计划是计划经济体制中资源配置的基本形式,金融和财政是国家宏观经济调控的手段。因此,本题正确答案是C选项。

2.【参考答案】A

【答案解析】本题所考查知识点:我国社会主义市场经济资源配置方式。

计划经济与市场经济是两种不同的资源配置方式,社会主义可以用,资本主义也可以用。它们既不是生产关系的体现,也不属于某种特定的经济制度。因此,本题应选A选项,排除C、D选项。至于B选项,"不同的经济增长方式",是指经济的粗放型增长方式或集约型增长方式,也应排除。

3.【参考答案】A

【答案解析】本题所考查知识点:社会主义国家的宏观调控的优越性。

国家调控是现代市场经济发展的一个基本特征。市场经济必须是市场对资源配置起基础性作用，但现代市场经济又必须是有国家调控的，只有把这二者有机地结合起来，处理好二者的关系，才是发达的现代市场经济。由于社会主义国家在所有制上，以公有制包括全民所有制和集体所有制经济为主体，国家拥有强大的经济实力，因此，在宏观调控上，社会主义国家能够凭借国家强大的经济实力，把人民的当前利益与长远利益、局部利益与整体利益结合起来，我国能够做到全国一盘棋，集中力量办大事，能够更好地处理中央与地方、全局与局部的关系，合理确定国民经济和社会发展的战略目标，搞好经济发展预测、总量调控、重大结构与生产力布局规划，集中必要的财力、物力进行重点建设，综合运用经济杠杆，促进经济更好更快的发展。在经济发展的过程中，我们既可以发挥市场经济的优势，又可以发挥社会主义的优越性，在处理市场机制和宏观调控、当前发展和长远发展、效率与公平方面，能够比西方国家做得更好和更有成效。因此，本题正确答案是 A 选项。B 选项本身是正确的，但是不符合题意，题干没有体现我国宏观调控对资源配置的优化作用。

4.【参考答案】C

【答案解析】本题所考查知识点：社会主义市场经济体制的独特性。

社会主义市场经济体制是社会主义基本经济制度与市场经济的结合。这是社会社会主义市场经济体制特有的，也是社会主义市场经济体制区别于资本主义市场经济体制的根本体现。主要体现在以下几个方面：第一，在所有制结构上，以公有制为主体，多种所有制经济长期共同发展。第二，在分配制度上，坚持按劳分配为主体，多种分配方式并存。第三，在宏观调控上，以实现最广大劳动人民利益为出发点和归宿，把人民的当前利益与长远利益、局部利益与整体利益结合起来，更好地发挥计划与市场两种手段的长处。可见，选项 A、B 是社会主义市场经济体制区别于资本主义市场经济体制的具体表现，而不是根本区别。因此，本题正确答案是 C 选项。

5.【参考答案】ABCD

【答案解析】本题所考查知识点：社会主义市场经济理论的提出和基本内涵。

邓小平关于社会主义市场经济的基本思想包括：计划和市场都是调节经济的手段；社会主义和市场经济之间不存在根本矛盾，社会主义也可以搞市场经济；计划多一点还是市场多一点，不是社会主义与资本主义的本质区别；要把计划与市场有机结合起来；在社会化大生产和存在着复杂经济关系的条件下，市场经济对促进经济发展具有更强的适应性、更显著的优势和较高的效率，能有力地促进社会生产力的发展。所以，选项 ABCD 都是正确选项。它们分别从不同角度阐述了邓小平的社会主义市场经济思想，其中选项 A 是从资源配置角度对市场经济的描述，选项 B、C 则阐述了社会主义市场经济的基本特征和属性，选项 D 则指出了社会主义发展市场经济的意义。

6.【参考答案】ABCD

【答案解析】本题所考查知识点：我国社会主义市场经济体制的基本框架。

建立社会主义市场经济体制，实现由传统计划体制向社会主义市场经济体制的转变，使市场在国家宏观调控下对资源配置起基础性作用，需要认真抓好以下五个重要环节：第一，建立现代企业制度；第二，培育和发展市场体系；第三，建立健全宏观经济调控体系；第四，建立合理的个人收入分配制度；第五，建立多层次的社会保障制度。这些主要环节是相互联系和相互制约的有机整体，构成社会主义市场经济体制的基本框架。必须围绕这些主要环节，建立相应的法律体系，采取切实措施，积极而有步骤地全面推进改革，促进社会生产力的发展。因此，本题正确答案是 ABCD 选项。

7.【参考答案】ABC

【答案解析】本题所考查知识点：社会主义市场经济体制的特征。

社会主义市场经济体制是市场经济同社会主义基本经济制度结合在一起的经济体制,它除了具有市场经济的共性之外,还有自己的特征。在所有制结构上,以公有制为主体,多种所有制经济共同发展,一切符合"三个有利于"的所有制形式都可以而且应该用来为社会主义服务。在分配制度上,坚持按劳分配为主体,多种分配方式并存的制度。在宏观调控上,以实现最广大劳动人民利益为出发点和归宿,把人民的当前利益与长远利益、局部利益与整体利益结合起来,更好地发挥计划和市场两种手段的长处,把市场调节和计划调节结合起来。因此,本题正确答案是ABC 选项。

8.【参考答案】A

【答案解析】本题所考查知识点:社会主义初级阶段的基本经济制度。

以公有制为主体、多种所有制经济共同发展,是社会主义初级阶段的基本经济制度。这一基本经济制度包括两层含义:第一,我国是社会主义社会,以公有制为主体是坚持我国社会主义经济性质的基本保证;第二,我国处在社会主义初级阶段,多种所有制经济共同发展是现实国情的客观要求。从中国的实际出发,坚持以公有制为主体、多种所有制经济共同发展,就是坚持了社会主义基本方向。因此,本题正确答案是 A 选项。选项 B 是基本纲领;选项 C 分别是经济制度和分配制度的主体;选项 D 是国体,均不符合题意。

9.【参考答案】D

【答案解析】本题所考查知识点:公有制的主要实现形式。

公有制的实现形式是指公有资产的组织形式和经营方式。我国坚持生产资料公有制的性质,根本的是坚持国家和集体对生产资料的所有权。但是由于所有制与所有制实现形式是两个不同层次的问题,所以在社会主义市场经济条件下,公有制的实现形式可以而且应当多样化,一切反映社会化生产规律的经营方式和组织形式都可以而且应该大胆利用。在多种实现形式中,股份制是公有制的主要实现形式。因此,本题正确答案是 D 选项。

10.【参考答案】B

【答案解析】本题所考查知识点:我国的非公有制经济及其地位。

1997 年党的十五大将非公有制经济重新定位,规定"非公有制经济是社会主义市场经济的重要组成部分",选项 A 是 1978 年召开的十一届三中全会上对非公有制经济的定位;选项 C 包含国有经济、集体经济和混合经济中的国有和集体成分;选项 D 是改革前"左"的做法,不利于生产力的发展。因此,本题正确答案是 B 选项。

11.【参考答案】AD

【答案解析】本题所考查知识点:确立我国基本经济制度的客观依据。

党的十五大明确将非公有制经济看做是社会主义初级阶段基本经济制度的构成内容,原因在于:第一,由于我国的生产力发展水平是多层次、不平衡的。要使所有制形式能够更好地促进生产力的发展,就需要从实际出发,依据生产力的发展水平,建立多种所有制经济共同发展的所有制结构,以更好地符合初级阶段的实际,适应和促进生产力的发展。第二,由于我国还处在社会主义初级阶段,公有制经济本身还不成熟和完善,这也需要发展多种所有制经济,与公有制经济一起促进生产力的发展。第三,一切符合"三个有利于"的所有制形式都可以而且应该用来为社会主义服务。凡是符合"三个有利于"的所有制形式,不论是公有制经济还是私有制经济,都应该得到发展,都应该利用它来为社会主义经济发展服务。因此,本题正确答案是 AD 选项。选项 C 是以公有制为主体的原因,应排除。

12.【参考答案】ABD

【答案解析】本题所考查知识点:公有制经济的范围。

在我国,公有制经济包括国有经济和集体所有制经济,还包括混合所有制经济中的国有成分和集体成分。因此,本题正确答案是 ABD 选项。由于混合所有制经济中还包含非公有成分,所以不能笼统地将混合所有制经济说成是公有制经济,所以选项 C 应排除。

13.【参考答案】AB

【答案解析】本题所考查知识点:坚持公有制的主体地位。

十五大报告指出:"公有制的主体地位主要体现在:公有资产在社会总资产中占优势;国有经济控制国民经济命脉,对经济发展起主导作用。这是就全国而言,有的地方、有的产业可以有所差别。"因此,正确选项是 A、B,选项 C 不正确。据统计,改革开放以来,由于非国有经济的迅速发展,国有经济在国民经济中的比重不是"不断提高",而是有所下降的,所以,选项 D 不正确。

14.【参考答案】ABCD

【答案解析】本题所考查知识点:国有经济控制的行业。

国有经济控制的行业是关系国计民生的行业,具体表现在:涉及国家安全的行业、自然垄断的行业、提供重要公共产品和服务的行业、支柱产业和高新技术产业中的重要骨干企业。所以,本题正确答案是 ABCD 选项。

15.【参考答案】BCD

【答案解析】本题所考查知识点:股份制。

股份制是社会主义公有制的一种主要实现形式。股份制是现代企业的一种资本组织形式,与社会化大生产相适应,可以包容不同的所有制形式和经营方式,它有利于所有权和经营权的分离,有利于提高资本的运作效率,资本主义可以用,社会主义也可以用,它本身不具有公有还是私有的性质。如何确定股份制企业的性质关键是看控股权掌握在谁手中。股份制作为公有制的主要实现形式,由国家和集体控股,具有明显的公有性,而不是因为由法人股东构成就是公有制。因此,本题正确答案是 BCD选项。

16.【参考答案】ABC

【答案解析】本题所考查知识点:非公有制经济在加强社会主义市场经济体制建设方面的作用。

毫不动摇地鼓励、支持和引导非公有制经济发展,因为它是我国社会主义市场经济的重要组成部分,在加强社会主义市场经济体制建设方面有着不可替代的作用。这主要表现在:非公有制经济的存在和发展,提供了多种市场经济主体,是建立社会主义市场经济体制不可缺少的条件;能够更好地促进竞争,提高经营管理水平,增强市场竞争力;能够更好地利用外资、先进的技术和管理经验,为我国公有制经济特别是国有经济的体制创新提供借鉴。因此,本题正确答案是 ABC 选项。D 选项是非公有制经济在发展社会生产力中所起的作用,故不符题意。

17.【参考答案】B

【答案解析】本题所考查知识点:实行按劳分配的客观依据。

按劳分配是社会主义的分配原则,是由社会主义公有制和社会生产力的发展水平决定的。首先,公有制是实行按劳分配的所有制基础。生产资料公有制实现了人们在生产资料占有上的平等关系,排除了个人凭借对生产资料的所有权来无偿地占有他人劳动成果。每一个劳动者在共同占有生产资料的基础上为社会提供劳动,社会则根据每个劳动者提供的劳动数量和质量进行收入分配。其次,社会主义初级阶段的生产力发展水平是实行按劳分配的物质基础。当生产力水平还没有达到高度发达的程度,社会产品还没有极大丰富时,劳动还是谋生的手段,还没有成为生活的第一需要,人们还不能做到不计报酬地为社会提供劳动,这决定了社会还不具备实行按需分配的条件。在社会主义社会,劳动者向社会提供的劳动数量和质量存在着差别。可见,社会主义实行按劳分配具有客观必然性,是不以人们的意志为转移的客观经济规律。因此,本题正确答案是 B 选项。考生注意,关于按劳分配是社会主义的分配原则的原因还可以以多项选择题形式考查。

18.【参考答案】A

【答案解析】本题所考查知识点:社会主义的分配方式。

生产方式决定分配方式,生产资料所有制结构决定收入分配制度。从根本上说,在社会主义初级阶段,我国的所有制结构是以公有制为主体,多种所有制经济共同发展,这就决定了在分配制度上必须实行以按劳分配为主体、多种分配方式并存的分配制度。另外,社会主义公有制的多种实现形式和社会主义市场经济的发展,也是实行多种分配方式的重要原因。本题考核的是我国现阶段实行按劳分配为主体、多种分配方式并存的分配制度的根本原因。因此,本题正确答案是 A 选项。

19.【参考答案】A

【答案解析】本题所考查知识点:按劳分配的收入。

国有企业职工的工资收入属于按劳分配。私营企业主的劳动收入,存入银行的利息收入,个体劳动者的主要收入都属于按生产要素分配。因此,本题正确答案是 A 选项。

20.【参考答案】C

【答案解析】本题所考查知识点:社会主义初级阶段的个人收入分配方式。

十六大报告指出,一切合法的劳动收入和非劳动收入都要得到保护,材料中的购买基金获得的收入和出租房屋的收入均属于非劳动收入。在外资企业工作获得的 10 万元即按劳动力价值分配得的收入,利用业余时间在民营企业兼职获得的 2 万元即个人劳动收入和转让技术获得的 1 万元收入都属于劳动收入。所以该员工一年的劳动收入为 $10+2+1=13$(万元)。因此,本题正确答案是 C 选项。

21.【参考答案】A

【答案解析】本题所考查知识点:按劳动力价值分配方式存在的原因。

私营经济是以生产资料私人所有为基础,以雇佣劳动为特征,以谋取利润为生产经营目的的私有制经济。按劳动力价值分配是反映在非公有制经济包括外资经济和私营经济企业中工作的雇佣劳动者得到工资收入的方式,因为在这些经济中,劳动者同企业的关系是雇佣关系,存在剥削。因此,本题正确答案是 A 选项。

个体经济是以劳动者及其家庭成员的劳动为基础的,他们的收入是劳动收入。集体经济是公有制经济,实行按劳分配。股份合作制经济是兼有股份制和合作制特点的一种公有制实现形式,属集体经济。股份合作制经济中的劳动者得到的收入有一部分是按劳分配收入,还有一部分是按资分配的收入(按股分红)。所以,选项 B、C、D 都不是按劳动力价值分配方式存在的原因。

22.【参考答案】D

【答案解析】本题所考查知识点:国家企事业单位职工利用业余时间获得的劳动收入。

国家企事业单位职工利用业余时间从事劳动而获得的收入,主要依靠自己的劳动获取收入。这种个体劳动所得虽然也是一种劳动收入,但不同于按劳分配所得的劳动收入。因为个体劳动者的劳动收入体现的不是社会主义公有制经济中的劳动者在分配方面的互助合作关系,而是作为个体在经济上的实现形式。这种收入的数量不仅取决于他们的劳动,而且取决于他们拥有生产物质条件的数量和质量,取决于市场的状况。故选项 A 不能入选。选项 B 是通过劳动拥有技术的生产要素所有者取得的收入;选项 C 是被雇于非公有制经济的雇佣劳动者取得的劳动收入。因此,本题正确答案是

D 选项。

23.【参考答案】D

【答案解析】本题所考查知识点:效率与公平的关系。

十七大报告指出,初次分配和再分配都要处理好效率和公平的关系,再分配更加注重公平。因此,本题正确答案是 D 选项。

24.【参考答案】ABC

【答案解析】本题所考查知识点:实行按劳分配的客观必然性。

在社会主义公有制经济中,个人消费品实行按劳分配,是由客观经济条件决定的。这是因为:首先,公有制是实行按劳分配的所有制基础。其次,社会主义初级阶段的生产力发展水平是实行按劳分配的物质基础。当生产力水平还没有达到高度发达的程度,社会产品还没有极大丰富时,劳动还是谋生的手段,还没有成为生活的第一需要,人们还不能做到不计报酬地为社会提供劳动,这决定了社会还不具备实行按需分配的条件。在社会主义社会,劳动者向社会提供的劳动数量和质量存在着差别。可见,社会主义实行按劳分配具有客观必然性,是不以人们的意志为转移的客观经济规律。因此,本题正确答案是 ABC 选项。

25.【答案】BCD

【解析】本题所考查知识点:社会主义初级阶段在一定时期内收入差距扩大的经济原因。

选项 ABCD 都是社会主义初级阶段在一定时期内收入差距扩大的原因。按生产要素分配是当前我国分配制度的一项原则,社会成员拥有的生产要素有差异,收入必然也存在差异。在社会主义市场经济中,价值规律导致优胜劣汰,因此,不同竞争能力的人在富裕程度上也存在差别。当前,我国客观存在着城乡之间、地区之间、脑体之间以及不同的经济领域和部门间的差别,而且这种差别会长期存在着。这样,城乡之间、地区之间、脑体之间以及不同的经济领域和部门间,在一定时期内收入差距扩大的现象也会长期存在。可见选项 BCD 是产生收入差距的经济条件,而且必然在一定时期内导致收入差距的扩大。选项 A 是从个体劳动者在体力、脑力等方面的个体差异的角度来说明收入差距产生的原因。因此,本题正确答案是 BCD 选项。

26.【参考答案】ACD

【答案解析】本题所考查知识点:正确处理效率和公平的关系。

在构建社会主义和谐社会过程中要正确处理效率和公平的关系,就要把效率和公平相互之间的矛盾协调统一起来。党的十六届五中全会针对当前收入分配领域存在的矛盾比较突出的问题,以科学发展观为指导,提出要在经济发展的基础上,更加注重社会公平,合理调整国民收入分配格局,加大调节收入分配的力度,使全体人民都能享受到改革开放和社会主义现代化建设的成果。为此必须坚持和完善按劳分配为主体、多种分配方式并存的分配制度,坚持各种生产要素按贡献参与分配,积极推进收入分配制度改革,进一步理顺分配关系,完善分配制度,规范收入分配秩序,努力缓解地区之间和部分社会成员收入分配差距扩大的趋势。发挥市场机制的作用,注重的是效率,而不是公平,故选项 B 应排除。因此,正确选项是 ACD。

27.【参考答案】A

【答案解析】本题所考查知识点:建设社会主义新农村的总要求。

建设社会主义新农村,必须按照"生产发展、生活宽裕、乡风文明、村容整洁、管理民主"的总要求,全面推进农村的经济、政治、文化、社会和党的建设。因此,本题正确答案是 A 选项。

28.【参考答案】B

【答案解析】本题所考查知识点:社会主义新农村建设的总要求。

生活宽裕,是新农村建设的目的,也是衡量我们工作的基本尺度。因此,选项 B 为正确答案。

29.【参考答案】D

【答案解析】本题所考查知识点:社会主义新农村建设的总要求。

管理民主,是新农村建设的政治保证,显示了对农民群众政治权利的尊重和维护。因此,选项 D 为正确答案。

30.【参考答案】B

【答案解析】本题所考查知识点:资源节约型社会的重点。

选项 A 为资源节约型社会的核心。选项 B 是资源节约型社会的重点;选项 C 是环境友好型社会的目标;选项 D 是环境友好型社会的核心。因此,本题正确答案是 B 选项。

31.【参考答案】A

【答案解析】本题所考查知识点:环境友好型社会的目标。

本题正确答案是 A 选项。

32.【参考答案】B

【答案解析】本题所考查知识点:环境友好型社会的基础。

本题正确答案是 B 选项。

33.【参考答案】A

【答案解析】本题所考查知识点:建设资源节约型、环境友好型社会的内在要求。

本题正确答案是 A 选项。

34.【参考答案】C

【答案解析】本题所考查知识点:建设资源节约型、环境友好型社会的重要途径。

本题正确答案是 C 选项。

35.【参考答案】C

【答案解析】本题所考查知识点:统筹区域发展。

为推动区域协调发展,逐步缩小区域发展差距,必须注重实现基本公共服务均等化,引导生产要素跨区域合理流动,这是我国未来相当长的时期内缩小区域发展差距的基本目标和促进区域协调发展的基本途径。本题问题是"缩小区域发展差距的基本目标",正确答案是 C 选项。

36.【参考答案】D

【答案解析】本题所考查知识点:统筹区域发展。

促进区域协调发展的基本途径是引导生产要素跨区域合理流动。因此,本题正确答案是 D 选项。

37.【参考答案】ABC

【答案解析】本题所考查知识点:建设创新型国家的核心。

选项 D 是建设创新型国家的一项重要任务,不符题意。因此,本题正确答案是 ABC 选项。

38.【参考答案】ABCD

【答案解析】本题所考查知识点:中国特色自主创新道路必须坚持的指导方针。

党的十七大报告强调,要坚持走中国特色自主创新道路,必须坚持"自主创新、重点跨越、支撑发展、引领未来"的指导方针。因此,本题正确答案是 ABCD 选项。

39.【参考答案】ABCD

【答案解析】本题所考查知识点:我国建设创新型国家的总体目标。

选项 ABCD 均符合题意,我们可以简化记忆为:三个"显著增强"(自主创新能力显著增强,科技促进经济发展和保障国家安全的能力显著增强,基础科学和前沿技术研究综合实力显著增强);一个"进入"(进入创新型国家)。

40.【参考答案】AB

【答案解析】本题所考查知识点:转变经济发展方式。

当前和今后一个时期转变经济发展方式主要做到"两个坚持"和"三个转变"。"两个坚持"是指"坚持走中国特色新型工业化道路,坚持扩大国内需求特别是消费需求的方针"。选项 CD 属于"三个转变"的内容,不符题意。因此,本题正确答案是 AB 选项。

41.【参考答案】ABC

【答案解析】本题所考查知识点:加快转变经济发展方式的基本思路是实现"三个转变"。

转变经济增长方式由主要依靠粗放型增长方式向集约型增长方式转变是十七大之前的提法,转变经济增长方式体现的主要是数量上的增长,但是经济的增长不仅仅表现在数量上,更重要的是质量的提高。所以十七大报告从当前的发展实际出发,把原来的"转变经济增长方式"改为"转变经济发展方式",并提出转变经济发展方式的基本思路就是实现"三个转变"。因此,本题正确答案是 ABC 选项。

42.【参考答案】ABCD

【答案解析】本题所考查知识点:新型工业化道路"新"的表现。

走新型工业化道路是从中国国情和世界经济发展情况出发,既遵循工业化客观规律,又体现时代特点的工业化道路。新型工业化道路的"新",就在于它同信息化等现代高科技发展紧密结合;注重经济发展同资源环境相协调;坚持城乡协调发展;实现资金技术密集型产业同劳动密集型产业相结合。因此,本题正确答案是 ABCD 选项。

43.【参考答案】ABC

【答案解析】本题所考查知识点:我国农村改革发展的历史方位。

党的十七届三中全会准确判断了我国农村改革发展的历史方位,指出"我国总体上已进入以工促农、以城带乡的发展阶段,进入加快改造传统农业、走中国特色农业现代化道路的关键时刻,进入着力破除城乡二元结构、形成城乡经济社会发展一体化新格局的重要时期"。选项 D 是干扰项。因此,本题正确答案是 ABC 选项。

44.【参考答案】ABC

【答案解析】本题所考查知识点:建设资源节约型、环境友好型社会需要转变传统观念。

建设资源节约型、环境友好型社会必须转变关于发展的传统观念,从重经济增长轻环境保护转变为保护环境与经济增长并重,在保护环境中求发展;从环境保护滞后于经济发展转变为环境保护和经济发展同步,改变先污染后治理、边治理边破坏的状况;从主要用行政办法保护环境转变为综合运用法律、经济、技术和必要的行政办法解决环境问题,自觉遵循经济规律和自然规律,提高环境保护工作水平。因此,本题正确答案是 ABC 选项。

45.【参考答案】ABCD

【答案解析】本题所考查知识点:实施区域发展的总体战略。

进入新世纪,以胡锦涛为总书记的党中央根据我国区域发展的实际情况和全面推进现代化建设的要求,进一步提出了促进区域协调发展的战略布局:继续推进西部大开发,振兴东北地区等老工业基地,促进中部地区崛起,鼓励东部地区率先发展,形成分工合理、特色明显、优势互补的区域产业结构,推动各地区共同发展。因此,本题正确答案是 ABCD 选项。

2.9　建设中国特色社会主义政治

2.9.1　重难知识点内在逻辑系统图

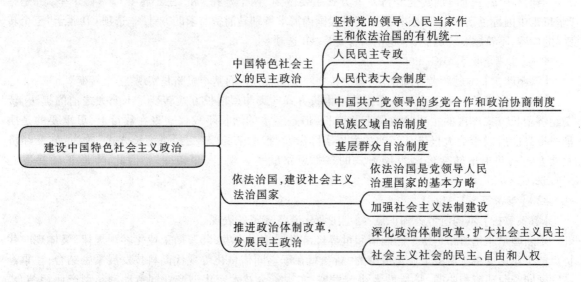

2.9.2　重难知识点详解

一、本章考点考查统计

学科	章节	考点	考查目标	已考查年度						
				2011	2010	2009	2008	2007	2006	2005
毛泽东思想和中国特色社会主义理论体系概论	第九章建设中国特色社会主义政治	坚持党的领导、人民当家作主和依法治国的有机统一	2,3	/	/	/	/	/	/	/
		人民民主专政	2,5	/	/	/	/	/	/	/
		人民代表大会制度	2,5	/	√	/	√	/	/	/
		中国共产党领导的多党合作和政治协商制度	2,5	√	/	/	/	/	√	/
		民族区域自治制度	2,3	/	/	/	/	/	/	/
		基层群众自治制度	2,3	/	/	√	/	/	/	/
		依法治国是党领导人民治理国家的基本方略	4,5	/	/	/	/	√	/	√
		加强社会主义法制建设	2,3	/	/	/	/	/	/	/
		深化政治体制改革,扩大社会主义民主	2,5	/	/	/	/	/	/	/
		社会主义社会的民主、自由和人权	2,3	/	/	/	/	√	/	/

二、本章重难知识点点拨

1. 坚持党的领导、人民当家作主和依法治国的有机统一

党的十七大报告强调:"要坚持中国特色社会主义政治发展道路,坚持党的领导、人民当家作主、依法治国有机统一,坚持和完善人民代表大会制度、中国共产党领导的多党合作和政治协商制度、民族区域自治制度以及基层群众自治制度,不断推进社会主义政治制度自我完善和发展。"这是推进政治文明建设必须遵循的基本方针。

第一,中国共产党的领导是人民当家作主和依法治国的根本保证。发展社会主义民主政治,建设社会主义政治文明,核心在于坚持党的领导。

第二,人民当家作主是社会主义民主政治的本质和核心要求,是社会主义政治文明建设的根本出发点和归宿。社会主义民主政治的本质是人民当家作主。

第三,依法治国是党领导人民治理国家的基本方略。人民在党的领导下,依照宪法和法律治理国家,管理社会事务和经济文化事业,保障自己当家作主的各项民主权利,这是依法治国的实质。

2. 人民民主专政

人民民主专政是我国的国体。人民民主专政是工人阶级(经过共产党)领导的、以工农联盟为基础的对人民实行民主和对敌人实行专政的国家政权。

我国现阶段的人民民主专政实质上是无产阶级专政,主要表现在:第一,性质相同。第二,作用、职能相同。第三,历史使命相同。

人民民主专政与无产阶级专政相比,具有鲜明的中国特色,具体体现在:第一,从政权组成的阶级结构来看,比较广泛。第二,从党派之间的关系看,实行共产党领导的多党合作与政治协商。第三,从概念表述上看,人民民主专政的提法更全面、更明确地表示出人民民主和人民专政这两个相互联系的方面。

坚持人民民主专政的实质,就是要不断发展社会主义民主,切实保护人民的利益,维护国家的主权、安全、统一与稳定。

3. 人民代表大会制度

人民代表大会制度是中国人民当家作主的根本的政治制度。

实行人民代表大会制度是中国社会主义民主政治最鲜明的特点。能够保证国家统一有效地组织各项事业,保证一切权力属于人民。

改革开放以来,人民代表大会制度得到新发展,具体表现在:把直接选举人民代表大会的范围扩大到县,实行普遍的差额选举制度;完善了全国人民代表大会常务委员会的职权;在县级以上地方各级人民代表大会设立了常务委员会并赋予其相应职权;立法工作取得显著进展,以宪法为核心的中国特色社会主义法律体系初步形成,有力地推动和保障了改革开放和社会主义现代化建设的顺利进行。

实践证明:人民代表大会制度是符合中国国情、体现中国社会主义国家性质、能够保证中国人民当家作主的根本政治制度和最高实现形式,也是党在国家政权中充分发扬民主、贯彻群众路线的最好实现形式,是中国社会主义政治文明的重要制度载体。

正因为人民代表大会制度如此重要,党的十七大报告提出要完善人民代表大会制度,具体措施是:支持人民代表大会依法履行职能,善于使党的主张通过法定程序成为国家意志;保障人大代表依法行使职权,密切人大代表同人民的联系,建议逐步实行城乡按相同人口比例选举人大代表;加强人大常委会制度建设,优化组成人员知识结构和年龄结构。

4. 中国共产党领导的多党合作和政治协商制度

中国共产党领导的多党合作和政治协商制度,是我国的一项基本政治制度,是马克思主义政党理

论和统一战线学说与我国具体实际相结合的产物,是我国社会主义民主政治制度的重要组成部分。

中国共产党的领导是多党合作的首要前提和根本保证。但这种领导是政治领导,即政治原则、政治方向和重大方针政策的领导。中国共产党与各民主党派合作的基本方针是"长期共存、互相监督、肝胆相照、荣辱与共"。

中国人民政治协商会议是中国人民爱国统一战线的组织,是中国共产党领导的多党合作和政治协商的重要机构,也是中国政治生活中发扬社会主义民主的重要形式。团结和民主是人民政协的两大主题。人民政协的主要职能是政治协商、民主监督、参政议政。

经过 60 多年的实践,人民政协积累了丰富经验。这就是:必须坚持把人民政协事业作为中国特色社会主义事业的重要组成部分,放在党和国家事业发展全局中部署和推进;必须坚持发挥人民政协作为中国共产党领导的多党合作和政治协商的重要机构作用,不断巩固和发展我国多党合作的政治格局;必须坚持发挥人民政协作为大团结大联合组织的作用,不断为中华民族伟大复兴增添新力量;必须坚持以改革创新精神推进人民政协事业,永葆人民政协生机活力。

党的十七大提出了加强人民政协工作的新任务:支持人民政协围绕团结和民主两大主题履行职能,推进政治协商、民主监督、参政议政制度建设;把政治协商纳入决策程序,完善民主监督机制,提高参政议政实效;加强政协自身建设,发挥协调关系、汇聚力量、建言献策、服务大局的重要作用。

我国的政党制度建立在社会主义经济基础之上,同社会主义国家国体的性质相适应,具有如下特征:

第一,在我国的政党制度中,中国共产党是执政党,民主党派是参政党,不是在野党,更不是反对党。共产党领导、多党派合作,共产党执政、多党派参政,这是我国政党制度的显著特征。

第二,中国共产党和各民主党派有着共同的根本利益和共同的目标,都以四项基本原则为共同准则,以实现不同时期的总任务为共同纲领,以建设中国特色社会主义为共同理想。

第三,各民主党派都参加国家政权,参与国家事务的管理,参与国家大政方针和国家领导人选的协商,参与国家方针、政策、法律、法规的制定执行。

第四,中国共产党和各民主党派都以宪法为根本活动准则,都受到宪法的保护,享有宪法规定范围内的政治自由、组织独立和法律上的平等地位。

新中国成立以来,中国共产党领导的多党合作与政治协商制度在国家政治和社会生活中的重要性不断增强。中国共产党与各民主党派、无党派人士的政治协商逐步制度化和规范化;民主党派成员、无党派人士在人民代表大会中发挥着重要作用,在各级政府和司法机关中担任领导职务,在中国人民政治协商会议中发挥着重要作用;民主党派人士和无党派人士通过多渠道、多形式对执政党的工作实行民主监督,积极参与改革开放和现代化建设事业,广泛开展重大问题的调查研究,为推动祖国统一大业和社会全面进步不断建言献策。实践证明,中国共产党领导的多党合作和政治协商制度作为我国的一项基本政治制度,是符合我国国情、具有鲜明中国特色的社会主义新型政党制度,能够在中国特色社会主义共同目标下把中国共产党领导和多党派合作有机结合起来,实现广泛参与和集中领导的统一、社会进步和国家稳定的统一、充满活力和富有效率的统一。我国经济社会发展和政治稳定的成就,充分彰显出我国政党制度的优越性。

5. 民族区域自治制度

民族区域自治是我们党解决我国民族问题的基本政策,是国家的一项基本政治制度。民族区域自治的核心,是保障少数民族当家作主,管理本民族、本地方事务的权利。

我国实行民族区域自治的原因,表现在以下三个方面:第一,统一的多民族国家的长期存在和发展,是我国实行民族区域自治的历史依据。第二,近代以来在反抗外来侵略斗争中形成的爱国主义精神,是实行民族区域自治的政治基础。第三,各民族大杂居、小聚居的人口分布格局,各地区资源条件和发展的差异,是实行民族区域自治的现实条件。

实行民族区域自治的自治机关享有广泛的自治权利。一是自主管理本民族、本地区的内部事务;二是享有制定自治条例和单行条例的权利;三是享有宗教信仰自由的权利;四是享有使用和发展本民族语言文字、按照传统风俗习惯生活及进行社会活动的权利和自由。此外,还拥有自主安排、管理、发展经济建设事业,自主发展教育、科技、文化等其他各项权利。

6. 基层群众自治制度

基层民主不仅是一种基层自治和民主管理制度,而且作为国家制度民主的具体化,是社会主义民主广泛而深刻的实践。

党的十七大首次把基层群众自治制度纳入中国特色社会主义民主政治制度的基本范畴,因为:一方面,发展基层民主是发展社会主义民主政治的基础性工作。另一方面,基层民主是社会主义最广泛的实践,发展基层民主,有利于提高全面的民主素养,为发展社会主义民主进一步创造条件。

基层民主自治建设包括农村基层民主政治建设、城市社区民主政治建设、职工代表大会制度建设。

推进农村基层民主政治建设的途径是实行村民自治。民主选举、民主决策、民主管理和民主监督是村民自治的主要内容。城市居民委员会是在城市基层实现直接民主的重要形式。

7. 依法治国的含义、内容及重大意义

依法治国,就是广大人民群众在党的领导下,依照宪法和法律规定,通过各种途径和形式管理国家事务,管理国家经济文化事务,管理社会事务,保证国家各项工作都依法进行,逐步实现社会主义民主的制度化、法律化,使这种制度和法律不因领导人的改变而改变,不因领导人看法和注意力的改变而改变。

依法治国有三个要点:第一,依法治国的主体是党领导下的人民群众,也就是党领导人民实行依法治国。第二,依法治国的客体是国家事务、经济文化事务和社会事务。第三,依法治国所依的法,最重要的是宪法和法律。

实行依法治国有重大意义:第一,依法治国是中国共产党执政方式的重大转变,有利于加强和完善党的领导。第二,依法治国是发展社会主义民主、实现人民当家作主的根本保证。第三,依法治国是发展社会主义市场经济和扩大对外开放的客观需要。第四,依法治国是社会文明进步的显著标志。第五,依法治国是国家长治久安的重要保障。

8. 加强社会主义法制建设的基本要求和主要任务

加强社会主义法制建设的基本要求,即"有法可依、有法必依、执法必严、违法必究"。这四个方面相互联系、相互制约。有法可依是前提,有法必依是核心,执法必严是关键,违法必究是保障。

加强社会主义法制建设的主要任务是:要坚持科学立法、民主立法、完善中国特色社会主义法律体系。

9. 推进我国政治体制改革应遵循的基本原则

推进我国政治体制改革应遵循的基本原则,主要是以下几个方面:第一,我国政治体制改革是社会主义政治制度的自我完善和发展,必须坚持正确政治方向,必须坚持中国特色社会主义政治发展道路,以保证人民当家作主为根本,以增强党和国家活力、调动人民积极性为目标,扩大社会主义民主,建设社会主义法治国家,发展社会主义政治文明。第二,推进政治体制改革,必须坚持党的领导、人民当家作主、依法治国有机统一,坚持社会主义政治制度的特点和优势,坚持从我国国情出发。第三,推进政治体制改革,需要借鉴人类政治文明的有益成果,但绝不能照搬西方政治制度的模式。

10. 社会主义民主

社会主义民主建立在生产资料公有制基础上,政治程序和政权性质相一致,经济基础和上层建筑相协调,是为广大劳动人民所享有的民主。社会主义民主是多数人的民主,是迄今为止人类历史上最高形态的民主,它的本质就是人民当家作主,它和资本主义民主的最大不同在于广大人民群众翻身做了主人,获得了管理国家和社会的权利。社会主义民主是真实的民主。它公开承认自身的阶级性,认为统治阶级的民主就意味着对于被统治者的专政,民主和专政,两个方面,相辅相成。

11. 社会主义人权

西方发达国家人权理论强调的主要是个人的政治权利,而不大讲经济和社会权利。我们强调,人权不仅包括个人权利,还包括集体人权,不仅包括政治权利,而且包括经济、社会、文化、公民权利。对于发展中国家来说,生存权和发展权是最根本最重要的人权。

人权是具体的、相对的,不是抽象的、绝对的,与一个国家的政治状况、经济发展、历史传统、文化结构和整个社会的发展水平有很大关系。

民主、自由、人权,核心是民主。公民权利的实现和发展,都要通过国家政权,依赖国家政权。只有人民掌握政权,巩固和发展政权,人民才会拥有真正属于自己的民主、自由和权利。

三、本章典型例题

1. 党的十七大把基层群众自治制度纳入中国特色社会主义民主政治制度的基本范畴,丰富了我国民主政治制度的内容。在我国民主政治制度中,根本政治制度是(　　)(单选)

A. 人民民主专政　　　　　　　　　　B. 人民代表大会制度

C. 共产党领导的多党合作和政治协商制度　　D. 民族区域自治制度

【考点分析】本题所考查知识点:我国的根本政治制度。

【答案解析】选项 B 人民代表大会制度是我国的政体,也是我国的根本政治制度。因此,本题正确答案是 B 选项。选项 A 是我国的国体;选项 C 是中国特色的政党制度,选项 D 是我国解决民族问题的一项基本政策,选项 C 和选项 D 都属于我国的基本政治制度。选项 A、C、D 均不符合题意。

2. 依法治国是中国共产党领导人民治理国家的基本方略,其基本要点有(　　)(多选)

A. 中国共产党领导人民实行依法治国

B. 加强社会主义法制建设

C. 对国家事务、经济文化事业和社会事务的管理工作都要依法进行

D. 依法治国的最重要依据是宪法和法律

【考点分析】本题所考查知识点:依法治国的基本要点。

【答案解析】依法治国有三个要点:第一,依法治国的主体是党领导下的人民群众,也就是党领导人民实行依法治国。第二,依法治国的客体是国家事务、经济文化事务和社会事务。第三,依法治国所依的法,最重要的是宪法和法律。

可见选项 A 是依法治国的主体;选项 C 是依法治国的客体;选项 D 是依法治国所依的法,属于依法治国的基本要点。因此,本题正确答案是选项 ACD。

选项 B 加强社会主义法制建设是推进依法治国进程,建设社会主义法治国家的要求。故选项 B 不符合题意。

3. 在当前和今后一个时期,推进我国政治体制改革应遵循的基本原则(　　)(多选)

A. 必须坚持中国特色社会主义政治发展道路

B. 坚持社会主义政治制度的特点和优势

C. 坚持从我国国情出发,但绝不能照搬西方政治制度模式

D. 必须坚持增进人民的团结,改善人民的生活

【考点分析】本题所考查知识点:推进我国政治体制改革应遵循的基本原则。

【答案解析】为把我国建设成为富强民主文明和谐的社会主义现代化强国,必须深化政治体制改革。推进我国政治体制改革应遵循的基本原则,主要是以下几个方面:第一,我国政治体制改革是社会主义政治制度的自我完善和发展,必须坚持正确政治方向,必须坚持中国特色社会主义政治发展道路,以保证人民当家作主为根本,以增强党和国家活力、调动人民积极性为目标,扩大社会主义民主,建设社会主义法治国家,发展社会主义政治文明。第二,推进政治体制改革,必须坚持党的领导、人民当家作主、依法治国有机统一,坚持社会主义政治制度的特点和优势,坚持从我国国情出发。第三,推进政治体制改革,需要借鉴人类政治文明的有益成果,但绝不能照搬西方政治制度的模式。可见,选项 ABC 是正确答案。

选项 D 是干扰项,增进人民的团结,改善人民的生活是评价一个国家的政治体制、政治结构和政策是否正确的标准之一。邓小平指出:"评价一个国家的政治体制、政治结构和政策是否正确,关键看三条:第一是看国家的政局是否稳定;第二是看能否增进人民的团结,改善人民的生活;第三是看生产力能否得到持续发展。"

四、本章测试题及答案解析

(一) 本章测试题

1. 人民当家作主和依法治国的根本保证是( )(单选)
   A. 中国共产党的领导
   B. 马克思列宁主义
   C. 社会主义公有制
   D. 人民民主主义专政

2. 社会主义民主政治的本质是( )(单选)
   A. 人民当家作主
   B. 人民民主专政
   C. 人民代表大会制度
   D. 人民参与国家管理

3. 解决我国民族问题的基本政策是( )(单选)
   A. 加快发展少数民族地区的经济和文化
   B. 尊重少数民族地区的民族特点和文化传统
   C. 民族区域自治
   D. 促进各民族间的团结

4. 民族区域自治的核心是( )(单选)
   A. 保障少数民族当家作主,管理本民族、本地方事务的权利
   B. 巩固和发展平等、团结、互助的社会主义民族关系
   C. 促进各民族的共同繁荣和进步
   D. 巩固国家的稳定和统一,抵御国外敌对势力的颠覆和破坏

5. 党的十七大报告提出推进政治文明建设必须遵循的基本方针是( )(多选)
   A. 要坚持中国特色社会主义政治发展道路
   B. 要坚持党的领导、人民当家作主、依法治国有机统一
   C. 要坚持和完善人民代表大会制度、中国共产党领导的多党合作和政治协商制度
   D. 要坚持民族区域自治制度以及基层群众自治制度

6. 无产阶级专政在不同的国家有不同的形式。中国的人民民主专政实质是无产阶级专政,这是因为人民民主专政的( )(多选)
   A. 领导力量是工人阶级
   B. 历史使命是建设社会主义,实现共产主义
   C. 政体是多党合作制度
   D. 阶级基础是工农联盟

7. 人民代表大会制度是我国的根本政治制度,这是因为( )(多选)
   A. 它直接体现我国人民民主专政的国家性质

B. 它能从根本上保证人民当家作主的权力

C. 它在制定国家其他各种制度中起着决定性的作用

D. 它能使广大人民在国家政治生活中直接行使民主权利

8. 党的十七大报告明确提出了完善人民代表大会制度的具体措施,这就是(　　)(多选)

A. 支持人民代表大会依法履行职能,善于使党的主张通过法定程序成为国家意志

B. 保障人大代表依法行使职权,密切人大代表同人民的联系

C. 建议逐步实行城乡按相同人口比例选举人大代表

D. 加强人大常委会制度建设,优化组成人员知识结构和年龄结构

9. 人民政协的两大主题是(　　)(多选)

A. 团结　　　　　　B. 民主　　　　　　C. 爱国　　　　　　D. 创新

10. 人民政协的主要职能是(　　)(多选)

A. 政治协商　　　　B. 民主监督　　　　C. 团结友爱　　　　D. 参政议政

11. 中国是一个存在多个党派的国家,除了中国共产党是执政党外,还有八个不同派别、不同历史发展的民主党派。这些民主党派是(　　)(多选)

A. 参政党　　　　　B. 执政党　　　　　C. 友党　　　　　　D. 在野党

12. 在中国共产党的领导下,实行多党派的合作,这是我国具体历史条件和现实条件所决定的,也是我国政治制度中的一个特点和优点。其中"特点"的表现(　　)(多选)

A. 中国共产党是执政党,各民主党派是在野党

B. 合作的共同准则是"长期共存,互相监督,肝胆相照,荣辱与共"

C. 中国共产党和各民主党派都以宪法为根本活动准则

D. 各民主党派都参政议政

13. 人民政治协商会议制度体现了我国(　　)(多选)

A. 社会主义民主的广泛性　　　　　　B. 各民族的平等和团结

C. 国家结构的特点　　　　　　　　　D. 社会主义政治制度的特点和优点

14. 中国共产党领导的多党合作和政治协商制度在国家政治和社会生活中的重要性不断增强。表现在(　　)(多选)

A. 中国共产党与各民主党派、无党派人士的政治协商逐步制度化和规范化

B. 各民主党派和无党派民主人士参加人大、政协,参与管理国家

C. 共产党和各民主党派互派成员到对方担任领导职务

D. 民主党派人士和无党派人士通过多渠道对共产党的工作实行民主监督、参政议政

15. 在当今世界许多地区民族冲突迭起的情况下,我国各族人民和睦相处,共同建设中国特色社会主义。这是因为我国(　　)(多选)

A. 民族矛盾的根源已完全消除

B. 消除了民族间事实上的不平等

C. 形成了平等、互助、团结、合作的新型民族关系

D. 实行了民族区域自治制度

16. 人民民主专政在我国少数民族区域自治制度当中的体现是(　　)(多选)

A. 在各少数民族聚居的地方实行区域自治　　B. 设立自治机关,行使自治权

C. 少数民族人民当家作主、管理本民族事务　　D. 自治机关享有国家立法权和自治权

17. 我国各民族自治地方的自治机关享有广泛的自治权利,表现在(　　)(多选)

A. 自主管理本民族、本地区的内部事务

B. 享有制定自治条例和单行条例的权利

C. 享有宗教信仰自由的权利

D. 享有使用和发展本民族语言文字、按照传统风俗习惯生活及进行社会活动的权利和自由

18. 十七大首次把坚持基层群众自治制度纳入中国特色社会主义民主政治制度的基本范畴,原因是(　　)(多选)

A. 发展基层民主是发展社会主义民主政治的基础性工作

B. 基层民主是社会主义民主最广泛的实践

C. 发展基层民主有利于提高全民的民主素养

D. 发展基层民主可以为发展社会主义民主进一步创造条件

19. 村民自治是广大农民直接行使民主权利,依法办理自己的事情,实行自我管理、自我教育、自我服务的一项基本制度。其主要内容是(　　)(多选)

A. 民主选举　　　　B. 民主决策　　　　C. 民主管理　　　　D. 民主监督

20. 依法治国是党领导人民治理国家的基本方略,实行依法治国具有重大而深远的意义(　　)(多选)

A. 依法治国是中国共产党执政方式的重大转变,有利于加强和完善党的领导

B. 依法治国是发展社会主义民主、实现人民当家作主的根本保证

C. 依法治国是发展社会主义市场经济和扩大对外开放的客观需要

D. 依法治国是维护社会稳定、国家长治久安的重要保障

21. 加强社会主义法制建设的基本要求是(　　)(多选)

A. 有法可依　　　　B. 有法必依　　　　C. 执法必严　　　　D. 违法必究

22. 人权是一个国家主权范围内的问题,国际上一些人提出:"人权高于主权"和"国家主权有限",其实质是(　　)(单选)

A. 国际人道主义　　　　　　　　　　B. 维护国家利益

C. 强调人权,共同推进人权事业　　　D. 借人权问题干涉别国内政

23. 邓小平指出:评价一个国家的政治体制、政治结构和政策是否正确,关键看(　　)(多选)

A. 国家的政局是否稳定　　　　　　　B. 能否增进人民的团结

C. 能否改善人民的生活　　　　　　　D. 生产力能否得到持续发展

24. 民主的发展程度越高就意味着民主的主体范围越广,资本主义民主已经发展到了相当高的水平,因此说资本主义民主的主体范围是十分广泛的。该观点(　　)(多选)

A. 把民主发展程度等同于民主发展本质

B. 夸大了民主发展程度与民主本质的联系

C. 没有看到享有民主的主体范围受到民主性质的决定和制约

D. 没有看到民主发展程度还要受到历史条件的制约

25. 中国共产党和中国政府始终尊重和保护人权,认为首要的人权是(　　)(多选)

A. 参政权　　　　B. 议政权　　　　C. 生存权　　　　D. 发展权

(二)测试题答案及解析

1.【参考答案】A

【答案解析】本题所考查知识点:党的领导、人民当家作主、依法治国之间的关系。

发展社会主义民主政治,建设社会主义政治文明,核心在于坚持党的领导。我们推进政治建设和

政治体制改革,必须有利于坚持和改善党的领导,增强党和国家的活力,而决不能削弱党的领导。所以中国共产党的领导是人民当家作主和依法治国的根本保证。因此,本题正确答案是 A 选项。

2.【参考答案】A

【答案解析】本题所考查知识点:社会主义民主政治的本质。

社会主义民主政治的本质与核心是人民当家作主。人民真正成为国家和社会的主人,通过各级国家权力机关民主管理国家事务和社会事务。选项 B 是我国的国体;选项 C 是我国的政权组织形式,是我国的一项根本政治制度;选项 D 是社会主义民主的内容,均不符合题意。因此,本题正确答案是 A 选项。

3.【参考答案】C

【答案解析】本题所考查知识点:我国民族问题的基本政策。

民族区域自治是我们党解决我国民族问题的基本政策。选项 A、D 是实行民族区域自治制度的作用;选项 B 是坚持和完善民族区域自治制度的要求,均不符合题意。因此,本题正确答案是 C 选项。

4.【参考答案】A

【答案解析】本题所考查知识点:民族区域自治的核心。

本题正确答案是 A 选项。

5.【参考答案】ABCD

【答案解析】本题所考查知识点:推进政治文明建设必须遵循的基本方针。

本题正确答案是 ABCD 选项。

6.【参考答案】ABD

【答案解析】本题所考查知识点:人民民主专政是具有中国特色的无产阶级专政。

选项 C 本身错误,不符合题意。因此,本题正确答案是 ABD 选项。

7.【参考答案】ABC

【答案解析】本题所考查知识点:人民代表大会制度是我国的根本政治制度。

人民代表大会制度是我国的根本政治制度,是我国的政体。它与我国的国家性质相适应,直接体现我国人民民主专政的国家性质;它从根本上保证了人民当家作主的权力,在全部国家政治生活中处于首要地位;它在制定国家其他各种制度中起着决定性的作用,充分反映了我国政治生活的全部面貌;它实行民主集中制的原则,既能充分发扬民主,有利于全国人民参加管理,又保证了国家的集中统一领导;通过民主选举产生的人民代表具有广泛的代表性,体现了各民族的平等和团结。在我国,广大人民通过直接或间接的方式选举产生人大代表,由他们代表广大人民在国家政治生活中行使民主权利。可见不能一概说广大人民在国家政治生活中直接行使民主权利。故选项 D 是错误的。因此,本题正确答案是 ABC 选项。

8.【参考答案】ABCD

【答案解析】本题所考查知识点:完善人民代表大会制度的具体措施。

本题正确答案是 ABCD 选项。

9.【参考答案】AB

【答案解析】本题所考查知识点:人民政协的两大主题。

团结和民主是人民政协的两大主题。因此,本题正确答案是 AB 选项。

10.【参考答案】ABD

【答案解析】本题所考查知识点:人民政协的主要职能。

人民政协的主要职能是政治协商、民主监督、参政议政。因此,本题正确答案是 ABD 选项。

11.【参考答案】AC

【答案解析】本题所考查知识点:民主党派的性质和地位。

中国共产党是领导我国社会主义各项事业的领导核心,是执政党。各民主党派是接受中国共产党领导,同共产党通力合作,共同致力于社会主义事业的亲密友党,是参政党。因此,本题正确答案是 AC 选项。

12.【参考答案】CD

【答案解析】本题所考查知识点:政治协商制度的特点和优点。

各民主党派是参政党,不是在野党,故选项 A 错误;中国共产党和民主党派合作的共同准则是四项基本原则而不是长期共存,互相监督,肝胆相照,荣辱与共,故选项 B 错误。因此,本题正确答案是 CD 选项。

13.【参考答案】ABD

【答案解析】本题所考查知识点:人民政治协商会议制度。

正确选项是 A、B、D。国家结构讲的是中央和地方的关系,根据中央和地方关系的不同,可以把国家划分为单一制和复合制国家。因此,选项 C 是干扰项。

14.【参考答案】ABD

【答案解析】本题所考查知识点:多党合作和政治协商制度在国家政治和社会生活中的重要性。

新中国成立后,中国共产党领导的多党合作和政治协商制度在国家政治和社会生活中的重要性不断增强。表现在:中国共产党与各民主党派、无党派人士的政治协商逐步制度化和规范化;民主党派成员、无党派人士在人民代表大会和中国人民政治协商会议中发挥着重要作用,在各级政府和司法机关中担任领导职务;民主党派人士和无党派人士通过多渠道、多形式对执政党的工作实行民主监督,参政议政。但是中国共产党党员不能在民主党派中担任领导职务。所以选项 C 共产党和各民主党派互派成员到对方担任领导职务是错误的,应排除。因此,本题正确答案是 ABD 选项。

15.【参考答案】CD

【答案解析】本题所考查知识点:坚持民族区域自治的重要政治制度。

我国还处于社会主义初级阶段,历史上遗留下来的各民族间经济文化发展事实上的不平等,还未消除,各民族间在语言文字风俗习惯等方面的差异也仍然存在,因此,民族矛盾及其根源还不能完全消除,选项 A、B 是错误的。因此,本题正确答案是 CD 选项。

16.【参考答案】ABC

【答案解析】本题所考查知识点:民族区域自治制度。

选项 D 表述错误,自治机关不享有立法权,全国人民代表大会和全国人民代表大会常务委员会行使国家立法权。因此,本题正确答案是 ABC 选项。

17.【参考答案】ABCD

【答案解析】本题所考查知识点:我国各民族自治地方的自治机关享有广泛的自治权利。

本题正确答案是 ABCD 选项。

18.【参考答案】ABCD

【答案解析】本题所考查知识点:加强基层民主政治建设。

十七大首次把坚持基层群众自治制度纳入中国特色社会主义民主政治制度的基本范畴,这是因为:一是加强社会主义基层民主政治建设是发展社会主义民主的基础性工作;二是基层民主是社会主义民主最广泛的实践,发展基层民主,有利于提高全民的民主素养,为发展社会主义民主进一步创造条件。因此,本题正确答案是 ABCD 选项。

19.【参考答案】ABCD

【答案解析】本题所考查知识点:村民自治的主要内容。

村民自治是广大农民直接行使民主权利,依法办理自己的事情,实行自我管理、自我教育、自我服务的一项基本制度。民主选举、民主决策、民主管理和民主监督是村民自治的主要内容。村民自治已成为在当今中国农村扩大基层民主和提高农村治理水平的一种有效方式。因此,本题正确答案是AB-CD选项。

20.【参考答案】ABCD

【答案解析】本题所考查知识点:依法治国的意义。

本题正确答案是ABCD选项。

21.【参考答案】ABCD

【答案解析】本题所考查知识点:加强社会主义法制建设的基本要求。

加强社会主义法制建设的基本要求,即"有法可依、有法必依、执法必严、违法必究"。这四个方面相互联系、相互制约。有法可依是前提,有法必依是核心,执法必严是关键,违法必究是保障。因此,本题正确答案是ABCD选项。

22.【参考答案】D

【答案解析】本题所考查知识点:人权是一个国家主权范围内的问题。

人权指在一定的社会历史条件下每个人按其本质和尊严享有或应该享有的基本权利。一些人公开宣称人权高于主权,人权无国界,认为为了"维护人权"和"消除人道主义灾难"对主权国家进行"人道主义干涉"是合理合法的。这种观点片面理解人权与主权的关系,否定主权原则和国际法的不干涉内政原则适用于人权问题,为西方利用人权干涉别国内政,推行霸权主义提供理论根据。我们认为,人权在本质上是一国内部管辖事项。江泽民指出:"人权问题说到底是属于一个国家主权范围的事,我们坚决反对利用人权问题干涉别国内政。"因此,本题正确答案是D选项。

23.【参考答案】ABCD

【答案解析】本题所考查知识点:评价一个国家的政治体制、政治结构和政策是否正确的标准。

邓小平指出:"评价一个国家的政治体制、政治结构和政策是否正确,关键看三条:第一是看国家的政局是否稳定;第二是看能否增进人民的团结,改善人民的生活;第三是看生产力能否得到持续发展。"因此,本题正确答案是ABCD选项。

24.【参考答案】ABCD

【答案解析】本题所考查知识点:民主的性质和民主发展程度。

民主发展程度指民主原则和民主精神实施的程度、状况和水平,民主的本质指民主的阶级属性。一个国家的民主程度越高意味着享有民主的主体范围越广,但是享有民主的主体范围受到民主的性质的决定和制约,所以民主的发展程度再高的资本主义民主也比发展程度较低的社会主义民主主体范围要小。因此并不能因为资本主义民主发展程度较高就认为其民主主体范围十分广泛。因此,本题正确答案是ABCD选项。

25.【参考答案】CD

【答案解析】本题所考查知识点:人权问题。

中国共产党作为中国人民根本利益的忠实代表,始终将维护国家主权和独立、保障和发展人民的各项权利作为根本任务,并将生存权、发展权作为首要人权。参政权、议政权是公民享有的政治权利。因此,本题正确答案是CD选项。

2.10   建设中国特色社会主义文化

2.10.1   重难知识点内在逻辑系统图

```
                                    ┌─ 坚持社会主义先进文化的前进方向
                   发展社会主义先进文化 ─┼─ 中国特色社会主义文化建设的根本任务
                                    └─ 中国特色社会主义文化建设的基本方针

                                    ┌─ 社会主义核心价值体系是社会主义意识形态的本质体现
建设中国特色                              │                        ┌─ 坚持马克思主义指导思想
社会主义文化 ── 建设社会主义核心价值体系 ─┼─ 社会主义核心价值   ├─ 树立中国特色社会主义的共同理想
                                    │    体系的基本内容    ├─ 弘扬民族精神和时代精神
                                    └─                    └─ 树立社会主义荣辱观

                                                    ┌─ 加强思想道德建设
              加强思想道德建设和教育科学文化建设 ─┼─ 发展教育和科学
                                                    └─ 深化文化体制改革,发展文化事业和文化产业
```

2.10.2   重难知识点详解

一、本章考点考查统计

学科	章节	考点	考查目标	已考查年度						
				2011	2010	2009	2008	2007	2006	2005
毛泽东思想和中国特色社会主义理论体系概论	第十章建设中国特色社会主义文化	坚持社会主义先进文化的前进方向	2,3	/	/	/	/	/	/	/
		中国特色社会主义文化建设的根本任务	2,3	/	/	/	/	/	/	/
		中国特色社会主义文化建设的基本方针	2,3	/	/	/	/	/	/	/
		社会主义核心价值体系是社会主义意识形态的本质体现	2,3	/	/	/	/	/	/	/
		社会主义核心价值体系的基本内容	2,3	/	/	/	√	√	/	/
		加强思想道德建设	2,3	/	/	/	/	/	/	/
		深化文化体制改革,发展文化事业和文化产业	2,3	√	√	/	/	/	/	/

二、本章重难知识点点拨

1. 建设中国特色社会主义文化

(1) 中国特色社会主义文化的地位和作用

中国特色社会主义文化的地位和作用表现在：第一，中国特色社会主义文化是现代化建设的重要内容。第二，中国特色社会主义文化是凝聚和激励全国各族人民的重要力量，是综合国力的重要标志。第三，中国特色社会主义文化为现代化建设提供智力支持、精神动力和思想保证。

（2）中国特色社会主义文化建设的根本任务

中国特色社会主义文化建设的根本任务，就是以马克思列宁主义、毛泽东思想、邓小平理论和"三个代表"重要思想为指导，全面贯彻科学发展观，着力培育有理想、有道德、有文化、有纪律的公民，切实提高全民族的思想道德素质和科学文化素质。

（3）中国特色社会主义文化建设的基本方针

第一，坚持以马克思主义为指导，为人民服务、为社会主义服务。第二，坚持百花齐放、百家争鸣的方针。第三，坚持贴近实际、贴近生活、贴近群众，不断推进文化创新。第四，坚持立足当代又继承民族优秀文化传统，立足本国又充分吸收世界优秀文化成果。第五，坚持一手抓繁荣，一手抓管理。

2. 建设社会主义核心价值体系

（1）社会主义核心价值体系是社会主义意识形态的本质体现

社会主义核心价值体系是社会主义制度在价值层面的本质规定，是全党全国各族人民团结奋斗的共同的思想基础，是实现科学发展、社会和谐的推动力量，是国家文化软实力的核心内容，反映了我国社会主义基本制度的本质要求。

在文化建设中，抓住了社会主义核心价值体系这个根本，才能形成全社会的共同理想，增强全社会的凝聚力；才能树立全社会的和谐理念，培育全社会的和谐精神；才能形成全社会的良好道德风尚，形成全社会的和谐人际关系；才能营造全社会的和谐舆论氛围，塑造全社会的和谐心态。

（2）社会主义核心价值体系的基本内容

第一，坚持马克思主义指导思想。

马克思主义指导思想作为社会主义核心价值体系的灵魂，解决的是举什么旗的问题，决定了社会主义核心价值体系的性质和方向，是社会主义核心价值体系的理论基础，居于统领地位。

坚持马克思主义指导思想，原因在于：马克思主义深刻揭示了人类历史发展的客观规律，为人类的进步、社会发展，指明了正确方向。马克思主义作为一个开放的理论体系，始终与时代同行、与实践同步。只有用马克思主义的立场、观点、方法来正确认识经济社会发展的大势，正确认识社会思想意识中的主流和支流，才能在错综复杂的社会现象中看清本质、明确方向。

要把坚持和发展马克思主义统一于中国特色社会主义实践中，在坚持中发展，在发展中坚持，自觉做到"两个坚定不移、决不含糊"：坚持马克思主义的立场、观点、方法，坚持马克思主义的基本原理，这一点要坚定不移，不能含糊；贯彻解放思想、实事求是的思想路线，坚持勇于追求真理和探索真理的革命精神，这一点也要坚定不移，不能含糊。

第二，树立中国特色社会主义的共同理想。

中国特色社会主义共同理想作为社会主义核心价值体系的主题，解决的是走什么路、实现什么样目标的问题。坚持马克思主义指导思想、弘扬培育民族精神和时代精神、树立社会主义荣辱观，都是为了引导和激励全体人民努力实现中国特色社会主义共同理想。

树立中国特色社会主义的共同理想，原因在于：理想决定行动。中国特色社会主义共同理想，是历史和实践发展的必然结论。中国特色社会主义共同理想，有着广泛的社会共识。

第三，弘扬民族精神和时代精神。

民族精神和时代精神作为社会主义核心价值体系的精髓，解决的是应当具备什么样的精神状态和精神风貌的问题。它是坚持马克思主义指导思想、树立中国特色社会主义共同理想、树立社会主义荣辱观的精神条件。民族精神的核心是爱国主义。时代精神的核心是改革创新。

第四,树立社会主义荣辱观。

社会主义荣辱观作为社会主义核心价值体系的基础,解决的是人民行为规范的问题。它以基本行为规范的方式涵盖了社会主义核心价值体系其他三个方面的内容并使之具体化,从而让社会主义核心价值体系落到实处有了依托,人民践行有了遵循。荣辱观是人们对荣誉和耻辱的根本看法和态度。树立正确的荣辱观,是形成良好社会风气的重要基础。

3. 加强思想道德建设

思想道德建设,解决的是整个中华民族的精神支柱和精神动力问题。加强思想道德建设,是建设社会主义核心价值体系的必然要求,是中国特色社会主义文化建设的重要内容和中心环节。第一,要加快建立和完善社会主义思想道德体系。第二,要着力培育文明道德风尚。第三,要把先进性要求同广泛性要求结合起来。第四,要进一步加强和改进思想政治工作。

4. 深化文化体制改革,发展文化事业和文化产业

深化文化体制改革,要坚持以发展为主题,以改革为动力,以体制机制创新为重点,以创造生产更多更好适应人民群众需求的精神文化产品为目标,促进文化事业全面繁荣和文化产业快速发展。深化文化体制改革,要坚持一手抓公益性文化事业;一手抓经营性文化产业。深化文化体制改革,要坚持以体制机制创新为重点,在关键环节上实现新突破。推进文化体制改革,既要积极又要稳妥。

三、本章典型例题

1. 中国特色社会主义文化在社会主义现代化建设中具有重要战略地位和作用,那么,中国特色社会主义文化建设的重要内容包括(　　　)(多选)

　A. 思想道德建设　　　　　　　　　B. 教育科学文化建设

　C. 坚持百花齐放、百家争鸣的方针　　D. 坚持以体制机制创新为重点

【考点分析】本题所考查知识点:中国特色社会主义文化建设的重要内容。

【答案解析】中国特色社会主义文化建设的重要内容包括思想道德建设和教育科学文化建设。思想道德建设,解决的是整个中华民族的精神支柱和精神动力问题,思想道德建设决定着精神文明建设的性质和发展方向。加强思想道德建设,是建设社会主义核心价值体系的必然要求,是中国特色社会主义文化建设的重要内容和中心环节。选项 C 坚持百花齐放、百家争鸣的方针是中国特色社会主义文化建设的基本方针之一。选项 D 坚持以体制机制创新为重点是我国深化文化体制改革的要求。根据以上分析,可以看出本题的正确答案是选项 AB。

2. 社会主义核心价值体系是建设和谐文化的根本,它的基本内容包括(　　　)(多选)

　A. 马克思主义指导思想

　B. 中国特色社会主义共同理想

　C. 以爱国主义为核心的民族精神和以改革创新为核心的时代精神

　D. 社会主义荣辱观

【考点分析】本题所考查知识点:社会主义核心价值体系的基本内容。

【答案解析】社会主义核心价值体系包括马克思主义指导思想、中国特色社会主义共同理想、以爱国主义为核心的民族精神和以改革创新为核心的时代精神、社会主义荣辱观。这四个方面相互联系、相互贯通、相互促进,是一个有机统一的整体。因此,本题的正确答案是 ABCD 选项。

四、本章测试题及答案解析

(一) 本章测试题

1. 中国特色社会主义文化在社会主义现代化建设中具有重要战略地位和作用,表现在(　　　)(多

选)

A. 为现代化建设提供智力支持、精神动力和思想保证

B. 是综合国力的重要标志

C. 是现代化建设的重要内容

D. 是凝聚和激励全国各族人民的重要力量

2. 中国特色社会主义文化建设的根本任务是(　　　)(多选)

A. 以马克思列宁主义、毛泽东思想、邓小平理论和"三个代表"重要思想为指导

B. 全面贯彻科学发展观

C. 着力培养有理想、有道德、有文化、有纪律的社会主义公民

D. 切实提高全民族的思想道德素质和科学文化素质

3. 中国特色社会主义文化建设的基本方针是(　　　)(多选)

A. 坚持以马克思主义为指导,为人民服务、为社会主义服务

B. 坚持贴近实际、贴近生活、贴近群众,不断推进文化创新

C. 坚持百花齐放、百家争鸣的方针;坚持一手抓繁荣,一手抓管理

D. 坚持立足当代又继承民族优秀文化传统,立足本国又充分吸收世界优秀文化成果

4. 没有社会主义核心价值体系的引导和主导,和谐社会建设就会失去方向和根本,社会主义核心价值体系的基础是(　　　)(单选)

A. 爱国主义   B. 中国特色社会主义共同理想

C. 马克思主义指导思想   D. 社会主义荣辱观

5. 社会主义核心价值体系的主题是(　　　)(单选)

A. 树立中国特色社会主义的共同理想   B. 弘扬民族精神和时代精神

C. 树立和践行社会主义荣辱观   D. 坚持马克思主义的指导地位

6. 社会主义核心价值体系的精髓是(　　　)(单选)

A. 树立中国特色社会主义的共同理想   B. 弘扬民族精神和时代精神

C. 树立和践行社会主义荣辱观   D. 坚持马克思主义的指导地位

7. 社会主义核心价值体系的灵魂是(　　　)(单选)

A. 树立中国特色社会主义的共同理想   B. 弘扬民族精神和时代精神

C. 树立和践行社会主义荣辱观   D. 坚持马克思主义的指导地位

8. 马克思主义指导思想作为社会主义核心价值体系的灵魂,解决的问题是(　　　)(单选)

A. 举什么旗的问题

B. 走什么路、实现什么样目标的问题

C. 应当具备什么样的精神状态和精神风貌的问题

D. 人民行为规范的问题

9. 时代精神是社会主义核心价值体系的重要内容之一,其核心是(　　　)(单选)

A. 改革创新   B. 与时俱进   C. 开拓进取   D. 求真务实

10. 社会主义荣辱观作为社会主义核心价值体系的基础,解决的问题是(　　　)(单选)

A. 举什么旗的问题

B. 走什么路、实现什么样目标的问题

C. 应当具备什么样的精神状态和精神风貌的问题

D. 人民行为规范的问题

11. 社会主义思想道德建设要解决的是( )(单选)

A. 为物质文明建设提供智力支持问题   B. 整个中华民族的精神支柱和精神动力问题

C. 经济、社会发展的社会主义方向问题   D. 为教育科学文化建设积累实践经验问题

12. 深化文化体制改革,要坚持( )(多选)

A. 以发展为主题

B. 以改革为动力

C. 以体制机制创新为重点

D. 以创造生产适应人民群众需求的精神文化产品为目标

(二)测试题答案及解析

1.【参考答案】ABCD

【答案解析】本题所考查知识点:中国特色社会主义文化的重要战略地位。

本题正确答案是 ABCD 选项。

2.【参考答案】ABCD

【答案解析】本题所考查知识点:中国特色社会主义文化建设的根本任务。

本题正确答案是 ABCD 选项。

3.【参考答案】ABCD

【答案解析】本题所考查知识点:中国特色社会主义文化建设的基本方针。

本题正确答案是 ABCD 选项。

4.【参考答案】D

【答案解析】本题所考查知识点:社会主义核心价值体系。

本题正确答案是 D 选项。

5.【参考答案】A

【答案解析】本题所考查知识点:社会主义核心价值体系的主题。

本题正确答案是 A 选项。

6.【参考答案】B

【答案解析】本题所考查知识点:社会主义核心价值体系的精髓。

本题正确答案是 B 选项。

7.【参考答案】D

【答案解析】本题所考查知识点:社会主义核心价值体系的灵魂。

本题正确答案是 D 选项。

8.【参考答案】A

【答案解析】本题所考查知识点:马克思主义指导思想解决的问题。

选项 B 是中国特色社会主义共同理想解决的问题。选项 C 是民族精神和时代精神解决的问题。选项 D 是社会主义荣辱观解决的问题。因此,本题正确答案是 A 选项。

9.【参考答案】A

【答案解析】本题所考查知识点:时代精神的核心。

进入新时期,在当代中国人民的伟大奋斗中,我们不断培育、积累和形成了以改革创新为核心的与时俱进、开拓进取、求真务实、奋勇争先的时代精神。因此,本题正确答案是 A 选项。

10.【参考答案】D

【答案解析】本题所考查知识点:社会主义荣辱观解决的问题。

社会主义荣辱观作为社会主义核心价值体系的基础,解决的是人民行为规范的问题。选项 A 是马克思主义指导思想解决的问题。选项 B 是中国特色社会主义共同理想解决的问题。选项 C 是民族精神和时代精神解决的问题。因此,本题正确答案是 D 选项。

11.【参考答案】B

【答案解析】本题所考查知识点:社会主义思想道德建设。

思想道德建设,解决的是整个中华民族的精神支柱和精神动力问题,教育科学文化建设要解决的是整个民族的科学文化素质和现代化建设的智力支持问题。因此,本题正确答案是 B 选项,应排除选项 A。

12.【参考答案】ABCD

【答案解析】本题所考查知识点:深化文化体制改革的要求。

本题正确答案是 ABCD 选项。

2.11 构建社会主义和谐社会

2.11.1 重难知识点内在逻辑系统图

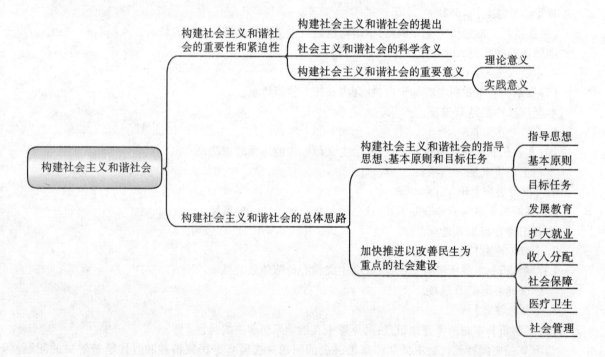

2.11.2 重难知识点详解

一、本章考点考查统计

学科	章节	考点	考查目标	已考查年度						
				2011	2010	2009	2008	2007	2006	2005
毛泽东思想和中国特色社会主义理论体系概论	第十一章构建社会主义和谐社会	构建社会主义和谐社会的提出	2、3	/	/	/	/	√	/	/
		社会主义和谐社会的科学含义	3、4	/	/	√	/	/	/	/
		构建社会主义和谐社会的重要意义	2、3							
		构建社会主义和谐社会的指导思想	2、3				/			
		构建社会主义和谐社会的基本原则	2、3	/						
		加快推进以改善民生为重点的社会建设	4、5	/	√	/	/	√	/	/

二、本章重难知识点点拨

1. 构建社会主义和谐社会提出的现实依据

社会和谐是中国特色社会主义的本质属性,是国家富强、民族振兴、人民幸福的重要保证。十六大以来,党中央反复强调要把推进社会主义和谐社会建设作为全面建设小康社会和中国未来发展的重要任务,其现实依据在于:第一,这是我们抓住和用好重要战略机遇期、实现全面建设小康社会宏伟目标的必然要求。第二,这是我们把握复杂多变的国际形势、有力应对来自国际环境的各种挑战和风险的必然要求。第三,这是巩固党执政地位的社会基础、实现党执政历史任务的必然要求。

2. 社会主义和谐社会的科学含义

胡锦涛指出,我们所要建设的社会主义和谐社会,应该是民主法治、公平正义、诚信友爱、充满活力、安定有序、人与自然和谐相处的社会。

民主法治,就是社会主义民主得到充分发扬,依法治国基本方略得到切实落实,各方面积极因素得到广泛调动;公平正义,就是社会各方面的利益关系得到妥善协调,人民内部矛盾和其他社会矛盾得到正确处理,社会公平和正义得到切实维护和实现;诚信友爱,就是全社会互帮互助、诚实守信,全体人民平等友爱、融洽相处;充满活力,就是能够使一切有利于社会进步的创造愿望得到尊重,创造活动得到支持,创造才能得到发挥,创造成果得到肯定;安定有序,就是社会组织机制健全,社会管理完善,社会秩序良好,人民群众安居乐业,社会保持安定团结;人与自然和谐相处,就是生产发展,生活富裕,生态良好。

这六个方面的内容十分丰富,既是社会主义和谐社会的科学内涵和总体特征,也是我们构建社会主义和谐社会的总体要求。

3. 构建社会主义和谐社会的重要意义

构建社会主义和谐社会,具有重要的理论意义。第一,提出构建社会主义和谐社会,是对人类社会发展规律认识的深化,是对马克思主义关于社会主义社会建设理论的丰富和发展。第二,提出构建社会主义和谐社会,是对社会主义建设规律认识的深化,丰富和发展了中国特色社会主义理论。第三,提出构建社会主义和谐社会,是对共产党执政规律认识的深化,是党执政理念的升华。

构建社会主义和谐社会还具有十分重要的实践意义。第一,构建社会主义和谐社会是中国特色社会主义事业"四位一体"总体布局的重要组成部分,及时对构建社会主义和谐社会作出部署,有利于全面推进中国特色社会主义事业;第二,使社会更加和谐是全面建设小康社会的重要目标,切实做好构建社会主义和谐社会的各项工作,有利于充分调动社会各方面的积极性,抓住和用好我国发展的重要战略机遇期,切实维护和促进改革发展稳定的大局,确保实现全面建设小康社会的目标;第三,促进社会和谐是中国最广大人民的根本利益所在,把构建社会主义和谐社会的各项任务落到实处,有利于进一步解决好人民群众最关心、最直接、最现实的利益问题,实现好、维护好、发展好最广大人民的根本利益;第四,社会和谐是应对外部挑战的重要条件,保持国内安定和谐的社会政治局面,有利于增强民族凝聚力和抗风险能力,更好地维护国家主权、安全和发展利益。

4. 构建社会主义和谐社会的指导思想

党的十六届六中全会明确提出了构建社会主义和谐社会的指导思想。这就是必须坚持以马克思列宁主义、毛泽东思想、邓小平理论和"三个代表"重要思想为指导,坚持党的基本路线、基本纲领、基本经验,坚持以科学发展观统领经济社会发展全局,按照民主法治、公平正义、诚信友爱、充满活力、安定有序、人与自然和谐相处的总要求,以解决人民群众最关心、最直接、最现实的利益问题为重点,着力发展社会事业、促进社会公平正义、建设和谐文化、完善社会管理、增强社会创造活力,走共同富裕道路,推动社会建设与经济建设、政治建设、文化建设协调发展。

5. 构建社会主义和谐社会的基本原则

构建社会主义和谐社会的基本原则包括六个方面:第一,必须坚持以人为本。这是构建社会主义和谐社会的根本出发点和落脚点。第二,必须坚持科学发展。这是构建社会主义和谐社会的工作方针。第三,必须坚持改革开放。这是构建社会主义和谐社会的主要动力。第四,必须坚持民主法治。这是构建社会主义和谐社会的重要保证。第五,必须坚持正确处理改革发展稳定的关系。这是构建社会主义和谐社会的重要条件。第六,必须坚持在党的领导下全社会共同建设。这是构建社会主义和谐社会的领导核心和依靠力量。

6. 加快推进以改善民生为重点的社会建设

加快推进以改善民生为重点的社会建设,涉及面广,内涵丰富,基本要求是:积极解决好教育、就业、收入分配、社会保障、医疗卫生和社会管理等直接关系人民群众根本利益和现实利益的问题。具体措施六个方面。

优先发展教育,建设人力资源强国:第一,全面贯彻党的教育方针。第二,优化教育结构。第三,推进教育改革创新。第四,坚持教育公益性质。

实施扩大就业的发展战略,促进以创业带动就业:第一,千方百计增加就业岗位。第二,鼓励自主创业、自谋职业。第三,推进就业体制改革创新。第四,规范和协调劳动关系,依法维护劳动者权益,发展和谐劳动关系。

深化收入分配制度改革,增加城乡居民收入:第一,坚持和完善按劳分配为主体、多种分配方式并存的分配制度,健全劳动、资本、技术、管理等生产要素按贡献参与分配的制度。第二,逐步提高居民收入在国民收入分配中的比重,提高劳动报酬在初次分配中的比重。第三,加大个人收入分配调节力度,合理调整收入分配格局。一要着力提高低收入者收入。二要努力扩大中等收入者比重。三要切实对过高收入进行有效调节。四要取缔非法收入。五要规范垄断行业的收入。

加快建立覆盖城乡居民的社会保障体系,保障人民基本生活:第一,完善基本养老保险制度。第二,完善基本医疗保险制度。第三,完善最低生活保障制度。第四,发展社会救助与慈善事业。第五,积极发挥商业保险的补充作用。第六,要采取多种方式充实社会保障基金,搞好基金投资运营,实现保值增值;加强基金监管,杜绝非法侵占、挪用,确保社保基金安全。第七,把解决住房问题摆在重要位置。

建立基本医疗卫生制度,提高全民健康水平:第一,加快推进医疗卫生事业改革和发展。第二,要以深化公立医院改革为突破口,深化医疗卫生管理体制、医疗机构运行机制、卫生投入体制、医疗服务和药品价格形成机制改革。第三,建立国家基本药物制度,保证群众基本用药。扶持中医药和民族医药事业发展。第四,要坚持计划生育的基本国策,稳定低生育水平,提高出生人口素质。开展爱国卫生运动,发展妇幼卫生事业。

完善社会管理,维护社会安定团结:第一,推进社会管理体制改革创新。第二,妥善处理人民内部矛盾。第三,重视社会组织建设和管理。第四,强化安全生产管理和监督。第五,健全社会治安防控体系。

三、本章典型例题

1. 构建社会主义和谐社会的总要求是(　　)(多选)

A. 民主法治、公平正义 　　　　　　B. 诚实守信、充满活力

C. 统筹兼顾、适当安排 　　　　　　D. 安定有序、人与自然和谐相处

【考点分析】本题所考查知识点:社会主义和谐社会的科学含义。

【答案解析】2005年2月,胡锦涛在中央党校省级主要领导干部提高建设社会主义和谐社会能力专题研讨班上发表重要讲话指出,我们所要建设的社会主义和谐社会,应该是民主法治、公平正义、诚信友爱、充满活力、安定有序、人与自然和谐相处的社会。通过正选法可以推出选项ABD是本题的正确答案。选项C是统筹兼顾、适当安排是毛泽东在《关于正确处理人民内部矛盾的问题》著作中提出的解决全国城乡各阶层以及国家、集体、个人三者之间的矛盾的方针。所以选项C不符合题意,应排除。

2. 构建社会主义和谐社会的基本原则(　　)(多选)

A. 必须坚持以人为本、科学发展

B. 必须坚持改革开放、民主法治

C. 必须坚持优先发展教育,建设人力资源强国

D. 必须坚持深化收入分配制度改革,增加城乡居民收入

【考点分析】本题所考查知识点:构建社会主义和谐社会的基本原则。

【答案解析】

构建社会主义和谐社会的基本原则包括六个方面:第一,必须坚持以人为本。这是构建社会主义和谐社会的根本出发点和落脚点。第二,必须坚持科学发展。这是构建社会主义和谐社会的工作方针。第三,必须坚持改革开放。这是构建社会主义和谐社会的主要动力。第四,必须坚持民主法治。这是构建社会主义和谐社会的重要保证。第五,必须坚持正确处理改革发展稳定的关系。这是构建社会主义和谐社会的重要条件。第六,必须坚持在党的领导下全社会共同建设。这是构建社会主义和谐社会的领导核心和依靠力量。可见选项AB符合题意,是本题正确答案。选项CD是加快推进以改善民生为重点的社会建设的具体措施。

四、本章测试题及答案解析

(一) 本章测试题

1. 社会和谐是中国特色社会主义的(　　)(单选)

A. 根本任务 　　　B. 根本原则 　　　C. 本质属性 　　　D. 基本要求

2. 构建社会主义和谐社会是我们党从全面建设小康社会、开创中国特色社会主义事业新局面的全

局出发提出的一项重大任务,其提出具有重要的理论意义,是对三大规律的认识与深化,这三大规律不包括(　　)(单选)

    A. 人类社会发展规律   B. 社会主义建设规律

    C. 共产党执政规律   D. 市场机制与价值规律

3. 矛盾运动是社会发展的基本动力,这是马克思主义的一个基本道理。社会主义和谐社会并不是没有矛盾的社会,构建社会主义和谐社会的过程,就是在妥善处理各种矛盾中不断前进的过程,就是不断消除不和谐因素、不断增加和谐因素的过程。下面选项正确的是(　　)(多选)

    A. 构建社会主义和谐社会是贯穿中国特色社会主义事业全过程的长期历史任务

    B. 构建社会主义和谐社会过程中的矛盾是非对抗性矛盾

    C. 构建社会主义和谐社会过程的矛盾是可以"回避"的

    D. 构建社会主义和谐社会必须坚持前进性与曲折性的统一

4. 毛泽东在《论十大关系》、《关于正确处理人民内部矛盾的问题》等著作中提出的解决人民内部矛盾的具体方针有(　　)(多选)

    A. 百花齐放、百家争鸣   B. 长期共存、互相监督

    C. 统筹兼顾、适当安排   D. 生产发展、生活宽裕

5. 构建社会主义和谐社会同建设社会主义物质文明、政治文明、精神文明是有机统一的。"有机统一"表现在(　　)(多选)

    A. 和谐社会建设不断为"三个文明"建设创造有利的社会条件

    B. 发展社会主义"政治文明"不断加强和谐社会建设的政治保障

    C. 发展社会主义"物质文明"不断增强和谐社会的物质基础

    D. 发展社会主义"精神文明"不断巩固和谐社会的精神支撑

6. 构建社会主义和谐社会是党从全面建设小康社会、开创中国特色社会主义事业新局面的全局出发提出的一项重大任务,适应了我国改革发展进入关键时期的客观要求,体现了广大人民群众的根本利益和共同愿望。这段话表明(　　)(多选)

    A. 我国已经建成了社会主义和谐社会

    B. 构建社会主义和谐社会是对三大规律的认识与深化

    C. 实现好、维护好、发展好最广大人民的根本利益是构建社会主义和谐社会的落脚点

    D. 提出构建和谐社会意味着中国特色社会主义事业总体布局由三位一体发展为四位一体

7. 构建社会主义和谐社会的重要保证是(　　)(单选)

    A. 必须坚持以人为本   B. 必须坚持改革开放

    C. 必须坚持科学发展   D. 必须坚持民主法治

8. 构建社会主义和谐社会必须坚持六条基本原则,关于这六条基本原则表述正确的是(　　)(多选)

    A. 既高屋建瓴又求真务实,既构成有机整体又各具丰富内涵

    B. 深刻体现了建设社会主义和谐社会的根本要求

    C. 是我们党长期以来促进社会和谐实践经验的科学总结

    D. 形成了比较系统的建设社会主义和谐社会的指导思想和基本原则

9. 教育是民族振兴大计,教育公平是社会公平的基础,构建社会主义和谐社会必须优先发展教育,建设人力资源强国,为此要(　　)(多选)

    A. 全面贯彻党的教育方针   B. 优化教育结构

C. 更新教育观念,深化教学改革　　　　　D. 坚持教育公益性质,加大政府对教育的投入

10. 就业是民生之本,构建社会主义和谐社会必须实施扩大就业的发展战略,促进以创业带动就业,为此要(　　　)(多选)

A. 千方百计增加就业岗位

B. 鼓励自主创业、自谋职业

C. 推进就业体制改革创新

D. 规范和协调劳动关系,依法维护劳动者权益

11. 构建社会主义和谐社会必须深化分配制度改革,增加城乡居民收入,为此要(　　　)(多选)

A. 坚持按劳分配为主体、多种分配方式并存的分配制度

B. 逐步提高居民收入在国民收入分配中的比重,提高劳动报酬在初次分配中的比重

C. 建立企业职工工资正常增长机制和支付保障机制

D. 保护合法收入、调节过高收入、取缔非法收入

12. 为加快建立覆盖城乡居民的社会保障体系,保障人民生活重点,必须(　　　)(多选)

A. 加快完善社会保障体系　　　　　　　B. 探索建立农村医疗保险制度

C. 完善城乡居民最低生活保障制度　　　D. 健全廉租房制度

(二)测试题答案及解析

1.【参考答案】C

【答案解析】本题所考查知识点:中国特色社会主义的本质属性。

"社会和谐是中国特色社会主义的本质属性,是国家富强、民族振兴、人民幸福的重要保证。"这是我们党总结国内外社会主义建设特别是我国社会主义建设历史经验得出的重要结论,是我们党理论创新的重要成果,是构建社会主义和谐社会的理论基础,表明我们党对社会主义本质的认识达到了新境界。因此,本题正确答案是 C 选项。

中国特色社会主义的根本任务是解放发展生产力;社会主义的根本原则包括两个方面,一是公有制,二是共同富裕。所以选项 AB 应排除。选项 D 是干扰项。

2.【参考答案】D

【答案解析】本题所考查知识点:构建社会主义和谐社会的理论意义。

本题正确答案是 D 选项。

3.【参考答案】ABD

【答案解析】本题所考查知识点:构建社会主义和谐社会。

和谐社会并不是一种状态而是一种动态的过程,贯穿中国特色社会主义事业全过程。构建社会主义和谐社会的过程,就是在妥善处理各种矛盾中不断前进的过程,就是不断消除不和谐因素、不断增加和谐因素的过程,但这种矛盾是建立在根本利益一致上的矛盾,必须正确对待而不能回避。在构建社会主义和谐社会中也会遇到曲折与反复,必须坚持前进性与曲折性的统一。因此,本题正确答案是 ABD 选项。

4.【参考答案】ABC

【答案解析】本题所考查知识点:解决人民内部矛盾的方针。

毛泽东在《论十大关系》、《关于正确处理人民内部矛盾的问题》等著作中,明确提出要学会用民主的方法解决人民内部矛盾,包括坚持百花齐放、百家争鸣的方针以解决科学文化领域里的矛盾,坚持长期共存、互相监督的方针以解决共产党与民主党派的矛盾,坚持统筹兼顾、适当安排的方针以解决全国城乡各阶层以及国家、集体、个人三者之间的矛盾,等等。D 选项是建设社会主义新农村的总要求,与本

题无关。因此,本题正确答案是 ABC 选项。

5.【参考答案】ABCD

【答案解析】本题所考查知识点:构建社会主义和谐社会与建设社会主义物质文明、政治文明、精神文明的关系。

党中央提出构建社会主义和谐社会,使我国的社会主义现代化建设总体布局由发展社会主义市场经济、社会主义民主政治和社会主义先进文化三位一体,扩展为包括社会主义和谐社会的内容,实现了四位一体的飞跃。构建社会主义和谐社会,同建设社会主义物质文明、政治文明、精神文明是有机统一的。要通过发展社会主义社会的生产力不断增强和谐社会建设的物质基础,通过发展社会主义民主政治不断加强和谐社会建设的政治保障,通过发展社会主义先进文化不断巩固和谐社会建设的精神支撑,同时又通过和谐社会建设为社会主义物质文明、政治文明、精神文明建设创造有利的社会条件。因此,本题正确答案是 ABCD 选项。

6.【参考答案】BCD

【答案解析】本题所考查知识点:构建社会主义和谐社会。

我国还没有建成社会主义和谐社会,构建社会主义和谐社会理论的提出是对人类社会发展规律、社会主义建设规律与共产党执政规律认识的深化,使中国特色社会主义事业的总体布局由经济建设、政治建设和文化建设三位一体发展为经济建设、政治建设、文化建设和社会建设四位一体。构建社会主义和谐社会中一切工作的出发点和落脚点是实现好、维护好、发展好最广大人民的根本利益。因此,本题正确答案是 BCD 选项。

7.【参考答案】D

【答案解析】本题所考查知识点:构建社会主义和谐社会的重要保证。

本题正确答案是 D 选项。

8.【参考答案】ABCD

【答案解析】本题所考查知识点:构建社会主义和谐社会的基本原则。

本题正确答案是 ABCD 选项。

9.【参考答案】ABCD

【答案解析】本题所考查知识点:优先发展教育,建设人力资源强国。

本题正确答案是 ABCD 选项。

10.【参考答案】ABCD

【答案解析】本题所考查知识点:实施扩大就业的发展战略,促进以创业带动就业。

本题正确答案是 ABCD 选项。

11.【参考答案】ABCD

【答案解析】本题所考查知识点:深化收入分配制度改革,增加城乡居民收入。

本题正确答案是 ABCD 选项。

12.【参考答案】ABCD

【答案解析】本题所考查知识点:加快建立覆盖城乡居民的社会保障体系,保障人民基本生活。

本题正确答案是 ABCD 选项。

2.12　祖国完全统一的构想

2.12.1　重难知识点内在逻辑系统图

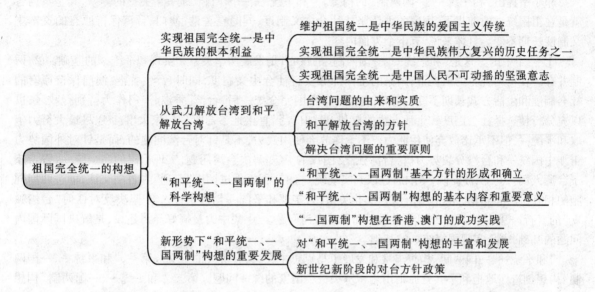

2.12.2　重难知识点详解

一、本章考点考查统计

学科	章节	考点	考查目标	已考查年度						
				2011	2010	2009	2008	2007	2006	2005
毛泽东思想和中国特色社会主义理论体系概论	第十二章祖国完全统一的构想	解决台湾问题的一系列思想	1、2	/	/	/	√	/	/	/

二、本章重难知识点点拨

解决台湾问题的一系列思想

1949 年 3 月,新华社发表题为《中国人民一定要解放台湾》的时评,首次提出"解放台湾"的口号。

1963 年,周恩来将我们党提出的一系列和平解决台湾问题的思想、政策和主张归纳为"一纲四目"。"一纲"即台湾必须统一于中国。"四目"为:(1) 台湾回归祖国后,除外交必须统一于中央外,所有军政大权、人事安排等悉委于蒋(介石),陈诚、蒋经国亦悉由蒋意重用;(2) 所有军政及建设经费不足之数悉由中央拨付(当时台湾每年赤字约 8 亿美元);(3) 台湾的社会改革可以从缓,必俟条件成熟并征得蒋之同意后进行;(4) 互约不派特务,不做破坏对方团结之举。

邓小平提出"和平统一、一国两制"的构想。"和平统一、一国两制"是一个完整的体系,其基本内容就是在祖国统一的前提下,国家的主体坚持社会主义制度,同时在香港、澳门、台湾保持原有的资本主义制度长期不变。具体来说,有十个方面内容。

① 一个中国。这是"和平统一、一国两制"的核心,是发展两岸关系和实现和平统一的基础。② 两制并存。在祖国统一的前提下,国家的主体部分实行社会主义制度,同时台湾、香港、澳门保持原有的社会制度和生活方式长期不变。③ 高度自治。祖国完全统一后,台湾、香港、澳门作为特别行政区,可以充分行使选择社会制度和生活方式的权利,更加广泛、直接地参与管理国家大事。④ 尽最大努力争取和平统一,但不承诺放弃使用武力。不承诺放弃使用武力,不是针对台湾同胞的,而是针对外国势力干涉中国统一和台湾分裂势力搞"台湾独立"图谋的。⑤ 解决台湾问题,实现祖国的完全统一,寄希望于台湾人民。⑥ 积极促谈,争取通过谈判实现统一。⑦ 积极促进两岸"三通"和各项交流,增进两岸同胞的相互了解和感情,密切两岸经济、文化关系,为实现和平统一创造条件。⑧ 坚决反对任何"台湾独立"的言行。⑨ 坚决反对外国势力插手和干涉台湾问题。⑩ 集中力量搞好经济建设,是解决国际国内问题的基础,也是实现国家统一的基础。

"和平统一、一国两制"构想丰富和发展了马克思主义,具有重大的意义。第一,"和平统一、一国两制"构想创造性地把和平共处原则用之于解决一个国家的统一问题。第二,"和平统一、一国两制"构想创造性地发展了马克思主义的国家学说。第三,"和平统一、一国两制"构想体现了既坚持祖国统一、维护国家主权的原则坚定性,也体现了照顾历史实际和现实可能的策略灵活性,避免了武力统一会造成的不良后果。第四,"和平统一、一国两制"构想有利于争取社会主义现代化建设事业所需要的和平的国际环境与国内环境。第五,"和平统一、一国两制"构想为解决国际争端和历史遗留问题提供了新的思路。

自 20 世纪 80 年代末 90 年代初以来,围绕台湾问题的内外环境发生了巨大变化。面对这些变化,以江泽民为核心的党的第三代中央领导集体,在"和平统一、一国两制"构想的基础上,提出了一系列具有鲜明时代特色的重要论断和主张。特别是江泽民于 1995 年 1 月 30 日发表的题为《为促进祖国统一大业的完成而继续奋斗》的重要讲话,精辟地阐述了"和平统一、一国两制"思想的精髓,提出了现阶段发展两岸关系、推进祖国和平统一进程的八项主张。2002 年 11 月,江泽民在十六大报告中高度概括了台湾局势和两岸关系形势的重大变化和主要特征,提出了今后一个时期对台工作的指导思想和总体要求,宣示了全党和全国人民完成祖国统一大业的坚定决心。这些重要论述,创造性地丰富和发展了"和平统一、一国两制"的重要思想。

第一,明确提出坚持一个中国原则是实现和平统一的基础和前提,坚定地维护一个中国原则。第二,在坚持和平统一,不承诺放弃使用武力的基础上,提出"文攻武备"的总方针。第三,首次提出进行海峡两岸和平统一谈判,创造性地发展了关于两岸谈判的主张。第四,将做好台湾人民工作提升到"完成祖国统一的重要基础"的战略高度,努力扩大两岸经济文化交流和人员往来。第五,指出台湾问题不能无限期地拖延下去。第六,从国家发展战略高度阐述了解决台湾问题与经济建设的辩证关系,强调解决台湾问题的关键在于增强综合国力。

新世纪新阶段胡锦涛提出了对台的新方针政策:2008 年 12 月 31 日,胡锦涛在纪念《告台湾同胞书》发表 30 周年座谈会发表重要讲话,全面系统地阐述了两岸关系和平发展的重大问题,明确提出了新世纪新阶段对台关系的六点意见。

第一,恪守一个中国,增进政治互信。第二,推进经济合作,促进共同发展。第三,弘扬中华文化,加强精神纽带。第四,加强人员往来,扩大各界交流。第五,维护国家主权,协商涉外事务。第六,结束敌对状态,达成和平协议。

三、本章典型例题

"一国两制"构想的提出,是从解决(　　)(单选)

A. 台湾问题开始的　　　　　　　　　　B. 香港问题开始的

C. 澳门问题开始的　　　　　　　　　　D. 香港和澳门问题开始的

【考点分析】本题所考查知识点:"一国两制"构想的提出。

【答案解析】"一国两制"的构想最早是针对台湾问题提出来的,首先运用于解决香港和澳门问题。香港、澳门问题是历史上殖民主义侵略遗留下来的问题。台湾问题是中国国内战争遗留下来的问题。台湾问题实质是中国的内政问题。因此,本题的正确答案是 A 选项。

四、本章测试题及答案解析

(一)本章测试题

1. 1949 年 3 月,新华社发表题为《中国人民一定要解放台湾》的时评,首次提出的口号是(　　)(单选)

A."解放台湾"　　　　　　　　　　　B."武力解放台湾"

C."和平解放台湾"　　　　　　　　　D."解放香港和澳门"

2. 1963 年,周恩来将我们党提出的一系列和平解决台湾问题的思想、政策和主张归纳为"一纲四目"。"一纲"即(　　)(单选)

A."一中一台"　　　　　　　　　　　B. 台湾必须统一于中国

C."台湾独立"　　　　　　　　　　　D."两个中国"

3. 实现两岸和平统一的前提是(　　)(单选)

A. 实现两岸三通　　　　　　　　　　B. 坚持一个中国的原则

C. 发展两岸经贸关系　　　　　　　　D. 促进两岸关系良性互动

4. 下列选项中,关于台湾问题理解正确的是(　　)(多选)

A. 台湾问题是历史上殖民主义侵略遗留下来的问题

B. 台湾问题实质是中国与美国的关系

C. 台湾问题是中国国内战争遗留下来的问题

D. 台湾问题实质是中国的内政问题

5. 原香港基本法咨询委员会秘书长梁振英在纪念香港回归 10 周年座谈会上谈到,深受魁北克问题困扰的加拿大曾派政府官员专程赴港认真了解"一国两制"、"港人治港"、"高度自治"的构想。欧洲某国驻港总领事陪该国驻华大使访港,也曾专门了解"一国两制"在港落实情况。这说明"一国两制"已引起了国际社会越来越大的关注。下面判断正确的是(　　)(多选)

A."一国两制"基本方针对任何国家解决领土、主权、民族、宗教纷争等问题都有借鉴价值

B."一国两制"为解决国际争端和世界遗留问题提供了新的思路与示范

C."一国两制"是解决国际争端的根本途径

D."一国两制"为世界的和平与发展提供了一种成功范例

6. 香港回归以来经济繁荣、政治稳定,整个社会和谐发展,使原先移居海外的香港人陆续回流香港继续发展自己的事业,包括移居海外并且在当地创造了事业的港人也纷纷返回香港再创事业。这种情况被称为有香港特色的"凤还巢"。这一现象表明"和平统一、一国两制"基本方针(　　)(多选)

A. 体现了从现实出发的实事求是精神,适合中国国情

B. 体现了利益兼顾、各方共赢的公平理念

C. 显示了强大的生命力

D. 体现了两种制度并存的优越性

7. 今天台湾仍有一些人完全否定"一国两制",也有些人认为按"一国两制"方针解决台湾问题"是矮化了台湾"。但是越来越多的台湾有识之士从香港和澳门的实践中看出,"一国两制"不仅对国家和民族最终和平统一有利,而且对台湾自身也是有百利而无一害的。这段材料表明( )(多选)

A. "一国两制"是适合中国国情的基本方针,是马克思主义国家学说的新发展

B. 香港与澳门的胜利回归为解决台湾问题提供了示范

C. "一国两制"是中国实现最终统一的必然选择

D. "一国两制"基本方针是有利于台湾人民的

8. 2008 年 12 月 31 日,胡锦涛在纪念《告台湾同胞书》发表 30 周年座谈会发表重要讲话中提出的新世纪新阶段对台关系的六点意见是( )(多选)

A. 恪守一个中国,增进政治互信

B. 推进经济合作,促进共同发展

C. 弘扬中华文化,加强精神纽带;加强人员往来,扩大各界交流

D. 维护国家主权,协商涉外事务;结束敌对状态,达成和平协议

(二)测试题答案及解析

1.【参考答案】A

【答案解析】本题所考查知识点:"解放台湾"口号的提出。

1949 年 3 月,新华社发表题为《中国人民一定要解放台湾》的时评,首次提出"解放台湾"的口号。其他选项均是干扰项。因此,本题正确答案是 A 选项。

2.【参考答案】B

【答案解析】本题所考查知识点:"一纲四目"。

1963 年,周恩来将我们党提出的一系列和平解决台湾问题的思想、政策和主张归纳为"一纲四目"。"一纲"即台湾必须统一于中国。选项 ACD 都是反对祖国统一的言论,是错误的。因此,本题正确答案是 B 选项。

3.【参考答案】B

【答案解析】本题所考查知识点:"一国两制"构想的科学内涵。

"一国两制"的含义是,在一个中国的前提下,国家的主体坚持社会主义制度;香港、澳门、台湾作为特别行政区,保持原有的资本主义制度和生活方式长期不变。坚持一个中国原则,是"一国两制"的前提和核心。选项 A、C、D 是党和政府提出的一系列促进两岸交往、了解和交流的具体政策和措施,都不符合题意。因此,本题正确答案是 B 选项。

4.【参考答案】CD

【答案解析】本题所考查知识点:台湾问题。

台湾问题是中国国内战争遗留下来的问题,其实质是中国的内政问题,不是中国与美国的关系问题。历史上殖民主义侵略遗留下来的问题是香港、澳门问题。因此,本题正确答案是 CD 选项。

5.【参考答案】BD

【答案解析】本题所考查知识点:"一国两制"的重大意义。

"一国两制"构想在香港和澳门的成功实践,增强了全体中国人对祖国和平统一的信心,同时也为

世界的和平与发展提供了一种成功的范式,已引起国际社会越来越大的关注。"一国两制"的基本精神,对解决其他国家领土、主权、制度、民族、宗教纷争问题也有借鉴价值,为解决国际争端和世界遗留问题提供了新的思路、新的途径和新的范例。但是不能说"一国两制"对任何国家解决领土、主权、民族、宗教纷争等问题都有借鉴价值,也不是解决国际争端的根本途径。故 A、C 选项错误。因此,本题正确答案是 BD 选项。

6.【参考答案】ABC

【答案解析】本题所考查知识点:"一国两制"基本方针具有强大的生命力。

"一国两制"基本方针为国家之间解决历史遗留的主权、领土问题开辟了一条和平道路,体现了利益兼顾、各方共赢的公平理念,从现实出发的实事求是精神,是经得起长期考验的百年大计,显示了强大的生命力。"一国两制"基本方针是解决香港、澳门、台湾问题的途径,是在一个中国的前提下实行两种制度长期共存,和平共处,共同发展,这是由中国的现实国情决定的。"两种制度"并存并不体现优越性,社会主义制度才有优越性。故 D 选项不符题意。因此,本题正确答案是 ABC 选项。

7.【参考答案】ABCD

【答案解析】本题所考查知识点:"一国两制"基本方针成功实践的意义。

香港、澳门的顺利回归和"港人治港"、"澳人治澳"实践证明,"一国两制"完全适合解决台湾问题,也为解决台湾问题提供了示范,符合台湾人民的利益,是实现祖国最终统一的必然选择。"一国两制"基本方针丰富和发展了马克思主义的国家学说,丰富和发展了马克思主义原则的坚定性和策略的灵活性相统一的原则。因此,本题正确答案是 ABCD 选项。

8.【参考答案】ABCD

【答案解析】本题所考查知识点:新时期胡锦涛关于"和平统一、一国两制"思想的发展。

本题正确答案是 ABCD 选项。

2.13　国际战略和外交政策

2.13.1　重难知识点内在逻辑系统图

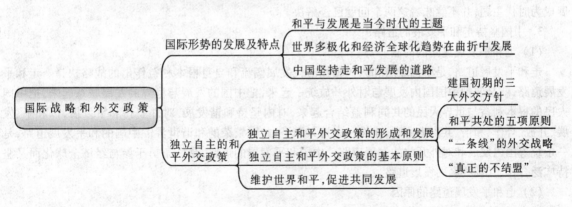

2.13.2 重难知识点详解

一、本章考点考查统计

学科	章节	考点	考查目标	已考查年度						
				2011	2010	2009	2008	2007	2006	2005
毛泽东思想和中国特色社会主义理论体系概论	第十三章国际战略和外交政策	中国走和平发展道路的原因	1、2	/	√	/	/	/	/	/
		新中国建立之初,毛泽东提出的外交方针	1、2	/	/	/	√	/	/	/

二、本章重难知识点点拨

1. 两个中间地带和三个世界划分的战略

进入 20 世纪 60 年代,随着世界各种政治力量的进一步分化和改组,毛泽东指出:"我们现在提出这么一个看法,就是有两个中间地带:亚洲、非洲、拉丁美洲是第一个中间地带;欧洲、北美加拿大、大洋洲是第二个中间地带。日本也属于第二个中间地带。"

1974 年,毛泽东又提出了三个世界划分的战略。他对来访的赞比亚总统卡翁达说:"美国、苏联是第一世界。中间派,日本、欧洲、澳大利亚、加拿大,是第二世界。咱们是第三世界。"他还指出,第三世界人口很多,"亚洲除了日本,都是第三世界。整个非洲都是第三世界,拉丁美洲也是第三世界。"

2. 邓小平对时代主题的判断

第一,世界大战在一个相当长的时期内可以避免,我们有可能争取较长时期的和平环境。第二,和平与发展是当今世界两大带有全球性的战略问题。第三,和平与发展是相辅相成的。第四,和平与发展成为时代主题,并不意味着这两个问题已经解决。

3. 中国坚持走和平发展的道路

(1)走和平发展道路的内涵

走和平发展道路,是中国政府和人民根据时代发展潮流和自身根本利益作出的战略抉择。走和平发展道路,就是要把中国国内发展与对外开放统一起来,把中国的发展与世界的发展联系起来,把中国人民的根本利益与世界人民的共同利益结合起来,对内坚持和谐发展,对外坚持和平发展,以和平、发展、开放、合作、和谐、共赢为原则,建设一个持久和平、共同繁荣的和谐世界。中国的和平发展道路,是一条统筹国内发展和对外开放的发展道路。中国和平发展的道路,是一条勇于参与经济全球化而又坚持广泛合作、互利共赢的发展道路。

(2)走和平发展道路的原因

第一,坚持走和平发展道路,是基于中国特色社会主义的必然选择。

第二,坚持走和平发展道路,是基于中国历史文化传统的必然选择。

第三,坚持走和平发展道路,是基于当今世界发展潮流的必然选择。

4. 坚持独立自主的和平外交政策

坚持独立自主的和平外交政策,就是把国家主权和安全放在第一位,坚定地维护我国的国家利益,反对任何国家损害我国的独立、主权、安全和尊严;就是从我国人民和世界人民的根本利益出发,对于一切国际事务,都要根据事情本身的是非曲直,决定自己的立场和政策,不屈从于任何外来压力;就是坚持各国的事务应由本国政府和人民决定,世界上的事情应由各国政府和人民平等协商,反对一切形式的霸权主义和强权政治;就是不以社会制度和意识形态的异同决定国家关系的亲疏,而是坚持在和平共处五项原则基础上同所有国家建立和发展友好关系;就是坚持不同任何大国或大国集团结盟,不搞军事集团,不参加军备竞赛,不进行军事扩张,永远不谋求霸权。

5. 维护世界和平,促进共同发展

第一,反对霸权主义和强权政治,维护世界和平与发展。

第二,维护世界多样性,促进国际关系民主化和发展模式多样化。

第三,树立新的安全观念,努力营造长期稳定的国际和平环境。

第四,推动建设持久和平与共同繁荣的和谐世界。

三、本章典型例题

1. 20 世纪 80 年代,邓小平对国际形势的发展变化做出了新的判断,认为时代主题是(   )(单选)

A. 战争与和平   B. 和平与发展

C. 政治多极化   D. 经济全球化

【考点分析】本题所考查知识点:邓小平关于时代主题的判断。

【解题分析】战争与和平是毛泽东对第二次世界大战后,国际社会所面临的突出问题的判断。可见选项 A 不符合题意。邓小平认为和平与发展是时代主题。可见选项 B 是本题的正确答案。政治多极化是世界政治的一种发展趋势。冷战结束以来,世界格局走向多极化的趋势越来越清晰。一个超级大国和多种力量并存,是多极化格局最终形成前的较长过渡时期内世界力量对比的基本态势。可见选项 C 也不符合题意。经济全球化是全球商品经济发展的一种趋势。20 世纪 90 年代以来,随着冷战的结束,世贸组织的建立,信息技术的发展,加快了经济全球化发展的趋势。可见选项 D 也不符合题意。排除选项 ACD,正确答案选项 B 即被选出。

2. 改革开放以来,中国成功走上了一条与本国国情和时代特征相适应的和平发展道路。坚持走和平发展道路,因为(   )(多选)

A. 是基于中国特色社会主义的必然选择

B. 是基于中国历史文化传统的必然选择

C. 是基于当今世界发展潮流的必然选择

D. 是基于中国共产党加强自身先进性建设的必然选择

【考点分析】本题所考查知识点:中国坚持走和平发展道路的原因。

【解题分析】中国坚持走和平发展道路,是基于中国特色社会主义的必然选择,是基于中国历史文化传统的必然选择,是基于当今世界发展潮流的必然选择。选项 D 是干扰性。因此,选项 ABC 是本题的正确答案。

3. 新中国建立之际,毛泽东提出的外交方针有(   )(多选)

A."一边倒"   B."反对霸权主义"

C."打扫干净屋子再请客"   D."另起炉灶"

【考点分析】本题所考查知识点:三大外交方针。

【解题分析】新中国成立初期,毛泽东提出"另起炉灶"、"打扫干净屋子再请客"、"一边倒"三大外交方针。"另起炉灶"就是新中国的人民政府不承认国民党政府同各国建立的一切旧的外交关系,而要在新的基础上同各国另行建立新的外交关系。"打扫干净屋子再请客"就是指新中国的建立必须清理旧中国残留的对外关系遗迹,建立国内的良好环境,以全新的面貌建立、发展同其他友好国家的关系。"一边倒"就是在帝国主义对新生的人民政权实行敌视政策的情况下,中国只能倒向社会主义阵营一边。因此,本题正确答案是 ACD 选项。

四、本章测试题及答案解析

(一)本章测试题

1. 当今世界政治最突出的问题和集中表现是( )(单选)

A. 和平问题　　　　B. 政治多极化　　　　C. 和平与发展　　　　D. 恐怖主义

2. 当今世界经济最核心的问题和集中表现是( )(单选)

A. 经济全球化　　　　B. 发展问题　　　　C. 和平与发展　　　　D. 和平问题

3. 面对世界经济与政治发生的重大变化,邓小平敏锐地察觉到时代主题开始转换。邓小平对时代主题的科学判断包含( )(多选)

A. 和平与发展是当代世界的两大突出问题　　　B. 我们有可能争取较长时期的和平环境

C. 和平与发展是当代世界主要矛盾的集中体现　　　D. 世界和平与发展仍面临着严峻的挑战

4. "没有一种势能能永远持久。"有起就有落,有升就有降。世界的"命运之轮"正在缓缓地朝多极格局运转。但是,在多极格局形成之前人类还不知道要在"一超多强"的过渡时期里付出多少艰苦的努力,经历多少残酷的斗争。这段材料表明( )(多选)

A. 两极格局解体,世界多极格局已经形成

B. 世界的多极化是一个复杂、曲折、长期的过程

C. 世界格局多极化趋势不可阻挡,但并不是一蹴而就的

D. "一超"是指美国,"多强"是指日本、欧盟、中国和俄罗斯等国家或国家联盟

5. 英国著名经济学家约翰·宁教授指出:"除非有天灾人祸,经济活动的全球化不可逆转。"阿尔及利亚总统布特弗利卡曾说:"经济全球化的列车已经开动,不管你是否坐在车上。"该材料反映了( )(多选)

A. 经济全球化是当今世界的基本特征

B. 经济全球化已成为一种客观历史潮流

C. 经济全球化格局已经形成

D. 加强国际经济合作成为各国顺应经济全球化的理性选择

6. 中国提出和平共处五项原则,当前是用于处理( )(单选)

A. 同西方资本主义国家的关系　　　　B. 同第三世界国家的关系

C. 同社会主义国家的关系　　　　D. 同一切国家的关系

7. 我国外交政策的基本立足点是( )(单选)

A. 维护世界和平、促进共同发展　　　　B. 和平共处五项基本原则

C. 加强同发展中国家的团结与合作　　　　D. 加强同发达国家的团结与合作

8. 我国外交政策的宗旨是( )(单选)

A. 维护世界和平、促进共同发展　　　　B. 和平共处五项基本原则

C. 加强同发展中国家的团结与合作　　　　D. 加强同发达国家的团结与合作

9. 当今威胁世界和平与稳定的主要根源是( )(单选)

A. 战争与污染　　　　B. 地区冲突与民族矛盾

C. 南北差距　　　　D. 霸权主义与强权政治

10. 独立自主和平外交政策的基本原则,是我国对外交往活动的根本准则。具体内容包括( )

（多选）

A. 坚持独立自主地处理一切国际事务的原则

B. 坚持和平共处五项原则为指导国家间关系的基本准则

C. 坚持同发展中国家加强团结与合作的原则

D. 坚持爱国主义与履行国际义务相统一的原则

（二）测试题答案及解析

1.【参考答案】A

【答案解析】本题所考查知识点：对和平与发展时代主题的认识。

当代世界在政治上的主要矛盾是东西方还存在对抗与世界要和平的矛盾，因此，和平问题就成为当今世界政治最突出的问题和集中体现。因此，本题正确答案为 A 选项。选项 B 政治多极化是当今世界政治格局发展的趋势；选项 C 和平与发展是当今时代的主题；选项 D 恐怖主义是威胁世界和平的一个不稳定因素。故选项 BCD 都应排除。

2.【参考答案】B

【答案解析】本题所考查知识点：对和平与发展这两个时代主题的认识。

当代世界在经济上的主要矛盾是南北差距的扩大与发展中国家要发展的矛盾，因此，发展问题就成为当代世界经济最核心的问题和集中体现。因此，本题正确答案为 B 选项。选项 A 经济全球化是当今全球经济发展的趋势；选项 C 和平与发展是当今时代的主题；选项 D 和平问题是当今世界政治最突出的问题和集中体现。故选项 ACD 都应排除。

3.【参考答案】ABC

【答案解析】本题所考查知识点：邓小平对时代主题的判断。

邓小平对时代主题的科学判断包含以下基本思想：（1）我们有可能争取较长时期的和平环境。（2）和平与发展是当代世界的两大突出问题。（3）和平与发展是当代世界主要矛盾的集中体现。D 选项本身正确，但它不是邓小平对时代主题的科学判断的基本思想。因此，本题正确答案是 ABC 选项。

4.【参考答案】BCD

【答案解析】本题所考查知识点：当代世界多极化趋势。

冷战结束以后，和平与发展成为世界主题，世界出现多极化趋势，出现了"一超多强"的局面，"一超"是指美国，"多强"是指日本、欧盟、中国和俄罗斯等国家和国家联盟。但是民族、宗教、文化已成为影响国际关系的重要因素，这些变量使未来的多极化格局充满了变数，世界的多极化，是一个复杂、曲折、长期的过程。故当前的世界格局是多极化趋势，还没有完全定局，不能说世界多极格局已经形成。因此，本题正确答案是 BCD 选项。

5.【参考答案】ABD

【答案解析】本题所考查知识点：经济全球化趋势。

作为世界科技革命的产物和市场经济发展的结果，经济全球化已成为一种客观的历史潮流，是不以人的意志为转移的趋势，使所有的国家被卷入世界市场，形成了一个世界范围的经济体系，任何国家都必须在这种世界体系中谋求自身发展。但是由于不公正、不合理的国际经济政治旧秩序仍在危害世界的发展，经济全球化的发展必然会遇到重重阻力，只能在曲折中发展，还没有形成经济全球化格局。故选项 C 是错误的。因此，本题正确答案是 ABD 选项。

6.【参考答案】D

【答案解析】本题所考查知识点：和平共处五项原则。

"和平共处"五项原则是20世纪50年代由中国政府提出来的，最初是用于处理我国同民族主义国家的关系,得到印度、缅甸政府赞同并在政府联合声明中公之于世。现在它是我国处理同一切国家关系的基本准则。选项 ABC 是干扰项,应该予以排除。因此,本题正确答案是 D 选项。

7.【参考答案】C

【答案解析】本题所考查知识点:我国外交政策的基本立足点。

维护世界和平、促进共同发展是我国外交政策的宗旨。和平共处五项原则是我国处理对外关系的基本准则。故选项 AB 不符合题意。中国是发展中国家,加强同发展中国家的团结与合作是我国对外政策的基本立足点。故选项 C 正确。选项 D 是干扰项。因此,本题正确答案为 C 选项。

8.【参考答案】A

【答案解析】本题所考查知识点:我国外交政策的宗旨。

维护世界和平、促进共同发展是我国外交政策的宗旨,故选项 A 正确。

9.【参考答案】D

【答案解析】本题所考查知识点:霸权主义和强权政治。

当今世界,霸权主义和强权政治依然是威胁世界和平与稳定的主要根源。体现在政治上,少数大国垄断国际事务,肆意干涉别国内政;经济上,不合理的国际经济旧秩序严重制约了广大发展中国家的经济发展,导致了南北差距的进一步扩大;在军事上,超级大国为了争夺世界霸权,大肆扩军备战,危及世界和平;在国际关系上,奉行强权政治。反对霸权主义和强权政治是当前维护世界和平的根本途径。因此,本题正确答案为 D 选项。

10.【参考答案】ABCD

【答案解析】本题所考查知识点:独立自主和平外交政策的基本原则。

独立自主和平外交政策的基本原则,是我国对外交往活动的根本准则,是在外交工作实践中探索出来的处理对外关系的根本依据。因此,本题正确答案是 ABCD 选项。

2.14　中国特色社会主义事业的依靠力量

2.14.1　重难知识点内在逻辑系统图

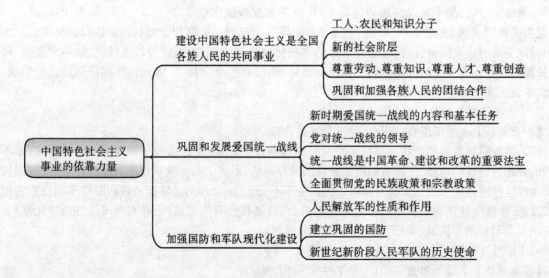

2.14.2 重难知识点详解

一、本章考点考查统计

学科	章节	考点	考查目标	已考查年度						
				2011	2010	2009	2008	2007	2006	2005
毛泽东思想和中国特色社会主义理论体系概论	第十四章中国特色社会主义事业的依靠力量	我国广大人民群众在现代化建设中的地位、作用及其依据	1、2	/	/	/	/	/	√	/
		社会主义时期处理民族关系的基本原则	1、2	/	√	/	/	/	/	/
		毛泽东处理民族关系的思想对于新时期处理民族关系的意义	1、3	√	/	/	/	/	/	/

二、本章重难知识点点拨

1. 建设中国特色社会主义是全国各族人民的共同事业

（1）工人、农民和知识分子是建设中国特色社会主义事业的根本力量

① 工人阶级是国家的领导阶级

第一，我国是一个由共产党领导的社会主义国家，中国共产党的工人阶级先锋队性质决定了工人阶级在国家中的领导地位。

第二，中国工人阶级是近代以来我国社会发展特别是社会化大生产发展的产物，是中国先进生产力和先进生产关系的代表。

第三，工人阶级是改革开放和现代化建设的基本动力。

改革开放以来，我国工人阶级队伍发生了明显变化，呈现出许多新的特点：一是队伍迅速壮大。二是内部结构发生重大变化。三是岗位流动加快。

② 农民阶级是人数最多的基本依靠力量

广大农民是我国改革开放和社会主义现代化建设人数最多、最基本的依靠力量。建设中国特色社会主义必须坚定不移地依靠广大农民群众，这是由农业、农村、农民问题的重要地位和作用决定的。

③ 知识分子是中国工人阶级的一部分

在当代中国，知识分子作为工人阶级中掌握科学文化知识较多的主要从事脑力劳动的一部分，是先进生产力的开拓者和发展教育科学文化事业的基本力量，在社会主义现代化建设中具有不可替代的作用，承担着重大的社会责任。知识分子作为人类科学文化知识的重要创造者、继承者和传播者，是推动我国科技进步和经济发展的生力军，是先进生产力的开拓者，也是社会主义精神文明建设的骨干和核心力量。同时，知识分子在推动社会主义民主和法治建设方面也起着重要的作用。

（2）新的社会阶层是中国特色社会主义事业的建设者

改革开放以来，我国出现了一些新的社会阶层，这些阶层归纳起来主要有：民营科技企业的创业人员和技术人员、受聘于外资企业的管理技术人员、个体户、私营企业主、中介组织从业人员、自由职业人员等。

新的社会阶层是在改革开放以来社会变革中出现的，符合社会主义初级阶段社会生产力发展的要

求。新的社会阶层出现的必然性。

第一,经济领域的制度创新是新的社会阶层产生的重要条件。第二,生产力的发展和经济结构的变化,使社会的劳动分工日益精细,为新的阶层的出现提供了从业条件。第三,产业结构的变化,促成了就业结构、社会阶层结构的变化。

(3) 尊重劳动、尊重知识、尊重人才、尊重创造

劳动、知识、人才、创造,四者是一个具有内在联系的统一整体,劳动在其中居于核心和基础的地位;知识是创造财富的重要资源,但它只有通过劳动者、劳动资料,才能形成实际的财富;人才是知识资源的载体,人才的本质在于创造性。人才只有通过劳动,为社会创造出巨大的物质和精神财富,才能体现出自身的价值;创造本身就是一种劳动,创造过程即是劳动者最大限度地发挥聪明才干的过程。

(4) 巩固和加强各族人民的团结合作

巩固和发展各民族的团结具有十分重要的意义:

第一,巩固和发展各民族的团结,关系到国家的统一和边疆的巩固。

第二,巩固和发展各民族的团结,关系到社会主义现代化建设的成败和各民族地区自身的发展。

第三,巩固和发展各民族的团结,是巩固和发展人民民主专政和安定团结的政治局面的一个重要条件。

第四,加强和巩固全国各族人民的团结,不断推进少数民族和少数民族地区的经济社会发展,是我国社会主义现代化建设的一个重要目标,也是增强中华民族凝聚力、实现中华民族伟大复兴的必然要求。

2. 巩固和发展爱国统一战线

(1) 新时期爱国统一战线的内容和基本任务

新时期的统一战线是工人阶级领导的,以工农联盟为基础的,全体社会主义劳动者、社会主义事业的建设者、拥护社会主义的爱国者、拥护祖国统一的爱国者的最广泛联盟。

新时期的统一战线包括两个范围的联盟:一个是大陆范围内,以爱国主义和社会主义为政治基础的团结全体劳动者、建设者和爱国者的联盟,这是统一战线的主体和基础;一个是大陆范围以外的,以爱国和拥护祖国统一为政治基础的团结台湾同胞、港澳同胞和海外侨胞的联盟,这是统一战线的重要组成部分。这两个方面互相结合,互相促进,共同构成了一个整体,体现了新时期统一战线空前的广泛性。

新时期爱国统一战线的基本任务是:高举爱国主义、社会主义旗帜,团结一切可以团结的力量,调动一切积极因素,同心同德、群策群力,坚定不移地贯彻执行党在社会主义初级阶段的基本路线、基本纲领,为促进社会主义经济建设、政治建设、文化建设、社会建设服务,为促进香港、澳门长期繁荣稳定和祖国统一服务,为维护世界和平、促进共同发展服务。

(2) 党对统一战线的领导

党的领导问题是统一战线中的核心问题。

新时期统一战线成员的大多数是社会主义劳动者、社会主义事业建设者和拥护社会主义的爱国者,统一战线的主体是社会主义的。爱国主义具有强大的感召力和凝聚力,是统一祖国、振兴中华的强大动力。

(3) 统一战线是中国革命、建设和改革的重要法宝

在新的历史时期,我们党领导的统一战线的实质,就是要在一个共同的目标之下,实现全国各民族、各党派、各阶层、各方面人民最广泛的团结,促进政党关系、民族关系、宗教关系、阶层关系、海内外同胞关系的和谐。统一战线作为党的一个重要法宝,决不能丢掉;作为党的一个政治优势,决不能削

弱;作为党的一项长期方针,决不能动摇。

3. 全面贯彻党的民族政策和宗教政策

(1) 贯彻党的民族政策,正确处理民族问题

社会主义时期民族问题的实质,已经不是阶级矛盾和阶级斗争问题,而是各民族人民的内部矛盾,是各民族人民在根本利益一致基础上的矛盾,应该用正确处理人民内部矛盾的方法来加以解决。

社会主义时期处理民族问题的基本原则是:维护祖国统一,反对民族分裂,坚持民族平等、民族团结、各民族共同繁荣。

民族平等是民族团结、各民族共同繁荣的政治前提和基础。

民族团结是维护国家统一、实现各民族共同发展的根本保证。

各民族的共同繁荣是解决民族问题的根本出发点和归宿。

坚持民族平等、民族团结和各民族共同繁荣,必须全面贯彻党的民族政策,牢固树立"汉族离不开少数民族,少数民族离不开汉族,少数民族之间也相互离不开"的思想,紧紧把握各民族共同团结奋斗、共同繁荣发展这个主题,巩固和发展平等、团结、互助、和谐的社会主义民族关系,坚决反对大民族主义、地方民族主义和民族分裂主义,坚决揭露和打击国内外敌对势力的一切分裂活动,不断巩固和发展中华民族的大团结,使各族人民和睦相处、和衷共济、和谐发展。

(2) 全面贯彻党的宗教政策,正确处理宗教问题

第一,宗教信仰自由是指每个公民既有信仰宗教、也有不信仰宗教的自由。我们一方面要尊重每个公民信仰宗教的自由和不信仰宗教的自由,另一方面又要求宗教必须在宪法和法律规定的权利和义务范围内活动。

第二,我国实行政教分离的原则,任何宗教都没有超越宪法和法律的特权,都不能干预国家行政、司法和教育等国家职能的实施。

第三,积极引导宗教与社会主义社会相适应:

① 不是要求宗教界人士和信教群众放弃宗教信仰,而是要求他们热爱祖国,拥护社会主义制度,拥护中国共产党的领导,遵守国家的法律、法规和方针政策;

② 要求他们从事的宗教活动服从和服务于国家的最高利益与民族的整体利益;

③ 支持他们努力对宗教作出符合社会进步要求的阐释;

④ 支持他们与各族人民一道反对一切利用宗教进行危害社会主义祖国和人民利益的非法活动,为民族团结、社会发展和祖国统一多作贡献。

第四,在我国,宗教还坚持独立自主自办的原则,坚决抵制境外势力利用宗教进行渗透,坚决打击宗教极端势力,坚决反对和取缔邪教。

4. 加强国防和军队现代化建设

(1) 人民解放军的性质和作用

人民解放军是一个执行革命政治任务的武装集团,唯一宗旨是全心全意为人民服务。人民解放军是保卫祖国的钢铁长城和建设中国特色社会主义的重要力量,是维护国家安全统一和全面建设小康社会的重要保障。

第一,人民解放军是人民民主专政的坚强柱石。

第二,人民解放军是捍卫社会主义祖国的钢铁长城。

第三,人民解放军是社会主义现代化建设的重要力量。

(2) 建立巩固的国防

富国和强军是发展中国特色社会主义,实现中华民族伟大复兴的两大基石。打得赢、不变质,这是

新形势下我军必须解决好的两大历史性课题。

加强军队全面建设:①按照革命化、现代化、正规化相统一的原则加强军队全面建设。革命化是军队建设的政治方向。现代化是军队建设的中心任务。正规化是军队建设的基础。②贯彻积极防御的战略方针。积极防御始终是我们的军事战略方针。实行积极防御的战略方针,从根本上讲,是由我们国家的社会主义性质所决定的。实行积极防御的战略方针,是保卫社会主义现代化建设的需要。③坚持国防建设与经济建设协调发展的方针。

(3)新世纪新阶段人民军队的历史使命

"三个提供、一个发挥"是新世纪、新阶段人民军队的历史使命。其内涵是:

第一,为党巩固执政地位提供重要的力量保证。

第二,为维护国家发展的重大战略机遇期提供坚强的安全保障。

第三,为维护国家利益提供有力的战略支撑。

第四,为维护世界和平与促进共同发展发挥重要作用。

三、本章典型例题

1. 工人阶级是中国特色社会主义事业的依靠力量之一,是(　　)(单选)

A. 现代化事业发展中人数最多的依靠力量

B. 现代化事业发展中先进生产力的开拓者

C. 我国社会主义现代化建设的主导力量

D. 我国教育科学文化工作的基本力量

【考点分析】本题所考查知识点:中国特色社会主义事业的依靠力量。

【解题分析】广大农民是我国现代化事业中人数最多的依靠力量。知识分子是工人阶级中掌握科学文化知识较多的主要从事脑力劳动的一部分,是先进生产力的开拓者和教育科学文化工作的基本力量。可把选项 ABD 排除。

建设中国特色社会主义必须依靠广大工人、农民、知识分子。其中,工人阶级是对我国国民经济起决定作用的主要生产力,是我国社会主义现代化建设的主导力量,是国家的领导阶级。这是由我们党和国家的性质、工人阶级的特点及其历史地位决定的。第一,我国是一个由共产党领导的社会主义国家,中国共产党的工人阶级先锋队性质决定了工人阶级在国家的领导地位。第二,中国工人阶级是近代以来我国社会发展特别是社会化大生产发展的产物,是中国先进生产力和先进生产关系的代表。第三,工人阶级是改革开放和现代化建设的基本动力。可见选项 C 符合题意,是正确答案。

2. 关于新时期爱国统一战线,认识正确的有(　　)(多选)

A. 新时期的统一战线必须坚持中国共产党的领导

B. 党领导新时期统一战线的最根本的经验是正确处理好与资产阶级的关系

C. 新时期统一战线包含着两个联盟:一是工农联盟;一个是工人阶级和非劳动人民的联盟

D. 新时期统一战线的实质是实现各民族、各党派、各阶层、各方面人民最广泛的团结

【考点分析】本题所考查知识点:新时期爱国统一战线。

【解题分析】党的领导问题是统一战线中的核心问题。新时期的统一战线必须坚持中国共产党的领导,可见选项 A 是正确的。新时期的统一战线包括两个范围的联盟:一个是大陆范围内,以爱国主义和社会主义为政治基础的团结全体劳动者、建设者和爱国者的联盟,这是统一战线的主体和基础;一个是大陆范围以外的,以爱国和拥护祖国统一为政治基础的团结台湾同胞、港澳同胞和海外侨胞的联盟,这是统一战线的重要组成部分。这两个方面互相结合,互相促进,共同构成了一个整体,体现了新时期统一战线空前的广泛性。新时期的统一战线不包含资产阶级,更谈不上党领导新时期统一战线的最根

本的经验是正确处理好与资产阶级的关系,而这一经验是新民主主义革命时期党领导的统一战线最根本的经验,所以选项 B 是错误的,应排除。选项 C 中的工农联盟,工人阶级和非劳动人民的联盟是新民主主义革命时期统一战线中的联盟,所以选项 C 应排除。在新的历史时期,我们党领导的统一战线的实质,就是要在一个共同的目标之下,实现全国各民族、各党派、各阶层、各方面人民最广泛的团结,促进政党关系、民族关系、宗教关系、阶层关系、海内外同胞关系的和谐。故选项 D 是正确的。因此,本题的正确答案是选项 AD。

四、本章测试题及答案解析

(一) 本章测试题

1. 改革开放使我国发生了天翻地覆的巨大变化,新阶层功不可没,是我国经济增长的重要推动者,直接或间接地贡献着全国近 1/3 的税收和 40% 的进出口贸易总额、69% 的出版发行。个体私营经济占 GDP 比重已超过 1/3,部分地区达到 80% 以上。预计到 2010 年,非公有制经济将占全国税收的 50%。这表明在社会变革中出现的新的社会阶层(　　)(单选)

A. 是社会主义事业的领导核心

B. 大多数人是非劳动者

C. 是中国特色社会主义事业的建设者

D. 社会主义市场经济的主体人员

2. 劳动、知识、人才、创造,四者是一个具有内在联系的统一整体,其中居于核心和基础地位的是(　　)(单选)

A. 劳动 　　　　 B. 知识 　　　　 C. 人才 　　　　 D. 创造

3. 建设中国特色社会主义是我国各族人民创造美好生活的共同事业,必须(　　)(多选)

A. 依靠广大人民群众建设社会主义

B. 依靠、巩固和发展新时期爱国统一战线

C. 依靠和加强各民族的团结合作

D. 依靠改革开放中新出现的社会阶层

4. 当今世界,科技的进步和知识的创新已经成为经济发展的第一推动力,而科技进步和知识创新的主体是知识分子,离开了知识分子,科技进步和知识创新只能是一句空话,生产力的发展、人民生活水平的提高和综合国力的增强也只能是一句空话。上述材料说明(　　)(多选)

A. 知识分子是工人阶级的一部分

B. 知识分子是推动科技进步和经济发展的生力军,是先进生产力的开拓者

C. 必须尊重知识、尊重人才,充分发挥知识分子的重要作用

D. 知识分子是精神文明建设的先锋

5. 在改革深入的过程中,建立在社会分工基础上的整个社会结构进行了重组,以拥有知识,从事脑力劳动为特征的社会阶层和社会群体日益增多,使得社会群体呈现出多层次化,如何看待这些在社会变革中出现的新的社会阶层(　　)(多选)

A. 他们中的大多数人都是劳动者

B. 都是中国特色社会主义事业的建设者和领导者

C. 经营活动可以在国家的法律、法规和政策之外

D. 通过诚实劳动与合法经营为发展社会主义生产力作出自己的贡献

6. 党的十六大强调,"必须尊重劳动、尊重知识、尊重人才、尊重创造,这要作为党和国家的一项重大方针在全社会认真贯彻。"把"四个尊重"作为一项重大方针的必要性(　　)(多选)

    A. 是时代发展对党和国家工作提出的新要求

    B. 是中国共产党代表中国先进生产力发展要求的具体体现

    C. 目的在于最广泛最充分地调动一切积极因素,使党获得取之不尽的力量源泉

    D. 有利于增强全社会的创造活力,形成万众一心共创伟业的生动局面

7. 我国新时期爱国统一战线的根本性质是社会主义的,这是因为(　　)(单选)

    A. 统一战线拥有社会主义性质的经济基础

    B. 我们的国家性质是社会主义的人民民主专政

    C. 统一战线的根本任务是要建设社会主义现代化国家

    D. 统一战线中绝大多数成员是社会主义劳动者和拥护社会主义的爱国者

8. 新时期统一战线中的核心问题是(　　)(单选)

    A. 共产党与民主党派的关系问题

    B. 党的领导问题

    C. 祖国统一问题

    D. 执政党与参政党的关系问题

9. 新时期爱国统一战线包括两个范围的联盟,这两个范围的联盟是(　　)(多选)

    A. 工人阶级同农民阶级、广大知识分子及其他劳动者的联盟

    B. 大陆范围内,以爱国主义和社会主义为政治基础的团结全体劳动者、建设者和爱国者的联盟

    C. 工人阶级和非劳动人民的联盟,主要是与民族资产阶级的联盟

    D. 大陆范围以外的,以爱国和拥护祖国统一为政治基础的团结台湾同胞、港澳同胞和海外侨胞的联盟

10. 新时期爱国统一战线的基本任务是(　　)(多选)

    A. 高举爱国主义、社会主义旗帜

    B. 团结一切可以团结的力量,调动一切积极因素

    C. 坚定不移地贯彻执行党在社会主义初级阶段的基本路线、基本纲领

    D. 为促进社会主义建设服务,为促进祖国统一服务,为维护世界和平、促进共同发展服务

11. 社会主义时期处理民族问题的基本原则是(　　)(多选)

    A. 维护祖国统一   B. 反对民族分裂

    C. 坚持民族平等、民族团结   D. 坚持各民族共同繁荣

(二)测试题答案及解析

1. 【参考答案】C

【答案解析】本题所考查知识点:社会变革中出现的新的社会阶层。

改革开放以来,我国的社会阶层构成发生了新的变化,出现了新的社会阶层,他们是在党和国家改革开放政策的允许下出现的,是在社会主义公有制和社会主义上层建筑主导国家政治经济生活的总的条件下存在和发展的,其经营活动都要遵守国家的法律法规和政策。他们中的大多数人都是劳动者,是从工人、农民、知识分子和干部队伍中分化出来的。他们在党的方针、政策引导下,通过诚实劳动和工作,通过合法经营,为发展社会主义生产力作出自己的贡献。他们中的一部分人,即使占有生产资料和雇佣工人,也不同于社会主义改造前的私营工商业者,也是中国特色社会主义事业的建设者。伟大而艰巨的中国特色社会主义建设事业,需要全社会各方面忠诚于祖国和社会主义的优秀分子。把新的社会阶层中的广大人员作为中国特色社会主义事业的建设者,是从实际出发、尊重实践、尊重群众得出的科学结论。因此,本题正确答案是C选项。

2. 【参考答案】A

【答案解析】本题所考查知识点:四个尊重。

劳动、知识、人才、创造,四者是一个具有内在联系的统一整体,劳动在其中居于核心和基础的地位。因此,本题正确答案是 A 选项。

3. 【参考答案】ABCD

【答案解析】本题所考查知识点:中国特色社会主义事业的依靠力量。

人民群众是历史的创造者和推动力量。只有紧密依靠人民群众,充分发挥他们的积极性、主动性、创造性,才能建设成中国特色社会主义。建设中国特色社会主义是全国各民族、各阶层人民的共同事业,要实现社会主义现代化,需要全国各民族各阶层人民的共同努力和团结奋斗。因此,本题正确答案是 ABCD 选项。

4. 【参考答案】BCD

【答案解析】本题所考查知识点:知识分子的地位与作用。

知识分子是先进生产力的开拓者,是精神文明建设的先锋,是推动我国教育与科学文化事业发展的主力军,必须依靠知识分子、充分发挥知识分子的作用,尊重知识、尊重人才,努力创造更有利于发展聪明才智的良好环境。A 选项本身正确,但是材料没有体现知识分子是工人阶级的一部分。因此,本题正确答案是 BCD 选项。

5. 【参考答案】AD

【答案解析】本题所考查知识点:在社会变革中出现的新的社会阶层。

B 选项错误在领导者是共产党。C 选项是错误的,经营活动不可以在国家的法律、法规和政策之外。因此,本题正确答案是 AD 选项。

6. 【参考答案】ABCD

【答案解析】本题所考查的知识点:把"四个尊重"作为一项重大方针的必要性。

党的十六大强调,"必须尊重劳动、尊重知识、尊重人才、尊重创造,这要作为党和国家的一项重大方针在全社会认真贯彻。"把"四个尊重"作为一项重大方针的必要性。在全社会认真贯彻执行"四个尊重"的方针,是时代发展对党和国家工作提出的新要求;是中国共产党代表中国先进生产力发展要求的具体体现;目的在于最广泛最充分地调动一切积极因素,使党获得取之不尽的力量源泉;有利于增强全社会的创造活力,形成万众一心共创伟业的生动局面。因此,本题正确答案是 ABCD 选项。

7. 【参考答案】D

【答案解析】本题所考查知识点:新时期爱国统一战线的根本性质。

邓小平同志科学分析了我国阶级状况和阶级关系发生的根本变化,明确提出新时期统一战线已经发展成为工人阶级领导的工农联盟为基础的全体社会主义劳动者、拥护社会主义的爱国者和拥护祖国统一的爱国者的联盟,是最广泛的爱国统一战线。统一战线由阶级联盟转变为政治联盟,从而明确了新时期统一战线的性质和地位,为我们党制定新时期统一战线的方针、政策和指导原则奠定了理论基础。因此,本题正确答案是 D 选项。

8. 【参考答案】B

【答案解析】本题所考查知识点:加强党对统一战线的领导。

党的领导是统一战线中的核心问题,只有坚持共产党的领导,才能结成牢不可破的统一战线,统一战线才能有正确的方向、蓬勃的生机和光明的前途,才能发挥它应有的作用。因此,本题的正确答案是 B 选项。

9. 【参考答案】BD

【答案解析】本题所考查知识点:新时期爱国统一战线的两个联盟。

新时期的统一战线包括两个范围的联盟:一个是大陆范围内,以爱国主义和社会主义为政治基础的团结全体劳动者、建设者和爱国者的联盟,这是统一战线的主体和基础;一个是大陆范围以外的,以爱国和拥护祖国统一为政治基础的团结台湾同胞、港澳同胞和海外侨胞的联盟,这是统一战线的重要组成部分。A 项和 C 项是新民主主义革命时期统一战线的两个联盟。所以,本题正确答案是 BD 选项。

10.【参考答案】ABCD

【答案解析】本题所考查知识点:新时期爱国统一战线的基本任务。

新时期爱国统一战线的基本任务是:高举爱国主义、社会主义旗帜,团结一切可以团结的力量,调动一切积极因素,同心同德、群策群力,坚定不移地贯彻执行党在社会主义初级阶段的基本路线、基本纲领,为促进社会主义经济建设、政治建设、文化建设、社会建设服务,为促进香港、澳门长期繁荣稳定和祖国统一服务,为维护世界和平、促进共同发展服务。所以,本题的正确答案是 ABCD 选项。

11.【参考答案】ABCD

【答案解析】本题所考查知识点:社会主义时期处理民族问题的基本原则。

社会主义时期处理民族问题的基本原则是:维护祖国统一,反对民族分裂,坚持民族平等、民族团结、各民族共同繁荣。民族平等是民族团结、各民族共同繁荣的政治前提和基础。民族团结是维护国家统一、实现各民族共同发展的根本保证。各民族的共同繁荣是解决民族问题的根本出发点和归宿。因此,本题正确答案是 ABCD 选项。

2.15 中国特色社会主义事业的领导核心

2.15.1 重难知识点内在逻辑系统图

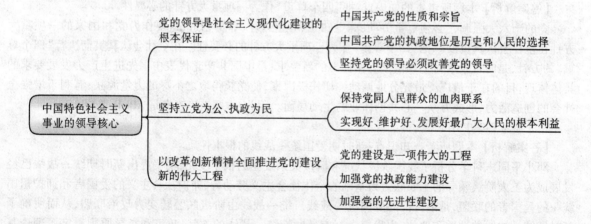

2.15.2 重难知识点详解

一、本章考点考查统计

学科	章节	考点	考查目标	已考查年度						
				2011	2010	2009	2008	2007	2006	2005
毛泽东思想和中国特色社会主义理论体系概论	第十五章 中国特色社会主义事业的领导核心	党的领导是社会主义现代化的根本保证	1、2	/	/	/	/	/	/	/
		以改革创新精神全面推进党的建设	1、4	/	/	/	/	/	/	√

二、本章重难知识点点拨

1. 党的领导

（1）坚持党的领导必须改善党的领导

在新的历史条件下，只有改善党的领导，才能坚持和加强党的领导，这是因为：第一，从国际上看，当今世界正在发生广泛而深刻的变化，为适应国际环境的变化，必须改善党的领导。第二，从国内看，当代中国正在发生广泛而深刻的变革，新形势、新任务对我们党提出了新的要求。第三，从党的自身状况看，目前，我们党的实际状况同党肩负的领导社会主义现代化的光荣使命还有许多不相适应的地方。

（2）保持党同人民群众的血肉联系

中国共产党的最大政治优势是密切联系群众，党执政后的最大危险是脱离群众。针对新时期党群关系中出现的新问题，党中央强调指出，能否始终保持同人民群众的血肉联系，直接关系到党的生死存亡。从生死存亡的高度认识党群关系，具有十分重要的意义。

第一，为了群众、相信群众、依靠群众，是马克思主义政党的本质要求。第二，保持同人民群众的血肉联系，是党能否长期执政的关键所在。第三，始终保持同人民群众的血肉联系，是中国共产党战胜各种困难和风险、不断取得事业成功的根本保证。

（3）实现好、维护好、发展好最广大人民根本利益的基本原则

实现好、维护好、发展好最广大人民的根本利益，是党和国家一切工作的出发点和落脚点。实现好、维护好、发展好最广大人民的根本利益的基本原则：

第一，根本立足点是中国最广大人民的根本利益。为真正代表最广大人民的根本利益，中国共产党着力处理好三个方面关系：一是正确处理利益关系多样化与根本利益的关系。二是正确处理局部与全局的利益关系，自觉做到以大局为重，局部服从大局。三是正确处理当前利益与长远利益的关系。

第二，妥善处理与兼顾不同阶层、不同方面群众的利益关系。

第三，切实解决好事关人民群众利益的实际问题。

2. 以改革创新精神全面推进党的建设新的伟大工程

（1）全面推进党的建设伟大工程的要求

把党的建设作为一个新的伟大工程，就是要把党的执政能力建设和先进性建设作为主线，坚持党要管党、从严治党，贯彻为民、务实、清廉的要求，以坚定理想信念为重点加强思想建设，以造就高素质

党员、干部队伍为重点加强组织建设,以保持党同人民群众的血肉联系为重点加强作风建设,以健全民主集中制为重点加强制度建设,以完善惩治和预防腐败体系为重点加强反腐倡廉建设,使党始终成为立党为公、执政为民,求真务实、改革创新,艰苦奋斗、清正廉洁,富有活力、团结和谐的马克思主义执政党。

（2）以改革创新精神加强党的自身建设的依据

世情、国情、党情的发展变化,决定了以改革创新精神加强党的建设新的伟大工程既十分重要又十分急迫。第一,当今世界广泛而深刻的变化,要求大力弘扬改革创新精神。第二,中国特色社会主义事业的蓬勃发展,要求大力弘扬改革创新精神。第三,加强党的执政能力建设和先进性建设,要求大力弘扬改革创新精神。

（3）加强党的执政能力建设的经验

中国共产党在长期执政实践中积累了执政的成功经验,主要是:必须坚持党在指导思想上的与时俱进,用发展着的马克思主义指导新的实践;必须坚持推进社会主义的自我完善,增强社会主义的生机和活力;必须坚持抓好发展这个党执政兴国的第一要务,把发展作为解决中国一切问题的关键;必须坚持立党为公、执政为民,始终保持党同人民群众的血肉联系;必须坚持科学执政、民主执政、依法执政,不断完善党的领导方式和执政方式;必须坚持以改革的精神加强党的建设,不断增强党的创造力、凝聚力、战斗力。上述这些经验,也是加强党的执政能力建设的重要指导原则。

（4）加强党的先进性建设的经验

加强党的先进性建设的经验是:第一,必须准确把握时代脉搏,保证党始终与时代发展同步伐;第二,必须把实现好、维护好、发展好最广大人民的根本利益作为党全部工作的出发点和落脚点,保证党始终与人民群众共命运;第三,必须使党的理论和路线、方针、政策不断与时俱进,保证党的全部工作始终符合实际和社会发展规律;第四,必须围绕党的中心任务来进行,保证党始终引领中国社会发展进步;第五,必须坚持党要管党、从严治党,保证党始终具有蓬勃生机和旺盛活力。

三、本章典型例题

1. 有人认为,"两个先锋队"的提法会改变党的性质,会降低党员的标准和质量。该观点（　　　）（多选）

　　A. 正确,因为"两个先锋队"的提法使党成为"全民党"

　　B. 错误,没有认清"两个先锋队"之间的辩证关系

　　C. 正确,"两个先锋队"的提法扩大党的群众基础,必然会降低党员的标准和质量

　　D. 错误,判断一个政党是否变质归根结底要看能否始终保持先进性并始终走在时代前列

【考点分析】本题所考查知识点:党的性质的两个先锋队之间的关系。

【解题分析】党章提出"中国共产党是中国工人阶级的先锋队,同时是中国人民和中华民族的先锋队"。这就是中国共产党的性质。中国共产党是工人阶级先锋队的性质,原因在于:第一,中国共产党是以中国工人阶级为其阶级基础的,是马克思列宁主义与中国工人运动相结合的产物。第二,中国共产党党员是中国工人阶级的有共产主义觉悟的先锋战士。第三,中国共产党是以马克思主义为理论基础和行动指南的,代表了中国社会发展的正确方向。中国共产党是中国人民和中华民族的先锋队,原因在于:第一,中国工人阶级的根本利益同中国人民和中华民族的根本利益是一致的。第二,成为中国人民和中华民族的先锋队,是马克思主义执政党的内在要求。第三,成为中国人民和中华民族的先锋队,也是党以实现民族振兴为己任的必然选择。"两个先锋队"是不可分割的统一整体。一方面,始终成为中国工人阶级的先锋队,是党真正成为中国人民和中华民族先锋队的政治前提。另一方面,自觉成为中国人民和中华民族的先锋队,是党真正成为中国工人阶级先锋队的必然要求。因此,"两个先锋

队"的提法,并没有改变党是工人阶级政党和工人阶级先锋队的阶级性质,而是增加了党同时是中国人民和中华民族先锋队的内容,扩大了党的群众基础,意味着我们党不但要吸收工人阶级中的先进分子入党,而且要吸收其他社会阶层中的优秀分子入党。因此,本题正确答案是 BD 选项。

2. 中国特色社会主义事业是改革创新的事业,党要站在时代前列带领人民不断开创事业发展新局面,必须以改革创新精神加强自身建设,始终成为中国特色社会主义事业的坚强领导核心。以改革创新精神全面推进党的自身建设的要求是( )(多选)

A. 以坚定理想信念为重点加强思想建设

B. 以造就高素质党员、干部队伍为重点加强组织建设

C. 以保持党同人民群众的血肉联系为重点加强作风建设

D. 以健全民主集中制为重点加强制度建设

【考点分析】本题所考查知识点:以改革创新精神全面推进党的自身建设。

【解题分析】党的十七大强调必须以改革创新精神加强党的自身建设,是新形势下加强党的建设的根本要求。把党的建设作为一个新的伟大工程,就是要把党的执政能力建设和先进性建设作为主线,坚持党要管党、从严治党,贯彻为民、务实、清廉的要求,以坚定理想信念为重点加强思想建设,以造就高素质党员、干部队伍为重点加强组织建设,以保持党同人民群众的血肉联系为重点加强作风建设,以健全民主集中制为重点加强制度建设,以完善惩治和预防腐败为重点加强反腐倡廉建设,使党始终成为立党为公、执政为民,求真务实、改革创新,艰苦奋斗、清正廉洁,富有活力、团结和谐的马克思主义执政党。可见选项 ABCD 都符合题意。

四、本章测试题及答案解析

(一) 本章测试题

1. 建设中国特色社会主义的根本保证是( )(单选)

A. 坚持社会主义道路　　　　　　　B. 坚持人民民主专政

C. 坚持马克思列宁主义、毛泽东思想　D. 坚持中国共产党领导

2. 中国共产党的宗旨是( )(单选)

A. 维护国家安全　　　　　　　　　B. 维护国家利益

C. 全心全意为人民服务　　　　　　D. 维护世界和平

3. 中国共产党的最大政治优势是( )(单选)

A. 密切联系群众　　　　　　　　　B. 脱离群众

C. 坚持马克思主义　　　　　　　　D. 坚持社会主义

4. 在新的历史条件下,只有改善党的领导,才能坚持和加强党的领导,这是因为( )(多选)

A. 当今世界正在发生广泛而深刻的变化,为适应国际环境的变化,必须改善党的领导

B. 当代中国正在发生广泛而深刻的变革,新形势、新任务对我们党提出了新的要求

C. 我们党的实际状况同党肩负的领导社会主义现代化的光荣使命还有许多不相适应的地方

D. 需要正确处理党的领导和依法治国的关系

5. 实现好、维护好、发展好最广大人民的根本利益,是党和国家一切工作的出发点和落脚点。其基本原则是( )(多选)

A. 根本立足点是中国最广大人民的根本利益

B. 妥善处理与兼顾不同阶层、不同方面群众的利益关系

C. 切实解决好事关人民群众利益的实际问题

D. 切实解决好人民群众的思想问题

6. 党的十七大强调必须以改革创新精神加强党的自身建设,这是因为(　　)(多选)

A. 当今世界广泛而深刻的变化,要求大力弘扬改革创新精神

B. 中国特色社会主义事业的蓬勃发展,要求大力弘扬改革创新精神

C. 加强党的组织建设,要求大力弘扬改革创新精神

D. 加强党的执政能力建设和先进性建设,要求大力弘扬改革创新精神

7. 党的十六届四中全会通过的《中共中央关于加强党的执政能力建设的决定》指出,不断完善党的领导方式和执政方式,必须坚持(　　)(多选)

A. 科学执政　　　　B. 民主执政　　　　C. 依法执政　　　　D. 有效执政

(二)测试题答案及解析

1.【参考答案】D

【答案解析】本题所考查知识点:建设中国特色社会主义的根本保证。

坚持和加强党的领导,是建设中国特色社会主义现代化事业的根本保证。这是因为:只有坚持党的领导,才能保证现代化建设的正确方向,才能制定和执行正确的路线方针政策,保证现代化建设事业不断取得进步,才能为建设中国特色社会主义现代化事业创造一个安定团结的政治局面和社会环境,才能正确处理各种复杂的社会矛盾,协调各方面的利益关系,有效地组织和领导现代化建设事业的顺利进行。因此,本题正确答案是 D 选项。

2.【参考答案】C

【答案解析】本题所考查知识点:党的宗旨。

中国共产党的性质决定党的宗旨是全心全意为人民服务。中国共产党从成立的那一天起,就把人民服务作为自己的最高原则,把代表工人阶级和全国各族人民的利益,作为党的一切活动的出发点和落脚点。这是中国共产党区别于其他任何政党的显著标志之一。因此,本题正确答案是 C 选项。

3.【参考答案】A

【答案解析】本题所考查知识点:中国共产党的最大政治优势。

中国共产党的最大政治优势是密切联系群众,党执政后的最大危险是脱离群众。因此,本题正确答案是 A 选项。

4.【参考答案】ABC

【答案解析】本题所考查知识点:改善党的领导的原因。

选项 D 是当前改善党的领导需要处理的问题。因此,本题正确答案是 ABC 选项。

5.【参考答案】ABC

【答案解析】本题所考查知识点:实现好、维护好、发展好最广大人民的根本利益的基本原则。

实现好、维护好、发展好最广大人民的根本利益,是党和国家一切工作的出发点和落脚点。实现好、维护好、发展好最广大人民的根本利益的基本原则:第一,根本立足点是中国最广大人民的根本利益。第二,妥善处理与兼顾不同阶层、不同方面群众的利益关系。第三,切实解决好事关人民群众利益的实际问题。因此,本题正确答案是 ABC 选项。

6.【参考答案】ABD

【答案解析】本题所考查知识点:以改革创新精神加强党的自身建设的原因。

世情、国情、党情的发展变化,决定了以改革创新精神加强党的建设新的伟大工程既十分重要又十分急迫。第一,当今世界广泛而深刻的变化,要求大力弘扬改革创新精神。第二,中国特色社会主义事业的蓬勃发展,要求大力弘扬改革创新精神。第三,加强党的执政能力建设和先进性建设,要求大力弘扬改革创新精神。因此,本题正确答案是 ABD 选项。

7.【参考答案】ABC

【答案解析】本题所考查知识点：党的领导方式和执政方式。

2004年9月19日召开的党的十六届四中全会通过了《中共中央关于加强党的执政能力建设的决定》，《决定》指出，必须坚持科学执政、民主执政、依法执政，不断完善党的领导方式和执政方式。因此，本题正确答案是ABC选项。

3　中国近现代史纲要

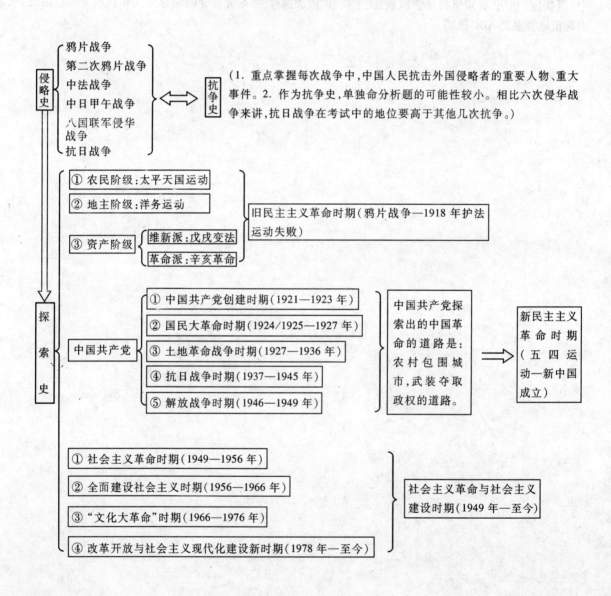

侵略史

鸦片战争
第二次鸦片战争
中法战争
中日甲午战争
八国联军侵华战争
抗日战争

⟺ 抗争史

（1. 重点掌握每次战争中，中国人民抗击外国侵略者的重要人物、重大事件。2. 作为抗争史，单独命分析题的可能性较小。相比六次侵华战争来讲，抗日战争在考试中的地位要高于其他几次抗争。）

① 农民阶级：太平天国运动

② 地主阶级：洋务运动

③ 资产阶级

维新派：戊戌变法

革命派：辛亥革命

旧民主主义革命时期（鸦片战争—1918 年护法运动失败）

探索史

中国共产党

① 中国共产党创建时期（1921—1923 年）

② 国民大革命时期（1924/1925—1927 年）

③ 土地革命战争时期（1927—1936 年）

④ 抗日战争时期（1937—1945 年）

⑤ 解放战争时期（1946—1949 年）

中国共产党探索出的中国革命的道路是：农村包围城市，武装夺取政权的道路。

新民主主义革命时期（五四运动—新中国成立）

① 社会主义革命时期（1949—1956 年）

② 全面建设社会主义时期（1956—1966 年）

③ "文化大革命"时期（1966—1976 年）

④ 改革开放与社会主义现代化建设新时期（1978 年—至今）

社会主义革命与社会主义建设时期（1949 年—至今）

3.1 反对外国侵略的斗争

3.1.1 重难知识点内在逻辑系统图

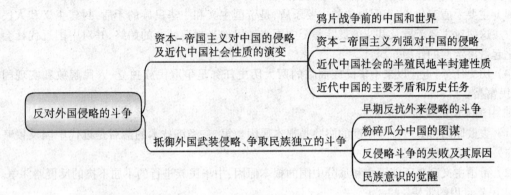

3.1.2 重难知识点详解

一、本章考点考查统计

学科	章节	考点	考查目标	已考查年度						
				2011	2010	2009	2008	2007	2006	2005
中国近现代史纲要	第一章 反对外国侵略的斗争	中国近代史上中国人民第一次大规模的反侵略武装斗争	1、2	✓	✓	✓	✓	✓	✓	✓
		中国反侵略斗争失败的根本原因	1、2	✓						✓
		帝国主义列强不能灭亡和瓜分中国的根本原因	1、2	✓	✓	✓	✓	✓	✓	✓

二、本章重难知识点点拨

1. 资本–帝国主义列强对中国的侵略

（1）鸦片战争的结果：鸦片战争以清政府的失败而告终。1842 年 8 月 29 日，清政府与英国签订了中国近代史上第一个不平等条约《南京条约》。1843 年 10 月，签订了中英《虎门条约》。美国、法国等西方列强趁火打劫，逼迫清政府签订不平等条约，如 1844 年 7 月签订了中美《望厦条约》，10 月签订了中法《黄埔条约》。

（2）西方列强在中国攫取的大量侵略特权：通过一系列不平等条约，英国等西方列强在中国攫取了大量侵略特权，如：第一，割占香港岛，破坏了中国的主权和领土完整；第二，外国船舰可在中国领海自由航行，破坏了中国的领海主权；第三，外国人在华不受中国法律管束，享受领事裁判权，破坏了中国的司法主权；第四，协定关税，破坏了中国的关税主权，等等。

2. 资本–帝国主义列强对中国侵略的影响

（1）社会性质变化：随着外国资本—帝国主义的入侵，独立的中国逐步变成半殖民地的中国，封建的中国逐步变成半封建的中国，近代中国逐步演变为半殖民地半封建社会。

（2）阶级关系变动：第一，旧的阶级出现变化。地主阶级出现了一批因军功而升迁的官僚地主和城居地主。农民阶级，有些失去土地，向贫农或雇农转化，有些成为产业工人的后备军，是中国民主革命的主力军。第二，新产生的是资产阶级和工人阶级。资产阶级有一部分是官僚买办资本家，另一部分是民族资本家。无产阶级具有彻底的革命性。

（3）主要矛盾变化：占支配地位的主要矛盾，是帝国主义和中华民族的矛盾，封建主义和人民大众的矛盾。这两对主要矛盾及其斗争贯穿整个中国半殖民地半封建社会的始终，并对中国近代社会的发展变化起着决定性的作用。

（4）历史任务：近代以来中华民族面临的两大历史任务是争取民族独立、人民解放和实现国家富强、人民富裕。

3. 中国人民的反侵略斗争

（1）失败原因：第一，社会制度的腐败是根本原因。第二，经济技术的落后是近代中国反侵略战争失败的另一个重要原因。

（2）帝国主义列强不能灭亡和瓜分中国的根本原因：中华民族进行的不屈不挠的反侵略斗争。

4. 民族意识的觉醒

鸦片战争以后，中国还只是少数人有朦胧的民族觉醒意识。中日甲午战争以后，当中华民族面临生死存亡的关头时，中国人才开始有了普遍的民族意识的觉醒。

（1）开眼看世界：林则徐是近代中国睁眼看世界的第一人，他编写《四洲志》一书。魏源在《海国图志》中提出"师夷长技以制夷"的思想。主张学习外国先进的军事和科学技术，以期富国强兵，抵御外国侵略，开创了中国近代向西方学习的新风。

（2）早期维新思想：19世纪70年代以后，早期维新思想的代表人物王韬、薛福成、马建忠、郑观应等人，不仅主张学习西方的科学技术，同时也要求吸纳西方的政治、经济学说。他们的共同特点，第一，具有比较强烈的反对外国侵略、希望中国独立富强的爱国思想；第二，具有一定程度反对封建专制的民主思想。郑观应在其所著《盛世危言》中提出：第一，大力发展民族工商业；第二，同西方国家进行"商战"；第三，设立议院；第四，实行"君民共主"制度等主张。这些主张具有重要的思想启蒙的意义。

三、本章典型例题

1. 鸦片战争是中国近代史的起点，原因是（　　）（多选）

A. 中国社会性质发生变化，逐步成为半殖民地半封建国家

B. 中国社会主要矛盾发生变化，帝国主义和人民大众的矛盾成为主要矛盾

C. 中国出现了新的思想，中国人民的民族意识开始普遍觉醒

D. 中国逐渐开始了反帝反封建的资产阶级民主革命

【考点分析】本题所考查知识点：鸦片战争是中国近代史的起点。

【解题分析】选项 B 表述不准确，属于偷换概念。鸦片战争以后，帝国主义和中华民族的矛盾，封建主义和人民大众的矛盾是中国社会的主要矛盾，而不是帝国主义和人民大众的矛盾成为主要矛盾。选项 C 错误，属于重大史实记忆错误。鸦片战争后，中国出现了新的思想，先进的中国人开始睁眼看世界，而中日甲午战争以后，中国人民的民族意识才开始普遍觉醒。之所以说鸦片战争是中国近代史的起点，主要原因有三条：一是中国社会性质的变化。随着外国资本主义的入侵，中国的社会性质开始发生质的变化，逐步成为半殖民地半封建国家。二是中国社会的主要矛盾发生变化。中国社会的主要矛盾变成了帝国主义和中华民族的矛盾，封建主义和人民大众的矛盾。第三，革命性质和革命任务的变化。随着社会主要矛盾的变化，中国逐渐开始了反帝反封建的资产阶级民主革命。正因为如此，鸦片战争就成为中国近代史的起点。因此，本题的正确答案是选项 AD。

2. 中国近代史上中国人民第一次大规模的反侵略武装斗争是(　　)(单选)

A. 刘永福率领的黑旗军抗击日本侵略　　　B. 太平军打败"常胜军"、"常捷军"

C. 三元里人民抗英斗争　　　D. 义和团抗击八国联军

【考点分析】本题所考查知识点:中国近代史上中国人民第一次大规模的反侵略武装斗争。

【解题分析】解答本题可以采用"关键词精确绑定法",关键词是"中国近现代史"、"第一次大规模反侵略武装斗争"、"三元里人民抗英斗争"。选项 A"刘永福率领的黑旗军抗击日本侵略",发生于中日甲午战争时期,选项 B"太平军打败'常胜军'、'常捷军'"发生于太平天国运动时期。选项 D"义和团抗击八国联军"发生于八国联军侵华战争时期。它们都是中国人民反侵略斗争的表现,但是作为中国近代史上中国人民第一次大规模的反侵略武装斗争则是三元里人民抗英斗争。选项 C 正确。

四、本章测试题及答案解析

(一)本章测试题

1. 美国与清政府签订的第一个不平等条约是(　　)(单选)

A.《北京条约》　　　B.《望厦条约》　　　C.《南京条约》　　　D.《黄埔条约》

2. 鸦片战争以后,中国社会的阶级关系发生深刻的变动。其中新产生的阶级有(　　)(多选)

A. 地主阶级　　　B. 农民阶级　　　C. 工人阶级　　　D. 资产阶级

3. 帝国主义列强不能灭亡和瓜分中国,最根本的原因是(　　)(单选)

A. 帝国主义列强之间的矛盾和互相制约　　　B. 帝国主义的社会内部矛盾

C. 中华民族进行的不屈不挠的反侵略斗争　　　D. 中国疆域辽阔、人口众多

4. 1839 年 6 月我国在广东维护国家利益和民族尊严的正义行动是(　　)(单选)

A. 虎门销烟　　　B. 鸦片战争　　　C. 农民起义　　　D. 兴办西学

5. 从 1840 年至 1919 年的 80 年间,中国人民对外来侵略进行了英勇顽强的反抗。但历史的反侵略战争,都是以中国失败、中国政府被迫签订丧权辱国的条约而告结束的。从中国内部因素来分析,其根本原因是(　　)(单选)

A. 军事战略错误　　　B. 社会制度腐败　　　C. 经济技术落后　　　D. 思想观念保守

6. 近代以来中华民族面临的两大历史任务是(　　)(多选)

A. 发展民族经济、振兴中华　　　B. 争取民族独立、人民解放

C. 发展军事工业、巩固国防　　　D. 实现国家富强、人民富裕

7. 下列关于林则徐、魏源等倡导新思想的代表人物的评述,正确的是(　　)(多选)

A. 都是地主阶级开明知识分子　　　B. 其思想都带有鲜明的时代特点

C. 都主张放眼看世界、探索救国之路　　　D. 都未能完全冲破封建思想的牢笼

(二)测试题答案及解析

1.【参考答案】B

【答案解析】本题所考查知识点:外国入侵与中国签订的一系列不平等条约。

《北京条约》是第二次鸦片战争期间,英法联军强迫清政府签订的。本题有很多同学由于没有审清题目,可能会错选选项 C《南京条约》。《南京条约》是鸦片战争后,清政府与英国签订的第一个不平等条约,也是中国近代史上第一个不平等条约。《黄埔条约》是清政府与法国签订的第一个不平等条约。而清政府与美国签订的第一个不平等条约是《望厦条约》。故本题的正确答案是选项 B。

2.【参考答案】CD

【答案解析】本题所考查知识点:鸦片战争以后中国社会阶级关系的变化。

随着近代中国从封建社会逐步演变为半殖民地半封建社会,中国社会的阶级关系发生了深刻的变

动,不仅旧的阶级发生了变化,还有新的阶级产生。第一,地主阶级本身发生了某些变化,出现了一批因军功而升迁的官僚地主和城居地主。但是,地主阶级不是新产生的阶级。第二,旧的被统治阶级即农民阶级,不少自耕农失去土地,向贫农或雇农转化。有些成为产业工人的后备军,这样,新阶级工人阶级产生。第三,中国资产阶级是近代中国新产生的阶级。因此,本题的正确答案是选项CD。

3.【参考答案】C

【答案解析】本题所考查的知识点:帝国主义列强不能灭亡和瓜分中国的最根本原因。

帝国主义列强并没有实现瓜分中国的图谋,重要原因是帝国主义列强之间的矛盾和互相制约。最根本原因是中华民族进行的不屈不挠的反侵略斗争。故本题的正确答案是选项C。

4.【参考答案】A

【答案解析】本题所考查的知识点是:虎门销烟。

虎门销烟是维护国家利益和民族尊严的正义行动;鸦片战争是1840年爆发的;农民起义与题目不符;兴办西学是洋务运动的史实。故选择A。

5.【参考答案】B

【答案解析】本题所考查的知识点:中国人民反抗外敌入侵失败的根本原因。

从1840年至1919年的80年间,中国人民对外来侵略进行了英勇顽强的反抗。但历次的反侵略战争,都是以中国失败、中国政府被迫签订丧权辱国的条约而告结束。从中国内部因素来分析,其根本原因是社会制度腐败。因此B项正确。经济技术落后是另一重要原因,因此C项排除。军事战略错误、思想观念保守都不是反侵略失败的根本原因,因此不选。本题重点抓住"根本原因"这个关键词,答案迎刃而解。

6.【参考答案】BD

【答案解析】本题所考查的知识点:近代中国的两大历史任务。

近代以来中华民族面临的两大历史任务,就是争取民族独立、人民解放和实现国家富强、人民富裕。它们是相互区别又相互紧密联系的。两大历史任务的主题、内容与实现方式都不一样,前一个任务是从根本上推翻半殖民地半封建的统治秩序,改变落后的生产关系和上层建筑;后一个任务是要改变近代中国经济、文化落后的地位和状况,发展社会生产力,实现中国的现代化。前一个任务为后一个任务扫除障碍,创造必要的前提;后一个任务是前一个任务的最终目的和必然要求。故本题的正确答案是选项BD。

7.【参考答案】ABCD

【答案解析】本题所考查的知识点:对林则徐、魏源等倡导新思想的代表人物的评述。

林则徐、魏源等倡导新思想的代表人物都是地主阶级开明知识分子,其思想都带有鲜明的时代特点,主张放眼看世界、探索救国之路。但未能完全冲破封建思想的牢笼,主张学习西方的技术,目的是维持封建统治。故本题的正确答案是选项ABCD。

3.2 对国家出路的早期探索

3.2.1 重难知识点内在逻辑系统图

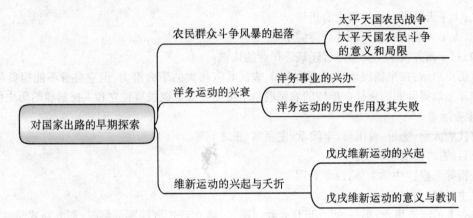

3.2.2 重难知识点详解

一、本章考点考查统计

学科	章节	考点	考查目标	已考查年度						
				2011	2010	2009	2008	2007	2006	2005
中国近现代史纲要	第二章 对国家出路的早期探索	《资政新篇》的内容及其评价	1、2	✓	✓	✓	✓	✓	✓	✓
		洋务运动失败的原因	1、2	✓	√	✓	✓	✓	✓	✓
		戊戌维新运动的意义	1、2	✓	✓	✓	✓	✓	✓	✓

二、本章重难知识点点拨

1. 太平天国运动

(1)《天朝田亩制度》和《资政新篇》:前者是一个以解决土地问题为中心的比较完整的社会改革方案,从根本上否定了封建地主的土地所有制,是太平天国农民起义的纲领性文件,但绝对平均的思想不切实际。后者是中国近代史上第一个比较系统的发展资本主义的方案,但是限于当时的历史条件,未能付诸实施。

(2)太平天国由盛转衰的分水岭:天京事变。

(3)历史意义:太平天国起义具有以下重大历史意义:第一,太平天国起义沉重打击了封建统治阶级,强烈撼动了清政府的统治根基。第二,太平天国起义是中国旧式农民战争的最高峰。第三,太平天国起义还冲击了孔子和儒家经典的正统权威,这在一定程度上削弱了封建统治的精神支柱。第四,太平天国起义还有力地打击了外国侵略势力。第五,在19世纪中叶的亚洲民族解放运动中,太平天国起义是其中时间最久、规模最大、影响最深的一次。它和其他亚洲国家的民族解放运动汇合在一起,冲击了西方殖民主义者在亚洲的统治。

(4)失败原因:

第一,根本原因在于农民阶级不是新的生产力和生产关系的代表,他们无法克服小生产者所固有的阶级局限性。表现是:无法从根本上提出完整的、正确的政治纲领和社会改革方案;无法制止和克服领导集团自身腐败现象的滋长;无法长期保持领导集团的团结。这一切都大大削弱了太平天国的向心力和战斗力。

第二,太平天国没有科学理论的指导。

第三,太平天国也未能正确地对待儒学。

第四,对于西方资本主义侵略者还缺乏理性的认识。

(5) 历史启示:在半殖民地半封建的中国,农民具有伟大的革命潜力;但它自身不能担负起领导反帝反封建斗争取得胜利的重任。单纯的农民战争不可能完成争取民族独立和人民解放的历史任务。

2. 洋务运动

(1) 代表人物:奕䜣、曾国藩、李鸿章、左宗棠、张之洞等。

(2) 目的:维护清朝统治。

(3) 指导思想:"中学为体,西学为用"。

(4) 主张(口号):自强、求富。

(5) 兴办的洋务事业:第一,兴办近代企业。第二,建立新式海陆军。第三,创办新式学堂,派遣留学生。

(6) 失败标志:甲午中日战争中,北洋舰队全军覆没。

(7) 洋务运动的历史作用:客观上为中国的早期工业和民族资本主义的发展起到了促进作用;促进教育的发展,使人们打开了眼界;有利于资本主义发展和社会风气的改变。

3. 戊戌维新运动

(1) 资产阶级维新派的代表人物:康有为、梁启超、谭嗣同、严复等。

(2) 资产阶级维新派开展的宣传维新的活动:向皇帝上书;著书立说;介绍外国变法的经验教训;办学会;设学堂;办报纸。

(3) 维新派与守旧派的论战:要不要变法;要不要兴民权、设议院、实行君主立宪;要不要废八股、改科举和兴西学。论战实质:资产阶级思想与封建主义思想在中国的第一次正面交锋。

(4) 百日新政:诸如裁汰冗员、提倡廉政、奖励科技发明以及创办京师大学堂等内容,但没有采纳维新派提出的开国会等政治主张。"百日维新"如同昙花一现,只经历了 103 天就夭折了。除京师大学堂(北京大学的前身)被保留下来以外,其余新政措施大都被废除。

(5) 失败原因:维新派自身的局限(表现是:不敢否定封建主义;对帝国主义抱有幻想;惧怕人民群众)和以慈禧太后为首的强大的守旧势力的反对。

(6) 教训:在半殖民地半封建社会的旧中国,通过自上而下的改良道路实现国家的独立、民主、富强是根本行不通的。

三、本章典型例题

1. 下列对太平天国评价正确的是( )(多选)

A. 太平天国起义沉重打击了封建统治阶级

B. 太平天国起义是中国旧式农民战争的最高峰

C. 太平天国起义有力地打击了外国侵略势力

D. 太平天国农民斗争失败的根本原因是没有科学理论的指导

【考点分析】本题所考查知识点:太平天国起义的历史意义、失败原因。

【解题分析】选项 A 是太平天国的意义,评价正确。这次起义历时 14 载,转战 18 省,并建立了与清王朝对峙的政权。在太平天国的影响下,各地各族人民反清斗争风起云涌。如南方和东南沿海各省有天地会及其支派的起义;北方有捻军起义;西南、西北有各族人民起义。天京失陷后,太平天国余部仍坚持斗争达4年之久。这些斗争加速了清王朝的衰败过程。

选项B是太平天国的意义,评价正确。太平天国把千百年来农民对拥有土地的渴望在《天朝田亩制度》中比较完整地表达了出来。《资政新篇》则是中国近代历史上第一个比较系统的发展资本主义的方案,这反映了太平天国某些领导人在后期试图通过向外国学习来寻求出路的一种努力。因此,太平天国起义具有了不同于以往农民战争的新的历史特点,太平天国起义是中国旧式农民战争的最高峰。

选项C也是太平天国的意义,评价正确。太平天国的领袖们拒绝承认不平等条约,严禁鸦片贸易。尤其是当中外反动派勾结起来向太平军举起屠刀时,他们毫不犹豫地同英法军队和由外国军官组织和指挥的"常胜军"、"常捷军"进行英勇的斗争,给了侵略者以应得的教训。

选项D是太平天国起义失败的原因,评价错误。太平天国没有科学理论的指导是其失败的原因之一,但不是根本原因,根本原因在于农民阶级不是新的生产力和生产关系的代表,他们无法克服小生产者所固有的阶级局限性。表现在:第一,无法从根本上提出完整的、正确的政治纲领和社会改革方案;第二,无法制止和克服领导集团自身腐败现象的滋长;第三,无法长期保持领导集团的团结。这一切都大大削弱了太平天国的向心力和战斗力。

因此,本题的正确答案是选项ABC。

2. 19世纪下半叶,以自强求富为目标的洋务运动历时30年,最终失败的重要原因是(　　　)(多选)

A. 指导思想的封建性　　　　　　B. 对外具有依赖性

C. 资金人才的匮乏性　　　　　　D. 洋务企业管理的腐朽性

【考点分析】本题所考查知识点:洋务运动失败的原因。

【解题分析】选项A正确。因为洋务运动的指导思想是"中学为体,西学为用",即在封建主义思想的指导下,在维持封建的上层建筑、经济基础的条件下发展一些近代企业,为维护清朝的封建统治服务。但新的生产力是同封建主义的生产关系及其上层建筑不相容的,是不可能在封建主义的桎梏下充分地发展起来的。这就决定了洋务派企图通过吸取西方近代生产技术,来达到维护和巩固中国封建统治的目的必然失败的命运。

选项B正确。因为洋务派官僚一再主张对外"和戎",兴办的企业一切仰赖外国,企图依赖外国来达到"自强"、"求富",无异与虎谋皮。

选项C观点错误。洋务运动期间,不仅创办了新式学堂,而且在创办新式学堂的同时,还先后派遣赴美幼童及官费赴欧留学生200多人。所以,认为人才的匮乏性是洋务运动失败的原因是错误的。

选项D正确。洋务派所创办的一些新式企业虽然具有一定的资本主义性质,但其管理基本上仍是封建衙门式的。洋务派所办的军事工业完全由官方控制,经营不讲效益,产品往往质量低下。官商合办和官督商办的民用企业,其管理人员大多由政府委派,商人没有多少发言权,还要承担企业的亏损。企业内部极其腐败,充斥着营私舞弊、贪污受贿、挥霍浪费等官场恶习。大小官员既不懂生产技术,又不懂经营管理,无法维持企业的正常运行。

因此,本题的正确答案是选项ABD。

3. 下列对戊戌维新运动的意义评价正确的有(　　　)(多选)

A. 戊戌维新运动是一场资产阶级性质的革命运动

B. 戊戌维新运动是一次爱国救亡运动

C. 戊戌维新运动是一场资产阶级性质的政治改革运动

D. 戊戌维新运动是一场思想启蒙运动

【考点分析】本题所考查知识点：戊戌维新运动的意义。

【解题分析】戊戌维新运动虽然失败了，但它在中国近代史上仍然有着重大的历史意义。首先，戊戌维新运动是一次爱国救亡运动。其次，戊戌维新运动是一场资产阶级性质的政治改革运动。最后，戊戌维新运动更是一场思想启蒙运动。

选项 A 观点错误。解题的关键是要理解"革命"与"改良"的区别。简单地讲，革命是推翻旧的制度，建立新的统治。如：辛亥革命、英国资产阶级革命。改良是在原有的制度上，改革生产关系中不适应生产力的方面。如：罗斯福新政等。戊戌维新运动是一场改良运动（或称改革运动），而不是革命运动。

选项 B 正确。维新派在民族危亡的关键时刻，高举救亡图存的旗帜，要求通过变法，发展资本主义，使中国走上富强的道路。维新派的政治实践和思想理论，不仅贯穿着强烈的爱国主义精神，而且推动了中华民族的觉醒。所以，戊戌维新运动是一次爱国救亡运动。

选项 C 正确。维新派突破洋务派"中体西用"思想的局限，主张改革君主专制制度。他们倡导民权并提出开议院的主张，也就是要用君主立宪制取代君主专制制度。戊戌维新运动虽然未能成功地建立起资本主义的君主立宪制度，其颁布的促进民族资本主义发展的若干措施也未能生效，但在政治、经济等领域一定程度上冲击了封建制度。所以，戊戌维新运动是一场资产阶级性质的政治改革运动。

选项 D 正确。在维新运动期间，维新派大力传播西方资产阶级的社会政治学说和自然科学知识，宣传自由平等、社会进化观念，批判封建君权和封建纲常伦理，从而把顽固的封建主义思想壁垒打开了一个缺口，有利于民主思想在中国的传播，有利于人们的思想解放。所以，戊戌维新运动更是一场思想启蒙运动。

因此，本题的正确答案是选项 BCD。

四、本章测试题及答案解析

（一）本章测试题

1. 以下关于《天朝田亩制度》和《资政新篇》的说法，正确的是（　　　）（单选）
A. 都具有反封建的进步性　　　　B. 都有利于中国资本主义的发展
C. 都主张学习西方先进制度　　　D. 都有解决农民土地问题的内容

2. 太平天国由盛转衰的分水岭是（　　　）（单选）
A. 定都天京　　B. 北伐失利　　C. 天京事变　　　　D. 洪秀全病逝

3. 天京事变爆发的原因有（　　　）（多选）
A. 杨秀清、韦昌辉先后被杀　　　B. 太平天国军事失势在政治上的反映
C. 领导集团内部矛盾的激化　　　D. 小生产者的阶级局限性造成的

4. 洋务运动的代表人物有（　　　）（多选）
A. 奕䜣　　　B. 曾国藩　　　C. 李鸿章　　　　　D. 左宗棠

5. 洋务派举办的洋务事业归纳起来有（　　　）（多选）
A. 兴办近代企业　　　　　　　　B. 建立新式海陆军
C. 创办新式学堂、派遣留学生　　D. 办报纸、办学会

6. 下列属于洋务运动创办的民用工业有（　　　）（多选）
A. 上海江南制造总局　　　　　　B. 福州船政局
C. 上海机器织布局　　　　　　　D. 天津电报局

7. 资产阶级维新派的主要代表人物有（　　　）（多选）

A. 康有为　　　B. 梁启超　　　C. 谭嗣同　　　D. 严复

8. 康有为、梁启超等人宣传维新主张而采取的行动有(　　)

A. 向皇帝上书

B. 著书立说

C. 介绍外国变法的经验教训

D. 办学会、设学堂、办报纸

9. 戊戌维新运动失败的主观原因有(　　)(多选)

A. 守旧势力过于强大　　　　B. 不敢否定封建主义

C. 对帝国主义抱有幻想　　　D. 惧怕人民群众

(二)测试题答案及解析

1.【参考答案】A

【答案解析】本题所考查知识点:关于《天朝田亩制度》和《资政新篇》的相同点。

《资政新篇》是中国近代历史上第一个比较系统的发展资本主义的方案。《资政新篇》主张学习西方先进制度,有利于中国资本主义的发展,但《天朝田亩制度》不具有这些特征。所以,选项BC排除。《天朝田亩制度》是一个以解决土地问题为中心的比较完整的社会改革方案。但是《资政新篇》没有涉及土地问题。因此,选项D排除。《天朝田亩制度》从根本上否定了封建地主的土地所有制。《资政新篇》出现在太平天国的后期,资本主义色彩浓厚。两者都具有反封建的进步性。故选项A正确。

2.【参考答案】C

【答案解析】本题所考查知识点:太平天国由盛转衰的分水岭。

在太平军取得重大胜利的同时,太平天国领导集团内部矛盾的激化和小生产者的阶级局限性日益明显地暴露出来。1856年9月,发生了天京事变。天京事变严重地削弱了太平天国的领导和军事力量,成为太平天国由盛转衰的分水岭。选项A定都天京,正式宣告太平天国农民政权的建立。选项B是1856年天京变乱之前的军事行动。选项D是干扰项。故选项C正确。

3.【参考答案】CD

【答案解析】本题所考查知识点:天京事变爆发的原因。

天京事变爆发的原因主要是领导集团内部矛盾的激化,小生产者的阶级局限性。选项A是天京事变的表现,不是原因,应该排除。天京事变是在太平天国取得军事胜利的鼎盛时期爆发的,所以,选项B"太平天国军事失势在政治上的反映"观点不成立。选项A是干扰项。故选项CD正确。

4.【参考答案】ABCD

【答案解析】本题所考查知识点:洋务运动的代表人物。

洋务运动的代表人物主要有:以奕䜣为代表的满族中央权贵派和以曾国藩、李鸿章、左宗棠、张之洞等为代表的汉族地方实力派。故选项ABCD正确。

5.【参考答案】ABC

【答案解析】本题所考查知识点:洋务派举办的洋务事业。

洋务派举办的洋务事业主要有:第一,兴办近代企业。第二,建立新式海陆军。第三,创办新式学堂,派遣留学生。办报纸与办学会是资产阶级维新派宣传维新的活动。故选项ABC正确。

6.【参考答案】CD

【答案解析】本题所考查知识点:洋务派创办的民用工业。

洋务派在创办军事工业中遇到了资金奇缺等问题,创办了20多个民用企业。这些企业除了少数采取官办或官商合办方式之外,多数都采取官督商办的方式。其中最重要的官督商办企业有轮船招商局、开平矿务局、天津电报局和上海织布局。选项A"上海江南制造总局"与选项B"福州船政局"为洋务派创办的军事企业。故选项CD正确。

7.【参考答案】ABCD

【答案解析】本题所考查知识点:资产阶级维新派的主要代表人物。

资产阶级维新派的主要代表人物有康有为、梁启超、谭嗣同、严复等。故选项 ABCD 正确。

8.【参考答案】ABCD

【答案解析】本题所考查知识点:维新运动宣传维新主张的主要活动。

维新运动宣传维新主张的主要活动。包括"向皇帝上书";著书立说;介绍外国变法的经验教训;办学会、设学堂;办报纸等。故选项 ABCD 正确。

9.【参考答案】BCD

【答案解析】本题所考查知识点:戊戌维新运动失败的原因。

戊戌维新运动的失败,主要是由于维新派自身的局限和以慈禧太后为首的强大守旧势力的反对。维新派本身的局限性突出地表现在:不敢否定封建主义;对帝国主义抱有幻想;惧怕人民群众。选项 A 是戊戌维新运动失败的客观原因,选项 BCD 是戊戌维新运动失败的主观原因。故本题的正确答案是选项 BCD。

3.3 辛亥革命与君主专制制度的终结

3.3.1 重难知识点内在逻辑系统图

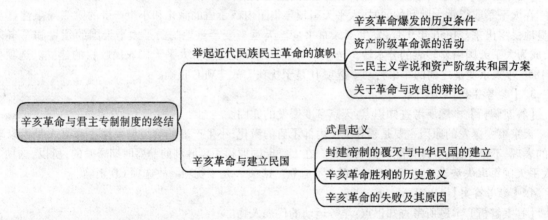

3.3.2 重难知识点详解

一、本章考点考查统计

学科	章节	考点	考查目标	已考查年度						
				2011	2010	2009	2008	2007	2006	2005
中国近现代史纲要	第三章 辛亥革命与君主专制制度的终结	孙中山的三民主义学说	2、3	／	／	／	／	／	／	／
		辛亥革命的成功	1、2	√	／	／	／	／	／	／
		辛亥革命的失败	4、5	／	√	／	／	／	／	／

二、本章重难知识点点拨

1. 辛亥革命爆发的历史条件和资产阶级革命派的活动

（1）辛亥革命爆发的历史条件包括：第一，民族危机加深，社会矛盾激化。20世纪初，帝国主义列强对中国的侵略日益扩大。中国的民族危机进一步加深了。为了支付对外巨额赔款，清政府追加税收，巧立名目，各级官吏贪污中饱，致使民怨沸腾，社会矛盾进一步激化。第二，清末"新政"的破产。"新政"并没有能够挽救清王朝，反而激化了社会矛盾，加重了危机。第三，资产阶级革命派的阶级基础和骨干力量。民族资产阶级为了冲破帝国主义、封建主义的桎梏，发展资本主义，需要自己政治利益的代言人和经济利益的维护者。这正是资产阶级革命派形成的阶级基础。资产阶级革命派的骨干是一批资产阶级、小资产阶级知识分子。

（2）资产阶级革命派的活动：第一，孙中山在檀香山组建第一个革命团体兴中会。第二，发表《中国问题的真解决》一文。1904年，孙中山发表《中国问题的真解决》一文，指出只有推翻清朝政府的统治，才能真正解决中国问题。这表明以孙中山为首的资产阶级革命派在踏上革命道路之时，就高举起民主革命的旗帜，并选择了以武装起义推翻清王朝统治的斗争方式。这也是中国资产阶级革命派与改良派的根本不同之处。第三，资产阶级革命派代表人物及其著作。①1903年，章炳麟发表了《驳康有为论革命书》，反对康有为的保皇观点，歌颂革命为"启迪民智，除旧布新"的良药，强调中国人民完全有能力建立民主共和制度。②邹容写了《革命军》，以"革命军中马前卒"的名义，热情讴歌革命，阐述在中国进行民主革命的必要性和正义性，号召人民推翻清朝统治，建立"中华共和国"。③陈天华写了《警世钟》、《猛回头》两本小册子，痛陈帝国主义侵略给中国带来的沉重灾难，揭露清政府已经成了帝国主义统治中国的工具，号召人民奋起革命，推翻清政府这个"洋人的朝廷"。第四，中国同盟会的成立。1905年，孙中山和黄兴、宋教仁等人在日本东京成立中国同盟会。同盟会以《民报》为机关报，并确定了革命纲领。这是近代中国第一个领导资产阶级革命的全国性政党，它的成立标志着中国资产阶级民主革命进入到一个新的阶段。

2. 孙中山的三民主义学说

（1）同盟会的政治纲领。同盟会的政治纲领是"驱除鞑虏，恢复中华，创立民国，平均地权"。1905年11月，在同盟会机关报《民报》发刊词中，孙中山将同盟会的纲领概括为三大主义，即民族主义、民权主义、民生主义，后被称为三民主义。

（2）三民主义的具体解释。民族主义，即民族革命，包括"驱除鞑虏，恢复中华"两项内容。一是要以革命手段推翻清朝政府，改变它一贯推行的民族歧视和民族压迫政策；二是追求独立，建立"民族独立的国家"。民权主义即政治革命，内容是"创立民国"，即推翻封建君主专制制度，建立资产阶级民主共和国。民生主义即社会革命，指的是"平均地权"。但是，"平均地权"并非将土地所有权分给农民，没有正面触及封建土地所有制，不能满足广大农民的土地要求，在革命中难以成为发动广大工农群众的理论武器。

（3）新三民主义与旧三民主义的比较。1905年11月，在同盟会机关报《民报》发刊词中，孙中山将同盟会的纲领概括为三大主义，即民族主义、民权主义、民生主义。这是旧三民主义。1924年国民党一大召开，大会通过的宣言对三民主义作出了新的解释，历史上称为"新三民主义"。在民族主义中突出了反帝的内容，强调对外实行中华民族的独立，同时主张国内各民族一律平等；在民权主义中强调了民主权利应"为一般平民所共有"，不应为"少数人所得而私"；把民生主义概括为"平均地权"和"节制资本"两大原则（后来又提出了"耕者有其田"的主张），并提出要改善工农的生活状况。这个新三民主义的政纲同中共在民主革命阶段的纲领基本一致，因而成为国共合作的政治基础。

3. 辛亥革命的成功

（1）同盟会成立后发动的第一次武装起义：萍、浏、醴起义。

（2）中国历史上第一部具有资产阶级共和国宪法性质的法典：《中华民国临时约法》。

（3）辛亥革命的历史意义：辛亥革命是资产阶级领导的以反对君主专制制度、建立资产阶级共和国为目的的革命，是一次比较完全意义上的资产阶级民主革命。在近代历史上，辛亥革命是中国人民为救亡图存、振兴中华而奋起革命的一个里程碑，它使中国发生了历史性的巨变，具有伟大的历史意义。

第一，辛亥革命推翻了封建势力的政治代表、帝国主义在中国的代理人清王朝的统治，沉重打击了中外反动势力，使中国反动统治者在政治上乱了阵脚。

第二，辛亥革命结束了统治中国两千多年的封建君主专制制度，建立了中国历史上第一个资产阶级共和政府，使民主共和的观念开始深入人心。

第三，辛亥革命给人们带来一次思想上的解放。

第四，辛亥革命促使社会经济、思想习惯和社会风俗等方面发生了新的积极变化。

第五，辛亥革命不仅在一定程度上打击了帝国主义的侵略势力，而且推动了亚洲各国民族解放运动的高涨。

4. 辛亥革命的失败

（1）袁世凯复辟帝制的举动：第一，炮制《大总统选举法》，强迫议员选举他为正式大总统。第二，下令解散国民党。停止参议院、众议院两院议员的职务，遣散议员。第三，撕毁《临时约法》，炮制《中华民国约法》，用总统制取代内阁制。第四，修改《总统选举法》，使大总统不仅可以无限期连任，而且可以推荐继承人。

（2）20 世纪两次复辟帝制的活动：袁世凯复辟帝制，历经 83 天，最后失败；张勋复辟帝制，仅 12 天，最后也失败了。

（3）资产阶级革命派挽救共和制度的努力："二次革命"、组织中华革命党、护国运动、护法运动。

（4）辛亥革命失败的原因：根本原因是因为在帝国主义时代，在半殖民地半封建社会的中国，资本主义的建国方案是行不通的。客观原因是帝国主义与以袁世凯为代表的大地主大买办势力以及旧官僚、立宪派一起勾结起来，从外部和内部绞杀了这场革命。主观原因是领导者资产阶级革命派本身存在着许多弱点和错误。表现在：没有提出彻底的反帝反封建的革命纲领；不能充分发动和依靠人民群众；不能建立坚强的革命政党，作为团结一切革命力量的强有力的核心。资产阶级革命派的这些弱点、错误，根源于中国民族资产阶级的软弱性和妥协性。

（5）历史启示：辛亥革命的果实被袁世凯窃取了，它没有改变中国半殖民地半封建社会的性质。辛亥革命的失败表明，资产阶级共和国的方案没有能够救中国，先进的中国人需要进行新的探索，为中国谋求新的出路。

三、本章典型例题

1. 清政府实行"新政"的根本目的是（   ）（单选）

A. 建立资产阶级共和国　　B. 实行君主立宪　　C. 维新变法　　D. 维护封建统治

【考点分析】本题所考查知识点：清末的"新政"及其破产。

【解题分析】解答此题可以采用"阶级属性与目的绑定法"，即在近代中国，地主阶级所采取的措施其主观目的都是为了维护统治，资产阶级所采取的措施或进行的活动其主观目的都是为了发展资本主义。本题主语是"清政府"，所以，清政府实行"新政"是统治阶级所采取的一项活动，目的当然是为了维护封建统治。选项 A"建立资产阶级共和国"是资产阶级革命派的主张，选项 BC 是资产阶级维新派主张。选项 ABC 都是干扰项。因此，本题的正确答案是选项 D。

2. 孙中山在檀香山组建的第一个革命团体是（   ）（单选）

A. 兴中会　　　　　　B. 华兴会　　　　　　C. 同盟会　　　D. 光复会

【考点分析】本题所考查知识点：孙中山在檀香山组建的第一个革命团体。

【解题分析】解答此题可以采用前面已经介绍的"关键词精确绑定法"。即:第一个资产阶级革命团体——兴中会;第一个资产阶级政党——同盟会。这样,我们很快就可以得出选项 A 是正确答案。

选项 B 和选项 D 是干扰项。在资产阶级革命思想的传播过程中,资产阶级革命团体在各地次第成立。从 1904 年开始,出现了十多个革命团体,其中重要的有华兴会、科学补习所、光复会、岳王会等。这些革命团体的成立为革命思想的传播以及革命运动的发展提供了不可缺少的组织力量。

选项 C"同盟会"是当时资产阶级建立的众多的革命团体联合而成的全国性革命组织。1905 年 8 月 20 日,孙中山和黄兴、宋教仁等人在日本东京成立中国同盟会,同盟会以《民报》为机关报,并确定了革命纲领。这是近代中国第一个领导资产阶级革命的全国性政党。

3. 资产阶级革命派提出的"民权主义"比维新派提出的"兴民权",其进步意义主要体现在(　　)(单选)

A. 国家的阶级实质 　　　　　　　　　B. 国家的政治体制

C. 反对帝国主义压迫 　　　　　　　　D. 反对封建土地所有制

【考点分析】本题所考查知识点:孙中山的三民主义学说。

【解题分析】本题较难,我们可以采用逐项排除法。选项 A 排除。因为不管是资产阶级革命派希望建立的资产阶级共和国还是资产阶级维新派希望建立的君主立宪制政体,其体现的都是资产阶级的阶级实质。选项 B 观点正确。资产阶级革命派在国家的政治体制上希望建立资产阶级共和国,资产阶级维新派希望建立君主立宪制。选项 C 观点错误。不管是资产阶级革命派还是资产阶级维新派都没有明确的反对帝国主义压迫的主张。选项 D 观点错误。我们可以从两个方面排除选项 D。第一,资产阶级革命派虽然提出民生主义涉及土地问题,但是并没有正面触及封建土地所有者,所以,根本谈不上反对封建土地所有制。第二,土地问题是在民生主义中涉及的,不是民权主义。因此,本题的正确答案是选项 B。

4. 辛亥革命在比较完全的意义上开始了中国的资产阶级民主革命,是因为资产阶级革命派(　　)(多选)

A. 组建了比较完备的政党 　　　　　　B. 提出了比较系统的纲领

C. 同农民结成了联盟 　　　　　　　　D. 建立了中华民国

【考点分析】本题所考查知识点:辛亥革命的历史意义。

【解题分析】选项 A 正确。资产阶级革命派组建了全国性的资产阶级政党——同盟会。选项 B 正确。资产阶级革命派确定了较完整的资产阶级民主革命纲领——三民主义。选项 D 正确。辛亥革命建立了资产阶级共和国性质的政权——中华民国临时政府;颁布了资产阶级共和国宪法性质的法典——《临时约法》。选项 C 是干扰项,易排除。因为只有工人阶级才能够同农民阶级结成联盟。因此,本题的正确答案是选项 ABD。

5. 辛亥革命失败的主观原因有(　　)(多选)

A. 不能充分发动和依靠人民群众 　　　B. 不能建立坚强的革命政党

C. 没有提出彻底的反帝反封建的革命纲领 D. 帝国主义与大地主大买办势力勾结

【考点分析】本题所考查知识点:辛亥革命失败的原因。

【解题分析】解答这道题目的关键是理解主观原因和客观原因的区别。简单地讲,主观原因是自身的原因,而客观原因是外在的原因。所以,辛亥革命失败的主观原因需要从辛亥革命的领导者资产阶级革命派本身去寻找原因。资产阶级革命派本身存在着许多弱点和错误。主要是:没有提出彻底的反帝反封建的革命纲领;不能充分发动和依靠人民群众;不能建立坚强的革命政党,作为团结一切革命力量的强有力的核心。本题的选项 ABC 都是资产阶级革命派本身存在的弱点和错误的表现,而选项 D 是相对于资产阶级革命派本身来说外在的原因,属于客观原因。因此,选项 D 是干扰项,本题的正确答案是选项 ABC。

四、本章测试题及答案解析
(一) 本章测试题

1. 资产阶级革命派的骨干力量包括(　　)(多选)
   A. 工人阶级　　　　　　　　　　　　　　B. 农民阶级
   C. 资产阶级知识分子　　　　　　　　　　D. 小资产阶级知识分子

2. 在 20 世纪初的中国,积极宣传资产阶级民主革命思想的主要人物有(　　)(多选)
   A. 孙中山　　　　　B. 谭嗣同　　　　　C. 邹容　　　　　D. 章炳麟

3. 为了宣传资产阶级革命派主张,陈天华写了(　　)(多选)
   A.《革命军》　　　　　　　　　　　　　B.《警世钟》
   C.《驳康有为论革命书》　　　　　　　　D.《猛回头》

4. 中国资产阶级民主革命进入到一个新阶段的标志是 (　　) (单选)
   A. 华兴会的成立　　　B. 同盟会的成立　　　C. 兴中会的成立　　　D. 光复会的成立

5. 在孙中山的思想中,"平均地权"属于(　　)(单选)
   A. 民族主义　　　　　B. 民权主义　　　　　C. 民生主义　　　　　D. 民主主义

6. 下列人物中最早提出建立"中华共和国"的是(　　)(单选)
   A. 孙中山　　　　　B. 严复　　　　　C. 陈天华　　　　　D. 邹容

7. 孙中山所说的政治革命是(　　)(单选)
   A. 以革命手段推翻清朝政府　　　　　　B. 平均地权
   C. 建立资产阶级共和国　　　　　　　　D. 建立民族独立的国家

8. 下列观点对资产阶级革命派提出的"民族主义"主张解释正确的有(　　)(多选)
   A. 反对帝国主义　　　　　　　　　　　B. 用革命手段推翻清朝政府
   C. 军阀、地主、官僚是革命对象　　　　D. 建立"民族独立的国家"

9. 同盟会成立后发动的第一次武装起义是(　　)(单选)
   A. 黄花岗起义　　　B. 萍、浏、醴起义　　　C. 广州新军起义　　　D. 镇南关起义

10. 1912 年春,孙中山在南京颁布了参议院制定的《中华民国临时约法》,这是中国历史上第一部具有资产阶级共和国宪法性质的法典。下列哪些属于《临时约法》的内容(　　)(多选)
    A. 中华民国主权属于国民全体　　　　　B. 临时大总统必须在南京就职
    C. 中华民国国民一律平等　　　　　　　D. 参议院行使立法权,有弹劾总统的权力

11. 下列对辛亥革命的历史意义评价正确的有(　　)(多选)
    A. 辛亥革命是中国民族资产阶级登上政治舞台的第一次表演
    B. 辛亥革命结束了统治中国两千多年的封建制度
    C. 辛亥革命使民主共和的观念开始深入人心
    D. 辛亥革命沉重打击了中外反动势力

12. 民国初年两次复辟帝制失败的共同原因是(　　)(单选)
    A. 资产阶级力量强大　　　　　　　　　B. 孙中山高举反复辟旗帜
    C. 北洋军阀内部矛盾激化　　　　　　　D. 民主共和的观念深入人心

13. 下列关于"二次革命"和护法运动共同点的表述,正确的有(　　)(多选)
    A. 都是国民党领导的　　　　　　　　　B. 都是为了维护辛亥革命成果
    C. 都反对北洋军阀的反动统治　　　　　D. 最终都未取得成功

14. 孙中山倡导护法运动的原因是(　　)(单选)

A. 袁世凯废除《临时约法》　　　　　　　B. 袁世凯接受"二十一条"

C. 张勋复辟帝制　　　　　　　　　　　　D. 段祺瑞拒绝恢复《临时约法》和国会

15. 辛亥革命的失败是指(　　)(单选)

A. 没有完成反帝反封建的任务　　　　　　B. 没有推翻清政府的统治

C. 没有打击帝国主义的在华势力　　　　　D. 没有促进中国革命的向前发展

(二) 测试题答案及解析

1.【参考答案】CD

【答案解析】本题所考查知识点:资产阶级革命派的骨干力量。

资产阶级革命派的骨干力量是一批资产阶级、小资产阶级知识分子。这个知识分子群的出现与戊戌维新运动及20世纪初兴学堂、派留学生的措施有关。他们在国外更多地接触到了西方的政治思想,而且对世界大势与国内民族危机有了更敏锐的认识。这些青年学生,成为辛亥革命的中坚力量。选项A与选项B易排除。故选项CD正确。

2.【参考答案】ACD

【答案解析】本题所考查知识点:资产阶级革命派的活动。

20世纪初,宣传资产阶级民主革命思想而非改良思想的主要人物是孙中山、邹容、陈天华、章炳麟。选项B"谭嗣同"属于资产阶级改良派的代表人物,且在1898年戊戌变法失败后被杀害,所以很容易排除。故选项ACD正确。

3.【参考答案】BD

【答案解析】本题所考查知识点:资产阶级革命派的宣传与组织工作。

为宣传民主革命主张,陈天华写了《警世钟》、《猛回头》两本小册子。此题选项A《革命军》为邹容所写;选项C《驳康有为论革命书》为章炳麟所写。故本题的正确答案是选项BD。

4.【参考答案】B

【答案解析】本题所考查知识点:中国第一个资产阶级政党。

中国同盟会是中国第一个领导资产阶级革命的全国性政党,它的成立标志着中国资产阶级民主革命进入了一个新的阶段。此题选项C"兴中会"是孙中山在檀香山组建的第一个革命团体;选项A"华兴会"以及选项D"光复会"是同盟会成立之前的一些地方性的革命团体。故本题的正确答案是选项B。

5.【参考答案】C

【答案解析】本题所考查知识点:三民主义学说。

在孙中山的旧三民主义学说中,民族主义的中心思想是"驱除鞑虏,恢复中华",民权主义的中心思想是"创立民国",民生主义的中心思想是"平均地权"。故本题的正确答案是选项C。

6.【参考答案】D

【答案解析】本题所考查知识点:资产阶级革命派的宣传与组织工作。

邹容在《革命军》中以"革命军中马前卒"的名义,热情讴歌革命,阐述在中国进行民主革命的必要性和正义性,号召人民推翻清朝统治,建立"中华共和国"。故选项D正确。

7.【参考答案】C

【答案解析】本题所考查知识点:民族主义、民权主义、民生主义的中心思想。

民族主义的中心思想是"驱除鞑虏,恢复中华"两项内容。一是要以革命手段推翻清朝政府",二是追求独立,建立"民族独立的国家"。民权主义的中心思想是"创立民国",就是要推翻君主专制制度,建立资产阶级民主共和国,这是孙中山所说的政治革命。民生主义的中心思想是"平均地权",这是孙中山所说的社会革命。故选项 C 正确。

8.【参考答案】BD

【答案解析】本题所考查知识点：三民主义的中心思想。

民族主义的中心思想是"驱除鞑虏,恢复中华"两项内容。一是"要以革命手段推翻清朝政府",二是追求独立,建立"民族独立的国家"。旧三民主义的"民族主义"没有明确的反帝纲领,新三民主义的"民族主义"增加了反帝内容,所以,排除选项 A。民族主义中也没有明确地把军阀、地主、官僚作为革命对象,所以,排除选项 C。故本题的正确答案是选项 BD。

9.【参考答案】B

【答案解析】本题所考查知识点：同盟会成立后发动的第一次武装起义。

1906 年 12 月,萍、浏、醴起义是同盟会成立后发动的第一次武装起义。1907 年 5 月至 1908 年 4 月间,孙中山亲自发动了 6 次武装起义。选项 D 镇南关起义是这 6 次起义中的一次。1910 年 2 月至 1911 年 4 月,同盟会在广州发动了两次著名的起义:广州新军起义和黄花岗起义。其中影响最大的是 1911 年的黄花岗起义。故选项 A 和选项 C 排除。因此,本题的正确答案是选项 B。

10.【参考答案】ACD

【答案解析】本题所考查知识点：中国历史上第一部具有资产阶级共和国宪法性质的法典。

《临时约法》规定,"中华民国之主权属于国民全体",而"以参议院、临时大总统、国务员、法院行使其统治权"。《临时约法》规定,增设国务总理,作为政府首脑。内阁辅佐临时大总统,为行政机关,行使行政权;增设法院,行使司法权;参议院为立法机关,行使立法权,参议院还有弹劾大总统和国务员的权利。《临时约法》还规定,中华民国国民一律平等,享有人身、财产、集会、结社、出版、言论等自由,享有请愿、陈述、考试、选举与被选举等民主权利。选项 B 是孙中山为制约袁世凯而提出的三个条件之一,是干扰项,应该排除。因此,本题的正确答案是选项 ACD。

11.【参考答案】CD

【答案解析】本题所考查知识点：辛亥革命的历史意义。

在近代历史上,辛亥革命是中国人民为救亡图存、振兴中华而奋起革命的一个里程碑,它使中国发生了历史性的巨变,具有伟大的历史意义。第一,辛亥革命推翻了封建势力的政治代表、帝国主义在中国的代理人清王朝的统治,沉重打击了中外反动势力,使中国反动统治者在政治上乱了阵脚。第二,辛亥革命结束了统治中国两千多年的封建君主专制制度,建立了中国历史上第一个资产阶级共和政府,使民主共和的观念开始深入人心。第三,辛亥革命给人们带来一次思想上的解放。第四,辛亥革命促使社会经济、思想习惯和社会风俗等方面发生了新的积极变化。第五,辛亥革命不仅在一定程度上打击了帝国主义的侵略势力,而且推动了亚洲各国民族解放运动的高涨。选项 A"中国民族资产阶级登上政治舞台的第一次表演"是戊戌维新运动,不是辛亥革命。选项 B 辛亥革命结束了统治中国两千多年的"封建君主专制制度",而不是"封建制度"。因此,本题的正确答案是选项 CD。

12.【参考答案】D

【答案解析】本题所考查知识点：民国初年两次复辟帝制失败的共同原因。

民国初年两次复辟帝制失败是指 1915 年袁世凯复辟帝制(只有短短的 83 天)和 1917 年张勋复辟帝制(仅存在了 12 天)。其失败的共同原因是,经过辛亥革命,民主共和的观念深入人心。故选项 D 正确。

13.【参考答案】BCD

【答案解析】本题所考查知识点：资产阶级革命派挽救共和制度的努力。

"二次革命"是在国民党领导下,但是 1913 年国民党已经被袁世凯下令解散,所以,1917 年护法运动开始的时候,国民党已经不存在。选项 A 不是"二次革命"和护法运动的共同点,应该排除。"二次革命"和护法运动的共同点都是为了维护辛亥革命成果、都反对北洋军阀的反动统治、最终都未取得成功。因此,本题的正确答案是选项 BCD。

14.【参考答案】D

【答案解析】本题所考查知识点:资产阶级革命派挽救共和制度的努力。

皖系军阀头子段祺瑞掌握北洋政府后,变本加厉地推行独裁卖国的反动统治,拒绝恢复《临时约法》和国会。在这种局面下,孙中山举起了"护法"的旗帜。选项 ABC 是干扰项。因此,本题的正确答案是选项 D。

15.【参考答案】A

【答案解析】本题所考查知识点:对辛亥革命失败的认识。

毛泽东指出,辛亥革命"有它胜利的地方,也有它失败的地方。你们看,辛亥革命把皇帝赶跑,这不是胜利了吗? 说它失败,是说辛亥革命只把一个皇帝赶跑,中国仍旧在帝国主义和封建主义的压迫之下,反帝反封建的革命任务并没有完成"。故选项 A 正确。

3.4 开天辟地的大事变

3.4.1 重难知识点内在逻辑系统图

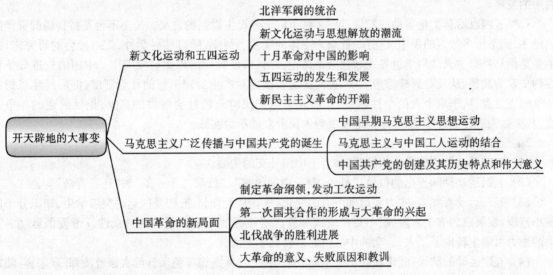

3.4.2 重难知识点详解

一、本章考点考查统计

学科	章节	考点	考查目标	已考查年度						
				2011	2010	2009	2008	2007	2006	2005
中国近现代史纲要	第四章 开天辟地的大事变	在中国最早比较系统介绍马克思主义的人物	1、2	/	√	/	/	/	/	/
		中国共产党成立的意义	4、5	√	/	/	/	/	/	√

二、本章重难知识点点拨

1. 新文化运动

（1）新文化运动的开始：1915年，陈独秀在上海创办《青年》杂志。

（2）新文化运动的基本口号：新文化运动提出的基本口号是民主和科学，即德先生（Democracy）和赛先生（Science）。民主有两层含义：一是指民主精神和民主思想。二是指与封建君主专制制度相对立的资产阶级民主政治制度。科学也有两个方面的含义：主要是指与封建迷信、蒙昧无知相对立的科学思想、科学精神以及认识和判断事物的科学方法，同时也指具体的科学技术、科学知识。

（3）五四之前新文化运动的意义：是我国历史上一次空前的思想解放运动，它启发着人们追求民主和科学，探索救国救民的道路，为马克思主义在中国的广泛传播准备了思想和文化条件。

（4）五四以前新文化运动的局限：首先，新文化运动的倡导者批判孔学，是为了给中国发展资本主义扫清障碍。但是，由于资产阶级共和国的方案在中国行不通，所以从根本上说，提倡资产阶级民主主义，并不能为人们提供一种思想武器去认识中国，去有效地对中国社会进行改造。其次，他们把改造国民性置于优先的地位。但是，离开改造产生封建思想的社会环境的革命实践，仅仅依靠少数人的呐喊，依靠有限的宣传手段，要根本改造由这种社会环境产生的思想、所造成的国民性，是不可能的。最后，那时的许多领导人物，还没有马克思主义的批判精神，他们使用的方法，一般还是资产阶级的方法。他们中有的人看问题很片面，坏就是绝对的坏，好就是绝对的好。这种形式主义的方法，影响了这个运动后来的发展。

（5）五四以后新文化运动的发展：第一，赋予科学和民主以新的含义。民主不再是指狭隘的资产阶级民主，而是指多数人的民主、以劳动群众为主体的民主。科学，除自然科学外，就对社会的研究来说，主要是指马克思主义的科学世界观和社会革命论。第二，反封建的思想启蒙工作。中国的先进分子以唯物史观为武器，从反对封建思想入手，进而提出必须反对产生封建思想的社会制度；把反封建思想的斗争的立足点，从争取个人的个性解放，扩展到争取人民群众的社会解放的高度；把反封建的斗争方式，从少数人进行的思想批判，逐步地发展为人民群众的革命实践。

2. 五四运动

（1）五四运动的直接导火线：巴黎和会上中国外交的失败。

（2）五四运动期间提出的口号："外争国权，内惩国贼"、"废除二十一条"和"还我青岛"等。

（3）五四运动参加者、主力和运动中心的变化：从6月5日起，五四爱国运动突破学生、知识分子的狭小范围，发展成为有工人阶级、小资产阶级和资产阶级参加的全国范围的群众性反帝爱国运动。运动的主力由学生转向了工人，运动的中心由北京转到了上海。

（4）五四运动的结果：北洋政府不得不释放被捕学生，并宣布罢免亲日派官僚曹汝霖、章宗祥、陆宗舆的职务。中国政府代表也没有出席巴黎和约的签字仪式。

（5）五四运动的历史特点：第一，五四运动表现了反帝反封建的彻底性。第二，五四运动是一次真正的群众运动。第三，五四运动促进了马克思主义在中国的传播及其与中国工人运动的结合。第四，五四运动发生在俄国十月革命之后，发生在无产阶级社会主义革命的新时代。五四运动具备了上述新的历史特点，成为了中国革命的新阶段即新民主主义革命阶段的开端。所以五四运动成为了新旧民主主义革命的分水岭。

3. 中国共产党的诞生

（1）中国共产党产生的条件：阶级基础——中国工人阶级开始作为独立的政治力量登上历史舞台；思想基础——马克思主义在中国的传播；国际指导——共产国际对中国共产党的创建起了一定的促进作用；组织基础——各地共产主义小组的建立。

（2）中共一大内容：确定党的名称为中国共产党。通过了中国共产党第一个党纲：以无产阶级革命军队推翻资产阶级，斗争目的是消灭阶级，废除资本私有制，以及联合第三国际。中心工作是组织和领导工人运动。大会选举产生了由陈独秀、张国焘、李达组成的党的领导机构——中央局，以陈独秀为书记。

（3）中共二大内容：第一，第一次提出了反帝反封建的民主革命纲领。（注解：党的最高纲领是实现社会主义、共产主义。它在当前阶段的纲领是：打倒军阀；推翻国际帝国主义的压迫；统一中国为真正民主共和国。）第二，开始采取民族资产阶级、小资产阶级的政党和政治派别没有采取过、也不可能采取的革命方法，即群众路线的方法。第三，提出联合一切革命党派，联合资产阶级民主派，组织民主的联合战线。

（4）中国共产党创建的历史特点：中国共产党一开始就是一个以马克思列宁主义理论为基础的党、是一个区别于第二国际旧式社会改良党的新型工人阶级革命政党。另一方面，它是在半殖民地半封建中国的工人运动的基础上产生的。中国工人阶级身受帝国主义、本国资产阶级和封建势力的三重压迫，具有坚强的革命性。在这个阶级中，不存在欧洲那种工人贵族阶层，没有社会改良主义的基础。而且在半殖民地的中国，工人阶级根本不可能进行和平的议会斗争，他们很少可能对资产阶级民主制度抱有期望。

（5）中国共产党成立的意义：中国共产党的成立，是一个"开天辟地的大事变"。它给灾难深重的中国人民带来了光明和希望。自从有了中国共产党，中国人民就有了可以信赖的组织者和领导者，中国革命就有了坚强的领导力量。

4．国民革命

（1）国民党一大召开。大会通过的宣言对三民主义作出了新的解释：在民族主义中突出了反帝的内容，强调对外实行中华民族的独立，同时主张国内各民族一律平等；在民权主义中强调了民主权利应"为一般平民所共有"，不应为"少数人所得而私"；把民生主义概括为"平均地权"和"节制资本"两大原则（后来又提出了"耕者有其田"的主张），并提出要改善工农的生活状况。这个新三民主义的政纲同中共在民主革命阶段的纲领基本一致，因而成为国共合作的政治基础。大会实际上确定了联俄、联共、扶助农工三大革命政策。这样，国民党一大的成功召开，就标志着第一次国共合作的正式形成。

（2）1925 年 5 月，以五卅运动为起点，掀起了全国范围的大革命高潮。

（3）国共合作全面破裂，大革命失败的标志："四一二"反革命政变和"七一五"反革命政变。

（4）大革命失败的经验教训：首先，中国的民主革命必须建立包括工人、农民、小资产阶级和民族资产阶级的广泛的革命统一战线。在统一战线中必须坚持无产阶级的领导权，对资产阶级实行又联合又斗争的政策。其次，在中国民主革命中，无产阶级领导权的中心问题是农民问题。再次，中国革命的主要斗争形式是武装斗争。最后，领导中国革命的中国共产党必须不断加强思想上、政治上和组织上的建设，善于把马克思主义普遍原理与中国革命具体实践相结合，制定和实行正确的政治路线和组织路线，这是革命胜利的根本保证。

（5）大革命的历史作用包括：沉重打击了帝国主义在华势力，基本推翻了北洋军阀统治。中国共产党提出的反帝反封建的口号成为广大人民的共同呼声。大革命教育和锻炼了各革命阶级，党领导的工农大众经受了革命的洗礼，提高了政治觉悟，为后来共产党领导的土地革命的开展奠定了群众基础。大革命提高了中国共产党在全国人民中的政治威望，党在马克思列宁主义指导下，制定民主革命纲领，发挥了党的政治优势和组织优势。

三、本章典型例题

1．关于新文化运动兴起的背景判断正确的是（　　　　）（单选）

A. 北洋军阀用封建思想维护其统治   B. 五四运动促进了马克思主义进一步传播

C. 无产阶级强烈要求实行民主政治   D. 俄国十月社会主义革命直接影响

【考点分析】本题所考查知识点:新文化运动兴起的背景。

【解题分析】 选项A正确。辛亥革命后,北洋政府继续利用封建专制思想禁锢民众的头脑。一些先进的知识分子决心发动一场思想启蒙运动去改造中国的国民性。这是新文化运动产生的背景之一。选项B和选项C错误。因为中国无产阶级登上政治舞台是在五四运动中,而五四运动发生在新文化运动之后。选项D错误。俄国十月社会主义革命的发生是在新文化运动兴起之后,不可能成为新文化运动兴起的背景。因此,本题的正确答案是选项A。

2. 下列关于五四运动的相关史实和评价,表述正确的有( )(多选)

A. 五四运动表现了反帝反封建的彻底性,把中国人民反帝反封建的斗争提升到一个新的水平

B. 五四运动是一次真正的群众运动,中国共产党在这次运动中起到了领导作用

C. 五四运动促进了马克思主义在中国的传播及其与中国工人运动的结合

D. 五四运动发生在俄国十月革命之后,是中国革命的新阶段即社会主义革命阶段的开端

【考点分析】本题所考查知识点:五四运动的特点

【解题分析】选项B"五四运动是一次真正的群众运动,中国共产党在这次运动中起到了领导作用。"前半句是正确的,后半句是错误的。因为在五四运动中,中国工人阶级、学生群众和新兴的民族资产阶级参加到运动中,五四运动本身就是一场群众性的革命运动。然而,在五四运动中,中国工人阶级开始登上政治舞台,中国共产党尚未诞生,所以,认为中国共产党在五四运动中起到了领导作用是错误的。

选项D"五四运动发生在俄国十月革命之后,是中国革命的新阶段即社会主义革命阶段的开端",前半句是正确的,后半句是错误的。五四运动发生在俄国十月革命之后,发生在无产阶级社会主义革命的新时代。五四运动是中国革命的新阶段即新民主主义革命阶段的开端,而不是社会主义革命阶段的开端。所以,选项D排除。

这道多项选择题在排除两项的基础上,我们可以断定剩下的两项是正确答案。而且,选项A"五四运动表现了反帝反封建的彻底性,把中国人民反帝反封建的斗争提升到一个新的水平",选项C"五四运动促进了马克思主义在中国的传播及其与中国工人运动的结合"都是正确的观点。

综上所述,本题的正确答案是选项AC。

3. 1921年中国共产党的成立,是中国革命历史上划时代的里程碑,中国革命从此焕然一新。从此中国革命有了( )(多选)

A. 正确的革命道路   B. 科学的指导思想

C. 坚强的领导力量   D. 崭新的奋斗目标

【考点分析】本题所考查知识点:中国共产党成立的历史意义。

【解题分析】选项A排除。中国共产党的成立,并不意味着中国革命找到了一条正确的革命道路。例如,陈独秀的右倾机会主义和王明的"左"倾冒险主义对中国革命的危害是相当大的。在领导中国革命的过程中,以毛泽东为代表的中国共产党人,经过艰辛探索,把马克思主义的普遍原理与中国革命的具体实践相结合,才最终找到一条适合中国国情的以农村包围城市,武装夺取政权的革命道路。

选项BCD正确。自从有了中国共产党,灾难深重的中国人民有了可以信赖的组织者和领导者,中国革命有了坚强的领导力量,有了科学的指导思想,即马克思列宁主义。党所提出的纲领和奋斗目标,代表着中国社会发展的正确方向,代表着中国无产阶级和其他广大劳动人民的根本利益。因此,中国共产党从诞生时起,就充满着生机和活力,预示着中国的光明和希望,中国革命的面目从此焕然一新。

因此,本题的正确答案是选项 BCD。

4: 大革命失败的客观原因是( )(多选)

A. 由于反革命力量的强大,大大超过了革命的力量

B. 资产阶级发生严重的动摇、统一战线出现剧烈的分化

C. 处于幼年时期的中国共产党在统一战线、武装斗争和党的建设三个问题上没有经验

D. 蒋介石集团、汪精卫集团先后叛变

【考点分析】本题所考查知识点:大革命失败的客观原因。

【解题分析】大革命失败的原因包括客观原因和主观原因两个方面。从客观方面来讲,是由于反革命力量的强大,大大超过了革命的力量;资产阶级发生严重的动摇、统一战线出现剧烈的分化;是由于蒋介石集团、汪精卫集团先后被帝国主义势力和地主阶级、买办资产阶级拉进反革命营垒里去了。从主观方面来说,是由于中国共产党的中央领导机关在大革命的后期犯了以陈独秀为代表的右倾机会主义的错误,放弃了无产阶级对于农民群众、城市小资产阶级和民族资产阶级的领导权,尤其是武装力量的领导权;当时的中国共产党还处于幼年时期,在统一战线、武装斗争和党的建设三个基本问题上都没有经验,对于中国的历史状况和社会状况、中国革命的特点、中国革命的规律都懂得不多,不善于将马克思列宁主义的基本原理和中国革命的实践相结合;共产国际并不真正了解中国的具体情况,对于中国革命作出了一些不切实际的指导,影响了中国共产党对许多问题的决断和有关方针政策的实施。选项 C 是大革命失败的主观原因。所以,本题的正确答案是选项 ABD。

四、本章测试题及答案解析

(一)本章测试题

1. 新文化运动开始的标志是 1915 年陈独秀创办的( )(单选)

A.《新青年》杂志　　B.《共产党》月刊　　C.《青年》杂志　　D.《湘江评论》

2. 新文化运动中提出的基本口号是民主和科学,其中"民主"的含义是指( )(多选)

A. 三民主义的"民权"思想　　　　B. 资产阶级的民主政治制度

C. 资本主义的民主思想　　　　　D. 马克思主义的世界观

3. 下列对五四以前新文化运动的评价正确的有( )(多选)

A. 新文化运动是中国历史上第一次思想解放运动

B. 新文化运动为外国各种思想流派传入中国敞开的大门

C. 新文化运动为马克思主义在中国的传播准备了思想和文化条件

D. 在新文化运动中,马克思主义开始逐步地在思想文化领域中发挥指导作用

4. 五四运动以后,新文化运动进一步发展。表现有( )(多选)

A. 中国的先进分子赋予民主与科学以新的含义

B. 中国的先进分子提出反对产生封建思想的社会制度

C. 中国的先进分子把反封建思想斗争的立足点扩展到争取人民群众的社会解放

D. 中国的先进分子把反封建的斗争方式发展为人民群众的革命实践

5. 五四运动的直接导火线是( )(单选)

A. 北洋政府镇压学生　　　　　　B. 巴黎和会上中国外交的失败

C. 政府贪污腐败严重　　　　　　D. 中国宣布参加第一次世界大战

6. 中国工人阶级以独立的姿态登上政治舞台是在( )(单选)

A. 辛亥革命中　　B. 新文化运动中　　C. 五四运动中　　D. 国民革命运动中

7. 五四运动的参加者主要有( )(多选)

A. 青年学生　　　　B. 工人阶级　　　　C. 小资产阶级　　　　D. 资产阶级

8. 五四运动中北洋政府罢免的亲日派官僚是(　　)(多选)

A. 曹汝霖　　　　B. 段祺瑞　　　　C. 陆宗舆　　　　D. 章宗祥

9. 中国共产党成立的社会历史条件有(　　)(多选)

A. 中国工人阶级的成长壮大及其斗争的发展

B. 马克思列宁主义在中国的传播

C. 马克思主义与中国工人运动结合起来

D. 列宁领导的共产国际从各方面给予帮助

10. 下列说法符合中国共产党创建历史特点的有(　　)(多选)

A. 中国工人阶级没有社会改良主义的基础

B. 中国工人阶级身受帝国主义、本国资产阶级和封建势力的三重压迫

C. 中国共产党接受的是在帝国主义和无产阶级革命时代发展了的马克思主义

D. 中国工人阶级具有进行和平议会斗争的可能

11. 新三民主义与旧三民主义相比较,其发展表现在(　　)(多选)

A. 突出了反对帝国主义的内容;强调了民主权利应为"一般平民所共有"

B. 确立"平均地权"、"节制资本"两大原则

C. 与中国共产党民主革命纲领完全相同

D. 与联俄、联共、扶助农工三大政策相联系

12. 1925 年掀起大革命高潮的起点是(　　)(单选)

A. 湖南农民运动　　　B. 五卅运动　　　　C. 北伐战争　　　　D. 京汉铁路大罢工

13. 大革命失败的经验教训是(　　)(多选)

A. 中国的民主革命必须建立广泛的革命统一战线

B. 在中国民主革命中,无产阶级领导权的中心问题是农民问题

C. 中国革命的主要斗争形式是武装斗争,主要组织形式是军队

D. 领导中国革命的中国共产党必须不断加强思想上、政治上和组织上的建设

(二)测试题答案及解析

1. 【参考答案】C

【答案解析】本题所考查知识点:新文化运动开始的标志。

1919 年五四运动以前的新文化运动是资产阶级民主主义的新文化反对封建主义旧文化的斗争。这个运动是 1915 年陈独秀在上海创办《青年》杂志(后改为《新青年》)开始的。选项 B《共产党》月刊是 1920 年 11 月,上海的党组织创办的刊物,这个刊物第一次在中国树起共产主义的大旗。选项 D 是干扰项。故选项 C 正确。

2. 【参考答案】BC

【答案解析】本题所考查知识点:新文化运动基本口号的含义。

新文化运动提出的基本口号是民主和科学,即德先生(Democracy)和赛先生(Science)。民主有两层含义:一是指民主精神和民主思想。包括个性解放、人格独立及自由民主权利等内容;二是指与封建君主专制制度相对立的资产阶级民主政治制度。科学也有两个方面的含义:主要是指与封建迷信、蒙昧无知相对立的科学思想、科学精神以及认识和判断事物的科学方法,同时也指具体的科学技术、科学知识。选项 A 三民主义是资产阶级革命派提出来的,而新文化运动是先进的知识分子进行的一场思想启蒙运动。所以,选项 A 应该排除。选项 D 是五四运动以后,中国先进的知识分子赋予科学的新含义,

所以,应该排除。因此,本题的正确答案是选项 BC。

3.【参考答案】BC

【答案解析】本题所考查知识点:对五四以前新文化运动的评价。

19 世纪 70 年代,早期维新思想代表人物的主张具有重要的思想启蒙的意义。另外,戊戌维新运动更是一场思想启蒙运动,辛亥革命也给人们带来一次思想上的解放。所以,认为"新文化运动是中国历史上第一次思想解放运动"观点错误,排除选项 A。在五四以后的新文化运动中,马克思主义开始逐步地在思想文化领域中发挥指导作用。所以,选项 D 排除。新文化运动是中国历史上一次前所未有的启蒙运动和空前深刻的思想解放运动。它在社会上掀起的一股生气勃勃的思想解放潮流,冲决了禁锢人们思想的闸门,从而为外国各种思想流派传入中国敞开了大门,激励着人们去探求救国救民的真理。正是在新文化运动的推动和影响下,中国涌现了一批青年革命民主主义者。其中的先进分子接受俄国十月革命的影响,为马克思主义在中国的广泛传播准备了思想和文化条件。因此,本题的正确答案是选项 BC。

4.【参考答案】ABCD

【答案解析】本题所考查知识点:五四运动以后新文化运动的发展。

中国的先进分子在接受马克思主义之后,继承了五四运动的科学和民主的精神,并赋予它们新的含义。民主不再是指狭隘的资产阶级民主,而是指多数人的民主、以劳动群众为主体的民主。科学,除自然科学外,就对社会的研究来说,主要是指马克思主义的科学世界观和社会革命论。中国的先进分子以唯物史观为武器,从反对封建思想入手,进而提出必须反对产生封建思想的社会制度;把反封建思想的斗争的立足点,从争取个人的个性解放,扩展到争取人民群众的社会解放的高度;把反封建的斗争方式,从少数人进行的思想批判,逐步地发展为人民群众的革命实践。故选项 ABCD 正确。

5.【参考答案】B

【答案解析】本题所考查知识点:五四运动的直接起因。

在 1919 年召开的巴黎"和平会议"上,中国政府代表提出废除外国在华势力范围、撤退外国在华驻军等七项希望和取消日本强加的"二十一条"及换文的陈述书,遭到拒绝。这个由西方列强把持的会议,竟规定德国应将在中国山东获得的一切特权转交给日本。北洋政府居然准备在这样的和约上签字。消息传到国内,激起了各阶层人民的强烈愤怒。五四运动由此爆发。故本题的正确答案是选项 B。

6.【参考答案】C

【答案解析】本题所考查知识点:中国工人阶级以独立的姿态登上政治舞台的标志。

五四运动期间,特别是"六五"以后,中国工人阶级以中国历史上空前规模的政治大罢工,显示了伟大的力量,表现出高度自觉的爱国主义精神和反帝反封建斗争的坚定性和彻底性,对五四运动的发展起着决定性的作用。这一事实表明,五四时期的中国工人阶级,已经成为中国政治舞台上一支独立的政治力量,开始走上领导中国革命的新阶段。故选项 C 正确。

7.【参考答案】ABCD

【答案解析】本题所考查知识点:五四运动的参加者。

运动开始时,英勇地出现在斗争前面的是青年学生,后来发展成为有工人阶级、小资产阶级和资产阶级参加的全国范围的革命运动,斗争的主体由学生转向了工人,运动的中心由北京转到了上海。故本题的正确答案是选项 ABCD。

8.【参考答案】ACD

【答案解析】本题所考查知识点:五四运动的结果。

五四运动实现的直接斗争目标有:北洋政府罢免亲日派官僚曹汝霖、章宗祥、陆宗舆;中国政府代表没有出席巴黎和会的签字仪式。故本题的正确答案是选项 ACD。

9.【参考答案】ABCD

【答案解析】本题所考查知识点：中国共产党成立的社会历史条件。

中国工人阶级的成长壮大及其斗争的发展，是中国共产党成立的阶级基础；马克思列宁主义在中国的传播，是中国共产党成立的理论基础；马克思主义与中国工人运动结合，为中国共产党成立提供了思想上干部上的准备；列宁领导的共产国际从各方面给予帮助，是推动中国共产党成立的外部条件。故选项 ABCD 正确。

10.【参考答案】ABC

【答案解析】本题所考查知识点：中国共产党创建的历史特点。

中国共产党一开始就是一个以马克思列宁主义理论为基础的党，是一个区别于第二国际旧式社会改良党的新型工人阶级革命政党。它所接受的是没有被修正主义阉割的马克思主义完整的科学世界观和社会革命论，是在帝国主义和无产阶级革命时代发展了的马克思主义即列宁主义，是在斗争中同资产阶级、小资产阶级社会主义划清了界限的科学社会主义。另一方面，它是在半殖民地半封建中国的工人运动的基础上产生的。中国工人阶级身受帝国主义、本国资产阶级和封建势力的三重压迫，具有坚强的革命性。在这个阶级中，不存在欧洲那种工人贵族阶层，没有社会改良主义的基础。而且在半殖民地的中国，工人阶级根本不可能进行和平的议会斗争，他们很少可能对资产阶级民主制度抱有期望。故选项 ABC 正确。

11.【参考答案】ABD

【答案解析】本题所考查知识点：新三民主义对旧三民主义的发展。

在中国革命历程进入新民主主义阶段时，孙中山接受中国共产党和国际无产阶级的帮助，确立了联俄、联共、扶助农工的三大政策，把旧三民主义发展为新三民主义。在民族主义中突出了反帝的内容，强调对外实行中华民族的独立，对内主张各民族一律平等；民权主义中强调了民主权利应为"一般平民所共有"，不应为"少数人所得而私"；把民生主义概括为"平均地权"和"节制资本"两大原则，后来又提出了"耕者有其田"的主张，并提出要改善工农的生活状况。新三民主义与中国共产党二大提出的民主革命纲领基本相同而非完全相同，选项 C 不正确。故本题的正确答案是选项 ABD。

12.【参考答案】B

【答案解析】本题所考查知识点：大革命的起点。

1925 年，以五卅运动为起点，掀起了全国范围内的大革命高潮。在此基础上，举行了胜利的广东战争，统一并巩固了广东革命根据地。1926 年 7 月，以推翻北洋军阀统治为目标的北伐战争开始。随着北伐战争的胜利进军，中国形成了历史上空前广大的人民解放运动。湖南农民运动就发生在这一时期。所以，选项 A 和选项 C 排除。选项 D 发生在 1923 年。故选项 B 正确。

13.【参考答案】ABCD

【答案解析】本题所考查知识点：大革命失败的经验教训。

大革命失败的教训包括：首先，中国的民主革命必须建立包括工人、农民、小资产阶级和民族资产阶级的广泛的革命统一战线。在统一战线中必须坚持无产阶级的领导权，对资产阶级实行又联合又斗争的政策。其次，在中国民主革命中，无产阶级领导权的中心问题是农民问题。无产阶级必须发动广大农民群众，满足农民的土地要求，建立巩固的工农联盟，才能保证革命的胜利。再次，中国革命的主要斗争形式是武装斗争，主要组织方式是军队，无产阶级要实现对革命的领导，必须建立和掌握革命的武装。中国共产党如果没有一支自己掌握的军队，革命便不能取得胜利。最后，领导中国革命的中国共产党必须不断加强思想上、政治上和组织上的建设，善于把马克思主义普遍原理与中国革命具体实践相结合，制定和实行正确的政治路线和组织路线，这是革命胜利的根本保证。所以，本题的正确答案是选项 ABCD。

3.5 中国革命的新道路

3.5.1 重难知识点内在逻辑系统图

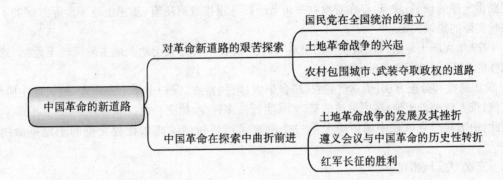

3.5.2 重难知识点详解

一、本章考点考查统计

学科	章节	考点	考查目标	已考查年度						
				2011	2010	2009	2008	2007	2006	2005
中国近现代史纲要	第五章 中国革命的新道路	土地革命战争的兴起	1、2	/	/	/	/	/	/	/
		土地革命战争的发展及其挫折	1、2	/	/	/	/	/	/	/

二、本章重难知识点点拨

1. 土地革命战争的兴起

(1) 中共中央临时政治局常委会:1927 年 7 月中旬,中共中央临时政治局常委会决定了三件大事,一是将党所掌握和影响的部队向南昌集中,准备起义;二是组织湘、鄂、赣、粤四省的农民,在秋收季节举行暴动;三是召集中央会议,讨论和决定新时期的方针和政策。

(2) 三次武装起义:

南昌起义——领导人:周恩来、贺龙、叶挺、朱德、刘伯承;意义:打响了武装反抗国民党反动统治的第一枪。这是中国共产党独立领导革命战争、创建人民军队和武装夺取政权的开端。

秋收起义——领导人:毛泽东等;井冈山农村革命根据地的建立具有深远的历史意义:它把革命的退却和革命的进攻有机地结合起来,成功地实现了中国革命的伟大战略转变;它开辟了在革命低潮形势下重新聚集力量,以农村包围城市、武装夺取政权的新道路。

广州起义——领导人:张太雷和叶挺、叶剑英;它对国民党的屠杀政策发动了又一次英勇的反击。

(3) 农村包围城市、武装夺取政权的道路:

农村包围城市、武装夺取政权道路的四篇文章——《中国的红色政权为什么能够存在?》、《井冈山的斗争》、《星星之火,可以燎原》、《反对本本主义》。

农村包围城市、武装夺取政权理论提出的意义——农村包围城市、武装夺取政权理论的提出,标志着中国化的马克思主义即毛泽东思想的初步形成。

2. 土地革命战争的发展及其挫折

（1）中国共产党在土地革命战争时期的土地政策：

① 1928年井冈山土地法：意义：这是中国共产党历史上第一个土地法，以立法的形式首次肯定了广大农民获得土地的权利；缺点：存在着没收一切土地归苏维埃政府所有、禁止土地买卖等方面的不适合中国农村实际的错误规定。

② 1929年兴国土地法：将"没收一切土地"改为"没收一切公共土地及地主阶级的土地"。这是一个原则性的改正，保护了中农的利益。

③ 阶级路线和分配方法：依靠贫雇农，联合中农，限制富农，保护中小工商业者，消灭地主阶级；以乡为单位，按人口平分土地，在原耕地的基础上，实行抽多补少、抽肥补瘦。

至此，中国共产党就在中国历史上第一个制定了可以付诸实施的比较完整的土地革命纲领和路线。

（2）三次"左"倾错误：

从1927年7月大革命失败到1935年1月遵义会议召开之前，"左"倾错误先后三次在党中央的领导机关取得了统治地位。这几次"左"倾错误，尤其是以王明为代表的"左"倾教条主义错误，使中国革命受到严重挫折。在20世纪30年代前期、中期，中国共产党内屡次出现严重的"左"倾错误，其原因是多方面的：八七会议以后党内一直存在着的浓厚的"左"倾情绪始终没有得到认真的清理；共产国际对中国共产党内部事务的错误干预和瞎指挥；全党的马克思主义理论准备不足，理论素养不高，实践经验也很缺乏，对于中国的历史状况和社会状况、中国革命的特点、中国革命的规律不了解，对于马克思列宁主义的理论和中国革命的实践没有统一的理解，一句话，不善于把马克思列宁主义与中国实际全面地、正确地结合起来。

（3）遵义会议：

① 内容：集中解决了当时具有决定意义的军事问题和组织问题。肯定了毛泽东的正确主张，选举毛泽东为中央政治局常委。会后不久，成立了由周恩来、毛泽东、王稼祥组成的新的三人团，全权负责红军的军事行动。

② 意义：开始确立了以毛泽东为代表的马克思主义的正确路线在中共中央的领导地位，从而在极其危急的情况下挽救了中国共产党、挽救了中国工农红军、挽救了中国革命，成为中国共产党历史上一个生死攸关的转折点。

（4）长征的胜利：

1935年10月陕北吴起镇会师，中央红军的二万五千里长征胜利结束。1936年10月，红二、四方面军先后同红一方面军在甘肃会宁、静宁将台堡（今属宁夏回族自治区）会师。至此，三大主力红军的长征胜利结束。

（5）瓦窑堡会议：

首先，阐明建立抗日民族统一战线的可能性。其次，批判了"左"倾关门主义错误，强调共产党在抗日民族统一战线中的领导作用。最后，规定了建立广泛的抗日民族统一战线的具体政策。决定将"人民共和国"口号代替"工农共和国"。

三、本章典型例题

1. 下列对八七会议的相关内容评述正确的有（　　）（多选）

A. 彻底清算了大革命后期的陈独秀右倾机会主义错误

B. 确定了土地革命和武装反抗国民党反动统治的总方针

C. 集中解决了军事问题和组织问题

D. 开始确立毛泽东在中共中央的领导地位

【考点分析】本题所考查知识点:八七会议。

【解题分析】1927 年八七会议召开。会议内容包括:彻底清算了大革命后期的陈独秀右倾机会主义错误,确定了土地革命和武装反抗国民党反动统治的总方针,并选出了以瞿秋白为首的中央临时政治局。毛泽东在会上提出了"须知政权是由枪杆子中取得的"思想。八七会议开始了从大革命失败到土地革命战争兴起的历史性转折。

"集中解决了军事问题和组织问题"是遵义会议的内容,"开始确立毛泽东在中共中央的领导地位"是遵义会议的意义。所以,选项 C 和选项 D 属于干扰项,应该排除。

因此,本题的正确答案是选项 AB。

2. 毛泽东主持制定的提出"没收一切公共土地及地主阶级的土地"的土地法是( )(单选)

A.《井冈山土地法》　　　　　　　　B.《兴国土地法》

C.《中国土地法大纲》　　　　　　　D.《关于清算、减租及土地问题的指示》

【考点分析】本题所考查知识点:中国共产党的土地政策。

【解题分析】选项 A《井冈山土地法》是毛泽东在井冈山主持制定的中国共产党历史上第一个土地法,这个土地法以立法的形式,首次肯定了广大农民以革命的手段获得土地的权利。但是由于缺乏经验,这个土地法关于没收一切土地归苏维埃政府所有、禁止土地买卖等方面的规定,并不适合中国农村的实际。

选项 B《兴国土地法》是毛泽东在兴国主持制定的中国共产党第二个土地法,将"没收一切土地"改为"没收一切公共土地及地主阶级的土地"。

选项 C《中国土地法大纲》是 1947 年中国共产党在河北省平山县召开的全国土地会议上制定和通过的,明确规定"废除封建性及半封建性剥削的土地制度,实现耕者有其田的土地制度"。

选项 D《关于清算、减租及土地问题的指示》,史称《五四指示》,将党在抗日战争时期实行的减租减息政策改变为实现"耕者有其田"的政策。这一政策的提出,标志着解放区在农民土地问题上,开始由抗日战争时期的削弱封建剥削,向变革封建土地关系、废除封建剥削制度的过渡。这是中国共产党土地政策的重要改变。

选项 A 和选项 B 都是中国共产党在土地革命战争时期制定的土地政策,选项 C 和选项 D 都是中国共产党在解放战争时期制定的土地政策。根据题干的要求,因此,本题的正确答案是选项 B。

四、本章测试题及答案解析

(一)本章测试题

1. 1927 年 7 月中旬,中央临时政治局决定了三件大事( )(多选)

A. 准备南昌起义　　　　　　　　　B. 组织秋收暴动

C. 开展土地革命　　　　　　　　　D. 召集中央会议

2. 1927 年 8 月 1 日,领导南昌起义的有( )(多选)

A. 周恩来　　　　B. 贺龙　　　　C. 叶剑英　　　　D. 朱德

3. 1927—1930 年,毛泽东阐明农村包围城市,武装夺取政权道路的著作是( )(多选)

A.《中国的红色政权为什么能够存在?》　　B.《井冈山的斗争》

C.《星星之火,可以燎原》　　　　　　　　D.《新民主主义论》

4. 在 20 世纪 30 年代前、中期,中国共产党内屡次出现严重的"左"倾错误,其主要原因在于( )(单选)

A. 八七会议以后党内一直存在着的浓厚的"左"倾情绪始终没有得到认真的清理

B. 毛泽东对中央根据地红军的领导权被剥夺

C. 共产国际对中国共产党内部事务的错误干预和瞎指挥

D. 不善于把马克思列宁主义与中国实际全面地、正确地结合起来

5. 遵义会议解决的具有决定性意义的问题有(　　)(多选)

A. 组织问题　　　　　B. 军事问题　　　　　C. 政治路线问题　　　　　D. 思想路线问题

6. 遵义会议后,中共中央政治局成立的新的军事指挥小组成员有(　　)(多选)

A. 毛泽东　　　　　B. 朱德　　　　　C. 周恩来　　　　　D. 王稼祥

7. 对遵义会议的地位及影响评价正确的有(　　)(多选)

A. 开始确立以毛泽东为代表的马克思主义的正确路线在中共中央的领导地位

B. 挽救了中国共产党和中国工农红军

C. 挽救了中国革命

D. 成为中国共产党历史上一个生死攸关的转折点

8. 1935年10月,标志着中央红军长征胜利结束,中央红军与红十五军团会师地是(　　)(单选)

A. 四川懋功　　　　　B. 甘肃会宁　　　　　C. 陕北吴起镇　　　　　D. 宁夏静宁

9. 以下对瓦窑堡会议的表述正确的有(　　)(多选)

A. 提出了建立抗日民族统一战线的方针

B. 批评了"左"倾冒险主义和关门主义错误倾向

C. 为迎接全国抗日新高潮的到来做了思想上和理论上的准备

D. 明确提出党的总方针是"逼蒋抗日"

(二)测试题答案及解析

1.【参考答案】ABD

【答案解析】本题所考查知识点:八七会议前中央临时政治局决定的三件大事。

1927年7月中旬,中央临时政治局决定了三件大事:将党所掌握和影响的部队向南昌集中,准备起义;组织湘、鄂、赣、粤四省的农民,在秋收季节举行暴动;召集中央会议,讨论和决定新时期的方针和政策。故本题的正确答案是选项ABD。

2.【参考答案】ABD

【答案解析】本题所考查知识点:南昌起义的领导人。

1927年8月1日,以周恩来为书记的前敌委员会及贺龙、叶挺、朱德、刘伯承等人,率领共产党掌握或影响下的北伐军两万多人在南昌举行起义,打响了武装反抗国民党反动统治的第一枪。这是中国共产党独立领导革命战争、创建人民军队和武装夺取政权的开端。此题选项C"叶剑英"是广州起义的领导人。故本题的正确答案是选项ABD。

3.【参考答案】ABC

【答案解析】本题所考查知识点:毛泽东对中国革命新道路的贡献。

1927—1930年,毛泽东阐明农村包围城市,武装夺取政权道路的著作是《中国的红色政权为什么能够存在?》、《井冈山的斗争》、《星星之火,可以燎原》和《反对本本主义》。选项D《新民主主义论》是毛泽东在抗日战争中所写。故选项ABC正确。

4.【参考答案】D

【答案解析】本题所考查知识点:党内屡次出现严重的"左"倾错误的主要原因。

1927年7月大革命失败到1935年1月遵义会议召开之前,"左"倾错误先后三次在党中央的领导

机关取得了统治地位。此题选项 A"八七会议以后党内一直存在着的浓厚的'左'倾情绪始终没有得到认真的清理"是历史惯性使然;选项 B"毛泽东对中央根据地红军的领导权被剥夺"是王明"左"倾错误造成的结果,不是原因。选项 C"共产国际对中国共产党内部事务的错误干预和瞎指挥"是重要外部原因。主要原因在于,全党的马克思主义理论准备不足,理论素养不高,实践经验也很缺乏,对于中国的历史状况和社会状况、中国革命的特点、中国革命的规律不了解,对于马克思列宁主义的理论和中国革命的实践没有统一的理解,一句话,不善于把马克思列宁主义与中国实际全面地、正确地结合起来。故选项 D 正确。

5.【参考答案】AB

【答案解析】本题所考查知识点:遵义会议解决的具有决定性意义的问题。

遵义会议集中解决了当时具有决定意义的军事问题和组织问题。经过激烈的争论,多数人同意以毛泽东为代表的正确意见,批评了博古、李德在第五次反"围剿"中的错误。会议增选毛泽东为中央政治局常务委员,并委托张闻天起草《中央关于反对敌人五次"围剿"的总结的决议》(即遵义会议决议)。故选项 AB 正确。

6.【参考答案】ACD

【答案解析】本题所考查知识点:遵义会议后,中共中央政治局成立的新的军事指挥小组成员。

遵义会议根据毛泽东的提议,决定由张闻天代替博古负总的责任,并成立了由周恩来、毛泽东、王稼祥组成的新的三人团,全权负责红军的军事行动。选项 B 是干扰项。故选项 ACD 正确。

7.【参考答案】ABCD

【答案解析】本题所考查知识点:遵义会议的历史意义。

遵义会议事实上确立了以毛泽东为核心的党中央的领导地位;在极其危急的情况下挽救了党和红军、挽救了中国革命;成为党历史上一个生死攸关的转折点。故选项 ABCD 正确。

8.【参考答案】C

【答案解析】本题所考查知识点:红军长征的胜利。

1935 年 10 月,中央红军与红十五军团在陕北吴起镇会师,标志着中央红军的二万五千里长征胜利结束。此题要注意与红一、二、四方面军会师的时间和地点的区别。1936 年 10 月,红二、四方面军先后同红一方面军在甘肃会宁、静宁将台堡会师。至此,三大主力红军的长征胜利结束。故选项 C 正确。

9.【参考答案】ABC

【答案解析】本题所考查知识点:瓦窑堡会议。

在全国抗日救亡运动高涨之际,1935 年 12 月中共中央在陕北瓦窑堡召开政治局扩大会议,提出了抗日民族统一战线的新政策,批评了"左"倾冒险主义和关门主义错误倾向,使党在新的历史时期即将到来时掌握了政治上的主动权,为迎接全国抗日新高潮的到来做了思想上和政治上的准备。明确提出党的总方针是"逼蒋抗日"是在 1936 年 9 月 1 日给党内的指示中提出的。故选项 ABC 正确。

3.6　中华民族的抗日战争

3.6.1　重难知识点内在逻辑系统图

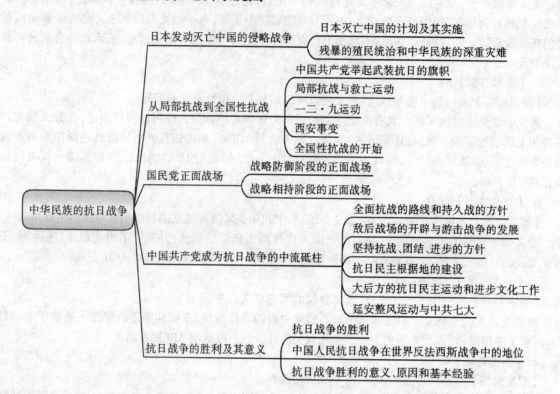

3.6.2　重难知识点详解

一、本章考点考查统计

学科	章节	考点	考查目标	已考查年度						
				2011	2010	2009	2008	2007	2006	2005
中国近现代史纲要	第四章　中华民族的抗日战争	延安整风运动	1、2	√	/	/	/	/	/	/
		抗日战争的胜利	1、2	√	/	/	/	/	/	/
		抗日民族统一战线	2、3	/	/	/	/	/	/	/
		抗日根据地的建设	1、2	/	/	/	/	/	/	/
		抗日战争的经过、结果及其意义	1、2	/	/	/	/	/	/	/

二、本章重难知识点点拨

1. 抗日民族统一战线的形成及其基本策略

（1）形成背景和原因：1931 年日本发动"九一八事变"后，中日民族矛盾已逐渐上升为主要矛盾；1937 年卢沟桥事变后，民族危机空前严重。

（2）目的：团结一切爱国力量，争取抗战的胜利。

（3）抗日民族统一战线形成过程：① "九一八事变"后，中共中央发表宣言，揭露日本帝国主义侵占东北的目的是使中国完全变成它的殖民地。中共中央发布一系列文告，号召全国工农武装起来，进行民族的自卫战争。② 1935 年，中国共产党发表 "八一宣言"，号召停止内战，一致抗日。③ 1935 年，中共中央在陕北的瓦窑堡召开政治局扩大会议，确定建立抗日民族统一战线的方针。④ 西安事变的和平解决成为时局转换的枢纽，十年内战的局面由此结束，国内和平基本实现，标志着抗日民族统一战线的初步形成。⑤ 1937 年 8 月，国共两党达成协议，将红军主力改编为国民革命军第八路军（简称八路军），南方的红军和游击队改编为国民革命军新编第四军（简称新四军）。⑥ 1937 年 9 月 22 日，国民党中央通讯社发表《中国共产党为公布国共合作宣言》，23 日，蒋介石发表实际承认共产党合法地位的谈话。以国共两党第二次合作为基础的抗日民族统一战线正式形成。

（4）抗日战争期间中国共产党对蒋政策变化：① 1931 年 "九一八事变"，蒋介石奉行攘外必先安内的政策。中国共产党对蒋介石的政策是 "反蒋抗日"。② 1935 年 12 月 25 日，中共中央在陕北瓦窑堡召开政治局扩大会议，提出了建立抗日民族统一战线的方针。之后，1936 年 5 月，中共中央发布《停战议和一致抗日》通电，放弃了 "反蒋抗日" 的口号。9 月 1 日，中共中央发出党内指示，明确提出党的总方针是 "逼蒋抗日"。1936 年 12 月，西安事变和平解决，西安事变的和平解决成了时局转换的枢纽，也是中共 "逼蒋抗日" 方针的成功。③ 1937 年 9 月 22 日，国民党中央通讯社发表《中国共产党为公布国共合作宣言》；23 日，蒋介石发表实际承认共产党合法地位的谈话。以国共两党第二次合作为基础的抗日民族统一战线正式形成。（联蒋抗日）

（5）与第一次国民革命统一战线相比较，抗日民族统一战线具有的特点：第一，广泛的民族性和复杂的阶级矛盾。它不仅包括工人、农民、小资产阶级、民族资产阶级，还包括以国民党蒋介石为代表的亲英美派大地主大资产阶级；同时，由于阶级成分的复杂和利益的差异，决定了抗日民族统一战线内部存在着复杂的矛盾和斗争。第二，国共双方有政权有军队的合作。国民党领导全国政权和军队；共产党领导局部政权和军队。第三，没有正式的固定的组织形式和协商一致的具体的共同纲领。国共两党只能采取临时协商的特殊形式解决问题。

（6）抗日民族统一战线的作用：抗日民族统一战线的巩固、发展和壮大，是夺取抗日战争最后胜利的根本保证。

2. 抗日根据地的建设

抗日战争时期，中国共产党为了粉碎顽固派对根据地的封锁和日军的围剿，采取了一系列措施来巩固抗日根据地：

政治上实行 "三三制" 的民主政权建设，经济上实行减租减息和大生产运动，思想文化上十分重视抗日根据地的文化教育工作。减租减息是中国共产党在抗日根据地为适当调节各抗日阶层的利益实行的土地政策。一方面，地主要减租减息以改善农民的生活；另一方面，农民要交租交息以照顾地主富农的利益。实行这个政策调动了广大农民抗日积极性，又有利于争取地主阶级的大多数站在抗日民族统一战线一边。

3. 抗日战争的经过、结果及其意义

（1）抗日战争期间两个战场的抗战情况：

① 国民党正面战场：抗战初期，国民党正面战场比较积极抗战，先后组织了四大会战（淞沪会战、忻口会战、徐州会战、武汉会战），承担了主要的抗战任务，但由于实行片面抗战路线，正面战场还是丧失国土，一溃千里。进入相持阶段，由于国民党实行消极抗战，积极反共方针，正面战场出现豫湘桂战役大溃败。

② 共产党敌后战场:抗战初期,八路军、新四军在全面抗战路线指引下,挺进敌后,开辟敌后抗日根据地,把敌人后方变为抗战前线,从日寇手中夺回大片沦陷国土,严重威胁敌人后方。相持阶段,中共为维护抗日民族统一战线,克服困难,采取一系列措施,敌后战场成为抗战主战场。反攻阶段,中共领导的武装成为对日反攻的主要力量。

(2) 中国人民抗日战争在世界反法西斯战争中的地位:

第一,中国的抗日战争是世界反法西斯战争的重要组成部分,是世界反法西斯战争的东方主战场。

第二,世界反法西斯力量对中国的援助。中国人民抗日战争的胜利,是同世界所有爱好和平与正义的国家和人民、国际组织以及各种反法西斯力量的同情和支持分不开的。

(3) 抗日战争胜利的意义:中国人民抗日战争是近代以来中华民族反抗外敌入侵第一次取得完全胜利的民族解放战争,是 20 世纪中国和人类历史上的重大事件。① 中国人民抗日战争的胜利,使中华民族避免了遭受殖民奴役的厄运。② 中国人民抗日战争的胜利,为中国共产党领导人民取得整个新民主主义革命的胜利奠定了基础。③ 中国人民抗日战争的胜利,促进了中华民族的大团结,弘扬了中华民族的伟大精神。④ 中国人民抗日战争的胜利,对世界人民战胜法西斯、维护世界和平的伟大事业产生巨大影响,显著提高了中国的国际地位和国际影响。

(4) 中国人民抗日战争胜利的主要原因:第一,中国共产党在全民族抗战中发挥了中流砥柱的作用。第二,中国人民巨大的民族觉醒、空前的民族团结和英勇的民族抗争,是中国人民抗日战争胜利的决定性因素。第三,中国人民抗日战争的胜利,同世界所有爱好和平和正义的国家和人民、国际组织以及各种反法西斯力量的同情和支持是分不开的。

(5) 中国人民抗日战争胜利的基本经验:① 全国各族人民的大团结,是中国人民战胜一切艰难困苦、实现抗战胜利的力量源泉。② 以爱国主义为核心的伟大民族精神是中国人民团结奋进的精神动力。③ 提高综合国力是中华民族自立于世界民族之林的基本保证。④ 中国人民热爱和平、反对侵略战争,同时又不惧怕战争。⑤ 只有坚持中国共产党的领导,中华民族才能捍卫自己的生存和发展的权利。

三、本章典型例题

1. 抗日民族统一战线正式形成的标志是(　　)(多选)

A. 瓦窑堡会议

B. 国民党五届三中全会的召开

C. 国民党中央通讯社发布《中共中央为公布国共合作宣言》

D. 蒋介石发表实际承认共产党合法地位的谈话

【考点分析】本题所考查知识点:抗日民族统一战线形成的过程。

【解题分析】从中国共产党的政策策略来看,抗日民族统一战线大体经历了反蒋抗日、逼蒋抗日、联蒋抗日(1936 年 5 月,中共中央发布《停战议和一致抗日》通电,放弃了"反蒋抗日"的口号。9 月 1 日,中共中央发出党内指示,明确提出党的总方针是"逼蒋抗日")。选项 A"瓦窑堡会议",中国共产党确定建立抗日民族统一战线的方针。选项 B"国民党五届三中全会",国民党同意国共两党进行谈判,并在会议上第一次写上了"抗日"的字样。选项 C"国民党中央通讯社发布《中共中央为公布国共合作宣言》"和选项 D "蒋介石发表实际承认共产党合法地位的谈话",标志着抗日民族统一战线正式形成。故选项 CD 正确。

2. 抗日民主政府在工作人员分配上实行"三三制"原则,参加者为(　　)(多选)

A. 共产党员

B. 非党的左派进步分子

C. 中间派

D. 以蒋介石集团为代表的国民党亲英美派

【考点分析】本题所考查知识点:抗日根据地的建设。

【解题分析】根据地政权是共产党领导的抗日民族统一战线性质的政权,是一切赞成抗日又赞成民主的人们的政权,是几个革命阶级联合起来对于汉奸和反动派的民主专政。抗日民主政府在工作人员分配上实行"三三制"原则,即共产党员、非党的左派进步分子和不左不右的中间派各占1/3。选项 D"以蒋介石集团为代表的国民党亲英美派"属于顽固势力,应排除。故选项 ABC 正确。

3. 下列关于抗战胜利的意义评述,不恰当的是(　　　)(单选)

A. 是中国近百年来第一次取得反对外来侵略的完全胜利

B. 为世界反法西斯战争作出了贡献

C. 提高了中国的国际地位

D. 结束了半殖民地半封建社会的历史

【考点分析】本题所考查知识点:抗战胜利的意义。

【解题分析】本题是一道历史逆向选择题(否定式选择题),命题者通常用"不"、"不是"、"不包括"、"不正确"、"没有"、"无关"、"不符"等词,把选项限定起来,用以考查学生的逆向思维。对于此类题型,考生要认真审题,审清题干中的主干语和条件限制语,并把条件限制语中的显性信息和隐形信息都找出来。本题的主干语是"评述",条件限制语是"抗战胜利的意义";"抗战胜利的意义"是显性信息,但抗战胜利的时间是 1945 年,这是一条隐形信息,在审题时不能忽视。

抗日战争的胜利,是中国近百年来第一次取得反对外来侵略的完全胜利,提高了中国的国际地位,为世界反法西斯战争作出了贡献。1949 年中华人民共和国的成立,标志着半殖民地半封建社会的结束。所以,关于抗战胜利的意义评述不恰当的是选项 D。正确答案即为选项 D。

四、本章测试题及答案解析

(一)本章测试题

1. 抗日民族统一战线的策略总方针是(　　　)(多选)

A. 发展进步势力　　　B. 争取中间势力　　　C. 孤立顽固势力　　　D. 既联合,又斗争

2. 中国共产党确定建立抗日民族统一战线的方针是在(　　　)(单选)

A. 八七会议　　　B. 遵义会议　　　C. 瓦窑堡会议　　　D. 洛川会议

3. 1936 年 12 月成为时局转换的枢纽,加快国共合作进程的是(　　　)(单选)

A. 一二·九运动　　　　　　　　　B. 福建事变

C. 西安事变的和平解决　　　　　　D. 中国共产党放弃"反蒋抗日"的口号

4. 抗日根据地实行减租减息政策的主要意义在于(　　　)(多选)

A. 提高农民的抗日积极性　　　　　B. 为争取抗战胜利奠定了物质基础

C. 实行精兵简政　　　　　　　　　D. 联合地主阶级抗日

5. 为巩固和扩大抗日民族统一战线,抗日根据地在政权建设上采取的重要措施(　　　)(单选)

A. 建立政协制度　　　　　　　　　B. 实行"三三制"

C. 实行减租减息　　　　　　　　　D. 开展整风运动

6. 中国军队取得抗战以来第一次重大胜利的战役是(　　　)(单选)

A. 平型关大捷　　　B. 台儿庄战役　　　C. 百团大战　　　D. 淞沪会战

7. 以下对 1938 年 10 月以前国民政府抗战的评价正确的是(　　　)(单选)

A. 消极避战导致大片国土沦陷

B. 积极反共导致对日作战不力

C. 没有迟滞日军的侵略

D. 努力奋战保住了西部大片国土

（二）测试题答案及解析

1.【参考答案】ABC

【答案解析】本题所考查知识点:中国共产党巩固抗日民族统一战线的策略总方针。

为了抗日民族统一战线的坚持、扩大和巩固,中国共产党制定了"发展进步势力,争取中间势力,孤立顽固势力"的策略总方针。进步势力主要是指工人、农民和城市小资产阶级,他们是统一战线的基础,抗战的主要依靠力量;中间势力主要指民族资产阶级、开明绅士和地方实力派;顽固势力是指大地主、大资产阶级的抗日派,即以蒋介石集团为代表的国民党亲英美派。选项 D 是干扰项。故本题的正确答案是选项 ABC。

2.【参考答案】C

【答案解析】本题所考查知识点:瓦窑堡会议的内容。

在全国抗日救亡运动高涨之际,1935 年 12 月中共中央在陕北瓦窑堡召开政治局扩大会议,确定抗日民族统一战线的方针。1936 年 5 月,中共中央发布《停战议和一致抗日》通电,放弃了"反蒋抗日"的口号,第一次公开把蒋介石作为联合的对象。9 月 1 日,中共中央发出党内指示,明确提出党的总方针是"逼蒋抗日"。故本题的正确答案是选项 C。

3.【参考答案】C

【答案解析】本题所考查知识点:西安事变和平解决的历史意义。

1936 年 12 月西安事变的和平解决成为时局转换的枢纽,十年内战的局面由此结束,国内和平基本实现。选项 A"一二·九运动"标志着中国人民抗日救亡运动新高潮的到来;选项 B"福建事变"是十九路军将领蔡廷锴、蒋光鼐及国民党内爱国人士李济深等在福建发动的反蒋抗日事变;选项 D 是干扰项。故选项 C 正确。

4.【参考答案】AD

【答案解析】本题所考查知识点:减租减息政策的主要意义。

抗日根据地实行减租减息政策的主要意义在于,提高农民的抗日积极性和联合地主阶级抗日。抗日民主政府厉行精兵简政,以减轻人民负担,为坚持抗战、争取胜利奠定了物质基础。选项 B 是选项 C 的结果,不是根据地实行减租减息政策的意义。故选项 AD 正确。

5.【参考答案】B

【答案解析】本题所考查知识点:抗日根据地的建设。

1941—1942 年,因日军残酷的扫荡、严重的自然灾害和国民党的包围封锁,中国共产党领导的抗日根据地出现了严重的困难。为了克服困难,中国共产党在政治方面根据"三三制"原则,建立了抗日民主政权。它加强了各阶层的团结,巩固了抗日民族统一战线。因此,本题的正确答案是选项 B。

6.【参考答案】A

【答案解析】本题所考查知识点:中国共产党敌后战场的重要战役。

1937 年 9 月,八路军第 115 师主力在晋东北平型关附近伏击日军,歼敌 1000 余人,击毁汽车 100 多辆,取得全民族抗战以来中国军队的第一次重大胜利,粉碎了日军不可战胜的神话。故本题的正确答案是选项 A。

7.【参考答案】D

【答案解析】本题所考查知识点:国民党正面战场。

　　本题旨在考查考生对国民政府抗战的正确认识,要注意时间是"1938 年 10 月以前",这一时期虽然国民党领导的正面战场不断丧失国土,但其态度是积极的,它迟滞了日军的侵略过程,粉碎了日本速战速决的迷梦。1938 年 10 月,抗日战争相持阶段到来以后,国民政府才开始消极抗日积极反共。因此,选项 D 为正确答案。

3.7　为新中国而奋斗

3.7.1　重难知识点内在逻辑系统图

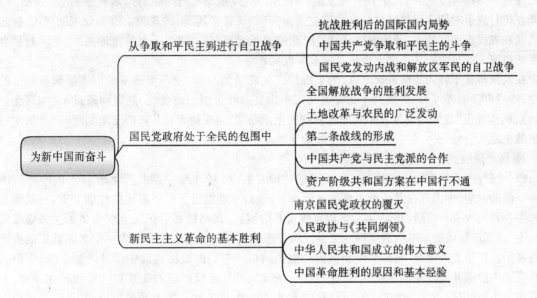

3.7.2　重难知识点详解

一、本章考点考查统计

学科	章节	考点	考查目标	已考查年度						
				2011	2010	2009	2008	2007	2006	2005
中国近现代史纲要	第七章　为新中国而奋斗	人民解放战争	1、2	/	√	/	/	/	/	/
		新民主主义革命的基本胜利	4、5	√	/	/	/	/	/	/

二、本章重难知识点点拨

1. 人民解放战争

　　(1) 中国共产党争取和平民主的斗争:抗战胜利后,为了避免内战、争取和平,1945 年 8 月,毛泽东等赴重庆同国民党当局进行谈判。10 月 10 日,双方签署《政府与中共代表会谈纪要》,即双十协定,确认和平建国的基本方针,同意"长期合作,坚决避免内战"。

　　1946 年 1 月 10 日,国共双方下达停战令。同一天,政协会议在重庆召开。会上,中国共产党与民主党派和无党派代表密切合作,推动政协会议达成了政府改组、国民大会、和平建国纲领、宪法草案、军事问题等五项协议。这些协议有利于冲破蒋介石的独裁统治,有利于实行民主政治,有利于和平建国,在相当程度上有利于人民。

(2)三路大军推进中原:刘伯承、邓小平率领的晋冀鲁豫野战军主力,于1947年6月30日突破黄河天险,千里跃进大别山;陈毅、粟裕指挥的华东野战军主力为东路,挺进苏鲁豫皖地区;陈赓、谢富治指挥的晋冀鲁豫野战军一部为西路,挺进豫西。三路大军相互策应,机动歼敌,迫使国民党军处于被动地位。人民解放战争战略进攻的序幕由此揭开。

(3)解放战争时期中共土地政策:在全面内战爆发的前夕,根据中国社会主要矛盾和革命的中心工作的变化。1946年5月4日,中共中央发出《关于清算、减租及土地问题的指示》(史称《五四指示》),将党在抗日战争时期实行的减租减息政策改变为实现"耕者有其田"的政策。这一政策的提出,标志着解放区在农民土地问题上,开始由抗日战争时期的削弱封建剥削,向变革封建土地关系、废除封建剥削制度的过渡。这是中国共产党土地政策的重要改变。

在人民解放军转入战略进攻之后,为了维护广大农民的利益、进一步激发他们支援解放战争的积极性,1947年7月至9月,中国共产党在河北省平山县召开全国土地会议,制定和通过了《中国土地法大纲》,明确规定"废除封建性及半封建性剥削的土地制度,实现耕者有其田的土地制度","乡村中一切地主的土地及公地,由乡村农会接收",分配给无地或少地的农民。

2. 资产阶级共和国方案在中国行不通

(1)三种主要的政治力量提出三种不同的建国方案:在1921年中国共产党诞生至1949年新中国成立以前的时期,中国存在着三种主要的政治力量,他们分别提出了三种不同的建国方案:一是地主阶级和买办性的大资产阶级(1927年后形成官僚资产阶级)。抗战胜利后国民党统治集团主张继续实行大地主、大资产阶级的军事独裁统治。二是民族资产阶级。其政治主张是建立一个名副其实的资产阶级共和国。三是工人阶级、农民阶级和城市小资产阶级。它们的政治代表中国共产党主张,中国人民应当在工人阶级及其政党的领导下,首先进行一场彻底的反帝反封建的新式资产阶级民主革命,即新民主主义革命,以便建立一个工人阶级领导的人民共和国,即人民民主专政的国家;并且经过这个人民共和国,逐步到达社会主义和共产主义。

(2)尽管在长时期里,上列三种建国方案始终摆在中国人民的面前,由他们在自己的政治实践中做出选择,但是实际上,中国人民可选择的方案只有两种,即大地主、大资产阶级的军事独裁统治和人民共和国,而资产阶级共和国方案在中国行不通。这是因为:

① 从民族资产阶级自身来看,民族资本主义经济的特点决定了民族资产阶级没有勇气和能力去领导人民进行反帝反封建的革命斗争,不能为资产阶级共和国扫清障碍。② 从当时中国所处的时代条件来看,帝国主义列强不可能使中国成为一个独立、富强的资本主义国家。③ 从中国的革命形势来看,国民党当局不允许任何阻止其一党专政的力量存在。

3. 新民主主义革命的基本胜利

(1)新民主主义革命和社会主义革命的关系:毛泽东在《中国革命和中国共产党》中明确指出,民主主义革命和社会主义革命是两个不同性质的革命过程,只有完成了前一个革命过程才有可能去完成后一个革命过程。民主主义革命是社会主义革命的必要准备,社会主义革命是民主主义革命的必然趋势。

(2)中共七届二中全会:1949年3月召开的中共七届二中全会,规定了党在全国胜利后在政治、经济、外交方面应当采取的基本政策,指出了中国由农业国转变为工业国、由新民主主义社会转变为社会主义社会的发展方向。在这次会议上,毛泽东告诫全党,夺取全国胜利,这只是万里长征走完了第一步,中国的革命是伟大的,但革命以后的路更长,工作更伟大,更艰苦。据此,他提出了"两个务必"的思想,即"务必使同志们继续地保持谦虚、谨慎、不骄、不躁的作风,务必使同志们继续地保持艰苦奋斗的作风"。

（3）《论人民民主专政》的发表：1949年6月30日，毛泽东发表了《论人民民主专政》一文，明确指出，人民民主专政需要工人阶级的领导。人民民主专政的基础是工人阶级、农民阶级和城市小资产阶级的联盟，而主要是工人和农民的联盟。他指出，我们还必须利用一切于国计民生有利而不是有害的城乡资本主义因素，团结民族资产阶级。但是民族资产阶级不能充当革命的领导者，也不应当在国家政权中占主要的地位。

（4）中国人民政治协商会议第一届全体会议：1949年9月21日，中国人民政治协商会议第一届全体会议在北平隆重开幕。会议通过了《中国人民政治协商会议共同纲领》。《共同纲领》在当时是全国人民的大宪章，起着临时宪法的作用。

（5）中华人民共和国成立的伟大意义：中华人民共和国的成立，宣告中国人民当家作主的时代已经到来，中国历史由此开辟了一个新纪元。第一，帝国主义列强压迫中国、奴役中国人民的历史从此结束。第二，本国封建主义、官僚资本主义统治的历史从此结束。第三，军阀割据、战乱频仍、匪患不断的历史从此结束。第四，从根本上改变了中国社会的发展方向，为实现由新民主主义向社会主义的过渡，创造了条件。第五，中国共产党成为全国范围内的执政党。总之，中华人民共和国的成立，标志着中国的新民主主义革命取得基本的胜利，标志着半殖民地半封建社会的结束和新民主主义社会在全国范围内的建立。近代以来中国面临的第一项历史任务，即求得民族独立和人民解放的任务基本完成了；这就为实现第二项历史任务，即实现国家的繁荣富强和人民的共同富裕，创造了前提，开辟了道路。

三、本章典型例题

1. 关于抗战胜利后中国社会主要矛盾的分析，不正确的是（　　　）（单选）

A. 中国人民同美蒋集团的矛盾成为主要矛盾

B. 主要矛盾集中表现为国共两党的矛盾

C. 国共两党的矛盾集中表现为和平民主与内战独裁的矛盾

D. 工人阶级和资产阶级的矛盾成为主要矛盾

【考点分析】本题所考查知识点：抗日战争胜利后中国社会主要矛盾的变化。

【解题分析】运用逆向推理，确定正确选项。抗日战争胜利后，美国取代了日本在中国的地位，在中国采取了扶蒋反共的政策，中国社会的主要矛盾由中日民族矛盾演变为中国人民同美蒋集团的矛盾。选项B是选项A的衍生项；国共两党之间的斗争是中国两种前途和两种命运的斗争，据此选项C也是正确的。选项D是新民主主义社会的主要矛盾之一。所以，本题的正确答案是选项D。

2. 新民主主义革命基本胜利的标志是中华人民共和国的成立，主要依据是（　　　）（单选）

A. 完成了新民主主义革命的任务　　　　B. 结束了半殖民地半封建社会

C. 开始了社会主义新时期　　　　D. 中国历史进入一个新纪元

【考点分析】本题所考查知识点：中华人民共和国成立的历史意义。

【解题分析】1949年中华人民共和国的成立标志着我国新民主主义革命阶段的基本结束和社会主义革命阶段的开始。我国社会进入了由新民主主义到社会主义的过渡时期。这一时期，我国社会的性质是新民主主义社会。中华人民共和国成立时，新民主主义革命的任务基本结束，尚未彻底完成；1956年三大改造的完成标志着社会主义基本制度在中国的确立；据此选项AC都应排除。选项D是结果而不是原因，正确答案是选项B。

四、本章测试题及答案解析

（一）本章测试题

1. 率领晋冀鲁豫野战军主力挺进大别山的是(   )（单选）

A. 刘伯承、邓小平 　　　 B. 陈毅、粟裕 　　　 C. 陈赓、谢富治 　　　　　　 D. 林彪、罗荣桓

2. 1946年,中共中央发出《关于清算、减租及土地问题的指示》,决定将党在抗日战争时期实行的减租减息政策改变为实现(   )（单选）

A. "平均地权"的政策 　　　　　　　　 B. "耕者有其田"的政策

C. "没收一切土地"的政策 　　　　　　 D. "保存富农经济"的政策

3. 资产阶级建国方案在中国破产的原因是(   )（多选）

A. 帝国主义不容许 　　　　　　　　 B. 国际社会主义力量不容许

C. 大地主大资产阶级不容许 　　　　 D. 民族资产阶级的软弱性

4. 下列属于七届二中全会提出的内容有(   )（多选）

A. 规定了党在全国胜利以后在政治、经济、外交方面应当采取的基本政策

B. 指出了中国由农业国转变为工业国、由新民主主义社会转变为社会主义的发展方向

C. 提出了"两个务必"的思想

D. 提出新民主主义革命三大经济纲领

5. 毛泽东在七届二中全会上提出"两个务必"的思想,即(   )（多选）

A. 务必建立广泛的统一战线

B. 务必使同志们继续地保持谦虚、谨慎、不骄、不躁的作风

C. 务必坚持革命的武装斗争

D. 务必使同志们继续地保持艰苦奋斗的作风

6. 中华人民共和国的成立,标志着(   )（多选）

A. 半殖民地半封建社会的结束

B. 新民主主义社会在全国范围的建立

C. 求得民族独立和人民解放的历史任务基本完成

D. 中国开始进入社会主义社会

（二）测试题答案及解析

1.【参考答案】A

【答案解析】本题所考查知识点:人民解放军的战略反攻。

1947年6月底,根据中共中央的决策和部署,刘伯承、邓小平率领晋冀鲁豫野战军主力,千里跃进大别山;陈毅、粟裕指挥华东野战军主力为东路,挺进苏鲁豫皖地区;陈赓、谢富治指挥晋冀鲁豫野战军一部为西路,挺进豫西。三路大军相互策应,机动歼敌。因此,本题正确答案是选项A。

2.【参考答案】B

【答案解析】本题所考查知识点:中国共产党在解放战争时期的土地政策。

1946年5月4日中共中央发出《关于清算、减租及土地问题的指示》(《五四指示》),决定将党在抗日战争时期实行的减租减息政策改变为实现"耕者有其田"的政策。"平均地权"是"三民主义"中的民生主义。"没收一切土地"是1928年毛泽东制定的井冈山土地法的内容。"保存富农经济"是新中国成立后的土地改革对待富农的政策。所以,选项ACD应排除。故选项B正确。

3.【参考答案】ACD

【答案解析】本题所考查知识点:资产阶级建国方案在中国行不通的原因。

帝国主义列强侵略中国,不是为了使中国成为一个独立富强的资本主义国家,而是为了掠夺中国,发展它们自己的资本主义。代表大地主大资产阶级利益的中国的反动统治者十分残暴,既不能容忍、更不能经受任何的民主改革,绝不会对民族资产阶级建立民主共和国的要求作出原则性让步。民族资产阶级力量过于软弱,没有勇气和能力去领导人民进行彻底的反帝反封建的革命斗争,提不出彻底的土地革命纲领,无法动员农民群众开展革命的武装斗争。选项 B 是干扰项。故选项 ACD 正确。

4.【参考答案】ABC

【答案解析】本题所考查知识点:七届二中全会的内容。

1949 年 3 月召开的中共七届二中全会,规定了党在全国胜利以后在政治、经济、外交方面应当采取的基本政策,指出了中国由农业国转变为工业国、由新民主主义社会转变为社会主义的发展方向,提出了"两个务必"的思想。选项 D"新民主主义革命三大经济纲领"是毛泽东在 1947 年 12 月中国共产党中央会议上所作的报告《目前形势和我们的任务》中提出的。故选项 ABC 正确。

5.【参考答案】BD

【答案解析】本题所考查知识点:七届二中全会的内容。

在七届二中全会上,毛泽东告诫全党:"务必使同志们继续地保持谦虚、谨慎、不骄、不躁的作风,务必使同志们继续地保持艰苦奋斗的作风。"故选项 BD 正确。选项 AC 属于党的三大法宝内容。

6.【参考答案】ABC

【答案解析】本题所考查知识点:中华人民共和国成立的历史意义。

中华人民共和国的成立,标志着半殖民地半封建社会的结束和新民主主义社会在全国范围的建立;标志着求得民族独立和人民解放的历史任务基本完成。选项 D 不成立,新中国成立中国进入新民主主义社会,1956 年社会主义改造基本完成后,中国开始进入社会主义社会。故选项 ABC 正确。

3.8 社会主义基本制度在中国的确立

3.8.1 重难知识点内在逻辑系统图

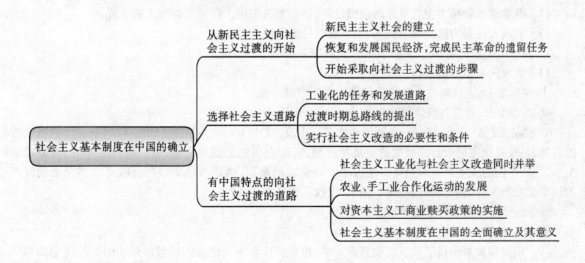

3.8.2　重难知识点详解

一、本章考点考查统计

学科	章节	考点	考查目标	已考查年度						
				2011	2010	2009	2008	2007	2006	2005
中国近现代史纲要	第八章　社会主义基本制度在中国的确立	新民主主义社会的建立	1、2	✓	✓	✓	✓	✓	✓	✓
		新中国成立初期面临的严重困难和紧迫的问题	2、3	✓	✓	✓	✓	✓	✓	✓
		新中国成立初期,中国共产党和人民政府着重抓了四方面的工作	2、3	√	✓	✓	✓	✓	✓	✓
		完成民主革命的遗留任务	2、3	✓	✓	✓	✓	✓	✓	✓

二、本章重难知识点点拨

1. 新中国成立初期面临的严重困难和紧迫的问题

(1) 解放全中国的任务还没有完全结束。

(2) 中国的经济十分落后。

(3) 以美国为首的西方资本主义阵营,企图实行强硬的对华政策,即政治上孤立、经济上封锁、军事上威胁的政策。

(4) 中国共产党能不能经受住执政的考验,必须继续保持谦虚、谨慎、不骄、不躁的作风和艰苦奋斗的作风。

以上情况说明,新中国面临着两大任务:

(1) 继续完成新民主主义革命的遗留任务,彻底解决中国人民同三大敌人的矛盾。

(2) 动员人民努力医治战争创伤,恢复破败的国民经济。

2. 新中国成立初期,中国共产党和人民政府着重抓了四方面的工作

(1) 完成民主革命的遗留任务。

① 在军事上,人民解放军继续追剿国民党的军事力量。

② 在政治上,建立各级人民政权。

③ 经济上:第一,土地改革:在新解放区进行土改。《中华人民共和国土地改革法》规定了这次土改的目的,是废除地主阶级封建剥削的土地所有制,实行农民的土地所有制,解放农村生产力,发展农业生产,为新中国的工业化开辟道路。土改中对待富农的政策,由解放战争时期征收富农多余土地财产的政策改变为保存富农经济的政策。第二,没收官僚资本。

④ 社会风俗:废除封建婚姻制度。

⑤ 社会秩序:镇压反革命。

(2) 恢复和发展国民经济。没收官僚资本,建立起社会主义性质的国营经济在国民经济中的领导地位,为人民民主专政国家政权的巩固和发展奠定了经济基础。

(3) 维护国家主权和安全。

① 三大外交方针的提出。

② 建立了平等互助的新型中苏同盟关系。

③ 抗美援朝。

(4) 加强党的自身建设。"三反"运动和"五反"运动。

三、本章典型例题

1. 新中国成立后,党领导中国人民继续完成民主革命的遗留任务。主要包括( )(多选)

A. 继续完成新解放区的土地改革

B. 剿匪和镇压反革命

C. 抗美援朝

D. 建立了各级人民政权

【考点分析】本题所考查知识点:过渡时期民主革命遗留任务和社会主义革命任务的区分。

【解题分析】民主革命的任务是反对帝国主义、封建主义和官僚资本主义。新中国在巩固政权和恢复国民经济的斗争中,有许多斗争就是完成民主革命遗留的任务。主要包括:首先,在军事上,人民解放军继续追剿国民党的军事力量,到1950年,基本实现了中国大陆的统一;在政治上,普遍召开各级各届代表会议或人民代表会议,人民开始行使当家作主的民主权利。其次,继续实行土地制度的改革,先后使3亿多无地少地的农民(包括老解放区农民在内)无偿地获得了约7亿亩土地和大量其他生产资料,占中国绝大多数人口的农民群众获得了翻身解放。开展大规模的镇压反革命运动,基本上肃清了国民党遗留在大陆的反动势力。选项C"抗美援朝"是为了维护国家主权和安全,不是民主革命的遗留任务,应排除。因此,本题的正确答案是选项ABD。

2. 社会主义制度在中国全面确立的标志是( )(单选)

A. 全国大陆的基本解放

B. 中华人民共和国的建立

C. 三大改造的基本完成

D. 土地改革的完成

【考点分析】本题所考查知识点:社会主义基本制度在中国的确立。

【解题分析】1953年,中国开始对农业、手工业和资本主义工商业进行了社会主义改造。1956年年底,国家基本完成了三大改造,实现了把生产资料私有制转变为社会主义公有制,标志着社会主义制度在中国的全面确立。

到1950年6月,完成了除西藏、台湾和少数岛屿以外的全国领土的解放,基本实现了中国大陆的统一。故选项A排除。

选项B"中华人民共和国的建立",标志着中国的新民主主义革命取得基本的胜利,标志中国半殖民地和半封建社会的结束和新民主主义社会在全国范围内的建立。

选项D"土改的完成",废除了地主阶级封建剥削的土地所有制,实行个体农民的土地所有制。个体农民的土地所有制是私有制,并非社会主义公有制。

因此,本题的正确答案是选项C。

四、本章测试题及答案解析

(一)本章测试题

1. 新民主主义社会三种基本的经济成分是( )(多选)

A. 社会主义经济 　　　　　　　B. 国家资本主义经济

C. 个体经济 　　　　　　　　　D. 私人资本主义经济

2. 中共七届二中全会指出,新民主主义社会的基本矛盾是( )(多选)

A. 工人阶级同资产阶级的矛盾

B. 上层建筑和经济基础之间的矛盾

C. 封建主义同人民大众的矛盾

D. 新中国同帝国主义国家之间的矛盾

3. 建国后,人民政府没收国民政府财产和官僚资本,这一措施(　　)(单选)

A. 兼有旧民主主义革命和新民主主义革命性质

B. 属于新民主主义革命性质

C. 兼有新民主主义革命和社会主义革命性质

D. 属于社会主义革命性质

4. 1952 年党中央在酝酿过渡时期总路线时,毛泽东把实现向社会主义转变的设想,由建国之初的"先搞工业化建设"再一举过渡,改变为"建设和改造同时并举,逐步过渡",这一改变原因和条件是:(　　)(多选)

A. 我国社会主义经济因素的不断增长和对资本主义经济的限制

B. 为了确定我国工业化建设的社会主义方向

C. 我国工业化建设取得了重大成就

D. 民主革命的遗留任务已经完成

5. 1953 年,中国共产党提出的过渡时期总路线的主要特点是(　　)(单选)

A. 恢复国民经济和巩固人民政权并举

B. 自力更生与获取苏联援助相结合

C. 社会主义建设和社会主义改造并举

D. 发扬民主与加强法制相结合

6. 我国对个体手工业进行社会主义改造的主要方式是(　　)(单选)

A. 赎买　　　　　　B. 统购统销　　　　　C. 公私合营　　　　　　D. 合作化

7. 1956 年,国家对民族资产阶级实行的政策是(　　)(单选)

A. 无偿剥夺　　　　B. 股份制　　　　　　C. 公有制　　　　　　　D. 和平赎买

(二)测试题答案及解析

1.【参考答案】ACD

【答案解析】本题所考查知识点:新民主主义社会的经济制度。

新民主主义社会在经济上实行国营经济领导下的合作社经济、个体经济、私人资本主义经济和国家资本主义经济五种成分并存的经济制度。其中,半社会主义性质的合作社经济是个体经济向社会主义集体经济过渡的形式,国家资本主义经济是私人资本主义经济向国营经济过渡的形式。所以,新民主主义社会中主要的三种经济成分是:社会主义经济、个体经济和私人资本主义经济。

2.【参考答案】AD

【答案解析】本题所考查知识点:新民主主义社会的基本矛盾。

1949 年 3 月,中共七届二中全会指出,中国从农业国变为工业国并解决了土地问题以后,中国还存在着两种基本的矛盾:国际上是新中国与帝国主义的矛盾,国内是工人阶级与资产阶级的矛盾。

3.【参考答案】C

【答案解析】本题所考查知识点:新民主主义向社会主义过渡的步骤。

没收官僚资本是新中国采取的重大经济措施,从对象上看主要反对的是官僚资产阶级。它既然反对帝国主义和封建主义的代表,因而具有新民主主义革命的性质。它又反对资本主义的生产资料私有制,因而也具有社会主义的革命性质。因此,本题的正确答案是选项 C。

4. 【参考答案】ABD

【答案解析】本题所考查知识点:过渡时期总路线的提出。

建国之初,中央领导人对向社会主义过渡的设想大致是:经过一段相当长的时间,工业发展了,国营经济壮大了,就可以采取"严重的社会主义步骤",一举实行资本主义工商业的国有化和个体农业的集体化。1952 年,随着民主革命遗留任务的彻底完成,国内的阶级关系和主要矛盾发生了深刻变化。另一方面,随着国民经济的恢复和初步发展,中国的经济成分也发生了重大变化。毛泽东提出,我们要在"十年到十五年基本上完成社会主义,不是十年以后才过渡到社会主义"。同时,毛泽东又提出向社会主义转变的设想,由建国之初的"先搞工业化建设"再一举过渡,改变为"建设和改造同时并举,逐步过渡"。1953 年我国才开始实施一五计划,进行大规模的经济建设,因此选项 C 错误。

5. 【参考答案】C

【答案解析】本题所考查知识点:过渡时期总路线的主要特点。

1953 年,中国共产党正式提出过渡时期的总路线,明确规定:"党在这个过渡时期的总路线和总任务,是要在一个相当长的时期内,逐步实现国家的社会主义工业化,并逐步实现国家对农业、手工业和对资本主义工商业的社会主义改造。"通俗的说法是"一化三改造"。当时,对这条总路线的内容有过一种通俗的解释:"好比一只鸟,它要有一个主体,这就是发展社会主义工业;它又要有一双翅膀,这就是对农业、手工业和私营工商业的社会主义改造。"

6. 【参考答案】D

【答案解析】本题所考查知识点:对个体手工业进行社会主义改造的主要方式。

在推进手工业合作化的过程中,中国共产党采取的是积极领导、稳步前进的方针。手工业合作化的组织形式,是由手工业生产合作小组、手工业供销合作社到手工业生产合作社,步骤是从供销入手,由小到大,由低到高,逐步实行社会主义改造和生产改造。故选项 D 正确。

7. 【参考答案】D

【答案解析】本题所考查知识点:对资本主义工商业改造实行的政策。

和平赎买政策是指对占有的生产资料不是采取没收的方法,而是通过和平赎买的方式,对资本主义工商业实行利用、限制和改造。中共中央在《关于资本主义工商业改造问题的决议》中指出:"我们对于资产阶级,第一是用赎买和国家资本主义的方法,有偿地而不是无偿地,逐步地而不是突然地改变资产阶级的所有制;第二是在改造他们的同时,给予他们以必要的工作安排;第三是不剥夺资产阶级的选举权,并且对于他们中间积极拥护社会主义改造而在这个改造事业中有所贡献的代表人物给以恰当的政治安排。在资产阶级没有别的出路的条件下,这是他们能够接受的方案。"故选项 D 正确。

3.9 社会主义建设在探索中曲折发展

3.9.1 重难知识点内在逻辑系统图

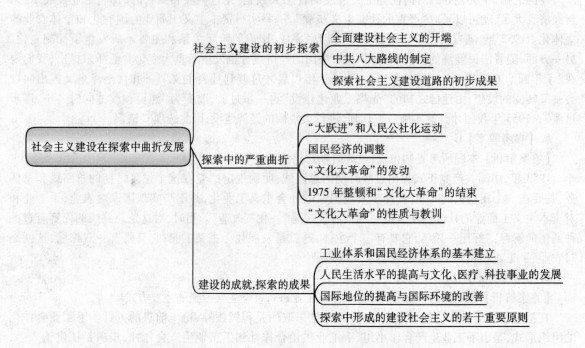

3.9.2 重难知识点详解

一、本章考点考查统计

学科	章节	考点	考查目标	已考查年度						
				2011	2010	2009	2008	2007	2006	2005
中国近现代史纲要	第九章 社会主义建设在探索中曲折发展	《论十大关系》的发表、主要内容及其评价	1、2	/	√	/	/	/	/	/
		中共八大的召开及其八大路线的制定	2、3	/	/	/	/	/	/	/
		《关于正确处理人民内部矛盾》的发表、主要内容及其评价	2、3	/	/	/	/	/	/	/

二、本章重难知识点点拨

1. 社会主义建设的初步探索

(1)《论十大关系》的主要内容及其意义。

① 基本方针:十大关系围绕的基本方针,是调动国内外一切积极因素,为社会主义服务。

② 主要内容:十大关系的前三条指出,在把重工业作为国内建设重点的同时,要更多地发展农业、轻工业,并处理好沿海工业与内地工业、经济建设与国防建设的关系,从而对中国工业化道路的问题作出了创造性的论述。第四、五条讲国家、生产单位和生产者个人的关系,中央和地方的关系,开始提出

经济体制改革的问题。后五条讲汉族和少数民族的关系,党和非党的关系,革命和反革命的关系,是非关系,中国和外国的关系。其中论述中外关系时,毛泽东提出了"向外国学习"的口号和百花齐放、百家争鸣的方针。

③ 意义:《论十大关系》是以毛泽东为主要代表的中国共产党人开始探索中国自己的社会主义建设道路的标志,为中共八大的召开作了理论准备。

(2) 中共八大的主要内容。

① 中共八大正确分析了社会主义改造完成后中国社会的主要矛盾和主要任务。指出:国内主要矛盾是人民对于经济文化迅速发展的需要同当前经济文化不能满足人民需要的状况之间的矛盾;主要任务是集中力量发展社会生产力,实现国家工业化,逐步满足人民日益增长的物质和文化需要。

② 在经济建设上,大会坚持既反保守又反冒进即在综合平衡中稳步前进的方针。

③ 陈云提出"三个主体、三个补充"的思想。

(3)《关于正确处理人民内部矛盾》的主要内容及其评价。

① 主要内容:关于社会主义社会两类不同性质的社会矛盾。关于社会主义社会的基本矛盾。

② 评价:《关于正确处理人民内部矛盾的问题》是一篇重要的马克思主义文献。它创造性地阐述了社会主义社会矛盾学说,是对科学社会主义理论的重要发展,对中国社会主义事业具有长远的指导意义。

(4) 1957 年整风运动。

1957 年 4 月中共中央下发《关于整风运动的指示》,提出这次整风运动的内容是:反对官僚主义、宗派主义和主观主义。

2. 探索中形成的建设社会主义的若干重要原则

(1) 关于社会主义的发展阶段。第一个阶段是不发达的社会主义,第二个阶段是比较发达的社会主义。后一阶段可能比前一阶段需要更长的时间。

(2) 关于社会主义现代化建设的战略目标和步骤。把中国建设成为一个具有现代农业、现代工业、现代国防和现代科学技术的强国。为此,应当采取"两步走"的发展战略,第一步,建成一个独立的比较完整的工业体系和国民经济体系;第二步,全面实现农业、工业、国防和科学技术的现代化,使中国的经济走在世界前列。

(3) 在社会主义经济建设方面。实行以农业为基础、以工业为主导的方针,正确处理重工业、轻工业和农业的关系;正确解决好综合平衡的问题。

(4) 在社会主义民主政治建设方面。把"造成一个又有集中又有民主,又有纪律又有自由,又有统一意志,又有个人心情舒畅、生动活泼,那样一种政治局面"作为努力的目标;把正确处理人民内部矛盾作为国家政治生活的主题。坚持长期共存、互相监督的方针。

(5) 在社会主义文化建设方面。实行"百花齐放、百家争鸣"的方针。对古今中外的优秀文化实行"古为今用、洋为中用、百花齐放、推陈出新"的方针。

(6) 在国防建设和军队建设方面。加强国防、建设现代化正规化国防军和发展现代化国防技术的重要指导思想。

(7) 在执政条件下加强共产党自身建设方面。警惕党在执政以后可能产生的种种消极现象。共产党员必须坚持共产主义的远大理想,务必继续地保持谦虚、谨慎、不骄、不躁的作风,继续地保持艰苦奋斗的作风。

三、本章典型例题

1956 年 4—5 月,毛泽东先后在中共中央政治局扩大会议和最高国务会议上作的《论十大关系》报告中指出"最近苏联方面暴露了他们在建设社会主义过程中的一些缺点和错误,他们走过的弯路你还想走? 过去,我们就是鉴于他们的经验教训,少走了一些弯路,现在当然更要引以为戒",这表明以毛泽东为主要代表的中共党员( )(单选)

    A. 实现了马克思主义同中国实际的第二次结合

    B. 开始探索自己的社会主义建设道路

    C. 开始找到自己的一条适合中国的路线

    D. 已经突破社会主义苏联模式的束缚

【考点分析】本题所考查知识点:中国共产党开始探索本国社会主义建设道路的标志。

【解题分析】1956年4—5月,毛泽东在中央政治局扩大会议和最高国务会议上作了《论十大关系》的报告。报告概括了十大关系,这十大关系围绕着一个基本方针,即调动国内外一切积极因素,为社会主义服务。《论十大关系》的发表,标志着以毛泽东为代表的中国共产党人开始探索中国自己的社会主义建设道路。

1956年,毛泽东提出的关于马克思主义同中国实际"第二次结合"的任务,为探索适合中国国情的社会主义建设道路,提供了基本的指导原则,在当时并没有实现"第二次结合"。所以,选项A错误。

《论十大关系》发表后,中国共产党开始探索适合中国国情的社会主义建设道路,其后有正确的探索,也有严重曲折。所以,选项C错误。

十一届三中全会后,中国共产党才完全摆脱苏联模式的束缚,找到了一条适合中国国情的社会主义现代化建设道路。所以,选项D错误。

因此,本题的正确选项是B。

四、本章测试题及答案解析

(一) 本章测试题

1. 1956—1966年是我国"全面建设社会主义"的时期,其历史特征是( )(单选)

    A. 正确与失误、成就与挫折错综复杂

    B. 社会主义经济持续、稳定发展

    C. 遭到建国以来最严重的挫折和损失

    D. 社会主义民主政治建设取得重大进展

2. 1960年中共中央提出对国民经济实行"调整、巩固、充实、提高"的八字方针,目的是( )(单选)

    A. 解决反右派斗争扩大化的问题

    B. 纠正"大跃进"和人民公社化的错误

    C. 解决社会主义改造的遗留问题

    D. 落实毛泽东《论十大关系》中提出的方针政策

3. 造成1959年至1961年我国国民经济严重困难的最主要原因是( )(单选)

    A. 自然灾害的影响   B. 苏联撕毁经济技术合作协议

    C. 帝国主义的经济封锁   D. 经济建设中的"左"倾错误

4. 全面建设社会主义时期形成的建设社会主义的重要原则有( )(多选)

    A. 关于社会主义的发展阶段,认为社会主义分为不发达的社会主义和比较发达的社会主义

    B. 关于社会主义现代化建设的战略目标和步骤,提出"两步走"的发展战略

    C. 在社会主义民主政治建设方面,提出"六又"政治局面

    D. 在社会主义文化建设方面,提出实行"百花齐放、百家争鸣"的方针

（二）测试题答案及解析

1.【参考答案】A

【答案解析】本题所考查知识点：全面建设社会主义时期的历史特征。

1956—1966年是我国全面建设社会主义的时期，中国共产党为建设社会主义进行了许多有益的探索，形成了中共八大正确的理论和社会主义经济建设方针。但中国共产党对迅速到来的社会主义缺乏充分的思想准备，在经济建设上出现了严重的失误。因此，这一时期带有"探索"和"曲折发展"两大特征。

2.【参考答案】B

【答案解析】本题所考查知识点：国民经济的调整。

从1959年开始，中国出现了严重经济困难，造成困难的原因是多方面的，但最重要的原因是我党"左"倾错误的发展，表现在"大跃进"和人民公社化运动上。它违背了经济发展规律，挫伤了广大农民的生产积极性。为了恢复、发展国民经济，必须纠正农村工作中的"左"倾错误，1960年冬，党中央提出了八字方针。因此，正确选项是B。

3.【参考答案】D

【答案解析】本题所考查知识点：1959年至1961年我国国民经济严重困难的最主要原因。

由于"大跃进"和"反右倾"斗争的错误，以及当时的自然灾害和苏联政府背信弃义地撕毁合同、撤走全部专家，中国国民经济在1959年到1961年发生严重困难。选项BC是外因，选项A"自然灾害"加重了这个时期的经济困难。它们都不是最主要原因。造成1959年至1961年我国国民经济严重困难的最主要原因是经济建设中的"左"倾错误。故选项D正确。

4.【参考答案】ABCD

【答案解析】本题所考查知识点：全面建设社会主义的时期，中国共产党在探索中形成的建设社会主义的若干重要原则。

以毛泽东为主要代表的中国共产党人在创建新中国和探索适合中国情况的社会主义建设道路过程中，创造了一系列重要的理论。主要有：关于社会主义的发展阶段，毛泽东指出：社会主义可能分为两个阶段，即不发达的社会主义和比较发达的社会主义。关于现代化建设的战略目标和步骤，采取"两步走"战略，第一步，建成一个独立的比较完整的工业体系和国民经济体系；第二步，全面实现四个现代化。在经济建设方面，提出正确处理"十大关系"。在社会主义民主政治建设方面，提出"六又"政治局面。与民主党派的关系，坚持长期共存，互相监督的方针。在文化建设方面，提出坚持马克思主义的指导地位，实行"百花齐放、百家争鸣"的方针，对古今中外优秀文化实行"古为今用、洋为中用、百花齐放、推陈出新"的方针。在国防建设和军队建设方面，提出加强国防、建设现代化正规化国防军和发展现代化国防技术的指导思想。在党的建设方面，提出"培养无产阶级革命事业接班人"。故选项ABCD正确。

3.10　改革开放与现代化建设新时期

3.10.1　重难知识点内在逻辑系统图

```
                                                    ┌─ 关于真理标准问题的讨论
                              历史性的伟大转折        ├─ 中共十一届三中全会
                              和改革开放的起步        ├─ 农村改革的突破性进展
                                                    ├─ 提出坚持四项基本原则
                                                    └─ 科学评价毛泽东和毛泽东思想

                                                    ┌─ 中共十二大制定社会主义现代化建设纲领
                              改革开放和现代化        ├─ 改革重点从农村转向城市
                              建设新局面的展开        ├─ 多层次对外开放格局的形成
                                                    ├─ 中共十三大提出社会主义初
                                                    │  级阶段理论和党的基本路线
                                                    └─ "三步走"发展战略的制定和实施

  改革开放与现代                                     ┌─ 邓小平南方谈话
  化建设新时期                改革开放和现代化        ├─ 中共十四大确立社会主义市场经济体制的改革目标
                              建设发展的新阶段        ├─ 中共十五大高举邓小平理论伟大旗帜,提出跨世纪发展战略
                                                    ├─ 推动解决"三农"问题和推进国有企业的改革
                                                    └─ 中国加入世界贸易组织

                                                    ┌─ 中共十六大制定全面建设小康社会的行动纲领
                              全面建设小康社会        ├─ 树立和落实科学发展观
                                                    ├─ 构建社会主义和谐社会
                                                    └─ 加强党的执政能力建设和先进性建设

                              改革开放和社会主义现    ┌─ 改革开放以来取得的巨大成就及其根本原因和主要经验
                              代化建设的成就与经验    └─ 中共十七大对中国特色社会主义道路和中国特色社
                                                       会主义理论体系的概括
```

3.10.2　重难知识点详解

一、本章考点考查统计

学科	章节	考点	考查目标	已考查年度						
				2011	2010	2009	2008	2007	2006	2005
中国近现代史纲要	第十章　改革开放与现代化建设新时期	中共十一届三中全会的召开	1,5	/	/	/	/	/	/	/
		邓小平南方谈话的主要内容	1,5	/		/		/	/	
		改革开放以来取得的巨大成就的根本原因	2,3	/		/		/		/

二、本章重难知识点点拨

1. 中共十一届三中全会的召开

(1) 会议召开的时间:1978 年 12 月。

(2) 会议的内容:全会冲破长期"左"的错误的严重束缚,彻底否定了"两个凡是"的错误方针,高度评价了关于真理标准问题的讨论,并且断然否定"以阶级斗争为纲"的指导思想,做出了把工作重点转移到社会主义现代化建设上来和实行改革开放的战略决策,重新确立了马克思主义的思想路线、政治路线和组织路线。全会恢复了党的民主集中制的优良传统,审查解决了历史上遗留的一批重大问题和一些重要领导人的功过是非问题。

(3) 会议的意义:中共十一届三中全会是新中国成立以来党的历史上具有深远意义的伟大转折,会议形成了以邓小平为核心的党的中央领导集体,揭开了社会主义改革开放的序幕。以这次全会为起点,中国进入了改革开放和社会主义现代化建设的历史新时期。

2. 改革开放与现代化建设的发展

(1) 中共十二大第一次提出了"建设有中国特色社会主义"命题。

(2) 中共十三大的突出贡献是比较系统地阐述了社会主义初级阶段的理论和党在社会主义初级阶段的基本路线。

(3) 邓小平南方谈话的内容包括:计划和市场都是经济手段;社会主义的本质;发展才是硬道理;"三个有利于"的标准;加强党的建设;社会主义初级阶段的长期性和前途。

(4) 中共十四大确立了社会主义市场经济体制为经济体制改革的目标。

(5) 中共十五大将邓小平理论确立为党的指导思想,指出了 20 世纪中国经历的三次历史性巨变(第一次是辛亥革命,推翻统治中国几千年的君主专制制度;第二次是中华人民共和国的成立和社会主义制度的建立;第三次是改革开放,为实现社会主义现代化而奋斗。产生了三位伟大人物:孙中山、毛泽东、邓小平);提出了党在社会主义初级阶段的基本纲领。

(6) 中共十六大制定了全面建设小康社会的行动纲领,概括了党领导人民建设中国特色社会主义的基本经验,把"三个代表"重要思想确立为中共长期坚持的指导思想。

(7) 中共十七大全面阐释了科学发展观的含义,对中国特色社会主义道路和中国特色社会主义理论体系进行了概括。

三、本章典型例题

1. 十一届三中全会的历史意义有(　　　　)(多选)

A. 形成了以邓小平为核心的党的中央领导集体

B. 揭开了社会主义改革开放的序幕

C. 中国进入了改革开放和社会主义现代化建设的历史新时期

D. 标志着党和国家在指导思想上拨乱反正的胜利完成

【考点分析】本题所考查知识点:十一届三中全会的历史意义。

【解题分析】中共十一届三中全会是新中国成立以来党的历史上具有深远意义的伟大转折,会议形成了以邓小平为核心的党的中央领导集体,揭开了社会主义改革开放的序幕。以这次全会为起点,中国进入了改革开放和社会主义现代化建设的历史新时期。所以,选项 ABC 符合题意。1981 年召开的中共十一届六中全会上,《关于建国以来党的若干历史问题的决议》获得一致通过。该决议的通过,标志着党和国家在指导思想上拨乱反正的胜利完成。选项 D 是干扰项,应该排除。因此,本题的正确答案是选项 ABC。

2. 到 2000 年我国实现了人民生活总体上达到小康水平。但是这种小康是低水平、不全面、发展很

不平衡的小康。其中,"不全面"是指(　　)(多选)

A. 目前的小康基本上还处于生存性消费的满足

B. 发展性消费还没有得到有效满足

C. 社会保障还不健全,环境质量还有待提高

D. 地区、城乡之间发展水平差距不小

【考点分析】本题所考查知识点:全面建设小康社会。

【解题分析】经过20多年的改革开放,到2000年实现了人民生活总体上达到小康水平。但是,现在我们达到的小康只是低水平、不全面、发展很不平衡的小康。所谓低水平,就是虽然我国经济总量已经达到一定规模,但人均水平还比较低。所谓不全面,就是目前的小康基本上还处于生存性消费的满足,而发展性消费还没有得到有效满足,社会保障还不健全,环境质量还有待提高。所谓发展很不平衡,是指地区之间、城乡之间发展水平差距不小。选项ABC是对"不全面"的解释,选项D是对"发展很不平衡"的解释,故排除。因此,本题的正确答案是选项ABC。

四、本章测试题及答案解析

(一) 本章测试题

1. 1978年关于真理标准问题的讨论,是为了解决中国共产党的(　　)(单选)

A. 组织路线问题　　　　　　　　　B. 思想路线问题

C. 政治路线问题　　　　　　　　　D. 社会主义初级阶段的基本路线问题

2. 农村家庭联产承包责任制的主要形式是(　　)(多选)

A. 包产到队　　　B. 包产到户　　　C. 包干到社　　　　　D. 包干到户

3. 1979年3月,邓小平提出要坚持"四项基本原则"的内容是(　　)(多选)

A. 坚持共产党的领导　　　　　　　B. 坚持人民民主专政

C. 坚持社会主义道路　　　　　　　D. 坚持马克思列宁主义、毛泽东思想

4. 邓小平指出"把马克思主义的普遍真理同我国具体实际结合起来,走自己的道路,建设有中国特色的社会主义"是在(　　)(单选)

A. 中共十一届三中全会　　　　　　B. 中共十一届六中全会

C. 中共十二大　　　　　　　　　　D. 中共十三大

5. 中国共产党比较系统地阐述了关于社会主义初级阶段的理论是在(　　)(单选)

A. 中共十三大　　　　　　　　　　B. 中共十四大

C. 中共十五大　　　　　　　　　　D. 中共十六大

6. 2007年召开的中共十七大科学概括了(　　)(单选)

A. 党在社会主义初级阶段的基本路线　　B. 党在社会主义初级阶段的基本纲领

C. 建设中国特色社会主义的基本经验　　D. 中国特色社会主义的理论体系

(二) 测试题答案及解析

1.【参考答案】B

【答案解析】本题所考查知识点:关于真理标准问题的大讨论。

从1978年5月开始的关于真理标准问题的大讨论,强调实践是检验真理的唯一标准。这场讨论,是继延安整风之后又一场马克思主义思想解放运动,成为拨乱反正和改革开放的思想先导,为党重新确立实事求是的思想路线,打破精神枷锁、恢复马克思主义的实事求是的思想作风,纠正长期以来的"左"倾错误,实现历史性的转折作了思想理论准备。故选项B正确。

2.【参考答案】BD

【答案解析】本题所考查知识点:农村家庭联产承包责任制的主要形式。

农村家庭联产承包责任制的主要形式是包产到户、包干到户。它在土地集体所有制的基础上,将农民家庭承包经营的积极性和集体经济的优越性结合起来,因而受到农民的普遍欢迎。故选项 BD 正确。

3.【参考答案】ABCD

【答案解析】本题所考查知识点:坚持四项基本原则的内容。

1979 年 3 月 30 日,邓小平在理论工作务虚会上发表的讲话中指出:坚持社会主义道路,坚持人民民主专政,坚持共产党的领导,坚持马克思列宁主义、毛泽东思想这四项基本原则,"是实现四个现代化的根本前提"。"如果动摇了这四项基本原则中的任何一项,那就动摇了整个社会主义事业,整个现代化建设事业"。故选项 ABCD 正确。

4.【参考答案】C

【答案解析】本题所考查知识点:中共十二大。

1982 年,中国共产党第十二次全国代表大会在北京召开。邓小平在开幕词中提出,"把马克思主义的普遍真理同我国的具体实际结合起来,走自己的道路,建设有中国特色的社会主义"。故选项 C 正确。

5.【参考答案】A

【答案解析】本题所考查知识点:中共十三大。

中共十三大的突出贡献是比较系统地阐述了关于社会主义初级阶段的理论和党在社会主义初级阶段的基本路线;大会制定了经济体制改革和政治体制改革的基本任务和奋斗目标;大会制定了三步走的发展战略。故选项 A 正确。

6.【参考答案】D

【答案解析】本题所考查知识点:中共十七大。

中共十三大比较系统地阐述了党在社会主义初级阶段的基本路线。中共十五大提出了党在社会主义初级阶段的基本纲领。中共十六大概括了党领导人民建设中国特色社会主义的基本经验。中共十七大全面阐释了科学发展观的含义,对中国特色社会主义道路和中国特色社会主义理论体系进行了概括。因此,正确答案是选项 D。

4 思想道德修养与法律基础

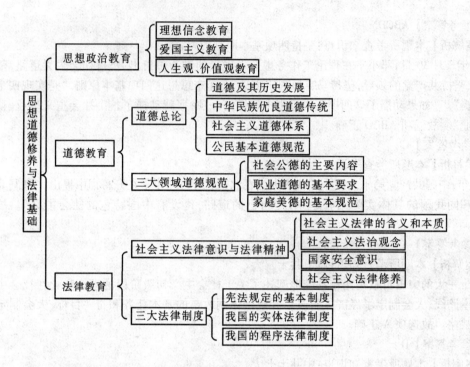

4.1 追求远大理想 坚定崇高信念

4.1.1 重难知识点内在逻辑系统图

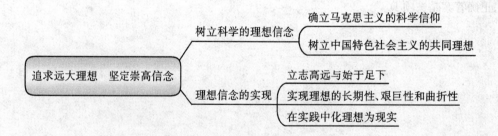

4.1.2　重难知识点详解

一、本章考点考查统计

学科	章节	考点	考查目标	已考查年度						
				2011	2010	2009	2008	2007	2006	2005
思想道德修养与法律基础	第一章　追求远大理想　坚定崇高信念	确立马克思主义的科学信仰	1、2	/	/	/	/	/	/	/
		中国特色社会主义的共同理想	2、3	/	/	/	/		/	/
		理想信念的实现	3、4	√	/	/	/	/	/	/

二、本章重难知识点点拨

1. 确立马克思主义的科学信仰

第一，马克思主义是科学的又是崇高的。

第二，马克思主义具有持久的生命力。

第三，马克思主义以改造世界为己任。

2. 中国特色社会主义的共同理想

建设和发展中国特色社会主义、实现中华民族伟大复兴，是现阶段我国各族人民的共同理想。

3. 理想信念的实现

理想的实现是一个过程，因此要正确对待实现理想过程中的顺境与逆境，在实践中化理想为现实。

三、本章典型例题

1. 马克思主义深刻揭示了人类历史的发展规律，反映了无产阶级的革命本质和博大胸怀，以解放全人类为己任，为人类的进步和解放指明了正确方向。历史上，从来没有一种理论像马克思主义那样，与工人阶级和劳动人民的命运如此紧密地联系在一起。这表明（　　）（单选）

A. 马克思主义以改造世界为己任

B. 马克思主义是科学的又是崇高的

C. 马克思主义具有持久的生命力

D. 马克思主义具有与时俱进的理论品格

【考点分析】本题所考查知识点：确立马克思主义的科学信仰。

【解题分析】四个选项都是马克思主义的特点，本题作为单选题要选出正确答案关键是读懂题干的意思，仔细审题我们不难看出题干有两层含义："马克思主义深刻揭示了人类历史的发展规律"说明马克思主义是正确的、科学的，这是第一层含义；"反映了无产阶级的革命本质和博大胸怀，以解放全人类为己任，为人类的进步和解放指明了正确方向。历史上，从来没有一种理论像马克思主义那样，与工人阶级和劳动人民的命运如此紧密地联系在一起。"这说明马克思主义是伟大的崇高的，不是为了某一个人、某一个集团、某一个国家的利益，而是为了整个人类，这是第二层含义。所以分析题干我们可以看出：马克思主义是科学的又是崇高的，所以选项 B 正确。

我们再分析一下其他三个选项，这三个选项都不合题意。选项 A（马克思主义以改造世界为己任）说的是马克思主义重视实践、以改造世界为己任的基本特点，也就是马克思主义的实践性；选项 C（马克思主义具有持久的生命力）说的是马克思主义并没有停留在它所诞生的时代止步不前，而是不断发展，与时代发展同进步,从而焕发出强大的生命力、创造力和感召力,这就是马克思主义与时俱进的理论品格,所以选项 D 和选项 C 的意思在本质上是一致的。

2. 人们在确立理想和追求理想的过程中,常常会感受到理想与现实的矛盾。对于思想活跃和敏感的青年大学生来说,也容易对理想与现实的矛盾产生困惑。这就需要正确认识和把握理想与现实的关系。把理想与现实对立起来,容易陷入的误区有(　　)(多选)

　　A. 把理想等同于现实

　　B. 把现实等同于理想

　　C. 以现实来否定理想

　　D. 以理想来否定现实

【考点分析】本题所考查知识点:理想与现实的关系。

【解题分析】抓题干中的关键句:四个选项都是在理想与现实关系问题上容易陷入的误区,如果不仔细审题,就会选错。做对本题的关键在于分析题干,找出关键句。题干的关键句是:"把理想与现实对立起来"。

理想与现实是对立统一的关系,理想与现实的对立体现在二者相互区别、相互排斥;理想与现实的统一体现在二者相互联系、相互转化。

理解题干找出答案:题干的问题是,把理想与现实对立起来,容易陷入的误区有哪些? 显然是从理想与现实的对立角度来设问的,所以只能从二者相互区别、相互排斥的角度考虑问题。

如果把理想与现实对立起来,容易陷入两个误区:一是用理想来否定现实。当发现现实并不符合理想的时候,就对现实大失所望,甚至对社会现实采取全盘否定的态度。还有一种认识偏向,是用现实来否定理想。当发现理想与现实的矛盾时,觉得实现理想很困难、很渺茫,认为还是"实际"一点好,不要做什么"理想主义者",对于现实中一些消极乃至丑恶的现象不愤怒、不斗争,甚至与之同流合污。有的人因此陷入拜金主义、享乐主义和极端个人主义的泥潭而不能自拔。所以本题正确答案是选项 CD。

四、本章测试题及答案解析

(一) 本章测试题

1. 根据党的十五大和十六大绘制的发展蓝图,到本世纪中叶新中国建立 100 周年时,基本实现现代化,实现中华民族的伟大复兴。开启了我国在社会主义道路上实现中华民族伟大复兴的历史征程的是(　　)(单选)

　　A. 四项基本原则　　　　　　　　B. 改革开放政策

　　C. 社会主义制度　　　　　　　　D. 人民民主专政

2. 和谐文化是和谐社会的重要特征。有没有和谐的文化,是一个社会能否和谐发展的关键,也是衡量一个社会是否和谐的重要标尺之一。建设和谐文化的根本是(　　)(单选)

　　A. "三个代表"重要思想

　　B. 马克思主义指导思想

　　C. 社会主义核心价值体系

　　D. 社会主义荣辱观

3. 伟大的事业需要共同理想,共同理想是推进伟大事业的思想,现阶段我国各族人民的共同理想是(　　)(单选)

　　A. 建立共产主义社会

　　B. 建设中国特色社会主义、实现中华民族伟大复兴

　　C. 争取中华民族的独立和解放

D. 形成文明、健康、科学的生活方式

4. 孙中山说:"世界潮流,浩浩荡荡,顺之者昌,逆之者亡"。当今世界的时代潮流是(　　)(多选)

A. 和平　　　　　　　　B. 发展　　　　　　　C. 平等　　　　　　　D. 合作

5. 当前,我国社会主义现代化建设取得了举世瞩目的巨大成就,社会主义在中国显示出蓬勃生机和活力。同时,也要看到,我国的发展还面临一系列新的挑战。这些挑战,既是对中国特色社会主义事业的挑战,也是对当代大学生的挑战。这些挑战包括(　　)(多选)

A. 世界科技文化发展的挑战

B. 大学生自身发展规律的挑战

C. 新世纪新阶段我国发展任务的挑战

D. 复杂多变的国际环境的挑战

6. 马克思主义分析了社会的阶级划分和社会的发展方向,提出人类社会必然走向共产主义。共产主义具有以下哪几层含义(　　)(多选)

A. 共产主义是一种理论学说　　　　　　　B. 共产主义是一种现实运动

C. 共产主义是一种社会制度　　　　　　　D. 共产主义是一种社会理想

7. 理想与现实本来就是一对矛盾,二者是对立统一的关系。其中,统一性体现在(　　)(单选)

A. 理想是未来的,现实是当下的　　　　　　B. 理想是观念的,现实是客观的

C. 理想是完美的,现实是有缺陷的　　　　　D. 理想来源于现实,在将来又会变成新的现实

8. 当个人理想与社会理想发生矛盾时,我们应该(　　)(单选)

A. 在社会理想中实现个人理想　　　　　　B. 使社会理想服从个人理想

C. 在个人理想中实现社会理想　　　　　　D. 使个人理想服从社会理想

9. 邓小平说:美好的前景如果没有切实的措施和工作去实现它,就有成为空话的危险。这说明(　　)(多选)

A. 社会实践是联系理想和现实的桥梁

B. 有了理想并不意味着成功,更不意味着已经成功

C. 把理想转变为现实需要艰苦奋斗、勇于实践

D. 只要付诸行动,人们对于美好未来的向往和追求都能成为现实

10. 司马迁说:"文王拘而演《周易》;仲尼厄而作《春秋》;屈原放逐,乃赋《离骚》;左丘失明,厥有《国语》;孙子膑脚,《兵法》修列;不韦迁蜀,世传《吕览》;韩非囚秦,《说难》、《孤愤》;《诗》三百篇,大抵贤圣发愤之所为作也。"司马迁的这句话告诉我们(　　)(多选)

A. 逆境往往可以把人打倒和打垮

B. 受磨难而奋进才是身处逆境的学问

C. 逆境消解了实现理想的可能性

D. 要正确对待实现理想过程中的逆境

(二)测试题答案及解析

1.【参考答案】C

【答案解析】本题所考查知识点:中华民族伟大复兴。

实现中华民族伟大复兴的理想,必须坚定走中国特色社会主义道路的信念,社会主义制度在我国的确立,实现了中国历史上最广泛最深刻的社会变革,也开启了中国在社会主义道路上实现中华民族伟大复兴的历史征程。所以,选项 C 是正确答案。

2.【参考答案】C

【答案解析】本题所考查知识点:社会主义核心价值体系。

社会主义核心价值体系是建设和谐文化的根本。建设社会主义核心价值体系,可以增强社会主义意识形态的吸引力和凝聚力。社会主义核心价值体系是社会意识的本质体现,对于建设社会主义先进文化,对于团结、引领全体社会成员在思想上、道德上共同进步,具有不可替代的作用。因此,正确答案是选项 C。

3.【参考答案】B

【答案解析】本题所考查知识点:我国各族人民的共同理想。

在现阶段,建设和发展中国特色社会主义、实现中华民族伟大复兴,是现阶段全国各族人民的共同理想。这个共同理想,把国家、民族与个人紧紧地联系在一起,强调了国家要基本实现现代化、民族要实现伟大复兴、人民要过上宽裕的小康生活,有利于调动全体人民的积极性共同为之奋斗。这个共同理想,既是现阶段党的奋斗目标,又体现了党的最终奋斗目标,它要求共产党员把为最高理想而奋斗同为现阶段共同理想而奋斗统一于建设和发展中国特色社会主义的实践之中。选项 A 只是共产党员的最高理想,选项 D 过于个人化,而且在一定程度上被选项 B 包括。本题正确答案为选项 B。

4.【参考答案】ABD

【答案解析】本题所考查知识点:当今世界的时代潮流。

大学生在完成历史新使命时,需要在现实的基础上迎接复杂多变的国际环境的挑战。和平与发展仍然是时代主题,求和平、谋发展、促合作已经成为不可阻挡的时代潮流。大学生要顺应时代潮流,在和平、发展、合作的时代潮流中建设中国特色社会主义,实现中华民族伟大复兴。因此,正确答案是选项 ABD。

5.【参考答案】ACD

【答案解析】本题所考查知识点:当代大学生面临的挑战。

我国的社会主义建设在取得成就的同时,也面临着一系列新的挑战。这些挑战也是当代大学生面临的挑战,主要表现在:一是面临世界科技文化发展的挑战;二是面临复杂多变的国际环境的挑战;三是面临新世纪新阶段我国发展任务的挑战。挑战主要来自外部而非自身,所以选项 B 错误。因此,正确答案是选项 ACD。

6.【参考答案】ABCD

【答案解析】本题所考查知识点:共产主义的含义。

共产主义首先是马克思主义的一种理论学说,是科学社会主义的重要组成部分;共产主义还是一种在马克思主义学说指导下的现实运动,其目的是建立共产主义社会。所以,共产主义也是一种社会制度和社会理想。因此,选项 ABCD 都是正确答案。

7.【参考答案】D

【答案解析】本题所考查知识点:理想与现实的关系。

理想和现实是统一的。理想之树深深扎根于现实的沃土中,理想是在对现实认识的基础上发展起来的。现实是理想的基础,理想是未来的现实。一方面,现实中包含着理想的因素,孕育着理想的发展。另一方面,理想中包含着现实,在一定的条件下,理想就可以转化为未来的现实。脱离现实而谈理想,理想就会变为空想。因此,正确答案是选项 D。

8.【参考答案】D

【答案解析】本题所考查知识点:个人理想与社会理想的关系。

社会理想是个人理想的凝聚和升华。当社会理想和个人理想有矛盾冲突的时候,有志气、有抱负的人可以做出最大的自我牺牲,使个人的理想服从于全社会的共同理想,选项 D 并不是抹杀个人理想,而是要摆正个人理想同社会理想的关系。因此,正确答案是选项 D。

9.【参考答案】ABC

【答案解析】本题所考查知识点:理想如何转化为现实。

理想必须通过人们的实践活动才能实现,同时它又指明进一步实践的方向。"切实的措施和工作"就是说实践是联系理想和现实的桥梁。否则,即使有了理想,也不意味着成功。选项 ABC 都体现了实践在理想实现中的重要性。选项 D 说法不正确。因此,正确答案是选项 ABC。

10.【参考答案】BD

【答案解析】本题所考查知识点:正确对待实现理想过程中的顺境和逆境。

逆境只是增大了人们向理想目标前进的难度,而无法消解实现理想目标的可能。只要树立必胜的信念,坚持科学的态度,逆境不仅不会把人打倒和打垮,反而能使人的潜能最大限度地迸发出来。司马迁所说的那些人都是在逆境中奋进,最终更大地发挥自己的潜能,成功地实现了自己的理想。因此,选项 BD 是正确答案。

4.2 继承爱国传统 弘扬民族精神

4.2.1 重难知识点内在逻辑系统图

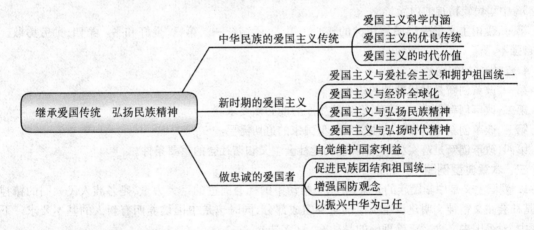

4.2.2 重难知识点详解

一、本章考点考查统计

学科	章节		考点	考查目标	已考查年度						
					2011	2010	2009	2008	2007	2006	2005
思想道德修养与法律基础	第二章 继承爱国传统 弘扬民族精神		爱国主义的科学内涵	1、2	✓	✓	✓	✓	✓	✓	✓
			爱国主义与经济全球化	2、3	✓	√	✓	✓	✓	✓	✓
			爱国主义与弘扬民族精神	2、3	✓	✓	✓	✓	✓	✓	✓
			爱国主义与弘扬时代精神	2、3	√	✓	✓	✓	✓	✓	✓
			做忠诚的爱国者	2、4	✓	✓	✓	✓	✓	✓	✓

二、本章重难知识点点拨

1. 爱国主义的基本要求

（1）爱祖国的大好河山。祖国的大好河山是主权、财富、民族发展和进步的基本载体。

（2）爱自己的骨肉同胞。对人民群众感情的深浅程度，是检验一个人对祖国忠诚程度的试金石。

（3）爱祖国的灿烂文化。文化传统作为一个民族群体意识的载体，常常被称为国家和民族的"胎记"，是一个民族得以延续的"精神基因"，是培养民族心理、民族个性、民族精神的"摇篮"，是民族凝聚力的重要基础。

（4）爱自己的国家。爱祖国不是抽象的，而是具体的。祖国的大好河山，自己的骨肉同胞，民族的灿烂文化，是同具体的国家相联系的。

2. 爱国主义与经济全球化

在经济全球化的条件下，国家仍然是民族存在的最高组织形式，是国际社会活动中的独立主体。只要国家继续存在，爱国主义就有其坚实的基础和丰富的意义。我们在参与经济全球化的过程中，必须坚定地捍卫自己国家的利益，这就更需要爱国主义的支撑。

在如何把握经济全球化趋势与爱国主义的相互关系的问题上，需要着重树立这样一些观念：

第一，人有地域和信仰的不同，但报效祖国之心不应有差别。第二，科学没有国界，但科学家有祖国。第三，经济全球化过程中要始终维护国家的主权和尊严。

3. 中华民族精神的内涵

第一，爱国主义是中华民族精神的核心。第二，团结统一。第三，爱好和平。第四，勤劳勇敢。第五，自强不息。

4. 时代精神的内涵

第一，改革创新是时代精神的核心。

第二，改革创新是进一步解放和发展生产力的必然要求。

第三，改革创新是建设社会主义创新型国家的迫切需要。

第四，改革创新是落实科学发展观、构建社会主义和谐社会的重要条件。

三、本章典型例题

1. 爱国主义是中华民族的光荣传统，是推动中国社会前进的巨大力量，是各族人民共同的精神支柱，是社会主义精神文明建设主旋律的重要组成部分，同时也是中国培养四有新人的基本要求。下列选项中，对爱国主义含义正确理解的是（　　）（多选）

A. 一种重大的政治原则

B. 人们对自己祖国的深厚感情

C. 鼓舞和凝聚各民族的精神支柱

D. 调整个人与国家、个人与民族关系的道德规范

【考点分析】本题所考查知识点：爱国主义的含义。

【解题分析】《中华人民共和国宪法》规定：公民有维护祖国安全、荣誉和利益的义务，不得有危害祖国安全、荣誉和利益的行为，保卫祖国、抵抗侵略是中华人民共和国每一个公民的神圣职责。可见爱国主义是政治原则和法律规范，选项 A 正确。

爱国主义体现了人民群众对自己祖国的深厚感情，反映了个人对祖国的依存关系，是人们对自己故土家园、民族和文化的归属感、认同感、尊严感与荣誉感的统一，选项 B 正确。

爱国主义是动员和鼓舞中国人民团结奋斗的一面旗帜，是推动我国社会发展的巨大力量，是各族人民共同的精神支柱，选项 C 正确。

爱国主义是调整个人与祖国之间关系的道德要求,也是民族精神的核心。故选项 D 正确。因此,本题的正确答案是选项 ABCD。

2. 1955 年,钱学森冲破重重阻力,回到魂牵梦绕的祖国。当有人问他为什么回国时,他说:"我为什么要走回归祖国这条道路? 我认为道理很简单。——鸦片战争近百年来,国人强国梦不息,抗争不断。革命先烈为兴邦,为了炎黄子孙的强国梦,献出了宝贵的生命,血沃中华热土。我个人作为炎黄子孙的一员,只能追随先烈的足迹。在千万般艰险中,探索追求,不顾及其他,再看看共和国的缔造者和建设者们,在百废待兴的贫瘠土地上,顶住国内的贫穷,国外的封锁,经过多少个风风雨雨的春秋,让一个社会主义新中国屹立于世界东方。想到这些,还有什么个人利益不能丢弃呢?"钱学森发自肺腑的言语,对我们在新时期弘扬爱国主义精神的启示是( )(多选)

A. 科学没有国界,但科学家有祖国
B. 个人的理想要与国家的命运、民族命运相结合
C. 爱国主义与爱社会主义具有深刻的内在一致性
D. 爱国主义是爱国情感、爱国思想和爱国行为的高度统一

【考点分析】本题所考查知识点:爱国主义的含义、爱国主义与经济全球化。

【解题分析】科学是人类智慧的结晶,是属于全人类的财富,理应为全人类服务。科学无国界,但科学事业的发展和科学家的命运都与自己的祖国有着密切的关系;科学知识是无国界的,但科学知识的运用却不可能离开具体的国家。所以,选项 A 正确。

个人的理想如果离开国家和民族就会成为无源之水、无本之木,个人理想只有同国家的前途、民族的命运相结合,个人的向往和追求只有同社会的需要和人民的利益相一致,才是有意义的。所以个人的理想要与国家的命运、民族命运相结合,选项 B 正确。

在当代中国,爱国主义首先体现在对社会主义中国的热爱上,这是中华人民共和国每一个公民必须坚持的立场和态度。爱国主义与爱社会主义的统一是中国历史发展的必然结果。社会主义制度的建立,为祖国的繁荣发展提供了可靠的保障,社会主义在中国不是一句空洞的口号,而是集中代表着、体现着、实现着国家、民族和人民的根本利益,所以爱国主义与爱社会主义具有深刻的内在一致性,选项 C 正确。

爱国主义不仅是一种情感,一种思想,更是一种行动,其中情感是基础,思想是灵魂,行为是体现。所以选项 D 也正确,因此,本题的正确答案是选项 ABCD。

四、本章测试题及答案解析

(一)本章测试题

1. "人心齐,泰山移",抗震救灾的伟大实践再一次证明,凝聚民族精神、实现中华民族伟大复兴的动力是( )(单选)

A. 社会主义 　　B. 马克思主义 　　C. 爱国主义 　　D. 文化传统

2. 作为一个民族群体意识的载体,常常被称为国家和民族的"胎记",是一个民族得以延续的"精神基因"的是( )(单选)

A. 宗教信仰 　　B. 文化传统 　　C. 风俗习惯 　　D. 法制观念

3. 下列选项中,体现了中华民族爱国主义优良传统的是( )(多选)

A. 先天下之忧而忧,后天下之乐而乐 　　B. 苟利国家生死以,岂因祸福趋避之
C. 人生自古谁无死,留取丹心照汗青 　　D. 各人自扫门前雪,莫管他人瓦上霜

4. 中华人民共和国各民族一律平等。国家保障各民族的合法的权利和利益,维护和发展各民族的平等、团结、互助关系。禁止对任何民族的歧视和压迫,禁止破坏民族团结和制造民族分裂的行为。当

前各族人民的最高利益是(   )(多选)

    A. 维护祖国统一   B. 促进经济发展

    C. 维护社会稳定   D. 维护民族团结

5. 改革创新是社会主义核心价值体系的基本内容之一,也是实现科学发展观的重要动力。在改革创新中,是社会发展和变革的先导的是(   )(单选)

    A. 理论创新   B. 制度创新   C. 科技创新   D. 文化创新

6. 爱国主义是民族精神的核心,当代中国面临着新的国内国际形势,倡导爱国主义是时代的需要,也是社会主义核心价值体系建设和完善的需要。在当代中国,爱国主义首先体现在(   )(单选)

    A. 坚持共产党的领导   B. 坚持社会主义道路

    C. 对中国人民的热爱   D. 对社会主义中国的热爱

7. 经济全球化,有利于资源和生产要素在全球的合理配置,有利于资本和产品在全球流动,有利于科技的全球性扩张,有利于促进不发达地区经济的发展,是人类发展进步的表现,是世界经济发展的必然结果。在经济全球化条件下,促使经济全球化趋势正常发展的最具实力的制约力量是(   )(单选)

    A. 政党   B. 国家   C. 社会   D. 政府

8. 中华民族精神源远流长,包含着丰富的内容。夸父追日、大禹治水、愚公移山、精卫填海等动人的传说,其中所体现的中华民族精神是(   )(单选)

    A. 勤劳勇敢   B. 团结统一   C. 自强不息   D. 爱好和平

9. 中华民族精神是在中华民族五千多年的历史发展中形成的,是中华民族生生不息、发展壮大的强大精神动力,中华民族长期形成的民族精神在改革开放新时期的表现有(   )(多选)

    A. 井冈山精神   B. 载人航天精神

    C. 雷锋精神   D. 北京奥运精神

10. 与以往的爱国主义相比,新时期爱国主义的基本特征有(   )(多选)

    A. 爱国主义与爱社会主义的统一   B. 爱国主义与拥护中国共产党的统一

    C. 爱国主义与参与经济全球化的统一   D. 爱国主义与弘扬民族精神和时代精神的统一

11. 杜勃罗留波夫曾言:"真正的爱国主义不应该表现在漂亮的话语上,而应该表现在为祖国谋福利,为人民谋福利的行动上。"在新时期的背景下,作为忠诚的爱国者,应当(   )(多选)

    A. 自觉维护国家利益   B. 促进民族团结和祖国统一

    C. 增强国防观念   D. 以振兴中华为己任

12. 国防观念是人们对保障国家安全和发展所采取防务措施的思想观点的统称,是维护国家安危和民族兴衰的重要精神因素,国防观念的内容包括(   )(多选)

    A. 国防忧患意识   B. 国防目标意识

    C. 国防法制意识   D. 国防献身意识

(二) 测试题答案及解析

1.【参考答案】C

【答案解析】本题所考查知识点:爱国主义的时代价值。

爱国主义是实现中华民族伟大复兴的动力。(1)辉煌灿烂的中华古代文明,曾经长期处于世界领先地位,并且远播海外,为人类文明的发展作出了重要贡献。(2)进入近代以后,长期的内忧外患,外国列强的侵略和奴役,阻碍了中国的发展,导致山河凋敝、国力日衰,几乎到了亡国的边缘。无数爱国志士发愤图强,努力探索和寻求民族复兴的道路。(3)新中国成立以来,特别是改革开放以来,中国人民的爱国主义热情空前高涨,爱国主义在推动祖国的全面发展和进步方面,发挥着越来越重要的作用。(4)新的世纪,各国之间综合国力的竞争日趋激烈。在激烈的国际竞争中,中华民族立于不败之地的一个重要保障,就是高扬爱国主义旗帜,最大限度地团结全国各族人民和港澳台以及广大海外同胞,激发起爱我中华、建我中华、强我中华的爱国热情。"人心齐,泰山移",中华儿女万众一心,奋发图强,艰苦奋斗,就一定能战胜任何艰难险阻,多少代人所企盼的中华民族伟大复兴的目标就一定会实现。因此,本题的正确答案应为选项 C。

2.【参考答案】B

【答案解析】本题所考查知识点:爱祖国的灿烂文化。

文化传统作为一个民族群体意识的载体,常常被称为国家和民族的"胎记",是一个民族得以延续的"精神基因",是培养民族心理、民族个性、民族精神的"摇篮",是民族凝聚力的重要基础。本题的正确答案为选项 B。

3.【参考答案】ABC

【答案解析】本题所考查知识点:中华民族爱国主义优良传统。

选项 A 体现了天下兴亡、匹夫有责的爱国主义传统,以天下为己任,无论身居何位,都心忧天下。选项 B 和选项 C 体现了热爱祖国、矢志不渝的爱国主义传统。刻骨铭心的爱国之情、矢志不渝的报国之志、生死不移的爱国之行,写满了中华民族的光辉史册。选项 D 属于利己主义的表现,不属于爱国主义传统。因此,正确答案是 ABC。

4.【参考答案】AD

【答案解析】本题所考查知识点:爱国主义的优良传统。

中华民族是一个多民族的统一体,除了汉族之外,还有众多少数民族,而汉族本身也是在历史发展的过程中由许多民族融合而成的。民族团结和睦,始终是各族人民的共同心愿;维护民族团结和祖国统一,始终是各族人民的最高利益和神圣职责。在中国历史上,尽管发生过民族之间的战争,也出现过分裂和内乱,但是促进民族团结和维护祖国统一始终是人心所向,是中国历史发展的主流。因此,本题正确答案是 AD。

5.【参考答案】A

【答案解析】本题所考查知识点:改革创新。

弘扬以改革创新为核心的时代精神,必须大力推进理论创新、制度创新、科技创新、文化创新以及其他方面的创新。其中,理论创新是社会发展和变革的先导。因此,本题正确答案是选项 A。

6.【参考答案】D

【答案解析】本题所考查知识点:爱国主义与爱社会主义的一致性。

在当代中国,爱国主义首先体现在对社会主义中国的热爱上,这是中华人民共和国每一个公民必须坚持的立场和态度。爱国主义与爱社会主义的统一是中国历史发展的必然结果。社会主义制度的建立,为祖国的繁荣发展提供了可靠的保障。社会主义在中国不是一句空洞的口号,而是集中代表着、体现着、实现着国家、民族和人民的根本利益。选项 ABC 为干扰项,本题的正确答案应为选项 D。

7.【参考答案】B

【答案解析】本题所考查知识点:爱国主义与经济全球化。

经济全球化的进程不可避免地受大国的影响和控制。经济全球化在为各民族国家提供发展机会的同时,也为超级大国借机控制世界、控制他国,窃取别国的利益创造了机会和条件。在这种情况下,国家仍然是维护本民族权益,抗衡大国控制和掠夺的最具实力的权威力量。这种抗衡大国控制经济全球化进程的权威力量,是任何其他组织所不具备或不完全具备的。因此,本题的正确答案应为选项 B。

8.【参考答案】C

【答案解析】本题所考查知识点:中华民族精神。

在五千多年的历史发展过程中,中华民族形成了以爱国主义为核心的团结统一、爱好和平、勤劳勇敢、自强不息的伟大民族精神。团结统一,它植根于中华大地,深深地印在中国人的民族意识中,是中华民族的立身之本。爱好和平,这不仅表现在中华民族各兄弟民族之间以和为贵、携手共进等方面,而且表现在与世界上其他民族的友好交往、休戚与共上。勤劳勇敢贯穿于中华民族社会生活的各个领域,体现在中华民族德行的各个方面,鲜明地体现了中华民族的民族性格和道德精神。在中华民族的意识中,勤劳是一切事业成功的保证,是兴家立国之本。自强不息,作为中华民族精神的重要内涵,它具体体现为:"富贵不能淫、贫贱不能移、威武不能屈"的坚贞刚毅品质,"夸父追日"、"精卫填海"、"大禹治水"、"愚公移山"等不屈不挠的精神,"因时而变"、"随时而制"、"与时偕行"、"与日俱新"等与时俱进的精神。因此,本题的正确答案是选项 C。

9.【参考答案】BD

【答案解析】本题所考查知识点:民族精神的体现。

弘扬和培育民族精神,既要弘扬古代的民族精神,更要大力弘扬和培育近代以来中国人民在争取民族独立和人民解放、实现国家富强和人民共同富裕的历史进程中形成的伟大民族精神。四个选项均是中华民族长期形成的民族精神的表现,但只有载人航天精神和北京奥运精神是在改革开放新时期的表现。因此,本题的正确答案是选项 BD。

10.【参考答案】ABCD

【答案解析】本题所考查知识点:新时期的爱国主义。

新时期,爱国主义与爱社会主义是一致的,这是中国历史发展的必然结果,社会主义集中代表着、体现着、实现着国家、民族和人民的根本利益。故选项 A 正确。中国共产党是高举爱国主义旗帜并躬身实践的光辉典范,是中国特色社会主义事业的坚强领导核心。爱国主义同拥护中国共产党是一致的。故选项 B 正确。在全球化背景下,大力弘扬爱国主义,必须以宽广的眼界观察世界,以积极而理性的姿态参与经济全球化过程,实施互利共赢的开放战略,促进国民经济又好又快发展。爱国主义同参与经济全球化是统一的。选项 C 正确。爱国主义是中华民族精神的核心,在新的历史条件下,要把弘扬民族精神与弘扬时代精神有机统一起来。选项 D 正确。因此,本题的正确答案是选项ABCD。

11.【参考答案】ABCD

【答案解析】本题所考查知识点:做忠诚的爱国者。

做忠诚的爱国者,应该自觉维护国家利益;促进民族团结和祖国统一;增强国防观念;以振兴中华为己任。因此本题的正确答案为 ABCD。

12.【参考答案】ABCD

【答案解析】本题所考查知识点:国防观念的含义。

国防观念是指一个国家和民族对国防建设的目的、内容、途径和重要性等总的认识。它主要包括国防忧患意识、国防目标意识、国防价值意识、国防责任意识、国防法制意识和国防献身意识等。因此,本题的正确答案是 ABCD。

4.3 领悟人生真谛 创造人生价值

4.3.1 重难知识点内在逻辑系统图

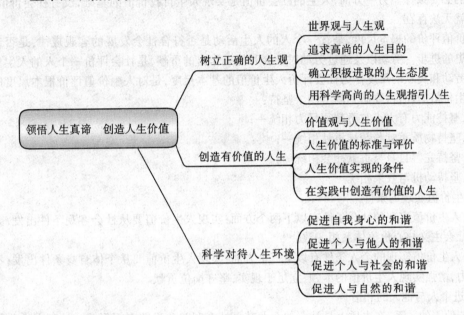

4.3.2 重难知识点详解

一、本章考点考查统计

学科	章节	考点	考查目标	已考查年度						
				2011	2010	2009	2008	2007	2006	2005
思想道德修养与法律基础	第三章 领悟人生真谛 创造人生价值	树立正确的人生观	1,2	✓	✓	✓	✓	✓	✓	✓
		人生的自我价值与社会价值	2,5	√						
		人生价值的标准与评价	3,4	✓						
		人生价值实现的条件	2,3	✓						
		科学对待人生环境	2,4	✓						

二、本章重难知识点点拨

1. 树立正确的人生观

人生观主要是通过人生目的、人生态度和人生价值三个方面体现出来的。

（1）追求高尚的人生目的。人生目的决定人生道路；人生目的决定人生态度；人生目的决定人生价值标准。

（2）确立积极进取的人生态度。人生态度是人生观的重要内容，也是人生观的表现和反映，所以我们要端正人生态度。

（3）用科学高尚的人生观指引人生，抵制各种错误的人生观。

2. 人生价值的标准与评价

人生价值内在地包含了人生的自我价值和社会价值两个方面。人生的自我价值和社会价值，既相互区别，又密切联系、相互依存，共同构成人生价值的矛盾统一体。一方面，人生的自我价值是个体生存和发展的必要条件。另一方面，人生的社会价值是实现人生自我价值的基础，没有社会价值，人生的自我价值就无法存在。

人生价值评价的根本尺度，是看一个人的人生活动是否符合社会发展的客观规律，是否通过实践促进了历史的进步。劳动以及通过劳动对社会和他人作出的贡献，是社会评价一个人的人生价值的普遍标准。劳动和贡献的尺度作为社会评价人生价值的基本尺度，是对人生价值评价根本尺度的一种具体化。人生价值的评价，要做到以下四个坚持：

第一，坚持能力有大小与贡献须尽力相统一；

第二，坚持物质贡献与精神贡献相统一；

第三，坚持完善自身与贡献社会相统一；

第四，坚持动机与效果相统一。

3. 人生价值实现的条件

首先，人生价值实现的社会条件有以下两个方面：实现人生价值要从社会客观条件出发；人生价值目标要与社会主义核心价值体系相一致。

其次，人生价值实现的个人条件有以下三个方面：实现人生价值要从个体自身条件出发；不断提高自身的能力，增强实现人生价值的本领；立足于现实，坚守岗位贡献。

4. 促进个人与他人的和谐

个人与他人的关系，在本质上是社会关系尤其是社会利益关系的表现形式。处理个人与他人的关系，关键是处理好个人与他人的利益关系。

促进个人与他人的和谐应坚持以下四个原则：平等原则；诚信原则；宽容原则；互助原则。

在处理个人与他人的关系问题上，要正确认识和处理竞争与合作的关系。

5. 促进个人与社会的和谐

促进个人与社会的和谐，就是要：

（1）正确认识个体性与社会性的统一关系。

（2）正确认识个人需要与社会需要的统一关系。

（3）正确认识个人利益与社会利益的统一关系。

（4）正确认识享受个人权利与承担社会责任的统一关系。

三、本章典型例题

1. 人生观是关于人生的目的、意义、态度及价值等问题的根本观点和看法，它的核心是（　　　）（单选）

A. 人生目的　　　　　　B. 人生态度　　　　　C. 人生价值　　　　　　　　D. 人生道路

【考点分析】本题所考查知识点：人生观。

【解题分析】人生观主要是通过人生目的、人生态度和人生价值三个方面体现出来的。人生目的，回答人为什么活着；人生态度，表明人应当怎样对待生活；人生价值，判别什么样的人生才有意义。这三个方面相辅相成，其中人生目的是人生观的核心，有什么样的人生目的就会有什么样的人生态度，就会追求什么样的人生价值。人的活动具有目的性和自觉性，这是人与其他动物的一个很重要的区别。人生目的是指生活在一定历史条件下的人，对"人为什么活着"这一人生根本问题的认识和回答，是人在人生实践中关于自身行为的根本指向和人生追求。所以，人生目的是人生观的核心，所以本题正确答案为选项 A。

2. 歌德说:"你若要喜爱你自己的价值,你就得给世界创造价值"。怎样的人生才有价值,这涉及价值评价问题,下列有关人生价值评价的说法中,正确的是(   )(单选)

A. 个人的能力越强,其人生价值就越大

B. 个人的行为动机越高尚,其人生价值就越大

C. 一个人对社会的贡献越多,其人生价值就越大

D. 个人从社会中得到的满足越多,其人生价值就越大

【考点分析】本题所考查知识点:人生价值的标准和人生价值的评价。

【解题分析】每个人的职业不同、能力大小不同,对社会贡献的绝对量也不同,考察一个人的人生价值,要把个人对社会的贡献同他的能力以及与能力相对应的责任联系起来,并不是能力越强,人生价值就越大,所以选项 A 错误。

行为的动机与效果并不总是一致的,在某些情况下,善的动机也可能产生恶的效果,恶的动机也可能产生善的效果。所以,在人生价值评价中,要联系动机看效果,透过效果察动机。并不是动机越高尚,人生价值就越大,所以选项 B 错误。

一个人对社会和他人所做的贡献越大,他在社会中获得的人生价值的评价就越高。个体对社会和他人的生存和发展贡献越大,其人生的社会价值也就越大;反之,人生的社会价值就越小。因此,选项 C 正确。

人生的自我价值离不开社会价值,一个人的需要能不能从社会中得到满足,在多大程度上得到满足,取决于他的人生活动对社会和他人的贡献,即他的社会价值。所以衡量一个人的人生价值的标准是社会价值而不是自我价值,故选项 D 错误。所以本题正确答案为选项 C。

四、本章测试题及答案解析

(一) 本章测试题

1. 人生观人人都有。在现实生活中,由于人们的立场和观点不同,对人活着的意义的理解不同,存在着各种不同的人生观。其中,我们倡导的科学的人生观是(   )(单选)

A. 自私自利的人生观　　　　　　　　B. 及时享乐的人生观

C. 为人民服务的人生观　　　　　　　D. 主观为自己,客观为他人的人生观

2. "主观为自己,客观为他人"是合理利己主义的代表性观点,它是一种消极的人生价值观,其错误的理论依据是 (   )(单选)

A. 人具有社会性　　　　　　　　　　B. 人的社会性和自然性是统一的

C. 人的本性自私论　　　　　　　　　D. 人的本质是一切社会关系的总和

3. 人生目的决定着一个人(   )(多选)

A. 走什么样的人生道路　　　　　　　B. 持什么样的人生态度

C. 选择什么样的人生价值标准　　　　D. 用怎样的世界观去观察和对待人生问题

4. 人生应该怎样度过,怎样活着才更有意义,这是人生价值观所要解决的问题。实现人生价值的根本途径是(   )(单选)

A. 树立正确的人生观　　　　　　　　B. 进行创造性的实践活动

C. 自觉提高人生修养的境界　　　　　D. 选择正确的人生价值目标

5. 如何评价人生的价值? 评价人生价值的标准是什么? 这是人生价值观的一个核心问题,马克思主义认为,人生价值评价的基本尺度是(   )(单选)

A. 个人的自身条件　　　　　　　　　B. 动机和效果的尺度

C. 劳动和贡献的尺度　　　　　　　　D. 个人需要的满足

6. 爱因斯坦说:"在像居里夫人这样一位崇高人物结束她一生的时候,我们不要仅仅满足于回忆她

的工作成果对人类已经作出的贡献。第一流人物对于时代和历史进程的意义,在其道德方面,也许比单纯的才智成就方面还要多。"该段话体现的评价原则是( )(单选)

A. 坚持能力有大小与贡献须尽力相统一　　B. 坚持物质贡献与精神贡献相统一
C. 坚持完善自身与贡献社会相统一　　D. 坚持动机与效果相统一

7. 人生价值内在地包含了人生的自我价值和社会价值两个方面。其中,人生的自我价值是指( )(单选)

A. 人对自然界的利用和改造

B. 人对社会和他人所做的贡献

C. 个体的人生活动对社会、他人所具有的价值

D. 个体的人生活动对自己生存和发展所具有的价值

8. "个人的抱负不可能孤立地实现,只有把它同时代和人民的要求紧密结合起来,用自己的知识和本领为祖国为人民服务,才能使自身价值得到充分实现。"这句话的含义有( )(多选)

A. 人生价值的本质是个人对社会的责任和贡献

B. 一个高尚的人只有社会价值而没有自我价值

C. 一个人要想实现自我价值,就得为社会创造价值

D. 人生的自我价值必须与社会价值相结合,并通过社会价值表现出来

9. 个人与他人的关系,在本质上是( )(单选)

A. 社会关系　　　B. 竞争关系　　　C. 合作关系　　　　D. 平等关系

10. 在人类社会的发展过程中,个人利益与社会利益的关系始终贯穿其中,并且随时代的变化而变化,随时代的发展而发展。在社会主义社会,关于个人利益和社会利益的关系,下列表述正确的有( )(多选)

A. 社会利益离不开个人利益　　　　B. 个人利益离不开社会利益
C. 社会利益是个人利益之和　　　　D. 个人利益是社会利益的前提和基础

11. 保持心理健康的方法和途径有( )(多选)

A. 树立正确的世界观、人生观、价值观　　B. 掌握应对心理问题的科学方法
C. 合理地调控情绪　　　　　　　D. 积极参加集体活动,增进人际交往

12. 科学对待人生环境,要注意促进人与自然的和谐,关于人与自然的关系,下列观点正确的是( )(多选)

A. 人与自然之间不存在道德的问题　　B. 人对自然有依存性
C. 人对自然具有能动性　　　　D. 人与自然的关系实质上就是人与人的关系

(二)测试题答案及解析

1.【参考答案】C

【答案解析】本题所考查知识点:用科学高尚的人生观指引人生。

由于人们在现实社会关系中的地位不同,经济利益和政治立场不同,生活经历、人生境遇、认识水平不同,人们对人生的看法也不同。尽管在人类历史长河中有过形形色色的人生观,但只有以为人民服务为核心内容的人生观,才是科学高尚的人生观。因此,选项C正确。选项A是个人主义人生观的表现,是我们要坚决抵制的错误人生观。选项B是享乐主义人生观的表现,也是我们要坚决抵制的错误人生观。选项D的基础理论依据是人性自私论。"主观为自己,客观为别人"中"为别人"实质上是为了达到"为自己"目的的一种手段。当个人利益与集体利益冲突时,个人利益膨胀就会损害他人利益,不是我们倡导的科学的人生观。所以,本题的正确答案是选项C。

2.【参考答案】C

【答案解析】本题所考查知识点:利己主义人生观。

合理利己主义从表面上看似正确,符合人们的心理。但是,它是一种错误的、消极的人生观,只要我们深入地分析它的理论依据——人的本性是自私的,我们就会发现它实际上倡导的是个人主义、利己主义,它的出发点是个人,而不是集体或者社会。一切都从满足自己的需要出发,集体只是客观上的受益者。因此,本题的正确答案是选项 C。

3.【参考答案】ABC

【答案解析】本题所考查知识点:人生目的的作用。

人生目的在人生实践中具有重要的作用。人生目的决定人生道路,一方面,人生目的规定了人生活动的大方向;另一方面,人生目的又是人生行为的动力源泉。人生目的决定人生态度,正确的人生目的可以使人无所畏惧、奋力拼搏、积极进取、乐观向上;人生目的决定人生价值标准,正确的人生目的会使人懂得人生的价值在于奉献。从而在工作中尽心、尽力、尽责。选项 D,人生目的是人生观的一个方面,而人生观又是由世界观决定的,所以,一个人用怎样的世界观去观察和对待人生问题决定他的人生目的。因此,本题正确答案是选项 ABC。

4.【参考答案】B

【命题分析】本题所考查知识点:人生价值的实现途径。

人生价值的衡量标准是个人对社会的贡献、劳动和创造,这一切都源于个人创造性的实践活动。其他选项与此有关,但不是根本途径。因此,B 是正确选项。

5.【参考答案】C

【答案解析】本题所考查知识点:人生价值的基本尺度。

人生价值评价的根本尺度,是看一个人的人生活动是否符合社会发展的客观规律,是否通过实践促进了历史的进步。劳动以及通过劳动对社会和他人作出的贡献,是社会评价一个人的人生价值的普遍标准。一个人对社会和他人所作的贡献越大,他在社会中获得的人生价值的评价就越高。劳动和贡献的尺度作为社会评价人生价值的基本尺度,正是对人生价值评价根本尺度的一种具体化。本题的正确答案为选项 C。

6.【参考答案】B

【答案解析】本题所考查知识点:掌握适当的评价方法。

坚持物质贡献与精神贡献相统一。第一,在现实生活中,人们容易把个人对社会的贡献局限于物质贡献,而忽视其精神贡献。第二,社会的发展与进步是物质文明和精神文明的共同发展与进步,评价人生的价值,不仅要看个人对社会作出的物质贡献,也要看其对社会作出的精神贡献。第三,社会劳动的内容是物质生产劳动和精神生产劳动的相互转化和统一,精神贡献同样是社会发展的巨大推动力。选项 ACD 均为适当的评价方法,但不符合题意,本题的正确答案为选项 B。

7.【参考答案】D

【答案解析】本题所考查知识点:人生的自我价值。

人生的自我价值是个体的人生活动对自己的生存和发展所具有的价值,主要表现为对自己物质和精神需要的满足程度。选项 A,是人改造自然界的实践活动。选项 B,是衡量人生的社会价值的标准。选项 C,是人生的社会价值。因此,本题正确答案是选项 D。

8.【参考答案】ACD

【答案解析】本题所考查知识点:自我价值和社会价值的关系。

人生价值内在地包含了人生的自我价值和社会价值两个方面。一方面,人生的自我价值是个体生存和发展的必要条件。另一方面,人生的社会价值是实现人生自我价值的基础,没有社会价值,人生的自我价值就无法存在。因此,选项 ACD 是正确答案。

9.【参考答案】A

【答案解析】本题所考查知识点:个人与他人的关系的本质。

个人与他人的关系,在本质上是社会关系尤其是社会利益关系的表现形式。第一,人类要生存,首先必须满足各种需要。任何需要都是一定主体在一定的生产关系的基础上,在一定的客观条件下,对一定对象的需要,都必然通过一定的社会关系才能实现。第二,处理个人与他人的关系,关键是要处理好个人与他人的利益关系。因此,本题的正确答案为选项 A。

10.【参考答案】AB

【答案解析】本题所考查知识点:个人利益和社会利益的关系。

在社会主义社会,个人利益和社会整体利益在根本上是一致的,社会利益离不开个人利益,个人利益也离不开社会利益,选项 AB 正确。社会整体利益不是个人利益的简单相加,而是所有人利益的有机统一,它体现了作为社会成员的个人的根本利益和长远利益,是个人利益得以实现的前提和基础,所以选项 CD 错误。

11.【参考答案】ABCD

【答案解析】本题所考查知识点:促进自我身心的和谐。

保持心理健康的途径和方法有:第一,树立正确的世界观、人生观、价值观。正确的世界观、人生观、价值观能够为大学生的人生提供导向,为其心理活动提供"定位系统",同时也能为大学生提供思想和行为的价值标准、程式、规范。第二,掌握应对心理问题的科学方法。首先要掌握科学的思维方法,其次要学习心理健康知识,提高心理健康意识,自觉维护自身的身心健康。第三,合理调控情绪。在产生心理困惑时,首先要弄清自己的情绪状态,对不良的情绪和生活中的烦恼要及时合理地宣泄或转移,积极进行自我心理调适。第四,积极参加集体活动,增进人际交往。集体活动有利于增进相互了解和理解,并在此基础上获得友情。健康的人际关系有利于交往各方的学习进步、个性完善和情绪稳定,同时使人获得一个社会支持系统。此外,积极参加体育锻炼,保持身体健康,也是促进心理健康的重要途径。因此,本题正确答案是选项 ABCD。

12.【参考答案】BCD

【答案解析】本题所考查知识点:促进人与自然的和谐。

要促进人与自然的和谐应该正确认识人对自然的依存关系。人来源于自然界又依存于自然界,人永远是自然界的有机组成部分。应该科学把握人对自然的改造活动,人是有意识、有意志,能动的自然存在物,人并不是消极地依赖自然界生活,而是根据自身的需要利用和改造自然。应该深入理解人与自然的关系,人与自然的关系以生产劳动为中介,而生产劳动一开始就是社会性的。人类正是在与自然发生关系的过程中结成了社会关系。人与自然的关系反映了人与人的关系。因此,正确答案是选项BCD。人与自然之间存在着道德的问题,选项 A 错误。

4.4 加强道德修养 锤炼道德品质

4.4.1 重难知识点内在逻辑系统图

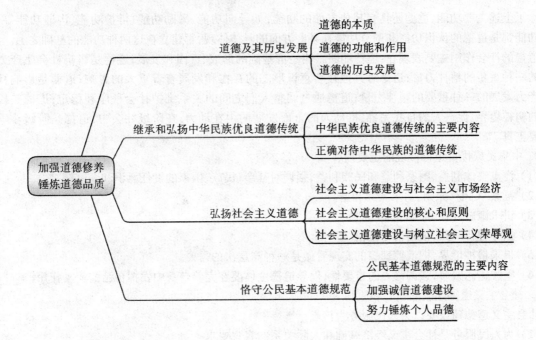

4.4.2 重难知识点详解

一、本章考点考查统计

学科	章节	考点	考查目标	已考查年度						
				2011	2010	2009	2008	2007	2006	2005
思想道德修养与法律基础	第四章 加强道德修养 锤炼道德品质	道德的功能与社会作用	1、2	√	√	/	/	/	/	/
		中华民族优良道德传统的主要内容	2、3	/	√	/	/	/	/	/
		社会主义道德建设与社会主义市场经济	3、5	/	/	/	/	/	/	/
		社会主义道德建设的核心和原则	2、3	/	/	/	/	/	/	/
		公民基本道德规范	2、4	/	/	/	/	/	/	/

二、本章重难知识点点拨

1. 道德的功能与社会作用

在道德的功能系统中,主要的功能是认识功能和调节功能。其中,道德的认识功能是指道德反映社会现实特别是反映社会经济关系的功效与能力。道德的调节功能是指道德通过评价等方式,指导和纠正人们的行为和实践活动,协调人们之间关系的功效与能力。这是道德最突出也是最重要的社会功能。

除了上述主要功能,道德还具有其他方面的功能,如导向功能、激励功能、辩护功能、沟通功能等,这些功能都是道德的认识功能和调节功能在某些方面的具体体现,都建立在这两种功能的基础之上。

道德的社会作用主要表现在:道德能够影响经济基础的形成、巩固和发展;道德是影响社会生产力发展的一种重要的精神力量;道德对其他社会意识形态的存在和发展有着重大的影响;道德是影响社会生产力发展的一种重要的精神力量;道德通过调整人们之间的关系维护社会秩序和稳定;道德是提高人的精神境界、促进人的自我完善、推动人的全面发展的内在动力;在阶级社会中,道德是阶级斗争的重要工具。

2. 中华民族优良道德传统的主要内容

(1)注重整体利益、国家利益和民族利益,强调对社会、民族、国家的责任意识和奉献精神。

(2)推崇"仁爱"原则,追求人际和谐。

(3)讲求谦敬礼让,强调克骄防矜。

(4)倡导言行一致,强调恪守诚信。

(5)追求精神境界,把道德理想的实现看做是一种高层次的需要。

(6)重视道德践履,强调修养的重要性,倡导道德主体要在完善自身中发挥自己的能动作用。

3. 社会主义道德建设的核心和原则

社会主义道德建设要以为人民服务为核心:

(1)为人民服务是社会主义经济基础和人际关系的客观要求。

(2)为人民服务是社会主义市场经济健康发展的要求。

社会主义道德建设要以集体主义为原则:

(1)社会主义集体主义强调集体利益和个人利益的辩证统一。

(2)社会主义集体主义强调集体利益高于个人利益。

(3)社会主义集体主义强调重视和保障个人的正当利益。

4. 公民基本道德规范的主要内容

"爱国守法",强调公民应培养高尚的爱国主义精神,自觉地学法懂法用法守法和护法。

"明礼诚信",强调公民应文明礼貌、诚实守信、诚恳待人。

"团结友善",强调公民之间应和睦友好、互相帮助、与人友善。

"勤俭自强",强调公民应努力工作、勤俭节约、积极进取。

"敬业奉献",强调公民应忠于职守、克己奉公、服务社会。

三、本章典型例题

1. 如果说法律在本质上属于他律性规范,其功能重在"抑恶",那么道德在本质上属于自律性规范,其功能重在"扬善",道德的功能集中表现为,它是处理个人与他人、个人与社会之间关系的行为规范及实现自我完善的一种重要精神力量,道德最突出也是最重要的社会功能是(　　　)(单选)

A. 认识功能　　　　　　　　　　B. 调节功能

C. 导向功能　　　　　　　　　　D. 激励功能

【考点分析】本题所考查知识点:道德的功能。

【解题分析】解答本题关键在于理解道德各种社会功能的含义以及在道德功能体系中的地位。道很高。道德的功能，是指道德作为社会意识的特殊形式对于社会发展所具有的功效与能力。

德的功能,是指道德作为社会意识的特殊形式对于社会发展所具有的功效与能力。道德的功能集中表现为,它是处理个人与他人、个人与社会之间关系的行为规范及实现自我完善的一种重要精神力量。在道德的功能系统中,有认识功能、调节功能、导向功能、激励功能、辩护功能、沟通功能等,其中道德的主要的功能是认识功能和调节功能。

道德的认识功能是指道德反映社会现实特别是反映社会经济关系的功效与能力。道德是人们认识和反映社会现实状况以及人与人之间关系的一种方式。道德往往借助于道德观念、道德准则、道德理想等形式,帮助人们正确认识社会道德生活的规律和原则,认识人生的价值和意义,认识自己对家庭、他人、社会的义务和责任,使人们的道德实践建立在明辨善恶的认识基础上,从而正确选择自己的道德行为,积极塑造自身的道德人格。

道德的调节功能是指道德通过评价等方式,指导和纠正人们的行为和实践活动,协调人们之间关系的功效与能力。道德通过引导和激发人们的主动性和积极性,不断调节社会整体和个人的关系,使个人与他人、个人与社会的关系逐步完善和谐,使人们的行为逐步从"实然"向"应然"转化。道德的调节功能是道德最突出也是最重要的社会功能。

道德的导向功能、激励功能、辩护功能、沟通功能等,这些功能都是道德的认识功能和调节功能在某些方面的具体体现,都建立在这两种功能的基础之上。所以,本题答案为选项 B。

2. 爱因斯坦曾经说过,"大多数人都以为是才智成就了科学家,他们错了,是品格。"下列名言与这段话在含义上一致的是(　　)(单选)

A."道虽迩,不行不至;事虽小,不为不成"

B."才者,德之资也;德者,才之帅也"

C."不学礼,无以立"

D."是非之心,智也"

【考点分析】本题所考查知识点:道德和才能的关系。

【解题分析】道德是提高人的精神境界、促进人的自我完善、推动人的全面发展的内在动力。中华民族在长达数千年的历史发展中,形成了源远流长的优良道德传统。

选项 A,"道虽迩,不行不至;事虽小,不为不成。"出自《荀子·修身》,意指:路程虽近,不走就达不到目的地;事情虽小,不做就成功不了。这里强调的是实践的重要性。

选项 B,"才者,德之资也;德者,才之帅也。"出自《资治通鉴》第一卷周纪一:"夫才与德异,而世俗莫之能辨,通谓之贤,此其所以失人也。夫聪察强毅之谓才,正直中和之谓德。才者,德之资也;德者,才之帅也。"意思是:才与德是不同的两回事,而世俗之人往往分不清,一概而论之曰贤明,于是就看错了人。所谓才,是指聪明、明察、坚强、果毅;所谓德,是指正直、公道、平和待人。才,是德的支撑;德,是才的统帅。"这与爱因斯坦的观点是一致的,因此,本题的正确答案是选项 B。

选项 C,"不学礼,无以立",出自《论语》,子曰:"不知命,无以为君子也。不知礼,无以立也。不知言,无以知人也。"强调礼是人的立身之本和区分人格高低的标准。这里没有谈及礼与才智的关系,因而也是错误的。

选项 D,"是非之心,智也",出自《孟子·告子上》。"恻隐之心,人皆有之;羞恶之心,人皆有之;恭敬之心,人皆有之;是非之心,人皆有之。恻隐之心,仁也;羞恶之心,义也;恭敬之心,礼也;是非之心,智也。"孟子把智看成是判断是非善恶的一种能力。这里同样没有涉及才智与品格的关系,因而也是错误的。

3. 加强思想道德建设,事关中华民族的精神支柱,是社会主义精神文明建设的核心任务。社会主义市场经济是同社会主义基本制度结合在一起的,市场在国家宏观调控下对资源配置起基础性作用。

社会主义道德建设与社会主义市场经济的关系是( )(多选)

A. 社会主义道德建设是与社会主义市场经济相适应的

B. 社会主义道德建设是独立的一个系统,与社会主义市场经济没有必然的联系

C. 社会主义道德建设为社会主义市场经济体制的建立和完善提供道德价值导向

D. 社会主义道德建设会束缚社会主义市场经济的发展

【考点分析】本题所考查知识点:社会主义道德建设与社会主义市场经济的关系。

【解题分析】在社会主义初级阶段,以公有制为主体、多种所有制经济共同发展是我国的基本经济制度。在这一基本经济制度下实行的社会主义市场经济体制,以市场为配置资源的基础性手段的经济运行机制,对道德建设提出了新的要求。社会主义道德建设既有与社会主义市场经济相适应的现实要求,也有为社会主义市场经济体制的建立和完善提供道德价值导向的重要任务。因此,选项 AC 正确。

社会主义道德建设不是独立的系统,而是与社会主义市场经济的建设和发展相关联的。社会主义市场经济有利于增强人们的自立意识、竞争意识、效率意识、民主法制意识和开拓创新意识,调动人们的积极性和创造性,推动社会的道德进步。但也要看到,市场自身的弱点和消极方面,如趋利性、自发性等也会反映到道德生活中来,容易诱发拜金主义、享乐主义、极端个人主义等消极现象,这些因素都会干扰社会主义的道德建设。选项 B 错误。

社会主义道德建设可以通过培养与社会主义市场经济相适应的道德观念,形成和完善与社会主义市场经济相适应的道德规范,为社会主义市场经济的发展提供良好的道德环境和有力的道义支撑,促进和保障社会主义市场经济体制健康发展,故选项 D 错误。所以本题正确答案为选项 AC。

4. 2001 年中共中央印发的《公民道德建设实施纲要》明确提出公民基本道德规范的主要内容。公民道德建设的重点是( )(单选)

A. 爱国守法   B. 诚实守信

C. 勤奋自强   D. 团结友善

【考点分析】本题所考查知识点:恪守公民基本道德规范。

【解题分析】在我国当前的社会生活中,"爱国守法",强调公民应培养高尚的爱国主义精神,自觉地学法、懂法、用法、守法和护法。"明礼诚信",强调公民应文明礼貌、诚实守信、诚恳待人。"团结友善",强调公民之间应和睦友好、互相帮助、与人友善。"勤俭自强",强调公民应努力工作、勤俭节约、积极进取。"敬业奉献",强调公民应忠于职守、克己奉公、服务社会。诚实守信是中华民族的传统美德。公民道德建设以诚实守信为重点,既是对中华民族传统美德的弘扬,又是对当代中国道德建设实践的正确反映。诚实就是真实无欺,既不自欺,也不欺人;守信就是重诺言,讲信誉,守信用。加强公民道德建设,要以诚信为本、操守为重、守信光荣、失信可耻为基本要求,增强全社会的诚实守信意识。因此,本题的正确答案是选项 B。

四、本章测试题及答案解析

(一)本章测试题

1. 马克思主义认为,道德作为一种社会现象,其产生有多方面的条件,经历了一个漫长的历史过程,道德产生所需要的主客观条件统一于( )(单选)

A. 社会关系   B. 社会存在

C. 生产实践   D. 社会意识

2. 关于道德的本质,马克思主义认为,道德作为一种特殊的社会意识形式,归根到底是由( )决定的。(单选)

A. 社会关系   B. 经济基础

C. 统治阶级的意志　　　　　　　　　　　　D. 宪法

3. 道德不是千古不变的,同其他社会意识形态一样,道德也有自己的发生发展过程。关于道德的历史发展,下列说法正确的是( )（多选）

A. 每一个社会都有与其经济基础相适应的占统治地位的道德

B. 在阶级社会中,占社会统治地位的道德是统治阶级的道德

C. 道德发展的过程与社会生产方式的发展过程大体一致

D. 在同一社会形态中,不同的阶级和人群有不同的道德

4. 在对待中国传统道德问题上,复古主义思潮承认和否认的特性分别是( )（单选）

A. 个别性和特殊性、一般性和普遍性

B. 一般性和普遍性、个别性和特殊性

C. 抽象性和个别性、具体性和一般性

D. 具体性和一般性、抽象性和个别性

5. 下列论断体现了中华民族优良道德传统所推崇的"仁爱"原则的有( )（多选）

A. 己所不欲,勿施于人

B. 己欲立而立人,己欲达而达人

C. 道虽迩,不行不至;事虽小,不为不成

D. 见贤思齐焉,见不贤而内自省也

6. 司马光说:"才者,德之资也;德者,才之帅也。"从司马光的这句话中,可以看出( )（多选）

A. 智是人才素质的灵魂　　　　　　　　　　B. 智是人才素质的基础

C. 德是人才素质的基础　　　　　　　　　　D. 德是人才素质的灵魂

7. 不同类型的道德,其核心也就不同。一切剥削阶级的道德都是为维护剥削制度、维护少数剥削者的根本利益的,其道德建设的核心就只能是为个人谋私利。社会主义道德建设的核心是( )（单选）

A. 诚实守信　　　　　　　　　　　　　　　B. 为人民服务

C. 社会主义荣辱观　　　　　　　　　　　　D. 集体主义

8. 当代中国正经历着社会的深刻变革,经济的快速发展,文化的相互激荡,对人们的思想观念、价值取向和行为方式产生着多方面影响。社会必须明确最基本的价值取向和行为准则,当代中国最基本的价值取向和行为准则是( )（单选）

A. 社会主义核心价值体系　　　　　　　　　B. 社会主义共同理想

C. 社会主义荣辱观　　　　　　　　　　　　D. 为人民服务

9. 集体主义作为社会主义道德的基本原则的原因是( )（多选）

A. 集体主义是人类社会本质的必然选择

B. 集体主义是社会主义经济、政治文化建设的必然要求

C. 集体主义是调节国家与社会利益的基本原则

D. 集体主义是调节个人与社会利益的基本原则

10. 集体主义原则强调集体利益高于个人利益,这意味着( )（多选）

A. 个人应当以大局为重,使个人利益服从集体利益

B. 二者发生冲突时,个人利益要服从集体利益

C. 二者发生冲突时,个人要无条件地为集体利益作出牺牲

D. 先公后私,先人后己,追求个人利益的行为就是个人主义

11. 通过反复检查以发现和找出自己思想中的不良念头和行为上的不良习惯,并将其坚决克服和

整治掉,这种完善个人道德品质的方法是(　　　)(单选)

　　A. 陶冶情操的修养方法　　　　　　B. 省察克治的修养方法

　　C. 学思明理的修养方法　　　　　　D. 慎独自律的修养方法

　　12. 高度的自觉性是道德修养的一个内在要求和重要特征。大学生要提高道德修养的自觉性。进行道德修养行之有效的方法有(　　　)(多选)

　　A. 知行统一的方法　　　　　　　　B. 学思并重的方法

　　C. 慎独自律的方法　　　　　　　　D. 省察克治的方法

　　13. 2001 年中共中央印发的《公民道德建设实施纲要》中,第一次系统明确地提出的公民基本道德规范包括爱国守法和(　　　)(多选)

　　A. 敬业奉献　　　　　　　　　　　B. 明礼诚信

　　C. 团结友善　　　　　　　　　　　D. 勤俭自强

(二)测试题答案及解析

1.【参考答案】C

【答案解析】本题所考查知识点:道德的产生。

道德产生所需要的主客观条件是统一于生产实践的。劳动创造了人和人类社会,劳动是人类道德起源的第一个历史前提。人们在劳动中结成生产关系,并产生需要调整的人与人之间的利益关系,创造人们的道德需要,提供道德产生和发展的动力,也形成道德产生所需要的主客体统一的重要条件。选项 A,社会关系是道德产生的客观条件。选项 B、D,社会存在、社会意识都是在生产实践中产生的,因此,道德是统一于生产实践的。因此,本题正确答案是选项 C。

2.【参考答案】B

【答案解析】本题所考查知识点:道德的本质。

道德作为一种特殊的社会意识形态,归根到底是由经济基础决定的,是社会经济关系的反映。首先,社会经济关系的性质决定着各种道德体系的形式。其次,社会经济关系所表现出来的利益决定着各种道德的基本原则和主要规范。再次,在阶级社会中,社会经济关系主要表现为阶级关系,因而,道德也必然带有阶级属性。最后,社会经济关系的变化必然引起道德的变化。选项 B 正确。选项 A,社会关系是道德产生的客观条件,不是决定因素。统治阶级的意志和宪法本质上都属于社会意识,道德也是一种社会意识,一种社会意识不是其他社会意识的决定因素,选项 CD 错误。因此,本题正确答案是选项 B。

3.【参考答案】ABCD

【答案解析】本题所考查知识点:道德的历史发展。

道德不是千古不变的,同其他社会意识形态一样,道德也有自己的发生发展过程。每一个社会都有与其经济基础相适应的占统治地位的道德。迄今为止,人类社会先后经历了五种基本形态,与此相适应,也出现了道德发展的五种历史类型,即原始社会道德、奴隶社会道德、封建社会道德、资本主义社会道德、社会主义社会道德。所以,道德发展的过程与社会生产方式的发展过程大体一致。在同一社会形态中,不同的阶级或人群还会有不同的道德。在阶级社会中,占社会统治地位的道德是统治阶级的道德,而同时存在着的被统治阶级的道德则总是处于从属地位。因此,本题正确答案是选项 ABCD。

4.【参考答案】B

【答案解析】本题所考查知识点:正确对待中华民族道德传统。

在对待传统道德的问题上,有一种错误思潮即文化复古主义思潮,认为中国之所以落后,就是因为传统文化特别是儒家传统文化的失落,道德建设的最终目标就是要恢复中国"固有文化",形成以中国传统文化为主体的道德建设。复古论在对待中国传统道德的问题上,只承认其一般性、普遍性,而否定其个别性和特殊性,把传统的东西与现代的事物完全等同,这实际上是否定道德的历史和发展。因此,本题正确答案是选项 B。

5.【参考答案】AB

【答案解析】本题所考查知识点:推崇"仁爱"原则,追求人际和谐。

中华民族优良道德传统推崇"仁爱"原则,追求人际和谐。孔子强调"己所不欲,勿施于人","己欲立而立人,己欲达而达人",在人和人的相处中,应当设身处地地为对方考虑,凡是我不愿意别人施加于我的一切事情,我都应当自觉地不施加于别人,以免别人受到伤害;我希望达成的事情,也要允许和帮助别人能够达成。选项 C 和选项 D,是中华民族优良道德传统重视道德践履,强调修养的重要性,倡导道德主体要在完善自身中发挥自己的能动作用的表现。因此,本题正确答案是选项 AB。

6.【参考答案】BD

【答案解析】本题所考查知识点:道德和才能的关系。

司马光这句话的意思是:才是德的辅助;德是才的统帅。大学生成才要坚持以德为先,德才兼备。用"德"来统帅"才",才能保证"才"的正确发挥;以"才"来支撑"德",才能真正培养有益于人民和国家的人才。可见,德是人才素质的灵魂,德在青年人成长成才过程中发挥着越来越突出的作用;智是人才素质的基础,智是大学生从事社会主义现代化建设的实际本领,是能否成为对国家、对人民有用的人才的重要基础。因此,本题正确答案是选项 BD。

7.【参考答案】B

【答案解析】本题所考查知识点:社会主义道德建设的核心。

在改革开放和社会主义现代化建设的新时期,在发展和完善社会主义市场经济的条件下,构建社会主义和谐社会的过程中,提出社会主义道德建设以为人民服务为核心,具有深刻的理论依据和坚实的实践基础。①为人民服务是社会主义经济基础和人际关系的客观要求。②为人民服务是社会主义市场经济健康发展的要求。选项 C 是当代中国最基本的价值取向和行为准则。选项 D 为社会主义道德建设的原则。因此,本题正确答案为选项 B。

8.【参考答案】C

【答案解析】本题所考查知识点:社会主义荣辱观的科学内涵。

社会主义荣辱观贯穿社会生活各个领域,涵盖个人、集体、国家三者关系,覆盖各个利益群体,涉及人生态度、公共行为、社会风尚的方方面面,既有先进性导向,又有广泛性要求,体现了马克思主义的世界观、人生观、价值观、道德观和法制观;旗帜鲜明地指出了在社会主义市场经济条件下,应当提倡和赞扬什么、反对和抵制什么,为全体社会成员判断行为善恶、作出道德选择、确定价值取向,提供了基本的价值准则和行为规范,因此,本题正确答案是选项 C。

9.【参考答案】BD

【答案解析】本题所考查知识点:社会主义道德的基本原则。

集体主义是社会主义道德的基本原则,也就限定了它的存在范围就是社会主义社会,因此选项 A 错误。而集体主义的调节对象是个人与社会的关系,也就是强调社会利益高于个人利益,两者存在矛盾时,个人利益要服从集体利益,与国家无关,即选项 C 错误,故本题的正确答案为选项 BD。

10.【参考答案】AB

【答案解析】本题所考查知识点:社会主义集体主义原则。

社会主义集体主义原则强调集体利益高于个人利益。在个人利益与集体利益发生矛盾冲突,尤其是发生激烈冲突的时候,必须坚持集体利益高于个人利益的原则,即个人应当以大局为重,使个人利益服从集体利益,在必要时,为集体利益作出牺牲。选项 C,集体主义要求个人为集体作出牺牲并不是任意的,只有在不牺牲个人利益就不能保全集体利益的情况下,才要求个人为集体利益作出牺牲。选项 D,正当的追求个人利益的行为并不是个人主义。因此,本题正确答案是选项 AB。

11.【参考答案】B

【答案解析】本题所考查知识点:完善个人道德品质的方法。

完善个人道德品质的方法主要有:其一,学思并重的方法,即通过虚心学习,善于思索,辨别善恶,学善戒恶,以涵养良好的德性;其二,省察克治的方法,即通过反省检验以发现和找出自己思想与行为中的不良倾向、不良念头,并加以及时抑制和克服;其三,慎独自律的方法,即在无人知晓、没有外在监督的情况下,坚守自己的道德信念,自觉按道德要求行事,不因为无人监督而恣意妄为;其四,积善成德的方法,即通过积累善行或美德,使之巩固强化,以逐渐凝结成优良的品德;其五,知行统一的方法,即把提高道德认识与躬行道德实践统一起来,以促进道德要求内化为个人的道德品质,外化为实际的道德行为。同学们如果按照这些方法去进行道德修养,并长期坚持下去,就能使自己不断进步、不断完善,从而达到较高的道德境界,成为品德高尚的人。因此,本题正确答案是选项 B。

12.【参考答案】ABCD

【答案解析】本题所考查知识点:道德修养。

加强道德修养,应借鉴历史上思想家们所提出的各种积极有效的道德修养方法。结合当今社会发展的需要和当代人道德修养的实践经验,采取一些行之有效的方法进行道德修养。有学思并重的方法、省察克治的方法、慎独自律的方法、积善成德的方法、知行统一的方法。如果按照这些方法进行道德修养,并长期坚持下去,就能使人不断进步、不断完善,从而达到较高的道德境界,成为品德高尚的人。因此,本题正确答案是选项 ABCD。

13.【参考答案】ABCD

【答案解析】本题所考查知识点:公民基本道德规范。

2001 年中共中央印发的《公民道德建设实施纲要》,第一次系统明确地提出“爱国守法、明礼诚信、团结友善、勤俭自强、敬业奉献”的公民基本道德规范。因此,本题正确答案是 ABCD。

4.5 遵守社会公德 维护公共秩序

4.5.1 重难知识点内在逻辑系统图

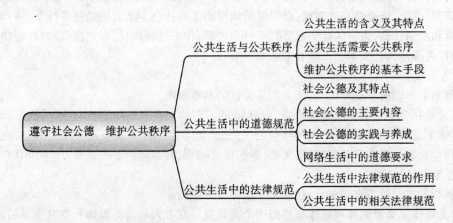

4.5.2 重难知识点详解

一、本章考点考查统计

学科	章节	考点	考查目标	已考查年度						
				2011	2010	2009	2008	2007	2006	2005
思想道德修养与法律基础	第五章 遵守社会公德 维护公共秩序	公共生活的含义及其特点	1、2	/	√	/	/	/	/	/
		维护公共秩序的重要意义	2、3	/	√	/	/	/	/	/
		维护公共秩序的基本手段	3、5	/	√	/	/	/	/	/
		公共生活中的道德规范	2、3	/	/	/	/	/	/	/
		公共生活中的法律规范	2、4	√	/	/	/	/	/	/

二、本章重难知识点点拨

1. 公共生活的特点

（1）活动范围的广泛性。

（2）活动内容的公开性。

（3）交往对象的复杂性。

（4）活动方式的多样性。

2. 维护公共秩序的重要意义

（1）有序的公共生活是构建和谐社会的重要条件。

（2）有序的公共生活是经济社会健康发展的必要前提。

（3）有序的公共生活是提高社会成员生活质量的基本保证。

（4）有序的公共生活是国家现代化和文明程度的重要标志。

3. 维护公共秩序的基本手段

道德和法律是维护社会秩序的两种基本手段。公共生活中的道德和法律所追求的目标是一致的，都是通过规范人们的行为来维护公共生活中的秩序，实现经济社会的稳定和发展。虽然道德和法律发挥作用的方式有所不同，但两者互为补充、相辅相成：第一，道德规范作用的更好发挥，需要法律支撑。第二，法律作用的更好实现，需要以道德建设为重要条件。第三，良好社会秩序的形成、巩固和发展，要靠道德，也要靠法律。第四，在公共生活中，道德可以用来调节、规范人们的行为，预防犯罪的产生。道德是法律的补充。

4. 社会公德的基本特征和主要内容

基本特征：(1)继承性；(2)基础性；(3)广泛性；(4)简明性。

主要内容：(1)文明礼貌；(2)助人为乐；(3)爱护公物；(4)保护环境；(5)遵纪守法。

5. 公共生活中法律规范的作用

根据法律的规范作用的指向和侧重，可以将公共生活中法律规范的作用分为指引作用、预测作用、评价作用、强制作用和教育作用。

指引作用是指法律所具有的、能够为人们提供一种既定的行为模式，从而引导人们在法律范围内活动的作用。指引作用是法律最首要的作用。法律的指引作用主要是通过授权性规范、禁止性规范和义务性规范三种规范形式实现的。与之相应的指引形式分别为授权性指引、禁止性指引和义务性指引。授权性指引是指运用授权性法律规范,告诉人们可以做什么或者有权做什么;禁止性指引是指运用禁止性法律规范,告诉人们不得做什么;义务性指引是指运用义务性法律规范,告诉人们应当或者必须做什么。

预测作用是指法律通过其规定,告知人们某种行为所具有的、为法律所肯定或否定的性质以及它所导致的法律后果,使人们可以预先估计到自己行为的后果,以及他人行为的趋向与后果。

评价作用是指法律所具有的、能够评价人们行为的法律意义的作用。

强制作用是指法律能运用国家强制力制裁违法和犯罪,保障自己得以实施的作用。法律的强制作用是法的其他作用的保障。

教育作用是指法律所具有的、通过其规定和实施而影响人们思想,培养和提高人们的法律意识,引导人们依法行为的作用。法律的教育作用的实现主要有三种方式:一是法律作出规定,通过人们对法律的了解和学习,发挥教育作用;二是法律通过对各种违法犯罪行为的制裁,使违法犯罪者和一般社会成员受到教育;三是法律通过对各种先进人物、模范行为的嘉奖与鼓励,为人们树立良好的法律上的行为楷模。

三、本章典型例题

1. 人类维护公共生活秩序的手段最初是自发形成的,随着经济社会的不断进步,公共秩序日益重要和复杂化,人类便愈加自觉地采用各种手段去维护公共生活秩序。人类维护公共生活秩序的手段最初是自发形成的,下列关于道德与法律的关系,叙述正确的是(   )(多选)

A. 道德规范作用的更好发挥,需要法律支撑

B. 法律作用的更好实现,需要以道德建设为重要条件

C. 道德和法律发挥作用的方式相同,两者互为补充、相辅相成

D. 道德发挥作用的范围是有限的,法律发挥作用的领域更加广泛

【考点分析】本题所考查知识点:公共生活中道德与法律的关系。

【解题分析】公共生活中的道德和法律所追求的目标是一致的,都是通过规范人们的行为来维护公共生活中的秩序,实现经济社会的稳定和发展。虽然道德和法律发挥作用的方式有所不同,但两者互为补充、相辅相成。第一,道德规范作用的更好发挥,需要法律支撑。第二,法律作用的更好实现,需要以道德建设为重要条件。第三,良好社会秩序的形成、巩固和发展,要靠道德,也要靠法律。第四,在公共生活中,道德可以用来调节、规范人们的行为,预防犯罪的产生。道德是法律的补充。故选项 AB 正确。

道德和法律发挥作用的方式是不同的,道德通过社会舆论、传统习惯、内心信念来维系。法律靠国家的强制力保证实施,选项 C 错误。社会生活是纷繁复杂的,法律的属性决定了它不可能把复杂而广泛的社会关系全部纳入其调控的范围,因而其发挥作用的范围是有限的。道德发挥作用的领域更加广泛,它能够调整许多法律效力所不及的问题,不仅深入到社会生活中的各个方面,而且深入到人们的精神世界,所以选项 D 错误。因此,本题的正确答案是选项 AB。

2. 社会公德是一种存在于社会中间的道德,就是人们为了维护我们社会的利益而约定俗成的我们应该做什么和不应该做什么的行为规范。下列关于社会公德的基本特征,叙述正确的是(   )(多选)

A. 社会公德是社会道德体系的基础层次

B. 社会绝大多数成员都应遵守的道德准则

C. 社会公德往往不需要作更多的说明就能被人们理解

D. 社会公德是千百年来人类在共同生活、相互交往的过程中形成的

【考点分析】本题所考查知识点:社会公德的基本特征。

【解题分析】社会公德作为社会交往和公共生活中应当遵守的最基本的道德规范,其基本特点主要

表现为：

第一，继承性。千百年来，人类在共同生活、相互交往的过程中，形成了共同遵守的公共生活基本准则。这些准则凝结着人类的道德智慧，是社会公德的重要组成部分。如在人际交往中尊重他人、信守诺言，在公共场合注重礼貌、相互谦让等，无论在什么社会条件下，都是人们在公共生活中应当遵守的基本准则。所以选项 D 正确。

第二，基础性。社会公德是社会道德体系的基础层次，是每个社会成员都应遵守的最起码的道德准则，是社会为维护公共生活而提出的最基本的道德要求。每一个社会成员都应当具备社会公德素养，故选项 A 正确。

第三，广泛性。社会公德是全体社会成员，而不是社会绝大多数成员，都必须遵守的道德规范，具有最广泛的群众基础和适用范围。任何一个社会成员，无论具有何种身份、职业和地位，都必须在公共生活中遵守社会公德，因此选项 B 错误。

第四，简明性。社会公德大多是生活经验的积累和风俗习惯的提炼，往往不需要作更多的说明就能被人们理解，如讲礼貌、讲卫生、讲秩序等就是基本的生活共识，"不随地吐痰"、"不乱穿马路"等公德规范，更是简洁明了，所以，选项 C 正确。因此，本题的正确答案是选项 ACD。

3. 在公共生活中，法律是最权威的规则，它既有国家强制性，又有普遍约束力；它不仅确认具有法律约束力的公共生活准则，引导人们自觉守法，自觉维护公共生活的正常秩序，而且通过制裁破坏公共秩序的违法行为，强制人们遵守社会公共生活准则。在公共生活中，法律规范的作用除了教育作用，还包括(　　　)（多选）

A. 指引作用　　　　　　　　　　B. 预测作用
C. 评价作用　　　　　　　　　　D. 强制作用

【考点分析】本题所考查知识点：法律规范的作用。

【解题分析】根据法律的规范作用的指向和侧重，可以将公共生活中法律规范的作用分为指引作用、预测作用、评价作用、强制作用和教育作用。

指引作用是指法律所具有的、能够为人们提供一种既定的行为模式，从而引导人们在法律范围内活动的作用。指引作用是法律最首要的作用。法律的首要目的并不在于制裁违法行为，而是在于引导人们正确的行为，合法地参与社会生活。所以，选项 A 正确。

预测作用是指法律通过其规定，告知人们某种行为所具有的、为法律所肯定或否定的性质以及它所导致的法律后果，使人们可以预先估计到自己行为的后果，以及他人行为的趋向与后果。人们可以根据法律规定，对特定行为的法律后果进行预测，从而自觉、自主地调整自己的行为，使之更加符合法律的规定，选项 B 正确。

评价作用是指法律所具有的、能够评价人们行为的法律意义的作用。法律的评价客体是人们的行为。这里所说的人们，既包括自然人，也包括法人和其他社会组织。法律评价的标准是合法与不合法，选项 C 正确。

强制作用是指法律能运用国家强制力制裁违法和犯罪，保障自己得以实施的作用。法律的强制作用是法的其他作用的保障。没有强制作用，法律的指引作用就会降低，预测作用就会被怀疑，评价作用就会在很大程度上失去意义，教育作用的效力也会受到严重影响，选项 D 正确。

教育作用是指法律所具有的、通过其规定和实施而影响人们思想，培养和提高人们的法律意识，引导人们依法行为的作用。法律的教育作用的实现主要有三种方式：一是法律作出规定，通过人们对法律的了解和学习，发挥教育作用；二是法律通过对各种违法犯罪行为的制裁，使违法犯罪者和一般社会成员受到教育；三是法律通过对各种先进人物、模范行为的嘉奖与鼓励，为人们树立良好的法律上的行为楷模。因此,本题正确答案是选项 ABCD。

四、本章测试题及答案解析

(一)本章测试题

1. 构建社会主义和谐社会,是中国共产党从全面建设小康社会、开创中国特色社会主义事业新局面的全局出发提出的一项重大战略任务。社会主义和谐社会的一个重要特征,也是构建社会主义和谐社会的必要条件是(　　)(单选)

A. 安定有序　　　　　　　　　　B. 法律健全

C. 文明健康　　　　　　　　　　D. 公共秩序

2. 社会公共秩序代表着全体公众的共同利益和社会生活的正常要求,建立良好公共秩序是促进社会稳定有序发展的要求。维护社会公共秩序的两种基本手段是(　　)(多选)

A. 礼仪　　　　　　　　　　　　B. 法律

C. 道德　　　　　　　　　　　　D. 风俗

3. 公共生活是相对于私人生活而言的,并且超越了私人生活,具有鲜明的(　　)(多选)

A. 封闭性　　　　　　　　　　　B. 开放性

C. 透明性　　　　　　　　　　　D. 间接性

4. 道德体系是指道德的各种表现形式,即各种道德现象所构成的有机整体。整个社会道德体系的基础层次是(　　)(单选)

A. 社会公德　　　　　　　　　　B. 职业道德

C. 家庭美德　　　　　　　　　　D. 个人修养

5. 下列选项既是社会公德最基本的要求,又是维护公共生活秩序的重要条件的是(　　)(单选)

A. 文明礼貌　　　　　　　　　　B. 保护环境

C. 遵纪守法　　　　　　　　　　D. 爱护公物

6. 乘车登机坐船应主动购票,自觉排队;出行应自觉遵守交通规则,不闯红灯;在图书馆、影剧院等公共场所,不喧哗吵闹;游览、购物、提款应按先后顺序,不插队。这体现了社会公德的(　　)(单选)

A. 保护环境的要求　　　　　　　B. 文明礼貌的要求

C. 助人为乐的要求　　　　　　　D. 爱护公物的要求

7. 良好的社会公德是一个地区、一个国家精神面貌好、社会风气正、社会风尚淳的重要标志。社会公德的主要内容和要求除了助人为乐、爱护公物、保护环境外,还有(　　)(多选)

A. 文明礼貌　　　　　　　　　　B. 爱岗敬业

C. 遵纪守法　　　　　　　　　　D. 勤俭持家

8.《公民道德建设实施纲要》用"文明礼貌、助人为乐、爱护公物、保护环境、遵纪守法"二十个字,第一次系统明确地提出了公民基本道德规范。社会公德涵盖(　　)(多选)

A. 人与人之间的关系　　　　　　B. 人与社会之间的关系

C. 人与自然之间的关系　　　　　D. 人与自身内心世界之间的关系

9. 下列关于法律的评价作用叙述错误的是(　　)(单选)

A. 法律的评价客体是人们的行为

B. 法律评价的标准是合法与不合法

C. 行为评价标准有法律、道德、纪律等,它们不可以同时适用

D. 法律的评价作用是指法律所具有的、能够评价人们行为的法律意义的作用

10. 法律的指引作用主要是通过授权性规范、禁止性规范和义务性规范三种形式来实现的。其中

义务性规范是告诉人们( )(单选)

    A. 不得或者不准做什么   B. 可以或者有权做什么

    C. 应当或者必须做什么   D. 能够或者不能做什么

11. 为保障宪法规定的公民集会、游行、示威的自由权利,又切实维护社会安定和公共秩序,以便顺利地进行社会主义现代化建设。1989 年 10 月 31 日第七届全国人民代表大会常务委员会第六次会议通过《集会游行示威法》,《集会游行示威法》的基本原则主要有( )(多选)

    A. 政府依法保障原则   B. 权利义务一致原则

    C. 和平进行原则   D. 以人为本原则

(二)测试题答案及解析

1.【参考答案】A

【答案解析】本题所考查知识点:公共生活需要公共秩序。

安定有序是社会主义和谐社会的重要特征,也是构建社会主义和谐社会的必要条件。一个社会安定有序,本身就是不同利益群体各显其能、各得其所而又和谐相处的表现。选项 BC,是保持安定有序的具体手段。选项 D,只有维护公共秩序,才能达到安定有序,从而形成构建和谐社会的重要条件。因此,本题的正确答案是选项 A。

2.【参考答案】BC

【答案解析】本题所考查知识点:维护社会公共秩序的基本手段。

在原始社会,原始人主要以图腾崇拜、禁忌、风俗等形式作为共同生活中必须遵守的规则。进入阶级社会以后,维护公共秩序的基本手段有了进一步发展。一方面,一些在长期公共生活中形成的、得到社会成员广泛认可的规范以民间风俗、礼仪和宗教教规、戒律等形式继续发挥着作用;另一方面,一些公共生活中的基本秩序及其规范开始以成文法的形式出现,以强制的方式对人们在公共生活中的行为作出限制和规定,以维护社会的正常运行。道德和法律逐渐成为建立和维护社会秩序的两种基本手段。因此,本题的正确答案是选项 BC。

3.【参考答案】BC

【答案解析】本题所考查知识点:公共生活的特点。

在公共生活中,一个人的行为,必定会与他人发生直接或间接的关系。公共生活超越了私人生活的局限,具有鲜明的开放性和透明性,对他人和社会的影响更为直接和广泛。选项 A 是私人生活的特点。选项 D 不是社会生活的特点。因此,本题的正确答案是选项 BC。

4.【参考答案】A

【答案解析】本题所考查知识点:社会公共道德在道德规则体系中的地位。

社会公德是在社会交往和公共生活中公民应该遵守的道德准则,是维护公共秩序的重要手段,因而成为整个社会道德体系的基础层次。社会公德是维护现实社会生活的最低准则,是社会体系中最起码、最基本的层次和要求,遵守社会公德是成为一个有道德的人的最基本要求。因此,本题的正确答案是选项 A。

5.【参考答案】C

【答案解析】本题所考查知识点:社会公德最基本的要求。

遵纪守法是社会公德最基本的要求,是维护公共生活秩序的重要条件。遵纪守法的实践是提高人们社会公德水平的一个重要途径。在社会生活中,每个社会成员都应自觉遵守法律、法规、纪律。选项 ABD 都是社会公德的主要内容,但并不是社会公德最基本的要求。因此,本题的正确答案是选项 C。

6.【参考答案】B

【答案解析】本题所考查知识点:社会公德的内容以及区别。

社会公德的主要内容包括"文明礼貌、助人为乐、爱护公物、保护环境、遵纪守法",选项列举情形都属于文明礼貌的范畴。因此,本题的正确答案是选项 B。

7.【参考答案】AC

【答案解析】本题所考查知识点:社会公德的主要内容。

社会公德的主要内容包括"文明礼貌、助人为乐、爱护公物、保护环境、遵纪守法"。因此,本题的正确答案是选项 AC。

8.【参考答案】ABC

【答案解析】本题所考查知识点:社会公德的内容。

《公民道德建设实施纲要》明确指出,社会公德"涵盖了人与人、人与社会、人与自然之间的关系"。在人与人之间关系的层面上,社会公德主要体现为举止文明、尊重他人;在人与社会之间关系的层面上,社会公德主要体现为爱护公物、维护公共秩序;在人与自然之间关系的层面上,社会公德主要体现为热爱自然、保护环境。选项 D,人与自身内心世界之间的关系不是社会公德涵盖的关系。因此,本题的正确答案是选项 ABC。

9.【参考答案】C

【答案解析】本题所考查知识点:法律的评价作用。

法律的评价作用是指法律所具有的、能够评价人们行为的法律意义的作用。这是法律的评价作用的含义,故选项 D 正确。法律的评价客体是人们的行为。这里所说的人们,既包括自然人,也包括法人和其他社会组织,选项 A 正确。法律评价的标准是合法与不合法。对国家机关及其公务人员,由于强调其"依法行政"、"依法司法"等,所以其公职行为必须要有法律上的根据。对其行为的评价标准就是合法与不合法。他们的公职行为只有合法,才能获得法律的保护,否则就是非法,就应当承担相应的法律责任。对于社会民众来说,法律对其要求是不能违反法律,只要违反了法律规定,就必须承担法律责任,受到法律制裁,故选项 B 正确。行为评价标准有法律、道德、纪律等,它们是可以同时适用的。但应该注意的是,既不能用法律评价取代道德评价、纪律评价,也不能用道德评价、纪律评价代替法律评价。所以选项 C 错误,由于本题要选出错误选项,答案应是选项 C。

10.【参考答案】C

【答案解析】本题所考查知识点:法律的指引作用。

法律的指引作用是指法律所具有的、能够为人们提供一种既定的行为模式,从而引导人们在法律范围内活动的作用,指引作用是法律最首要的作用。法律的首要目的并不在于制裁违法行为,而是在于引导人们正确的行为,合法地参与社会生活。法律的指引作用主要是通过授权性规范、禁止性规范和义务性规范三种规范形式实现的。与之相应的指引形式分别为授权性指引、禁止性指引和义务性指引。授权性指引是指运用授权性法律规范,告诉人们可以做什么或者有权做什么;禁止性指引是指运用禁止性法律规范,告诉人们不得做什么;义务性指引是指运用义务性法律规范,告诉人们应当或者必须做什么。所以,本题的正确答案是选项 C。

11.【参考答案】ABC

【答案解析】本题所考查知识点:《集会游行示威法》的基本原则。

《集会游行示威法》的基本原则主要有:一是政府依法保障原则。对公民行使集会、游行、示威的权利,各级人民政府应当依法予以保障。二是权利义务一致原则。公民在行使集会、游行、示威权利的时候,必须遵守宪法和法律,不得反对宪法所确定的基本原则,不得损害国家、社会、集体的利益和其他公民的合法的自由和权利。三是和平进行原则。集会、游行、示威应当和平进行,不得携带武器、管制刀具和爆炸物,不得使用暴力或煽动使用暴力。因此,本题的正确答案是选项 ABC。

4.6 培育职业精神 树立家庭美德

4.6.1 重难知识点内在逻辑系统图

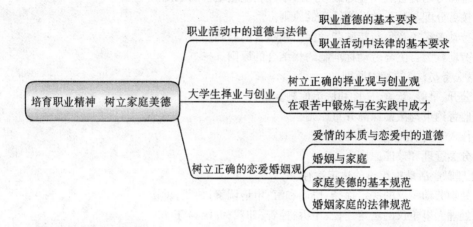

4.6.2 重难知识点详解

一、本章考点考查统计

学科	章节	考点	考查目标	已考查年度						
				2011	2010	2009	2008	2007	2006	2005
思想道德修养与法律基础	第六章 培育职业精神 树立家庭美德	职业道德的基本要求	1、2	/	/	/	/	/	/	/
		职业活动中法律的基本要求	1、3	/	/	/	/	/	/	/
		树立正确的择业观与创业观	2、3	/	/	/	/	/	/	/
		家庭美德的基本规范	2、3	/	/	/	/	/	/	/

二、本章重难知识点点拨

1. **职业道德的基本要求**

（1）爱岗敬业。爱岗敬业,反映的是从业人员热爱自己的工作岗位,敬重自己所从事的职业,勤奋努力,尽职尽责的道德操守。这是社会主义职业道德的最基本要求。

（2）诚实守信。诚实守信,既是做人的准则,也是对从业者的道德要求,即从业者在职业活动中应该诚实劳动,合法经营,信守承诺,讲求信誉。

（3）办事公道。办事公道,就是要求从业人员在职业活动中做到公平、公正,不谋私利,不徇私情,不以权损公,不以私害民,不假公济私。

（4）服务群众。服务群众,就是在职业活动中一切从群众的利益出发,为群众着想,为群众办事,为群众提供高质量的服务。

（5）奉献社会。奉献社会,就是要求从业人员在自己的工作岗位上树立奉献社会的职业精神,并通过兢兢业业的工作,自觉为社会和他人作贡献。这是社会主义职业道德中最高层次的要求,体现了社会主义职业道德的最高目标指向。

2. 职业活动中法律的基本原则

(1)《劳动法》的基本原则

一是维护劳动者合法权益与兼顾用人单位利益相结合的原则。

二是按劳分配与公平救助相结合的原则。

三是劳动者平等竞争与特殊劳动保护相结合的原则。

四是劳动行为自主与劳动标准制约相结合的原则。

(2)《公务员法》的基本原则

一是公开、平等、竞争、择优和法治原则。

二是监督约束与激励保障并重原则。

三是任人唯贤、德才兼备原则。

四是分类管理和效能原则。

3. 处理职业活动中纠纷的法定途径

(1)处理劳动争议的法定途径:协商和解;申请调解;仲裁;诉讼。

(2)处理人事争议的法定途径:申诉;控告;仲裁;诉讼。

4. 树立正确的择业观与创业观

(1)树立正确的择业观

第一,树立崇高的职业理想,重视人生价值的实现。

第二,服从社会需要,追求长远利益。

第三,打下坚实基础,做好充分准备。

(2)树立正确的创业观

第一,要有积极创业的思想准备。

第二,要有敢于创业的勇气。

第三,要提高创业的能力。

三、本章典型例题

1. "千淘万漉虽辛苦,吹尽狂沙始到金";"不经历风雨,怎能见彩虹"。这些格言警句都旨在说明(　　)(单选)

A. 在艰苦中锻炼是成才的必要条件

B. 社会实践是锻炼人才的熔炉

C. 人人可成才

D. 在艰苦中锻炼是成才的充分条件

【考点分析】本题所考查知识点:在艰苦中锻炼与在实践中成才。

【解题分析】仔细审题,不难发现,题干的中心意思在于强调艰苦中锻炼,这两句格言的重心是"辛苦"、"风雨",只有经过艰苦的锻炼方能成才,这是古往今来无数事实反复证明了的一条人才成长规律。直面艰苦,才会使自己对客观现实、人生真谛和自我价值有更深层次的认识与更切实的体验,才能磨炼自己的意志,挖掘潜能,发挥才智。艰苦是开发人的巨大潜能的一种重要动力,选项 A 符合题意,选项 B 强调社会实践,虽然也包括在艰苦中锻炼,但扩大了题干含义的外延。选项 C 本身表述有误。在艰苦中锻炼不是成才的充分条件,并非在艰苦中锻炼了就一定成才,故选项 D 错误。故本题正确答案是选项 A。

2. 婚姻与家庭是两个既密切相关又具有明显区别的概念,婚姻家庭关系是特定的人与人之间的特

殊关系,具有自然和社会两重属性,下列关于婚姻家庭的说法,正确的有( )(多选)

A. 家庭是指由法律所确认的男女两性的结合以及由此而产生的夫妻关系

B. 家庭是婚姻产生的重要前提,婚姻又是组成家庭的必然结果

C. 自然属性仅是婚姻家庭得以形成和发展的前提条件

D. 社会属性是婚姻家庭的本质属性

【考点分析】本题所考查知识点:婚姻与家庭。

【解题分析】婚姻是指由法律所确认的男女两性的结合以及由此而产生的夫妻关系。家庭是指在婚姻关系、血缘关系或收养关系基础上产生的,由亲属之间所构成的社会生活单位。选项 A 犯了张冠李戴的错误。选项 B 颠倒了婚姻和家庭的关系,应是婚姻是家庭产生的重要前提,家庭又是缔结婚姻的必然结果。如果我们能够明确地排除选项 AB,这是一道多选题,答案至少有两个,选项 CD 应该就是正确答案了。为保险起见,下面我们再具体分析一下选项 CD,选项 CD 说的是婚姻家庭的属性。婚姻家庭具有自然和社会两重属性。婚姻家庭的自然属性,是婚姻家庭赖以形成的自然因素,具体表现为男女两性的差别和人类固有的本能,从而构成男女结合的生理基础和家庭成员关系在生物学上的特征,也体现了某些自然规律对婚姻家庭所起的制约和影响作用,如自然选择规律排斥近亲通婚等。婚姻家庭的社会属性,是婚姻家庭的本质属性,具体表现为婚姻家庭的产生、形成和发展变化,都取决于社会生产和社会生活的客观需要,并受到上层建筑诸因素的制约和影响,从而使其依存于一定的社会结构,具有特定的社会性质。由此可见,自然属性仅是婚姻家庭得以形成和发展的前提条件,社会属性才是婚姻家庭的本质。所以,本题正确答案是选项 CD。

四、本章测试题及答案解析

(一)本章测试题

1. 职业道德是社会上占主导地位的道德或阶级道德在职业生活中的具体体现,是人们在履行本职工作中所遵循的行为准则和规范的总和。职业道德的最高要求是( )(单选)

A. 爱岗敬业   B. 诚实守信

C. 办事公道   D. 奉献社会

2. 根据《中华人民共和国劳动法》规定,下列属于劳动者权利的是( )(单选)

A. 完成劳动任务   B. 接受职业技能培训

C. 执行劳动安全卫生规程   D. 遵守劳动法律和职业道德

3. 劳动关系当事人之间因劳动的权利与义务发生分歧而引起的争议,又称劳动纠纷。处理劳动争议的途径有( )(多选)

A. 协商和解   B. 申请调解

C. 申请仲裁   D. 提起诉讼

4. 人事争议,也称人事纠纷,是指具有人事关系的单位与其所属工作人员之间,因执行人事政策法规,或履行聘任合同(聘用合同),持不同的主张和要求而产生的争执。处理人事争议的法定途径有( )(多选)

A. 申诉   B. 控告

C. 仲裁   D. 诉讼

5. 某企业对员工进行职业道德教育,职业道德的基本要求除了爱岗敬业还有( )(多选)

A. 办事公道   B. 诚实守信

C. 礼貌待人   D. 服务群众

6. 劳动法的基本原则,就是国家在劳动立法中所体现的指导思想和在调整劳动关系以及劳动关系

密切联系的其他社会关系时应该遵循的基本原则,下列选项中,不是《劳动法》的基本原则的是( )（多选）

A. 分类管理和效能原则

B. 监督约束与激励保障并重原则

C. 按劳分配与公平救助相结合的原则

D. 劳动行为自主与劳动标准制约相结合的原则

7. 拓展职业生活的关键环节是( )（单选）

A. 就业 B. 创业

C. 实践 D. 学习

8. 随着大学生就业难问题的出现,大学生群体的创业得到了社会广泛的关注,大学生正确的创业观包括( )（多选）

A. 要有积极创业的思想准备 B. 要有渊博的文化知识

C. 要有敢于创业的勇气 D. 要提高创业的能力

9. 人生面临许多重要选择,择业便是其中之一。选择职业不是一相情愿的事情,制约它的因素很多。树立正确的择业观,必须做到( )（多选）

A. 树立崇高职业理想,重视人生价值实现

B. 服从社会需要,追求长远利益

C. 打下坚实基础,做好充分准备

D. 勇于创业,积极探索

10. 婚姻家庭关系是特定的人与人之间的社会关系,即以男女两性和亲属间的血缘联系为其自然条件的社会关系。婚姻家庭的本质属性是( )（单选）

A. 自然属性 B. 社会属性

C. 道德属性 D. 法律属性

11. 爱的情感是与道德责任结合在一起,只有以高尚道德作为基础,才能获得真正的爱情。要使爱情健康地发展下去,必须珍惜恋爱过程中爱情的道德价值,恋爱中的道德要求主要体现在( )（多选）

A. 尊重人格平等 B. 自觉承担责任

C. 文明相亲相爱 D. 彼此信守承诺

12. 有人认为爱情到底是什么谁也说不清,像雾像雨又像风,但马克思主义认为爱情必须由三个基本要素组成,它们是( )（多选）

A. 性爱 B. 理想

C. 责任 D. 道德

13. 婚姻家庭的和谐稳定是社会和谐稳定的基础,家庭美德是每个公民在家庭生活中应该遵守的行为准则,它涵盖的关系有( )（多选）

A. 邻里 B. 社区

C. 夫妻 D. 长幼

14. 结婚是指男女双方依照法律规定的条件和程序,确立夫妻关系的法律行为。结婚必须具备的条件是( )（多选）

A. 男女双方完全自愿 B. 达到法定年龄

C. 符合一夫一妻制 D. 男女双方身体健康

15.《婚姻法》的基本原则主要包括:婚姻自由;一夫一妻;实行计划生育;夫妻互相忠实、互相尊重;家庭成员间敬老爱幼、互相帮助以及(　　　)(多选)

A. 男女平等
B. 夫妻和睦
C. 勤俭持家
D. 保护妇女、老人和儿童的合法权益

(二)测试题答案及解析

1.【参考答案】D

【答案解析】本题所考查知识点:职业道德的最高要求。

爱岗敬业,反映的是从业人员热爱自己的工作岗位,敬重自己所从事的职业,勤奋努力,尽职尽责的道德操守,这是社会主义职业道德的最基本要求。奉献社会,就是要求从业人员在自己的工作岗位上树立奉献社会的职业精神,并通过兢兢业业的工作,自觉为社会和他人作贡献。这是社会主义职业道德中最高层次的要求,体现了社会主义职业道德的最高目标指向。因此,本题正确答案是选项 D。

2.【参考答案】B

【答案解析】本题所考查知识点:劳动者权利。

《劳动法》规定的劳动者权利有:平等就业和选择职业的权利,取得劳动报酬的权利,休息休假的权利,获得劳动安全卫生保护的权利,接受职业技能培训的权利,享受社会保险和福利的权利,提请劳动争议处理的权利,法律法规规定的其他权利。其他选项为劳动者的义务。因此,本题正确答案是选项 B。

3.【参考答案】ABCD

【答案解析】本题所考查知识点:处理劳动争议的途径。

发生劳动争议,处理的途径有五种:一是协商和解;二是申请调解;三是申请仲裁;四是提起诉讼;五是向劳动行政部门投诉。能协商和解解决劳动争议,无论是对用人单位还是劳动者,都应是首选途径;调解也是解决劳动争议的较好途径。如果劳动争议当事人能协商、调解解决劳动争议,可以免伤和气,减少维权成本。无论是对用人单位还是劳动者,最好只有在双方已试用协商、调解途径,经最大努力还是不能达成和解协议或调解协议,或者一方不履行和解协议、调解协议的时候,才依法申请仲裁或提起诉讼。就劳动者而言,用人单位违反国家规定,拖欠或者未足额支付劳动报酬,或者拖欠工伤医疗费、经济补偿或者赔偿金的,可以向劳动行政部门投诉,由劳动行政部门依法处理。因此,本题正确答案是选项 ABCD。

4.【参考答案】ABCD

【答案解析】本题所考查知识点:处理人事争议的法定途径。

人事争议是指党政机关、社会团体、事业单位的工作人员(不包括工勤人员)与所在单位因录用聘用、辞职、辞退、考核、回避、工资升降等人事管理事项引发的争议。人事争议的当事人是特定的,即一方是党政机关、社会团体、事业单位,另一方是上述单位的工作人员。人事争议的内容是限定的。人事争议的内容涉及人事管理的各个环节,就目前的政策,有些人事争议诸如晋级、晋职、奖惩、任免等争议,不属于人事争议仲裁的受理范围。人事争议处理有以下四种途径:申诉,申诉部门是作出该人事处理的机构或上一级机关;控告,向上级机关或有关部门提出控告;仲裁,向人事争议仲裁委员会提出;诉讼,对仲裁不服的向人民法院提起诉讼。因此,本题正确答案是选项 ABCD。

5.【参考答案】ABD

【答案解析】本题所考查知识点:职业道德的内容。

职业道德就是从事特定职业的人在职业活动中应当遵循的具有职业特征的特殊道德要求,主要内容是爱岗敬业、诚实守信、办事公道、服务群众、奉献社会。因此,本题正确答案是选项 ABD。

6.【参考答案】AB

【答案解析】本题所考查知识点:《劳动法》的基本原则。

《劳动法》的基本原则主要有:第一,维护劳动者合法权益与兼顾用人单位利益相结合的原则;第二,按劳分配与公平救助相结合的原则;第三,劳动者平等竞争与特殊劳动保护相结合的原则;第四,劳动行为自主与劳动标准制约相结合的原则。而 AB 选项的内容是《公务员法》的基本原则。因此,本题正确答案是选项 AB。

7.【参考答案】B

【答案解析】本题所考查知识点:正确的创业观的内容。

择业是起点,创业是追求。如果一个人选择了职业之后却采取消极、应付的态度,就有可能失去已经得到的职业。在就业压力较大的社会环境中,创业意识强烈并且思想准备充分就能获得更好的发展机会,甚至还能帮助别人就业。当今社会中增添的许多新职业,既体现了新的社会需要,又体现了创业者的智慧和贡献,所以创业是拓展职业生活的关键环节,选项 B 正确。选项 A 就业,没有体现拓展;选项 C 实践,范围太宽泛,人的活动都可以成为实践活动;选项 D 学习,是拓展职业生活的准备,而不是拓展职业生活的关键环节。因此,本题正确答案是选项 B。

8.【参考答案】ACD

【答案解析】本题所考查知识点:正确的创业观的内容。

正确的创业观包括:要有积极创业的思想准备;要有敢于创业的勇气;要提高创业的能力,因此,本题正确答案为选项 ACD。

9.【参考答案】ABC

【答案解析】本题所考查知识点:如何树立正确的择业观。

树立正确的择业观包括:树立崇高职业理想,重视人生价值实现;服从社会需要,追求长远利益;打下坚实基础,做好充分准备。选项 D 属于创业观。因此,本题正确答案是选项 ABC。

10.【参考答案】B

【答案解析】本题所考查知识点:婚姻家庭的本质属性。

婚姻家庭关系是特定的人与人之间的特殊关系,具有自然和社会两重属性。婚姻家庭的自然属性是婚姻家庭赖以形成的自然因素,具体表现为男女两性的差别和人类固有的本能,从而构成男女结合的生理基础和家庭成员关系在生物学上的特征,也体现了某些自然规律对婚姻家庭所起的制约和影响作用,如自然选择规律排斥近亲通婚。婚姻家庭的社会属性,是婚姻家庭的本质属性,具体表现为婚姻家庭的产生、形成和发展变化,都取决于社会生产和社会生活的客观需要,并受到上层建筑诸因素的制约和影响,从而使其依存于一定的社会结构,具有特定的社会性质。由此可见,自然属性仅是婚姻家庭得以形成和发展的前提条件,社会属性才是婚姻家庭的本质。因此,本题正确答案是选项 B。

11.【参考答案】ABC

【答案解析】本题所考查知识点:恋爱中的道德要求。

恋爱作为一种人际交往,必然也要受到道德的约束。恋爱中的道德要求主要体现在:第一,尊重人格平等。恋人间彼此尊重人格的表现,主要是尊重对方的独立性和重视双方的平等。第二,自觉承担责任。自愿地为对方承担责任,是爱情本质的体现。第三,文明相亲相爱。文明的恋爱往往是恋爱双方既相互爱慕、亲近,又举止得体,相互尊重,而绝不是在态度、举止、语言等方面的粗俗和放纵。因此,本题正确答案是选项 ABC。

12.【参考答案】ABC

【答案解析】本题所考查知识点:爱情的三个基本要素。

爱情是一对男女基于一定的社会基础和共同的生活理想,在各自内心形成的相互爱慕并渴望对方成为自己终身伴侣的一种强烈、纯真、专一的情感。性爱、理想、责任是构成爱情的三个基本要素。因此,本题正确答案是选项 ABC。

13.【参考答案】ACD

【答案解析】本题所考查知识点:家庭美德调节的范围。

家庭美德在维系和谐美满的婚姻家庭关系中具有十分重要并且独特的功能。家庭美德是每个公民在家庭生活中应该遵守的行为准则,涵盖了夫妻、长幼、邻里之间的关系。因此,本题正确答案是选项 ACD。

14.【参考答案】ABC

【答案解析】本题所考查知识点:结婚的必备条件。

结婚是指男女双方依照法律规定的条件和程序,确立夫妻关系的法律行为。结婚的法定条件分为必备条件和禁止条件。结婚必须具备的三个条件是男女双方完全自愿,达到法定年龄,符合一夫一妻制。结婚的禁止条件:一是禁止直系血亲和三代以内旁系血亲结婚。二是禁止患有医学上认为不应当结婚的疾病的人结婚。因此,本题正确答案是选项 ABC。

15.【参考答案】AD

【答案解析】本题所考查知识点:《婚姻法》的基本原则。

《婚姻法》的基本原则主要有:婚姻自由;一夫一妻;男女平等;保护妇女、老人和儿童的合法权益;实行计划生育;夫妻互相忠实、互相尊重;家庭成员间敬老爱幼、互相帮助。因此,本题正确答案是选项 AD。

4.7 增强法律意识 弘扬法治精神

4.7.1 重难知识点内在逻辑系统图

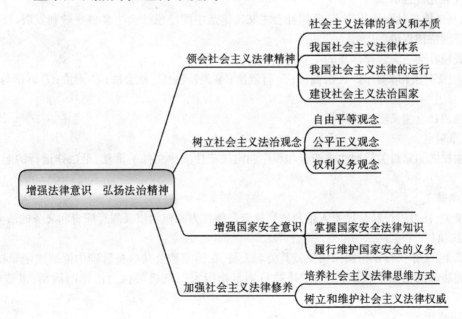

4.7.2 重难知识点详解

一、本章考点考查统计

学科	章节	考点	考查目标	已考查年度						
				2011	2010	2009	2008	2007	2006	2005
思想道德修养与法律基础	第七章 增强法律意识 弘扬法治精神	领会社会主义法律精神	1、2	/	√	/	/	/	/	/
		树立社会主义法治观念	1、2	/	/	/	/	/	/	/
		增强国家安全意识	1、2	/	/	/	/	/	/	/
		加强社会主义法律修养	1、5	√	/	/	/	/	/	/

二、本章重难知识点点拨

1. 领会社会主义法律精神

（1）法律的一般含义

第一，法律是由国家创制并保证实施的行为规范。

第二，法律是统治阶级意志的体现。

第三，法律由社会物质生活条件决定。

（2）我国社会主义法律的本质

第一，从法律所体现的意志来看，我国社会主义法律是工人阶级领导下的广大人民意志的体现。

第二，从法律的实质内容来看，我国社会主义法律是社会历史发展规律和自然规律的反映，具有鲜明的科学性和先进性。

第三，从法律的社会作用来看，我国社会主义法律是中国特色社会主义事业顺利发展，社会主义和谐社会建设的法律保障。

（3）我国社会主义法律体系的主要构成

① 宪法及宪法相关法；② 民法商法；③ 行政法；④ 经济法；⑤ 社会法；⑥ 刑法；⑦ 诉讼与非诉讼程序法。

（4）我国社会主义法律的运行

① 法律制定

有立法权的国家机关依照法定职权和程序制定规范性法律文件的活动，是法律运行的起始性和关键性环节。

② 法律遵守

国家机关、社会组织和公民个人依照法律规定行使权力和权利以及履行职责和义务的活动。

③ 法律执行

在广义上，法律执行是指国家机关及其公职人员，在国家和公共事务管理中依照法定职权和程序，贯彻和实施法律的活动。在狭义上，法律执行则是指国家行政机关执行法律的活动，也被称为行政执法。

④ 法律适用

国家司法机关及其公职人员依照法定职权和程序适用法律处理案件的专门活动。在我国，司法机关是指国家检察机关和审判机关。人民检察院代表国家行使法律监督权,人民法院代表国家行使审判权。

2. 树立社会主义法治观念

(1)自由平等观念

① 依法享有和行使自由的观念

② 法律面前人人平等观念

(2)公平正义观念

① 坚持立法公正与执法公正并重

② 坚持实体公正与程序公正并重

(3)权利义务观念

① 法律权利与法律义务的性质

从来源来看,法律权利和法律义务一般都来源于法律的明文规定,或者法律虽未明文规定,但可以从法律的规定中推导出来。从基本内容来看,法律权利意味着人们可以依法作或不作一定行为,可以依法要求他人作或不作一定行为。法律义务包括作为义务和不作为义务两种。从范围来看,法律权利和法律义务都有明确的界限。

② 法律权利与法律义务的关系

结构上的相关关系、总量上的等值关系、功能上的互补关系。

3. 增强国家安全意识

传统的国家安全观将国家安全理解为政治安全和国防安全,即主权独立、领土安全、政治稳定等。新的国家安全观不仅包括传统的政治安全和国防安全,还包括经济安全、科技安全、文化安全、生态安全、社会公共安全等。

4. 加强社会主义法律修养

(1)培养社会主义法律思维方式

法律思维方式的特征:① 讲法律:以法律思维方式思考与处理法律问题首先要以法律为准绳。② 讲证据:以法律思维方式思考与处理法律问题要以证据为根据。首先,证据要具有合法性;其次,证据要具有客观性;最后,证据要具有关联性。③ 讲程序:法律思维思考与处理法律问题要从法律程序出发。程序问题在法律领域居于非常重要的地位。程序告诉人们实施某种法律行为时,应先做什么事情,后做什么事情,以及如何做这些事情才是符合法律的。④ 讲法理:法律思维思考与处理法律问题要运用法律原理和精神。其一,理由必须是公开的,而不能是秘密的;其二,理由必须有法律上的依据;其三,理由必须具有法律上的说服力。

(2)树立和维护社会主义法律权威

① 维护法律权威的意义

法律权威是就国家和社会管理过程中法律的地位和作用而言的,是指法的不可违抗性。法律权威的树立主要依靠法律的外在强制力和内在说服力。树立法律权威对于建设社会主义法治国家、实现国家的长治久安具有非常重要的意义。法律权威是国家稳定的坚实基础。

② 自觉维护社会主义法律权威

第一,努力树立法律信仰。

第二,积极宣传法律知识。

第三,敢于同违法犯罪行为作斗争。

三、本章典型例题

1. 1999 年我国宪法修正案明确规定:"依法治国,建立社会主义法治国家。"依法治国是社会文明进步的显著标志,是国家长治久安的重要保障,是社会主义民主政治的基本要求,也是建设中国特色社会主义经济、政治、文化,构建和谐社会的必然要求。下面与依法治国相关的表述,正确的有(　　)(多选)

A. 法律是由国家制定或认可并以国家强制力保证实施的,反映由特定社会物质生活条件所决定的统治阶级意志的规范体系。我国社会主义法律更是体现出了广泛的人民性和鲜明的科学性

B. 依法治国,要求完善中国特色社会主义法律体系,这一体系是以我国全部现行法律规范按照一定的标准和原则划分为不同的法律部门,并由这些法律部门所构成的具有内在联系的统一整体

C. 依法治国,离不开法律的有序运行。法律的运行是一个从创制到实现的过程。这个过程主要包括法律制定(立法)、法律遵守(守法)、法律执行(执法)、法律适用(司法)等环节

D. 依法治国,是法治的本质特征之一。"法治"与"法制",虽然仅一字之差,但从内涵上讲,却有重大区别。"法治"是一种治理国家的理论、原则、理念和方法,是一种社会意识;而"法制"通常是指国家的法律和制度的简称,是一种社会制度

【考点分析】本题所考查知识点:法律的一般含义;中国特色社会主义法律体系的含义;社会主义法律的运行;"法治"与"法制"的区别。

【解题分析】所谓依法治国,就是广大人民群众在党的领导下,依照宪法和法律规定,通过各种途径和形式管理国家事务,管理经济文化事业,管理社会事务,保证国家各项工作都依法进行,逐步实现社会主义民主的制度化、法律化,使这种制度和法律不因领导人的改变而改变,不因领导人的看法和注意力的改变而改变。通过依法治国的含义,可以得出我国社会主义法律必然具有广泛的人民性和鲜明的科学性。

A选项涉及的知识点是社会主义法律的含义和本质。法律的一般含义是指由国家制定或认可并以国家强制力保证实施的,反映由特定社会物质生活条件所决定的统治阶级意志的规范体系。我国社会主义法律的本质主要表现在以下几个方面:第一,从法律所体现的意志来看,我国社会主义法律是工人阶级领导下的广大人民意志的体现。我国社会主义法律既具有鲜明的阶级性,又具有广泛的人民性,体现了阶级性与人民性的统一;第二,从法律的实质内容来看,我国社会主义法律是社会历史发展规律和自然规律的反映,具有鲜明的科学性和先进性;第三,从法律的社会作用来看,我国社会主义法律是中国特色社会主义事业顺利发展,社会主义和谐社会建设的法律保障。

B选项涉及的知识点是社会主义法律体系的含义。中国特色社会主义法律体系是以我国全部现行法律规范按照一定的标准和原则划分为不同的法律部门,并由这些法律部门所构成的具有内在联系的统一整体。现在,我国以宪法为核心,以涵盖宪法及宪法相关法、民法商法、行政法、经济法、社会法、刑法、诉讼与非诉讼程序法等7个法律部门的法律为主干,由法律、行政法规、地方性法规等3个层次法律规范构成的中国特色社会主义法律体系已经基本形成,国家经济、政治、文化、社会生活各个方面基本做到有法可依,有力地保障和推动了中国特色社会主义事业的发展。

C选项涉及的知识点是法律的运行。法律的运行是一个从创制、实施到实现的过程。这个过程主要包括法律制定(立法)、法律遵守(守法)、法律执行(执法)、法律适用(司法)等环节。

D选项涉及的知识点是对依法治国含义的深层次理解。依法治国,是法治的本质特征之一。"法治"与"法制",虽然仅一字之差,但从内涵上讲,却有重大区别。"法治"是一种治理国家的理论、原则、理念和方法,是一种社会意识;而"法制"通常是指国家的法律和制度的简称,是一种社会制度。

联系选项,得出正确答案:通过以上分析可知,依法治国涉及各项重要的法律制度,需要对相关的知识点融会贯通才能领会其含义。法律所体现出来的阶级性在我国社会主义法律中有了更明确的表现,即广泛的人民性和鲜明的科学性。同时,各项法律制度构成一个彼此关联的科学体系,即社会主义法律体系。而法律体系的落实需要各项法律的运行。最后,依法治国作为法治的本质特征之一,可以得出法治与法制的实质区别在于前者是一种社会意识,而后者则是一种社会制度。所以本题的正确答

案为选项 ABCD。

2. 树立社会主义法治观念,关系依法治国基本方略的实施,关系社会主义法治国家建设的历史进程。下列属于我国社会主义法治观念的内容有(   )(多选)

A. 依法享有和行使自由的观念　　　　B. 法律面前人人平等的观念

C. 公平正义观念　　　　　　　　　　D. 权利义务观念

【考点分析】本题所考查知识点:社会主义法治观念的基本内容。

【解题分析】社会主义法治观念主要包括:自由平等观念、公平正义观念、权利义务观念。

自由平等观念:法律上的自由平等观念最为核心的内容是依法享有和行使自由的观念、法律面前人人平等的观念。

首先,依法享有和行使自由的观念。其次,法律面前人人平等的观念。要做到两点:第一,公民在守法上一律平等。第二,公民在适用法律上一律平等。

公平正义观念:公平正义观念包括两个方面的内容。(1)坚持立法公正与执法公正并重。这里所说的执法是指广义上的执法。执法公正包括多方面的要求:一是坚持合法合理原则;二是坚持及时高效的原则;三是坚持程序公正的原则。(2)坚持实体公正与程序公正并重。程序公正与实体公正是密切联系、相互制约的,程序不公正往往会导致实体不公正。以诉讼为例,不公正的审判程序容易导致不公正的审判结果。因此,我们特别要增强程序公正观念,重视程序方面的制度建设。

权利义务观念:正确的法律权利与义务观念,包括正确理解法律权利与法律义务的性质,把握法律权利与法律义务的关系。首先,法律权利与法律义务的性质。可以从三个方面理解法律权利和法律义务的性质:

从来源来看,法律权利和法律义务一般都来源于法律的明文规定,或者法律虽未明文规定,但可以从法律的规定中推导出来。后一类法律权利和法律义务通常被称为默示的或推定的权利和义务。

从基本内容来看,法律权利意味着人们可以依法作或不作一定行为,可以依法要求他人作或不作一定行为。法律通过规定权利,使人们获得某种合法的利益或自由。法律义务包括作为义务和不作为义务两种。

从范围来看,法律权利和法律义务都有明确的界限。

其次,法律权利与法律义务的关系。

从法律的历史和实践来看,法律权利与法律义务之间存在多方面的复杂关系。一般说来,可以把法律权利与法律义务的关系概括为结构上的相关关系、总量上的等值关系、功能上的互补关系等三个方面。

联系选项,深入分析:选项 A 与选项 B 都属于自由平等观念。是对自由平等观念的深入分析和理解。选项 C 与选项 D 均为社会主义法治观念的重要内容。因此,结合上述知识点详解,可以得出这道题目的正确答案为选项 ABCD。

知识点回顾,直接找出正确选项:树立社会主义法治观念是落实依法治国至关重要的一步。广大人民群众只有通过法律的手段把当家作主的民主权利制度化、法制化,才能使人民民主具有现实性和不可违抗的力量。树立社会主义法治观念,就要树立自由平等观念、公平正义观念和正确的权利义务观念。树立自由平等观念又集中表现为树立依法享有和行使自由的观念和法律面前人人平等的观念。树立公平正义观念也分为两种:坚持立法公正与执法公正并重;坚持实体公正与程序公正并重。而权利义务观念则要求人们要正确地行使权利和履行义务。因此,可以得出,选项 ABCD 是正确答案。

3. 相对于传统的国家安全观,新的国家安全观包括(   )(多选)

A. 政治安全　　　　　　　　　　　　B. 国防安全

C. 经济安全　　　　　　　　　　　　D. 社会公共安全

【考点分析】本题所考查知识点:新的国家安全观。

【解题分析】从基本概念出发,逐一分析:

国家安全:国家安全一般是指一个国家不受内部和外部的威胁、破坏而保持稳定有序的状态。

传统的国家安全观:传统的国家安全观将国家安全理解为政治安全和国防全,即主权独立、领土安全、政治稳定等。

新的国家安全观:新的国家安全观不仅包括传统的政治安全和国防安全,还包括经济安全、科技安全、文化安全、生态安全、社会公共安全等。

联系选项,得出正确答案:通过上述的概念辨析,可以得出四个选项均是新的国家安全观的内容。因此,本题的正确答案为选项 ABCD。

4. 加快依法治国进程,需要公民增强社会主义法律修养,而社会主义法律思维方式的养成在其中起到至为关键的作用。法律思维方式的特征主要有(　　)(多选)

A. 讲法律　　　　　　　　　　　　B. 讲证据

C. 讲程序　　　　　　　　　　　　D. 讲法理

【考点分析】本题所考查知识点:法律思维方式的特征。

【解题分析】所谓法律思维方式,是指按照法律的规定、原理和精神,思考、分析、解决法律问题的习惯与取向。在通常情况下,法律问题往往还包含着道德、经济或政治问题,可以从道德的、经济的、政治的角度来思考和处理,但一旦这些问题被纳入法律调整的范围,就应当按照法律的规定、原理和精神来思考与处理。在相当多的情况下,按照法律思维思考与处理问题,与按照道德思维、经济思维或政治思维思考与处理问题,会得出相同或相似的结论,但在某些情况下,则可能得出不同的结论。通过上述对法律思维方式的分析,可以得出法律思维方式的特征涵盖了讲法律、讲证据、讲程序和讲法理四个方面。

A 选项讲法律,是法律思维方式的第一个特征。以法律思维方式思考与处理法律问题首先要以法律为准绳。某种行为是合法行为还是违法行为,是一般违法行为还是犯罪行为,是否应当承担法律责任,应当承担什么样的法律责任等,都应当以法律为标准作出判断。

B 选项讲证据,是法律思维方式的第二个特征。以法律思维方式思考与处理法律问题要以证据为根据。正确地分析与处理法律案件,要抓住两个关键问题:一是查清案件事实,二是正确运用法律。只有收集到充分的证据,才能查清案件事实。一般来说,证据就是以法律规定的形式表现出来的、能够证明案件真实情况的事实。法律上的证据不同于一般的事实。首先,证据要具有合法性,即证据的形式、收集和查证都必须符合法律的规定。其次,证据要具有客观性,即证据必须是客观真实的,既不能捕风捉影,更不能主观臆断。最后,证据要具有关联性,即证据只有与案件事实有实质性联系,才能对案件事实具有证明作用。

选项 C 讲程序,是法律思维方式的第三个特征。以法律思维方式思考与处理法律问题要从法律程序出发。程序问题在法律领域居于非常重要的地位。简单地说,程序是法律所规定的法律行为的方式和过程,法律通过规定明确的程序来约束人们的行为。

选项 D 讲法理,是法律思维方式的最后一个特征。以法律思维方式思考与处理法律问题要运用法律原理和精神。法律思维的任务不仅是获得处理法律问题的结论,而且要为法律结论提供充分的法律论证与法律理由。所以,本题的正确答案是选项 ABCD。

四、本章测试题及答案解析

(一) 本章测试题

1. 自人类进入阶级社会以后,便产生了国家,相应地也产生了法。下列关于法的本质和特征的说法中,正确的有(　　)(多选)

  A. 法是体现统治阶级意志的社会规范

  B. 法是由国家强制力保证实施的社会规范

  C. 法是由社会物质生活条件决定的社会规范

  D. 法是不受历史、传统、宗教等影响的社会规范

2. 法律区别于其他社会规范的首要之处在于( )(单选)

  A. 具有强制力,违背其的后果是一定会受到制裁

  B. 有专门的法院、监狱等法制机构作为其实施的保障

  C. 它是由国家创制并保证实施的行为规范

  D. 其他社会规范在保证法律的实施过程中发挥着重要作用

3. 依法治国的根本保证是( )(单选)

  A. 改革开放   B. 坚持四项基本原则

  C. 党的领导   D. 人民当家作主

4. 马克思说:"法律不是压制自由的措施,正如重力定律不是阻止运动的措施一样。"这句话表明
( )(多选)

  A. 自由并不是无限度的

  B. 对自由不应施加约束

  C. 任何人在行使自由权利的时候,都必须尊重他人的自由

  D. 对自由施加合理的约束,是保障自由实现的必要条件

5. 下列选项中,正确阐述了法律权利特点的是( )(多选)

  A. 一般都来源于法律的明文规定,或者可以从法律的规定中推导出来

  B. 权利的行使要受到一定的限制

  C. 是保障权利人实现自己利益的手段

  D. 与义务相关联,不能孤立存在

6. 传统的国家安全观不包括( )(单选)

  A. 政治稳定   B. 生态安全

  C. 主权独立   D. 领土安全

7. 依法服兵役和参加民兵组织,是中华人民共和国公民的光荣义务。对这一义务有所规定的法律
规范包括( )(多选)

  A.《宪法》   B.《国防法》

  C.《兵役法》   D.《反分裂国家法》

8. 以法律思维方式思考与处理法律问题要运用法律原理和精神。法律思维的任务不仅是获得处
理法律问题的结论,而且要为法律结论提供充分的法律论证与法律理由。任何理性的思维都应当用适
当的理由来支持所获得的结论,而法律思维对理由的要求更有特殊之处。包括( )(多选)

  A. 理由必须是公开的,而不能是秘密的

  B. 理由必须有法律上的依据

  C. 理由必须具有法律上的说服力

  D. 理由必须是有利的

9. 法律权威是就国家和社会管理过程中法律的地位和作用而言的,是指法律的不可违抗性。法律
权威的树立主要依靠( )(多选)

  A. 法律的外在强制力

B. 法律的内在说服力

C. 公众的法律实践

D. 公民的法律意识

10. 法律权威是就国家和社会管理过程中法律的地位和作用而言的,是指( )(单选)

A. 法律的国家强制性

B. 法律的国家意志性

C. 法律的规范性

D. 法律的不可违抗性

(二) 测试题答案及解析

1.【参考答案】ABC

【答案解析】本题所考查知识点:法律的本质和特征。

法律是由国家制定或认可并以国家强制力保证实施的,反映由特定社会物质生活条件所决定的统治阶级意志的规范体系。据此可知,选项 ABC 为正确答案。选项 D 错误,法律不是凭空出现的,而是产生于特定时代的物质生活条件基础之上的。此外,法律还要受历史、传统、宗教等社会规范的影响而不断进行调整和完善。

2.【参考答案】C

【答案解析】本题所考查知识点:法律区别于其他社会规范的首要之处。

法律是由国家创制并保证实施的社会规范。法律区别于道德规范、宗教规范、风俗习惯、社会礼仪等其他社会规范的首要之处在于,它是由国家创制并保证实施的社会规范。其他选项表述正确,但不符合题意。因此,本题的正确答案为选项 C。

3.【参考答案】C

【答案解析】本题所考查知识点:建设社会主义法治国家。

党的领导是人民当家作主和依法治国的根本保证。这是因为,人是划分为阶级的,阶级是由政党领导的。当前,我国人民是由不同的阶层组成的,而中国共产党既是工人阶级的先锋队,又是中国人民和中华民族的先锋队,是最广大人民根本利益的代表。没有党的领导,人民只能是一盘散沙,意志分散,民族缺乏凝聚力。因此,人民民主只能通过党的领导、党的示范,才能很好地运行。脱离、削弱党的领导,人民民主和依法治国就会误入歧途。因此,我们只有牢牢坚持党的领导地位,才能使人民民主和依法治国有条不紊地进行。所以,本题的正确答案为选项 C。

4.【参考答案】ACD

【答案解析】本题所考查知识点:依法享有和行使自由的观念。

虽然法律是约束人们的行为规范,但并不意味着对人们的自由的限制与取消。为了保障他人同等的自由,法律一般都要给当事人的自由确定合理的界限,对当事人的自由施加合理的约束。这些合理的界限和约束是让人们更好地享有和行使权利的必要条件。因此,选项 B 错误,本题正确答案为选项 ACD。

5.【参考答案】ABCD

【答案解析】本题所考查知识点:法律权利。

法律通过规定权利,使人们获得某种合法的利益或自由。从来源来看,法律权利来源于法律的明文规定,或者法律虽没有明文规定,但可以从法律的规定中推导出来。从范围来看,法律权利和法律义务都有明确的界限:首先,受社会物质生活条件、政治文明程度以及文化发展水平制约,以社会承受能力为限度;其次,无论是行使权利,还是履行义务,都应当在法定界限内进行。两者都不可能孤立存在与发展,一方的存在和发展都必须以另一方的存在和发展为条件。因此,本题的正确答案为选项 ABCD。

6.【参考答案】B

【答案解析】本题所考查知识点:国家安全观的基本内容。

国家安全一般是指一个国家不受内部和外部的威胁、破坏而保持稳定有序的状态。传统的国家安全观将国家安全理解为政治安全和国防安全,即主权独立、领土安全和政治稳定等。但是随着国际环境的变化,新的国家安全观也应运而生,不仅包括传统的国家安全观,还包括科技安全、经济安全、文化安全、生态安全、社会公共安全等。生态安全属于新的国家安全观的内容。选项 ACD 均为传统国家安全观的内容。因此,本题的正确答案为选项 B。

7.【参考答案】ABC

【答案解析】本题所考查知识点:规定依照法律服兵役和参加民兵组织的义务的相关法律。

由中国人民解放军、中国人民武装警察部队和民兵构成的武装力量是巩固国防、抵抗侵略、保卫国家的主要力量。公民依照法律服兵役和参加民兵组织,是武装力量存在和发展的人员保证。《宪法》规定,保卫祖国、抵抗侵略是中华人民共和国每一个公民的神圣职责。依照法律服兵役和参加民兵组织是中华人民共和国公民的光荣义务。《国防法》、《兵役法》等法律都重申了公民的这一基本义务。《反分裂国家法》明确规定了台湾问题的性质、以和平方式实现祖国统一、以非和平方式及其他必要措施制止"台独"分裂势力分裂国家等内容。其中对依照法律服兵役和参加民兵组织等义务并未涉及。因此,选项 D 错误,本题正确答案为选项 ABC。

8.【参考答案】ABC

【答案解析】本题所考查知识点:法律思维对理由的特殊要求。

以法律思维方式思考与处理法律问题要运用法律原理和精神。法律思维的任务不仅是获得处理法律问题的结论,而且要为法律结论提供充分的法律论证与法律理由。任何理性的思维都应当用适当的理由来支持所获得的结论,而法律思维对理由的要求更有特殊之处:其一,理由必须是公开的,而不能是秘密的。其二,理由必须有法律上的依据。其三,理由必须具有法律上的说服力。就此而论,法律思维的首要任务与其说是寻求解决问题的结论,不如说是寻求据此做出结论的法律理由——那些认同法律并依赖于法律的人们能够接受的理由。而作为法律思维所要求的理由,不一定必然是有利的,比如说对于证实某人有犯罪行为的理由,对这个人来说,就是极为不利的。因此,选项 D 错误。本题正确答案为选项 ABC。

9.【参考答案】AB

【答案解析】本题所考查知识点:法律权威的树立。

法律权威是就国家和社会管理过程中法律的地位和作用而言的,是指法的不可违抗性。法律权威的树立主要依靠法律的外在强制力和内在说服力。法律的外在强制力是法律权威的外在条件,主要表现为国家对违法行为的制裁。尽管法律权威不可能完全建立在外在强制力的基础之上,但必要的外在强制力,是树立法律权威不可缺少的条件。法律的内在说服力是法律权威的内在基础。如果仅仅依赖外在强制力,法律不可能形成真正的权威。法律的内在说服力既来源于法律本身的内在合理性,如法律合乎情理、维护正义、促进效率、通俗易懂,也来源于法律实施过程的合理性,如执法公平、司法公正。正是由于法律本身及法律实施具有这些内在合理性,法律才受人尊重,被人信赖,为人遵守。因此选项 CD 错误,本题的正确答案为选项 AB。

10.【参考答案】D

【答案解析】本题所考查知识点:法律权威的含义。

法律权威是就国家和社会管理过程中法律的地位和作用而言的,是指法的不可违抗性。因此,选项D是正确答案。选项A法律的国家强制性是指法律不但由国家制定或认可,而且由国家保证实施。选项B法律的国家意志性指的是,在阶级社会中,法律是统治阶级意志的体现,即法律所体现的是上升为国家意志的那部分意志。选项C法律的规范性是法律作为一种社会规范的基本条件。因此,本题正确答案为选项D。

4.8 了解法律制度 自觉遵守法律

4.8.1 重难知识点内在逻辑系统图

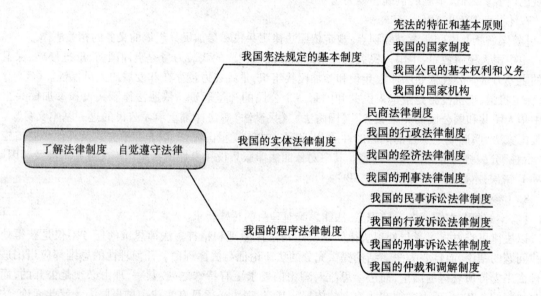

4.8.2 重难知识点详解

一、本章考点考查统计

学科	章节	考点	考查目标	已考查年度						
				2011	2010	2009	2008	2007	2006	2005
思想道德修养与法律基础	第八章 了解法律制度 自觉遵守法律	宪法的特征和基本原则	1、2	/	√	/	/	/	/	/
		我国的国家制度与国家机构	1、2	/	/	/	/	/	/	/
		我国公民的基本权利和义务	1、2	/	√	/	/	/	/	/
		我国的民商法律制度	1、2	/	/	/	/	/	/	/
		我国的行政法律制度与经济法律制度	1、2	/	/	/	/	/	/	/
		我国的刑事法律制度	1、2	√	/	/	/	/	/	/
		我国的程序法律制度	1、2	/	/	/	/	/	/	/

二、本章重难知识点点拨

1. 宪法的特征和基本原则

（1）宪法的特征

第一，在内容上，宪法规定国家生活中最根本最重要的方面。

第二，在效力上，宪法的法律效力最高。

第三，在制定和修改程序上，宪法比其他法律更为严格。

（2）宪法的基本原则

① 党的领导原则

② 人民主权原则

③ 公民权利原则

④ 法治原则

⑤ 民主集中制原则

2. 我国的国家制度

（1）人民民主专政制度

（2）人民代表大会制度

（3）中国共产党领导的多党合作和政治协商制度

（4）民族区域自治制度

（5）基层群众自治制度

（6）基本经济制度

3. 我国公民的基本权利和义务

（1）我国公民的基本权利

第一，平等权；第二，政治权利和自由；第三，宗教信仰自由；第四，人身自由权；第五，批评、建议、申诉、控告、检举权和取得国家赔偿权；第六，社会经济权；第七，文化教育权；第八，特定主体权利。

（2）我国公民的基本义务

第一，维护国家统一和全国各民族团结；第二，遵守宪法和法律；第三，维护祖国的安全、荣誉和利益；第四，保卫祖国、依法服兵役和参加民兵组织；第五，依法纳税；第六，其他义务。

4. 我国的国家机构

（1）全国人民代表大会

（2）中华人民共和国主席

（3）国务院

（4）中央军事委员会

（5）地方各级人民代表大会和地方各级人民政府

（6）民族自治地方的自治机关

（7）人民法院和人民检察院

5. 我国的民商法律制度

（1）民法的基本原则

一是平等原则，二是自愿原则，三是公平原则，四是诚实信用原则，五是禁止权利滥用原则。

（2）民事主体制度

① 自然人

18 周岁以上的公民是成年人，是完全民事行为能力人；16 周岁以上不满 18 周岁的公民，以自己的劳动收入为主要生活来源的,视为完全民事行为能力人;10 周岁以上的未成年人和不能完全辨认自己行为的精神病人是限制民事行为能力人;不满 10 周岁的未成年人和不能辨认自己行为的精神病人是无民事行为能力人。

②法人

法人成立的法律要件有四项:依法成立,有必要的财产或者经费,有自己的名称、组织机构和场所,能够独立承担民事责任。

法人分为四类,即企业法人、机关法人、事业单位法人和社会团体法人。

(3)民事行为制度

民事法律行为应当具备下列条件:行为人具有相应的民事行为能力;意思表示真实;不违反法律或者社会公共利益。

(4)民事权利制度

分为财产权和非财产权两大类,主要有物权、债权、知识产权、继承权、人身权等。

(5)民事责任制度

民事责任包括违反合同的民事责任和侵权的民事责任两类。承担民事责任的方式主要有:停止侵害,排除妨害,消除危险,返还财产,恢复原状,修理、重作、更换,赔偿损失,支付违约金,消除影响、恢复名誉,赔礼道歉等。

(6)民事诉讼时效制度

诉讼时效分为普通诉讼时效和特殊诉讼时效两类。诉讼时效期间从权利人知道或者应当知道权利被侵害时起计算。但是,从权利被侵害之日起超过 20 年的,法律不予保护。

(7)合同法律制度

当事人订立合同,有书面形式、口头形式和其他形式。

(8)知识产权法律制度

我国关于知识产权的立法主要有《著作权法》、《专利法》、《商标法》等专门法律和其他法律的有关规定。

(9)商事法律制度

我国的商法是民商法律部门的重要组成部分,包括公司、证券、票据、保险等法律制度。

6. 我国的行政法律制度

(1)行政法的原则

依法行政或行政法治原则,可分解为行政合法性原则和行政合理性原则等。

(2)国家行政机关与公务员

国家行政机关是国家权力机关的执行机关。行政机关公务员是依法代表行政机关行使行政权的工作人员。

(3)行政行为

根据行政行为所针对的行政相对人是否特定这一标准,可以将行政行为分为抽象行政行为和具体行政行为。

(4)行政责任

行政主体承担行政责任的方式主要有:通报批评,赔礼道歉,恢复名誉,消除影响,返还权益,撤销违法行政行为,纠正不当行政行为,履行法定职责,行政赔偿等。

(5)行政处罚与行政复议

行政处罚是行政主体对违反行政法规的行政相对人给予行政制裁的具体行政行为。

行政复议是指行政相对人认为具体行政行为侵犯其合法权益,依法向特定的行政机关提出申请,由受理该申请的行政机关对具体行政行为依法进行审查,并做出行政复议决定的活动。

7. 我国的经济法律制度

(1) 经济法的原则

一是国家适度干预原则;二是效率公平原则;三是可持续发展原则。

(2) 消费者权益保护法律制度

(3) 税收法律制度

8. 我国的刑事法律制度

(1) 刑法的原则

一是罪刑法定原则;二是罪刑相当原则;三是适用刑法一律平等原则。

(2) 犯罪构成与刑罚体系

① 犯罪构成包括:犯罪主体、犯罪主观方面、犯罪客体、犯罪客观方面。

② 排除犯罪的事由:正当防卫和紧急避险。

③ 刑罚体系

由主刑和附加刑构成,主刑包括管制、拘役、有期徒刑、无期徒刑与死刑。附加刑有罚金、剥夺政治权利、没收财产以及适用于犯罪的外国人的驱逐出境。

9. 民事诉讼法律制度

民事诉讼法是国家制定的调整人民法院和诉讼参与人的各种民事诉讼关系的法律规范的总称。

10. 行政诉讼法律制度

行政诉讼是指公民、法人和其他组织认为行政机关或行政机关工作人员具体行政行为侵犯其合法权益,依法向人民法院提起诉讼,并由人民法院进行审理和裁判的一种诉讼活动。

11. 刑事诉讼法律制度

刑事诉讼是指人民法院、人民检察院和公安机关(国家安全机关)在当事人及其他诉讼参与人的参加下,依照法定程序,追究犯罪,确定被追诉者刑事责任的活动。刑事诉讼法是指国家制定或认可的调整刑事诉讼活动的法律规范的总称。

12. 仲裁和调解制度

(1) 仲裁

仲裁法的基本原则有:自愿原则,根据事实、符合法律规定、公平合理地解决纠纷原则,独立仲裁原则。仲裁法的基本制度包括:协议仲裁制度、或裁或审制度和一裁终局制度。

(2) 调解

我国的调解制度包括人民调解、行政调解、司法调解等,行政调解和人民调解都属于诉讼外调解,司法调解是诉讼中调解。

三、本章典型例题

1. 与普通法律相比,宪法的主要特征有( )(多选)

A. 宪法明确规定实行依法治国,建设社会主义法治国家

B. 宪法具有特别的制定和修改程序

C. 宪法具有最高的法律地位或法律效力

D. 宪法规定的是国家制度和社会制度的最基本的原则,公民的基本权利和基本义务以及国家机构的组织及其运作的原则

【考点分析】本题所考查知识点:宪法的主要特征。

【解题分析】宪法的主要特征具体表现在三个方面:(1)在规定的内容上,宪法规定的是国家制度和社会制度的最基本的原则,公民的基本权利和义务,国家机构的组织及其运作的原则等。(2)在法律地位或法律效力上,宪法具有最高的法律地位或法律效力。(3)在制定和修改的程序上,宪法的制定和修改都要经过区别于普通法律的特别的程序。所以,本题正确答案是选项 BCD。

2. 国体即国家性质,是国家的阶级本质,是指社会各阶级在国家生活中的地位和作用。我国的国体是(　　)(单选)

A. 人民民主专政

B. 人民代表大会

C. 政治协商制度

D. 单一制

【考点分析】本题所考查知识点:我国的国家制度与国家机构。

【解题分析】人民民主专政是无产阶级专政在中国具体历史条件下的表现形式。人民民主专政中的民主与专政是辩证统一的关系,两者紧密相连、相辅相成、缺一不可。其内容包括:强调工人阶级是领导阶级,农民始终是工人阶级最可靠的同盟军,工农联盟表现了人民民主专政国体的充分的民主性和广泛的代表性;强调对人民实行民主和对敌人实行专政的辩证统一,在人民内部实行民主是实现对敌人专政的前提和基础,而对敌人实行专政又是人民民主的有力保障。爱国统一战线是人民民主专政的重要保障。壮大爱国统一战线,促进政党关系、民族关系、宗教关系、阶层关系、海内外同胞关系的和谐,对于增进团结、凝聚力量具有不可替代的作用。因此,可以推知选项 A 是正确答案。

选项 B 人民代表大会是我国国家机构中的重要组成部分。人民代表大会根据上下级关系,分为全国人民代表大会和地方各级人民代表大会。我国《宪法》规定:"中华人民共和国全国人民代表大会是最高国家权力机关。它的常设机关是全国人民代表大会常务委员会。"全国人民代表大会和全国人民代表大会常务委员会的职权包括行使国家立法权,选举、决定和罢免国家机关领导人,决定国家重大事项,监督其他国家机关的工作等。

地方各级人民代表大会,是根据我国《宪法》和《地方各级人民代表大会和地方各级人民政府组织法》的规定,在省、自治区、直辖市、自治州、县、市、自治县、市辖区、乡、民族乡、镇设立的。地方各级人大是地方国家权力机关,由通过直接选举或间接选举产生的人大代表组成。县以上地方各级人大常委会是本级人大的常设机关,对本级人大负责并报告工作。

选项 C 中国共产党领导的多党合作和政治协商制度是我国的一项基本政治制度,是中国特色社会主义政党制度。中国社会主义政党制度的特点是共产党领导、多党合作、共产党执政、多党派参政。这一制度符合我国国情,反映了人民当家作主的社会主义民主的本质,反映了中国共产党同各民主党派长期共存、互相监督、肝胆相照、荣辱与共的关系,体现了我国政治制度的特点和优势。

选项 D 单一制是一种国家结构形式。单一制是与民族区域自治制度有密切关联的。民族区域自治制度是我国为解决民族问题,处理民族关系,实现民族平等、民族团结、各民族共同繁荣发展而建立的基本政治制度。我国采取的是单一制的国家结构形式。我国《宪法》明确规定,中华人民共和国是全国各族人民共同缔造的统一的多民族国家。实行单一制,建立统一的多民族国家,既是我国历史发展的必然结果,也是我国民族状况的必然要求,符合各民族人民的根本利益。

综合以上分析,本题正确答案是选项 A。

3. 政治权利和自由是指公民作为国家政治生活主体依法享有的参加国家政治生活的权利和自由,是国家为公民直接参与政治活动提供的基本保障,这一基本权利具体包括(　　　)(多选)

A. 人身自由权

B. 选举权和被选举权

C. 宗教信仰自由

D. 政治自由

【考点分析】本题所考查知识点:公民的政治权利和自由。

【解题分析】政治权利和自由是指公民作为国家政治生活主体依法享有的参加国家政治生活的权利和自由,是国家为公民直接参与政治活动提供的基本保障。公民的政治权利和自由具体包括两个方面:一是选举权和被选举权。我国《宪法》规定:"中华人民共和国年满十八周岁的公民,不分民族、种族、性别、职业、家庭出身、宗教信仰、教育程度、财产状况、居住期限,都有选举权和被选举权;但是依照法律被剥夺政治权利的人除外。"二是政治自由。政治自由主要是指公民表达自己政治意愿的自由。我国《宪法》规定:"中华人民共和国公民有言论、出版、集会、结社、游行、示威的自由。"选项 A 人身自由权与选项 C 宗教信仰自由也都是公民的基本权利,但并不是公民政治权利与自由的内容,与题意不符。所以本题正确答案为选项 BD。所以本题的正确答案为选项 BD。

A 选项人身自由权是公民的基本权利之一。人身自由包括狭义和广义两方面。狭义的人身自由主要指公民的身体不受非法侵犯,广义的人身自由则还包括与狭义人身自由相关联的人格尊严、住宅不受侵犯、通信自由和通信秘密受法律保护等与公民个人生活有关的权利和自由。人身自由是公民具体参加各种社会活动和实际享受其他权利的前提,也是保持和发展公民个性的必要条件。

选项 C 宗教信仰自由是公民的基本权利之一。我国《宪法》规定:"中华人民共和国公民有宗教信仰自由。"综上所述,本题的正确答案是选项 BD。

4. 民事活动必须遵守国家法律和政策,尊重社会公德,不得损害社会公共利益,破坏国家经济计划,扰乱社会经济秩序。这段话包含了极为丰富的内容,体现了(   )(多选)

A. 民事主体是民事活动的参与者。具体来说,民事主体是指在民事法律关系中独立享有民事权利和承担民事义务的公民(自然人)、法人和其他组织

B. 民事活动是由民事行为组成的,民事行为是民事主体在民事活动中基于其意志所实施的能够产生一定民事法律后果的行为

C. 民事主体如果违反国家法律和政策,从而损害社会公共利益、给国家、社会和他人带来损害,将会承担相应的民事责任

D. 这段话是对民法基本原则中禁止权利滥用原则的确切表述

【考点分析】本题所考查知识点:民法的基本理论。

【解题分析】回顾基本概念,拓展至知识板块,再回到题目选项一一对照,得出正确答案:本题涉及民法的几个重要概念,题干中的表述实际上是民法基本原则中禁止权利滥用原则的含义。

我们先来系统地看一下民法的五大基本原则:

一是平等原则,是指民事主体享有独立、平等的法律人格,在具体的民事法律关系中互不隶属,能自主地表达自己的意愿,其合法权益平等地受法律保护。

二是自愿原则,是指民事主体在法律允许的范围内有完全的意志自由,可以根据自己的意愿参加民事活动,作出民事行为,并自主地决定民事法律行为的形式与内容,任何组织和个人都不得非法干预、强迫或胁迫。

三是公平原则,是指应当以利益均衡作为价值判断标准来调整民事主体之间的物质利益关系,确定其民事权利、民事义务和民事责任。

四是诚实信用原则,是指民事主体从事民事活动、行使民事权利或履行民事义务时,应善意无欺,讲求信用,不规避法律和约定。

五是禁止权利滥用原则,是指民事主体在行使民事权利时,应当尊重社会公德,不得损害社会公共利益和他人利益。

从这个知识板块可以得出选项 D 正确。

我们再来分析一下选项 A。民事主体是指在民事法律关系中独立享有民事权利和承担民事义务的公民(自然人)、法人和其他组织。所以,选项 A 正确。

选项 B 涉及的知识点是民事行为制度。民事行为是指民事主体在民事活动领域内基于其意志所实施的能够产生一定民事法律后果的行为。民事主体取得权利和承担义务,必须通过自己的行为实现。《民法通则》规定:"民事法律行为是公民或者法人设立、变更、终止民事权利和民事义务的合法行为。"民事法律行为应当具备下列条件:行为人具有相应的民事行为能力;意思表示真实;不违反法律或者社会公共利益。所以,选项 B 正确。

选项 C 涉及的知识点是民事责任制度。民事责任是指民事主体因违反民事义务而应承担的民事法律后果。我国《民法通则》以民事责任发生的原因为标准,将其分为违反合同的民事责任和侵权的民事责任两类。违反合同的民事责任又称违约民事责任。违约民事责任的构成要件有:有违约行为,违约造成了损失,违约行为与损害事实之间存在因果关系,存在过错。在违约责任的诸形式中,只有赔偿损失责任的构成必须同时具备以上几个条件,其他责任的构成依其他法律的具体规定来认定。侵权民事责任分为一般侵权民事责任和特殊侵权民事责任。一般侵权民事责任的构成要件有:客观上存在损害事实,行为具有违法性,违法行为和损害事实之间存在因果关系,行为人主观上有过错。特殊侵权民事责任与一般侵权民事责任的构成要件区别在于,它不要求行为人主观上有过错。根据《民法通则》的规定,承担民事责任的方式主要有:停止侵害,排除妨害,消除危险,返还财产,恢复原状,修理、重作、更换,赔偿损失,支付违约金,消除影响、恢复名誉,赔礼道歉等。所以,选项 C 正确。

综上所述,本题的正确答案是选项 ABCD。

5. 行政法是调整行政关系的法律规范的总称,具体来说,它是调整国家行政机关在履行其职能的过程中发生的各种社会关系的法律规范的总称。行政法的基本原则包括(   )(多选)

A. 行政合法性原则

B. 行政合理性原则

C. 国家适度干预原则

D. 效率公平原则

【考点分析】本题所考查知识点:行政法的基本原则。

【解题分析】行政法是调整行政关系的法律规范的总称,具体来说,它是调整国家行政机关在履行其职能的过程中发生的各种社会关系的法律规范的总称。它一方面要规范和约束行政机关的行政权力和行政行为,保护公民、法人和其他组织的正当权益;另一方面也要规范和约束公民、法人和其他组织的行为,维护公共利益和社会秩序。我国行政法的基本原则就是依法行政或行政法治原则,可分解为行政合法性原则和行政合理性原则等。

选项 A 行政合法性原则是指行政权力的存在和运用必须依据法律,符合法律,不得与法律相抵触。

选项 B 行政合理性原则是指行政行为在合法的前提下应尽可能合理、适当和公正。

选项 C 国家适度干预原则和选项 D 效率公平原则是我国经济法的两个基本原则。经济法是调整国家在监管与协调经济运行过程中所发生的经济关系的法律规范的总称。经济法原则是经济法在其调整特定社会关系时在特定范围内所普遍适用的基本准则。

我国经济法原则主要有:一是国家适度干预原则,即国家通过宏观调控,调节经济运行,完善产业结构,保持经济的平衡和协调。同时,这种干预必须适度,必须遵循客观经济规律来进行,用法律的形式来限定干预的内容和手段。二是效率公平原则。经济法坚持提高效率与维护公平相统一的原则,用法律的形式使公平和效率在整个社会经济活动中最大限度地统一起来,以利于调动各方面的积极性。三是可持续发展原则。经济法必须强调坚持可持续发展的原则,用法律的形式合理开发利用资源、保护生态环境,不能为眼前利益而牺牲长远利益。

综合上述分析,本题的正确答案是选项 AB。

6. 我国刑法明文规定的基本原则包括(　　　)(多选)

A. 罪刑法定原则

B. 罪刑相当原则

C. 适用刑法一律平等原则

D. 禁止权利滥用原则

【考点分析】本题所考查知识点:我国刑法的基本原则。

【解题分析】从基本概念出发,分析题干与选项之间的联系:刑法是统治阶级为了维护其阶级利益和统治秩序,根据自己的意志,以国家的名义颁布的,规定犯罪、刑事责任与刑罚的法律规范的总和。简言之,刑法就是规定犯罪和刑罚的法律。

刑法的基本原则,是指刑法特有的在刑法的立法、解释和适用过程中所必须普遍遵循的具有全局性、根本性的准则。刑法明文规定了三个基本原则:一是罪刑法定原则,即法无明文规定不为罪,法无明文规定不处罚。什么行为构成犯罪、构成什么罪及处何种刑罚,均须由法律明文规定。二是罪刑相当原则,是指犯罪的社会危害性程度及应负刑事责任的大小,是决定刑罚轻重的主要依据,重罪重罚、轻罪轻罚、无罪不罚、罪刑相当、罚当其罪。三是适用刑法一律平等原则,是指对任何人犯罪,不论其社会地位、民族、种族、性别、职业、宗教信仰、财产状况如何,在适用刑法上一律平等,任何人都不得有任何超越法律的特权。

联系选项,得出正确答案:选项 ABC 均是刑法的基本原则,选型 D 禁止权利滥用原则是民法的基本原则。各部门法的基本原则如果识记不清,极容易发生混淆。本题的正确答案是选项 ABC。

7. 下列选项中,属于程序法的有(　　　)(多选)

A. 民事诉讼法

B. 行政诉讼法

C. 刑事诉讼法

D. 仲裁法

【考点分析】本题所考查知识点:我国的程序法律制度。

【解题分析】从题目中的信息着手:程序法是规定保证权利和义务得以实现或职权和权责得以履行的法律规范的总称。我国的程序法分为诉讼程序法和非诉讼程序法。

通过对选项进行逐一分析,得出正确答案:选项 A 涉及的知识点是民事诉讼法。民事诉讼法是指法院在当事人和其他诉讼参与人的参加下,以审理、判决、执行等方式解决民事纠纷的活动,以及由这些活动产生的各种诉讼关系的总和。民事诉讼法是国家制定的调整人民法院和诉讼参与人的各种民事诉讼关系的法律规范的总称。

选项 B 涉及的知识点是行政诉讼法。行政诉讼是指公民、法人和其他组织认为行政机关或行政机关工作人员具体行政行为侵犯其合法权益,依法向人民法院提起诉讼,并由人民法院进行审理和裁判的一种诉讼活动。行政诉讼法是有关行政诉讼的法律规范的总和。

选项 C 涉及的知识点是刑事诉讼法。刑事诉讼是指人民法院、人民检察院和公安机关(国家安全机关)在当事人及其他诉讼参与人的参加下,依照法定程序,追究犯罪,确定被追诉者刑事责任的活动。

刑事诉讼法是指国家制定或认可的调整刑事诉讼活动的法律规范的总称。在我国,行政诉讼、民事诉讼和刑事诉讼并称为三大诉讼,是国家诉讼制度的基本形式之一。

选项D涉及的知识点是仲裁法。仲裁法是非诉讼程序法。仲裁是指发生争议的双方当事人,根据其在争议发生前或争议发生后所达成的协议,自愿将该争议提交中立的第三者居中评断是非并做出裁决的一种解决争议的方式。仲裁法是调整在仲裁过程中发生的各种关系的法律规范的总称。

综合以上分析,本题的正确答案是选项ABCD。

四、本章测试题及答案解析

(一)本章测试题

1. 我国现行宪法规定,宪法修改由全国人民代表大会的全体代表( )以上多数通过方可生效(单选)

   A. 1/2   B. 1/3

   C. 3/4   D. 2/3

2. 我国宪法明确规定,实行依法治国,建设社会主义法治国家。依法治国的根本要求是( )(单选)

   A. 有法可依、有法必依、执法必严、违法必究

   B. 保障公民的知情权、参与权、表达权、监督权

   C. 立法公开、执法公开、司法公开

   D. 社会生活的法制化、规范化、民主化

3. 下列选项中,属于我国宪法基本原则的有( )(多选)

   A. 人民主权原则   B. 民主集中制原则

   C. 法治原则   D. 党的领导原则

4. 行使国家立法权,选举、决定和罢免国家机关领导人,决定国家重大事项,监督其他国家机关工作的是( )(单选)

   A. 全国人民代表大会及其常务委员会   B. 中华人民共和国主席

   C. 国务院   D. 中央军事委员会

5. 宪法规定人民代表大会制度是我国的( )(单选)

   A. 国体   B. 政体

   C. 社会制度   D. 民主集中制

6. 我国是统一的多民族国家。下列关于我国国家结构形式的表述正确的有( )(多选)

   A. 我国是单一制的国家

   B. 我国的国家结构形式是由我国的历史传统和民族状况决定的

   C. 民族区域自治以少数民族聚居区为基础,实行民族自治

   D. 民族自治地方设立自治机关,行使自治权

7. 下列有关我国公民批评、建议、申诉、控告、检举权和取得国家赔偿权权利的表述符合宪法规定的有( )(多选)

   A. 公民对于任何国家机关和国家工作人员,有提出批评和建议的权利

   B. 公民对任何国家机关和国家工作人员的违法失职行为,有提出申诉、控告或者检举的权利

   C. 任何国家机关在接到公民提出的申诉、控告或者检举后,都必须查清事实,负责处理

   D. 国家机关和国家工作人员侵犯公民权利造成损失的,受害人有依法请求赔偿的权利

8. 下列关于宗教信仰自由的理解正确的有( )(多选)

A. 公民有信教或者不信教的自由

B. 有信仰这种宗教或者那种宗教的自由

C. 有信仰同一宗教中的这个教派或那个教派的自由

D. 有过去信教现在不信教的自由,但禁止过去不信教而现在信教

9. 我国宪法规定的公民享有的社会经济权有(　　)(多选)

A. 休息权 　　　　　　　　　　　B. 财产权

C. 劳动权 　　　　　　　　　　　D. 平等权

10. 根据宪法规定,下列属于我国公民基本义务的有(　　)(多选)

A. 依法纳税 　　　　　　　　　　B. 维护国家统一和各民族的团结

C. 维护祖国安全、荣誉和利益 　　D. 保卫祖国、依法服兵役和参加民兵组织

11. 民事法律行为应当具备下列条件(　　)(多选)

A. 行为人具有相应的民事行为能力 　B. 意思表示真实

C. 具有法人资格 　　　　　　　　D. 不违反法律或者社会公共利益

12. 在我国的民法中规定的民事权利有(　　)(多选)

A. 物权 　　　　　　　　　　　　B. 债权

C. 知识产权 　　　　　　　　　　D. 继承权

13. 我国的商法是民商法律部门的重要组成部分,包括(　　)(多选)

A. 公司法律制度 　　　　　　　　B. 证券法律制度

C. 票据法律制度 　　　　　　　　D. 保险法律制度

14.《消费者权益保护法》规定,当消费者与经营者之间发生争议时,可通过下列途径解决(　　)(多选)

A. 与经营者协商和解或请求消费者协会调解

B. 向有关行政部门申诉

C. 提请仲裁机关仲裁

D. 向人民法院诉讼

15. 知识产权是指创造性智力成果的完成人或工商业标志的所有人依法享有的权利的总称。它主要包括(　　)(多选)

A. 著作权 　　　　　　　　　　　B. 专利权

C. 商标权 　　　　　　　　　　　D. 继承权

16. 在刑法体系中属于附加刑的是(　　)(单选)

A. 剥夺政治权利 　　　　　　　　B. 拘役

C. 有期徒刑 　　　　　　　　　　D. 管制

17. 在犯罪构成要素中,刑法所保护的而被犯罪行为所侵害的社会关系,被称为(　　)(单选)

A. 犯罪客体 　　　　　　　　　　B. 犯罪主体

C. 犯罪的客观方面 　　　　　　　D. 犯罪的主观方面

18. 刑事诉讼中的强制措施是指公、检、法三机关为保证刑事诉讼的顺利进行,依法对犯罪嫌疑人所采取的强制方法。下列选项中属于刑事诉讼强制措施的有(　　)(多选)

A. 拘传 　　　　　　　　　　　　B. 拘留

C. 罚金 　　　　　　　　　　　　D. 取保候审

19. 仲裁法的基本原则有(　　)(多选)

A. 自愿原则

B. 独立仲裁原则

C. 诚实信用原则

D. 根据事实、符合法律规定、公平合理地解决纠纷原则

20. 调解是指发生纠纷的当事人,在第三者的主持下,互相协商,互谅互让,依法自愿达成协议,使纠纷得以解决的一种活动。我国的调解制度包括(　　)(多选)

A. 人民调解　　　　　　　　　　B. 行政调解

C. 司法调解　　　　　　　　　　D. 协商和解

(二) 测试题答案及解析

1.【参考答案】D

【答案解析】本题所考查知识点:宪法的修改程序。

我国宪法的修改由全国人民代表大会常务委员会或者1/5以上的全国人民代表大会代表提议,并由全国人民代表大会以全体代表的2/3以上的多数通过方可生效。因此本题正确答案为选项 D。

2.【参考答案】A

【答案解析】本题所考查知识点:依法治国的根本要求。

我国宪法的基本原则之一是法治原则,对于法治原则,我国宪法明确规定,实行依法治国,建设社会主义法治国家。依法治国的根本要求是"有法可依、有法必依、执法必严、违法必究"。所以本题的正确答案为选项 A。

3.【参考答案】ABCD

【答案解析】本题所考查知识点:宪法的基本原则。

我国宪法的基本原则有:第一,党的领导原则。第二,人民主权原则。第三,公民权利原则。第四,法治原则。第五,民主集中制原则。因此,本题的正确答案是选项 ABCD。

4.【参考答案】A

【答案解析】本题所考查知识点:全国人民代表大会和全国人民代表大会常务委员会的职权。

我国《宪法》规定:"中华人民共和国全国人民代表大会是最高国家权力机关。它的常设机关是全国人民代表大会常务委员会。"全国人民代表大会和全国人民代表大会常务委员会的职权包括行使国家立法权、决定和罢免国家机关领导人,决定国家重大事项,监督其他国家机关的工作等,所以选项 A 符合题意。选项 B 中华人民共和国主席是我国国家机构的重要组成部分,根据全国人民代表大会及其常务委员会的决定,行使公布法律、任免国务院组成人员等重要职权。选项 C 国务院即中央人民政府,是最高国家权力机关的执行机关,是最高国家行政机关,统一领导国务院各部委的工作,统一领导地方各级国家行政机关的工作。选项 D 中央军事委员会是全国武装力量的最高领导机关,我国《宪法》规定:"中华人民共和国中央军事委员会领导全国武装力量。"所以选项 BCD 均不符合题意,本题的正确答案是选项 A。

5.【参考答案】B

【答案解析】本题所考查知识点:我国的国家制度。

人民代表大会制度是我国的政体。人民民主专政是我国的国体。民主集中制是我国国家机构的组织和活动的基本原则之一,是指在民主基础上的集中和在集中指导下的民主的结合。因此,选项 ACD 不符合题意,本题的正确答案是选项 B。

6.【参考答案】ABD

【答案解析】本题所考查知识点:我国的国家结构形式。

　　民族区域自治制度是我国为解决民族问题,处理民族关系,实现民族平等、民族团结、各民族共同繁荣发展而建立的基本政治制度。我国采取的是单一制的国家结构形式。我国《宪法》明确规定,中华人民共和国是全国各族人民共同缔造的统一的多民族国家。实行单一制,建立统一的多民族国家,既是我国历史发展的必然结果,也是我国民族状况的必然要求,符合各民族人民的根本利益。

　　我国的民族区域自治制度并不等于民族自治。民族区域自治制度是指在国家的统一领导下,以少数民族聚居区为基础,建立相应的自治地方,设立自治机关,行使自治权,使实行区域自治的民族的人民自主地管理本民族地方性事务的制度。在这一制度下,民族自治地方的自治权是由法律明文规定的,是要受到一定限制的,而不是绝对的民族自治。因此本题的正确答案是选项 ABD。

　　7.【参考答案】ABD

　　【答案解析】本题所考查知识点:公民的批评、建议、申诉、控告、检举权和取得国家赔偿权。

　　我国《宪法》规定,公民对于任何国家机关和国家工作人员,有提出批评和建议的权利;公民对任何国家机关和国家工作人员的违法失职行为,有提出申诉、控告或者检举的权利;由于国家机关和国家工作人员侵犯公民权利而受到损失的人,有依照法律取得赔偿的权利。有关国家机关在接到公民提出的申诉、控告或者检举后,都必须查清事实,负责处理,国家机关和国家工作人员侵犯公民权利造成损失的,受害人有依法请求赔偿的权利。据此可知,选项 ABD 为正确答案。选项 C 具有一定的迷惑性,考生审题稍加疏忽,便有可能落入出题者的陷阱。这一知识点下考点众多,出题的跨度也较大,考生在复习的过程中一定要认真分析,重点掌握。

　　8.【参考答案】ABC

　　【答案解析】本题所考查知识点:公民的宗教信仰自由。

　　我国《宪法》规定:"中华人民共和国公民有宗教信仰自由。"其含义包括:公民有信教或者不信教的自由,有信仰这种宗教或者那种宗教的自由,有信仰同一宗教中的这个教派或那个教派的自由,有过去信教现在不信教或者过去不信教而现在信教的自由。所以,选项 D 错误,所以本题的正确答案为选项 ABC。

　　9.【参考答案】ABC

　　【答案解析】本题所考查知识点:我国公民基本权利中的社会经济权。

　　我国宪法规定的社会经济权利包括:财产权;劳动权;休息权;物质帮助权。据此可知,选项 ABC 均为正确答案。选项 D 是宪法赋予公民的另一项基本权利,其地位与公民的社会经济权是同等重要的,但与题意不符。此知识点属于我国公民的基本权利。由于公民的基本权利和义务的内容较多,还有可能交叉出题,所以考生对公民的每一项基本权利都要准确记忆,避免因混淆而失分。

　　10.【参考答案】ABCD

　　【答案解析】本题所考查知识点:我国公民的基本义务。

　　根据我国《宪法》的规定,我国公民的基本义务主要包括以下内容:(一)维护国家统一和民族团结。(二)遵守宪法和法律,保守国家秘密,爱护公共财产,遵守劳动纪律,遵守公共秩序,尊重社会公德。(三)维护祖国的安全、荣誉和利益。(四)保卫祖国、依法服兵役和参加民兵组织。(五)依法纳税。(六)其他方面的基本义务,夫妻双方有实行计划生育的义务,父母有抚养教育未成年子女的义务,成年子女有赡养扶助父母的义务。据此可知,选项 ABCD 均为正确答案。

　　11.【参考答案】ABD

　　【答案解析】本题所考查知识点:民事法律行为的构成要件。

　　民事法律行为应当具备下列条件:行为人具有相应的民事行为能力;意思表示真实;不违反法律或者社会公共利益三个条件。据此可知,选项 ABD 为正确答案。选项 C 涉及的是法人的资格问题,与题意不符。

12.【参考答案】ABCD

【答案解析】本题所考查知识点:民事权利的基本分类。

在我国民法中,民事权利分为财产权和非财产权两大类,主要有物权、债权、知识产权、继承权、人身权。据此可知,选项 ABCD 均为正确答案。

13.【参考答案】ABCD

【答案解析】本题所考查知识点:商法的主要内容。

我国的商法包括公司、证券、票据、保险等法律制度。对于这四个具体的法律制度,我们已经在典型例题中有过详细的讲解,在此不赘述,本题的正确答案是选项 ABCD。

14.【参考答案】ABCD

【答案解析】本题所考查知识点:消费者与经营者之间发生争议的解决途径。

当消费者与经营者之间发生权益争议时,根据《消费者权益保护法》的规定,可通过下列途径解决:与经营者协商和解;请求消费者协会调解;向有关行政部门申诉;提请仲裁机关仲裁;向人民法院提起诉讼。对侵害消费者合法权益的行为,依法追究经营者的民事责任、行政责任或刑事责任。

15.【参考答案】ABC

【答案解析】本题所考查知识点:知识产权的种类。

知识产权主要包括:著作权、专利权、商标权。

选项 A 著作权是著作权人对其文学、艺术和科学作品依法享有的人身权和财产权。

选项 B 专利权是指国家依照法律规定,授予发明人、设计人或其所属单位对其发明创造在一定范围内依法享有的独占权利。

选项 C 商标权是指商标所有人依法对其注册商标享有的专用权。

选项 D 继承权是民事权利之一,民事权利主要有物权、债权、知识产权、继承权、人身权等。

综上所述,本题正确答案为选项 ABC。

16.【参考答案】A

【答案解析】本题所考查知识点:刑法中的刑罚体系。

我国《刑法》所规定的刑罚体系由主刑和附加刑构成。刑法规定,主刑的种类如下:管制;拘役;有期徒刑;无期徒刑;死刑。附加刑的种类如下:罚金;剥夺政治权利;没收财产;适用于犯罪的外国人的驱逐出境。故选项 A 为正确答案。此知识点是刑法学中的重要知识点,考生应该准确识记,重点掌握。

17.【参考答案】A

【答案解析】本题所考查知识点:犯罪构成。

犯罪构成包括:犯罪主体;犯罪主观方面;犯罪客体;犯罪客观方面。刑法所保护的而被犯罪行为所侵害的社会关系,被称为犯罪客体。故选项 A 为正确答案。

18.【参考答案】ABD

【答案解析】本题考查的知识点是:刑事诉讼中的强制措施。

刑事诉讼强制措施包括拘传、拘留、取保候审、监视居住、逮捕。据此可知,选项 ABD 为正确答案。选项 C 是刑罚体系中附加刑的一种,与题意不符。

19.【参考答案】ABD

【答案解析】本题所考查知识点:仲裁法的基本原则。

平等主体的公民、法人和其他组织之间发生的合同纠纷和其他财产权益纠纷,可以仲裁。仲裁法的基本原则有:自愿原则,根据事实、符合法律规定、公平合理地解决纠纷原则,独立仲裁原则。因此选项 ABD 是本题的正确答案,而选项 C 是民法的基本原则,与题意不符。

20.【参考答案】ABC

【答案解析】本题所考查知识点:调解制度。

调解是指发生纠纷的当事人,在第三者的主持下,互相协商,互谅互让,依法自愿达成协议,使纠纷得以解决的一种活动。我国的调解制度包括人民调解、行政调解、司法调解等。其中,人民调解与行政调解是诉讼外调解,而司法调解是诉讼中调解。因此,本题的正确答案是选项 ABC。选项 D 协商和解,是现实生活中有争议的双方自愿采取的一种解决纠纷的方式,并没有形成一种法律制度,与题意不符。

特别提醒:"中国教育考试在线"http://www. eduexam. com. cn 是高教版考试用书专用网站。网站本着真诚服务广大考生的宗旨,为考生提供名师导航、下载中心、在线练习、在线考试、图书浏览等多项增值服务。高教版考试用书配有本网站的增值服务卡,该卡为高教版考试用书正版书的专用标志,广大读者可凭此卡上的卡号和密码登录网站获取增值信息,并以此辨别图书真伪。